btb

Aus Freude am Lesen

Ein Essen mit den Eltern seiner jugendlichen Freundin? Zbigniew, sprich Dz-big-niäff, Meier, Hauptkommissar der Kölner City-Polizei, hat ziemlich schlechte Laune, bevor er von seinem türkischen Kollegen Zeynel in einen vermeintlichen Routinefall hineingezogen wird: Ein Junge wird von seinen Eltern vermisst. Je mehr Meier über das vermögende Elternhaus und den wohlbehüteten Schüler eines Kölner Elitegymnasiums in Erfahrung bringt, desto sicherer ist er, dass der 15-jährige Timo einfach abgehauen ist. Kurz darauf wird in Turin der Torso eines Jungen gefunden, der missbraucht und grausam verstümmelt wurde. Auf seinem Rücken eingezeichnet: eine Karte von Frankreich. Und obwohl der tote Junge nicht Timo ist, glaubt Zbigniew Meier an einen Zusammenhang. Auf eigene Faust macht er sich auf den Weg nach Houlgate in der Normandie – an jenen Ort, an dem Timo mit seiner Familie den letzten Urlaub verbracht hat und an dem sich sein Leben entscheidend verändern sollte.

STEPHAN BRÜGGENTHIES, geboren 1968 in Münster, studierte zunächst Musikwissenschaft, Germanistik und Betriebswirtschaft und arbeitete als Musik- und Filmjournalist. Nach einem weiteren Studium an der Filmakademie Baden-Württemberg schrieb und inszenierte er vielfach preisgekrönte Kurzfilme, gewann den SAT 1-Nachwuchspreis und schrieb zwei Drehbücher für die ARD-Reihe »Tatort«. Brüggenthies lebt in Köln. »Der geheimnislose Junge« ist sein erster Roman.

Weitere Infos über den Autor unter www.brueggenthies.org

Stephan Brüggenthies

Der geheimnislose Junge

Kriminalroman

btb

MIX
Papier aus verantwortungsvollen Quellen
FSC® C083411

Verlagsgruppe Random House FSC-DEU-0100
Das für dieses Buch verwendete
FSC®-zertifizierte Papier *Munken Pocket* liefert
Arctic Paper Munkedals AB, Schweden

1. Auflage
Genehmigte Taschenbuchausgabe März 2011,
btb Verlag in der Verlagsgruppe Random House GmbH, München

Umschlaggestaltung: semper smile, München
Umschlagmotiv: © plainpicture / Folio Images
Druck und Einband: CPI – Clausen & Bosse, Leck
NB · Herstellung: SK
Printed in Germany
ISBN 978-3-442-74135-9

Besuchen Sie unseren LiteraturBlog www.transatlantik.de

www.btb-verlag.de

I

Er hasste seinen Namen. Seine Mutter, alter polnischer Landadel, hatte in einem Anfall von sentimentaler Verwirrung gehandelt. Zwar lebte sie damals bereits seit acht Jahren in Deutschland, aber auf dem Standesamt hatte sie die spontane Idee befallen, ihre polnischen Wurzeln betonen zu müssen. Nachdem sein Vater den Schock verdaut hatte, dass der Sohn nicht Christoph heißen würde, war dessen Zukunft besiegelt. Eine Pubertät voll von peinlichen Momenten. Zbigniew Meier, welches Mädchen küsst freiwillig Dz-big-niäff Meier?

»Die Fahrkarten, bitte.«

Die Stimme eines Angestellten der städtischen Verkehrsbetriebe riss Zbigniew aus seinen Gedanken. Einige alte Damen hielten bereitwillig ihre Fahrkarten hoch. Zbigniew malte sich aus, wie das U-Bahn-Fahren, zunächst purer Zeitvertreib im Witwendasein, zur Leidenschaft wurde. Mit dem Kick einer gelegentlichen Kontrolle durch einen Herrn in Uniform, in dieser Stadt, in der eine Fahrkartenkontrolle so häufig vorkam wie Schnee.

Zbigniew musste grinsen, stellte diesen Ausbruch von Komik aber schnell wieder ein. Pietät, bitte schön. Dann packte ihn eine gewisse Unruhe: Hatte er eigentlich seine Monatskarte dabei? Zbigniew spürte, wie seine Körpertemperatur stieg. Der schmächtige Mann in Uniform näherte sich, hinter ihm zwei noch schmächtigere Bodyguards mit umso eindrucksvolleren Schäferhunden. Sie kamen niemals allein.

Nervös fingerte Zbigniew in seinen Hosentaschen. Heute hatte er die Hose gewechselt, wie jeden Donnerstag. Die Monatskarte hatte er allerdings nicht umgesteckt. Zbigniews messerscharfer Verstand sagte ihm, dass das Dokument, das seine legale Anwesenheit hier bestätigen würde, in der alten schwarzen Jeans steckte. Zu Hause in seinem Schlafzimmer, zusammen mit seiner Brieftasche. Es wäre ihm aufgefallen, wenn er die Hose, wie sonst auch, direkt in den Wäschekorb gesteckt hätte. Aber er war etwas spät dran gewesen, und so hatte er die Hose lediglich auf den Herrendiener geworfen. Kein optimaler Platz für eine Monatskarte.

»Die Fahrkarten, bitte.«

Gegenüber nahmen ein paar top gekleidete Teenager ihre Markenturnschuhe von den gepolsterten Bänken und hielten ohne wirkliches Interesse am Kontrolleur ihre Schülerkarten hoch. Zbigniews Blick kreuzte einen Moment lang den Blick eines gelassenen 16-jährigen Mädchens, das seine Karte wieder in den Rucksack zurücksteckte. Dann sah das Mädchen ihn erneut an, mit irgendeiner Form von Überlegenheit in seinem Gesichtsausdruck. Zbigniew begriff erst jetzt, dass der erste Blick kein Flirt gewesen war, sondern Vorfreude auf das kommende Event, direkt im eigenen U-Bahn-Waggon. Gegenüber, dort wo Zbigniew saß. Sah man ihm etwa an, dass er keine Fahrkarte hatte?

»Dürfte ich vielleicht auch *Ihre* Fahrkarte sehen?«, fragte der Kontrolleur mit großer Höflichkeit, die aber nicht den Bodensatz an Spott im Tonfall verdeckte. *»Bitte?«*, fügte er noch hinzu, um seiner Frage mehr Nachdruck zu verleihen.

Zbigniew schwitzte. Niemals hätte er seinen Job mit dem eines Fahrkartenkontrolleurs tauschen wollen. Nicht, weil er diesen Beruf für grundsätzlich verachtenswert halten würde – was er tat –, sondern weil ihn die Ausreden der Schwarzfahrer angewidert hätten. Fahrkartenautomat kaputt, kein Kleingeld gehabt, Frau schwanger, Bahn fuhr gerade ein und musste erwischt werden … Zbigniew konnte sich vorstellen, wie schmal die Ideenbandbreite der mobilen Kleinganoven war. Hose gewechselt, haha, natürlich, Sie haben die Hose gewechselt, selbstverständlich.

»Ich, äh«, Zbigniew sah im Blick des Kontrolleurs Häme. Selbst die Schäferhunde im Hintergrund verzogen ihre Schnauze zu einem triumphierenden Lächeln. In diesem Moment fuhr die U-Bahn in die Station Breslauer Platz ein. Das Mädchen von gegenüber grinste Zbigniew inzwischen unverhohlen an.

»Ich müsste hier aussteigen«, log Zbigniew, und der Kontrolleur erwiderte in einem gleichmütigen Ton, dass dies kein Problem sei – sie wollten schließlich nur seine Fahrkarte sehen. Zbigniew erhob sich, der Kontrolleur bildete mit seinen beiden Bewachern einen Halbkreis und geleitete ihn zum Ausgang des Waggons. Die Türen spuckten Zbigniew und das Serviceteam der Verkehrsbetriebe aus. Als die U-Bahn von dannen ratterte, hatte Zbigniew das Gefühl, dass ein paar noch nicht kontrollierte Fahrgäste ihm dankbar waren. Dankbar dafür, dass er den Kontrolleur aus dem Zug herausgelockt hatte. Und wenn er jetzt, in diesem Moment, einen Fahrausweis hervorzaubern könnte, hätte man seine Aktion sogar als »cool« bezeichnen können.

»So, junger Mann, nun sind wir ausgestiegen. Ich würde dennoch gern Ihren Fahrausweis sehen.«

Zbigniew hasste es, wenn ihn jemand »junger Mann« nannte. Zum einen war er nicht mehr jung, zum anderen stellte diese Anrede immer eine Form von Herablassung dar.

»Junger Mann …«, forderte ihn der Kontrolleur ein weiteres Mal auf.

»Es tut mir leid … Ich befürchte, ich habe meine Monatskarte in der falschen Hose.«

Zbigniew schluckte. Hatte ihn der Hund gebissen? »Ich habe meine Monatskarte in der falschen Hose«, wie konnte er so etwas Peinliches von sich geben? In aller Öffentlichkeit? Gegenüber einem Fahrkartenkontrolleur?

Die Uniform!, fuhr es Zbigniew durch den Kopf. Dieser blinde Gehorsam gegenüber offiziellen Sachwaltern des Staates.

Aus dem Augenwinkel konnte Zbigniew sehen, wie einer der beiden Bodyguards in ein irres Grinsen verfiel. Der Kontrolleur dagegen verzog keine Miene. Professionell klärte er Zbigniew auf, dass dies kein großes Problem sei. Wenn seine Personalien überprüft seien und er tatsächlich eine Monatskarte habe, müsse er nur eine

Verwaltungsgebühr von fünf Euro zahlen. In diesem Moment fuhr die nächste U-Bahn in die Station ein, und für kurze Zeit übertönte das Quietschen der Räder alles andere.

»Dann würde ich gerne mal Ihren Personalausweis sehen.«

Zbigniew erklärte, dass die Monatskarte in der Brieftasche sei – inklusive Personalausweis, Fahrzeugschein und allem.

»Dann haben Sie also nichts, womit Sie sich ausweisen können?«

Zbigniew schüttelte den Kopf. Nein. Dann fiel ihm ein, dass er doch ein Dokument dabeihatte, in seiner Jackentasche. Gerade, als er es herausziehen wollte, sah er, wie aus der eingefahrenen U-Bahn heraus Silvia Pütz winkte und an die Fensterscheibe klopfte.

Auch das noch.

Silvia Pütz hatte ihn gesehen. In zehn Minuten würde es die ganze Stadt wissen. Und nun sprang sie sogar zum Ausgang ihres U-Bahn-Waggons, blieb auf der Trittstufe stehen.

»Kann ich helfen?«, schrie sie besorgt.

Zbigniew schüttelte vehement den Kopf. Ein schwarzer Morgen. Ohne Fahrkarte erwischt, und dann auch noch von Silvia Pütz dabei beobachtet zu werden. Schlimmer konnte es nicht kommen.

Die U-Bahn-Tür schloss sich, Silvia zog ihren Kopf gerade noch rechtzeitig zurück. Die Bahn verschwand in der schwarze Röhre, die unter dem Hauptbahnhof weiterführte.

»Ich habe lediglich das hier«, presste Zbigniew hervor und holte aus seiner Jackentasche seinen Dienstausweis. »Alles andere hab ich … äh, in der falschen Hose.«

Da war sie wieder, die falsche Hose. Der Kontrolleur blickte auf Zbigniews kleinen Ausweis, und nun passierte etwas, was Zbigniew in seinem Leben nicht wieder vergessen würde. Heute, an diesem schwarzen Donnerstag, wo Silvia Pütz gesehen hatte, wie er beim Schwarzfahren erwischt wurde, wurde ihm auch noch demonstriert, wie verkommen die Welt im Allgemeinen war. Die von Erbarmungslosigkeit gezeichnete Miene des Kontrolleurs entspannte sich zu einem freundlichen Milchgesicht.

»Oh, das wusste ich nicht, warum sagen Sie das nicht gleich … Tut mir leid … Neu hier?«

Mit offenem Mund blickte Zbigniew den Kontrolleur an. Dann fiel ihm ein, dass er etwas antworten musste.

»Na ja, seit einem halben Jahr.«

»Kommt Jungs, wir ziehen weiter«, sagte der Kontrolleur zu seinen Handlangern. Zumindest kam es Zbigniew so vor. »Nichts für ungut, Herr Kollege. Und dann in Zukunft auf gute Zusammenarbeit!«

Der Kontrolleur verschwand mit seinem Trupp in das Nichts, aus dem er gekommen war. Immer auf der Jagd nach weiteren illegalen Fahrgästen, möglichst solchen, die nicht so tolle Dienstausweise hatten wie Zbigniew. Die nächste U-Bahn verschwand im Tunnel, und für einen Augenblick war Zbigniew allein in der Station. Stille umflutete ihn. Von einem Werbeplakat lächelte ein Maulwurf, der eine lokale Biermarke anpries.

Eigentlich musste er noch eine Station weiterfahren, bis zum Hauptbahnhof. Aber in Anbetracht der Umstände wollte er sein Glück nicht ein zweites Mal herausfordern. Zbigniew ging in Richtung Ausgang. Die Rolltreppe funktionierte ausnahmsweise, dennoch stapfte Zbigniew die Treppe hoch. Als kleine Wiedergutmachung an den städtischen Verkehrsbetrieben.

»Und in Zukunft auf gute Zusammenarbeit.« Das war das Beste. Als ob er gemeinsame Sache machen würde mit diesem Fahrkartenkontrolleur, dem man Korrumpierbarkeit unterstellen konnte – wenn man die Reaktion auf Zbigniews Ausweis verallgemeinerte. Zbigniew überlegte, ob sein Rechtsempfinden zu kleinkariert war. Immerhin hatte er gegen die undogmatische Lösung des Kontrolleurs nichts einzuwenden gehabt.

Zbigniew schob es auf das Überraschungsmoment und hielt sein Rechtsempfinden für goldrichtig.

Langsam mischte sich Tageslicht mit dem Neonlicht der düsteren, orange verfliesten Gänge in der U-Bahn-Station. Noch eine Rolltreppe, diesmal wirklich die Rolltreppe – genug ist genug –, und Zbigniew wurde vom unterirdischen Verkehrssystem ausgespuckt.

Zbigniew war recht selten am Breslauer Platz. Immer wieder überwältigte ihn die überschäumende Hässlichkeit dieses Ortes.

Dennoch hatte er, wie Zbigniew fand, einen gewissen morbiden Charme. Gebäude in einem seltsamen Orange und einem noch hässlicheren Blau, all diese schamlosen, gesichtslosen Nachkriegsbauten und, quasi als Kontrast, die in Glas und Stahl aufgemotzten Hintereingänge des Kölner Hauptbahnhofs, die eines Fürsten würdig waren. Nichts passte zusammen, und doch.

Statt den schöneren Weg durch die glänzenden Einkaufspassagen im Bahnhof zu gehen, nahm Zbigniew den Weg über die Gleisunterführung am südlichen Eigelstein. Es roch nach Urin, aber das hatte er sich verdient.

Heute wäre er wirklich besser zu Fuß gegangen.

»Haben sie dich beim Schwarzfahren erwischt?«, schallte es Zbigniew entgegen, als er vom Fahrstuhl aus den sechsten Stock des umgebauten ehemaligen Verlagshauses Stolkgasse betrat. Edwin, einer der jüngeren Mitarbeiter des Kriminalkommissariats 51 Köln-City, begrüßte den Hauptkommissar mit einem schallenden Lachen. Vielleicht pflegte Zbigniew doch einen zu legeren Umgangston.

Er setzte sich in sein Büro, das auf der unattraktiveren Seite ohne Domblick lag. Der Domblick war der etablierten Schnauzbartfraktion des KK 51 vorbehalten, allesamt Männer über fünfzig, und natürlich dem Dienststellenleiter und seiner Vorzimmerdame. Silvia Pütz.

Was lag heute an? Eigentlich nichts. Ein paar Protokolle und einen abschließenden Bericht schreiben zu dem Raubmord an der alten Dame. Silvia Pütz fegte durch die Gänge und fragte, ob Zbigniew auch einen Kaffee wolle. Zbigniew bejahte, obwohl ihm klar war, dass sie es nur tat, um eine Tasse mit ihm trinken zu können. Um, mit anderen Worten, eine kleine Plauderei über Zbigniews Begegnung mit der U-Bahn-Kontrolle führen zu können.

Der Tag verlief genauso schlimm, wie Zbigniew befürchtet hatte. Bis zur Mittagspause hatte das gesamte Personal der City-Polizei Stolkgasse die Geschichte vom schwarzfahrenden Hauptkommissar gehört. Und natürlich musste auch jeder, dem Zbigniew begegnete, ein Wort darüber verlieren. Um vierzehn Uhr zog Zbigniew die Tür hinter sich zu, verließ sein Büro nicht mehr. Es kamen noch zwei Anrufe zu dem Thema – einer von seinem ehemaligen Dienststellenleiter aus der Bonner Kriminalkommission –, dann trat Ruhe ein. Zbigniew schrieb seine Protokolle. Um sechzehn Uhr war er damit fertig und überlegte krampfhaft, wie er die letzte halbe Stunde herumbringen sollte. Seitdem die Polizeiverwaltung NRW einen Route-Tracer auf allen Dienstrechnern installiert hatte, konnte man noch nicht einmal mehr sinnlos im Internet herumsurfen.

Zbigniew war kurz davor, mit seinem Kopf auf der Schreibtischplatte einzudösen, als es an der Tür klopfte. Inspektor Zeynel Aspendos, sein liebster Kollege, legte einen Hundeblick auf und setzte sich ihm gegenüber in den Sessel. Zbigniew erwartete, dass er etwas sagen würde, doch es kam nichts. Noch nicht mal eine Humoreske zum kriminalen Schwarzfahrer, wie er mit Erleichterung registrierte – in Zeynels Blick war noch nicht einmal Ironie zu spüren.

»Und?«

»Eigentlich nichts«, antwortete Zeynel, und Zbigniew spürte, wie ihm das Wort »eigentlich« kalt über den Rücken lief.

»Aha.«

Zbigniew lehnte sich gespannt zurück.

»Ein fünfzehnjähriger Junge ist verschwunden«, murmelte Zeynel mit einer seltsamen Ratlosigkeit in der Stimme.

Zbigniew war irritiert. Innerhalb von zwei Sekunden hatte sein Verstand das Verschwinden des Jungen als unwichtig eingestuft. Ein fünfzehnjähriger Junge war verschwunden; die verschwinden halt mal und tauchen dann wieder auf. Bei fünfzehnjährigen Jungen war das Risiko einer Sexualstraftat minimal, sogar in der schwulen Kölner Innenstadt. In diesem Alter haben Jungs einen gewissen Freiheitswillen, und Eltern tendieren zur Überreaktion. Zbigniew hatte einen Dreizehnjährigen erlebt, der sich in den Kopf gesetzt hatte, nach München abzuhauen. Kurz vor Stuttgart wurde er entdeckt, auf der Zugtoilette des Intercitys Oskar Schlemmer, damals, als Züge noch Namen hatten. Einen Asterix-Comic hatte der Junge gelesen.

Zeynel sah Zbigniew wohl das »na und« im Blick an: »Katrin und ich haben schon ein wenig recherchiert, bei den Eltern und so. Ich glaube, da stimmt was nicht.«

»Mit den Eltern?«

»Nein, mit dem Verschwinden. Ich war im Zimmer des Jungen. Das ist ein Bücherwurm. Der geht nicht auf Partys. Raucht nicht, trinkt nicht, keine Freundin, dafür Tausende Bücher. Und klassische Musik.«

»Kein Wunder, dass er dann mal wegwill.«

Bereits beim Aussprechen tat Zbigniew dieser Satz schon wieder leid. Wenn Zeynels Nase sagte, dass etwas nicht stimmte, sollte man darüber keine Scherze machen. So nahm Zeynel Zbigniews Bemerkung auch nicht als humorvoll auf, sondern ernst.

»Ich glaube nicht. Der Vater ist ziemlich aufgeschlossen, Architekt, hört Rockmusik. Die Eltern sind normal, vielleicht ein bisschen unterkühlt. Gut situierte Verhältnisse.«

»Wer hat den Jungen zuletzt gesehen?«

»Die Eltern mussten gestern geschäftlich nach Berlin. Timo ist tagsüber allein zu Hause geblieben, das ist wohl sehr selten in dieser Art vorgekommen. Na ja, und am Abend war Timo nicht mehr zu Hause.«

»Also jetzt quasi vierundzwanzig Stunden her.«

»Ja. Die Eltern waren beunruhigt und haben hier angerufen.«

»Wann?«

»Heute Morgen. Die Mutter wollte wohl gestern Abend nach der Rückkehr direkt anrufen, aber der Vater hat sie beschwichtigt. Um vier Uhr heute früh kam dann der Anruf von ihr.«

Zbigniew nickte. Und fragte sich, warum er erst jetzt von dem Fall erfuhr. Vermutlich, weil er um acht die Morgenbesprechung mit dem Dienststellenleiter im Blauen Salon verpasst hatte. Bestimmt war der verschwundene Junge Thema gewesen. Zeynel fuhr fort.

»Katrin und ich haben heute die gesamte Nachbarschaft abgeklappert – Kioske, Supermärkte, gegenüber ist ein Café. Fehlanzeige. Niemand hat Timo gestern aus dem Haus gehen sehen, er ist einfach nicht mehr da.«

Zbigniew kam es unglaubwürdig vor, dass niemand den Jungen gesehen hatte. Aber Zeynel war der sorgfältigste Ermittler, den er kannte, inklusive Zbigniew selbst.

»Geht der Junge ins Internet? Chatten mit irgendwelchen Verrückten, Sexspielchen, Todessehnsüchte, irgendwas?«

»Kein eigener Internetzugang. Wir haben auch die Internetcafés in der Gegend gecheckt, da kennt ihn niemand.«

»Hat er eine Freundin?«

»Hab ich doch schon gesagt. Nein.«

»Freunde?«

»Freunde gibt es wohl nicht wirklich.«

Zbigniew runzelte die Stirn.

»Die Mitschüler?«

»Die Eltern haben heute Morgen vor der Schule einige Mitschüler von Timo angerufen, da wusste wohl niemand von nichts.«

»Habt ihr die noch nicht selbst befragt?«

Zeynel zog eine Grimasse.

»Die Eltern haben Angst, dass wir zu viel Wirbel verursachen. Und die von der Schule noch viel mehr. Wir haben im Wesentlichen diskret die Nachbarschaft gemacht, am Nachmittag den Klassenlehrer aufgesucht. Das war bescheuert, weil die Eltern ihren Sohn an der Schule bloß krankgemeldet hatten und der Lehrer von nichts wusste.«

Zbigniew runzelte missmutig die Stirn. Wenn der Junge wirklich verschwunden war, war »Wirbel« das geringste Problem. Es kam gelegentlich vor, dass sinnlose Diskretion und Heimlichtuerei von Verwandten im Umfeld eines Vermisstenfalls der einzige Grund war, warum Fälle nicht innerhalb weniger Tage aufgeklärt wurden.

»Na gut. Weiter. Rollenspiele?«

»Sieht nicht danach aus.«

»Mädchen?«

»Keine Freundin, keine Mädchen.«

»Jungs?«

»Quatsch. Wenn, dann Mädchen.«

»Ich denke, keine Mädchen.«

»Er ist nicht schwul«, stöhnte Zeynel. »Hat aber auch nix mit Mädchen, soweit wir wissen.«

»Dann wissen wir noch nicht genug. Ein 15-jähriger Junge und keine Mädchen, das gibt es nicht. Zumindest Fantasien.«

»Seine Fantasie kenn ich nicht, Chef.«

Zbigniew liebte es, wenn Zeynel ihn Chef nannte. Dann trat so schön in den Hintergrund, dass der einzige Chef auf der sechsten Etage der Dienststellenleiter war.

Ein Moment der Stille trat ein. Sechzehn Uhr zwanzig zeigte die Uhr.

»Katrin und ich haben das Gefühl, dass da was nicht stimmt«, sagte Zeynel noch einmal. Und, da Zbigniew nicht antwortete: »Der Junge heißt Timo Lindner. Lübecker Straße 6.«

»Bäh. Das ist ja bei mir um die Ecke.«

»Ich weiß.«

Einen Moment lang herrschte Stille, und Zbigniew ahnte, warum. Zeynel sah ihm in die Augen, Zbigniew las in seinen Gedanken. Es lag alles auf der Hand. Zeynel hatte die Familie von Timo Lindner lieb gewonnen und gedacht, dass Zbigniew sich um seine Beinahenachbarn mit besonders großer Leidenschaft kümmern würde.

»Ich denke, du ermittelst da mit Katrin.«

Zwar gab es – im Gegensatz zur Fernsehfiktion – keine festen Zweier-Ermittlungsteams, aber Zeynel saß mit Katrin in einem Büro, und für die kleineren Fälle arbeiteten sie oft in diesem gemischten Team zusammen. Als »Sachbearbeiter«, wie es lakonisch an allen Bürotüren des KK 51 stand.

»Ja, aber Katrin hat jetzt eine Woche Urlaub.« Zeynel zögerte. »Außerdem ist das ein Fall für dich.«

Es war in Zeynels Augen abzusehen, dass dieser am liebsten sofort noch einmal zur Familie von Timo Lindner hinfahren würde, um weiterzuermitteln. Und zwar mit Zbigniew gemeinsam. Wenn ernsthaft ein Kind vermisst war, spielte der Zeitfaktor eine entscheidende Rolle. Zbigniew hatte sonst auch nichts zu tun. Allerdings war er um fünf mit Lena verabredet. Und Lena konnte nur bis sieben. Und wenn es bei Zbigniew länger dauerte, würde auch dieser gemeinsame Abend wieder mal ins Wasser fallen.

»Immerhin wartet auf dich keine Frau«, grinste Zeynel. Zbigniew versuchte, einen möglichst neutral-unberührten Gesichtsausdruck aufzulegen. Zeynel wusste nicht über alles in Zbigniews Privatleben Bescheid, und das war auch besser so.

»Immerhin *wartet* deine Frau auf dich«, grummelte Zbigniew als Entgegnung, die eher für ihn selbst gedacht war. Oder für Lena, wenn sie da gewesen wäre. Er zog sich seinen Mantel an, schrieb Lena heimlich noch schnell eine frustrierte Absage-SMS und machte sich mit seinem Kollegen auf den Weg.

Die Lübecker Straße 6 schaute auf das Eigelsteintor, das mittelalterliche Nordtor von Köln. Rund um das Tor lagen einige schöne Häuser und enge Gassen; der ehemalige Nuttendistrikt von Köln war in den letzten zwanzig Jahren zu einer obskuren Mischung aus Medien-, Türken-, Penner- und Neureichenviertel geworden. Hier, einen Steinwurf vom Bahnhof entfernt, gab es noch ein paar versteckte Bordelle und Drogenabhängige, ansonsten wirkte alles sehr aufgeräumt. Die türkischen Döner- und Gemüseläden strahlten mittlerweile einen Hauch von Bürgerlichkeit aus, das Puffgebäude am Gereonswall stand unter Denkmalschutz, vor den Wettbüros standen Hochglanzkarossen. Einige Filmregisseure und Schauspieler hatten das Viertel entdeckt, soweit sie nicht nach Berlin gezogen waren. Im Eckhaus über einem Café wohnte in einem gigantischen Penthouse mit Dachgarten der Wirtschaftsminister des Landes Nordrhein-Westfalen, Edzard Schmidt, dem die Kollegen gelegentlich Personenschutz geben mussten. Polizeibekannt waren auch die Partys von Tom Böck, dem Sohn des Bürgermeisters, der in einer elitären New-Economy-Studenten-WG im Thürmchenswall hauste. Zusammengenommen mit den inter- und intrakulturellen Schlägereien auf der Straße machte all dies das Flair des Viertels aus.

Zbigniew und Zeynel waren zu Fuß gegangen; vom Polizeirevier Stolkgasse bis zum Eigelsteintor waren es nur zehn Minuten. Zbigniew selbst wohnte im Gereonswall auf der anderen Seite vom

Tor (und gegenüber vom Puff). Die paar Minuten Fußweg hielten ihn aber nicht davon ab, jeden Morgen zwei Stationen bis zum Hauptbahnhof mit der U-Bahn zu fahren. Im Zweifelsfall dauerte dies zwar länger als der Fußweg, verbrauchte aber weniger Kalorien. Zudem fand Zbigniew U-Bahn-Fahren grundsätzlich interessant. Seine Kollegen, Automobilfetischisten, die fast alle mit aufgemotzten und getunten Sportwagen zum Dienst kamen, spotteten regelmäßig darüber. Aber seine Kollegen wohnten zum größten Teil auch nicht in der Kölner Innenstadt, sondern außerhalb. Die berühmte Doppelhaushälfte inklusive Frau, Hund und Sandkasten in Bergisch Gladbach/Refrath. Zeynel machte hier die ruhmreiche Ausnahme; er wohnte zusammen mit seiner jungen Frau Laila in der Nähe von Zbigniew im schickeren Agnesviertel. Zbigniew mochte Zeynel sehr, immer wieder bemerkte er gewisse Gemeinsamkeiten zwischen ihnen. Die beiden hatten bereits zwei Kapitalverbrechen gemeinsam aufgeklärt, und neulich war Zbigniew zu Ohren gekommen, dass man ihn und Zeynel in einschlägigen Kreisen inzwischen »ZZ Top« nannte. Zbigniew fand es albern, aber er konnte damit leben. Es gab Schlimmeres, auch wenn die Zeit der alten Bartrocker definitiv vorbei war. Irgendwo tief im Innern fühlte er sich doch ein wenig geschmeichelt.

Das Klingelbrett der Lübecker Straße 6, eines prachtvollen Altbaus, wirkte wie das Konzentrat des gesamten Wohnviertels: Im Erdgeschoss eine Filmproduktion, darüber mischten sich türkische und deutsche Namen. Bei den Türken stand vorwiegend ein Name, bei den Deutschen waren es in der Regel zwei: »Rosenbaum/Schilz«, »Hoffmann/Thies«... In Deutschland war die Hochzeit mit Übernahme des Namens vom Partner aus der Mode gekommen, ganz klar. Nur am obersten Ende des Klingelschilds, da stand der Name Lindner, allein für sich. Zeynel drückte die Klingel.

Zbigniew hatte beim Umzug von Bonn nach Köln keine üble Wohnung gefunden, aber die Wohnung der Lindners ließ ihn ein wenig neidisch werden. Sie war ein Beispiel für die Diskretion von Reichtum. In zwei Stockwerken schob sie sich unter das Dach des

Hauses. Es gab eine Terrasse nach vorn mit Blick auf die Spitzen des Kölner Doms und einen Balkon nach hinten mit Blick in einen erstaunlich ruhigen Hof. Das alles natürlich unsichtbar für die Menschen unten auf der Straße; Zbigniew war schon oft an dem Haus vorbeigegangen, ohne irgendetwas zu bemerken. In der Wohnung dominierte Glas, die Einrichtung war sehr geschmackvoll, alles wirkte sauber und gepflegt. Zbigniews erster Eindruck war, dass sich hinter einer derartigen Fassade etwas verbergen musste. Aber Zbigniew wusste, dass dieser Gedanke eher einem Filmklischee nachlief, als dass er der Realität entsprach. Zumindest, was den prozentualen Anteil von einkommensstarken Haushalten in Verbrechensstatistiken betraf, der sehr gering war.

Zbigniew schüttelte die Hand von Olaf Lindner, einem vielleicht fünfundvierzigjährigen, hochgewachsenen Mann mit grauen Schläfen. Ein Chefarzt, fuhr Zbigniew in den Sinn, doch dann fiel ihm ein, dass Lindner Architekt war. Lindner führte die Kommissare ins geräumige Wohnzimmer. Zeynel unterhielt sich mit ihm, zur gegenseitigen Bestätigung, dass niemand etwas Neues zu berichten hatte. Zbigniew betrachtete die riesige Schallplattensammlung von Timo Lindners Vater, die in einem Echtholzregal fast eine gesamte Raumseite füllte. Konnte ein Vinylsammler ein schlechter Mensch sein?

Und dann setzte sich die Mutter von Timo dazu, Tonia Lindner, eine zierliche Person. Sie weinte fast die ganze Zeit. Lindner nahm seine Frau in den Arm. Hilflosigkeit, dachte Zbigniew, das ist hier das Dominante im Raum, pure Hilflosigkeit. Aber Zbigniew wusste auch, dass erste Eindrücke gelegentlich täuschen konnten.

Zbigniews Handy piepste den Empfang einer SMS im ungünstigsten Moment heraus. Verdammt, wieso hatte er das Handy nicht ausgemacht? Zbigniew schaltete es aus, ohne auf das Display zu schauen, und entschuldigte sich bei der Familie. Tonia Lindner schien ohnehin in Trance zu sein, aber der Vater hatte Zbigniew durch das taktlose Piepsen, den Sound der vierzehnjährigen Mädchen, nicht gerade stärker ins Herz geschlossen. So viel war klar. Während Zeynel und der Vater sich weiter unterhielten, musste Zbigniew permanent an die SMS denken. War das Lena? Was hatte sie geschrieben? War sie sauer auf ihn? Vermutlich. Sie hatte alles Recht der Welt dazu, sauer zu sein – auch das letzte Mal hatte er sie versetzen müssen. Und das, wo ihre Zeit mit ihm dermaßen eingeschränkt war.

Zbigniew merkte, dass es keine Chance gab, sich weiter zu konzentrieren, solange er nicht den Inhalt der SMS kannte. Er überlegte eine Zeitlang, was er tun sollte, dann fragte er höflich nach der Toilette. Der Vater wies ihm mit neutralem Blick den Weg durch den Flur. Zbigniew ging durch den Türrahmen des Bads und versuchte, die seltsam anmutende Türkonstruktion zu verschließen. Olaf Lindner zeigte ihm den Trick: Es gab einen Metallhebel aus gebürstetem Chrom neben der Tür, der die banale, haushaltsübliche aus einem Schlüssel in einem Schloss bestehende Lösung ersetzte.

Affig.

Zbigniew atmete auf, als er allein war. Er sah sich um: Das Badezimmer der Lindners war fast so groß wie sein Wohnzimmer. Zbigniew setzte sich auf den Toilettendeckel und schaltete das Handy ein. Bitte jetzt nicht sofort klingeln, flehte er das elektronische Steuerungssystem seines Mobilfunkanbieters an, und glücklicherweise erhörte es ihn. Schnell stellte Zbigniew sein Handy auf lautlosen Empfang. Dann sah er in die Mitteilungsbox hinein. Natürlich, Lena. Eine SMS von Lena.

»Leck mich.«

Zbigniew atmete tief durch. Leck mich. Das war nicht sexuell gemeint. Das war wütend. Und wenn Lena wütend war, war sie meistens wochenlang unausstehlich. Zickig, schoss es Zbigniew durch den Kopf, und er dachte an eines ihrer vielfältigen Spruch-T-Shirts: 10 % Zicke. Die zehn Prozent waren nun aktiviert, ganz klar. Und Lena hatte recht. Wie konnte er sie zum zweiten Mal nacheinander versetzen? Wegen eines fünfzehnjährigen Wohlstandsbengels, Architektensohns, der wahrscheinlich mit einer heißen Flamme für ein paar Tage nach Paris abgehauen war. Nur möglichst weit weg von dieser riesigen Schallplattensammlung. Wie schrecklich: ein Vater, gegen den man in der Pubertät noch nicht einmal anprotestieren kann, weil er okay ist, weil er die riesigste Schallplattensammlung von Köln hat, Jeans trägt, einen saucoolen Job hat und einen noch nicht einmal schlägt. Da kann man ja nur abhauen.

Was sollte die Polizei hier? Deswegen musste Zbigniew Lena absagen?

Es war nicht fair.

Zbigniew verließ den Toilettendeckel und schlenderte umher. Eine große Badewanne in der Form eines Oktogons, in Marineblau; so etwas hätte er auch gerne bei sich zu Hause. Zbigniew zögerte kurz, dann betätigte er die Spülung der Toilette, für den Fall, dass jemand an der Klotür lauschte. Falls man diese Designerkonstruktion Klotür nennen durfte. Wasser zischte durch die Toilette, doch es war leiser, als es Zbigniew von der eigenen Wohnung kannte. In dieser Wohnung war alles optimiert.

Und dann meldete sich Zbigniews Handy. Vibrationsalarm. Zbigniew erschrak so sehr, dass er das Handy fallen ließ. Es lag hinterm Klo. Zbigniew beugte sich hinter die Toilette und bewunderte die Sauberkeit; an der gleichen Stelle in seiner eigenen Wohnung würde besser niemand Bodenproben nehmen. Er griff nach seinem Handy und schaute auf das Display: natürlich Lena, diesmal telefonisch und bestimmt noch wütender. Hastig schaltete Zbigniew das Handy wieder aus und steckte es ein. Er hatte das Gefühl, er sollte schleunigst die Toilette verlassen. Genau in diesem Augenblick hörte er an der Tür, wie Zeynel fragte, ob alles in Ordnung sei. Zbigniew murmelte ein »Jaja«, wusch sich die Hände und entriegelte die Toilettentür.

Das Zimmer von Timo Lindner imponierte Zbigniew nicht weniger als Zeynel, obwohl dieser ihm den Raum auf dem Hinweg bereits beschrieben hatte. Zeynel hatte in keinem Punkt übertrieben. Bücher über Bücher füllten das Zimmer, das ansonsten nur mit einem Schreibtisch, einem Kleiderschrank und einem Bett ausgestattet war. Zbigniew schaute unter das Bett und entdeckte einen Stapel Opernpartituren. Timos Vater erklärte, klassische Musik sei Timos großes Interesse. Doch Timo musste viele Interessen haben: Die Regale waren prall gefüllt mit übereinanderliegenden Geschichtsatlanten,

Kunstbüchern – darunter Maler, deren Namen Zbigniew noch nicht einmal gehört hatte – und unzähligen Romanen. Timo hatte mit seinen fünfzehn Jahren mehr gelesen, als Zbigniew es jemals in seinem Leben schaffen würde – und dabei hielt er sich durchaus für einen Leser. Zbigniews erster Gedanke war, dass eine Persönlichkeit, auf die dieses Zimmer hinwies, nicht von alleine spurlos verschwinden würde.

Ein weiteres Mal kam Zbigniew in den Sinn, dass Timo vielleicht in irgendwelche realen Rollenspiele hineingeraten war. Vor ein paar Monaten wurden vier hochgebildete Studenten festgenommen, die ein Rollenspiel – der eine spielte Zauberer, der zweite Hexenmeister, der dritte Ritter und der vierte … Zbigniew hatte es vergessen … – real gespielt hatten, nicht bloß auf dem Spielbrett; dies ging so weit, dass der Ritter dem Zauberer in einer Kirche, wo es offenbar zum finalen Duell des Spiels kommen sollte, die Hand abgeschlagen hatte. Real. Zbigniew konnte nach seinen sieben Jahren Kriminalkommissariat Bonn eigentlich nichts mehr erschüttern; er konnte sich fast alles vorstellen, wozu Menschen in der Lage waren. Köln war von der *Art* der Kriminalität her meistens einfältiger als Bonn.

Wenn Timo derartig stark in einer Bücherwelt lebte, hatte er möglicherweise den Sinn für die Realität verloren. Falls er nicht in ein Rollenspiel hineingeraten war, hatte ihn die böse Hexe des Westens in ihre Fantasiewelt mitgenommen, dachte Zbigniew und musste ein Grinsen unterdrücken.

Als Zbigniew die Bücher näher betrachtete, rückte er aber von diesen Überlegungen ab. Es gab keine Fantasybücher in Timos Zimmer, alles hatte kulturell, historisch oder politisch Hand und Fuß. Die Romane waren von Tolstoi, Hemingway und Le Carré; hier war noch nicht mal ein Tolkien oder ein Harry Potter zu finden. Sherlock Holmes, immerhin. Was war dieser Timo nur für ein Junge?

Er hatte es laut gesagt, verdammt.

»Was war das nur für ein Junge?«

Der Mutter gefror das Blut im Gesicht. Zbigniew fand sie recht attraktiv; sie hatte kurzes, fast schwarzes Haar und sehr feine Züge.

Tonia hieß sie, Tonia, ein schöner, seltsamer Name. Besonders gefiel Zbigniew ihre kleine Stupsnase.

»Wie meinen Sie das: war?«

Erst jetzt begriff Zbigniew. Die Mutter war äußerst bleich geworden. »Entschuldigen Sie, das war ungünstig formuliert«, stammelte er. »Ich meine, ich kenne Ihren Sohn ja nicht, und für mich als Ermittler sind dies hier sozusagen Spuren aus seiner Vergangenheit.«

Zeynel sah seinen Kollegen fassungslos an und sprang mit einer ablenkenden Schmeichelei in die Bresche.

»Der Herr Hauptkommissar ist bloß genauso sehr beeindruckt wie ich. Von den Interessen und der Bildung Ihres Sohns.«

»Ja, Timo ist ein ganz besonderer Junge.«

Zbigniew horchte auf. Dieser Satz kam von hinten, von Timos Vater. Olaf.

»Wenn er das hier alles gelesen hat – und weiß –, ist er dann nicht, quasi, ein Wunderkind?«

»Er geht auf die Hildegardschule«, antwortete die Mutter, als ob dies alles erklären würde. Zbigniew überlegte einen Moment zu lange, Zeynel half ihm auf die Sprünge.

»Eine Schule für Hochbegabte in Lindenthal.«

Zbigniew nickte. Er hatte davon gehört, ein neues Bildungsprojekt des Landes, das die Hochbegabtenförderung vorantreiben wollte. Und vermutlich nur die Kluft in der Gesellschaft noch weiter aufreißen würde. Zbigniew musste ans KK 57 denken, das Kölner Kommissariat für Jugendkriminalität, das in der Stolkgasse mit dem KK 51 und allen Polizeiwachen der Innenstadt unter ein Dach gebracht worden war. Die Kollegen, mit denen sich Zbigniew häufig in der Kantine austauschte, hatten die nächste Generation der Gesellschaft vor Augen – hoffentlich war sie nicht repräsentativ für Deutschland. Minderjährige Schläger, Randalierer, Sprüher, Messerstecher, Turnschuhdiebe und Drogendealer waren an der Tagesordnung. Vielleicht waren normale Schulen für die Vermittlung von Werten nicht mehr zuständig.

Nein, Timo ging natürlich auf die Hildegardschule. Dort würde die zukünftige Elite des Landes herstammen.

»Hat Ihr Sohn einen Computer? Zugang zum Internet?«, fragte er.

Timos Vater schüttelte verständnislos den Kopf.

»Die Hildegardschule bildet klassisch aus – sie ist eine altsprachliche Einrichtung. Latein, Altgriechisch, musikalische Erziehung, *wirkliche* Bildung. In den beiden Abschlussjahren kommt dann Informatik hinzu, da lernen die Kinder alles über Computer, was sie für das Leben brauchen. Wir halten es für sehr sinnvoll, wenn das erst später vermittelt wird – *nach* den Grundlagen abendländischer Bildung.«

Zbigniew nickte. Er hielt es insgeheim auch für sinnvoll, wollte sich aber nicht bei den Eltern anbiedern. Er überflog mit seinen Augen noch einmal das Zimmer.

Irgendetwas stimmte hier nicht. Irgendetwas in diesem Raum hier war grundlegend verkehrt. Zbigniew spürte es, doch er kam nicht darauf, was es war. Die Bücher? Nein, sicher nicht, auch wenn sie in ihrer Menge ungewöhnlich waren. Das Fenster? Zbigniew ging zum Fenster, schob einen dunklen Vorhang zur Seite. Die Lübecker Straße, prachtvolle Altbauten gegenüber. Fast sah es so aus wie aus Zbigniews eigenem Fenster.

Eine angenehme Umgebung.

»Und Sie haben wirklich keine Erklärung für sein Verschwinden?«, fragte Zbigniew. Eine sinnlose Frage, nur gestellt, um noch ein wenig die Atmosphäre des Raums einatmen zu können.

»Nein. Es ist für uns völlig unerklärbar.«

Völlig unerklärbar. Zbigniew verabschiedete sich unten, vor dem Haus, von Zeynel. Sie beschlossen, am nächsten Tag zur Schule von Timo Lindner zu fahren.

»Wo hast du die Vermisstenmeldung hingetan?«, fragte er Zeynel. Dieser wurde leicht rot.

»Es gibt noch keine.«

»Wieso denn das nicht?«

»Weil … Die Eltern wollten das nicht, also, dass …«

»Dass?«

»Na ja, sonst könnten wir ja an die Presse und …«

Zbigniew schüttelte unwirsch den Kopf.

»Darauf hast du dich eingelassen? Was ist, wenn der Junge wirklich entführt wurde? Ist den Eltern ihre Ruhe wichtiger als das Leben des Sohnes?«

»Nein, ich hatte … Also, ich hatte denen vorgeschlagen, dass wir erst mal …«

Zbigniew wedelte wild mit seinen Händen. Zeynel kannte diese Bewegung; sie bedeutete: keine Details; Zbigniew wollte nichts darüber hören. Am Anfang seiner Kölner Zeit hatte Zbigniew noch zusätzlich »keine Details« gesagt, inzwischen reichte das Handwedeln.

»Weiß der Dienststellenleiter das?«

Der Dienststellenleiter des KK 51 hieß Müller, aber alle nannten ihn bloß den Dienststellenleiter.

»Nein.«

»Dann sollten wir morgen früh eine Vermisstenanzeige auf dem Tisch haben, oder?«

Zeynel sah ihn unwillig an.

»Ja«, sagte er dennoch.

Zbigniew war etwas schroff geworden, jetzt tat es ihm schon wieder leid.

»Noch ein Bier?«

Zeynel druckste herum.

»Lieber heute nicht, wir sind schon spät, und Laila …«

»Na gut.«

Zbigniew verabschiedete sich von Zeynel, und die beiden gingen in verschiedene Richtungen auseinander. Warum hatte Zbigniew nach dem Bier gefragt? Weil er Zeynel gegenüber ein wenig laut geworden war? Nein, Zbigniews innerer Psychiater diagnostizierte, dass er hinauszögern wollte, sich Lenas Zorn zu stellen.

Zbigniew ließ das Handy ausgeschaltet. Er hatte es nicht weit zu seiner Wohnung, es waren etwa zweihundert Meter. Hatte er noch etwas zu essen im Kühlschrank? Zbigniew wohnte im dritten Stock eines etwas heruntergekommenen Altbaus, und es gab keinen Aufzug; er hasste es, wenn ihm oben angekommen einfiel, dass er noch etwas besorgen musste. Die vielen Stufen.

Heute gab es nichts mehr einzukaufen, beschloss Zbigniew und öffnete die Haustür. Frau Junkersdorf aus dem Erdgeschoss, die Hüterin der Ordnung in diesem Haus, warf ihm einen etwas seltsamen Blick zu. Zbigniew grüßte naiv zurück.

Ein Blick in den Postkasten, nichts. Er stapfte die Treppen hoch. Und erlitt fast einen Herzinfarkt, als er um die letzte Kehre vor seiner Wohnung kam und dort jemand auf den Stufen im Halbdunkel saß. Nach dem ersten Schreck folgte der zweite. Zbigniew erkannte, dass es Lena war. Regungslos hatte sie ihren Kopf auf ihre Hände, die Arme auf die Knie gestützt und starrte ihn an. Zbigniews erster Gedanke nach dem Schreck war, dass von Lena eine Aura ausging – und dieses Stockwerk im Treppenhaus davon erfüllt war. Eine Aura aus Trotz. Ein bisschen Wut, aber vor allem Trotz. Hier bin ich, du Verräter, nur dass du es weißt, leck mich. Trotz aus allen Poren, bis zum Zierputz an der Wand.

Was war die optimale Begrüßungsformel in seiner Situation? Lena, es tut mir leid … Nein. Er sagte, in einem eher fordernden Ton:

»Und?«

Hoffentlich war der Tag bald zu Ende.

Lena sah ihn ungläubig an. Sie dachte offensichtlich darüber nach, was Zbigniew mit seinem »Und?« meinen könnte: Und, was willst du mir damit demonstrieren? Oder: Und, geht es dir besser, wenn du mir hier vor meiner Wohnung auflauerst? Zbigniew wusste, was er mit dem »Und?« meinte, aber er war klug genug, es nicht auszusprechen. Und eigentlich meinte er es auch nicht wirklich.

»Was *und*, ist das alles, was dir einfällt?«, fauchte sie.

Zbigniew dachte nach. Im Moment fiel ihm wirklich nicht mehr ein. Er wünschte es sich aus tiefstem Herzen, aber da kam nichts. Was sollte er sagen? Lena, da ist ein Junge vermisst, wir mussten noch mit den Eltern reden? Ein Junge oder ein Mädchen oder ein Erwachsener, vermisst, tot, vergewaltigt, entführt, ausgeraubt, irgendwas. Zbigniews Job halt. Wäre Zbigniew Arzt, hätte er sagen müssen: Da war noch ein Notfall, dem mussten wir den Blinddarm herausnehmen. Lena wusste es ja. Sie wusste eine Menge über seinen Job, sie hatte genug Krimis gesehen, sie begriff, wie es war als Kriminalbeamter. Trotzdem hatte sie kein Verständnis dafür, und Zbigniew konnte verstehen, dass sie kein Verständnis hatte. Und eigentlich, hätte die Befragung von Timos Eltern nicht bis morgen Zeit gehabt? Falsches Pflichtbewusstsein.

Zu Zbigniews Überraschung fing Lena nun an zu weinen. Wie ein Kind. Sie war ein Kind, gestand sich Zbigniew, irgendwo war sie ein Kind. Eine Sekunde lang stand Zbigniew wie angewurzelt da, doch dann beugte er sich hinunter und nahm Lena in den Arm.

»Du nimmst mich überhaupt nicht ernst«, warf sie ihm schluchzend vor.

Das stimmte nun nicht. Obwohl Lena erst siebzehn war, nahm Zbigniew sie mehr als ernst. Als er sie vor etwas über einem Jahr kennengelernt hatte, hätte Zbigniew sich im Traum nicht vorstellen können, dass eine Siebzehn-, damals Sechzehnjährige ihn hätte beeindrucken können. Im Gegenteil, Zbigniew war tendenziell eher auf ältere Frauen fixiert. Attraktive Frauen ab vierzig, das war seine Domäne gewesen, bis zu seinem 36. Lebensjahr.

Zbigniews Mutter hätte ihm vorgeworfen, dass er sich vor der Verantwortung drücken wollte – der Verantwortung, bei einer einzigen Frau zu bleiben, mit ihr eine Familie zu gründen. Einer gleichaltrigen Frau. Zbigniew wusste, dass die Vermutungen seiner Mutter richtig waren, auch wenn sie lange tot war und seine heiße Junggesellenphase glücklicherweise nicht mehr miterlebt hatte. Mit Lena aber hatte sich Zbigniews Leben schlagartig geändert: Er hatte sich in dieses frühreife Mädchen verliebt, so, wie er es schon lange nicht mehr erlebt hatte. Bereits in der Annäherungsphase, die fast ein halbes Jahr dauerte, war er ihr treu. Zbigniew wollte eigentlich nicht mit Lena schlafen, schließlich war sie minderjährig und er Polizeibeamter – dann passierte es aber doch, an ihrem siebzehnten Geburtstag. Sie hatte ihn relativ unromantisch vor die Wahl gestellt: Lena inklusive Sexualität oder gar keine Lena. Zbigniew hatte stundenlang alle möglichen Bedenken mit ihr ausdiskutieren wollen, aber Lena hatte ihn schließlich mit Fakten mundtot gemacht. Romantisch wurde es dann trotzdem noch. Und im Prinzip war Lena nun seine Freundin. Im Prinzip, weil natürlich niemand etwas davon wissen durfte – weder die Kollegen im Polizeidienst noch Lenas Eltern. Zbigniew konnte damit leben, nicht aber Lena: Ständig warf sie ihm vor, dass er nicht zu ihr stehen würde, dass er sie nicht ernst nähme. Dabei war dies nur eine Folge der Gegebenheiten, fand Zbigniew. Es ging einfach nicht, diese Beziehung zu öffentlich zu machen. Zumindest nicht, bis Lena achtzehn war. Selbst dann würde es ein fahles Licht auf seine Persönlichkeit werfen, schließlich war er kein Rockstar. Und Lena wusste dies durchaus; nicht umsonst trieb sie ein qualvolles Versteckspiel mit ihren Eltern, das zu seltsamen Zeitslots in ihrem Beziehungsleben führte. Donnerstags von 17 bis 19 Uhr, das war so ein Zeitslot. Lena hatte sich für die Eltern irgendeine Tanzstunde ausgedacht. Welche Jugendlichen gingen noch zur Tanzstunde?

»Es war nicht möglich. Es tut mir leid. Ein Junge ist vermisst …«

Lena lächelte ihn mit ihren verheulten Kulleraugen an.

»Immerhin bist du alleine gekommen«, grinste sie nun.

Hatte Lena sich hier ins Treppenhaus gesetzt, um ihn in flagranti mit der Frau, wegen der er Lena versetzt hatte, zu erwischen? Zbigniew schauderte bei dem Gedanken, dass Lena neurotisch eifersüchtig sein könnte.

»Man weiß ja nie«, fügte Lena mit einer spitzbübischen Grimasse hinzu und zog sich an seinen Händen hoch.

»Weiß man nicht?«

»Mach schon auf!«, forderte sie und zog ihn zur Tür.

Zbigniew schloss die Tür auf, Lena rannte an ihm vorbei in die Wohnung. Zbigniew schaltete das Licht im Flur an. Es war aufgeräumt, er hatte ja gewusst, dass Lena am Abend kommen würde. Zbigniew hängte etwas tranig seine Jacke auf einen Haken und ging ins Wohnzimmer, wo Lena hibbelig auf der Couch herumlungerte.

»Ich will nämlich mit dir reden.«

»Oh.«

Zbigniew setzte sich auf einen Stuhl am Esstisch und betrachtete Lena, die nervös an ihren kurzen, schwarz lackierten Fingernägeln herumzupfte.

»Ich hab beschlossen, meinen Eltern Bescheid zu sagen.«

Zbigniew atmete durch. Lena hatte beschlossen.

»Also, jetzt nicht so konkret mit dir, aber dass ich 'nen Freund habe, 'nen süßen bei der Polizei, und dass ich ab jetzt häufiger bei dem bin. Die müssen dich ja nicht gleich kennenlernen.«

Nein, das mussten sie nicht. Was Lena sagte, klang logisch.

»Dann kann ich auch bei dir übernachten, und wir können in Urlaub und so.«

Zbigniew atmete durch. War dies wirklich möglich? Er versetzte sich in die Eltern: Der unbekannte Polizist, der Freund meiner siebzehnjährigen Tochter? Ein Mann, den man nicht kennt, der aber wohl in Ordnung ist, schließlich hat Töchterlein ihn sich ja ausgesucht?

Nein. Zbigniew kannte Eltern. Er kannte so viele Eltern aus seinen Ermittlungen, dass er wusste, dass der ominöse Freund in grüner Uniform kein Phantom bleiben durfte. Die Energien, die Eltern freisetzten, um Dinge über ihre Töchter herauszufinden, waren unermesslich. Und Lenas Vater war Studienrat, das kam noch erschwerend hinzu.

»Das wäre natürlich toll«, sagte Zbigniew.

Zbigniew betrachtete Lenas Mund. Sie hatte die Unterlippe leicht angespannt, in ihrem Gesichtsausdruck lag etwas Herausforderndes. Zbigniew liebte es, wenn Lena einen fordernden Gesichtsausdruck hatte.

»Schön. Ich hatte schon gedacht, du würdest was dagegen sagen. Hättest aber eh keine Chance.«

»Schon klar.«

»Ich muss jetzt weg. Bin schon viel zu spät.«

»Ja, ich weiß. Tut mir echt leid.«

»Ist okay, Herr Kommissar.«

Lena ging auf ihn zu. Zbigniew fuhr durch den Kopf, dass er ihr noch etwas sagen musste. Schonend erklären, warum es unter Umständen noch nicht ganz optimal wäre, wenn sie ihren Eltern vom unbekannten Polizistenfreund erzählen würde.

»Sag mal, kennst du eigentlich die Hildegardschule?«, fragte er sie stattdessen.

Lena kam gefährlich nah auf ihn zu. Zbigniew rückte ein wenig zurück, doch die Tischkante ließ ihm nicht mehr als ein paar Zentimeter.

»Ja klar, wieso?«

»Da ist ein Junge … ein Junge verschwunden. Und ich bin mir nicht ganz sicher, ob …«

»Feierabend«, sagte Lena in einem endgültigen Tonfall und hockte sich vor Zbigniew auf den Boden; dabei ließ sie keinen Moment mit ihrem Blick von seinen Augen ab. Zbigniew wurde unsicher; seine Hände wurden leicht feucht, und er ahnte, dass Lena seine Unsicherheit genoss. Er wagte es nicht, noch ein Wort über den Jungen zu verlieren. Oder gar über Lenas Eltern. Es hätte wohl auch nicht viel gebracht, denn nun öffnete Lena Zbigniews Hosenschlitz und zerrte seinen Schwanz recht rüde aus der Unterhose.

»Nur der hier, der hat noch keinen Feierabend«, fügte Lena hinzu.

Mit diesen Worten hatte sich Lena auch bereits seinen nicht erigierten Schwanz in den Mund gesteckt. Ein Gefühl der Hilflosigkeit überfiel Zbigniew; Lena umklammerte seine Hüften und hatte sein Becken voll unter Kontrolle. Zbigniews Schwanz wurde hart, natürlich wurde er hart. Zbigniew hatte das dringende Gefühl, dass er ihn vorher hätte waschen wollen.

Gedankenfetzen wischten durch Zbigniews Kopf, ein U-Bahn-Kontrolleur, auf gute Zusammenarbeit, ein seltsames Kinderzimmer, ein Junge voller Bücher im Kopf. Zbigniew begann zu keuchen, als Lena seinen Schwanz mit einer gewissen Unerbittlichkeit in sich hineinsaugte. Ein orangefarbener Schleier legte sich auf seine Gedanken, es gab nur noch Lena, Lena. Lena, minutiös den Rhythmus ihrer Aktionen kontrollierend, ihre Zunge präzise jonglierend, die Feuchtigkeit, Lena mit ihrem Gaumen balancierend, zwischen unerträglich süßer Enge und traumwandlerischer Weite um seine

Eichel herum, Luftraum, Freiheit, Abendrot. Lena, die volle Kontrolle, alle Gedanken weichen auf, zerfließen, die volle Kontrolle, mehr Orange – ein kurzer Gedankenblitz an den Breslauer Platz –, Orange durchleuchtet Zbigniews Schädeldecke, Lena ihn umhüllend, zerfließend, ihn fest umhüllend, Orange. Orange, als Zbigniew sich in Lenas Mund ergießt, zuckend, mehrere Male nachzuckend, bis Lena nachlässt, seine Eichel ableckt und sich grinsend zurücklehnt.

»Das nehm ich mal mit von dir«, sagt sie. Es klingt wie ein Scherz, aber es ist realer als jeder Gedanke. Und als Lena aufsteht, ihm einen fast flüchtigen Kuss auf die Wange gibt und sich zum Türrahmen wegbewegt, sitzt Zbigniew mit halb aus der Hose heraushängendem Schwanz auf seinem Stuhl und hat das Gefühl, sich in einem völlig leeren Raum zu bewegen, einem Raum ohne Gedanken, ohne Gegenstände, ohne Zeit.

»Ich schick dir morgen 'ne SMS«, ruft Lena noch aus der Eingangstür, die eine Sekunde später mit einem lauten Knall zugeschlagen wird.

Und in diesem Moment fällt Zbigniew ein, was im Zimmer von Timo Lindner nicht gestimmt hat. Wie ein Blitz fährt ihm der Gedanke durch den Kopf und erzeugt, alle Erregung mit einem Schlag fortspülend, eine Gänsehaut auf seinem ganzen Körper.

2

Eine Kopie der Vermisstenmeldung von Timo Lindner lag auf Zbigniews Schreibtisch, als er am Freitagmorgen sein Büro betrat – abermals so spät, dass er die Frühbesprechung verpasste. Ein Smiley lächelte Zbigniew von dem Papier an.

Zbigniew hatte in der Nacht schlecht geschlafen, zu viele Dinge waren durch seinen Kopf geschwirrt. Am Morgen war er sofort zur Lübecker Straße 6 gegangen. Er wollte sich das Zimmer von Timo noch einmal ansehen. Doch es hatte niemand geöffnet, und der über der Filmproduktion wohnende türkische Hausmeister konnte ihm nicht weiterhelfen. So musste Zbigniew unverrichteter Dinge zum Kommissariat fahren. Dieses Mal ohne Zwischenfälle in der U-Bahn bis zum Hauptbahnhof.

Zbigniew ließ sich in seinen Stuhl im Büro plumpsen und nahm den Telefonhörer in die Hand. Er wählte die Nummer der Lindners. Nach dreimaligem Klingeln meldete sich ein Anrufbeantworter. Zbigniew hörte sich die Ansage an. Timos Mutter leierte eine äußerst schlichte Ansage dahin, bevor der Piep Zbigniew zu verbaler Aktivität aufforderte. Zbigniew legte auf. Es war 9.13 Uhr. War es möglich, dass beide schon zur Arbeit waren? Oder schliefen beide noch? Der türkische Hausmeister hatte keine Ahnung gehabt.

Zbigniew rätselte, wie Zeynel mit seiner Vermisstenmeldung bereits erfolgreich gewesen sein konnte, wo er selbst die Lindners überhaupt nicht erreichte. Die Antwort auf das Rätsel kam direkt in sein Büro.

»Sag mal, ich erreiche bei den Lindners niemanden«, begrüßte Zbigniew seinen Kollegen.

»Die sind in Mailand«, erklärte Zeynel lakonisch.

»In Mailand?«

»Ja. Also, nur für heute. Der Mann hat eine wichtige Besprechung dort. Die Frau ist mit, keine Ahnung, ob die auch was mit der Besprechung zu tun hat. Brauchst du die Handynummer?«

»Und wann sind die losgeflogen?«

»Ich glaub, der Flieger ging um sechs oder so.«

Zbigniew starrte irritiert auf die Vermisstenmeldung auf seinem Schreibtisch.

»Ach so«, erklärte Zeynel, »das habe ich gestern Abend noch erledigt. War nicht leicht, sag ich dir.«

Zbigniew versuchte, einen anerkennenden Gesichtsausdruck aufzulegen.

»Und wann kommen die Lindners aus Mailand zurück?«

»Heute Abend. So gegen zehn, hat Frau Lindner gestern gemeint.«

»Weißt du den Flug?«

Zeynel zuckte die Achseln. Zbigniew rief Silvia Pütz herein und beauftragte sie, herauszufinden, auf welchen Flieger die Lindners ihre Rückkehr gebucht hatten. So etwas tat sie gern.

Die Hildegardschule lag inmitten eines Wohngebiets für Gutbetuchte in Lindenthal. Offenbar war der Seitenflügel eines ehemaligen Klosters für die Schule umgebaut worden. Zeynel spielte den alten Kölner und erklärte Zbigniew, dass dies schon vor fünfzig Jahren geschehen war. Bis vor kurzem habe der Seitenflügel eines der letzten reinen Mädchengymnasien von Nordrhein-Westfalen beherbergt. Mit dem derzeitigen Staatsminister für Kultur und Bildung war ein neuer Wind in die Schulpolitik des verkrusteten Bundeslandes gekommen; allerdings war noch nicht zu erkennen, ob der Wind angenehm frisch oder eisig war.

Als Zbigniew mit seinem Kollegen die düsteren Gänge des Schultraktes entlangging, stieg in ihm die unangenehme Erinnerung an seine eigene Schulzeit hoch. Die gelblichen, seit Jahren nicht gestrichenen Wände und die hohen Decken sahen fast so aus wie im Laudaneum in Siegburg, wo Zbigniew neun Jahre seiner Jugend verbracht hatte. Die ehemalige Priesterschule war zu seiner Zeit noch erzkatholisch gewesen, hier hieß die fünfte Klasse Sexta und die dreizehnte Klasse Oberprima. Was Zbigniew am meisten frappierte, war der Geruch im Gang der Hildegardschule, dieser eigenartige Linoleumgeruch, der sofort irgendwelche längst verschollen geglaubten Synapsen im Gehirn aktivierte: Ich bin in der Schule, ich rieche es. Und das scheußliche Licht, das von einigen Neonröhren erzeugt wurde und zu den alten Gemäuern so sehr passte wie eine Kerze zu einem Einkaufszentrum.

Zeynel sprach kurz mit der Schulsekretärin, dann gingen sie weiter zum Büro des Direktors. Die Sekretärin stellte die Polizisten vor, dann entschwand sie. Der Direktor war zu Zbigniews Überraschung eine Frau, Zbigniew schätzte ihr Alter auf etwa fünfzig Jahre. Das Äußere der Direktorin strahlte eine nüchterne, gepflegte Zeitlosigkeit aus; ihr Gesicht hatte recht harte Züge, fast so, wie man es von einer Direktorin erwartete. Mit festem Händedruck begrüßte sie die Polizisten; dabei roch Zbigniew ein süßes, schweres Parfüm, das mit dem Erscheinungsbild der Direktorin nicht ganz einherging.

»Wir werden Sie natürlich in jeglicher Hinsicht unterstützen«, formulierte die Direktorin bereits, als sie sich mit den Kommissaren in der Sitzecke des geräumigen Büros niederließ, »ich würde Sie jedoch bitten, den Schulbetrieb nicht zu stören. Und ich würde Sie ersuchen, die Angelegenheit so klein wie möglich zu halten; nicht, dass wir Timos Verschwinden nicht ernst nehmen, aber wir müssen ja nicht unnötigerweise andere Schüler oder Eltern verängstigen.«

Zbigniew wollte etwas sagen, doch die Direktorin wandte sich an Zeynel:

»Timos Eltern hatten ja ein paar Klassenkameraden angerufen, und so etwas macht schnell die Runde. Da kursieren innerhalb weniger Stunden die wildesten Gerüchte.«

»Wir werden versuchen, Ihren Betrieb nicht zu stören«, sagte Zbigniew, »aber wenn ein Schüler verschwindet, entstehen natürlich Gerüchte. Umso mehr, wenn man versucht … es besonders geheim zu halten.«

Die Direktorin nickte ein wenig unwillig.

»Was für Gerüchte kursieren denn?«, wagte sich Zeynel vor.

»Das weiß ich nicht.«

Zbigniew glaubte ihr nicht. Information war in einer Leitungsposition das halbe Geschäft.

»Wir werden es herausfinden«, sagte er in einem möglichst gleichgültigen Ton.

»In zehn Minuten ist die erste große Pause. Ich würde vorschlagen, dass Sie sich zunächst noch einmal mit Timos Klassenlehrer in Verbindung setzen. Ich habe ihm die Verantwortung für Ihre Untersuchung vonseiten unserer Schule übertragen.«

»Ist das denn wirklich ein *Klassen*lehrer?«, fragte Zbigniew.

»Wir unterrichten in Klassenverbänden, wie früher. Nachmittags gibt es einzelne Zusatzkurse, aber wir gehen davon aus, dass eine solide Allgemeinbildung und sozialer Zusammenhalt eine bessere Grundlage für das Leben sind als eine zu starke Spezialisierung in Kursen, wie sie teilweise in normalen Gymnasien stattfindet.«

Zbigniew nickte.

»Kennen Sie Timo Lindner selbst?«

»Lediglich vom Sehen. Er ist in der Untersekunda, ich unterrichte erst ab der Obersekunda. Timo ist nach meinem Wissen ein guter Schüler, besonders in den mathematisch-naturwissenschaftlichen Fächern. Und er nimmt erfolgreich an der Schach-AG teil; unsere Mannschaft hat letztes Jahr die Vizestadtmeisterschaft aller Schulen von Köln gewonnen.«

Zbigniew nickte zögernd; er verkniff sich zu fragen, wer die Meisterschaft gewonnen hatte.

»Wenn ich es richtig verstanden habe, ist diese Schule eine Art *Elite*schule?«

Die Direktorin sah ihn unwillig an.

»Elite, Herr …«

»Meier.«

Dies war einer der Momente im Leben, wo Zbigniew sich einen ausgefalleneren Nachnamen gewünscht hätte.

»Elite, Herr Meier, ist nichts Negatives, Sie sollten das Wort nicht mit einer pejorativen Betonung versehen. Jeder Staat in der Welt braucht Eliten, damit er funktionieren kann. Eliten, die kreativen, wissenschaftlichen und politischen Input in die Gesellschaft hineingeben.«

Zbigniew fühlte sich ein wenig in die Ecke gedrängt. Er warf Zeynel einen kurzen Blick zu, dieser betrachtete jedoch bloß intensiv seine Schuhe. Zbigniew wusste, dass er mit der Direktorin nicht auf Konfrontationskurs gehen sollte. Das würde den gesamten Ermittlungsbereich Schule zu einer Quälerei werden lassen.

»Das möchte ich gar nicht bezweifeln«, versuchte er schließlich doch, sich zu rechtfertigen. »Was für mich als Laien daran ungewöhnlich zu sein scheint, ist eher die Tatsache, dass man versucht, die Elite auf einer *einzelnen* Schule herzustellen. Wissen Sie, ich bin in den Siebzigern und Achtzigern zur Schule gegangen, und da hat man eher versucht, allen Kindern die gleichen schulischen Voraussetzungen zu geben.«

Die Direktorin blickte Zbigniew fast gelangweilt an.

»Wissen Sie, Herr Meier, es sind schon größere Fehler in der Historie Deutschlands gemacht worden als bei der Schulpolitik aus jener Zeit, die Sie ansprechen. Wenn Sie wünschen, kann ich Ihnen gern dazu ein gesondertes Gespräch anbieten.«

Zbigniew spürte, dass Zeynel sich ein bösartiges Grinsen verkneifen musste. Er seufzte.

»Gut. Ihre Schule …«

Sie war in Form. Sie unterbrach ihn.

»Es ist nicht meine Schule, Herr Meier, ich bin hier bloß Direktorin.«

»Ja. – Wie kommt ein Schüler an die Hildegardschule? Braucht man dafür – verzeihen Sie, wenn ich etwas provokant frage – hervorragende Fähigkeiten? Geld? Einfluss?«

Die Direktorin lächelte erstmals.

»Wir nehmen lediglich Kinder auf, die sich als besonders leistungsfähig herausgestellt haben. Es gibt ein spezielles Aufnahmesystem mit diversen Kriterien.«

»Die da wären?«

»Ausschlaggebend ist das schulische Abschlusszeugnis der Grundschule, auf der das Kind war. Wir arbeiten nicht mit Durchschnittsnoten, sondern berücksichtigen, wenn ein Kind außergewöhnliche Fähigkeiten hat – sagen wir, Ihr Sohn hat in allen sprachlichen Fächern Bestnoten, in Sport und Mathematik jedoch nicht, dann hat er dennoch eine gute Chance auf den Besuch unserer Institution. Hinzu kommen zwei persönliche Evaluierungen von betreuenden Grundschullehrern und alles, was das Kind sonst noch an Zusatzqualifikationen aufzuweisen hat.«

»Querflöte spielen?«, fragte Zeynel.

Die Direktorin nickte mild.

»Querflöte spielen, selbst geschriebene Prosa oder Kurzgeschichten, besondere mathematische Fähigkeiten, die Beherrschung von Programmiersprachen – der Katalog ist sehr weit und nicht fest umrissen. Wir haben einen Schüler, der sämtliche Einwohnerzahlen von Großstädten auf der Welt kennt.«

»So was hab ich mal bei *Wetten dass* gesehen«, grinste Zeynel. Zbigniew stöhnte innerlich.

»Wissen Sie, Herr Aspendos, natürlich können derartige Fähigkeiten auch in modernen Freakshows zur Schau gestellt werden. Wir dagegen versuchen, außergewöhnliche Begabungen so zu kanalisieren, dass sie für die Gesellschaft nützlich sind.«

»Das denke ich mir«, sagte Zbigniew schnell. »Aber ich habe irgendwo gelesen, dass die Ausbildung hier etwas kostet. Widerspricht das nicht dem, was Sie gerade gesagt haben?«

»Die Schulgebühr beträgt zwölftausend Euro im Schuljahr«, antwortete die Direktorin. Sie schien es zu genießen, dass Zbigniew und Zeynel in Anbetracht dieser Zahl nach Luft schnappten. Bevor die Polizisten irgendetwas sagen konnten, fuhr sie fort:

»Diese Schulgebühr wird entweder von den Eltern getragen, wenn diese es sich leisten können, oder von Sponsoren. Wir mussten bislang noch keinen Schüler aus Finanzierungsgründen abweisen. Bitte sehen Sie mir nach, dass ich persönlich ein wenig stolz darauf bin.«

»Und wer sind die Sponsoren?«

»Es sind zum größten Teil Privatleute, die am Fortbestand von Kultur und Wissenschaft in unserem Lande interessiert sind, zum Teil aber auch öffentliche und private Stiftungen. Die Bertelsmann

Stiftung hat beispielsweise eine Patenschaft für vier Schüler übernommen. Aber das dürfte für Ihren Fall nicht allzu belangreich sein, denn Timo ist *nicht* auf einem der geförderten Plätze an unserer Schule.«

Die Direktorin sah auf eine Wanduhr.

»In drei Minuten ist Pause. Ich würde Ihnen empfehlen, dass wir uns nun zu Zimmer 304 begeben, denn dort wird gleich Timos Lehrer Dr. Weidenfels seinen Unterricht beenden. Wenn die Schüler in die Pause gegangen sind, können Sie ihn gern befragen.«

Zeynel nickte artig. Zbigniew versuchte, sich in die Direktorin hineinzuversetzen. Erwartete sie, dass die Polizei zunächst nur den Lehrer vernehmen würde? Warum machte sie ein derartiges Buhei um die Befragung?

»Wir werden alle Schüler aus Timos Klasse zur Befragung ein paar Minuten dabehalten«, sagte er dann entschieden. Die Direktorin blickte ihn unwillig an, ein paar Sekunden lang geschah nichts.

»Gehen wir«, sagte sie schließlich.

»Kennen Sie denn die Eltern von Timo?«, fragte Zbigniew die Direktorin, die die Ermittler mit forschen Schritten einen der düsteren Gänge in der Schule entlangführte.

»Kennen wäre zu viel gesagt. Ich habe sie auf irgendeiner Elternversammlung sicher mal gesehen.«

»Diese Elternversammlungen, wie laufen die ab?«

Die Direktorin atmete kräftig durch, um ihr Unverständnis für die Frage zu demonstrieren.

»Ist das wichtig?«

Zbigniew spürte, wie Zorn in ihm hochstieg.

»Das kann ich Ihnen noch nicht sagen. Wir versuchen, uns ein Bild von Timos Lebenswelt zu verschaffen, daher würde es mich freuen, wenn Sie einfach meine Fragen beantworten.«

»Die Elternversammlungen gehören sicherlich nicht zu Timos Lebenswelt.«

Zbigniew blieb stehen. Das reichte nun endgültig. Die Direktorin drehte sich zu ihm um und sah ihn irritiert an. Zbigniew überlegte, ob er der Direktorin drohen sollte, das Gespräch auf dem Revier fortzuführen. Während er noch überlegte, hatte er jedoch schon etwas anderes gesagt.

»*Doch.*«

Die Direktorin sah ihn mit einem missbilligenden Blick an und bemühte sich nicht länger, ihre Verachtung für die Kleinkariertheit dieses Ermittlungsbeamten zu verbergen.

»Alle Eltern versammeln sich in der Aula, dort halte ich eine kurze Rede über das Schulsemester, und anschließend stehen die Lehrer zu Einzelsprechstunden in den jeweiligen Klassenräumen zur Verfügung.«

Inzwischen war sie weitergegangen, Zeynel und Zbigniew folgten ihr.

»Vielen Dank.«

»Wenn es Ihnen denn weiterhilft«, sagte die Direktorin betont servil und blieb vor einer Tür stehen. Als ob sie es bestellt hätte, läutete nun die Schulglocke. Zbigniew erwartete, dass die Türen sich ruckartig öffnen und Hunderte lärmender Schüler in die Gänge stürzen würden. Nichts dergleichen geschah, nebenan öffnete sich eine einzige Tür, und ein paar Vierzehnjährige trotteten geordnet aus dem Klassenraum, gefolgt von einem Lehrer in schwarzem Anzug.

»Herr Weidenfels überzieht offenbar ein wenig«, murmelte die Direktorin und klopfte an die Tür. Ohne eine Antwort abzuwarten, öffnete sie und betrat den Klassenraum. Der Lehrer, der hinter einem altmodischen Pult stand, sah irritiert hoch. Die Schüler standen, wie durch ein unsichtbares Kommando geleitet, geschlossen auf, blieben ein paar Sekunden lang ruhig stehen und setzten sich wieder. Kein Gemurmel, bloß verhuschte, neugierige Blicke. Die Direktorin wandte sich an die Klasse.

»Herr Dr. Weidenfels, liebe Untersekunda, dies sind zwei Herren von der Polizei. Herr Meier und Herr Aspendos. Euer Klassenkamerad Timo Lindner ist verschwunden. Ich möchte nicht, dass dies zum Anlass für Angst oder Gerüchte wird. Bestimmt taucht Timo bald von alleine wieder auf und der Vorfall hatte eine gänzlich banale Ursache. Die Polizei hat dennoch eine Routineuntersuchung eingeleitet, und ich würde euch bitten, den Beamten behilflich zu sein. Herr Dr. Weidenfels weiß bereits über die Angelegenheit Bescheid.«

Sie nimmt uns den Wind aus den Segeln, dachte Zbigniew. Und so professionell, wie sie die kleine Ansprache gehalten hatte, drehte sich die Direktorin nun zu Zbigniew und Zeynel um.

»Wenn Sie mich dann bitte entschuldigen«, hauchte sie mit einem leicht bissigen Unterton und ging in Richtung Klassenzimmertür.

Die Klasse erhob sich lautlos, bis die Direktorin aus dem Raum war, und setzte sich wieder.

Zbigniew sah zu Zeynel. Es schien, als ob Zeynel genauso beeindruckt war vom öffentlichen Auftritt der Direktorin wie er selbst – professionell nicht zu beanstanden und dennoch mit einer deutlichen Reviermarkierung, klar an die Polizisten gerichtet.

»Ja, ihr habt ja gehört, was Frau Dr. Franck gesagt hat«, murmelte der Klassenlehrer. Zbigniew nickte dem Lehrer zu und stellte sich vor die Klasse. Ein seltsamer Gedanke: Die Direktorin hatte sich sofort die Namen der Ermittler gemerkt, wohingegen er selbst über ihren Namen noch nicht einmal nachgedacht hatte. Frau Dr. Franck.

Alle Augen der etwa zwanzig Schüler waren nun auf ihn gerichtet.

»Ja, also …«, fing Zbigniew etwas desorientiert an. »Gibt es denn irgendjemanden, der Timos bester Freund ist?«

Ein paar der Schüler blickten sich um, um herauszufinden, ob jemand die Chuzpe besaß, sich Timos bester Freund zu schimpfen. Da das nicht der Fall zu sein schien, blickten bald wieder aller Augen zu Zbigniew. Zbigniew überflog die einzelnen Gesichter, versuchte, sich einen Eindruck zu verschaffen. Hatte irgendeiner der Schüler eine Ahnung, die er hier vor der Klasse nicht äußern wollte? Würde irgendein Schüler wissentlich eine Information nicht preisgeben?

Aus allen Gesichtern starrte pure Neugierde heraus. Keine sichtbare Angst, keine sichtbare Freude über Timos Verschwinden. Zbigniews Blick blieb einen Moment lang an einem blassen, rothaarigen Mädchen mit wirren Locken hängen; ihre blauen Augen wirkten äußerst wach.

»Möchte jemand mal beschreiben, was Timo so für ein Schüler ist?«

Nun zeigten zu Zbigniews Überraschung fünf Schüler auf, vier Jungs und ein blondes Mädchen. Brav und gehorsam, dachte Zbigniew. Er erteilte mit einer Handbewegung dem blonden Mädchen das Wort. Ritterliche Höflichkeit.

»Wir sind zusammen in der Schach-AG«, fing das Mädchen an. »Also, der Timo spielt am dritten Brett in der Mannschaft, ich mach da nur so mit.«

»Wann findet das statt?«

»Freitags.«

»Also heute.«

»Genau. Um halb vier.«

»Und beim letzten Mal war Timo da?«

»Ja, ich glaub schon.«

Ich glaub schon.

»Ist dir irgendetwas aufgefallen? War Timo anders als sonst?«

»Nö. Der war wie immer.«

»Wie ist Timo denn?«

»Och, okay. So viel mit dem reden kann man ja nicht. Aber im Schach, da ist er super.«

»Aha. Und … habt ihr auch außerhalb der Schule zusammen etwas unternommen?«

»Es gibt einen in der Schach-AG aus der Oberprima, mit dem redet er öfter. Aber *unternehmen* tun die, glaub ich, auch nichts.«

Zbigniew wandte sich an die Klasse.

»Kennt irgendjemand Timo näher? Gemeinsam nachmittags etwas gemacht, außerhalb der Schule, ins Kino gegangen oder so?«

Allgemeines Kopfschütteln. Das rothaarige Mädchen blickte ausdruckslos nach vorne. Zbigniew zwang sich, nicht noch einmal an ihrem Blick hängen zu bleiben.

Ein smart aussehender Schüler, der sich auch zuvor gemeldet hatte, zeigte auf.

»Ja?«

»Christoph Hoffmann, ich bin der Klassensprecher. Timo ist eher ein Einzelgänger, also, ich glaube, wir mögen ihn alle, aber so richtig nahen Kontakt hat niemand zu ihm.«

»Gibt es denn jemanden, der ihn nicht mag?«

Manche Schüler fingen an zu feixen, andere schüttelten den Kopf. Christoph Hoffmann setzte zu einer Antwort an.

»Timo ist nicht so der Typ, den man nicht mag.«

Zbigniew fühlte, wie Unwille in ihm aufstieg.

»Aber das gibt es doch gar nicht. Es gibt doch immer beliebtere und unbeliebtere Schüler. Es gibt Cliquen, Außenseiter … Es kann doch nicht sein, dass niemand von euch mit ihm etwas zu tun hat.«

»Wenn ich gleich dazu etwas sagen darf«, meldete sich Christoph Hoffmann wieder. »Bei uns an der Schule versuchen wir Streit auszudiskutieren, man prügelt sich hier nicht auf dem Schulhof. Freundschaften gibt es natürlich, aber Timo ist wie gesagt eher so für sich.«

»Aber er muss doch irgendeine Stellung in eurer Klasse haben.«

»Er ist – er ist so in der Mitte. Also, ich mein jetzt nicht im Mittelpunkt, sondern so in der Mitte, wenn Sie wissen, was ich meine.«

Zbigniew wusste genau, was der Klassensprecher damit meinte. Unscheinbar, unauffällig, nicht identifizierbar. Zbigniew dachte an Täterbeschreibungen, die Zeugen manchmal zu Protokoll gaben. Mittelgroß, mittelschlank, mittelbraune Haare. Beschreibungen, mit denen niemand etwas anfangen konnte.

»Seht ihr anderen das auch so?«, wandte sich Zbigniew an die Klasse. Allgemeines Kopfnicken. »Am Mittwoch hattet ihr Schule ganz normal? Bis wann? Wer hat Timo zuletzt am Mittwoch gesehen?«

Das blonde Mädchen meldete sich wieder.

»Wir hatten bis zur siebten, Mathe am Ende. Timo war ganz normal da und ist dann nach Hause gegangen.«

»Nach Hause? Woher weißt du das?«

Das Mädchen sah ihn unverständig an.

»Wohin soll er denn sonst gehen?«

»War Timo irgendwie anders als sonst?«

Kopfschütteln.

»Kann sich jemand dran erinnern, *wie* er gegangen ist?«

Er suchte die Gesichter der Schüler ab, dabei überging er bewusst das rothaarige Mädchen. Dem Gesichtsausdruck von Timos Klassenkameraden war anzusehen, dass niemand sich daran erinnern konnte. Zbigniew schauderte. Was war Timo für ein Wesen? Ein Mensch, der nicht wahrgenommen wird von seiner Umwelt?

So etwas gibt es nicht, dachte er. Jeder Mensch vertraut sich irgendjemandem an. Jeder Mensch lebt in einem sozialen Gefüge. Fast jeder. Zbigniew erinnerte sich an einen Fall vor ein paar Jahren in Bonn, bei dem ein computerspielsüchtiger, dreiundzwanzigjähriger Student ein Auto aufgebrochen hatte. Dieser Mann lebte vor seinem Computer, spielte die letzten Monate vor der Straftat quasi rund um die Uhr, machte Schulden, verließ das Haus kaum.

Christoph Hoffmann meldete sich noch einmal.

»Herr Kommissar, Sie müssen verstehen – wir gehen jeden Tag von der Schule nach Hause, nach der letzten Stunde packt jeder seine Sachen, man sagt Tschüs – und das war's. Es konnte ja niemand ahnen, dass Mittwoch in irgendeiner Hinsicht ein bedeutsamer Tag werden würde.«

Zbigniew nickte, natürlich stimmte das. Aber das erklärte nicht die vollständige Unauffälligkeit von Timo Lindner. Zbigniew ärgerte sich insgeheim, dass ein fünfzehnjähriger, altkluger Schüler ihm hier die Zusammenhänge erklären wollte.

»Gut, dann war es das«, beschloss Zbigniew. »Wenn jemandem von euch noch was einfällt, auch Dinge, die er vor der Klasse nicht sagen will« – Zbigniew machte eine deutliche Kunstpause –, »dann könnt ihr mich persönlich anrufen. Ich schreibe mal meine Nummer auf. Und die von meinem Kollegen auch, falls ihr den sympathischer findet.«

Zbigniew erntete für seinen Kalauer ein kleines Glucksen aus dem Klassenraum. Er krakelte seine Handynummer an die Tafel, Zeynel schrieb seine Nummer daneben. Zbigniew bedeutete Dr. Weidenfels, das Kommando zu übernehmen.

»Gut, dann könnt ihr jetzt Pause machen«, sagte der Lehrer.

Die Schüler verließen den Raum. Das rothaarige Mädchen beachtete Zbigniew nicht. Als Christoph Hoffmann vorbeiging, warf er Zbigniew ein souveränes Nicken zu. Unter Kollegen, dachte Zbigniew. Einen Moment lang hatte Zbigniew die Vision von Christoph Hoffmann, wie er – als Bestandteil der zukünftigen Elite – aus dem Fernseher heraus dem Nachrichtensprecher der Tagesthemen ein Interview gab. Staatssekretär, mindestens.

Die Schüler waren inzwischen gegangen, Dr. Weidenfels setzte sich auf den Stuhl hinter seinem Pult.

»Sie sehen, das ist alles völlig unerklärlich«, murmelte er. Er hielt kurz inne, dann fügte er an: »Timo ist ein *guter* Schüler. Ich kann mir keinen Reim darauf machen.«

»Finden Sie es nicht merkwürdig, dass ihn offenbar niemand wirklich zu kennen scheint? Gibt es hier keine Freundschaften an der Schule? Feindschaften?«

Der Lehrer runzelte die Stirn.

»Natürlich gibt es das. Wir schweben nicht auf einer Wolke.«

»Ich würde erwarten, dass Feindschaften hier nicht primitiv ausgetragen werden, sondern verdeckt und mit noch höherer Intensität, als wenn man sich mal auf dem Schulhof prügelt.«

Zbigniew hatte diesen Satz sehr sanft ausgesprochen und sich jedes Wort überlegt, dabei beobachtete er genau die Reaktion des Lehrers. Dieser hörte ihm konzentriert zu, schüttelte schließlich verneinend den Kopf.

»Sie mögen vielleicht recht haben, hier und da. Aber was Timo Lindner betrifft, da habe ich meine Zweifel. Der Junge ist einfach zu normal, für unsere Verhältnisse. Niemand, der aneckt oder sich Feinde macht. Niemand, der Neid erregt.«

Zbigniew blickte zu Zeynel, dieser schien mit den Gedanken woanders zu sein. Vielleicht langweilte er sich, immerhin hatte er mit dem Lehrer bereits gesprochen.

»Ich würde gern mit diesem jungen Mann aus der Oberprima reden, den das Mädchen erwähnt hat. Dem aus der Schach-AG.«

»Da gehen Sie am besten ins Sekretariat«, meinte Weidenfels.

Zbigniew und Zeynel verabschiedeten sich und gingen auf den Gang, der nun doch von Schülern wimmelte. Langsam arbeiteten sie sich den Weg zum Sekretariat zurück, dabei ernteten sie ein paar neugierige Blicke der Schüler. Unterwegs wechselten Zbigniew und Zeynel kein Wort, für ein Gespräch war es zu laut. Allerdings nicht so laut wie an normalen Schulen.

Die Sekretärin war hilfsbereit, sie suchte die Listen der Schach-AG-Teilnehmer heraus. Im Endeffekt kamen nur zwei Schüler in Frage, und Zbigniew tippte gleich auf einen der beiden, weil dieser wie Timo am Wettbewerbsbrett spielte, der andere nicht. Zbigniew und Zeynel begaben sich zum Klassenraum von Tom Uhrmann. Inzwischen hatte die Schulglocke zum zweiten Mal geläutet, und die Gänge waren wieder menschenleer. Es war kein Problem, Tom Uhrmann aus der Klasse zu holen – die Direktorin hatte offenbar alle Lehrer aufgeklärt.

Tom war ein schlaksiger Junge mit dem Ansatz eines Bartflaums im Gesicht. Trotz seiner Größe und seines Alters von achtzehn Jahren wirkte Tom wie ein Junge vor der Pubertät, er hatte keine männliche Ausstrahlung. Toms Gesicht war äußerst blass, die Blässe wurde durch seine fast schwarzen, struwweligen Haare noch unterstrichen.

»Sie sind von der Polizei, wegen Timo, nicht wahr?«

Zbigniew war überrascht.

»Das ist richtig, Tom. Woher weißt du das?«

»Na ja, das weiß ja jeder. Sonst laufen hier nur die Lehrer herum, und die kennt man ja alle.«

»Und was weiß jeder über Timo?«

»Na ja, dass er vermisst wird.«

»Woher weiß man das?«

»Keine Ahnung. Spricht sich halt rum.«

»Und was glaubst du, wo er ist?«

»Keine Ahnung. Aber meistens ist das ja nicht so toll, oder?«

»Wie meinst du das?«

»Na ja, meistens wird man ja vergewaltigt und misshandelt tot aufgefunden, oder?«

Zbigniew spürte einen Kloß in seinem Hals.

»Ist es das, was man sich hier erzählt?«, fragte Zeynel mit deutlichem Ärger in seiner Stimme.

»Nö. Aber man macht sich ja so Gedanken.«

»Und was denken die anderen?«

»Keine Ahnung, was die denken.«

Zbigniew nickte, er wusste selbst nicht genau, warum.

»Du kennst Timo näher?«

»Logo. Er ist mein Kumpel.«

Zbigniew zuckte zusammen, nicht nur wegen dieser Aussage, sondern weil Zeynel neben ihm vor Überraschung einen seltsamen Zischlaut durch seine Zähne von sich gab. Timo hat einen Kumpel, das war eigentlich banal, nun aber eine erstaunliche Wendung.

»Und wann hast du Timo das letzte Mal gesehen?«

»Letzten Samstag.«

»Danach nicht?«

»Ich war freigestellt für die zweite Runde der Mathematik-Olympiade.«

»Wo ist das?«

»Porz.«

Der südlichste Stadtbezirk von Köln. Zbigniew versuchte, sich den Wettbewerb vorzustellen: ein umgerüstetes Jugendheim mit vielen nebeneinanderstehenden Tischen, Stühlen und lauter kleinen jungen Genies, die irgendwelche Aufgaben um die Wette lösten.

»Und Timo hat da nicht mitgemacht?«

»Nö. Der hat letztes Mal den dritten Preis gemacht, und das hat ihm gestunken.«

»Dass er den dritten Preis gemacht hat?«

»Ja, na ja. Eine der Fragen war – und das stimmte wirklich – nicht ganz klar gestellt. Das Bewertungskomitee hat das aber nicht eingesehen.«

»Aha«, sagte Zbigniew, während er versuchte zu begreifen, was an dem dritten Platz nicht gestimmt hatte.

»Der dritte Preis wovon eigentlich? Köln?«

»Ja. Dabei hätte Timo locker die Jungs auf NRW-Ebene an die Wand gespielt.«

»Warst du auch dabei?«

Jenseits der Blässe von Tom Uhrmann konnte man das Gefühl haben, dass er nun ein wenig rot wurde.

»Ich habe es nur bis zur Bezirksausscheidung geschafft.«

Wie peinlich, fuhr es Zbigniew durch den Kopf.

»Wie habt ihr euch kennengelernt, Timo und du?«

»Es gibt nachmittags eine Zusatzstunde Mathematik, also freiwillig, und da ist er auch hingekommen.«

»Das ist quasi für besonders besonders Begabte?«

»Na ja, wenn Sie es so nennen wollen.«

»Hat Timo außer dir noch weitere Freunde im Kurs?«

»Nö. Mit uns, das war, weil ich allein saß und Timo den Platz neben mir bekam.«

»Und mit den anderen habt ihr keinen Kontakt?«

»Nicht so stark.«

»Und du und Timo?«

»Wir sind Kumpels.«

»Okay. Ich meine, was habt ihr so gemacht?«

»Och, viel. Einmal haben wir den Satz des Pythagoras bewiesen, also jeder für sich. Wir hatten am Ende fast den gleichen Beweisweg.«

Zbigniew war kurz davor, die Geduld zu verlieren.

»Und sonst? Außerhalb der Sonderstunde?«

»Das *war* außerhalb der Sonderstunde, *zwischen* Mathe und Schach.«

»Also Timo und du habt euch zuerst in der Sonderstunde kennengelernt. Wie ist er dann zum Schach gekommen? Durch dich?«

»Ich hab ihm schon seit langem gesagt, dass das total cool ist. Ich spiel am zweiten Brett in der Mannschaft, Timo hat's sofort ans dritte Brett geschafft, als er dann endlich durfte.«

»Durfte?

»Er hat immer gesagt, er muss nach Hause, nach der Mathestunde. Dann haben es ihm seine Eltern wohl irgendwann erlaubt.«

Zbigniew begriff nicht. Wieso erlaubten ihm die Eltern nicht, an einer Schach-AG teilzunehmen? Er machte sich eine geistige Notiz.

»Und, was habt ihr sonst so gemacht, außer Mathe und Schach zusammen?«

»Och, sonst nicht so viel.«

»Kino? Fußball?«

»Nö.«

»Partys?«

»Nö.«

»Habt ihr *irgendetwas* gemacht außer Mathe und Schach?«

»Na ja, wie gesagt, die halbe Stunde zwischen Mathe und Schach, da haben wir öfter so Sachen gemacht.«

Pythagoras.

»Hat Timo eine Freundin?«

Fast glaubte Zbigniew, in Toms Gesicht Widerwillen zu verspüren.

»Nö.«

»Das weißt du bestimmt?«

Tom Uhrmann nickte verständnislos. Zbigniew überlegte, ob es eine Möglichkeit gäbe, subtil nach gleichgeschlechtlichen sexuellen Neigungen zu fragen. Da ihm nichts einfiel, was Tom nicht hätte verstören können, sparte er sich die Frage auf.

»Hast du irgendeine Ahnung, wo Timo jetzt sein könnte?«

»Na ja, nicht so richtig.«

»Und unrichtig?«

»Nö.«

Zbigniew seufzte. Er wandte sich zum Gehen.

»Ach ja, was ich noch sagen wollte: Die Vermisstenfälle mit Missbrauch und Mord sind die, wo es schlecht ausgegangen ist. Von denen, die gut ausgehen, hört man nicht. Die sind nicht spannend genug für die Zeitungen.«

Tom nickte. Sein Nicken beinhaltete die Nachricht, dass ihm klar war: Zbigniew wollte die Sache bloß herunterspielen. Aber Zbigniew hatte noch einen Trumpf im Ärmel.

»Und die, die gut ausgehen, sind von allen Vermisstenmeldungen in Köln 92 Prozent.«

Zbigniew hatte Tom richtig eingeschätzt. Seine Miene hellte sich in Anbetracht dieser klaren rechnerischen Größe deutlich auf.

»92 Prozent?«

»92 Prozent.«

Zbigniew drückte Tom eine Visitenkarte von sich in die Hand. Er nickte Zeynel zu, sie verabschiedeten sich von Tom.

Zbigniew verspürte ein Gefühl der Erleichterung, als sie aus den düsteren Gemäuern der Schule heraustraten. Draußen schien die Sonne, es war ein wunderschöner Tag im Frühherbst. Zbigniew kannte einen guten vietnamesischen Imbiss in Lindenthal, wo man draußen in einem schattigen Innenhof sitzen konnte. Er schlug Zeynel vor, dort zu Mittag zu essen. Bei einer großen Reisnudelsuppe mit Bambussprossen und einigen Schnipseln Zitronengras diskutierten sie die Lage. Im Endeffekt waren sie kein Stück weitergekommen; es hatte sich lediglich der Eindruck verstärkt, dass ein Junge wie Timo Lindner normalerweise nicht von alleine verschwand.

»Seit wann liest du eigentlich die Kölner Kriminalstatistiken? 92 Prozent, stimmt das wirklich?«, grinste Zeynel.

»Manchmal muss man auch improvisieren können.«

»Wir haben nichts, oder? Hast du irgendeinen Anhaltspunkt gesehen? Entführung? Sexualdelikt? Zufälliger Täter? Jemand aus der Nachbarschaft von Timo entführt ihn, aus sexuellem Motiv.«

Zbigniew schüttelte den Kopf. Derlei Spekulationen brachten nichts ein, ohne irgendwelche Indizien oder Beweise.

Zeynel grinste plötzlich, als habe er eine großartige Idee.

»Vielleicht steht dieser Polizeikommissar, der da um die Ecke wohnt, ja auf Kinder.«

Zbigniew hatte gerade seinen Löffel aus der Suppe hochgeführt und beließ ihn nun auf halber Höhe zu seinem Mund. Er blickte Zeynel verärgert an. Einen Moment lang analysierte er sich selbst. Er spielte keine Verärgerung, sondern er war verärgert. Und das hatte nichts mit Lena zu tun. Überhaupt nichts.

»Oder unser Wirtschaftsminister«, beschwichtigte Zeynel.

»Sonst noch konstruktive Ideen?«, fragte Zbigniew etwas aufgebracht.

»Hatte Timo eigentlich Geld dabei, als er verschwand?«

Zbigniew biss sich auf die Unterlippe. Warum wussten sie es

nicht? Ermittlungsfehler, sie hätten sofort die Eltern fragen müssen, ob Timo Geld bei sich führte. Unter Jugendlichen in Finkenberg, einem der sozialen Brennpunkte in Köln, war bereits ein Paar mittelmäßiger Turnschuhe oder ein Zwanzig-Euro-Schein Anlass, einen Mitschüler zu erstechen.

Zeynel schien seine Gedanken zu lesen.

»Dann hätten wir Timo aber bereits gefunden. Bei einem Raubdelikt gibt sich niemand große Mühe.«

Zbigniew nickte. Dennoch würden sie Tonia Lindner fragen. Als er schon zum Telefon griff, fiel ihm etwas ein.

»Sag mal, wie kann die Mutter eigentlich nach Mailand mitfliegen, jetzt, wo ihr Sohn vermisst wird? Ist das nicht eigentlich eine Ungeheuerlichkeit?«

Zeynel nickte.

»Jetzt, wo du's sagst.«

Auf einmal fing sein Kollege an zu grinsen.

»Was ist?«

»Nichts«, grinste Zeynel weiter.

Zbigniew löffelte die Suppe aus.

»Dann los.«

Zbigniew hatte ein paarmal nachgefragt, aber Zeynel verriet ihm nicht den Grund für sein Grinsen. Schweigend kehrten sie zur Stolkgasse zurück. Zbigniew war ein wenig sauer auf Zeynel. Er schaute bei Silvia Pütz ins Büro, und diese gab Anlass für richtigen Zorn. Sie erstattete ihm zunächst seelenruhig Bericht, dass Tonia und Olaf Lindner auf den Rückflug Mailand–Köln gebucht seien, der um 20.41 Uhr in Köln landen würde. Dann fügte sie an, als sei es eine hervorragende Pointe, dass aber vor zwei Stunden die Fluggesellschaft angerufen habe: Tonia Lindner hatte ihren Flug umgebucht. Ankunft 12.41 Uhr in Köln.

»Allein?«

»Allein.«

Zbigniew war irritiert; wenn er richtig rechnete, bedeutete dies, dass Tonia nach ihrem Hinflug sofort wieder zurückgeflogen war.

Jetzt war es drei Uhr nachmittags. Er wusste, dass man sich mit Silvia Pütz nicht streiten konnte, da sie ohnehin alles mit ihrer kölschen Frohnatur wegwischte. Dennoch spürte er Wut im Bauch.

»Wieso erfahre ich das erst jetzt?«

Zbigniew ging allein zum Haus Lübecker Straße 6. Zehn Minuten später stand er vor der Tür, klingelte mehrmals, doch niemand öffnete. Wenn Tonia Lindner um 12.41 Uhr in Köln gelandet war, musste sie inzwischen wieder zu Hause sein. Es sei denn, sie war gar nicht nach Hause gegangen. Ins Büro? Das Büro der Lindners befand sich in der Wohnung, soweit Zbigniew wusste. Wenn Tonia Lindner nicht zu Hause war, war alles andere Rätselraten.

Auf einmal schallte es quer über den Platz vor der Eigelsteintorburg.

»Herr Kommissar!«

Zbigniew drehte sich um. Gegenüber, im Szene-Café Scharf direkt an der Eigelsteintorburg, saß Tonia Lindner und winkte ihm ein wenig hysterisch zu. Natürlich hatten inzwischen fast alle der Gäste zu Zbigniew herübergeschaut. Am liebsten hätte Zbigniew nicht reagiert, weil er befürchtete, dass nun alle im Viertel ihn als Herrn Kommissar kennen würden. Alle, inklusive der stolzen Kellner im Scharf. Das Ende eines Lebens in geruhsamer Anonymität.

Zbigniew begab sich zum Café; die Gäste wandten ihre prominenten Köpfe langsam wieder ihren Tischnachbarn zu. Inzwischen aber war Tonia Lindner bereits von ihrem Tisch aufgestanden. Hoffentlich ruft sie nicht noch einmal, dachte Zbigniew, sah dann aber, dass sie mit einer kaum wahrnehmbaren Kopfbewegung dem Kellner einen Abschiedsgruß zunickte. Der Kellner lächelte gnädig zurück, ein Lächeln, das Zbigniew als Gast hier noch nie zuteilgeworden war. Zbigniew vermutete, dass Tonia Stammgast war und ihre Zeche nicht direkt bezahlen musste.

»Lassen Sie uns hochgehen«, murmelte sie, als sie auf ihn zukam, »ich musste etwas Essbares zu mir nehmen.« Zbigniew spürte in ihrem Ton Unsicherheit und Verzweiflung, was dem Verhalten gegenüber dem Kellner entgegengesetzt war.

»Ja«, murmelte Zbigniew zurück.

Er fand es immer wieder faszinierend, wenn Menschen von einer Sekunde auf die andere in ihrer Außenwirkung völlig umschwenken konnten. Zbigniew selbst konnte dies nicht. Wenn er schlecht drauf war, war er schlecht drauf; wenn er dagegen gut drauf war, konnte ihn nichts aus der Ruhe bringen. Tonia hatte gegenüber dem Kellner selbstsicher, routiniert und abgeklärt gewirkt, gegenüber Zbigniew verstärkte sie nun den Eindruck der verzweifelten Mutter. Als Zbigniew hinter Tonia Lindner die Treppe hochstapfte, versuchte er zu ergründen, welches Verhalten gespielt war. Oder ob die Wahrheit irgendwo in der Mitte lag.

Tonia Lindner schloss die Wohnungstür auf. Zbigniew fiel zum ersten Mal das Türschloss auf, ein besonderes Sicherheitsschloss.

Zbigniew wollte in Timos Zimmer. Und zwar so schnell wie möglich. Er ging den langen Flur entlang, bis er im Türrahmen zu Timos Zimmer stand.

Es war unübersehbar, und trotzdem bemerkte man es nicht. Zbigniew fröstelte. War das möglich? Oder hatte er nur einen Mechanismus übersehen?

Zbigniew untersuchte den Türrahmen. Er erinnerte sich an den ausgeklügelten Türschließmechanismus mit dem Chromhebel im Bad. Hier gab es keinen derartigen Mechanismus. Nichts zum Abschließen.

Denn es war da nichts zum Abschließen.

Der Türrahmen hatte keine Tür.

Zbigniew stand vor dem Zimmer eines fünfzehnjährigen Jungen, das keine Tür hatte.

3

»Stimmt etwas nicht?«

Tonia Lindner stand hinter Zbigniew und beäugte ihn nervös. Zbigniew schossen tausend Gedanken durch den Kopf. Natürlich stimmte etwas nicht. Er dachte darüber nach, was die fehlende Tür bedeutete: keine Privatsphäre. Ein Leben unter den Augen der Eltern. Nichts Geheimes. Jeder Mensch braucht eine geheime Ecke: eine Truhe mit Briefen, die niemand lesen soll; eine Schublade mit Lieblingsgegenständen, die niemand berühren soll. Es ging um ein menschliches Grundbedürfnis – unvorstellbar, dass ein Junge, der zumindest altersmäßig in der Pubertät war, ein ständiges Leben ohne Rückzugsraum führen musste. Keine Tür, die man hinter sich zuziehen konnte, um mit sich selbst allein zu sein.

Tonia Lindner war überrascht gewesen, als Zbigniew sie auf die fehlende Tür angesprochen hatte.

»Wir sind doch eine Familie, wir haben doch keine Geheimnisse voreinander!«, hatte sie entrüstet gesagt. War Tonia Lindner auf einem Bauernhof des ausgehenden 19. Jahrhunderts mit zwölf Geschwistern groß geworden? Zbigniew sprach diesen Gedanken nicht aus. Tonia Lindner erklärte ihm derweil, dass es nur im Badezimmer und in ihrem Schlafzimmer eine Tür gäbe.

Zbigniew ließ vorübergehend die Tür Tür sein und fragte Tonia Lindner nach ihrer verfrühten Rückkehr aus Mailand. Sie sagte, sie habe gedacht, dass sie ihrem Mann bei seinem Geschäftstermin wie üblich hätte helfen können – aber sie habe es nicht geschafft. Bereits im Flugzeug nach Mailand habe sie Angstanfälle bekommen: Was wäre, wenn nun Timo wieder auftauchte? Wenn er an der Tür klingelte und keinen Schlüssel hatte? Wenn die Polizei sie für irgendeine Untersuchung dringend brauchte? So hatte sie den ersten Flug zurück nach Köln genommen.

Während Zbigniew sich den Kleiderschrank und einige Schubladen von Timo Lindner vornahm, bat er die Mutter um Einzelaufstellungen der Telefonate in den letzten Monaten. Es stellte sich heraus, dass die Lindners keine hatten. Zbigniew kündigte an, sich einen richterlichen Beschluss zu besorgen, um alle Telefonate zu checken. Tonia Lindner wirkte irritiert; sie erläuterte, dass die Lindners für Ferngespräche auf dem Apparat eine geheime Codenummer eingerichtet hatten, die man vorwählen musste, um aus der Stadt herauszutelefonieren. Timo sollte zu einem verantwortungsvollen Umgang mit dem Telefon erzogen werden. Ohne Erlaubnis habe Timo ohnehin nicht telefoniert.

»Kam das denn vor, dass er Sie gefragt hat?«

»Nein.«

Zbigniew nickte. Er war überzeugt: Wenn Timo jemals ein Ferngespräch geführt hatte, hätte er einen anderen Weg gesucht. So etwas wäre auch Zbigniew mit fünfzehn Jahren zu blöde gewesen. Die Eltern um ein Ferngespräch zu bitten. Und das auch noch in einer ganz anderen Zeit, in der jedes halbwegs normale zehnjährige Kind ein eigenes Handy hatte.

Apropos.

»Ein eigenes Handy hatte er dann wohl auch nicht.«

»Nein. Sonst hätten wir ihn ja schon erreicht.«

Logisch. Es sei denn, er hätte es ausgeschaltet. Oder jemand anders.

»Warum nicht?«

»Wozu hätte er eines gebraucht?«

Zbigniew seufzte.

»Wie sieht es mit eigenem Geld aus?«

»Er bekommt zwanzig Euro im Monat. Aber wir kaufen ihm eigentlich alles, wenn er etwas haben will.«

»Hatte er am Mittwoch viel Geld zur Verfügung? Geld in seinem Portemonnaie, das er bei sich trug?«

»Genau kann ich Ihnen das nicht sagen. Aber viel war es bestimmt nicht. Timo hatte nie besonders viel Geld dabei. Er machte sich nicht viel aus Geld. Hin und wieder kaufte er ein Buch, wenn wir im Laden waren, das war aber auch alles.«

Da war noch etwas. Irgendeine geistige Notiz hatte sich Zbigniew noch gemacht. Nach einer kurzen Verzögerungszeit, einem Ruckler in seinem Gehirn, kam er drauf.

»Diese Schach-AG an der Schule ..., die haben Sie ihm erlaubt, oder?«

Tonia sah ihn etwas verunsichert an. Als ob sie merkte, dass die Frage ein klein bisschen hinterhältig gestellt war.

»Wie meinen Sie das?«

»Wir hörten, dass Timo nicht direkt, auf Anhieb, daran teilnehmen durfte.«

»Wer behauptet denn so etwas?«

Tonia war eingeschnappt. Immerhin gab sie sich Mühe, die Irritation der anderen Menschen nachzuvollziehen: »Gut, mein Mann wollte natürlich, dass wir da erst mal drüber reden. Aber wir sind dann zu der Überzeugung gekommen, dass Schach für unseren Sohn sinnvoll ist. Worin liegt da das Problem?«

Eine andere Welt, dachte Zbigniew. Es hatte keinen Sinn, es ihr zu erklären, wenn sie es nicht von allein begriff. Zbigniew bat sie stattdessen, den Kleiderschrank ihres Sohnes durchzusehen, um herauszufinden, welche Kleidung er am Mittwoch getragen hatte. Zu seiner Überraschung konnte Tonia Lindner es ihm nicht sagen. Zbigniew entdeckte ein paar leere Kleiderbügel in Timos überquellendem Schrank, aber Tonia konnte sie nicht zuordnen.

»Seine Kleidung kauft meist Birte«, sagte sie lakonisch.

Zbigniew wurde innerlich fuchsteufelswild. Birte? Was für eine Birte?

»Birte?«

»Unser Hausmädchen. Also, sie ist kein richtiges Hausmädchen. Eine alte Dame, sie kümmert sich um den Haushalt und passt immer auf Timo auf, wenn wir fort sind.«

Passt auf den fünfzehnjährigen Jungen auf.

»Lassen Sie mich versuchen, ob ich das richtig verstanden habe:

Wenn Timo allein war, Sie also unterwegs waren, hat immer ein Hausmädchen namens Birte auf ihn – aufgepasst?«

»Ja.«

»Und am Mittwoch?«

Tonia Lindner senkte die Augen.

»Birte liegt leider seit zwei Wochen im Krankenhaus. Wir waren in der Zeit aber fast immer hier.«

Es war nicht zu fassen.

»Am Mittwoch aber nicht«, hörte Zbigniew sich sagen.

»Nein.«

Zbigniew setzte sich matt auf Timos Bett.

»Frau Lindner, wenn Sie derartig wichtige Dinge zurückhalten, dann werden wir die Ermittlung sofort einstellen. Man könnte fast auf die Idee kommen, Sie sind gar nicht wirklich daran interessiert, dass wir Timo finden.«

Tonia Lindner brach fast zusammen. Zbigniew tat es leid. Auf der anderen Seite fand er das Kindermädchen für einen Fünfzehnjährigen ebenso unglaublich wie die Tatsache, dass die Lindners Birte bislang nicht erwähnt hatten. Sie mochte im Krankenhaus liegen, aber das war kein Argument. Tonia erklärte ihm später, dass ihr Mann und sie beschlossen hatten, Birte nicht zu erwähnen, da das Herz der dreiundsiebzigjährigen Dame sehr schwach war. Sie wollten Birte nicht mit einer Befragung belasten – und mit der schockierenden Nachricht, dass Timo verschwunden war, denn Birte liebte Timo über alles. Aber das lag im Ermessen der Polizei, nicht in dem der Lindners, fand Zbigniew.

Als Tonia Lindner sich wieder gefasst hatte, bestätigte sie Zbigniews Ahnung. Der Mittwoch von Timos Verschwinden war quasi der erste Tag in Timos Leben gewesen, an dem er sich selbst überlassen war.

Der erste Tag im Leben. Das ist nicht der Tag, an dem man zufällig entführt wird; das ist der Tag, an dem man flieht. Doch wovor und wohin?

Dorthin, wo es eine Privatsphäre gibt. Zbigniew zweifelte immer mehr, dass diese Angelegenheit ein Fall für die Kriminalpolizei war.

Er fragte Tonia Lindner nach weiteren Bezugspersonen von Timo – gab es eine Oma, einen Opa, irgendjemanden? Tonia Lindner schüttelte den Kopf. Sie und Olaf seien beide Einzelkinder und alle Großeltern tot. Zbigniew beschloss, ihr zunächst zu glauben und Zeynel zu bitten, die Angaben später zu überprüfen. Doch dann vergaß er es wieder.

Zbigniew hatte Tonia Lindner gebeten, ihn allein zu lassen. Er setzte sich in Timos Schreibtischsessel. Sofort wünschte er sich, die Tür zu schließen, um in Ruhe nachdenken zu können. Um Timos Zimmer auf sich wirken zu lassen.

Timo wünschte sich auch, die Tür zu schließen. Tonia hatte gesagt, es wäre nie ein Problem gewesen. Zbigniew war sich sicher, dass das nicht stimmte. Zudem hatte er den Eindruck, dass Tonia ihren Mann zwar vorschob, die Initiative für die Umklammerung ihres Sohnes aber von ihr selbst ausging.

Zbigniew ließ seinen Blick über den Schreibtisch schweifen. Bücher, nebeneinander aufgestellt, davor ein Kasten mit Notizzetteln, eine Schatulle mit Schreibutensilien, ein paar Schulhefte. Direkt vor ihm lag eine große Papierunterlage mit aufgedruckten Kalenderdaten. In der Mitte Kritzeleien, Zahlen, kleine Berechnungen. Zbigniew forstete die unteren Blätter der Schreibtischunterlage durch; sie waren unbeschrieben.

Ein paar Schulbücher und Klassiker auf dem Schreibtisch: Updike, Tolstoi, Mathematik III, Goethes »Italienische Reise«. Ein zweibändiger »Atlas zur Musik«. Zbigniew nahm den zweiten Band und schlug ihn aufs Geratewohl auf; das Buch öffnete sich auf Seite 329, hier war die Falz sehr stark ausgeprägt. »Katholische Kirchenmusik II«, es ging unter anderem um Bachs Messe in h-Moll. Zbigniew hatte keine große Ahnung von Musik, aber das klang nach etwas sehr Schwierigem. Er klappte das Buch wieder zu und stellte es zurück.

Neben dem Musikatlas stand eine kleine, gelbe Orchesterpartitur, eine Symphonie von Berlioz. Zbigniew klappte sie auf, das Heft wirkte zerlesen. Insgeheim hoffte er, dass vielleicht irgendwo ein Zettel herausfallen würde. Aber das war nicht der Fall. Nirgendwo war etwas angestrichen, nichts hineingeschrieben in Timos Bücher. Wenn Zbigniew an seine eigenen Bücher von früher dachte, da sah es anders aus: Die Texte wimmelten von Ausrufezeichen, Anmerkungen und Unterstreichungen, teilweise noch nicht einmal – wie es sich gehörte – mit Bleistift, sondern mit Kugelschreiber.

Zbigniew öffnete die oberste Schublade eines kleinen Beistellschränkchens unter dem Schreibtisch. Papier, Briefpapier, Tesafilm, ein kleiner Tacker, das Übliche. Zbigniew zog die Lade ganz heraus und prüfte, ob sich irgendwo eine geheime Notiz befand. Nichts. Auch die anderen Laden waren bloß gefüllt mit Dingen, die jeder Mensch in seinem Schreibtisch hatte.

Zbigniew stützte seinen Kopf in die Hände und schloss die Augen. Natürlich konnten sie tagelang in Timos Welt eindringen. Solange es keine anderen Fälle gab, die dringlicher waren, würde der Dienststellenleiter auch nichts dagegen sagen. Aber so, wie die Lage aussah, war Timo abgehauen. Er hatte sich vor seinen einengenden Eltern aus dem Staub gemacht. Und da er ein äußerst kluger Mensch zu sein schien, war er so abgehauen, dass er keine Spuren hinterlassen hatte.

Aber wohin könnte Timo gegangen sein? Das war das große Rätsel. Er hatte keine Freunde. Keine anderen Verwandten.

Zbigniew hockte ungefähr zwanzig Minuten regungslos am Schreibtisch. Er dachte nach und doch wieder nicht. Er öffnete die Augen und schaute durch Timos Zimmer, dann schloss er die Augen wieder. Schließlich gab er sich einen Ruck und stand auf.

Tonia Lindner saß im Wohnzimmer auf der Couch und blätterte fahrig in einer Zeitschrift. Zbigniew fragte sie, ob er kurz telefonieren könne. Zwar hatte er sein Handy dabei, aber er versuchte, Gespräche damit zu vermeiden – irgendwie kribbelte sein Ohr immer, wenn er damit telefonierte. Tonia wies ihm den Weg zum Telefon, das in der Küche stand.

»Ist das Ihr einziges Telefon?«, fragte Zbigniew.

Tonia schüttelte den Kopf.

»Mein Mann hat im Büro noch eins.«

»Das ist in der oberen Etage?«

»Ja.«

»Könnten Sie mir gleich vielleicht mal die ganze Wohnung zeigen? Nur der Vollständigkeit halber«, bat Zbigniew. Tonia nickte wortlos, dann rief er Zeynel im Revier an. Zeynel versprach, in einer Viertelstunde in der Lübecker Straße zu sein.

Anschließend führte Tonia Lindner den Kommissar durch die Wohnung. Im oberen Geschoss waren noch zwei riesige Räume mit Dachschrägen; der erste war ein imposant eingerichtetes Büro, in dem ein paar selbst angefertigte Immobilienmodelle standen.

»Das Geschäft Ihres Mannes läuft gut?«

Tonia nickte mit ausdruckslosem Gesicht. Offenbar hatte sie beschlossen, nicht mehr viel zu sagen. Zbigniew ging zum Computer, der auf einem dominanten Schreibtisch aus Travertinmarmor stand. Eine Weile bewunderte er den Monitor. Das teuerste Modell von Apple; Zbigniew hatte das Gerät vor kurzem im Computerladen gesehen.

»Haben Sie auch hier kein Internet?«, fragte er schließlich.

»Doch, selbstverständlich«, antwortete Tonia. Zbigniew atmete durch. Hatte Timos Mutter nicht gestern gesagt, es gäbe kein Internet? Zbigniew konnte nicht begreifen, warum die Lindners ihre Informationen nur Stück für Stück preisgaben, in Anbetracht dessen, dass ihr Sohn verschwunden war. Tonia schien seine Gedanken zu lesen, denn sie fügte nüchtern an:

»Mein Mann hat den Rechner passwortgeschützt. Nur er selbst kann an ihn heran.«

»Und wenn Timo mal gesehen hat, wie Ihr Mann das Passwort eingegeben hat? Oder wenn er es erraten hat?«

»Timo darf die obere Etage gar nicht ohne uns betreten.«

»Was?«

Zbigniew war ein bisschen geschockt.

»Und da hat er sich auch dran gehalten«, bestätigte Tonia ungefragt.

Timo, der Junge, der alles tat, was ihm geheißen wurde.

»Woher wissen Sie das?«, fragte Zbigniew ungläubig.

Und außerdem, wie naiv sind Sie eigentlich?, hätte Zbigniew fast hinzugesetzt. Aber in Tonia Lindners Augen waren bereits wieder erste Anzeichen von Tränen zu entdecken, und Zbigniew hielt im letzten Moment inne. Tonia Lindner drehte sich um, Zbigniew folgte ihr in den zweiten Raum unter dem Dach.

»Das hier ist unser Schlafzimmer«, sagte sie. Sie hatte sich wieder gefasst.

Zbigniew warf einen Blick in das Schlafzimmer, einen weiten Raum mit holzvertäfelter Dachschräge und zwei nebeneinanderstehenden Betten. Ansonsten ein Kleiderschrank und zwei Nachttischchen. Ein Hauch von finnischer Sauna, dachte Zbigniew und verließ das Schlafzimmer wieder. Am Ende der Treppe gab es in der oberen Etage noch ein kleines Badezimmer. Klein war nicht das richtige Wort, es war größer als Zbigniews eigenes Bad, aber immerhin wesentlich bescheidener als das Badezimmer, in dem Zbigniew die SMS gelesen hatte.

Sie gingen wieder hinunter, als es an der Tür klingelte. Es war Zeynel. Zbigniew wies ihn ein, dann begannen die beiden mit einer gründlichen Durchsuchung von Timos Zimmer. Tonia sah stillschweigend zu.

Sie hängten Bilder und Kalender ab, durchwühlten Schubladen und den Kleiderschrank. Sie schauten unter den Teppich, unter den Schreibtischstuhl, hinter Regale. Sie nahmen Bücher aus den Regalen, schauten hinter die Bücher, öffneten Bücher. Zeynel nahm sich Timos Schulhefte vor und studierte sie; sie schienen die einzigen handschriftlichen Aufzeichnungen von Timo zu enthalten. Ergebnislos, in den Schulheften befanden sich bloß Dinge, die mit dem Unterricht zu tun hatten. Nach zwei Stunden entließ Zbigniew Zeynel, setzte sich wieder allein an den Schreibtisch. Es konnte nicht sein.

Es konnte einfach nicht sein. Wer so viele Bücher gelesen hat, der schreibt auch irgendetwas. Zbigniew war sich sicher gewesen, dass Timo irgendetwas selbst geschrieben hatte. Ein Gedicht, einen Brief, ein Tagebuch. Es war unfassbar, dass es gar nichts gab.

Zbigniew beschloss, Tonia Lindner in seine Gedanken einzuweihen. Diese schüttelte den Kopf, als sei sie noch nie auf Derartiges gekommen. Dann führte sie Zbigniew in den Flur, wo es ein Schwarzes Brett gab. Sie zeigte Zbigniew eine Urlaubspostkarte aus Deauville in der Normandie. Zbigniew nahm die Postkarte. Der Poststempel war aus diesem Jahr und ließ auf den Sommerurlaub der Lindners schließen.

Zbigniew las.

Hallo, Tante Birte!

Wir sind gut hier angekommen. Das Ferienhaus ist sehr schön.

Gestern waren wir am Hafen von Honfleur und haben Fisch gegessen. Das Wetter ist toll.

Liebe Grüße, auch von meinen Eltern!

Dein Timo

Zbigniew las den Text zweimal intensiv. Er konnte kaum glauben, was er in der Hand hielt. Der Text war von Timo verfasst, daran gab es keinen Zweifel; Zbigniew erinnerte sich an die krakelige Schrift aus den Schulheften. Wie konnte Timo einen derartig fantasielosen Text verfasst haben?

»Warum hängt die hier?«

»Birte hatte sie aufgehängt. Wegen des schönen Bildes.«

»Wundert Sie der Text nicht?«

»Wieso?«

»Weil er«, Zbigniew gab sich Mühe, nicht zu zickig zu klingen, »weil er sprachlich und stilistisch nicht auf jemanden schließen lässt, der sämtliche Werke von Tolstoi, Goethe und Updike gelesen hat.«

Tonia Lindner zuckte die Achseln.

»Was will man auf so eine Postkarte schon Großes schreiben?«

Zbigniew hängte die Karte wieder an das Schwarze Brett.

»*Mehr*«, antwortete er.

»Mein Mann und ich finden es ohnehin besser, wenn Timo Architekt wird und kein *Dichter*«, gab Tonia Lindner zurück. Zbigniew nickte.

»Ein Mathe-Ass ist er ja bereits«, murmelte er.

Tonia Lindner nickte stolz.

»Was machen Sie eigentlich beruflich?«

»Ich bin Hausfrau und Mutter, wenn Sie so wollen. Helfe aber meinem Mann immer mal wieder hier und da.«

Zbigniew setzte sich matt ins Café Scharf am Eigelsteintor und bestellte sich ein Bier. Am Himmel, im Verlauf der ehemaligen Stadtmauer, zeichnete sich ein rosarotes Wölkchenspektakel ab. Die Herbstsonne war gerade im Begriff, unterzugehen, irgendwo am unsichtbaren Horizont im Westen. Der Abendhimmel in Köln war oft ein einzigartiges Schauspiel; Zbigniew vermutete, dass es an der rußpartikelbelasteten Luft über der Stadt lag. Westlich an die Stadt schloss eine im Prinzip hübsche flache Landschaft mit Gutshöfen und kleinen Dörfern an. Die Dörfer wurden jedoch gelegentlich umgesiedelt, um Braunkohlekraftwerken und gigantischen Kohleabbauflächen Platz zu machen. Von den zehn schadstoffreichsten Kraftwerken in Europa lagen vier im Westen von Köln.

Zbigniews Bier näherte sich, serviert von einem der leger-arroganten Kellner des Scharf. Zbigniew wünschte sich, dass Zeynel dabei wäre, dann könnte er mit ihm anstoßen. Am liebsten wäre er heute Abend versackt, nach dem völlig erfolglosen Nachmittag bei den Lindners.

»Ein Kölsch, Herr Kommissar«, sagte der Kellner, als er das Glas auf Zbigniews Tisch absetzte. Zbigniew nickte erschrocken und setzte das kleine Glas zum Trinken an. In diesem Moment fiel ihm Birte ein. Birte, das Kindermädchen. Zbigniew hielt inne. Es konnte nicht warten. Birte konnte nicht warten. Er leerte das Bier und legte zwei Euro hin. Das würde reichen, sogar hier.

Das St.-Vinzenz-Hospital in Köln-Nippes war mehrfach renoviert, umgebaut und vergrößert worden. Zbigniew irrte auf einem Flur entlang, in der Hoffnung, Zimmer 241 zu finden. Zweimal war er von einem alten Trakt in einen Neubautrakt geraten, von diesem dann wieder zurück in den Altbau. Babylonisch. Ein guter Freund von Zbigniew war Assistenzarzt in einem Klinikum in Münster; er hatte ihm mal erklärt, dass zurzeit alle Krankenhäuser auf Teufel komm raus Neubautrakte erschufen, damit sie als größeres Krankenhaus nicht so leicht wegrationalisiert oder zusammengelegt werden konnten.

Nachdem Zbigniew das dritte Mal das Gefühl hatte, an einem Zimmer mit der Nummer 233 vorbeigegangen zu sein, ohne dass irgendwo in der Nähe eine 241 folgte, fragte er einen vorbeikommenden Arzt. Dieser machte mit seinem Gesichtsausdruck deutlich, dass diese Frage weit unterhalb seiner Zuständigkeit einzuordnen war. Hastig erläuterte er, wie Zbigniew zu seinem Ziel kommen würde, und flog weiter den Gang entlang. Zbigniew trottete zum dritten Mal in den Altbautrakt zurück. Schließlich fand er Zimmer 241.

Über der Tür leuchtete ein Lämpchen; Zbigniew hatte aus früheren Krankenhausbesuchen in Erinnerung, dass man in diesem Fall nicht in das Zimmer eintreten durfte. Irgendein Patient wurde umgebettet, untersucht oder verrichtete seine Notdurft. Ein paar Meter weiter gab es einen Eingang zu einem Aufenthaltsraum, aber dort wollte Zbigniew sich nicht hineinsetzen. So blieb er auf dem Gang vor Nummer 241 stehen. An der Wand gab es ein paar Bilder, seltsam schrille, bunte Drucke von Malern, die Zbigniew nicht kannte. Sie sollten wohl für eine heitere Atmosphäre sorgen.

Eine junge Krankenschwester, höchstens zwanzig Jahre alt, huschte lächelnd an Zbigniew vorbei und trat zwei Zimmer weiter in die Nummer 243 ein. Zbigniew fixierte das brennende Lämpchen und wartete. Nach einer Weile kam die Krankenschwester wieder aus 243 heraus, ging den Gang in die andere Richtung zurück – vermutlich war dort irgendwo das Schwesternzimmer – und lächelte Zbigniew mit dem gleichen Lächeln wie auf dem Hinweg an. Zbigniew irritierte die Art des Lächelns. Es war ein Lächeln, das sowohl Angehörigen von hoffnungslosen Fällen als auch denen von Genesenden das Gefühl gab, dass der Patient in diesem Krankenhaus bestens aufgehoben war. Gehörte dieses Lächeln zur Ausbildung?

Das Lämpchen war erloschen, Zbigniew hatte nicht aufgepasst. Zögernd wagte er sich vor, klopfte an die Tür. Niemand antwortete.

Er trat ein. Ein kleiner Flur, dann lag vor ihm ein Dreibettzimmer. Zwei der Betten waren belegt. Eine Krankenschwester deckte gerade die ältere Dame in der Mitte zu.

»So, Frau Stürmer, jetzt können wir wieder schön schlafen, nicht wahr?«, flötete sie. Dann wieselte sie an Zbigniew vorbei aus dem Zimmer, nicht ohne ihm ein aufmunterndes Lächeln zugeworfen zu haben.

Zbigniew ging zum hinteren Bett, wo er Birte Kröger vermutete. In letzter Sekunde ergriffen ihn Zweifel, ob es richtig war, Birte Kröger ohne Rücksprache mit dem Stationsarzt zu befragen.

»Frau Kröger?«

Zbigniew näherte sich. Nun sah er, dass die alte Dame einen Schlauch in der Nase hatte. Ihn schauderte; das hatte Tonia Lindner nicht erwähnt. Ein Schlauch in der Nase, das bedeutete nichts Gutes. Künstliche Ernährung, soweit Zbigniew wusste.

Inzwischen stand Zbigniew am Bett von Birte Kröger, er schaute sie von oben an. Birte Kröger starrte an die Decke, es war keine große Reaktion in ihren Augen zu erkennen. Die alte Frau atmete unruhig, als ob sie nach Luft schnappte. Zbigniew erschrak. Er hatte kein Problem damit, bei Obduktionen mit dem Gerichtsmediziner herumzualbern, aber wenn ein noch lebender Mensch dahinzusiechen schien, hatte Zbigniew ein extrem dünnes Fell. Birte Kröger schien kurz vor ihrem Tod zu stehen.

»Guten Tag, Frau Kröger. Verstehen Sie mich?«

Es war kein wirkliches Nicken, es war bloß der Hauch einer Bewegung, den Zbigniew an Birte Krögers Kopfposition wahrzunehmen glaubte. Zbigniew setzte sich auf einen der Stühle neben Birte Krögers Bett. Es hatte keinen Sinn. Wenn Birte Kröger derartig krank war, konnte er sie nicht befragen. Vielleicht hatte sie einen Schlaganfall gehabt oder mehrere; Zbigniew konnte es nicht verantworten, sie nach dem verschollenen Timo Lindner zu fragen.

In diesem Moment bewegte die alte Frau ihre zerfurchte Hand. Die Hand griff ins Leere, in die Richtung, wo Zbigniew saß, während ihr Kopf sich nicht bewegte. Unwillkürlich nahm er ihre Hand. Die warme, leicht feuchte, rau wirkende Hand der alten Frau.

Er hielt ihre Hand fest. Birte Kröger hatte kaum Kraft in ihrer Hand, aber sie umfasste seine Hand sanft. Zbigniew fragte sich, was er hier tat; er saß bei einer völlig fremden, allem Anschein nach todkranken Frau am Bett und hielt ihre Hand.

Und dann hörte er ein Flüstern.

Es war ein ganz leises Flüstern, Zbigniew verstand es nicht. Er ließ die Hand der alten Dame los und legte sie zurück auf das Krankenbett. Leicht beugte er sich über sie, versuchte dabei, einen möglichst großen Abstand von dem Schlauch zu halten, der in ihre Nase führte.

»Was?«, fragte er möglichst behutsam.

Birte Kröger flüsterte noch einmal, es schien sie große Kraft zu kosten. Zbigniews Ohr war nun fast über ihrem Mund. Und dann verstand er es.

»Wie eht es Dimo?«, fragte die alte Dame ihn kaum verständlich. Zbigniew zuckte zurück. Wie geht es Timo, warum fragt sie mich das. Verwechselt sie mich? Verwechselt sie mich etwa mit Olaf Lindner?

Wie geht es Timo …

»Gut«, sagte er mit viel zu lauter Stimme, damit die alte Dame es sicher verstand, »Timo geht es gut.«

Er erhob sich von ihrem Krankenbett, warf einen Blick zurück. Birte Kröger schien sich etwas zu entspannen. Timo geht es gut.

»Ich wünsche Ihnen gute Besserung«, sagte Zbigniew, nun zaghaft, und stahl sich aus dem Zimmer. Er schloss die Tür hinter sich und stand auf dem Flur, zwischen den bunten Gemälden, die nun ihre Pflicht taten und ihn hoffnungsfroh anrührten. Eine Zeitlang verharrte er, dann riss er sich zusammen. Er war Polizist, er war beruflich hier und sollte sich nicht durcheinanderbringen lassen.

Zbigniew taumelte den Flur entlang in die Richtung, wo er das Schwesternzimmer vermutete. Es lag nur etwa zwanzig Meter entfernt, hinter der nächsten Ecke in dem verwinkelten Gebäude. Jenseits einer Glasscheibe sah er zwei junge Frauen. Es waren die beiden Schwestern, denen er bereits begegnet war. Die, die Zimmer

241 gemacht hatte, lächelte ihm zu. Zbigniew lächelte zurück und zückte seinen Dienstausweis.

»Guten Tag, ich bin von der Kriminalpolizei Köln. Könnte ich wohl den Stationsarzt sprechen?«

Die Schwester runzelte die Stirn.

»Von der Kripo?«

»Ja. Wir interessieren uns am Rande einer Ermittlung für Birte Kröger.«

»Oh«, entfuhr es der Krankenschwester überrascht.

»Ja. Frau Kröger hat eigentlich mit unserer Ermittlung nicht wirklich etwas zu tun, aber ich hätte da eine Frage an den Arzt.«

»Ich hole mal Doktor Üzgün«, sagte die Schwester und entschwand.

Ein paar Minuten später saß Zbigniew im Zimmer des Stationsarztes, eines zirka vierzigjährigen, kleinen, drahtigen Türken, der jedoch völlig akzentfreies Deutsch sprach. Mindestens zweite Generation, vermutete Zbigniew.

»Sie ist vor zwölf Tagen hier eingeliefert worden, ein Schlaganfall«, fasste Üzgün zusammen. »Vor vier Tagen hat sie den zweiten Schlaganfall gehabt, unschön, aber wir konnten es nicht verhindern. Inzwischen konnten wir sie immerhin stabilisieren.«

»Hat sie eine Überlebenschance?«

Üzgün überlegte kurz.

»Wir haben es schon erlebt, dass ein Patient sich in ähnlicher Situation regeneriert hat. Nach einer erfolgreichen Reha wäre es durchaus möglich, dass Frau Kröger noch ein paar Jahre leben kann. Allerdings ist dies nicht allzu wahrscheinlich, wenn Sie mich fragen.«

»Wie sähe der wahrscheinlichere Fall aus?«

»Der wahrscheinlichere Fall ist, dass Frau Kröger noch einen weiteren Schlaganfall erleiden und sterben wird. Oder dass sie keinen weiteren Schlaganfall bekommt, sich aber auch nicht wieder erholt. In diesem Fall werden die Verwandten ihr einen Pflegeplatz besorgen müssen.«

Zbigniew nickte. Dann holte er aus seiner Jackentasche ein Foto. Das Foto, mit dem am Morgen alle Beamten vom Streifendienst, Bezirksteam Eigelstein, bestückt worden waren.

»Kennen Sie diesen Jungen?«

Üzgün musste nicht lange nachdenken.

»Sicher, der war ein paarmal hier.«

Etwas Freude stieg in Zbigniew auf. Es gab jemanden, der Timo Lindner wahrgenommen hatte.

»Wissen Sie zufällig, wann er das letzte Mal hier war?«

Üzgün zuckte die Schultern.

»Fragen Sie besser die Schwestern. Die sind mehr vor Ort.«

Zbigniew nickte. Er hatte große Sympathie für die professionelle Nüchternheit des Stationsarztes.

»Gut, das war es dann auch schon. Vielen Dank.«

»Darf ich erfahren, wieso?«, setzte Üzgün an, als er sich erhob.

Zbigniew erklärte ihm das Nötigste. Der Stationsarzt begleitete ihn zur Tür, schüttelte seine Hand.

»Viel Erfolg«, sagte er.

Im Schwesternzimmer wurde Zbigniew ein Kaffee angeboten, den er dankend annahm. Die Krankenschwester aus Zimmer 241 erkannte Timo sofort wieder: der Junge, der Birte Kröger besucht hatte.

»Ist er allein da gewesen?«, fragte Zbigniew. Kaum vorstellbar, dass Timos klammernde Eltern ihn allein ins Krankenhaus gelassen hätten.

»Ich glaube, es war seine Mutter dabei«, sagte die Schwester wie zu Zbigniews Beruhigung.

»Immer?«

Die Schwester sah zu ihrer Kollegin, der mit dem Einsatzlächeln. Diesmal lächelte sie nicht, sie zuckte nur die Achseln.

»Ich glaub schon«, sagte die andere Schwester.

»Glaub ich auch«, wiederholte die erste. »Wobei, jetzt wo Sie es sagen, ich glaube, dass der Junge allein im Krankenzimmer war. Die Mutter ist nicht reingegangen, oder?«

»Stimmt«, sagte die zweite, »das fand ich auch ein bisschen komisch. Die Mutter hat auf'm Flur rumgestanden wie Falschgeld. Da, wo Sie vorhin auch standen.«

»Genau, und der Junge war drin. Vor ihrem zweiten Schlaganfall konnte man ja noch prima mit Frau Kröger reden.«

»Aber ein Gespräch haben Sie nicht mitbekommen, oder?«, fragte Zbigniew.

»Nein. Wir gehen dann ja meistens raus.«

»Und wann er zuletzt da war, wissen Sie das noch?«

Die beiden Schwestern sahen sich an, als müssten sie eine gemeinsame Antwort abwägen.

»Anfang der Woche, schätze ich mal«, sagte die nette Schwester schließlich.

Zbigniew erhob sich.

»Gut. Dann danke ich Ihnen. Auch für den Kaffee.«

»Gern geschehen«, grinste die Krankenschwester.

Zbigniew verließ die Station und ging den Gang zurück, vorbei an den bunten Gemälden vor Zimmer 241. Eine weitere Krankenschwester kam ihm entgegen, Richtung Schwesternzimmer gehend. Zbigniew wollte ihr zulächeln, aber die Krankenschwester nahm keinen Blickkontakt auf. Kein Lächeltraining am Klinikum, dachte er fast beruhigt.

241.

Das Bild von der alten Dame mit dem Schlauch in der Nase durchfuhr ihn. Wie sie geflüstert hatte, gefragt hatte, wie es Timo ging. Das Gefühl ihrer alten Hand in seiner eigenen.

Zbigniew beschleunigte seine Schritte.

Er stand bereits vor dem Fahrstuhl, da hörte er plötzlich den Klang von rennenden Gummisohlen, die auf ihn zukamen. Zbigniew drehte sich um, es war die nette Krankenschwester.

»Herr Kommissar?«, sagte sie ein wenig aus der Puste und schaute ihn mit eifrigem Blick an.

»Ja?«

»Iris, also einer Kollegin, der ist noch was eingefallen. Die hatte am Mittwoch Dienst, da war der Junge auch hier. Und sie erinnert sich da genau dran, weil das fand sie fast schon komisch. Weil der Junge, der war nämlich alleine da.«

Hinter Zbigniew schloss sich der Fahrstuhl wieder, um in einem anderen Stockwerk nach Fahrgästen zu schauen.

Für die Abendzeitungen war es zu spät, um die Beschreibung der letzten Augenzeugin zu drucken, die Timo gesehen hatte. Iris Zander war die Schwester, die Zbigniew nicht angeschaut hatte; sie bewies ein hervorragendes Gedächtnis. Von der Art her war sie eine nüchterne, sachliche Person, die Zbigniew ein wenig an den Stationsarzt erinnerte.

Die Schwestern auf der Station spürten, dass Iris' Beobachtung für den Polizeibeamten eine wichtige Wende bedeutete, auch wenn dieser sie zunächst nicht über den Grund seines Besuchs aufgeklärt hatte. Zbigniew hatte nun eine Beschreibung des Jungen und einen sicheren Beweis dafür, dass Timo die Wohnung der Lindners verlassen hatte – allem Anschein nach auf eigene Initiative. Timo hatte eine blaue, ausgewaschene Jeans, weiße Turnschuhe und ein braunes Cordhemd getragen. Iris Zander war es aufgefallen, weil der Junge – so drückte sie es aus – erstmals locker ausgesehen habe. Timo hatte Birte Kröger in ihrem Krankenzimmer besucht und war etwa eine halbe Stunde geblieben. Ob er ihr irgendetwas gesagt hatte, ließ sich nicht klären – der Stationsarzt Dr. Üzgün hielt eine Befragung der Patientin nicht für allzu hilfreich. Üzgün bot aber an, die beiden Töchter von Birte Kröger zu fragen, ob sie einer Vernehmung zustimmen würden – in diesem Fall könne man sie zumindest für einige Stunden gesundheitlich noch etwas stabiler bekommen, um sie zu befragen.

Zbigniew rief Zeynel an. Er wollte eine kleine Besprechung im Blauen Salon abhalten. Als er wieder in der Stolkgasse war, bat er zwei der dort noch diensthabenden Beamten des KK 51 hinzu, Inspektoranwärter Edwin Hübers und Kommissar Dieter Weber. Der Dienststellenleiter war nicht mehr da, aber Weber mit seiner ruhigen Wesensart und großen Erfahrung lag ohnehin mehr auf Zbigniews Linie.

Aus seinem Büro rief er zuvor noch Staatsanwalt Dr. Lachmann an, einen ihm nur mäßig sympathischen Menschen, um ihn kurz vom Stand der Ermittlung zu unterrichten. Er äußerte seine Gedanken, und der Staatsanwalt stimmte ihm zu. Zbigniew hatte das Gefühl, dass Lachmann gerade in einem Bordell war, da er für seine Verhältnisse untypisch kurz angebunden war. Im Hintergrund hörte man sektbeseelte Frauenstimmen.

Kaum hatte er aufgelegt, klingelte sein Handy. Es war halb neun, und die Besprechung sollte eigentlich nun beginnen.

»Ja?«

»It's me«, sang es aus dem Handy heraus, selbstsicher und mit einer gewissen Fröhlichkeit. Der Tonfall roch danach, dass Lena ein längeres Gespräch mit Zbigniew führen wollte.

»Hi, Lena. Du, ich hab jetzt noch eine Besprechung.« Es tat ihm leid, aber die Zeit drängte.

»Hast du mich lieb?«

»Lena.«

»Wenn du mich lieb hast, verrate ich dir ein Geheimnis.«

»Ich hab dich lieb, aber jetzt echt keine Zeit.«

»Du hast mich nicht *richtig* lieb.«

»Lena!« Zbigniew merkte selbst, dass er dieses Wort ausgesprochen hatte, als ob er ein ungezogenes Kind zurechtweisen wollte. Das war auch irgendwie der Fall. Dennoch war es verkehrt.

»Ich ruf dich nachher an, okay?«, fügte er deshalb sanft an. Zu spät.

»Du kannst mich mal«, schallte es durchs Handy, gefolgt von einem ungnädigen Klicken. Zbigniew schaltete das Handy aus und ärgerte sich ein wenig über sich selbst.

Die Kollegen warteten bereits auf ihn. Der Blaue Salon lag in der Mitte des Gebäudes, mit Glasscheiben, die auf einen um den Salon herumführenden Flur gingen. Außen lagen an diesem Flur alle Büros des KK 51; der Blaue Salon war somit das Herzstück des Kommissariats. Schilder einer Kölsch-Brauerei verzierten den Eingang.

Zbigniew schilderte Dieter Weber und Edwin mit Zeynels Hilfe die Fakten, die inzwischen vorlagen. Er beschrieb seine Durchsuchung von Timos Zimmer und die Neuigkeiten aus dem Krankenhaus.

»Ich bitte euch um eine Einschätzung der Situation«, schloss Zbigniew seine Ansprache. »Wir müssen nun eine Entscheidung treffen, ob dieser Fall im KK 51 weiterbearbeitet werden soll, das heißt, ob überhaupt ein Kriminaltatbestand berührt ist. Ob eine mögliche Straftat vorliegen kann. Falls wir das bejahen, sollten wir den Fall höher hängen und eine Sonderkommission einrichten, weil ich auf eine andere Art und Weise kein Fortkommen sehe.«

Die Augen der drei Beamten waren konzentriert auf ihn gerichtet.

»Die Alternative dazu ist«, fuhr Zbigniew fort, »den Fall – zumindest was das KK 51 betrifft – zu den Akten zu legen und an die Kollegen vom Streifendienst, ans Bezirksteam Eigelstein, zu übergeben. Das birgt unter Umständen die Gefahr, dass wir im Fall eines Kapitalverbrechens wichtige Zeit verlieren. Eine Veröffentlichung von Timos Foto in der Zeitung, mit der Beschreibung der Krankenschwester, kann natürlich unabhängig davon in jedem Fall stattfinden.«

Die Kollegen wussten, dass Zbigniew seine eigene Einschätzung der Situation bis zum Schluss zurückhalten würde, damit diese die Meinungen der anderen Beamten nicht beeinflusste. Diskutiert wurde erst nach den Einschätzungen; Zbigniew hasste es, wenn die Gedanken der Polizisten bereits im Vorfeld zerredet wurden. Nicht immer ließ sich diese Reihenfolge einhalten – manchmal, vor allem wenn Sonderkommissionen zu heiklen Fällen gebildet worden waren, kochten die Emotionen dafür zu sehr hoch –, aber Zbigniew war oft in der Lage, als ordnende Hand zu fungieren. Was man vom Dienststellenleiter nicht immer behaupten konnte.

Grundsätzlich war Zbigniew auch immer dankbar, wenn der Staatsanwalt an derartigen Brainstormings nicht teilnahm. Zum einen war Dr. Lachmann ein ungehobelter Zeitgenosse, zum anderen sahen die Kollegen ihn dann in seiner Funktion. Jeder hatte Angst, irgendetwas Dummes zu sagen. Häufig war das Erforschen von dumm Dahergesagtem aber der Weg zu raffinierten Lösungen.

Edwin, der zweiundzwanzigjährige Inspektoranwärter, meldete sich zuerst. Er hatte sich Notizen auf einem Zettel gemacht und ging seine Stichpunkte von oben nach unten durch.

»Also ich weiß ja nicht so recht, aber ich finde ehrlich gesagt, dass ihr noch nichts über das Verhältnis zwischen Timo und seinen Eltern wisst«, murmelte er mit der Attitüde eines Nachwuchsbeamten.

Zbigniew sah Zeynel an. Zeynel warf einen ausdruckslosen Blick zurück.

»Inwiefern?«

»Wenn die Eltern ihn so umpäppeln – so nenne ich das mal, wenn ihr erlaubt –, dann fehlt doch völlig die Information darüber, wie Timo darauf reagiert hat.«

Zbigniew musste sein Nicken unterdrücken, er stimmte Edwin grundsätzlich zu. Sie hatten Menschen aus Timos Umkreis befragt, aber Timos emotionale Befindlichkeit war eine Black Box geblieben.

»Okay. Und sonst?«

»Die Zeit nach Verlassen der Klinik muss viel genauer untersucht werden. Möglicherweise ist der Junge nach dem Klinikbesuch entführt worden. Ich meine, heute war keine Zeit, aber morgen sollte man die Nachbarschaft der Klinik befragen. Fotos aufhängen. Vielleicht hat irgendjemand gesehen, wohin Timo nach der Klinik gegangen ist.«

Zbigniew hatte nur die Damen vom Empfang der Klinik und einen Pförtner befragt, die sich alle nicht an den Jungen erinnern konnten.

»Okay. Und sonst?«

»Wenn keine Straftat gegen Timo Lindner vorliegt, warum hat er dann bislang seine Eltern nicht angerufen? Ist das Verhältnis so zerrüttet, dass es ihm egal ist, wenn seine Mutter sich Sorgen macht?«

Zbigniew nickte; dieser Gedanke war auch ihm selbst schon gekommen. Edwin war am Ende seines Zettels.

»Danke, Edwin. Noch was?«

»Sonst hab ich erst mal nichts.«

»Dieter?«

Dieter Weber, ein hagerer Kommissar Ende vierzig mit einigen Aknenarben im Gesicht, atmete durch. Heute wirkte er noch blasser als sonst.

»Ach, ich weiß nicht.«

Zbigniew schaute ihn eindringlich an.

»Komm.«

Dieter schüttelte seinen Oberkörper in Zeitlupe, dabei warf er seinen Kopf nach rechts und links. Mit äußerster Ruhe, jedes Wort genau bedenkend, begann er zu sprechen.

»Also, ich denke mal … Also, so wie es aussieht, ist der Kleine doch gezielt abgehauen. Er hat den ersten Tag benutzt, an dem ihn seine Eltern nicht unter Kontrolle hatten. Zum Abschied ist er zu seiner Ersatzoma gegangen, und dann hat er sich unsichtbar gemacht.«

Zbigniew freute sich innerlich, verkniff sich aber, es nach außen zu zeigen.

Dieter schien noch etwas anfügen zu wollen.

»Es gibt keinerlei Hinweise auf ein Verbrechen, und du hast ja selbst angedeutet, wie hysterisch diese Eltern sind.«

Hysterisch war der falsche Begriff, dachte Zbigniew. Hatte er sich in seiner Zusammenfassung etwas unpräzise ausgedrückt?

»Okay«, sagte er, »noch etwas?«

»Ich mein, wenn der Kleine wirklich so ausgefuchst ist, wie alle sagen, dann taucht der nicht in Köln unter. Wenn wir das weiterverfolgen, müssen wir das Foto überregional veröffentlichen.«

Zbigniew spürte, dass Dieter am Ende seiner Ausführungen war.

»Danke, Dieter. Zeynel?«

Zeynel runzelte erstmal die Stirn. Dann sprudelte er heraus.

»Ich finde die Eltern seltsam. Ich finde die Schule seltsam, und ich finde Timos Freunde – nennen wir die so? –, Timos Freunde total seltsam. Und je mehr ich über Timo erfahre, desto seltsamer finde ich den auch. Und wenn alles so seltsam ist, finde ich, sollten wir weiter ermitteln, egal ob der nun selbst ausgebüxt ist oder entführt wurde.«

Zbigniew überlegte einen Moment lang.

»War's das?«

»Klar. Ich hatte ja lange genug Zeit, drüber nachzudenken«, grinste Zeynel und schaute dabei Edwin provozierend an. Dieser bemerkte Zeynels Spitze nicht, da er auf seinen Notizzettel starrte.

Zbigniew holte Luft.

»Ich gebe euch grundsätzlich allen recht. Eine Bemerkung noch zur Befragung im Bereich der Klinik: Timo Lindner hat es geschafft, quasi unsichtbar aus der Lübecker Straße zu verschwinden; ich bin mir ziemlich sicher, dass er auch in der Nähe der Klinik keine Spuren hinterlassen hat. Aber gut, das können wir in jedem Fall noch überprüfen. Wir müssen jetzt eine Entscheidung treffen. Entweder wir haben ab morgen früh, vorbehaltlich der Zustimmung unseres Herrn Dienststellenleiters, SOKO Timo Lindner. Oder wir lassen es. Ja ist für SOKO.«

»Und der Staatsanwalt?«, fragte Dieter irritiert.

»Mit Lachmann hab ich bereits telefoniert«, erwiderte Zbigniew trocken.

»Wozu stimmen wir dann ab?«

»Weil ich euer verdammtes Bauchgefühl wissen will.«

»Was bringt das dann?«, maulte Edwin.

Dieter riss lustlos einen kleinen Papierfetzen von seinem Block herunter, Edwin nahm gleich ein ganzes Blatt. Als alle fertig waren, nickte Zbigniew Edwin zu. »JA, VERDAMMT« stand auf seinem großen Zettel. Zeynel musste grinsen, Zbigniew blieb ernst. Er schätzte Edwin, der eine intellektuellere Herangehensweise an die Fälle hatte – er hatte bereits ein halbes Jahr auf der Polizei-Führungsakademie in Münster absolviert –, aber auf der anderen Seite war er auch ein Jungspund und heiß auf alles, was es in irgendeiner Form zu untersuchen gab. Sogar am Wochenende.

Dieter hatte auf sein winziges Zettelstückchen ein noch winzigeres »ja!« geschrieben. Das überraschte Zbigniew und hatte in seinen Augen mehr Gewicht; Dieter war ein besonnener, erfahrener Beamter mit großer Menschenkenntnis. Wenn auch mit einer großen Frustration, da er nie zum Hauptkommissar befördert worden war.

Die Vorgesetzten sahen Dieter Weber eher als Soldaten, nicht als Offizier. Zu seiner Vita gehörte auch, dass er vier Jahre lang als sogenannter »Szenekundiger Beamter« an der härtesten Front gearbeitet hatte.

Zeynel entfaltete sein Blatt mit großer Dramaturgie. Ein weiteres »JA«.

Nun war Zbigniew selbst an der Reihe. Enttäuschung in den Gesichtern der Kollegen, als sie sein »NEIN« lasen.

»Hast du irgendeinen Kurzurlaub am Wochenende gebucht?«, forschte Zeynel frech. Zbigniew sah ihn unwirsch an.

»Muss ich meine Gründe für das Nein erläutern?«, fragte er.

Dieter Weber schüttelte den Kopf.

»Anhand der Indizienlage würde ich dir voll zustimmen. Ein eingeengter junger Mann flieht aus seiner Umgebung.«

»Aber?«

»So ein Bauchgefühl.«

Es war eine unangenehme Situation für Zbigniew. Eigentlich hatte er auf eine Bestätigung gehofft, dass die Entscheidung gegen eine Sonderkommission richtig war. Nun war es andersherum gekommen. Nur der Dienststellenleiter würde glücklich sein, weil dies Kosten sparte.

»Also gut. Es tut mir leid, aber wir werden keine Sonderkommission einsetzen. Lachmann ist der gleichen Meinung. Aber ihr habt mich überzeugt, dass wir den Fall noch nicht völlig fallen lassen. Zeynel, du hast Dienst am Wochenende?«

Zeynel nickte.

»Dann kannst du ja Befragungen rund um das Krankenhaus machen, außerdem werden wir der Presse ein Foto und eine kurze Vermisstennotiz zukommen lassen. Wenn sich bis Montagmittag keine neuen Sachverhalte ergeben, schließen wir die Akte.«

Das Wochenende verlief für Zbigniew ereignislos. Er verbrachte es in seiner Wohnung, putzte Staub, sah fern. Er ging im Eigelsteinviertel spazieren, genoss das Treiben der Menschen auf den Straßen an diesen lauen Herbsttagen. Vielleicht hoffte er sogar ein bisschen, nebenbei eine Spur von Timo Lindner zu entdecken. Er fragte in einem Kiosk an der Torburg nach dem Jungen. Der stämmige Türke hinter der Theke kannte Timo vom Sehen; die Lindners waren aber seltene Gäste in seinem kleinen Refugium.

Am Sonntagmorgen entdeckte Zbigniew Timos Bild in der lokalen Boulevardzeitung, die an jeder Ecke in Kästen zu kaufen war. Keine besonders große Aufmachung, aber immerhin.

Zbigniew rief im Revier an; Zeynel erzählte ihm, dass es sporadische Anrufe gab, nichts Ernstzunehmendes. Dabei beließ Zbigniew es, immerhin hatte er frei. Er hatte nicht den Drang, wegen eines entlaufenen Fünfzehnjährigen das ganze Wochenende zu arbeiten. Es gelang ihm aber nicht wirklich, abzuschalten – die Lindners wohnten zu nah.

Lena war mit ihren Eltern zu Verwandten gefahren, von dieser Seite würde keine Ablenkung kommen. Zbigniew vermisste Lena ein wenig, aber an Wochenenden sahen sie sich ohnehin eher selten. Das Mädchen hatte ein sehr opulentes Freizeitprogramm.

Am Sonntagabend klingelte dann sein Handy. Zbigniew erkannte Lenas Nummer. Es war seltsam, aber irgendwie hatte er keine Lust, mit ihr zu sprechen. Er schaltete das Handy aus. Im Fernsehen lief ein Krimi, passenderweise der Kölner Tatort; es ging um Eisläuferinnen. Nach einer halben Stunde befand Zbigniew, dass der Film langweilig war, und legte sich mit einem Buch ins Bett.

Als er am Montag wieder in die Stolkgasse kam, diesmal rechtzeitig zur Dienstbesprechung, hatte er das Gefühl, es würde Neuigkeiten im Fall Timo Lindner geben. Zeynel hatte aufgrund des Wochenenddienstes am Montag und Dienstag frei, aber keine Nachrichten hinterlassen. Edwin kam Zbigniew entgegen.

»Und?«

»Nope. Keine Spur von Lindner junior. Es ruft sogar kaum noch jemand an, obwohl das Bild heute auch noch mal im ›Stadt-Anzeiger‹ ist.«

»Dumm.«

Zbigniew fiel ein, dass er noch gar nicht sein Handy wieder eingeschaltet hatte. Er drückte den kleinen Knopf und gab den Code ein.

»Und sonst?«

»Dieter meinte, die Nächte waren eher ruhig.«

Das hörte man immer gern.

Zbigniews Handy klingelte prompt, nachdem er es eingeschaltet hatte.

»Sorry.«

Zbigniew verzog sich in eine Ecke hinter dem Kaffeeautomaten, bedeutete Edwin, eine Minute zu warten. Es war die Mobilbox. Eine automatische Ansage, künstlich in die Länge gezogen. Schnell drückte Zbigniew die Abfragetaste, um weitere kostspielige Tricks seines Mobilfunkanbieters zu verhindern.

»Hey, Sack, ich bin's, Lena. Tut mir leid, wenn ich dich vorgestern nicht ernst genommen habe am Telefon, aber ich war voll im Stress. Wenn ich mal wieder Zeit hab, melde ich mich.« Und klick.

Zbigniew seufzte. Ein weiteres Mal fühlte er sich seiner jungen Freundin unendlich unterlegen. Fast wollte er schon auflegen, doch dann piepste es noch einmal. Zbigniew hörte sich die zweite Nachricht an, verstand aber nichts. Er konnte perfekt Englisch, Französisch und ein paar Brocken Polnisch – aber das hier war Italienisch. Importante, Commissario, Torino, das war es dann auch.

»Kannst du Italienisch?«, fragte er Edwin.

»Geht so.«

»Hör mal.«

Natürlich wusste Zbigniew nicht die Zahlenkombination, die er drücken musste, um die Nachricht zu wiederholen. So musste er die Mobilbox noch einmal anrufen. Fast hätte er Edwin das Handy direkt gegeben, dann fiel ihm ein, dass zunächst Lena aus dem Hörer herausblöken würde. Er ließ die Nachricht von Lena ein weiteres Mal über sich ergehen, dann drückte er das Handy Edwin in die Hand. Dieser lauschte dem italienischen Text, dabei wurde er bleich.

»Und?«, fragte Zbigniew ungeduldig.

Edwin gab ihm mit ungläubigen Augen das Handy zurück.

»Ein Kommissar Baricco aus Turin«, stammelte er.

»Und?«

»Ich hatte am Freitag die Vermisstenmeldung noch in die Internet-Datenbank eingegeben«, murmelte Edwin kaum verständlich. »Die haben heute Morgen den Körper eines Jungen gefunden.«

4

Das Flugzeug war kurz vor dem Landeanflug auf Turin Caselle. Zbigniew versuchte, sein mulmiges Gefühl im Magen auf die Tatsache zu schieben, dass er selten flog. Ein Luftloch über den Alpen hatte ihm fast einen Herzinfarkt beschert. Darüber nachdenken, dass man Tausende von Metern über der Erde schwebte, vom freien Fall bloß abgehalten durch eine dünne Schicht Metall, durfte man ohnehin nicht.

Es war alles sehr schnell gegangen an diesem Morgen. Zbigniew und Edwin hatten Kommissar Baricco kontaktiert, der zwar kein Englisch, aber immerhin gebrochenes Deutsch sprach. Die Kollegen aus Turin hatten per E-Mail ein paar Fotos vom toten Körper des Jungen nach Köln geschickt. Zbigniew überredete den Dienststellenleiter: Der Fall wurde nun doch noch nicht geschlossen, jemand sollte schnell nach Turin fliegen. Das Präsidium in Köln-Kalk hatte die außerordentliche Dienstreise nach einigem Hickhack abgesegnet.

Zwei Stunden später saß Zbigniew im Flugzeug, während Edwin diskret versuchen würde, einen Fingerabdruck oder genetisches Material von Timo Lindner aufzutreiben. Zbigniew beneidete den jungen Kollegen nicht um diese Aufgabe. Der einzige Weg dahin führte über Timos Eltern, die natürlich Verdacht schöpfen würden, dass sich etwas ereignet hatte. Zbigniew wusste, dass es für Eltern nichts Schlimmeres als Ungewissheit gibt. Ungewissheit über Leben und Tod des eigenen Kindes.

Der Knabentorso konnte nach allen äußeren Anzeichen von Timo stammen. Dennoch passte es irgendwie nicht. Es passte nicht zu alldem, was sie herausgefunden hatten. Das Wunderkind, das den ersten freien Tag in seinem Leben dazu benutzt hatte, auszubrechen – nun sollte es tot in Italien aufgefunden worden sein? War der Junge nach Italien gereist?

Hinzu kam Mailand. Das Wissen, dass die Eltern von Timo am Vortag in Mailand gewesen waren, nagte an Zbigniews Hirnzellen. Er brachte es nicht zusammen; vielleicht war es eine Koinzidenz. Zufall. Aber es hatte alle alarmiert.

Das Flugzeug schwankte inzwischen bedenklich; zudem ging es steil nach unten, wie Zbigniew am Druck auf seinen Ohren merkte. Zbigniew gab sich Mühe, nicht durch eines der Fenster zu schauen. Er fixierte mit seinem Blick die Klappe am Sitz seines Vordermanns. Nach einem Moment des Zögerns blätterte Zbigniew dann die in der Klappe befindlichen Broschüren durch. Er wusste, warum er es tat, gab sich aber Mühe, seine Aktion so beiläufig wie möglich aussehen zu lassen. In Wirklichkeit wollte er sich vergewissern, ob die Kotztüte noch an ihrem Platz war. Er hatte vor dem Start schon einmal geschaut, aber man konnte sich ja nicht sicher sein.

Plötzlich wurde das Flugzeug erschüttert. Zbigniew warf einen vorsichtigen Blick aus dem Fenster. Er konnte Boden sehen, die Lichter des Flughafens zogen vorbei. Sie waren gelandet.

Zbigniew atmete durch. Fast schlagartig verschwand seine Übelkeit in das Nichts, aus dem sie gekommen war. Psychozeugs, konstatierte er, ein Amerikaner hätte wohl bei den gleichen Symptomen einen Therapeuten aufgesucht, der ihm ein traumatisches Jugenderlebnis auf dem Drei-Meter-Brett des örtlichen Schwimmbads bestätigt hätte.

Zbigniew wäre niemals von so etwas gesprungen. Er fragte sich, wie er den Sporttest geschafft hatte, vor der Einstellung.

Er durchquerte die Gepäckausgabe mit eiligem Schritt. Wohlweislich hatte er nur Handgepäck mitgenommen. Als er durch die ehemaligen Zollbarrieren zum Ankunftsbereich gelangte, sah er es schon von Weitem: ein hochgehaltenes Pappschild mit seinem Namen, »Zbigniew Meier«. Die seltsame Wortkombination war mit besonders dickem, pinkfarbenem Filzstift geschrieben. Was sollten die Leute denken?

Zbigniew gab sich dem italienischen Polizeibeamten, der das

Schild hochhielt, zu erkennen. Der Beamte war bestimmt schon um die fünfzig und hatte ein markantes Gesicht.

»Hatten Sie einen guten Flug, Commissario?«

Perfektes Deutsch. So viele Touristen waren in Turin bestimmt nicht.

»Wunderbar, vielen Dank.«

»Ist der Blick auf die Alpen nicht fantastisch?«

»Äh, ja.«

»Geht es Ihnen gut? Brauchen Sie einen Espresso? Schnaps?«

Der Beamte hatte ein Grinsen hinter den Augen, ganz versteckt. War Zbigniew blass im Gesicht? Manchmal verfluchte Zbigniew die Menschenkenntnis älterer Streifenbeamter.

»Nein, danke …«

Während des Smalltalks auf dem Weg zum Auto – der Italiener hatte den Polizeiwagen höchst verboten vor einer Eingangstür des Flughafens, direkt vor Zbigniews Ankunftsbereich, geparkt – bewunderte Zbigniew insgeheim die schnittige Uniform des Polizisten. Er war sich sicher, dass man in Deutschland wesentlich mehr hochqualifizierten Nachwuchs für die Polizei rekrutieren könnte, wenn dieses Uniformmodell eingeführt würde.

»Ist der Fundort des Körpers noch abgesperrt?«, fragte Zbigniew, als der Polizist mit völlig überhöhter Geschwindigkeit auf dem vierspurigen Flughafenzubringer entlangrauschte, harmlose zivile Autos mit nach links gesetztem Blinker von der Überholspur vertreibend.

»Es ist alles unverändert. Die Leiche ist in der Pathologie, Obduktion und DNA im Gange.«

»Mein Kollege in Köln arbeitet am Gegenstück«, sagte Zbigniew.

Das Problem war, dass der Körper des gefundenen Jungen keinen Kopf hatte und auch ansonsten in schlechtem Zustand war. Größe und Statur des Jungen konnten mit der von Timo übereinstimmen, aber das besagte natürlich nicht viel. Zbigniew hatte überlegt, ob sie die Polizeifotos, die die Italiener an die Stolkgasse geschickt hatten, Tonia Lindner vorlegen sollten. Vielleicht hätte sie anhand von Details am Körper erkennen können, ob es Timo war oder nicht. Aber möglicherweise würde sie sich dabei auch selbst belügen. Zbigniew zog vor, sie nicht mit den Fotos zu konfrontieren.

Zwischen Timos Verschwinden und dem Auffinden der Leiche am Montagmorgen lagen fünf Tage. Zbigniew mochte sich noch keine Gedanken machen, was zwischen Timos Abschied von Birte und der Todeszeit des Jungen passiert sein könnte. Nicht so lange, bis klar war, ob der tote Junge wirklich Timo war.

Wichtiger war, schleunigst auf den Stand der italienischen Ermittlungen zu kommen.

»Wohin fahren wir jetzt zuerst?«, fragte Zbigniew.

»Ins Santini.«

»Was ist das?«

»Ein sehr gutes Restaurant an der Via Roma. Commissario Baricco möchte Sie einladen. Sie sind bestimmt hungrig.«

Zbigniew nickte. Natürlich war er das Gegenteil von hungrig, und er hatte überhaupt keine Lust auf eine Zeitverzögerung durch ein Mittagessen. Ihm lag auf der Zunge, dem Beamten zu sagen, dass er lieber direkt zum Fundort oder in die Gerichtsmedizin wollte – aber er verkniff es sich. Wenn er mit den italienischen Kollegen gut zusammenarbeiten wollte, durfte er die Einladung nicht ausschlagen.

»Sie müssen wissen, es ist eine besondere Ehre. Das Santini hat nämlich eigentlich nur abends auf. Der Commissario hat extra für Sie dafür gesorgt, dass …«

Es war erstaunlich: Zbigniew hatte seine Handbewegung gemacht, seine »Keine Details«-Handbewegung. Der italienische Beamte neben ihm hatte die Geste sofort verstanden; er hatte aufgehört, Zbigniew die weiteren Umstände der Operation Mittagessen zu erzählen. Zbigniews nonverbale Kommunikation war international verständlich.

»Das braucht Ihnen nicht unangenehm zu sein«, sagte der Polizist. »Sehen Sie, der Commissario und Sie bekommen ein gutes Mittagessen, alle Bediensteten im Restaurant werden diesen Tag als besonderen Tag im Gedächtnis behalten … Einen Tag, an dem sie der internationalen Zusammenarbeit der Polizei dienen konnten …«

»Und morgen werden in der Zeitung Fotos mit der Unterschrift ›Zufrieden im Santini speisend: die Elite der europäischen Polizei‹ stehen, was? Wie viel Schmiergeld bekommt Ihr Commissario Baricco denn für die Werbeaktion?«

Hatte Zbigniew es ausgesprochen? Nein, glücklicherweise nicht. Er konnte sich so weit zusammenreißen, es nur zu denken.

Das Essen im Santini wurde nicht so schlimm, wie Zbigniew es sich vorgestellt hatte. Baricco war ein alter Haudegen, den Zbigniew sofort mochte. Der Italiener erinnerte ihn ein wenig an seinen alten Mentor aus der Bonner Zeit.

Zu Zbigniews Überraschung war der Lunch recht kurz und einfach gehalten; es gab einen Salat und ein leichtes Fischgericht. Im Nachhinein dachte Zbigniew, dass Baricco nicht dumm war: Beim Essen tasteten sich die beiden Kommissare ab, begriffen sich und ihre Arbeitsweisen gegenseitig ein Stück weit. Was keine schlechte Voraussetzung war. Ein Rest Unbehaglichkeit kam erst wieder am Ende des Essens auf, als ein Fotograf die beiden Speisenden ablichtete – mit dem stolzen Küchenchef im Hintergrund.

»Brauchen gute Werbung«, grummelte Baricco in gebrochenem Deutsch, und es war nicht klar, ob er damit die Polizei oder das Restaurant meinte. Zbigniew fragte der Vorsicht halber nicht nach.

Eine Stunde später waren die Ermittler endlich am Fundort der Leiche. Ein Fahrer hatte die beiden auf der Rückbank Sitzenden auf einer endlos langen Straße in die Peripherie der Stadt gefahren. Gesichtslose Apartmentbauten reihten sich aneinander, in den unteren Etagen gab es gelegentlich Läden. Zbigniew las einige bekannte Namen, die Globalisierung machte auch vor Turin nicht halt.

Baricco hatte die ganze Fahrt lang kein Wort gesagt.

Irgendwo an der endlosen Straße hatte das Auto schließlich gehalten. Statt sofort aus dem Auto zu stürzen, blieb Baricco scheinbar gedankenverloren sitzen. Dann begriff Zbigniew, dass er wartete, bis der Fahrer ihm die Tür öffnete. Zbigniew tat es Baricco nach und bedankte sich höflich beim Fahrer.

Vor ihnen lag ein Rohbau, ein riesiges Gerippe aus Betonpfeilern und Metallträgern. An den Pfeilern standen zwei Kräne und einige Holzgerüste. Hier wurde ein neuer Appartementklotz hochgezogen, schnell und effektiv. Zbigniew schätzte den Gebäuderohling auf zehn Stockwerke. Zurzeit arbeitete niemand auf der Baustelle; lediglich ein paar Baumaschinen zeugten davon, dass hier bis vor kurzem noch rege Tätigkeit geherrscht hatte. Um das Grundstück herum war ein polizeiliches Absperrband geführt. Ein einsamer Streifenbeamter, zur Bewachung abgestellt, begrüßte die Neuankömmlinge. Zbigniew vermutete, dass die Baufirma von der Unterbrechung der Arbeiten nicht besonders begeistert war.

Baricco und der junge Polizist gingen ein paar provisorische Stufen, aus wackeligen Holzbrettern gebaut, in das Fundament hinab. Zbigniew folgte ihnen vorsichtig. Unter den Holzbrettern ging es einige Meter in die Tiefe, er hoffte, dass die Konstruktion halten würde. Bald gab es wieder festen Boden unter den Füßen, es wurde dunkel um sie herum. Der Polizist schaltete eine starke Taschenlampe ein. Vor ihnen lag ein einziger Raum; der zukünftige Keller des Appartementhauses war noch nicht in Parzellen unterteilt. Der seltsame Geruch, eine Mischung aus Betonstaub, Feuchtigkeit, Holz und Ausdünstungen von Dämmplatten, biss Zbigniew in der Nase. Baricco führte Zbigniew durch das Halbdunkel um einige tragende Säulen herum; gelegentlich warnte er ihn vor einem Loch oder einer eisernen Gitterplatte, unter denen ein noch tiefer liegender zweiter Keller sichtbar wurde. Der Klang der Schritte hallte lange nach.

»Qui«, deutete Baricco schließlich auf den Fußboden. Zbigniew stand vor einem der Löcher, etwa dreißig mal dreißig Zentimeter groß. Er blickte hinein; unter ihm lagen einige Meter noch tiefere Dunkelheit.

»Was ist das für ein Loch?«, fragte Zbigniew.

»Wir wissen es noch nicht genau«, meldete sich der junge Polizist zu Wort.

»Wie hat man den Körper gefunden?«

Der junge Polizist fasste es für Zbigniew zusammen. Der Fund war der Unachtsamkeit eines Betonarbeiters zu verdanken. Heute

Morgen sollte das Loch mit Beton gefüllt werden. Der Arbeiter warf seine Zigarette in das Loch – ohne sie vorher auszudrücken. Zbigniew schätzte, dass es auch in Italien nicht erlaubt war, dass Bauarbeiter ihre Kippen auf Ewigkeit in Gebäuden einzementierten. Zbigniew hatte schon von einem Fall gehört, wo ein Bauleiter sich mit dem Bauherrn völlig überworfen hatte und ein Kleinkrieg zwischen den beiden ausgebrochen war; der Bauleiter hatte schließlich als letzte Rache seine Arbeiter dazu animiert, kollektiv ihre großen Geschäfte in die Mauern des Gebäudes zu verrichten, bevor diese geschlossen wurden.

Die illegale Zigarettenentsorgung in Turin hatte jedenfalls ungeahnte Folgen gehabt. Plötzlich rochen die Arbeiter im Fundament den Geruch von schwelendem Plastik. Nachdem keine andere Ursache gefunden worden war, erzählte der Arbeiter schließlich von der weggeworfenen Zigarette – und in der Tat kam der beißende Geruch aus dem Loch. Was eigentlich nicht sein konnte, wie die Arbeiter später Baricco berichtet hatten: In dem Loch waren keinerlei brennbare Materialien. Der Vorarbeiter hatte in das Loch geleuchtet, er entdeckte zwei Meter tiefer einen großen, kokelnden Abfallsack. Offenbar waren danach drei Minuten mit Schuldzuweisungen vergangen – welcher Idiot hatte seinen Abfall hier in das Loch entsorgt? –, bevor einer der Arbeiter zur Tat geschritten war und einen Eimer Wasser auf den Sack gegossen hatte. Der Vorarbeiter rastete daraufhin wohl völlig aus, weil das Loch zum Betonieren trocken sein musste. Zum Unglück für die Spurensicherung stellte sich dann später heraus, dass das Wasser Schmutzwasser mit diversen Zutaten war, was die Spurenlage nicht verbesserte.

Der angesengte, jetzt nasse Plastiksack war zu diesem Zeitpunkt immer noch in dem Loch. Die Arbeiter diskutierten nun offenbar ernsthaft, ob man das Loch von oben mit einer Maschine trockenlegen und dann einfach, mitsamt Sack, den Beton draufgießen sollte. Schließlich entschied sich der Vorarbeiter aber dagegen.

Das Loch war zu eng, um darin nach unten zu steigen. Die Arbeiter verbrachten fast eine halbe Stunde damit, den Sack herauszufischen. Dabei benutzten sie etliches Gerät, das den Sack weiter beschädigte – und auch den Inhalt des Sacks. Die Pathologie war nicht sonderlich erfreut, als sie erfuhr, dass die meisten der Verletzungen des Knabentorsos post mortem von den Arbeitern zugefügt worden waren.

Zbigniew ärgerte sich – wohl ebenso wie Baricco –, dass die Arbeiter möglicherweise viele brauchbare Spuren verwischt hatten. Natürlich konnten sie nicht wissen, dass in dem Plastiksack ein menschlicher Körper war – aber im Nachhinein war das Verhalten mehr als unglücklich.

Immerhin hatten sie es schließlich dann doch geschafft, den Sack aus dem Loch herauszubekommen. Einer der Arbeiter berichtete, dass er bereits vorher ein mulmiges Gefühl hatte – er hatte auch den Eindruck, dass der Geruch von versengtem Plastik mit einem anderen Geruch vermischt war. Kein Wunder: In dem Moment, in dem der Sack beschädigt wurde, entwich auch der Geruch des verwesenden Körpers in die Luft.

Der Vorarbeiter riss den Sack auf, in der Hoffnung, den illegalen Entsorger ausfindig zu machen. Als er den Inhalt sah, war er zusammengebrochen. Die Arbeiter erlitten einen Schock, einige wurden noch im Krankenhaus behandelt.

Baricco deutete auf das Loch.

»Wer weiß … ob Entsorgung von Junge geplant. Loch überflüssig, Loch für Jungen in Bauplanung zugefügt, um Jungen loswerden. Wir müssen überprüfen. Ob Loch wirklich wichtig für Bau.«

Zbigniew nickte. Der Italiener bezog, genauso wie Zbigniew selbst, alle Möglichkeiten in seine Ermittlungen mit ein; Hypothesen, für die man bei Staatsanwälten meistens verhasst war. Baricco würde mit einer derartigen Nachforschung den Bauherrn auf hundertachtzig bringen, und Bauherren verstanden sich auch jenseits des Klischees oftmals gut mit Staatsanwälten. Das lag vermutlich an der gleichen Freizeitstruktur und ihrem gemeinsamen Interesse am Golfspiel.

Baricco zog Zbigniew nach draußen. Er wollte eine Zigarette rauchen und traute sich offenbar nicht, dies im Fundament zu tun.

»In Italien ist keine Vermisstmeldung, die passt auf Leiche«, grunzte er, während er sich die Zigarette, Monopoli di Stato, anzündete.

In Deutschland gibt es eine, dachte Zbigniew. Timo Lindner, der geheimnislose Junge vom Eigelstein. Dessen Eltern gestern nach Mailand geflogen waren.

»Wir haben vier Stunden hier nach Kopf gesucht.«

Baricco ließ seinen Blick über das gesamte Grundstück schweifen. Zbigniew sah es vor seinen Augen; der polizeiliche Großeinsatz heute Morgen, vermutlich mit hundert Beamten, die alle Ecken des Baus untersuchten und den Boden des Grundstückes umwühlten. Der Kopf der Leiche war verschwunden geblieben. Vermutlich würde er nicht allzu lange verschwunden bleiben, wie die Erfahrung lehrte. Es war nicht leicht, einen Kopf erfolgreich zu entsorgen.

Wenn Köpfe vom Körper abgetrennt werden, hat es meistens das Ziel, die Identifikation der Leiche eine Zeitlang zu erschweren. Der Täter wollte aus gewissen Gründen Zeit gewinnen, bis die Polizei herausfand, wer die Leiche war. Falls wirklich Timo Lindner der getötete Junge war, hatte die italienische Polizei einen Glücksfall vor sich: Sofern es Edwin schnell gelang, von Timo einen genetischen Fingerabdruck aufzutreiben – woran Zbigniew nicht zweifelte –, würde binnen 24 Stunden die Identität des Opfers zu einhundert Prozent geklärt sein. Ob der Weg des Jungen von Köln nach Turin ebenso einfach nachzuvollziehen sein würde, daran zweifelte Zbigniew stark.

Immerhin gab es ein paar Spuren. Es gab einen Plastiksack – im schlimmsten Fall ein italienischer Standard-Baumarktsack, aber vielleicht auch nicht; die italienische Spurensicherung war noch nicht so weit. Der Körper des Jungen war nackt gewesen, aber es gab an der Haut Stoffpartikel von zuvor getragener Kleidung. Ein Kriminalbiologe war nicht hinzugezogen worden. Zbigniew hielt es für wichtig; manchmal war zum Beispiel eine ortsfremde Made, die sich am Gewebe des toten Körpers gütlich tat, ein entscheidender Hinweis. Baricco seufzte, der Pathologe wolle nicht, dass jemand anders sich in seine Kompetenzen einmischte. Es war fast wie in Deutschland.

Die Gerichtsmedizin von Turin war einer Klinik in der Innenstadt angegliedert. Baricco sagte, dass der Leiter um 17 Uhr seinen vorläufigen Untersuchungsbericht fertig haben würde. Als sie das Krankenhaus betraten, war es drei vor fünf.

Zbigniew war überrascht, wie zeitgemäß die Einrichtung des Hospitals in Turin war. Entweder hatte das italienische Gesundheitssystem nicht so massive Probleme wie das deutsche, oder aber die Italiener bewiesen bei gleichen Problemen einfach mehr Geschmack.

Oder die Mafia finanzierte mit.

Die Gerichtsmedizin befand sich im Keller des Krankenhauses, und hier war die Atmosphäre dann nicht mehr so angenehm wie oben. Das Büro des Leiters der Gerichtsmedizin von Turin war ein muffiges Kabuff mit weiß gekachelten Wänden und einem spartanischen Schreibtisch nebst einigen Aktenschränken aus Metall. Der Gerichtsmediziner, ein schmächtiger Professor Mitte fünfzig mit dem Namen Parioli, wusch sich gerade die Hände in einem rechteckigen Waschbecken neben der Eingangstür, als Zbigniew und Baricco eintraten. Zbigniew dachte, dass das eckige, sehr tiefe Waschbecken sicherlich zu einem anderen Zweck hier eingebaut worden war als zum bloßen Händewaschen.

Die Obduktion war beendet. In Deutschland war es Pflicht, dass einer der Ermittlungsbeamten an der Obduktion einer Leiche teilnahm. Zbigniew wusste nicht, ob das in Italien auch so war – wenn, dann hatte Baricco sich aus dieser unschönen Angelegenheit herausgewunden.

Professor Parioli begrüßte Baricco auf Italienisch, dann stellte Baricco Zbigniew als deutschen Kollegen vor.

»Ah, ich habe ein Jahr in Münster studiert, am Gerichtsmedizinischen Institut!«, rief Parioli erfreut, während er sich die Hände abtrocknete. Parioli reichte Zbigniew seine Rechte, Zbigniew erwiderte seinen kräftigen Händedruck mit etwas Unbehagen. Man durfte nicht darüber nachdenken, in welchen Leichenteilen diese Hand vor noch kurzer Zeit herumgewühlt hatte.

»Ich hatte mal eine Freundin in Münster«, antwortete Zbigniew.

Das stimmte sogar, aber Zbigniew fragte sich, warum er es dem Turiner Pathologen erzählte.

»Großartige Mädchen«, lachte Parioli, »hochgewachsen, blond …, der nordische Typ. Ich liebe den nordischen Typ.«

Blitzend weiße, extrem geordnete Zähne kamen hinter Pariolis schmalen Lippen zum Vorschein. Vermutlich hatte er einen Freund, der eine internationale Koryphäe im Bereich der Kieferchirurgie war. Zbigniew versuchte, sich das schmächtige Männchen mit schütterem Haar neben einer großen westfälischen Blondine vorzustellen.

»Ja, da merkt man schon die Niederlande«, ging Zbigniew auf Pariolis Spruch ein. Das Bild von Birgit war nun wieder in seinem Kopf. Birgit war klein und dunkelhaarig gewesen, nicht gerade eine Parade-Holländerin. Zbigniew hatte über anderthalb Jahre eine fast schon enge Fernbeziehung mit der fünfunddreißigjährigen Münsteranerin geführt, bis sie schließlich zu ihm nach Bonn ziehen und Kinder bekommen wollte. Letzteres sagte sie zwar nicht explizit, aber Zbigniew unterstellte es ihr, zu Recht. Es lag daher auf der Hand, warum aus Birgit und Zbigniew nichts geworden war. Natürlich war er noch viel zu jung für so etwas gewesen, damals, vor etwas mehr als fünf Jahren.

»Setzen Sie sich doch«, deutete Parioli nun auf die beiden unbequem aussehenden Plastikstühle vor seinem Schreibtisch. Zbigniew hatte dieselben Stühle auf seinem kleinen Balkon stehen, es waren die billigsten, die man im Baumarkt finden konnte. Immerhin gönnte sich Parioli auf der anderen Seite des Schreibtisches auch keinen wesentlich besseren Stuhl.

Der Professor hatte inzwischen einen Block in die Hand genommen. Er überlegte, blätterte ein wenig in seinen Notizen. Es sah so aus, als ob er nach einem wichtigen Aspekt suchte, der sich bei der Obduktion des Jungen ergeben hatte. Zbigniew hatte das Gefühl, dass Parioli eigentlich genau wusste, was er sagen wollte, es lediglich ein wenig spannender machen wollte. Das Ritual des Medizinmannes.

Endlich sprach Parioli dann aus, was ihn bewegte.

»Ich habe gehört«, schaute er Zbigniew mit wirklich interessiertem Gesichtsausdruck an, »dass in Münster ein Picasso-Museum eröffnet hat? Mit dem grafischen Werk des Meisters?«

Zbigniew hatte auch davon gehört.

»Keine Ahnung«, sagte er, vielleicht mit einer Spur zu viel Achselzucken im Blick. Der Professor wollte mit ihm jetzt nicht im Ernst über Picasso reden?

Baricco kam ihm zu Hilfe: »Vielleicht«, grunzte er ungeduldig, »vielleicht vertagen Sie beide Erinnerungen an Frauen und Kunst auf später? Professore, ich würde nun gern wissen.«

Parioli zögerte, dann nickte er. Blätterte in seinem Block herum.

»Gut«, sagte er schließlich. »Wir haben es mit der Leiche eines fünfzehn- bis siebzehnjährigen Jungen zu tun. Kopf fehlt, wurde mit einem chirurgischen Messer sauber abgetrennt. Keine einfache Sache für einen Laien, übrigens. Der Junge wird eins siebzig bis eins zweiundsiebzig groß gewesen sein« – Parioli verzog keine Miene –, »inklusive Kopf, meine ich. Körperbehaarung lässt auf ein mittleres Blond als Haarfarbe schließen. Viele Pigmentflecken, ansonsten keine besonderen Merkmale.«

Die Spannung im Raum hatte sich durch diese nüchterne Zusammenfassung deutlich erhöht. Baricco saß in sich versunken in dem Plastikstuhl, Zbigniew versuchte, sich den Jungen vor seinem geistigen Auge vorzustellen. Er kam nicht umhin, Timo vor Augen zu haben.

Parioli blätterte wieder.

»So, jetzt kommen wir zur Sache«, sagte er dann in einem seltsam gemurmelten Tonfall. Zbigniew fragte sich, was das hieß – es konnte nichts besonders Gutes bedeuten. Wenn ein Pathologe anfing zu murmeln, hieß es meistens das Schlimmste.

»Ist Abtrennung des Kopfes die Todesursache?«, unterbrach Baricco.

Parioli blickte ihn überrascht an, als ob das Abtrennen eines Kopfes keine Todesursache sein könnte. Er war mit seinen Gedanken wohl schon an einem ganz anderen Punkt gewesen.

»Nein ... Der Kopf ist erst abgetrennt worden, nachdem der Junge schon tot war. Die Todesursache ist Zyankali.«

»Zyankali?«

Auch Zbigniew war überrascht.

»Der Junge ist mit Zyankali vergiftet worden, danach wurde ihm der Kopf abgetrennt?«, fragte Baricco nach.

»So sieht es aus.«

Zbigniew versuchte, seine geistigen Kindermordakten aus den Hirnzellen herauszuholen. Zyankali kam bislang noch nicht vor. Wenn Kinder gewaltsam zu Tode kamen, waren sie missbraucht worden, oder sie wurden von einem Elternteil mit in dessen Selbstmord hineingezogen – als Ende einer Familientragödie. Tatwerkzeug war zumeist relativ banal eine Pistole, seltener wurde ein Messer benutzt. Zbigniew hatte auch einige Giftmorde erlebt, Gift wurde eher von weiblichen Tätern eingesetzt. Aber kein Zyankali.

Baricco saß während Zbigniews Gedanken schweigend da, als ob er darauf warten würde, dass Zbigniew zu Ende dachte. Dann begriff Zbigniew, dass Baricco sich die gleichen Fragen stellte.

»Hatten wir schon mal Zyankali bei einem Kind?«, fragte Baricco Parioli. Der Pathologe schüttelte den Kopf, er musste nicht überlegen.

»Drogen, Alkohol, Tabletten, Haushaltsgifte …, kein Zyankali.«

Zbigniew fragte sich, ob Timo Lindner in seiner Freizeit auch an einer Chemie-AG an der Hildegardschule teilgenommen hatte. Wenn er darin so gut gewesen war wie in Mathe, war der Gedanke noch nicht einmal aberwitzig.

»Wie gesagt, ich komme jetzt zum unangenehmen Teil«, murmelte Parioli dann wieder in diesem seltsamen Ton.

»Der junge Mann ist sexuell missbraucht worden.«

Zbigniew nickte. Es war keine Überraschung, eher der Regelfall in Anbetracht der Umstände.

»Keine schöne Sache«, fügte Parioli dann in einem fast flüsternden Ton hinzu.

Sie waren in den Obduktionssaal gegangen. Als Parioli noch mitten in seiner Aufzählung von Verletzungen am Körper des Jungen gewesen war, hatte Baricco wortlos den Raum verlassen. Parioli hatte innegehalten und sich abermals die Hände gewaschen, Zbigniew war andächtig sitzen geblieben und hatte auf den wundenübersäten Oberkörper des Jungen gestarrt.

Die Vielzahl von Verletzungen und Flecken auf der weißlichen Haut des verwesenden Körpers schien zurückzustarren. Irgendetwas an den vielen Flecken wirkte unnatürlich.

Zbigniew vermutete, dass Baricco sich heimlich irgendwo übergeben hatte. Als er wieder hereingekommen war, roch er verdächtig stark nach Pfefferminz. Baricco, der abgebrühte Polizist, der vermutlich schon alles erlebt hatte.

Zbigniew war aufgestanden und hatte sich neben Baricco an die Leiche gestellt. Parioli hatte die Leiche gedreht, beschrieb die Missbrauchssymptome nun exakt. Zbigniew wusste, dass er den Eltern des Kindes niemals die Details würde mitteilen können – sei das Opfer Timo Lindner oder nicht. Sie überstiegen jedes Fassungsvermögen.

Am Abend lag Zbigniew auf seiner Couch im Hotelzimmer, hatte den kleinen Fernseher eingeschaltet – ohne Ton. Das Hotelzimmer war schlicht; es bestand aus einem Bett, ein paar Sitzgelegenheiten, einem Schrank und einer Nasszelle, die diesen Namen verdiente. Der Geruch von staubigen Vorhängen und billigen Hoteldecken hing in der Luft. Zbigniew hatte das Fenster öffnen wollen, doch die Turiner Luft, verstärkt durch die Ausfahrtsstraße vorm Hotel, erlaubte das nicht.

Zbigniew fühlte sich leer und ausgelaugt. Die Stimme des Pathologen schwirrte durch seinen Kopf. Wie hatte dieser das Gespräch mit positiven Gedanken an seine Zeit in Deutschland beginnen können? Vielleicht hatte der Pathologe das Aussprechen der Ungeheuerlichkeiten hinauszögern wollen, unbewusst oder bewusst. Die schönen Frauen in Münster, sie sollten in irgendeiner Form daran erinnern, dass es jenseits des Zustands dieses Jungenkörpers so etwas wie Leben gab. Leben, Lebendigkeit, Erinnerungen an das Schöne und Sinnliche.

Der Verdrängungsmechanismus arbeitete auch in Zbigniew auf Hochtouren. Ihm schossen immer wieder Gedanken an ganz andere

Dinge durch den Kopf. Doch nicht lange – dann war sein Hirn wieder bei der Verarbeitung der Worte des Pathologen. Geflüstert hatte Parioli, nicht um seinen Worten eine künstliche Dramatik zu geben, sondern um das Unaussprechliche so leise wie möglich zu halten. So leise, als ob es niemals gesagt worden wäre.

Zbigniew hatte, vor allem in seiner Bonner Zeit, bereits alle Formen von körperlichem Missbrauch einer anderen Person kennengelernt. Unsittliche Berührungen. Erzwungene orale, anale oder vaginale Penetrationen. Mit und ohne Spuren. Zufallstaten und Familiendramen und alles dazwischen, darunter auch der inzwischen häufige Weg vom Liebesgeflüster im Chatroom in die gewaltsame Realität.

Die prämortalen Verletzungen beim Jungen von Turin schienen die Morphologie der Möglichkeiten aufzustellen – die Gesamtheit dessen, was man mit einem männlichen Körper anstellen konnte. Das, was systematisch in einem Kriminologielehrbuch zusammengestellt worden wäre – anhand von vielen verschiedenen Fällen. Der Junge von Turin aber war ein einziger Mensch gewesen. Der Täter, der sich an dem Jungen sexuell vergangen hatte, musste eine weitschweifende Fantasie haben – eine Fantasie, die man einem einzigen Täter eigentlich nicht zutrauen mochte. Es schien, als ob der Täter den Jungen eine unbestimmte Zeit lang in seiner Gewalt gehabt hatte. Parioli glaubte, anhand von geronnenen Blutpartikelresten eine ungefähre Schätzung vornehmen zu können, wie alt die ältesten Peitschenstriemen auf dem Rücken des Jungen waren. Grob festlegen wollte er sich noch nicht dazu.

Parioli konnte mit Sicherheit sagen, dass der Junge – neben der eigentlichen Todesursache, dem Zyankali – von allein nicht mehr atmungsfähig gewesen war, zumindest nicht in seinen letzten Minuten. Vielleicht hatte der orale Vergewaltiger die Sache zu weit getrieben und einen Speiseröhrenbruch verursacht. Bloß vielleicht – da der Kopf nicht vorhanden war, konnte der Pathologe seine Schlüsse nur anhand des Halsansatzes ziehen.

Zbigniew, an die gelblich fahle Decke seines Hotelzimmers starrend, fragte sich, ob der Tod für den Jungen eine Art von Erlösung darstellte. Ob der Täter das Zyankali als Gnadentod verabreicht hatte.

Da klopfte es an der Hotelzimmertür. Zbigniew erschrak. Das Klopfen war kurz, aber unerbittlich – von einer kräftigen Hand geschlagen.

Nach einem kurzen Moment der Panik fragte sich Zbigniew, wer ihn stören würde. Es gab nicht viele Möglichkeiten. Er wälzte sich von der Couch, ging die paar Meter zur Zimmertür.

Vor der Tür stand Baricco, mit zerknittertem Gesichtsausdruck. Er schnaufte ein bisschen, vermutlich von der Hoteltreppe. Zbigniew winkte ihn herein und deutete auf einen der klebrigen dunklen Holzstühle, während er sich selbst wieder auf die Couch setzte. Man hatte in diesem Raum keine große Auswahl.

Baricco setzte sich und hob einen Zettel hoch. Ein Fax, das augenscheinlich bereits durch mehrere Hände gegangen war.

»DNA Köln kommt morgen um zwölf«, grummelte er.

Zbigniew rechnete kurz nach; demnach war es Edwin bereits vor dem Mittag gelungen, Material von Timo Lindner an sich zu bringen.

Baricco ließ sich zurückfallen in den Stuhl, atmete kräftig durch.

»Was glauben Sie?«

Der Commissario blickte Zbigniew mit Spannung an. Was glaubte Zbigniew? Zbigniew wusste nicht, was er glauben sollte. Eines war klar: Wenn sich herausstellte, dass auch nur eine einzige der Verletzungen älter als fünf Tage war, dann war die Theorie von der gewaltsamen Entführung und dem Missbrauch von Timo Lindner im Endeffekt widerlegt.

Es sei denn, es würde noch eine schlimmere Hintergrundgeschichte geben, nämlich dass der Junge bereits vor seinem Verschwinden misshandelt wurde.

»Dem Jungen sind so viele Verletzungen zugefügt worden, dass man sich kaum vorstellen kann, dass das alles in drei bis vier Tagen geschah«, sprach Zbigniew seine Gedanken aus.

Baricco nickte.

»Es sei denn, viele Täter.«

Zbigniew hatte darüber bereits nachgedacht.

»Das würde zumindest erklären«, sagte er, »dass es so viele unterschiedliche Formen des Missbrauchs gab. Aber ich glaube ehrlich gesagt nicht an Gruppentaten in so einem Zusammenhang.«

Baricco runzelte die Stirn.

»Wie meinen das?«, fragte er schließlich.

»Die Geschichte mit der Schnittwunde«, sagte Zbigniew leise. »Ich kann mir nicht vorstellen, dass es viele Menschen gibt, die eine solche Sache kollektiv mittragen. Oder sie überhaupt erregend finden.«

Baricco nickte, ohne mit der Wimper zu zucken.

»Viele nicht. Aber wenige reichen aus. Sie können sich finden über ein Forum im Internet.«

Darüber hatte Zbigniew noch nicht nachgedacht. Die Schnittwunde als Objekt von Perversen, die sich im Internet in irgendeinem der vielen illegalen Foren trafen, um ihre Fantasien zu diskutieren. Gab es so ein Forum? Es gab fast für jede Ausdünstung von menschlicher Perversion ein Internetforum. Die Welle der Snuff-Filme war abgeebbt, aber noch in Bonn hatte es einen hochrangigen Diplomaten gegeben, der einen solchen in Auftrag geben wollte. Er musste unter dem Vorwand einer ganz anderen, banalen Affäre um Entlassung bitten. Deckmantel drauf.

Es lag bereits in den Wurzeln der Gesellschaft. In einer Zeit, in der Jugendliche auf den Schulhöfen andere Kinder verprügelten, dies mit ihrem Handy filmten und im Internet austauschten, schien alles möglich. Was sollte aus diesen Kids, mit denen sich die Kollegen vom KK 57 in der vierten Etage auseinandersetzen mussten, nur werden? Manchmal hatte Zbigniew das Gefühl, dass die Gesellschaft an einem Endpunkt des Umgangs miteinander stand. Andererseits hatten schon alle Generationen der Menschheitsgeschichte befürchtet, dass nach ihnen nur noch der Weltuntergang kommen würde.

War es denkbar – Männer, die Schnittwunden in einem menschlichen Körper erregend fanden? Die Verletzung, die bei dem Jungen im Oberschenkel gefunden wurde, war recht tief gewesen, und sie war recht frisch. Parioli hatte in ihr Reste von Latexpartikeln gefunden. Es war ein vollkommen unerträglicher Gedanke.

Die Schnittwunde war anschließend zugenäht worden. Parioli hatte den Faden als einen identifiziert, der nicht in der professionellen Chirurgie verwendet wurde.

»Ist Ihnen ein derartiges Internetforum in Italien bekannt?«, fragte Zbigniew Baricco.

»Darf ich?«

Baricco hatte sich erhoben und schaute in die Minibar. Zbigniew war bislang völlig entgangen, dass es überhaupt eine gab – sie lag versteckt im Kleiderschrank. Baricco nahm eine Miniaturflasche mit Whisky heraus und schenkte, ohne Zbigniew zu fragen, in zwei Gläser ein. Zbigniew nahm ein Glas.

»Wir kennen Foren, die sexuelle Folter diskutieren. Menschen, die gefoltert werden wollen, weil es sie offenbar erregt.«

Baricco nickte.

»Ja, wir kennen auch. Meistens nur arme Spinner. Einsam, sitzen herum, haben Fantasie, machen nichts.«

»Es gab auch den ein oder anderen Fall, wo etwas passiert ist. Wo es zu einem realen Tötungsdelikt führte.«

»Ja, aber darum geht es hier nicht.«

Zbigniew nickte. Baricco hatte recht. Er fragte sich, warum er überhaupt nach Analogien suchte.

»Wenn es eine Gruppe gibt, geht es hier um extrem sadistische Päderasten mit Neigungen jenseits von Gut und Böse«, sagte er.

Baricco nickte.

»Finden sich im Internet. Kollegen suchen bereits danach.«

Zbigniew nickte. Beide nahmen einen Schluck von dem Whisky.

Zbigniew wachte mit schwerem Kopf auf. Die italienische Frühsonne strahlte unerbittlich in sein Hotelzimmer. Nach einer Weile riss sich Zbigniew zusammen, setzte sich auf. Er erschrak heftig: Auf dem Boden vor seinem Bett lag ein Körper. Der leblos wirkende Körper eines Mannes.

Zbigniew war sofort hellwach. Nach dem ersten Schreck wurde ihm klar, dass der Körper auf dem Boden atmete – wenn auch schwer – und dass er den gleichen Anzug anhatte wie der italienische Kommissar, mit dem er gestern die Minibar mit Ausnahme der Softdrinks restlos geleert hatte. Es war Baricco, der hier vor seinem Bett auf dem Boden lag. Zbigniew konnte sich nicht mehr genau erinnern; irgendwann, inmitten der tiefgehenden Gespräche und Theorien, war er wohl eingeschlafen. Und Baricco auch.

Vorsichtig stieg Zbigniew über den Kollegen hinweg und ging in die kleine Nasszelle. Er klatschte sich ein bisschen Wasser ins Gesicht, spülte den Whiskygeschmack aus dem Mund. Vor seinen Augen sah er eine Landkarte von Frankreich. Zbigniew fragte sich warum und wischte diese geistige Störung möglichst schnell aus seinem Hirn.

Er weckte den Schläfer auf dem Boden. Baricco hatte einen Augenblick lang ebensolche Bewusstseinsstörungen wie Zbigniew bei seinem Erwachen, dann verabschiedete er sich hastig. Hatte Baricco eine Frau, die sich in der Nacht Sorgen gemacht hatte?

Zbigniew duschte, zog sich wieder an. Dadurch, dass er keinen Koffer mitgenommen hatte, gab es keine kleidungstechnische Auswahl. Er und Baricco hatten sich am Mittag in der Gerichtsmedizin verabredet.

Beim Frühstück im Hotelrestaurant blätterte Zbigniew eine italienische Zeitung durch. Soweit seine Kenntnisse der italienischen Sprache ausreichten, konnte er sehen, dass der Fund des toten Jungen noch nicht publik gemacht worden war. Zbigniew hatte sich eigentlich vorgenommen, nach dem Frühstück einen Spaziergang durch Turin zu machen. Aber irgendwie war seine Lust auf Besichtigungen vergangen.

Um zwölf Uhr fand sich Zbigniew in der Pathologie ein. Als Zbigniew Pariolis kleines Kabuff betrat, wusch dieser sich wieder die Hände. Baricco saß bereits auf seinem Stuhl vom Vortag. Er drehte sich kurz zu Zbigniew um, nickte unmerklich mit dem Kopf.

»Ich hoffe, Sie haben gut geschlafen«, sagte Zbigniew mit einem Lächeln. Baricco grummelte irgendetwas auf Italienisch zurück.

»Ich will Sie nicht auf die Folter spannen«, sagte Parioli, immer noch in der Zeremonie des Händewaschens. »Die DNS von Timo Lindner und dem unbekannten Toten stimmen nicht überein.«

Zbigniew setzte sich matt neben Baricco. Plötzlich fühlte er sich fehl am Platz, hier, in einer italienischen Pathologie, neben einem italienischen Ermittlungsbeamten. Natürlich, die hier gefundene Leiche war nicht Timo Lindner. Zbigniew begriff, dass er sich von der hiesigen Ermittlung hatte mitreißen lassen, ohne die Zeichen zu sehen. Die Zeichen, dass die Verletzungen, die an dem Jungen von Turin gefunden worden waren, nicht innerhalb von fünf Tagen hatten zugefügt werden können. Der Junge von Turin war über einen längeren Zeitraum missbraucht worden, und Timos Eltern waren keine Kandidaten für Kindesmissbrauch. Das begann schon damit, dass derartige Täter abschließbare Räume bevorzugten.

Einen Moment lang durchfloss Zbigniew die Vorstellung vom Rückflug, dem Blick auf die Alpen. Er hatte bereits jetzt feuchte Finger.

Parioli war inzwischen fertig mit seiner Handreinigung und hatte sich Baricco und Zbigniew gegenüber gesetzt. Was soll ich noch hier?, dachte Zbigniew. Es war für ihn vorbei. Er war kurz davor, direkt aufzustehen und zu gehen, sich hastig von den beiden Italienern zu verabschieden und ein Taxi zum Flughafen zu nehmen.

»Hatten Sie einen schönen Abend gestern in Turin? Haben Sie die Piazza San Carlo gesehen?«, flötete Parioli.

Zbigniew sah ihn an und überlegte, ob die Frage ernst gemeint war oder eine verdeckte Anspielung darauf, dass Zbigniew im Rahmen dieser Ermittlung vor allem eine touristische Funktion innehatte.

»Ich bin leider nicht dazu gekommen«, antwortete er höflich.

»Tja«, nickte Parioli bedauernd. Es war, als ob er Zbigniew seine Enttäuschung über die nicht übereinstimmende DNS ansah.

»Sehen Sie es positiv, Herr Meier: Der junge Mann in Ihrem Fall lebt vielleicht noch.«

Ich bin krank, dachte Zbigniew. Der Pathologe hatte natürlich recht.

Die Verabschiedung war sehr herzlich gewesen. Baricco hatte Zbigniew auf die Schulter geklopft; kurzzeitig beschlich Zbigniew das Gefühl, dass er ihn gerne ein wenig länger dabehalten hätte.

Wenig später saß Zbigniew am Gate und versuchte, die aufkeimende Flugangst zu bewältigen. Er hatte Stressbewältigungsseminare an der Polizeilichen Führungsakademie in Münster absolviert, die in solchen Momenten immer recht hilfreich waren. Aber irgendwie konnte sich Zbigniew nicht auf seine autogenen Trainingsmethoden konzentrieren; ihm war speiübel, außerdem hatte er das Gefühl, dass sein Herz raste.

Die Erinnerung an das Luftloch über den Alpen. Zbigniew ertappte sich bei dem Gedanken, den Flughafen zu verlassen, ein Taxi zum Bahnhof zu nehmen und sich in einen gemütlichen Zug nach Köln zu setzen. Die Kollegen würden ihn auslachen. Könnte er mit Baricco eine Lüge absprechen, so dass sie nichts davon erführen?

Nein. Stopp!

Zbigniew zwang sich, seine Problemvermeidungsstrategien geistig zu unterdrücken. Es konnte nicht sein. Jeder Mensch flog, warum sollte er selbst es nicht können.

Er versuchte, sich auf den Fall zu konzentrieren. Wenn der Junge von Turin nicht Timo Lindner war, dann war auch der Gedanke, dass die Fahrt der Eltern nach Mailand etwas damit zu tun hatte, hinfällig. Es war Zbigniew ohnehin abwegig vorgekommen – nach seiner Einschätzung waren die Eltern von Timo in einigen Punkten merkwürdig, und natürlich hatten sie den Jungen zu sehr eingeengt. Aber sie waren keine sadistischen Päderasten, dessen war Zbigniew sich sicher.

Der Flug nach Köln war inzwischen aufgerufen worden. Zbigniew stellte sich in die Schlange am Gate. Eine freundliche Flugbegleiterin nahm seinen Flugschein, steckte das Papier in ein Gerät und gab es ihm zurück. Ein langer Gang führte in die Maschine; immerhin keine Busfahrt. Zbigniew setzte sich nach einigem Gedränge an den Gepäckfächern auf seinen Platz, 14 D. Vor ihm lag Reihe 12. Eines dieser Aberglauben-Flugzeuge, in denen es Reihe 13 nicht gab.

Eigentlich befand er sich demnach in Reihe 13.

Neben Zbigniew saß ein stattlicher Herr, der beide Armlehnen für sich beanspruchte. Zbigniew kam sich ein wenig bedrängt vor, beschloss aber, nicht zu meckern. Die letzten Passagiere nahmen inzwischen ihre Sitze ein.

Der dicke Herr blätterte mit halbem Interesse in der Zeitschrift der Fluglinie. Zbigniew warf einen verstohlenen Blick in sein verschwitztes Gesicht. Hatte der Dicke ebensolche Angst wie Zbigniew?

Zbigniews Blick senkte sich auf die Zeitschrift, die der Mann las. »Das Land der guten Weine« war die Überschrift. Eine kunterbunte Landkarte mit eingezeichneten Weinregionen und Flugzielen, albern durch comicartige Piktogramme aufgebessert – alte Männer mit Baguettes unterm Arm, ein lachender Eiffelturm –, zeugte vom schalen Humor der Fluggesellschaft.

Eine Panikattacke durchfuhr Zbigniew. Ein Blitz, der durch seinen Körper ging, eine Mischung aus Gänsehaut und Schüttelfrost; Zbigniew schien sein Blut in allen Adern gleichzeitig zu spüren. Seine Hände zitterten leicht, wurden schlagartig kalt und noch feuchter, als sie es ohnehin bereits gewesen waren. Das Flugzeug war angefahren, hatte seinen Weg zur Startbahn angetreten.

Es konnte nicht sein. Nein, es konnte nicht sein.

Zbigniew warf einen kurzen Blick aus dem Fenster, um sich zu beruhigen. Man sah den Flughafen von Turin im fahlen Tageslicht; langsam verschob sich die Perspektive, während das Flugzeug auf dem Rollfeld herumfuhr.

Es konnte nicht sein. Zbigniew entriss dem protestierenden dicken Mann seine Lektüre und erhob sich. Die Flugbegleiterin stürmte entsetzt auf ihn zu. Zbigniew gestikulierte wild mit der Zeitschrift. Er redete irgendeinen Unsinn von einem Mordfall, vielleicht zeigte er auch seinen Ausweis. Ob die Flugbegleiterin ihm glaubte oder nicht, das erfuhr er nicht. Insgesamt konnte er sich später kaum an diese drei Minuten in seinem Leben erinnern.

Auf jeden Fall beschloss der Pilot nach einem Moment der Irritation, dass es besser sei, den panischen Deutschen herauszulassen.

5

Zbigniew nahm ein Taxi vom Flughafen zurück in die Innenstadt. Es hatte einige Zeit gekostet, dem Bodenpersonal die Situation zu erklären. Schlussendlich hatten sie ihn nach Aufnahme seiner Personalien gehen lassen. Wahrscheinlich würde eine dicke Rechnung an die Polizei in Köln folgen, die ihn dann in Regress nahm.

Wahrscheinlich würde Professor Parioli Zbigniew für imbezil erklären, wenn Zbigniew ihn auf seine Entdeckung aufmerksam machte. Zbigniew versuchte es sich vorzustellen: Der Pathologe untersuchte den Körper des Toten zunächst von außen, dann legte er ihn auf den Rücken und schnitt ihn auf, um die inneren Organe zu untersuchen. Zum Teil überließ er diese Aufgaben dem Sektionsassistenten. Schon möglich, dass eine Unregelmäßigkeit am Rücken eines Toten bei der ersten Untersuchung übersehen wurde. Unregelmäßigkeit war ohnehin zu viel gesagt – eine seltsame Anordnung von Muttermalen oder Pigmentstörungen, die vielleicht bloß Zufall war.

Die Ankunft vor der Klinik stoppte Zbigniews Gedanken. Er bezahlte den Taxifahrer und eilte durch die Gänge in den Keller. Ein junger Assistenzarzt erklärte ihm in gebrochenem Englisch, dass Parioli in der Kantine sei. Zbigniew nahm den Aufzug; die Kantine lag im Dachgeschoss. Er fand den Professor vor einer Tasse Kaffee und einem Sandwich an einem der Tische.

»Commissario!«, rief er überrascht. »Ich dachte, Sie seien schon nach Colonia geflogen.«

»Bin ich auch. Also, fast.«

Zbigniew überlegte. Wie erklärte er Parioli, was ihn zum Bleiben bewogen hatte, ohne dass er an Pariolis Berufsehre kratzte? Es war niemals besonders schön, wenn man etwas übersah und von jemand anderem darauf aufmerksam gemacht wurde, das wusste Zbigniew aus eigener Erfahrung. Hinzu kam die Möglichkeit, dass Zbigniew sich blamieren könnte und seine großartige Eingebung sich als Unsinn herausstellen würde.

»Sagen Sie …, könnte ich noch einmal einen Blick auf die Leiche werfen?«, sagte er schließlich in einem halb unterwürfigen Ton.

Parioli nickte. Vermutlich hatte er sich schon so etwas gedacht, als der eigentlich ins Flugzeug nach Köln gehörende Kommissar mit wehendem Mantel hier wieder auftauchte.

Er leerte seinen Kaffeerest in einem Zug, griff sich das Sandwich und ging mit seinem Tablett zu einem Laufband, das benutztes Geschirr in unsichtbare Bereiche der Kantine beförderte. Zbigniew folgte ihm halb, dabei konnte er einen Blick aus den Fenstern des großen Raums erhaschen. Nun begriff er, warum man die Kantine in den obersten Stock des Krankenhauses gelegt hatte: Man konnte über ganz Turin schauen, der Blick war atemberaubend.

Ein paar Minuten später führte Parioli Zbigniew in den Kühlraum im Keller und zog zielstrebig eine der menschengroßen Schubladen heraus. Der Torso des Jungen kam hervor.

»Allora«, murmelte Parioli.

Zbigniew zögerte.

»Können wir die Leiche auf den Bauch legen?«

Es war der Hauch eines Augenbrauenzuckens, den Parioli andeutete. Er verließ den Raum und holte einen Assistenten, mit dem er die Leiche auf einen Rollwagen legte und umdrehte.

Zbigniew betrachtete den Rücken. Eine Gänsehaut lief ihm über die Arme. Es war evident. Es war nur offensichtlich, wenn man es wusste. Wenn man die Idee bereits hatte.

Parioli sah Zbigniew an; er begriff offenbar nicht. Zbigniew deutete auf die Muttermale.

»Sehen Sie es?«, fragte er vorsichtig. »Ich meine, es kann Zufall sein … eine Laune der Natur, aber es ist auf jeden Fall seltsam.«

Parioli betrachtete intensiv den Rücken des Jungen.

»Das ist nicht ungewöhnlich. Viele Menschen haben Muttermale.«

»Haben Sie die Hautflecken untersucht?«

Parioli sah ihn irritiert an.

»Ich untersuche Todesursachen. Hautflecken haben selten etwas zu tun mit der Todesursache. Zumindest nicht gewöhnliche Muttermale.«

Parioli hatte sich ein bisschen hineingesteigert. Er fühlte sich inzwischen auf den Schlips getreten.

»Das meine ich nicht«, sagte Zbigniew daher hastig. »Ich meine die Form der Hautflecken.«

Parioli senkte seinen Kopf.

»Normale Form, normale Größe.«

»Entschuldigung ... Ich meinte die *Anordnung*.«

Parioli hob seinen Kopf wieder. Es dauerte ein paar Sekunden.

»Maledetto!«, entfuhr es ihm schließlich.

»Eine Karte von Frankreich?«, kam Baricco grummelnd hereingepoltert. Er sprach nun italienisch, aber Zbigniew verstand seine Worte: »Wollen Sie mich verarschen?«

Parioli hatte inzwischen weitere Fotos vom Rücken der Leiche herstellen lassen, stand mit einer Flasche speziellem Alkohol neben dem Rollwagen.

»Nein. Aber wir werden jetzt erfahren, ob sich jemand mit uns einen Spaß erlaubt oder ob dieser Junge ein Naturwunder ist.«

Baricco betrachtete inzwischen die besonderen Pigmentstörungen auf dem Rücken des Jungen, achtzehn an der Zahl, die relativ präzise die Umrisse von Frankreich markierten. Sogar Paris war eingezeichnet – ein ziemlich dicker Punkt im oberen Rücken. Da es neben diesen Flecken viele weitere Muttermale in verschiedenen Farben und Formen gab, brauchte man in der Tat die Idee von der Frankreichkarte im Kopf, damit man es auf Anhieb sah.

»Vive la France«, murmelte Baricco.

Parioli strich den Alkohol auf die Watte. Dann tupfte er vorsichtig auf die oberste Pigmentstörung, die Zbigniew in der Nähe von Dünkirchen ortete.

»Dunkerque«, sagte Parioli fast im gleichen Moment. Er rieb auf der Haut des Toten, und der Pigmentfleck verschwamm ein bisschen.

»Der Mörder hat Muttermale auf dem Rücken gesehen und sich gedacht, male ich mal eine Frankreichkarte draus?«, fragte Baricco irritiert. Es war keine Frage, auf die man eine Antwort geben musste.

»Na ja«, antwortete Parioli. »Herr Meier und ich haben vorhin verglichen mit einer echten Frankreichkarte: Die Punkte stimmen nicht ganz, sind aber recht präzise. Sehen Sie hier unten: Grenze, Nizza, Camargue, Pyrenäen Mittelmeer, Pyrenäen Atlantik, La Rochelle … und so weiter, der ganze Rest der Küste, rechts runter nach Saarbrücken und Straßburg. Das da oben ist wohl Paris, etwas zu weit links, aber immerhin.«

Baricco räusperte sich.

»Wer tut so was? Warum?«

Das war genau der Fragenkomplex, der Zbigniew seit einer Stunde durch das Hirn geisterte. Es ergab keinen wirklichen Sinn. Es sei denn, sie hatten es mit einem Serienkiller zu tun, der mit der Karte seine besondere Handschrift demonstrieren wollte.

»Gab es schon mal so Leichen?«, fragte Baricco. »Kopflose Leiche mit Italienkarte auf dem Rücken? Spanienkarte?«

Zbigniew schüttelte den Kopf. Über einen »Landkartenmörder« war der europäischen Polizei nichts bekannt. Es gab natürlich die Möglichkeit, dass auch an anderer Stelle die Pathologien künstliche Hautflecken auf den Rücken ihrer Patienten übersehen hatten.

»Kann das Opfer sich die Karte selbst gemalt haben? Um uns einen Hinweis zu geben?«, äußerte Zbigniew schließlich den anderen Gedanken, den er seit einiger Zeit hatte.

»Warum nicht«, sagte Parioli und griff mit einem virtuellen Filzstift an seinen Rücken. »Aber sehr schwierig, so präzise zu machen, oder? Mit einem Spiegel vielleicht.«

Es gab, das war Zbigniew klar, noch eine dritte Möglichkeit.

Baricco räusperte sich.

»Die Watte mit dem Filzstift geht zur Spurensicherung. Vielleicht kriegen die heraus, was für ein Filzstift exakt genommen wurde.«

»Professore«, sagte Zbigniew, »vielleicht wollte ja auch jemand aus dem Umfeld des Täters uns einen Hinweis geben. Es wäre immerhin möglich.«

»Mit einer Karte von Frankreich? Was sollte das bringen?«

Zbigniew zuckte die Achseln. Irgendetwas, worüber man noch nie nachgedacht hatte, befand sich in Frankreich. Der Name des Opfers war ein Anagramm von Frankreich.

Nein, es war ein Lesen im Kaffeesatz.

Baricco, der sich lange über die Leiche gebeugt hatte, sah nun auf.

»Paris sieht aus wie Herz«, murmelte er.

Zbigniew und Parioli beugten sich über den falschen Pigmentfleck. In der Tat, mit etwas Fantasie, hatte die französische Hauptstadt die Form eines Herzens.

»Etwas mit Paris?«, meinte Parioli. »Hauptstadt der Liebe?«

Baricco zuckte die Achseln. In Zbigniews Kopf schwirrten Gedanken frei umher.

»Ich werde mir die Leiche noch einmal genau anschauen«, sagte der Gerichtsmediziner schließlich.

Baricco fuhr mit Zbigniew zum Essen, diesmal in ein kleines Bistro in der Innenstadt. Das Essen war einfach und gut. Baricco erzählte ihm Neuigkeiten vom Fall. Der Verdacht einer Beteiligung der Baufirma hatte sich nicht erhärtet.

Noch während des Essens hatte Silvia Pütz angerufen. Offenbar hatte es im KK 51 helle Aufregung verursacht, dass Zbigniew nicht mit dem avisierten Flugzeug angekommen war. Silvia hatte dafür gesorgt, dass die Mitarbeiter der Fluggesellschaft in Köln bei ihren Kollegen in Italien nachgefragt hatten, und auf diese Weise war eine verzerrte Version der »Passagier verlässt Flugzeug«-Geschichte in Umlauf gebracht worden. Das hatte keinen besonders beruhigenden Effekt auf Zbigniews Dienststellenleiter.

»Oder hattest du wieder keine Fahrkarte?«, scherzte Silvia Pütz unnötigerweise.

Zbigniew atmete ruhig durch und brachte Silvia Pütz grob auf den Stand der Ermittlung. Ihr Humor verschwand.

»Wir haben aus Turin ein Fax bekommen, dass die DNS des Toten nicht mit der Timo Lindners übereinstimmt«, sagte sie.

Zbigniew brauchte nicht lange.

»Ja, aber ich möchte dennoch nichts von vornherein ausschließen«, antwortete er kryptisch und verabschiedete sich.

Baricco hatte sich derweil konzentriert mit seinem Essen beschäftigt. Falls er irgendein Interesse an Zbigniews Gespräch hatte, ließ er es sich nicht anmerken.

Zbigniew indes hatte keinen besonderen Appetit mehr. Er fragte sich, warum er den letzten Satz zu Silvia Pütz gesagt hatte. Sicherlich zum einen, um sie am Telefon loszuwerden und eine hinreichende Erklärung dafür abzuliefern, warum er in Turin geblieben war. Zum anderen aber hatte er den Satz auch irgendwie spontan geäußert, aus dem Bauch heraus. Sagte Zbigniews Bauch, dass der Fall des kopflosen Jungen von Turin irgendetwas mit dem Verschwinden von Timo Lindner zu tun hatte? Es gab kein Argument für diese These, dafür aber einige Beweise dagegen.

Es gab bloß die Frankreichkarte. Wollte der Täter damit irgendein Zeichen setzen? Andererseits fragte sich Zbigniew, wo ein Zusammenhang zwischen der Täterpsychologie eines Kindermissbrauchers und einer Frankreichkarte liegen sollte. Sofern der Mörder nicht den Plan hatte, ein Kind aus jedem Land in Europa zu missbrauchen und jedes mit seiner nationalen Karte zu bemalen.

Nein, das war absurd. Zbigniew nahm sich vor, so lange nicht darüber nachzudenken, bis eine eventuelle zweite Leiche mit Karte auf dem Rücken aufgetaucht war.

Die Möglichkeit hingegen, dass irgendjemand einen Hinweis geben wollte mit der Karte, erschien Zbigniew plausibler. Die Exaktheit der Karte verdatterte Zbigniew. Hierin lag die merkwürdige Verbindung, die Zbigniew sich vorstellen konnte zwischen Timo Lindner und dem Opfer. Es würde zu Timo passen, eine Karte derartig darzustellen.

Nein, das war auch absurd.

»Wir haben Kontakt mit französischer Polizei aufgenommen«, riss Baricco Zbigniew aus seinen Gedanken. Baricco war mit dem Essen fertig und wischte sich mit einer Serviette den Mund ab.

»Die gehen jetzt Fälle durch, vermisste männliche Minderjährige.«

Zbigniew nickte. Er wäre als Leiter der Ermittlung genauso vorgegangen.

»Ich glaube, mein Part hier ist zu Ende«, sagte Zbigniew plötzlich. »Objektiv betrachtet weist nichts darauf hin, dass es einen Zusammenhang zu unserem Fall gibt.«

Baricco nickte.

»Sie haben recht ..., auch wenn ich Ihre Anwesenheit sehr schätze«, grummelte Baricco sich in den Bart.

Zbigniew überlegte, ob er ein Gegenkompliment machen sollte, entschied sich dann aber dagegen. Baricco wusste bestimmt auch ohne Worte, dass Zbigniew auf seiner Seite war.

Der Commissario winkte dem Kellner und sah Zbigniew an.

»Ich lade Sie ein. Wenn Sie wollen, bringe ich Sie zum Flughafen.«

Vier Stunden später war Zbigniew wieder in Köln in seiner Altbauwohnung. Das Basilikum hatten die anderthalb Tage ohne Wasser etwas in Mitleidenschaft gezogen, aber das war das Kraut gewohnt. Es erholte sich immer erstaunlich schnell.

Alles war glattgegangen. So glatt, dass Zbigniew es selbst kaum fassen konnte; vor allem, was seine eigene Psyche betraf. Baricco hatte Zbigniew zum Flughafen gebracht, was sich als großer Vorteil herausstellte – Zbigniews Ticket nach Köln war innerhalb von zehn Minuten ohne große Diskussionen und ohne besondere Gebühren auf den übernächsten Flug umgebucht worden. Baricco machte ihm mit einem Augenzwinkern klar, dass er nebenbei eine Schadensersatzklage gegen Zbigniew abgewendet hatte. Er würde keinen Ärger dafür bekommen, dass er aus der Maschine ausgestiegen war.

Zbigniew fragte sich, warum ihn in Deutschland derartige Wurmfortsätze von Korruption auf die Palme brachten, in Italien aber nicht. Vielleicht, weil er sich für die italienische Gesellschaft als solche nicht zuständig fühlte – vielleicht aber auch, weil Korruption in seinem Klischeedenken ein Stück Italien war. Ein bisschen schuldig fühlte sich Zbigniew dabei durchaus.

Eine Stunde vor dem Abflug hatte Baricco noch mit Parioli telefoniert. Zbigniew selbst konnte mit ihm sprechen. Der Gerichtsmediziner hatte keine weiteren Auffälligkeiten an der Leiche des Jungen gefunden. Parioli wünschte Zbigniew eine gute Heimreise.

Die Verabschiedung von Baricco war sehr herzlich; Zbigniew bedauerte fast, den alten Grummler nicht mit ins eigene Revier nehmen zu können.

»Ich halte Sie auf dem Laufenden«, waren Bariccos letzte Worte, als Zbigniew in der Durchleuchtungsanlage verschwand.

Zwanzig Minuten später saß Zbigniew im Flugzeug, und er freute sich wieder auf Köln. Es war seltsam, was für ein merkwürdiges Gefühl von Kuscheligkeit diese Stadt erzeugte. Das Flugzeug hob ab, ohne dass Zbigniew irgendwelche Angst- oder Übelkeitsausbrüche überfielen. Als sie über den Alpen waren, durchflutete ein strahlendes, orangefarbenes Licht das Flugzeug – es war gerade die Zeit des Sonnenunterganges über den Wolken. Zbigniew überwand sich zu einem Blick aus dem Fenster. Der Streifenpolizist, der ihn auf dem Hinweg vom Flughafen abgeholt hatte, hatte recht: Der Blick über die Alpen war fantastisch. Die Bergspitzen lagen in einem magischen, weißrötlichen Licht, die Täler selbst waren bereits in Dunkelheit abgesunken und von kleinen Lichtpunkten menschlicher Energieerzeugung erfüllt. Später dachte Zbigniew, dass man für diesen Anblick auch in Kauf nehmen konnte, vom freien Fall nur durch eine dünne Metallschicht getrennt zu sein. Sie war zwar dünn, aber effektiv.

»Waren Sie geschäftlich in Italien?«, fragte eine samtige Stimme mit leicht rauchigem Ton von der rechten Seite.

Zbigniew zuckte zusammen und bemerkte die Frau, die auf dem Fensterplatz in Zbigniews Reihe saß. War Zbigniew ihr beim Herüberbeugen zum Fenster zu nahe gekommen? Bisher hatte er die dort sitzende Person noch gar nicht wahrgenommen, dabei saß dort eine recht attraktive Frau, die vom Aussehen und Alter her Zbigniews früherem Beziehungstyp entsprach: dunkle, lange Haare, Ende dreißig, blass, gepflegt und elegant gekleidet. Spuren von gelebtem Leben waren in ihrem Gesicht zu erkennen. Der Birgit-Typ.

»Sozusagen«, antwortete Zbigniew. Er wusste nicht so recht, was er sagen sollte.

»Eine geheime Mission?«

Die Frau neben ihm lächelte sanft. Zbigniew überlegte, was an dem Wort »sozusagen« dran war, dass man gleich mehr dahinter sah. Möglicherweise einfach die Tatsache, dass es keine klare Antwort war. Ein Satz wie »Ja, ich vertreibe Espressomaschinen aus Bergisch Gladbach« hätte völlige Klarheit gebracht und die Chancen auf weiteres Nachfragen nach beruflichen Aktivitäten radikal vermindert.

»Sozusagen«, lächelte Zbigniew.

Es war sein Unterbewusstsein. Er wollte sich bei dieser Frau interessant machen.

Zbigniew schaute die Frau an. »Und Sie?«

Das war nun wirklich professionelle Gesprächsführung. Oder einfach nur Polizistenkrankheit – dass man immer nur den anderen verhören wollte, ohne selbst Informationen preiszugeben.

»Ich …«, fing die Frau an. Ein ätherisches Lächeln legte sich auf ihre Lippen. »Das ist eine lange, lange Geschichte.«

»Wir haben noch«, Zbigniew blickte auf die Uhr, »vierzig Minuten.«

Zbigniew fragte sich, ob er flirtete. Die Frau sah ihn jedenfalls weiter an, unvermindert lächelnd. Zbigniew dachte an Lena und fragte sich, ob er der Frau neben ihm lieber ein wenig abweisend begegnen sollte. Aber dafür war es jetzt ohnehin zu spät. Und außerdem, sie waren ja bloß Sitznachbarn im Flugzeug.

»Vierzig Minuten können sehr kurz sein …, aber auch sehr lang«, murmelte die Frau philosophisch. Wenn Zbigniew sich nicht klar war, ob er selbst flirtete – diese Frau tat es. Definitiv.

Und dann erzählte sie. Sie erzählte ihre Geschichte, und nachher kamen Zbigniew die vierzig Minuten lang und kurz zugleich vor. Kurz, weil sie wie im Flug – welch treffende Metapher, haha – vergangen waren. Lang, weil diese vierzig Minuten einen der Momente im Leben darstellten, an die man sich noch lange erinnern würde.

Die Frau hieß Barbara, und sie war nach Turin geflogen, um einen Menschen zu treffen, den sie im Internet kennengelernt hatte: Antonio, mit dem sie seit Monaten regelmäßig gechattet hatte. Barbara war geschieden und hatte zwei Kinder, die offenbar beim Mann und seiner neuen Gattin wohnten – Zbigniew fragte nicht nach Details. Antonio, der Schwarm aus dem Internet, war für Barbara immer mehr eine fixe Idee geworden. Da es Antonio genauso zu ergehen schien, hatten die beiden schließlich ein paarmal telefoniert. Barbara hatte sich fern-verliebt in den Italiener, schließlich war sie nach Turin geflogen, um ihn persönlich zu treffen. Dort hatte sich – in der Kurzversion – Antonio schließlich als Enttäuschung herausgestellt; er war zehn Jahre älter, als er vorgegeben hatte, zehn Kilo schwerer, zehn Zentimeter kleiner, und eigentlich suchte er nur einen One-Night-Stand mit einer Deutschen – denn zu Hause warteten Frau und ein fast erwachsener Sohn auf ihn.

»Die alte Geschichte«, schloss Barbara ihre Erzählung.

Zbigniew nickte. Trotz der jungen Historie des Internets konnte man eine derartige Geschichte bereits als »alt« bezeichnen, als Geschichte, die man schon mal gehört hatte.

»Es tut mir leid für Sie«, sagte Zbigniew. »Dann war Ihr Ausflug nach Turin ja eine maßlose Enttäuschung.«

Zbigniew war stolz auf sich, er konnte wie ein normaler Mensch reagieren.

»Das kann man wohl sagen«, seufzte Barbara. »Immerhin war ich ein paar Tage in Turin. Und außerdem …«

Zbigniew ahnte, was nun kommen würde. Barbara lächelte nun noch offener als zuvor, was seine Ahnung verstärkte.

»Außerdem habe ich ja jetzt beim Rückflug noch eine nette Bekanntschaft gemacht.«

Zbigniew war sich nicht sicher, was an ihm nett sein sollte. Er hatte bislang nicht allzu viel gesagt. Barbara wusste noch überhaupt nichts über ihn, und er hatte auch nicht vor, viel zu erzählen. Vielleicht war einfach nett an ihm, dass er zugehört hatte.

Das Flugzeug war inzwischen im Landeanflug auf den Flughafen Köln/Bonn.

»Glauben Sie an Fügung?«, fragte Barbara, während sich der Druck in Zbigniews Ohren verstärkte.

Zbigniew wurde es ein bisschen viel; der Unterton der Frage war ihm bewusst, nicht zuletzt, weil Barbara vor ihrer Frage Zbigniews Hände abermals mit ihren Blicken gescannt hatte. Da war kein Ring dran, Zbigniew brauchte nicht nachzusehen.

»Nein. Ich glaube an Koinzidenzen«, sagte Zbigniew nach einigem Überlegen. Vermutlich wusste Barbara nicht, was eine Koinzidenz war und wo der Unterschied zwischen Fügung, Koinzidenz, Zufall und Schicksal lag. Zbigniew hatte eine Menge über derartige Dinge nachgedacht in der Vergangenheit – induziert durch Kriminalfälle, in denen man sich immer wieder fragen musste, ob es so etwas wie Zufälle oder Schicksal gab. Zbigniew war klar, dass er Barbaras Frage viel zu ernst beantwortet hatte – er hatte zurückliegende Mordfälle vor Augen, Barbara dagegen die Begegnung mit Zbigniew, der neuen Bekanntschaft in ihrem Leben.

Zbigniew ertappte sich bei dem Gedanken, was Lena dazu sagen würde, wenn er dieser Frau seine Telefonnummer geben würde.

»Koinzidenzen«, wiederholte Barbara nachdenklich. Zbigniew begriff sofort, dass sie exakt wusste, was er meinte. »Sind Sie Philosoph?«

Keinesfalls. Ich stehe mitten im Leben.

»Ich bin Polizist. Kriminalkommissar aus Köln.«

Hauptkommissar, um genau zu sein. Aber das tat nichts zur Sache. Sie sollte ihn ja nicht wegen der höheren Gehaltsstufe gut finden.

Barbara grinste.

»Und was führt Sie dann … äh … beruflich nach Turin?«

Berechtigte Frage.

»Ein Kind wird vermisst. Es gab eine Spur …, die sich aber als falsch herausgestellt hat.« So konnte man es auch nennen.

»Das tut mir leid.«

Für Timo war es besser, nicht die Leiche aus Turin zu sein. Aber das konnte und wollte Zbigniew Barbara nicht alles erklären.

Das Flugzeug war inzwischen gelandet, ohne dass er es gemerkt hatte. Zbigniew begriff mit Erstaunen, dass das Gespräch ihn von jeglichen Ängsten abgelenkt hatte.

Die Koinzidenz wollte auch, dass die erste S-Bahn vom Flughafen Richtung Köln-Hansaring, seiner hauseigenen Station, weiterfuhr nach Neuss, wo Barbara wohnte. So wurde Zbigniews Zeit mit Barbara um weitere vierzehn Minuten Fahrzeit verlängert. Zbigniew und Barbara redeten nicht mehr viel; beide saßen sich gegenüber und schauten aus dem Fenster. Die S-Bahn passierte den Rhein; Zbigniew genoss immer wieder den Anblick der Kölner Altstadt mit dem Dom, den man nur sah, wenn man sich dicht ans Fenster presste. Ein kurzer Halt im Hauptbahnhof. Zbigniew deutete Barbara an, dass er bei der nächsten Station aussteigen musste. Ein bedeutungsschwangerer Moment folgte. Dann notierte Barbara etwas auf einem Zettel.

»Ich schreibe Ihnen mal meine Telefonnummer auf. Wenn Sie wollen, können Sie mich ja mal anrufen. Vielleicht haben Sie ja Lust, mal was zu unternehmen. Wenn nicht, dann nicht …«

Barbara sah ihn mit einem leicht melancholischen Lächeln an. Minderte dieses Lächeln nicht von vornherein die Chance, angerufen zu werden?

Zbigniew nahm den Zettel, bedankte sich höflich und ergriff sein Gepäck. Er kam sich etwas seltsam vor, als er Barbara zum Abschied seine Hand gab.

»Bekomme ich auch Ihre Nummer?«, fragte sie noch hastig. Irgendwie schmälerte dies die völlige Unverbindlichkeit ihres Angebots, sie anrufen zu können, fand Zbigniew.

»Okay«, sagte er dennoch, schrieb seine Telefonnummer schnell auf den freien Platz des Zettels und teilte ihn in zwei Hälften. Barbara nahm ihre Hälfte mit einem leichten Lächeln, blickte dabei nicht hoch.

Hansaring.

»Gute Heimfahrt«, wünschte er Barbara und verließ die S-Bahn.

»Bis bald«, rief Barbara aus der Tür.

Die S-Bahn schloss die Türen und fuhr weiter.

Er fragte sich, ob es richtig gewesen war, ihr seine Telefonnummer zu geben. Wenn sie bei ihm zu Hause anrief, wenn Lena da war? Eigentlich war klar, dass er nichts von Barbara wollen würde. Hätte er ihr dies besser gleich klargemacht, indem er ihr seine Telefonnummer nicht gegeben hätte?

Na ja. Hätte.

Zu spät.

Zbigniew ging die etwa hundert Meter von der S- und U-Bahn-Station Hansaring zu seinem Wohnhaus. Hierin lagen die Vorteile einer teuren Stadtwohnung, dachte er, als er mit seinem kleinen Gepäck die Treppe hochstolperte.

Als er um die letzte Kehre ging, erschrak er. Keine Lena, aber an seiner Tür klebte ein großer weißer Zettel.

Räumungsklage? Einbruch?

Zbigniew näherte sich dem schief mit Tesafilm angeklebten Papier.

»Wenn du endlich mal wieder da bist, dann ruf mich gefälligst an. L.«

Wie peinlich. Zbigniew riss schnell den Zettel ab. Es gab zwei Parteien, die noch über ihm wohnten; sie mussten mehrmals an dem Zettel vorbeigegangen sein. Vermutlich wollte Lena genau dies, dass es ihm peinlich war. Um ihm zu zeigen, dass man sie nicht derartig behandeln konnte. Vorgestern hatte sie ihn angerufen, da hatte er sie abgewürgt. Und von seinem Kurzausflug nach Italien hatte er ihr auch nichts erzählt. Warum hatte sie keine SMS geschickt?

Weil er es wieder mal ausgeschaltet hatte.

Zbigniew betrat seine Wohnung und schaltete sein Handy ein. Da kamen sie: Eine Kurzmittelung erhalten. Zwei Kurzmitteilungen erhalten. Drei …

Zbigniew durchblätterte die Kurzmitteilungen, die naturgemäß alle von Lena kamen und im Wesentlichen ein Ziel hatten: herauszufinden, wo Zbigniew steckte. Zbigniew überlegte, ob er Lena noch am Abend zurücksimsen sollte. Er beschloss, dass es bis morgen Zeit hatte.

»Hast du schlecht geschlafen?«, begrüßte Zeynel ihn am Mittwochmorgen in der Stolkgasse. Zbigniew hatte eine Besprechung um neun Uhr im Blauen Salon angesetzt, bei der er die bislang einbezogenen Kollegen über die Details aus Turin informieren und gleichzeitig auf den neuesten Stand der Kölner Ermittlungen kommen wollte.

Schlecht geschlafen war gar kein Ausdruck; Zbigniew hatte sich die halbe Nacht schlaflos im Bett gewälzt, heimgesucht von Fieberträumen aus kopflosen Menschen, einer rächenden Göttin namens Lena, einer seltsamen Frau namens Barbara und einer Wohnung ohne verschließbare Türen. Um drei Uhr nachts hatte er dann doch eine SMS an Lena geschickt – er hoffte, dass sie schlief und ihr Handy ausgeschaltet hatte. Eine kurze Mitteilung, dass er beruflich nach Turin gereist war, reisen musste und dass es ihm leidtat. Nach der SMS beschränkten sich Zbigniews Träume auf Barbara, die türlose Wohnung und die Leiche von Turin.

»Hast du schon gehört?«, meinte Dieter Weber, als er sich in den Stuhl im Besprechungsraum setzte.

»Was?«

Dieter holte Luft.

»In der Dagobertstraße ist gestern Nachmittag eine alte Dame auf der Straße erstochen worden. Handtaschenraub. Täter: ein slowakischstämmiger Neunzehnjähriger. Ist jetzt bei der KK 57.«

Zbigniew nickte betreten. Die Routine lief weiter. Er warf einen Blick auf Zeynel, der als Kurde immer besonders betroffen war, wenn Migranten in Verbrechen verwickelt waren. Zeynel blickte schweigend auf den Boden.

»Okay, was gibt es hier Neues zum Fall Timo Lindner?«, fragte Zbigniew schnell.

Dieter Weber und Zeynel sahen Zbigniew irritiert an. Sie hatten gedacht, dass er erst von Turin erzählen würde. Edwin dagegen konnte es kaum erwarten.

»Wusstet ihr schon, dass Timos Vater den Barbarossa-Komplex macht?«, fragte er.

Der Barbarossa-Komplex, das war zurzeit *das* Thema in Köln. Offenbar waren ausländische Investoren gefunden worden, mit deren Geld einer der hässlichsten Plätze von Köln umgestaltet werden konnte. Der Barbarossaplatz war eine verkehrsumtoste Kreuzung von fünf Hauptstraßen und zwei überirdischen U-Bahn-Trassen, die flankiert wurde von einem zusammengewürfelten Agglomerat aus faden Nachkriegsbauten. Ein Architektenwettbewerb hatte stattgefunden, so viel wusste Zbigniew. Und in einem Jahr sollte es losgehen.

»Olaf Lindner?«, fragte Zbigniew. In diesem Moment betrat Silvia Pütz den Raum; der Dienststellenleiter hatte seine Vorzimmerdame offenbar zum Einholen von Informationen hergeschickt. Sie lächelte alle an, setzte sich dann geräuschvoll ans Ende des Besprechungstisches. Edwin ließ sich nicht aus der Ruhe bringen.

»Ja. Er hat mit seinem Büro den Wettbewerb gewonnen. Man kann sich das Modell vom geplanten Barbarossaplatz sogar ankucken, im Technischen Rathaus in Deutz. Die U-Bahnen werden nach unten gelegt, der Ring auch, oben soll's 'nen Park geben, Häuser werden abgerissen und neu gebaut, ein richtiges Hochhaus und so'n Barbarossa-Center, Glaspalast-Einkaufszentrum-Dingens, das die Bauhöhenverordnung durchbricht.«

»Klingt doch gut«, sagte Silvia Pütz mit leuchtenden Augen. Zbigniew überlegte sich, ob er sie hinausschmeißen könnte.

»Und was soll das mit dem Verschwinden von Timo Lindner zu tun haben?«, fragte Zbigniew skeptisch.

»Erpressung?«, sagte Edwin.

»Wer erpresst wen?«, hakte Zbigniew nach.

Edwin stöhnte und beugte sich vor.

»Einer der Architekten, der die Ausschreibung verloren hat. Einer der Grundeigentümer. Einer der Eigentümer der jetzigen Bebauung. Einer der Altmieter. Ein Beamter von der Stadt, der seine Schmiergeldzahlung nicht bekommen hat. Eine der Firmen, die den riesigen Bauauftrag bekommen will. Oder nicht bekommen hat. Oder eine …«

»Okay, okay«, unterbrach Zbigniew ihn. »Aber entführen solche Leute den fünfzehnjährigen Sohn des Architekten?«

»Nein. Die machen so was anders.«

Dieter Weber.

»Vielleicht wollte der Kleine auch zu viel Taschengeld, jetzt wo Papa so einen dicken Auftrag hat«, meinte Zeynel.

»Aber es gibt keine Hinweise darauf, dass bei der Barbarossa-Sache irgendetwas Krummes gelaufen ist, oder?«

»Nein«, sagte Edwin, »aber ich meine, das kriegt man so schnell und einfach nicht raus, wenn. Eigentlich läuft bei so großen Bausachen doch immer etwas Krummes, seien wir doch mal ehrlich.«

Zbigniew nickte. Das war wohl leider wahr.

»Okay«, fuhr Edwin fort, »aber ich hab noch was rausgefunden. Olaf Lindner war in Mailand bei einer Marmorfirma. Wohl einer der Toplieferanten in Europa, offenbar soll das Foyer vom neuen Barbarossa-Hochhaus damit verkleidet werden. Scheint seine Richtigkeit zu haben.«

Edwin hatte sich mächtig ins Zeug gelegt, so viel war klar.

»Und die Frau ist mitgeflogen, weil sie shoppen wollte?«, fragte Zeynel. Man merkte ihm an, wie es ihn wurmte, dass Edwin erfolgreich recherchiert hatte.

»Nein. Wie du ja bestimmt auch weißt, haben die beiden zusammen Architektur studiert«, lächelte Edwin ihn an.

»Okay«, sagte Zbigniew, bevor es zwischen den beiden weiter eskalierte. »Gute Arbeit, Edwin.«

Edwin freute sich über das Lob. Zbigniew machte sich eine geistige Notiz, wie Edwin sich verhalten hatte. Er fand es nicht in Ordnung, Ergebnisse zurückzuhalten, nur um in der Sitzung zu glänzen.

»Vielleicht kannst du jetzt mal von Turin erzählen?«, platzte es aus Zeynel heraus. Seine unterschwellige Wut war vernehmbar.

»Turin … Turin ist im Prinzip ein Flop gewesen. Ihr wisst ja eigentlich schon alles. Die kopflose Leiche eines Jungen, aber die DNS stimmt nicht überein mit der von Timo.«

»Und dass die DNS richtig ist, daran gibt es keinen Zweifel, oder?«, fragte Zeynel.

Edwin blickte ihn fassungslos an.

»Ich habe eigenhändig die Zahnbürste von dem Jungen aus dem Zahnputzglas im Bad genommen.«

»Wer war dabei?«, fragte Zbigniew.

»Tonia Lindner. Sie hat mir das Glas gezeigt.«

»Und sie war sich sicher, dass es die richtige Zahnbürste ist – und nicht die vom Vater oder so?«, ließ Zeynel nicht locker.

»Klar. Die Eltern haben ihr Zeugs ja oben in dem anderen Bad.«

»Hat jemand einen ernsthaften Zweifel?«, fragte Zbigniew in die Runde. Alle schüttelten den Kopf, Zeynel erst nach einigem Zögern.

»Können wir nicht trotzdem den Eltern Fotos vom Leichnam zeigen – vielleicht erkennen sie etwas, Körperform, besondere Kennzeichen, Muttermale ... nur um sicherzugehen«, schlug Zeynel vor.

Zbigniew dachte an die künstlichen Muttermale auf dem Rücken der Leiche.

»Ich halte eine derartige Maßnahme für überzogen«, sagte er schließlich. »Der DNS-Vergleich ist unfehlbar; hinzu kommt, dass der Junge in Turin auf das Brutalste sexuell missbraucht worden ist. Die Zahl und Art der Misshandlungen verschiedenster Art gab mir schon vor dem Ergebnis des DNS-Vergleichs das Gefühl, dass dieser Junge nicht erst vor einigen Tagen entführt wurde.«

»Die Misshandlungen müssen ja nicht bloß aus der Zeit stammen, in der Timo nun verschwunden ist. Das würde dann auch erklären, warum Tonia Lindner Edwin eine falsche Zahnbürste geben könnte«, meinte Zeynel etwas erhitzt.

Zbigniew atmete durch.

»Das kann ich mir ehrlich gesagt nicht vorstellen.«

Er sah in Zeynels Augen Widerspruch, kam ihm zuvor.

»Und eine Misshandlung von Dritten, ohne dass die Eltern es mitbekommen haben, ist ebenso undenkbar. Dann dürften sie ihren Sohn niemals nackt zu Gesicht bekommen haben.«

Dieter Weber und Edwin nickten zustimmend. Zeynel schien nicht überzeugt, aber es war vermutlich bloß verletzte Eitelkeit.

Zbigniew ergriff schnell wieder das Wort.

»Es gibt einen sehr interessanten Aspekt am Fall in Turin, den ihr noch nicht kennt. Der etwas damit zu tun hat, dass ich überraschend etwas länger bleiben musste.«

Zbigniew erzählte von der Frankreichkarte. Er spürte die Irritation bei seinen Kollegen. Nur Silvia Pütz lächelte.

»Ach, deshalb!«, rief sie. Alle sahen sie fragend an.

»Heute morgen kam eine E-Mail von der Staatsanwaltschaft, dass nach Fällen in der Vergangenheit gesucht wird, in denen Mordopfer mit Filzstiftpunkten bemalt wurden.«

Baricco war nicht nur gut, er war auch noch schnell. Europaweit.

»Und?«

»Ja, nix. Betrifft ja eher die in Kalk.«

Die in Kalk, das waren die Beamten der Mordkommission, die beim Präsidium angesiedelt war.

Zbigniew nickte.

»Ja. Und Turin betrifft uns auch nicht. Außerdem sind die Kollegen in Turin kein Stück dümmer als wir, da habt ihr mein Wort. Wir dagegen haben einen verschwundenen Jungen, einen negativen DNS-Vergleich. Wer hat noch ernsthafte Ansatzpunkte?«

»Bei mir alles Fehlanzeige«, sagte Dieter. »Wir haben vorgestern in der Gegend rund ums Krankenhaus noch mal rumgefragt. Keiner hat den Jungen gesehen.«

Zbigniew nickte. Wie er es sich gedacht hatte.

»Auf die Zeitungsmeldungen hin gab es auch keine relevanten Hinweise«, sagte Zeynel. Silvia Pütz nickte zur Bestätigung.

Zbigniew ergriff das Wort.

»Das einzig Hilfreiche, was ich mir noch vorstellen könnte, wäre ein Gespräch mit dem Kindermädchen, Birte Kröger – wenn sie wieder zu sich kommen sollte. Ansonsten schlage ich vor, überlassen wir den Fall Timo Lindner den uniformierten Kollegen. Ich kann keine Hinweise auf eine Straftat erkennen. Im Prinzip hatten wir das ja auch schon am Freitag so beschlossen.«

Er selbst hatte das so beschlossen.

Es herrschte eine Stille im Raum, der man den Widerwillen anhören konnte.

»Der Baukonzern«, sagte Edwin schließlich. »Der Baukonzern, der das Haus da in Turin hochzieht. Gibt es da irgendwelche Verbindungen zu dieser Marmorfirma in Mailand? Beziehungsweise zu Olaf Lindners Architekturbüro direkt?«

Zbigniew traute seinen Ohren kaum. Er dachte kurz nach.

»Okay. Checke es, Edwin. Diskret. Und da sollte nichts andres für liegen bleiben«, sagte Zbigniew. Edwin nickte eifrig.

An diesem Mittwoch passierte nicht mehr viel. Es stellte sich heraus, dass der Handtaschenmörder kein Unbekannter war – die uniformierten Kollegen vom Bezirksteam Eigelstein hatten ihn in den letzten Jahren bereits dreimal wegen geringfügiger Delikte festgenommen. Am Nachmittag nahmen Kollegen einen Drogenabhängigen mit aufs Revier, der sich im Treppenhaus eines Mietshauses in der Plankgasse einen Schuss Heroin gesetzt hatte.

Kurz vor Dienstschluss rief Lena an. Zbigniew hatte mit ihrem Anruf gerechnet, nicht jedoch damit, dass sie im Büro anrief. Vielleicht hatte sie Angst, dass er ansonsten nicht abheben würde.

»Ich vermiss dich«, flötete es aus dem Hörer.

Zbigniew horchte in sein Inneres hinein.

»Ich vermiss dich auch«, beschrieb er seinen Gefühlszustand schließlich. Es fiel ihm schwer, aber es war die Wahrheit. »Hotelzimmer in Italien können ganz schön einsam sein«, fügte er dann zu seiner Überraschung noch hinzu. Er erinnerte sich an den Moment, als er dort allein auf dem Bett gelegen und nachgedacht hatte.

Lena sah bezaubernd aus. Die Haare waren ungewaschen und hingen struppig um ihr Gesicht herum. Ihre Kleidung erinnerte an Joggingkleidung, im schlampig-verklebten Zustand nach dem Joggen. Sie saß ihm im szenigen Café Huber gegenüber und erzählte bei einer Anti-Cola, dem neuen Modegetränk in Köln, von ihren aufregenden Aktivitäten der letzten Tage. Das Huber war am frühen Abend immer recht leer; die Kunstszene war nach dem Frühstück endlich an die Arbeit gegangen. Vielleicht ging Zbigniew deshalb gern hierhin.

Zbigniew erfuhr, dass er am Vortag das Arctic-Monkeys-Konzert im Palladium verpasst hatte. Lena machte ihm klar, dass ihm eine Sternstunde der Musikgeschichte entgangen war. Es gab viele Parallelen zu seiner eigenen Jugend, nur die Namen waren andere: The Clash war nun Arctic Monkeys, und natürlich konnte man sagen, dass in der Musik- und Kulturszene bloß wieder alles aufgewärmt wurde, was schon mal da war – aber heute wurde man nun mal damit groß und entdeckte die Originale erst später. Für die Weltanschauung war das egal; auch bei Lena setzte sich diese aus vielen Songtexten zusammen, von links bis revolutionär, wie bei Zbigniew damals auch. Heute sah Zbigniew die Dinge gelassener, Lena war noch zu jung für Gelassenheit.

»Gehen wir noch zu dir? Ich hab noch 'ne Viertelstunde. Also nicht dass du glaubst, du kannst mich wieder dazu zwingen, dir einen zu blasen«, grinste Lena nun plötzlich unvermutet in ihre Erzählung hinein. Hatte die Kellnerin bei Lenas letzten Worten herübergeguckt?

»Ich dich zwingen?«

»Ja. Also, psychisch, meine ich. Weil du es von mir erwartest.«

Zbigniew sah sie an. Das war nicht ihr Ernst.

»Das ist nicht dein Ernst, oder?«

Lena grinste.

»Doch, klar. Stell dir vor, ich mach das nicht, dann verlässt du mich eines Tages und erzählst deinen Kumpels, es hätte daran gelegen, weil ich dir nie einen geblasen hätte. Das nennt man sublimen psychischen Druck. Indirekt. Subkutan. Subkutan? Sublim. So was.«

»Und du tust das nur deswegen?«, fragte Zbigniew entsetzt. Sie wollte ihn bloß provozieren, oder?

»Klar. Alle Frauen tun das nur deswegen.«

»Aha.«

Zbigniew überlegte.

»Und was tut ihr freiwillig?«, fragte er dann. »Ich meine, was macht euch Spaß, ohne dass irgendein psychischer Erwartungsdruck des Mannes dahintersteckt?«

»Och, so einiges.«

»Zum Beispiel?«

»Küssen. Knuddeln. Händchen halten. Füßeln.«

Zbigniew bemerkte, wie unter dem Tisch zwei Füße Kontakt mit seinen aufnahmen.

»Nee, ich mach nur Spaß. Klar hab ich ihn gern in meinem Mund«, grinste sie ihn dann an und nahm einen Schluck Anti-Cola.

Zbigniew war sich unsicher. Er wusste nicht, was er davon halten sollte. Außerdem war es ihm peinlich, darüber zu reden. Aber das machte das Leben mit Lena vermutlich manchmal so interessant. Ihr war nichts peinlich.

»Übrigens hast du mich überhaupt nicht zurückgerufen«, sagte sie und sah ihn vorwurfsvoll an.

»Wie meinst du?«

»Na, ich hab dich doch angerufen, vor der Turin-Sache. Dass du zurückrufen sollst.«

»Aber wir sehen uns doch jetzt.«

»Das ist nicht das Gleiche. Wenn ich dich bitte, mich zurückzurufen, warum tust du das dann nicht?«

»Die Geschichte mit Turin kam auch für uns überraschend«, verteidigte Zbigniew sich. »Außerdem – hast du gesagt, dass ich dich zurückrufen soll?«

»Ja. Ich hab gesagt, dass ich dir was Wichtiges zu sagen habe.«

Es konnte sein. Da klingelte etwas bei Zbigniew.

»Haben deine Eltern dich gebeten, dass du ihnen den netten Polizisten an deiner Seite vorstellst?«

»Nee, das hab ich denen noch gar nicht gesagt.«

Zbigniew atmete auf. Die schlimmste aller Möglichkeiten schied schon mal aus.

»Ich bin schwanger.«

Zbigniew spürte einen unglaublichen Ernst in ihrem Blick. Er saß wie angewurzelt da. Plötzlich sah er Barbara vor seinem geistigen Auge, er wusste nicht, warum.

»Echt?«, war alles, was ihm direkt einfiel. Das Bild verschwand langsam wieder.

»Nein. War'n Scherz. Mein Gott, warum kannst du nicht mal direkt fragen, wenn ich sage, dass ich dir was zu sagen habe?«

»Ich hab dich gerade gefragt.«

Zbigniew überlegte, ob er froh sein sollte, dass Lena nicht schwanger war. Falls sie nicht schwanger war.

Zwang er sie wirklich zu Dingen?

»Nach drei Tagen. Ich sage dir, dass ich dir was Wichtiges zu sagen habe, und du fragst mich nach drei Tagen, was es ist. Nachdem ich dich noch mal dran erinnern musste. Super.«

»Okay. Es tut mir leid. Ich werde dich in Zukunft immer direkt zurückrufen. Also, du bist nicht schwanger?«

»Nein. Hättest du das gern?«

Musste Zbigniew darauf antworten? Nein, Lena redete bereits wieder.

»Ich hab mal so'n bisschen rumgehorcht. 'Ne Freundin von mir, die kennt Leute vom Hilli.«

»Hilli?«

»Hildegardschule, Mann. Dieses Spießergymnasium. Na ja, auf jeden Fall, dein Timo, das muss wohl 'n ziemlich schräger Vogel sein.«

Es war unglaublich. Nun ging Lena zu weit.

»Schräger Vogel?«, fragte er dennoch. Die Neugier hatte ihn gepackt, und er sah Lena an, dass sie es in vollen Zügen genoss.

»Ja. Kauz. Einzelkind. Warmduscher. E-Bay-Käufer.«

E-Bay-Käufer kannte Zbigniew noch nicht. Aber bei diesen Worten gab es ja alle paar Monate etwas Neues.

E-Bay?

»Hat er so viel im Internet gekauft?«, fragte Zbigniew.

»Nee. Keine Ahnung, das weiß ich nicht. Ich weiß nur, da gibt es irgendein Mädel, in das der Typ verknallt war.«

Zbigniew traute seinen Ohren kaum.

»Timo Lindner? Unser Timo Lindner?«

»Jepp. Und jetzt sag mir nicht, dass ich es bin, die eure Ermittlungen verzögert.«

Zbigniew sagte eine Weile gar nichts. Ein Blitz hatte ihn durchfahren, das Fragment eines Bildes. Rote Haare. Das Bild des rothaarigen Mädchens aus Timos Klasse.

»Kann ich das Mädchen befragen?«, sagte Zbigniew kleinlaut.

»Klar. Ich arrangier das.« Ein Blick auf die Uhr. »Scheiße, ich muss jetzt nach Hause«, flötete Lena.

6

Zbigniew erwachte am nächsten Morgen in einer seltsam gekrümmten Körperhaltung im Bett, und sein erstes Bild vor Augen, noch bevor sich das Gehirn hinzuschaltete, war das des rothaarigen Mädchens. Hatte er von ihr oder Timo geträumt? Zbigniew konnte sich nicht erinnern. Auf jeden Fall fand er es unangemessen, dass der Fall ihn inzwischen schon vor dem Aufwachen beschäftigte.

Timo Lindner.

Der verschwundene Junge, der nun doch auf Mädchen stand.

Zbigniew erhob sich aus dem Bett, und ein plötzlicher Schmerz durchbohrte ihn hinten am Rücken, etwas oberhalb der linken Pobacke. Was zum Teufel war das? Zbigniew drehte sich um, doch da war niemand. Beim Umdrehen selbst wurde seine gesamte linke Körperhälfte von einem zusätzlichen Schmerz zerrissen. Zbigniew hatte vor einigen Jahren mal einen Hexenschuss gehabt – es waren einige sehr unangenehme Tage gewesen, aber im Vergleich hierzu: harmlos. Der Schmerz nun war anders. Verstärkt. Es war kein Hexenschuss. Konnte es irgendetwas Schlimmeres sein?

Psychosomatisch?

Zbigniew versuchte, sich aufzurichten. Es gelang ihm nicht, der Schmerz wurde noch unerträglicher. Er stützte sich auf seine rechte Hand, drückte sich langsam hoch, klappte dann mit einem kleinen Schwung den Körper in Sitzposition.

Bandscheibe, fuhr es Zbigniew durch den Kopf. Er hatte einen Bandscheibenvorfall. Ein guter Kollege in Bonn wurde vor einigen Jahren von einer derartigen Grausamkeit der Natur befallen; Zbigniew hatte seinen Leidensweg mit Schrecken mitverfolgt. Er hatte endlos Spritzen bekommen, Tabletten, Massagen. Andauernd – auch im Büro – hatte er irgendwelche Gymnastik- und Dehnübungen machen müssen, auch noch Monate nach dem Vorfall. Irgendwann konnte er dann wieder richtig gehen, und dann erlebte er seinen zweiten Bandscheibenvorfall. Er wurde operiert, mit mäßigem Erfolg, jetzt war er Frührentner und lebte ein unzufriedenes Dasein in seinem alten Elternhaus in Bad Honnef, zusammen mit seiner Frau. Harry Rethmann, das war sein Name gewesen. Ein guter Polizist, der durch zwei Bandscheibenvorfälle frühzeitig sein normales Leben beenden musste.

Zbigniew überlegte, ob er Harry anrufen sollte. Ob der Schmerz bei ihm an derselben Stelle war. Dann nahm er davon Abstand – er hatte sich seit Jahren nicht mehr bei Harry gemeldet, sich niemals mehr danach erkundigt, wie es ihm inzwischen ging. Zbigniew kam es ungehörig vor, sich ausgerechnet in dem Moment zu melden, wo es einem selbst schlecht ging. Nur um Tipps von Harry haben zu wollen, für das eigene Wohlergehen. Das war nicht in Ordnung.

Zbigniew humpelte unter Schmerzen zur Toilette. Vor allem die Schritte mit dem linken Bein waren eine Qual.

Oder war es doch nichts Ernsthaftes, lag es nur an der Fliegerei der letzten Tage? Dem Eingequetschtsein in den engen Sitzreihen?

Der Gedanke an seine Bekanntschaft aus dem Flugzeug, Barbara aus Neuss, linderte den Schmerz kurzzeitig. Als er sich auf die Toilettenbrille fallen ließ, besiegte jedoch der Schmerz jegliche angenehmen Gedanken wieder.

Es konnte nicht sein, dachte er. Zbigniew war viel zu jung für einen Bandscheibenvorfall. Wie alt war Harry gewesen? Gut, auch noch nicht arg alt – Mitte vierzig –, aber immerhin viel älter als Zbigniew mit seinen siebenunddreißig Jahren. Hatte Zbigniew ungesund gelebt? Gut, er hatte ein paar Freunden beim Umzug geholfen – aber tat das nicht jeder Mensch? Vielleicht bückte er sich auch manchmal, ohne die optimale Stellung der Wirbelsäule dabei zu beachten. Vielleicht saß er zu oft zu lange in seinem Sessel im Kommissariat, in einer falschen Sitzhaltung. Gehört hatte man ja schon von all diesen Dingen.

Vom Toilettensitz konnte Zbigniew die unterste Reihe eines kleinen Arzneischränkchens erreichen. Aspirin schien das stärkste

Schmerzmittel zu sein, das vorhanden war. Zbigniew war immer abgeneigt, zu Medikamenten zu greifen. Aber würde er diesen Toilettensitz jemals wieder verlassen können, wenn er sich nicht zwei Tabletten gönnen würde? Andererseits – half Aspirin gegen so etwas?

Vielleicht sollte er lieber direkt zum Arzt gehen.

Das entfernte Geplärre des Telefons aus dem Wohnzimmer war zu hören. Warum musste es immer klingeln, wenn man sich in Ruhe auf die Toilette zurückgezogen hatte? Zbigniew versuchte vergeblich, sich aus eigener Kraft zu erheben. Schließlich zog er sich mit den Händen am Handtuchhalter hoch. Unter großen Schmerzen humpelte er zum Telefon. Es war inzwischen mindestens das achte Klingeln.

»Ja?«

Zbigniew hörte sich den Einleitungssatz des Anrufers an. Es war die Gesellschaft, bei der er seine Kreditkarte hatte – sie wollten ihm eine Zusatzversicherung verkaufen. Da der Callcenteragent überhaupt nicht aufhörte zu reden, unterbrach Zbigniew ihn schließlich.

»Sorry, aber ich habe kein Interesse. Okay?«

Der Callcenteragent wollte noch etwas erwidern, aber Zbigniew legte auf.

Immerhin hatte ihn das Telefonat einigermaßen gedankenfrei von der Toilette ins Wohnzimmer befördert. Zbigniew humpelte in die Küche und setzte sich einen Kaffee auf. Er hatte das Gefühl, dass der Schmerz ein wenig nachließ, je länger er in Bewegung blieb. Während der Kaffee kochte, trat er ein bisschen auf der Stelle hin und her. Es tat zwar weh, schien aber irgendwie die Situation zu verbessern.

Da fiel Zbigniew eine Übung ein, die Harry Rethmann immer im Büro gemacht hatte. Eigentlich fühlte sich Zbigniew noch zu jung für Rentnergymnastik, aber auf der anderen Seite …

Er humpelte zurück ins Wohnzimmer, legte sich auf den Boden und drückte den Rücken auf den Teppich. Wie ging die Übung noch mal? Zbigniew rekonstruierte sie geistig, und dann schob er seine Knie nach rechts. Füße auf dem Boden, das hatte Harry immer gesagt. Während Zbigniews Knie sich nach rechts bewegten, wurde der Schmerz immer unerträglicher. Zbigniew hatte Harrys Stimme wieder genau im Ohr: »Wenn's weh tut, ist es gut.«

Waren die Gesundheitstricks von jemandem, der danach seinen zweiten Bandscheibenvorfall hatte, etwas wert?

Auf halbem Weg zum Boden musste Zbigniew aufgeben. Es tat zu sehr weh, er richtete seine angewinkelten Beine wieder auf. Nun zur anderen Seite. Zu Zbigniews Überraschung funktionierte dies fast schmerzfrei – der Schmerz betraf bloß die linke Seite seines Körpers. Mit einem Gehstock würde er den Tag prima überstehen können.

Ein paar Minuten lang machte Zbigniew seine Übung, und von Mal zu Mal konnte er die Knie tiefer nach rechts bewegen – der Schmerz setzte immer später ein. Alles wird wieder gut, sagte sich Zbigniew erleichtert, es ist bloß vorübergehend. Mit ein bisschen Gymnastik kriege ich alles wieder in den Griff.

Was gab es heute noch alles zu tun? Das Mädchen kennenlernen, in das Timo offenbar verknallt war. Lena schien Vergnügen daran zu haben, ein Treffen zu organisieren. Vielleicht war dem Mädchen etwas aufgefallen, irgendein Detail, das Zbigniew weiterbringen konnte.

Hatte er den Fall nicht schon abgeschlossen?

Zbigniew würde mit Zeynel eine Wette eingehen: Dass die Unbekannte das rothaarige Mädchen war. Zbigniew wusste nicht warum, es war ein Gefühl.

Langsam richtete Zbigniew seinen Oberkörper wieder auf. Seine Seite schmerzte zwar noch leicht, aber es war nun einigermaßen erträglich. In diesem Zustand würde er sich zur Stolkgasse schleppen können. Zbigniew sprach einen kleinen geistigen Toast auf Harry aus und beschloss, ihn demnächst mal anzurufen.

»Alles in Ordnung?«, fragte Silvia Pütz besorgt, als Zbigniew in den Flur des KK 51 hineinhumpelte.

»Könnte nicht besser sein«, grummelte Zbigniew.

»Sieht aber gar nicht gut aus. Ich kenn einen guten Chiropraktiker.«

»Danke … ich komme dann drauf zurück, ja?«

Silvia Pütz sah ein bisschen eingeschnappt aus.

Zbigniew verkroch sich in sein Büro und setzte sich vorsichtig in seinen Sessel. Der Schmerz verstärkte sich.

Er würde ihn heute ignorieren müssen.

Die Dienstbesprechung im Blauen Salon. Heute war er pünktlich. Es gab keine besonderen Vorkommnisse. Ein paar Fortschritte in einem Juwelentrickdiebstahl, den ein Kollege von der Schnauzbartfraktion bearbeitete, mit der Zbigniew bislang noch nicht allzu warm geworden war. Die Jungs waren nett, hatten immer noch Schumi-Kappen in ihren Räumen hängen und waren in Karnevalsvereinen aktiv. Zbigniew hatte sich dafür noch nicht genügend in Köln akklimatisiert.

Über Timo Lindner wurde kein Wort verloren. Zbigniew erzählte nichts davon, dass der Junge vielleicht eine Flamme hatte. Er wollte der Spur erst mal nachgehen. Nicht dass er Lena nicht traute, aber ganz geheuer war ihm die Sache nicht.

Nach der Besprechung schaute Zbigniew die Post durch. Nichts. In der Boulevardzeitung war ein reißerischer Artikel über den Handtaschenmord. Spürte Zbigniew Ausländerfeindlichkeit aus dem Bericht heraus?

Immerhin war er selbst fast einer.

Ein paar Minuten später ging sein Telefon. Es war Silvia Pütz, mit einem gewissen Schalk im Ton.

»Da ist wieder das junge Mädchen von gestern Abend. Eine Lena … irgendwas.«

Das ging zu weit.

»Okay, stellen Sie durch.«

»Hihi!«, flötete Lena drei Sekunden später durch die Hörmuschel. »Du hast heute Abend ein Blind Date.«

»Kannst du nicht auf dem Handy anrufen?«

»Wieso? Das ist doch dienstlich, oder?«

Zbigniew spürte die Gefahr, dass Lena ihm nicht mitteilen würde, wo er Timos Schwarm treffen könnte.

»Äh, ja«, sagte er der Einfachheit halber.

»Okay, dann pass auf. Um sieben Uhr im Underground. Setz dich an die Theke und trink ein Bier.«

»Und dann?«

»Dann kommt sie.«

»Und wie erkenn ich sie?«

»Sie erkennt dich.«

Ein eiskalter Schauer lief über Zbigniews Rücken.

»Hast du ihr ein Foto von mir gezeigt? Aus deinem Portemonnaie?«

Lena grinste belustigt, Zbigniew konnte es hören.

»Klar. Ich hab's an der Schule aufgehängt, am Schwarzen Brett. Ey, was denkst du eigentlich von mir?«

Zbigniew hatte sich geirrt. Lena hatte nicht freudig gegrinst, sie verstand seine Frage als Misstrauen und war pikiert.

»Sorry. Und wie erkennt sie mich dann?«

»Boah ey, im Underground, da erkennt man so 'nen alten Sack wie dich doch sofort, oder?«

Klick. Lena hatte aufgelegt. Noch bevor Zbigniew sich ärgern konnte, klopfte es.

»Die Oma ist aus dem Koma«, sagte Zeynel noch im Türrahmen, ohne die Miene zu verziehen.

»Was?«

»Das Krankenhaus hat grad angerufen. Birte Kröger ist auf dem Weg der Besserung.«

Aufregung erfasste Zbigniew. Er wollte hastig aufstehen und nach seinem Mantel greifen. Ein großer Fehler – mit einem bohrenden Schmerz meldete sich sein Rücken wieder, fast in der gleichen Intensität wie am Morgen. Lena hatte keine Ahnung, wie treffend ihre Worte »alter Sack« waren.

»Dann lass uns hinfahren.«

»Der Oberarzt meinte, erst ab morgen. Wir könnten morgen früh um neun einen Termin bekommen.«

Zbigniew zog sich am Schreibtisch hoch, schob sich zur Tür.

»Hier wird ein Junge vermisst, und Birte Kröger ist die letzte Person, die ihn gesehen hat! Das kann nicht bis morgen warten. Wenn sie wieder bei sich ist, muss ich sie sprechen«, rief Zbigniew aufgebracht.

Zeynel nickte besorgt.

»Du humpelst ja wirklich.«

»Wer erzählt so was?«, fragte Zbigniew ärgerlich. »Hat Silvia Pütz das gesagt?«

»Es ist unübersehbar.«

Eine Stunde später waren Zbigniew und Zeynel im St.-Vinzenz-Hospital in Nippes. Zbigniew hatte beschlossen, den Oberarzt – einen Dr. Otterstedde – nicht vorher anzurufen.

Zbigniew ging unter Schmerzen, obwohl er vorm Verlassen der Stolkgasse noch einmal Zeynel aus seinem Büro geschickt hatte, um heimlich auf dem Fußboden Harrys alte Gymnastikübung zu machen. Er hoffte, dass man sein Leiden nicht zu sehr sah.

»Wir sind hier übrigens in einem Krankenhaus«, riss Zeynel ihn aus seinen Gedanken.

Natürlich waren sie in einem Krankenhaus. Zbigniew kam es vor, als sei er zuletzt gestern in einem Krankenhaus gewesen. Nein, es war vorgestern, in Turin.

»Ich verlauf mich hier jedes Mal«, sagte Zbigniew. Wie bei seinem ersten Besuch schien er in einem Gang zu sein, in dem es eigentlich die Nummer 241 geben müsste – eigentlich. Zbigniew erinnerte sich genau, wie das Schwesternzimmer ausgesehen hatte; er würde auch den Gang vor Birte Krögers Krankenzimmer auf den ersten Blick wiedererkennen. Allein schon anhand der Bilder.

»Du könntest dich doch gleich mal durchchecken lassen. Die haben hier doch bestimmt einen Orthopäden. Also, ich meine, einen Sportarzt oder so.«

Zeynel hatte natürlich recht. Vermutlich.

»Ich mein, du ziehst voll dein linkes Bein nach und gehst ein bisschen krumm. Das sieht nicht besonders gesund aus.«

Zog Zbigniew wirklich sein linkes Bein nach? Es kam ihm so vor, als hätte er den stechenden Schmerz im unteren linken Rücken unter Kontrolle.

In diesem Moment bogen sie um eine Ecke, und Zbigniew erkannte die schrillen Gemälde an der Wand. Eine Krankenschwester, die Zbigniew noch nie gesehen hatte, huschte den Gang entlang. Zeynel winkte, doch Zbigniew hielt ihn zurück. Er kannte Dr. Otterstedde nicht, aber er hatte das Gefühl, dass er besser mit Dr. Üzgün, dem freundlichen Stationsarzt, sprechen sollte.

Es kostete einige Überredungskunst, bis Dr. Üzgün zustimmte, dass die Beamten Birte Kröger »ohne sein Wissen« kurz befragen durften.

»Sie müssen mir versprechen, dass Sie Frau Kröger nicht aufregen«, sagte Üzgün. Zbigniew versprach es und fragte sich zugleich, wie er das anstellen sollte. Wenn er der Dame sagte, dass Timo verschwunden war, würde sie sich aufregen.

Als Zbigniew wieder im trostlosen Krankenzimmer von Birte Kröger stand, war er sich unsicher, ob sein Drängen auf ein Gespräch mit der alten Frau wirklich richtig gewesen war. Birte Kröger lag in der gleichen Körperposition im Bett wie an dem Tag, als sie nach seiner Hand gegriffen hatte. Die Erinnerung ließ Zbigniew erschaudern.

Im dämmrigen Tageslicht, das durch die gelblichen Vorhänge fiel, schimmerte fahl das blasse Gesicht der alten Dame. So musste es aussehen, wenn man vom Tode gezeichnet war.

Auch Dr. Üzgün war mitgekommen in das Krankenzimmer, er beugte sich zu Birte Kröger herunter und fasste sie nun mit einem sanften Händedruck am Arm. »Frau Kröger?«

Zbigniew hatte gedacht, dass die Frau schlief, doch nun öffnete Birte Kröger ihre Augen.

»Verstehen Sie mich? Wie geht es Ihnen?«

Zbigniew fragte sich, wie die Frau auf zwei verschiedene Fragen antworten sollte. Ihre wach wirkenden Augen blickten den Stationsarzt an, ein durchdringender Blick. Dann nickte sie fast unmerklich.

Hätte Zbigniew gesessen, dann wäre er vom Stuhl gefallen, als Birte Kröger ihr erstes Wort herausflüsterte, mit einer leisen, glasscharfen Stimme.

»Besissen«, lispelte sie, und Zbigniew brauchte eine Sekunde, bis er begriff, was sie meinte.

Es ging ihr beschissen. Das war eine erstaunliche Antwort für eine so alte Dame, die sicherlich beste Umgangsformen hatte. Birte Kröger redete nicht drum herum, sie kam zum Punkt. Das gefiel Zbigniew.

Dr. Üzgün strich ihren Arm und lächelte sie an.

»Es wird Ihnen wieder besser gehen, Frau Kröger. Sie haben das Schlimmste überstanden.«

Zbigniew bewunderte den Arzt für seine Ausstrahlung von Zuversicht – egal, ob es stimmte oder nicht, was er gerade gesagt hatte.

»Besissen«, wiederholte Birte Kröger wie aus dem Nichts, und nun schien auf ihren Lippen ein verzerrtes Lächeln zu liegen.

»Is will hie raus«, artikulierte die Frau unter großer Anstrengung in einem Flüsterton. Sie zupfte nun mit minimalistischer Bewegung an Üzgüns Hand, so, als ob sie ihn aus dem Raum herausziehen wollte.

»Ja, Frau Kröger, aber da muss es Ihnen noch ein kleines bisschen besser gehen, oder? Wir werden erst mal mit der Reha beginnen, und dann schauen wir mal, wie wir Sie wieder nach Hause bekommen.«

Birte Kröger sah ihn an. Sie schien darüber nachzudenken, ob der Arzt dies nur zu ihr sagte, um sie zu trösten.

»Frau Kröger, hier sind zwei Beamte von der Polizei, die Sie sprechen möchten. Wären Sie dazu in der Lage?«

Birte Kröger nickte schwach.

Üzgün sah Zbigniew an, dieser ging nach vorne. Er setzte sich auf den Stuhl und blickte Birte Kröger an. Jetzt war es an Zbigniew, das Versprechen, das er Üzgün gegeben hatte, zu halten.

»Frau Kröger ... wir haben nur eine kleine Frage an Sie. Sie müssen sich keine Sorgen machen, es ist nichts passiert. Wir untersuchen gerade eine kleine Sache, wo diese Frage auftauchte.«

Neugierde war in Birte Krögers Blick zu spüren. Zbigniew hämmerte von seinem letzten Besuch die schwach geflüsterte Frage der Frau, wie es Timo gehe, noch im Ohr.

»War Timo Lindner letzte Woche bei Ihnen?«

Birte Krögers blaue Augen stachen Zbigniew in sein Gesicht. Fragte sie sich gerade, warum Zbigniew ihr diese Frage stellte? Machte sie sich Sorgen um Timo?

Zbigniew hielt Birte Krögers Blick kaum stand. Es war, als wollte sie ihn durchdringen.

Und dann, als Zbigniew kaum noch mit einer Antwort rechnete, passierte etwas, womit er nie gerechnet hätte.

Birte Kröger schüttelte unmerklich den Kopf. Es war eine Sache von Millimetern, aber es konnte keinen Zweifel geben. Birte Kröger verneinte. Sie teilte mit einer minimalistischen Geste mit, dass Timo Lindner in der letzten Woche nicht bei ihr gewesen war.

Zbigniew verstand nicht. Die Schwester hatte den Besuch des Jungen am letzten Mittwoch bestätigt.

Birte Kröger starrte ihn unvermindert an. Zbigniew hielt es nicht mehr aus und wandte sich um, zu Dr. Üzgün und Zeynel, die ein paar Meter hinter ihm standen. Zeynel zuckte die Achseln.

Das konnte nicht sein. War Birte Kröger demenzkrank? War sie nicht mehr in der Lage, sich an Dinge zu erinnern? Oder … Zbigniew erfasste ein anderer Gedanke.

Sie lügt.

Nein, das war nicht möglich. Diese alte Dame, sie war sehr krank …

Sie wollte Timo und sein Verschwinden decken. Hatte sie ihm geholfen, seinen Eltern zu entkommen, ihn zumindest geistig unterstützt?

»Sind Sie sicher? Timo Lindner war nicht bei Ihnen in der letzten Woche?«, wiederholte Zbigniew seine Frage. Die alte Dame sah ihn nun regungslos an, ihr Blick schien erstarrt zu sein. Da sie sich weiterhin nicht rührte, wandte Zbigniew sich unsicher zu Üzgün um.

»Ist sie noch da?«, fragte er ihn.

Üzgün schaute skeptisch.

»Sie ist noch sehr schwach. Wir sollten sie jetzt besser allein lassen, damit sie schlafen kann.«

Zbigniew hatte das Gefühl, dass ihm die Felle wegschwammen. Er musste noch viele wichtige Fragen stellen. Er war kurz davor.

Sie log.

Zbigniew sah sie an, ihr Blick lag unvermindert auf ihm. Aus irgendeinem seltsamen Impuls nahm Zbigniew Birte Krögers Hand, die leicht feucht und warm war. Er glaubte, ein Flackern in Birte Krögers Augen zu sehen.

»Lassen Sie uns gehen«, sagte Üzgün. Sein Tonfall war sanft, aber Zbigniew war klar, dass er keinen Widerspruch dulden würde.

»Ja«, seufzte Zbigniew schweren Herzens und ließ die Hand der Frau wieder los. Er stand auf und wurde sofort von dem zerreißenden Schmerz über seiner Hüfte gepackt. Gekrümmt versuchte Zbigniew, sich weiter aufzurichten, was ihm nur unter größter Anstrengung gelang. Der Schmerz war einfach die Hölle.

»Alles in Ordnung, Herr Hauptkommissar?«, fragte Üzgün.

»Nur ein kleiner … Hexenschuss«, sagte Zbigniew.

»Aha.«

Üzgün wirkte nicht sonderlich überzeugt. Er drehte sich dennoch um und ging zur Zimmertür. Zeynel folgte ihm, einen sorgenvollen Blick auf seinen Chef werfend. Zbigniew humpelte unter Schmerzen, wusste aber inzwischen, dass der Schmerz mit jedem Meter besser wurde. In Zukunft sollte er sich einfach nicht mehr hinsetzen.

Einen Geschwindigkeitsrekord konnte Zbigniew so nicht aufstellen; Üzgün und Zeynel waren bald in dem kleinen Durchgang, der das Zimmer vom Krankenhausflur trennte, Zbigniew dagegen war noch auf halbem Weg zur Tür.

Da hörte Zbigniew ein Flüstern.

»…atte.«

Zbigniew erstarrte. Er drehte sich um. Birte Kröger hatte ihren Kopf zu seiner Seite gewendet – es sah so aus, als ob sie ihm hinterherschaute. Ihr Mund war noch leicht offen. Hatte Zbigniew eine Halluzination, oder hatte sie wirklich etwas geflüstert?

Zbigniew hinkte zum Bett zurück. Er wollte sich herunterbeugen, doch das war angesichts seiner Schmerzen aussichtslos. Er musste dennoch näherkommen. Schließlich ging er in die Knie, so dass sein Oberkörper fast gerade blieb, als er über Birte Kröger war.

»Wie bitte?«, fragte er sehr leise.

»Ih hatte ei-e Draum«, flüsterte Birte Kröger angestrengt und fixierte ihn mit ihren stahlblauen Augen. Zbigniew brauchte eine Weile, bis er den Sinn des Satzes verstand. Sie konnte ihre Zunge nicht richtig benutzen, das war es.

»Einen Traum?«

»Ei-e Draum. Ih hawe hedräumd, dah Dimo da wah.«

»Sie haben geträumt, dass Timo da war?«

Birte Kröger nickte unsichtbar.

»Worum ging es in dem Traum?«

Zu schwere Frage. Er sollte etwas Einfacheres fragen.

»Ä ha auhwva he-aht.«

Zbigniew verstand sie nicht.

»Was?«, fragte er.

Birte Kröger riss sich zusammen, das spürte er.

»E had auva he-aht.«

»Herr Meier?«, schallte es von hinten. Üzgün im Türrahmen.

»Sie will mir etwas sagen.«

Birte Kröger wiederholte es noch einmal.

»Ä had auwva he-aht.«

»Verstehen Sie es?«, fragte Zbigniew Üzgün.

»Nein. Herr Meier, Frau Kröger sollte sich nun wirklich ausruhen.«

Zbigniew nickte. Natürlich hatte der Stationsarzt recht. Er erhob sich wieder, und es schien ihm, dass Birte Kröger ihn unzufrieden ansah.

»Danke«, sagte er sanft zu ihr und lächelte.

Als sie das Zimmer verließen, fragte Üzgün:

»Zieht es ins Bein?«

Zbigniew begriff nicht. Auf dem Flur stand Zeynel, trat etwas nervös von einem Fuß auf den anderen.

»Hier?«

Üzgün hatte ihn mit dem Wort am Rücken berührt. Zu Zbigniews Erstaunen war es genau die Stelle, von der sein Schmerz auszugehen schien. Er zuckte zusammen, Üzgün nickte.

»Zieht es ins Bein?«

»Nein«, sagte Zbigniew schließlich. »Es zieht in den Po.«

Üzgün nickte.

»Warten Sie mal kurz.«

Er verschwand im Gang, Zbigniews Blick kreuzte den von Zeynel.

»Hast du es ihm gesagt?«, fragte Zbigniew.

»Er hat mich gefragt, warum du humpelst.«

Zbigniew nickte missmutig. Inzwischen kam Üzgün wieder und drückte ihm einen Blister Tabletten mit Beipackzettel in die Hand. Ein Medikament, wohl aus einer Probepackung.

»Diclofenac«, murmelte Üzgün unverständliches Medizinerdeutsch. »Nehmen Sie dreimal täglich eine, dann können Sie wieder gehen. Ist 'n Schmerzmittel, das auch die Entzündung rausnimmt. Ich empfehle, dass Sie Krankengymnastik machen. Gehen Sie rückenschwimmen, wir haben in Köln ein schönes Thermalbad. Massage. Wenn Sie Zeit haben, kommen Sie vorbei, dann untersuche ich Sie gründlich. Ich würde das nicht auf die lange Bank schieben an Ihrer Stelle.«

Üzgün sah ihn sehr verbindlich an. Zbigniew wusste nicht, was er erwidern sollte.

»Danke«, sagte er schließlich.

Sechs Stunden später saß Zbigniew auf einem Barhocker an der Theke des Underground, einem Klassiker unter den Szeneschuppen in Köln. Zbigniew starrte auf sein Kölsch. Im Beipackzettel von Üzgüns Medikament hieß es zwar, dass man keinen Alkohol zu sich nehmen sollte. Aber irgendwie brauchte Zbigniew nun ein Kölsch. Ein einziges Kölsch konnte nicht so schlimm sein.

Das Beste war, dass die Schmerzen weg waren. Zbigniew war es ein bisschen unheimlich, dass die winzigen Tabletten einen derartigen Effekt hatten. Und er hoffte, dass es nicht nur daran lag, dass das Schmerzmittel seine Nerven betäubte. Vielleicht war die Entzündung ja schon ein bisschen aus seinem Rücken herausgegangen.

Von den rauchgeschwärzten Wänden des Underground schauten einige Plakate, darunter zeitlose Klassiker wie die Ankündigung eines Cure-Konzertes von 1982, damals, als sie noch in kleinen Clubs wie diesem hier spielten. Viele der Bands an den Wänden kannte

Zbigniew nicht, sie waren neueren Ursprungs. Ansonsten hatte sich an diesem Ort nicht viel verändert: Der große Billardtisch war immer noch genauso vergammelt wie zu der Zeit, als Klein Zbigniew aus Siegburg hier besondere Wochenenden seiner Jugend verbrachte.

Im Prinzip hätte Zbigniew sich an diesem Ort sauwohl fühlen können, hätte es nicht zwei Probleme gegeben. Das eine war, dass Zbigniew hier massiv den Altersschnitt erhöhte. Er fühlte sich wie ein Onkel, der die Jugendlichen zu sich rufen könnte, auf das Cure-Plakat zeigen und ihnen erzählen würde: »Ich hab die *damals* schon erlebt!« Die Jugendlichen würden ihn anstarren, so wie er damals seinen Opa angestarrt hatte, wenn dieser von Bill Haley berichtete.

Das andere Problem war, dass gleich ein Mädchen hereinkommen würde, in Lenas Alter, das Zbigniew nicht kannte. Ein Blind Date für Zbigniew. Lena würde wahrscheinlich hinter einer Ecke stehen und alles beobachten.

In diesem Moment betrat ein schlaksiges Mädchen, höchstens achtzehn Jahre alt, mit großer Brille und kurzen, dunklen Haaren den Raum. Das Mädchen war ganz in Schwarz gekleidet: eine weite, schwarze Hose, ein tailliertes Shirt, darüber eine längere Weste. Obwohl sie bereits von sich aus zu groß und zu dürr zu sein schien, trug sie dicke, klobige Plateausohlen. Zbigniew konnte sich nicht verkneifen wahrzunehmen, dass das dünne Wesen ziemlich flachbrüstig war.

Das Mädchen entdeckte nun Zbigniew und ging auf ihn zu. Zbigniew versuchte, einen Impuls der Enttäuschung zu unterdrücken – Enttäuschung darüber, dass nicht das rothaarige Mädchen gekommen war.

»Bist zu Ziggi?«, fragte sie vorsichtig, als hätte sie Angst, dass es jemand mitbekommen könnte. Zbigniew war das nur recht.

War er Ziggi? Diese Frage hatte er sich so direkt noch nie gestellt.

»Zbigniew Meier, Kripo Köln.«

Das Mädchen blickte ihn mit großen Augen an.

»Willst du dich hinsetzen? Was trinken?«, fragte er.

Das Mädchen nickte und setzte sich ziemlich umständlich auf den Barhocker neben Zbigniew. Sie schien nicht recht zu wissen, wie sie ihre grätenartigen Beine optimal im Raum zwischen Theke und Hocker zusammenfalten sollte.

»Cola?«

»Nein danke.«

Das Mädchen machte eine Ausfallbewegung nach rechts, von Zbigniew weg. Zbigniew hatte Angst, dass sie vom Hocker fallen könnte, aber dann schnappte das Mädchen bloß nach einer entfernt liegenden Getränkekarte auf der Theke.

»Das unterstütze ich nicht«, sagte sie.

Offenbar meinte sie die Cola. Er beschloss, darauf einzugehen; irgendwie musste er ihr Vertrauen gewinnen.

»Die Markenindustrie?«, fragte er flapsig. »Den überhöhten Zuckerkonsum in der Gesellschaft? Amerikanische Weltkonzerne?«

Das Mädchen sah ihn kurz an, dabei um Ausdruckslosigkeit bemüht.

»Ja. Also, Ersteres und Letzteres.«

Dann vertiefte sie sich wieder in die Karte.

»Der Zuckerkonsum ist mir egal«, fügte sie hinzu, ohne aufzuschauen. »Ich steh mehr auf Insulin.«

Was war denn das jetzt?

»Insulin?« Wieder ein kurzer, ausdrucksloser Blick.

»Ich bin zuckerkrank. Seit ich fünf bin. Scheiße, was?«

Bevor Zbigniew das Gefühl von Mitleid mit dem Mädchen verspürte, bedauerte er einen Moment lang sich selbst. Warum passierte ihm so etwas? Er wollte dem Mädchen gleiche Wellenlänge beweisen und war ins frontale Fettnäpfchen getappt. Zuckerkrank, und er reißt Witze über die Zuckerindustrie. Degoutant.

»Das tut mir leid.«

»Hilft nix. Ich spritz mir halt mehrmals am Tag Insulin, so what.«

Inzwischen hatte das Mädchen den langhaarigen Barkeeper, einen vielleicht zwanzigjährigen Hippie mit einem Fuck-off-T-Shirt herbeigewunken.

»Tequila bitte. Ohne Eis, ohne alles.«

Der Barkeeper nickte gelassen. Zbigniew war überrascht. Oder war dies alles nur eine Inszenierung, eine Pose?

»Darfst du denn das, wenn du zuckerkrank bist?«, fragte er.

Wieder ein Blick. Wieder diese Ausdruckslosigkeit.

»Ich hab das im Griff. Ich kann auch Süßigkeiten essen und so. Muss ich halt nachher die Dosis erhöhen. Mehr von dem Gegengift spritzen.«

Zbigniew grübelte. Irgendwie hatte er sich den Einstieg in eine Unterhaltung anders vorgestellt. Er nickte.

»Darf man fragen, wie du heißt?«

»Ja.«

Es kam nichts mehr. Pubertäre Spielereien.

»Wie heißt du?«

»Edina.«

»Und, äh ... Edina, du gehst aufs ... Hilli?«

»Nee, scheiße, seh ich so aus?«

Natürlich nicht. Ihre Gothic-Kluft passte nicht zu der Eliteschule. Wenn es auch dort eine Goth-Subszene gab, war die bestimmt gestylter. Schicker.

»Nein, eigentlich nicht«, fasste Zbigniew seine Gedanken zusammen.

»Na also.«

Schweigen.

»Wie groß bist denn du?«, fragte Edina ihn plötzlich. Der Hippie stellte ihr den Tequila hin.

»1,89«, sagte Zbigniew automatisch.

»Echt? Zu klein. Ich bin selbst schon 1,82.«

»Zu klein wofür?«

Edina trank fachmännisch ihren Tequila, bevor sie ihn wieder mit ihrem ausdruckslosen Gesicht ansah. Wenn sie ein Spiel spielte, blieb sie in einem Maße cool, wie Zbigniew es nur selten von einer Frau gezeigt bekommen hatte. Was für eine Generation wuchs da heran?

»Nur so«, sagte Edina schließlich.

»Okay.« Zbigniew beschloss, dass das nun reichte. Er zog sein Foto von Timo Lindner heraus. »Der ist in dich verliebt?«, fragte er.

Edina warf einen kurzen Blick drauf. Dann fummelte sie eine Zigarette aus ihrer Jacke, zündete sie sich in aller Ruhe an. Zbigniew wartete. Langsam war er sich sicher, dass es alles nur Show war. Pose. Edina erlebte nicht allzu viel in ihrem Leben. Dieser Abend war ein Highlight für sie.

Er war genervt, sollte es aber nicht zeigen. Er durfte ihr das nicht verderben. So wartete er weiter.

»Nee«, sagte sie schließlich und genoss, dass Zbigniew mit dieser Antwort nicht gerechnet hatte.

»Nee? Lena hat mir aber gesagt, dass …«

»Ja«, unterbrach Edina ihn. »Aber ich doch nicht.«

»Kannst du mir das genauer erklären?«

»Ne Freundin von mir.«

Zbigniew versuchte zu rekonstruieren, was Lena gesagt hatte. Eine Freundin von ihr kannte das Mädchen. Dies hier war offenbar nicht die Freundin der Freundin, sondern die Freundin. Wollten die Mädchen ihn veräppeln?

»Okay. Und wo ist die?«

»Draußen. Wartet draußen. Sie sagt, dass es nicht so ihr Ding ist, hier drin. Aber ich schätze, ihre Eltern haben's ihr verboten.«

Zbigniew erhob sich.

»Dann gehen wir zu ihr.«

Edina blickte ihn an, nickte mit etwas zeitlicher Verzögerung.

»Bin ich eingeladen?«

»Ja.«

Zbigniew legte einen Zehn-Euro-Schein auf die Theke. Der Fuck-off-Hippie nickte. Edina machte keine Anstalten, ihre Beine zu entfalten und aufzustehen. Zbigniew nahm sie etwas unsanft am Arm, führte sie hinaus.

»Ist irgendwas nicht in Ordnung?«, fragte Edina pikiert.

»Was nicht in Ordnung?«, fragte Zbigniew zurück. Er war ruhig und stand in seiner geistigen Mitte.

Nein, er war völlig genervt. Er platzte.

»Nicht in Ordnung? Hör mal, ich bin Polizeibeamter, und das hier ist 'ne Ermittlung. Du machst hier 'ne Nummer, die ist *absolut* nicht in Ordnung! Ich will das Mädchen sprechen, das Timo kennt, und nicht …«

Er hielt inne. Er sollte gegenüber dem Mädchen nicht so sehr seinen Gemütszustand herauslassen, dachte er, während sie den Biergarten vorm Underground durchquerten.

»Und nicht?«, fragte Edina gelassen.

Lena. Es war alles nur Lena.

»Und nicht die Neugierde von Lenas bester Freundin befriedigen, oder so was.«

Das war es, was Zbigniew dachte, jetzt wurde es ihm klar. Edina war schon länger neugierig auf Lenas geheimnisumwitterten Freund. Nun hatte sie die Gelegenheit am Schopfe ergriffen, ihn kennenzulernen.

»Wieso sollte ich neugierig sein? Worauf denn? So 'ne Scheiße.«

»Naja, mal ein bisschen die Gelegenheit nutzen, um sich Lenas seltsamen Freund in Ruhe anzukucken, was?«, pflaumte Zbigniew etwas ungehalten.

Edina blieb stehen, drehte sich zu ihm um.

»Du bist Lenas Freund?«, fragte sie ungläubig.

Scheiße.

»Jetzt ehrlich? Du und Lena? Lena geht mit 'nem Bullen? Mit 'nem … *alten* Bullen?«

Es gab Erniedrigungen verschiedenster Art. Diese hier war übel, und zudem durch eigene Dummheit verursacht.

Da gab es keine Entschuldigung.

Zugleich begriff Zbigniew, dass Lena nichts von ihm erzählt hatte. Noch nicht mal ihren Freundinnen. Wenn die Nachricht nun herumgehen würde, war es allein Zbigniews Schuld.

Und er begriff, dass Edina vorhin ein wenig mit ihm geflirtet hatte. Sie hatte ihn nicht als Lenas Freund eingestuft. Die Frage nach der Größe, das »zu klein« – nun machte es Sinn. Und der »alte Bulle« war eine Wutreaktion, weil sie in diesem Moment begriffen hatte, dass Zbigniew vergeben war.

Man konnte sich alles schönreden, wenn man wollte.

»Okay, jetzt hatten wir alle unser Vergnügen, oder?«, sagte Zbigniew, als ob ein solcher Satz jegliche Peinlichkeiten wieder wegradieren könnte.

Edina blickte ihn an, in ihrem Blick lag immer noch ein ungläubiges »Du bist Lenas Freund?«.

Sie ging ein paar Schritte um den Zaun, der den Biergarten von der Straße trennte. Zbigniew folgte ihr, und nach ein paar Sekunden kam das Mädchen um die Ecke. Das rothaarige Mädchen aus Timos Klasse. Das Mädchen, das Zbigniew bereits erwartet hatte.

»Das ist Anna«, stellte Edina vor. »Sie ist ein bisschen schüchtern.« Anna schien diese Beurteilung ihrer Psyche nichts auszumachen, sie blickte mit großen Augen Zbigniew an.

»Das ist Zbigniew Meier, von der …«

»Ich weiß«, sagte Anna etwas zaghaft.

»Kannst du uns allein lassen?«, fragte Zbigniew, da Edina keine Anstalten machte zu gehen.

»Na gut.« Edina zog ein letztes Mal an ihrer Zigarette und drückte sie mit ihren dicken Sohlen aus. Dann warf sie Anna kurz einen Blick zu und raunzte: »Aber pass auf, der Typ steht auf Minderjährige.«

Zbigniew blieb die eingeatmete Luft in der Röhre stecken, während Edina wieder in Richtung Underground weggrätete. Anna sah ihn irritiert an. Was würde sie denken, nach Edinas blöder Bemerkung?

Egal. Es ging hier um etwas anderes.

»Sorry. Anna, ich wollte dich sprechen, weil – was hast du für ein Verhältnis zu Timo Lindner?«

Anna druckste ein bisschen herum. Es war ihr unangenehm.

»Er steht auf mich.«

»Hat er dir das gesagt – oder ist es nur ein Gefühl?«

Anna grinste leicht.

»Gefühl? Das ist offensichtlich. Er wird immer rot, wenn ich in der Nähe bin.« Anna selbst wurde auch rot, vermutlich von der bloßen Erinnerung. »Und er guckt komisch rüber und wieder weg. Einmal ist meine Mappe vom Pult gefallen, da ist er aufgesprungen und hat sie aufgehoben. Aber dabei nix mit In-Augen-Kucken oder Ein-Wort-Rauskriegen oder so.«

Zbigniew nickte. Er selbst hatte sich ähnlich seltsam gegenüber Lena verhalten, vor einiger Zeit. Mit Mitte dreißig.

»Und, ist etwas passiert? Habt ihr geredet, oder mehr?«

Anna wartete einen kurzen Moment. Ein kurzer Moment, der Zbigniew irritierte. Überlegte sie, um zu lügen oder um die Wahrheit zu verschönern?

»Nee. Also, nur über Schule. Wobei, seitdem er so war, haben wir eher weniger geredet als vorher. Ich mein, so viel mit ihm reden kann man eh nicht.«

»Ehrlich?«

Anna nickte, etwas trotzig? Zbigniew sah sie scharf an.

»Du hast gezögert, bevor du geantwortet hast.«

»Ja. Weil ich darüber nachgedacht hatte, ob ich das gewollt hätte. Also, mit ihm mehr reden, oder ... mehr.« Nun kicherte Anna ein wenig.

»Und, hättest du?«

Anna zuckte die Achseln.

»Weiß nicht. Er war ja schon etwas komisch. Aber andrerseits, die sind ja alle ziemlich langweilig bei uns in der Schule. Sie haben's ja gesehen. Der Christoph Hoffmann und so.«

Zbigniew erinnerte sich an den Klassensprecher.

»'n Kotzknödel, oder?«, präzisierte Anna.

Zbigniew unterdrückte den Impuls, noch einmal zu nicken.

»Und so sind die fast alle. Haben sich schon alle 'ne Gruft auf dem Melatenfriedhof gekauft, zwischen den wichtigen Heinzes in Köln. Und bis dahin ist schon alles geplant. Studium, Karriere ...«

»Bei Timo ist das nicht so?«

»Nee. Der ist einfach nur ... gut. Der ist in ziemlich vielen Sachen gut und hat noch nie drüber geredet oder so. Das ist kein so'n Angeber. Manche kriegen den Schulplatz ja nur wegen der Kohle.«

Zbigniew erinnerte sich an die Direktorin, deren Namen er zum zweiten Mal vergessen hatte. Sie hatte betont, dass die Plätze nur nach der Leistung, nicht nach dem Vermögensstatus der Eltern verteilt wurden. Eine Aussage, die klar im Widerspruch zu dem stand, was Anna nun andeutete. Zbigniew beschloss, Anna zu glauben.

»Warum hast du uns eigentlich nichts gesagt, als wir in der Schule waren? Wegen der anderen in der Klasse?«

»Ja klar. Und ich dachte, dass es nicht so wichtig ist. Ich mein, es war ja nix … – Bringt Ihnen die Info denn jetzt irgendwas?«

Zbigniew war sich unsicher. Es war seine Theorie gewesen, dass ein Junge in Timos Alter sich nicht von seiner wachsenden Sexualität freimachen könnte. Anna hatte ihm jetzt die Bestätigung für seine eigene Theorie geliefert, nicht mehr, nicht weniger.

Im Endeffekt verstärkte es höchstens die Möglichkeit, dass Timo wegen eines Mädchens das Weite gesucht hatte.

»Ich weiß es noch nicht«, sagte er schließlich. »War Timo denn in der letzten Zeit irgendwie anders zu dir? Hat er vielleicht das Interesse an dir ein bisschen verloren?«

Anna überlegte.

»Kann schon sein«, sagte sie schließlich. »Wieso fragen Sie das?«

Zbigniew zögerte, Anna reimte es sich von selbst zusammen.

»Meinen Sie, er hatte ’ne neue Flamme?«

Sie sah ein wenig enttäuscht aus. Zbigniew zuckte mit den Achseln.

»Wir wissen nichts über Timos Privatleben, in dieser Hinsicht.«

»Ich auch nicht. Ich schätz mal, da gab’s auch noch nix Dolles.«

Zbigniew dachte an die fehlenden Türen. Das Mädchen wusste nicht, wie sehr sie recht hatte.

»Wobei, jetzt wo Sie es sagen … Vor ein paar Tagen, da war was merkwürdig. Da hab ich ihn mal gesehen, wie er telefoniert hat.«

»Die Telefonzelle vor der Schule?«

»Nee. Das war zwischen zwei Schulstunden, auf dem Gang. Aber so, als ob er was Heimliches tut. Er ist dann aufs Klo gegangen.«

Irgendetwas stimmte nicht. Timo Lindner telefonierte heimlich auf dem Klo? Zbigniew lief es eiskalt den Rücken herunter.

»Er hat auf dem Klo telefoniert? Wie denn das?«

Anna schaute ihn an, als ob man eine dümmere Frage nicht hätte stellen können.

»Mit ’nem Handy natürlich.«

Zbigniew hätte es wissen müssen. Er hätte es von Anfang an wissen müssen.

»Sein eigenes Handy?«, fragte Zbigniew aufgeregt.

»Nee, das war geklaut.«

»Was?«

»Keine Ahnung.«

»Hat er damit öfter telefoniert? Hast du ihn damit öfter gesehen?«

»Keine Ahnung. Da achtet man doch nicht so drauf.«

»Also Timo hat mit seinem Handy mit jemandem telefoniert? Wann war das genau?«

»Phö. Keine Ahnung. Anfang letzter Woche irgendwas?«

Zbigniew dachte fieberhaft nach. Wo konnte der Junge das Handy aufbewahrt haben? Zu Hause, das schien ihm fast unmöglich. Aufgrund der offenen Bauweise des Zimmers hätten Olaf und Tonia Lindner gewusst, wenn ihr Junge ein Handy besessen hätte.

»Schließfächer oder so etwas habt ihr an der Schule nicht, oder?«

»Doch. Wieso fragen Sie das?«

»Hatte Timo eins?«

»Das sind keine eigenen. Da kann man nur zwischendurch was reintun, der Tiefenbacher macht die abends immer leer.«

»Tiefenbacher ist der Hausmeister?«

»Ja.«

»Habt ihr Fächer in euren Pulten?«

»Nee. Also so 'ne kleine Ablage unter dem Tisch, aber da tut niemand was rein. Das sind alte Tische, total eklig, mit Kaugummis und so was. Herr Kommissar, darf ich mal was fragen?«

»Klar.«

»Wieso ist das jetzt alles so was Besonderes?«

Anna schaute ihn mit ihren großen Augen an. Zbigniew überlegte, ob er ihr die Wahrheit sagen sollte.

»Ich darf dir dazu während der laufenden Ermittlung nichts sagen, Anna. Tut mir leid. – Sag mal, du hast aber nicht zufällig gehört, mit wem er vielleicht mal telefoniert hat? Einen Namen oder so was?«

»Nee«, schüttelte Anna den Kopf. Ihre Locken wirbelten kräftig durch die Luft. Zbigniew hatte das Gefühl, dass Anna trotz des energischen Kopfschüttelns noch weiter nachdachte.

»Aber …«

Zbigniew saß wie auf Kohlen. Anna schien sich die Situation noch einmal vor Augen zu führen, sie zu durchleben, bevor sie weitersprach.

»Ich glaub, das war nicht in Deutsch. Klar. Nee, das war …«

Zbigniew hatte, bevor Anna es aussprach, eine Ahnung, was nun kommen würde.

»Es war Französisch, glaub ich.«

7

Es musste etwas geben, was sie übersehen hatten. Timo Lindner musste ein Versteck besitzen, wo er sein Handy aufbewahrte. Ein gutes Versteck. Oder bewahrte ein Freund es für ihn auf?

Die Information über das Handy weckte in Zbigniew neuen Ermittlungsgeist. Wenn es einen Kartenvertrag für das Telefon gab, ließen sich die ausgehenden Telefonanrufe der letzten Monate nachvollziehen; über diese Telefonnummern würde man ein eventuelles Geheimleben des Jungen aufdecken können. Außerdem konnten sie das Handy orten, wenn es eingeschaltet war.

Beunruhigend dagegen war, dass Timo auf Französisch telefoniert haben sollte. Der tote Junge von Turin, die Frankreichkarte. Es konnte nichts miteinander zu tun haben, es war bloß ein seltsamer Zufall. Zbigniew drückte die Gedanken nach hinten.

Nicht unterdrücken ließ sich dagegen Zbigniews Gefühl, dass das Handy nur die Spitze eines Eisbergs war.

Zbigniew ließ nach der Aussage des rothaarigen Mädchens nicht viel Zeit verstreichen. Er überlegte, ob er Zeynel aus dem Feierabend klingeln sollte. Einerseits hatte er ein schlechtes Gewissen dabei, andererseits wusste er, dass Zeynel eingeschnappt wäre, wenn er es nicht täte. Zbigniew lag richtig; Zeynel war sofort Feuer und Flamme.

Zunächst fuhren sie zur Hildegardschule. Zeynel rief von unterwegs den Hausmeister an. Karl Tiefenbacher wohnte an der Schule und stellte sich als freundlicher kleiner, dicker Mann mit einem typischen Kölner Schnurrbart heraus. Zu Zbigniews Überraschung sprach er jedoch kein Kölsch, sondern mit einem schwäbischen Akzent.

Tiefenbacher war der Typ Mensch, der eins ist mit seinem Beruf –

sein Leben kreiste um die Schule und um nichts anderes. Er half den Ermittlern bereitwillig, auch nach Dienstschluss. Bald befanden sie sich im Klassenraum von Timo. Zeynel erinnerte sich, wo der Sitzplatz des Jungen war.

Das rothaarige Mädchen hatte nicht übertrieben: Unter den Tischplatten der Pulte befand sich der Dreck von drei Schülergenerationen, allem voran historische Kaugummis. Jedes Pult hatte ein Ablagefach; das von Timo war ebenso leer und dreckig wie die anderen Fächer. Zbigniew prüfte, ob die Tiefe des Fachs mit der der anderen Fächer übereinstimmte – es war denkbar, dass Timo sich ein Geheimfach eingerichtet hatte. Fehlanzeige.

Zbigniew bat den Hausmeister, ihm die Spinde zu zeigen, die sich in einem Nebenraum im Erdgeschoss befanden. Es waren etwa fünfzig; sie waren unverschlossen und bargen kein Geheimnis. Zbigniew schaute hinter die Spinde, unter die Spinde, auf die Spinde. Nichts.

»Wonach suchen Sie eigentlich?«, fragte der Hausmeister.

»Ich weiß es nicht«, sagte Zbigniew. »Wenn Sie ein Schüler wären und etwas verstecken wollten – wo würden Sie es tun?«

Der Hausmeister runzelte die Stirn.

»Verstecken? Was denn?«

»Dinge. Dinge, die die Eltern und Lehrer nicht sehen sollen.«

»Bravo-Hefte und Handys zum Beispiel«, fügte Zeynel grinsend hinzu.

»Bravo-Hefte?«, brach der Hausmeister in ein leichtes Lachen aus. »Die haben hier doch alle ganz andere Sachen im Kopf.«

Zbigniew beschloss, eine andere Taktik zu versuchen.

»Ich meine«, sagte er kumpelhaft, »Sie als Hausmeister kennen doch bestimmt die Schule wie Ihre Westentasche. Da weiß man doch, was so an der Schule abläuft – hinter den Kulissen. Wo Schüler heimlich rauchen, wo sie ein Alkoholdepot haben, wo sie …«

Zbigniew merkte, dass es dem Hausmeister wie Butter herunterging. Aber er schüttelte den Kopf.

»Ein Mädchen hat mal Ecstasytabletten im Kasten der Klospülung versteckt«, sagte er. Ecstasy klang auf Schwäbisch wie »Egschtassi«. »Seitdem haben wir die abgesichert. – Wissen Sie, ich war vorher

Hausmeister in Stuttgart am Killesberg-Gymnasium, und davor in Plochingen.« Tiefenbacher grinste, und von Wort zu Wort verfiel er stärker in seinen schwäbischen Akzent. Er schloss eine kurze Reminiszenz an die wilden Zeiten an öffentlichen Schulen mit den Worten ab: »Da sind mir hier dagäge harmlos.«

Es brauchte einige Zeit, bis Zbigniew Tonia Lindner davon überzeugen konnte, dass sich nichts Besonderes ereignet hatte. Ihr Mann war noch bei einer Besprechung, und so hatten Zbigniew und Zeynel sie allein in der Lübecker Straße angetroffen.

Zbigniew sprach Tonia Lindner auf das Handy an. Diese, in einem engen schwarzen Overall gekleidet, runzelte die Stirn.

»Das hätten wir mitbekommen«, sagte sie. »Außerdem, wozu soll er das haben? Meinen Sie, er würde etwas vor uns verheimlichen?«

»Hatten Sie als Kind niemals Geheimnisse vor Ihren Eltern?«

»Ich?«

Ein kleiner, innerer Zusammenbruch. Zbigniew sah ihn bereits kommen, bevor eine Träne aus Tonia Lindners Augenwinkeln floss. Tonia nahm ihre Hände vor das Gesicht.

»Meine Eltern sind tot. Waren damals schon tot. Autounfall«, hauchte sie. Irgendwie passte der makellos aufgetragene rote Nagellack auf ihren Fingernägeln nicht zur Situation, dachte Zbigniew.

»Das tut mir leid«, sagte Zbigniew. Zeynel nickte fast andächtig, doch Tonia Lindners Gesicht war hinter ihren Händen vergraben, so dass sie es nicht sehen konnte.

»Darf man fragen, wo Sie dann aufgewachsen sind?«, wagte Zbigniew sich vor. Wieder kam ihm das Bild eines Bauernhofs des ausgehenden neunzehnten Jahrhunderts vor Augen.

»In Bremen. – In einem Waisenhaus.«

Es war der Hauch einer Irritation, der Zbigniew streifte. War ihre Stimme brüchiger als zuvor geworden? Irgendwas an dieser Sache stimmte nicht so richtig. Es war nur ein sehr vages Gefühl, eine dieser seltsamen Ahnungen, für die man nach langjähriger Ermittlungsarbeit bei der Befragung von Zeugen ein Gespür entwickelte. Zbigniew beschloss, jetzt nicht nachzuhaken, da Tonia Lindners

Nervenkostüm gerade zu strapaziert schien. Derartige Dinge ließen sich anderweitig herausfinden. Er machte sich eine Gedankennotiz, dass Tonia Lindners Herkunft recherchiert werden musste.

»Dort lässt sich vermutlich schwer ein Privatleben führen, oder?«, versuchte Zbigniew den Faden wieder aufzunehmen. Auch dieses Mal reagierte Tonia Lindner auf eine kaum merkliche Weise seltsam; den Bruchteil einer Sekunde schimmerte für Zbigniew durch, dass ihr die Frage unangenehm war, doch dann fasste sie sich sofort wieder.

»Nein.« Dann fügte sie zögerlich an: »Es war eine harte Zeit.«

»Haben Sie Tagebuch geführt?«

Tonia sah ihn irritiert an.

»Ja, wieso?«

Zbigniew wusste, warum er die Frage gestellt hatte, und nach einem kurzen Moment begriff er, dass Tonia Lindner es auch tat. Er wartete, bis Tonia wieder von allein zu sprechen begann.

»Das war doch damals eine ganz andere Situation. Timo lebt in einer Familie, er hat es doch gut. Sie haben doch sein Zimmer durchsucht, gab es da ein Tagebuch?«

Zunehmende Unsicherheit.

»Nein. Aber meinen Sie nicht, dass er sich ein wenig unter Beobachtung gefühlt haben könnte?«

»Ich hätte doch nichts dagegen gehabt, wenn er ein Tagebuch führt.«

»Es geht nicht um ein Tagebuch, Frau Lindner. Es geht um … Intimsphäre. Kann er die irgendwo gehabt haben?«

»Wollen Sie mir jetzt etwa die Schuld dafür geben, dass Timo verschwunden ist?«, blaffte Tonia ihn an.

Zbigniew kam nicht mehr dazu, zu antworten. Ihm fuhr ein Gedanke in den Kopf. Er sprang mit hastigem Ruck auf. Ein leichter Schmerz durchfuhr seine linke Körperhälfte. Das Medikament, das Dr. Üzgün ihm gegeben hatte, begann seine Wirkung zu verlieren.

Umso größer war die Klarheit, die Zbigniew plötzlich in seinem Kopf verspürte.

Er hätte früher darauf kommen müssen.

»Darf ich kurz Ihre Toilette benutzen?«, fragte er.

»Selbstverständlich«, sagte sie.

Zbigniew ging durch den Flur in das geräumige Bad. Nur zu gut erinnerte er sich an den seltsamen Türschließmechanismus, den Olaf Lindner ihm bei seinem ersten Besuch erklären musste. Er hatte eine SMS bekommen und sich auf die Toilette geflüchtet, um sie ungestört lesen zu können. Die Toilette war der einzige Ort in dieser Wohnung, wo Timo sich einschließen und zurückziehen konnte. Eine SMS in Ruhe lesen konnte.

Zbigniew schob den Chromhebel nach unten, er war nun in der Toilette eingeschlossen. Eine merkwürdige Gewissheit erfasste ihn.

Aber wo? Zbigniew bewunderte abermals die Weite des Raumes, diese riesige, achteckige Badewanne. Ein Traum.

Das Fenster war geöffnet. Für Badezimmerverhältnisse ein sehr großes Fenster, Zbigniew schaute kurz hinaus. Man konnte von hier auf die Eigelsteintorburg sehen, es war ein bezaubernder Anblick. Gegenüber im Erdgeschoss ein chinesischer Imbiss. Das Essen dort war zwar nicht besonders gut, aber die junge Köchin so charmant, dass Zbigniew sich gelegentlich ein Chopsuey holte. Oben über den Häusern erstreckte sich ein Dachgarten von gigantischen Ausmaßen. Neid stieg in Zbigniew empor. Dem Haus nach könnte es die Wohnung des NRW-Wirtschaftsministers Edzard Schmidt sein, hier hatten sie schon mal einen Sicherungseinsatz mit der Schutzpolizei abgesprochen.

Vielleicht hätte Zbigniew doch studieren und etwas Ordentliches werden sollen.

Er schloss das Fenster und zog die Vorhänge zu. Nicht, dass der Wirtschaftsminister ihm noch bei seinen Toilettenaktionen zusah. Den toilettenfremden Toilettenaktionen, noch dazu.

Timo.

Timo müsste einen Platz gefunden haben, der entweder versteckt lag und von seinen Eltern nicht beachtet wurde, oder einen Ort, der so offensichtlich war, dass man nicht darauf kam. Je mehr Zbigniew darüber nachdachte, desto mehr machte es Sinn. Es war völlig unverdächtig, wenn Timo die Toilette benutzte – bevor er zur Schule ging, wenn er von der Schule zurückkam. Wenn es ein optimales Versteck für sein Handy gab, dann war es hier.

Badewanne, Spiegel, Apothekerschränkchen, ein weiteres Schränkchen. Zbigniew glaubte nicht an die Schränke, hier schaute seine Mutter regelmäßig hinein. Timo war klug und würde ein kluges Versteck wählen. Gab es einen Hohlraum hinter dem Spiegel über dem Waschbecken? Zbigniew berührte den großen Rahmen des modernen Designerstücks, hob den Spiegel leicht an der Wand an. Er war dem Anschein nach lose auf einen Haken aufgehängt.

Zbigniew überlegte, ob er Tonia Lindner hinzuziehen sollte. Dann entschied er sich, allein nachzusehen. Möglicherweise hatte Timo dort noch etwas versteckt, was seine Eltern besser nicht direkt sähen.

Er nahm den recht schweren Spiegel ab, stellte ihn vorsichtig und leise auf den Boden, an das Waschbecken gelehnt. Zbigniew bemerkte, wie sein Rücken ihm die Aktion übelnahm.

Die Rückseite des Spiegels war unauffällig. Hinter dem Spiegel gab es bloß Fliesen. Vorsichtig klopfte Zbigniew sie ab, doch es befand sich kein Hohlraum dahinter.

Hohlraum. Fliesen. Zbigniew merkte, wie es in seinem Hirn arbeitete. War es möglich? War es möglich, dass sein erster Badbesuch hier am ersten Ermittlungstag schon viel mehr Hinweise gegeben hatte, als dass es purer Zufall sein konnte?

Zbigniew ging zur Toilette. Hier hatte er gesessen und Lenas SMS gelesen, »Leck mich!«. Hier war ihm das Handy zwischen Toilette und Wand gefallen. Zbigniew hatte noch bewundert, wie sauber die Fliesen in diesem Bereich gewesen waren. Einen Moment lang fragte er sich, wer eigentlich in diesem Haushalt putzte. Putzte Tonia Lindner die klassische Dreckecke hinter der Toilette? Birte Kröger? Oder gab es noch eine Putzfrau? Es kam ihm nachlässig vor, diese Frage nicht schon früher gestellt zu haben.

Inzwischen stand Zbigniew an der Toilette. Der Zwischenraum zwischen Toilette und Wand gaffte ihn an.

Zbigniew bückte sich hinunter. Der Schmerz in seinem Rücken meldete sich, wesentlich stärker als beim Abnehmen des Spiegels.

Entweder hatte die Wirkung des Medikaments weiter nachgelassen, oder die Bewegung des Bückens war derartig ungünstig, dass das Medikament nichts mehr entgegenzusetzen hatte. Zbigniew war es nicht möglich, so tief zu kommen, dass er mit seinen Fingern die Bodenfliesen jenseits der Toilette hätte abklopfen können. Der Schmerz in seinem Rücken wurde mit jedem Zentimeter, den Zbigniew sich weiter herunterbeugte, unerträglicher.

Was nun? Zbigniew überlegte. Er würde es nicht schaffen, ohne eine weitere Tablette zu nehmen. Die Tablettenpackung jedoch befand sich in seiner Jacke. Wo hatte er sie hingelegt? Auf die Couch im Wohnzimmer, wenn er sich recht erinnerte.

Es musste irgendwie anders gehen. Zbigniew richtete sich wieder auf; der Schmerz ließ langsam nach, fiel wieder in seinen gedämpften Zustand zurück. Zbigniew verschnaufte eine Weile. Er hatte seine Rückenschmerzen unterschätzt. Sie waren nicht nur in der Lage, ihn beim Gehen zu behindern, sondern jede Sekunde seines Daseins zu beherrschen. Konnten ihn bewegungsunfähig machen.

Wenn er sich flach auf den Boden legen würde, dann könnte es gehen. Flach auf den Bauch, so dass er mit der rechten Hand neben die Toilette greifen können würde. Was für eine absurde Situation! Ein Kriminalhauptkommissar, der in fremden Wohnungen bäuchlings Fliesen abklopfte. Sollte Zbigniew nicht besser direkt die Spurensicherung kommen lassen?

Zbigniew hockte sich auf die Knie nieder, sank langsam auf den Boden. Es war eine Qual. Jeder Muskel in Zbigniews Rücken schien Nein zu dieser Aktion zu sagen. Nein zu schreien. Als Zbigniew flach auf dem Boden lag, ließ der Schmerz langsam wieder nach. Wenn Zbigniew es richtig beobachtete, war Liegen neben dem Gehen das Einzige, was seinem Rücken zu gefallen schien.

Hoffentlich gab es keine versteckten Kameras in der Toilette; Silvia Pütz hätte ein Vermögen für ein Video von dieser Aktion bezahlt.

Zbigniew streckte seine rechte Hand aus. Er musste noch ein bisschen nach vorne krabbeln, um die Bodenfliesen im Zwischenraum zu erreichen. Die erste Fliese. Er klopfte leicht darauf. Nichts, diese Fliese war ordnungsgemäß auf dem Estrich verlegt.

Fliese um Fliese arbeitete sich Zbigniew vor. Zbigniew musste seinen Arm immer weiter verdrehen, je weiter er hinter die Toilette fasste. Irgendwann ging es nicht mehr. Es gab zwei Fliesen direkt hinter dem Abflussrohr, die Zbigniew nicht erreichen konnte. Vielleicht kam man von der linken Seite besser heran. Zbigniew biss die Zähne zusammen, bewegte sich Zentimeter für Zentimeter zurück. Gut, dass alles in dieser Wohnung so sauber war.

Von links erreichte er die Fliesen hinterm Abflussrohr. Zbigniew klopfte auf die erste Fliese. Nichts. Auf die zweite.

Zbigniew bekam eine Gänsehaut. Der Klang, den sein klopfender Finger auf dieser Fliese erzeugte, war definitiv ein anderer als bei allen anderen Fliesen. Unter dieser Fliese, die quasi mittig hinter der Toilette lag, klang es hohl.

Er wollte aufspringen und die Fliese anheben. Aber der Schmerz in seinem Rücken würde dies nicht zulassen. Er konnte das Geheimnis unter dieser Fliese nicht aus eigener Kraft lüften.

Er würde Hilfe brauchen.

Mühsam erhob er sich langsam, drückte seinen Oberkörper am Toilettendeckel ein wenig hoch, brachte sich wieder in eine stehende Position. Warum musste ihn ein derartiges Unglück ereilen? Musste er ausgerechnet zu diesem Zeitpunkt in der Ermittlung zum Rückenpatienten werden?

Zbigniew bewegte sich ein wenig, aber der Schmerz wurde nicht besser. Er würde schleunigst eine Tablette nehmen müssen.

Er hatte eine Idee. Entriegelte die Tür. Auf dem Flur war niemand zu sehen, er hörte das Gespräch von Zeynel und Tonia Lindner aus dem Wohnzimmer. Unter starken Schmerzen ging Zbigniew bis zum Türrahmen des Wohnzimmers, wo er innehielt.

»Äh, Zeynel, kannst du mir mal meine Jacke geben?«, fragte er wie beiläufig. Zeynel blickte auf, war deutlich irritiert, fragte aber nicht nach. Er nahm Zbigniews Jacke, stand auf und gab sie ihm.

»Alles in Ordnung?«

»Ja.«

Zbigniew griff in die Tasche, drückte möglichst leise eine der Tabletten aus der Hülle aus Plastik und Aluminium.

»Frau Lindner«, lenkte er ab, »können Sie sich vorstellen, dass Timo im Bad etwas versteckt haben könnte?«

Tonia Lindner sah ihn an, als ob er ihr von grünen Männchen auf der Venus erzählt hätte. Zbigniew versuchte, unauffällig die Tablette in seinen Mund zu bekommen, kratzte sich mit vorgehaltener Hand am Kinn. Zeynel blickte glücklicherweise wieder zu Tonia Lindner.

»Im Bad? Wieso denn das?«

»Es ist der einzige Ort, der abschließbar ist.«

Tonia Lindner drückte ihre schmale Taille tief in die Couch. In Zbigniews Mund bildete sich ein trockener, bitterer Brösel aus Diclofenac. Eigentlich waren die Tabletten zum Auflösen in Wasser gedacht, aber unter diesen Umständen musste Spucke reichen.

»Gibt es hinter der Toilette einen Hohlraum unter den Fliesen?«, fügte Zbigniew mit kratziger Stimme hinzu.

»Wie kommen Sie denn auf so was?«

Ein Brösel hatte sich in Zbigniews Rachenmandeln verfangen. Jetzt war der Moment gekommen.

»Wir haben den Hinweis eines Mitschülers von Timo erhalten.«

Tonia Lindner runzelte die Stirn. Zeynel vermutlich auch.

»Dass es einen Hohlraum hinter unserer Toilette gibt?«, fragte Tonia Lindner fast belustigt.

Zbigniew nickte.

»Wer erzählt denn so was?«, fragte sie.

»Das kann ich Ihnen leider nicht sagen.«

»Und woher weiß der Mitschüler das? Über unsere Toilette?«

Das konnte man sich allerdings fragen. Zbigniew zuckte die Achseln.

Tonia Lindner erhob sich abrupt.

»Gut. Dann gehen wir nachsehen«, sagte sie resolut.

Zbigniew ließ sie und Zeynel vorgehen, damit er unauffällig hinterherhumpeln konnte. Seine Jacke legte er wieder über die Couch. Wie lange würde es dauern, bis das Medikament wirkte?

»Hier hinter der Toilette?«, hörte er bereits Tonia Lindners verwunderte, leicht hallende Stimme aus dem Bad.

Zbigniew folgte ihr, Tonia Lindner kniete bereits in der Ecke. Zeynel stand daneben und sah zu. So hatte er sich das nicht vorgestellt.

»Könnten Sie bitte meinen Kollegen vorlassen?«, fragte er.

Tonia blickte sich um, irritiert, doch dann stand sie auf und ging ein paar Meter zurück. Zbigniew nickte Zeynel aufmunternd zu. Er hockte sich nieder und klopfte auf die Fliese.

»Hohl«, konstatierte er.

Immerhin, Zbigniew hatte keine Halluzinationen.

Zeynel versuchte in einer ungesunden Rückenhaltung, die Fliese anzuheben. Tonia warf Zbigniew einen kurzen Blick zu; Unsicherheit lag in ihren Augen. Doch dann fiel ihr etwas anderes auf.

»Wieso steht denn der Spiegel da?«

Zbigniew zuckte zusammen. Wie dämlich konnte man sein? Er hatte vergessen, den Spiegel wieder aufzuhängen. Tonia Lindner musste sich nun fragen, ob Zbigniew bereits das gesamte Badezimmer durchgecheckt hatte. Von wegen Hinweis eines Mitschülers.

»Es wäre eine andere Möglichkeit gewesen«, formulierte er halbgar. Zeynel prokelte an der Fliese herum.

»Ach. Und was gab es *noch* für Möglichkeiten? Haben Sie etwa auch die Schränke durchwühlt? Die Wäsche?«

»Nein. Ich habe mich lediglich ...«

Zeynel unterbrach die beiden glücklicherweise. Vielleicht hatte er seine Frage auch getimt, um Zbigniew zu retten.

»Haben Sie zufällig einen kleinen Schlitzschraubenzieher?«

»Ich, äh ... Eine Sekunde.«

Tonia Lindner verschwand aus dem Raum. Ein mögliches Versteck ihres Sohnes erschien ihr wichtiger als die Frage, ob Zbigniew ihre Wäsche durchwühlt hatte.

»Gab es wirklich einen Hinweis von einem Mitschüler?«, fragte Zeynel ihn leise.

Zbigniew schüttelte verneinend den Kopf, was Zeynel zu einem fast anerkennenden Nicken veranlasste.

»Geht's deinem Rücken *so* schlecht?«, setzte er besorgt nach. Zbigniew winkte ab. Zeynels Blick haftete weiter auf ihm, bis Tonia Lindner zurückkam und Zeynel den Schraubenzieher reichte.

Zbigniew spürte, wie seine Anspannung stieg. Ein leises, steinernes Knirschen, der Schraubenzieher hob die Fliese aus der Fuge heraus.

Zuerst konnte Zbigniew nichts sehen. Zeynel beugte sich über die Stelle, sein Schatten verdunkelte den gesamten Bereich. Schließlich zog er seinen Kopf zurück. Ein Hohlraum unter der Fliese wurde erkennbar. Zbigniew hatte ihn sich in der Farbe von grauem Beton, Putz oder Estrich vorgestellt. Was er, Tonia und Zeynel aber sahen, war schwarz. So schwarz, dass man nicht erkennen konnte, wie tief das Loch unter der Fliese nun eigentlich war.

»Das ist ja merkwürdig«, murmelte Zeynel, der soeben in das Loch hineingegriffen hatte. »Es fühlt sich total seltsam an.«

»Okay, fass es nicht weiter an … bevor …«

Handschuhe. Zbigniew hatte immer ein Paar Gummihandschuhe der Spurensicherung dabei.

»Warte.«

Zbigniew schlurfte langsam zum Flur. Der Schmerz im Rücken hatte ein wenig nachgelassen, das Medikament wirkte extrem schnell. Aus seiner Jackentasche holte Zbigniew die Handschuhe.

»Es fühlt sich seltsam pelzig an«, murmelte Zeynel, als er sich die Handschuhe überstreifte.

»Pelzig?«

»Ja. 'ne Taschenlampe wäre nicht schlecht …«

Tonia öffnete die Klappe eines der Schränke und gab dem überraschten Zeynel eine große Maglite.

»Top«, sagte Zeynel. Er leuchtete mit der Taschenlampe in das Fach hinein. Es blieb tiefschwarz, doch ein seltsames Glänzen legte sich an manchen Stellen auf das Schwarz.

»Was zum Teufel ist das?«, fragte Zeynel. Es lag ein Hauch von Ängstlichkeit in seiner Stimme. Es wäre einfacher gewesen, wenn hinter der Fliese ein Tagebuch oder ein Handy zum Vorschein gekommen wäre. Aber hier lag bloß ein Stück Schwarz vor ihm.

»Das ist Filz«, sagte Timos Mutter.

»Stimmt«, sagte Zeynel. »Das könnte sein. Ein plüschiger Filz. Aber festgeklebt. So 'ne Art Auskleidung für das Loch.«

Zeynel klopfte mit dem Finger in dem Loch.

»Einen doppelten Boden oder so was gibt es nicht.«

»Wie tief ist das Loch?«

»So fünf Zentimeter.«

Zbigniew überlegte, in das tiefe Schwarz starrend. Ein leeres Geheimfach, mit schwarzem Filz ausgekleidet. Warum kleidete Timo das Loch aus? Damit der Inhalt des Fachs nicht mit dem grauen Staub von Putz und Estrich in Berührung kam? Und dann fragte er sich ...

»Wie sind Sie eigentlich darauf gekommen, dass es Filz ist?«

Tonia Lindner blickte ihn an, dann auf den Boden. Als ob sie sich ertappt fühlte.

»Ich war dabei, als er es gekauft hat.«

»Er?«

»Timo. Wir waren in einem Bastelladen. Da hat er es gesehen und wollte es haben.«

»Und ... hat er gesagt, wofür?«, fragte Zbigniew. Das Wunderkind, das Tolstoi und die »Italienische Reise« las, schien ja kein besonderes Faible für Bastelarbeiten zu haben. »Ich mein, hat es Sie nicht gewundert?«

»Doch«, sagte Tonia Lindner. »Das hat mich schon gewundert. Aber es war kurz vor Weihnachten, und er hat gesagt, er wolle jemandem ein Geschenk basteln.«

»Aber Sie haben ihn niemals basteln gesehen?«

»Nein. Ich schätze, ich hab's vergessen.«

»Hat Timo sonst noch Dinge gekauft in dem Bastelladen?«

Tonia Lindner runzelte die Stirn.

»Ich kann mich nur an den Filz erinnern. Weil das ungewöhnlich war.«

Die Erinnerung ans Ungewöhnliche. Zbigniew hielt inne.

»Wie lange ist das denn her, dass er den Filz gekauft hat?«

Tonia Lindner überlegte.

»Das war ... Weihnachten vor ... drei Jahren? Ja, ich glaube vor drei Jahren.«

Drei Jahre. Vor drei Jahren war Timo zwölf Jahre alt gewesen. Das Badezimmer war saniert worden, und Timo hatte seinen Filz gekauft. Bewusst, bereits mit der Planung, das Geheimfach im Bad auszukleiden? Ein Geheimfach, das der Junge sich in seinem zwölften Lebensjahr angelegt hatte, um Dinge vor seinen Eltern zu verbergen?

Zbigniew versuchte, sich in die Psyche von Timo hineinzudenken. Er fühlte sich offenbar bereits mit zwölf Jahren zu sehr überwacht von seinen Eltern.

Zeynel, Zbigniew und Tonia Lindner saßen inzwischen wieder im Wohnzimmer. Tonia hatte sich einen Cognac eingeschenkt, Zeynel und Zbigniew waren bei alkoholfreien Getränken geblieben. Es schien für Tonia unerträglich zu sein, dass Timo ein derartiges Geheimnis erfolgreich vor ihr gewahrt hatte. Ihre Vision von der offenen Familie – Zbigniew fand keinen besseren Ausdruck dafür – war gescheitert.

Zbigniew hatte auch die Frage nach einer Putzhilfe gestellt. Tonia Lindner hatte geantwortet, dass sie selbst putze. Zbigniew stellte sie sich mit Putzlappen und Wischmopp vor.

»Putzen Sie denn auch Timos Zimmer?«, hatte Zbigniew gefragt.

»Selbstverständlich«, war Tonia Lindners Antwort gewesen. Sie fügte nach einem Moment des Überlegens hinzu: »Timo hatte mal angeboten, dass er selbst das Zimmer putzen würde.«

Natürlich. Timo wollte seine Mutter heraushaben. Jemand, der putzt, hat Überblick über alle Ecken – und wenn es die eigene Mutter ist, sind die Möglichkeiten für weitere Geheimverstecke recht begrenzt.

»Und Sie … wie haben Sie reagiert?«

»Ich hab ihm gesagt, dass er das doch nicht braucht. Ich finde Putzen gar nicht so schlimm, das ist eigentlich eine schöne Abwechslung zu … zu den Aufgaben, die man sonst so hat. – Gut, gefreut hat er sich nicht besonders, dass ich ihm das abnehme, aber …«

Ihr Gesichtsausdruck zeigte, dass sie die wahre Motivation von Timos großherzigem Putzangebot inzwischen verstanden hatte. Fast tat Tonia Lindner Zbigniew ein bisschen leid, wie sie desillusioniert dasaß und ihr zweites Glas Cognac leerte. Andererseits war es gut, dass sie endlich mal einiges über ihren Sohn begriff.

»Spricht Ihr Sohn eigentlich Französisch?«

Eine Frage, die so aus ihm herausgesprudelt war. Verwirrung lag in ihren Augen.

»Ja, wieso?«

»Gut?«

»Ja. Sehr gut. Französisch, Englisch, und in diesem Jahr hat er mit Spanisch angefangen.«

Zbigniew war erleichtert, dass es kein Italienisch war.

»Gibt es irgendwelche besonderen Beziehungen zu Frankreich? Hat Ihr Sohn da Freunde? Brieffreunde?«

»Nicht dass ich wüsste.«

Zbigniew runzelte die Stirn.

»Nicht dass Sie wüssten?«

»Nein«, konkretisierte Tonia.

»Und Ihr Mann? Gibt es berufliche Beziehungen zu Frankreich?«

»Nein, zu Frankreich leider nicht.«

Es war alles eine Sackgasse. Eine Sackgasse, dunkel wie das schwarz ausgekleidete Loch im Badezimmer.

Und doch hatte Timo auf Französisch telefoniert.

Lena klingelte Zbigniew am nächsten Morgen um kurz nach sieben aus dem Bett.

»Ey, hinkst du?«, waren ihre Begrüßungsworte, nachdem er ihr die Tür geöffnet hatte und durch den Flur zurückging.

»Humpeln, nicht hinken. Ich hab Rückenschmerzen.«

»Oh shit.«

Zbigniew fragte sich, warum Lena um sieben Uhr morgens zu ihm kam. Was hatte sie ihrer Mutter erzählt – dass heute die Schule eine Stunde früher beginnen würde? Dass sie sich noch mit einer Freundin treffen musste, um eine komplizierte Mathematikhausaufgabe vor dem Unterricht zu lösen?

»Okay, dann leg dich mal flach und ich massier dich«, beschloss Lena.

»Eine … medizinische Massage?«, fragte Zbigniew vorsichtig.

»Klar. Was denkst du.«

Dagegen war im Grunde nichts einzuwenden.

Zbigniew legte sich zurück ins Bett, auf den Bauch, und zog sein T-Shirt aus. Ihm fiel auf, dass es leicht feucht am Nacken war – schwitzte er so stark in der Nacht? Hatte er sich seine Rückenschmerzen bloß aufgrund einer Verkühlung in der Nacht zugezogen – waren sie überhaupt keine Alters- und Abnutzungserscheinung?

»Wie war's mit Edina?«

Edina?

»Edina?«

»Zu groß, zu viel Brille, zu neugierig. Im Underground, Mann.«

»Ach so. Edina, genau. Du hast nette Freundinnen.«

»Gibt's hier irgendwo Massagecreme?«

»Ja, das Öl. Im Bad.«

»Hey, das soll 'ne medizinische Massage werden. Da gibt's nix Eukalyptus-Mandel-Fichtendingsbumsöl. Da gibt's 'ne Muskelcreme oder gar nix.«

»Hast du da 'nen Kurs mitgemacht?«

Zbigniew drehte sich um, da keine Antwort kam. Lena war verschwunden. Eine Sekunde später hörte er Geklappere im Bad. Dann kam Lena auch schon wieder.

»Na gut. Kann ja schlecht Nivea nehmen«, deutete sie auf die Flasche Massageöl. Eukalyptus. Da tropfte bereits das zu kalte Öl auf seinen Rücken.

»Nee, weil Edina hat mir schon erzählt, dass du gehinkt bist, da im Underground. Hab ich mir gedacht, muss ich mal vorbeikommen.«

Edina hatte das bemerkt? Zbigniew war der festen Überzeugung gewesen, dass es ihm im Underground bestens gegangen war. Nach der Einnahme von Dr. Üzgüns Medikament.

»Ist das 'ne Berufskrankheit? Ich meine, sind die Rückenbeschwerden durch die Ausübung des Berufs als Polizist entstanden? Weil dann kann ich die Massage anders abrechnen.«

Lena begann, an seinen Schulterblättern herumzukneten. Der Unterschied zwischen einer medizinischen Massage und der normalen war nicht ganz erkennbar, aber es tat in jedem Fall verdammt gut.

Die Frage, ob die Rückenbeschwerden beruflich bedingt waren, hatte Zbigniew sich noch gar nicht gestellt. Wenn er wegen der Rückenschmerzen in Frührente gehen musste, war es sicher bedeutsam. So wie bei Harry Rethmann.

»Ach ja, weißt du, was Edina mir *noch* erzählt hat?«, flötete Lena.

In Zbigniew leuchtete eine Erinnerung auf. Eine ungute Erinnerung.

»Dass du ihr erzählt hast, dass wir zusammen sind«, fuhr Lena fort.

Das Kneten in seinem Rücken wurde aggressiver. Zbigniew spürte den Schmerz nun an allen Ecken und Enden seiner Wirbelsäule.

»Hey, ich muss es vor allen geheim halten, sagst du mir tausendmal, und dann triffst du *einmal* 'ne Bekannte von mir und erzählst es ihr gleich?«

Lena griff nun richtig zu. »Ist dir eigentlich klar, dass dann alle an der Schule wissen, dass ich mit 'nem alten Bullen gehe? Mit 'nem sackalten, hinkenden Mann in Uniform?«

Zbigniew trug fast nie Uniform, aber er wusste, dass ihn dies nicht retten würde. Natürlich war es ein Fehler gewesen. Es war ihm so rausgerutscht. Nein, hatte sie es nicht provoziert?

»Nein …«, dachte Zbigniew laut weiter.

»Was nein?«

Lenas Finger bohrten sich brutal in einen Muskel.

»Ich dachte, dass Edina es bereits wusste, glaube ich.«

»Glaubst du.«

»Ja. Ich war davon ausgegangen, dass Edina wusste, dass wir zusammen sind. Deine beste Freundin und so.«

»Edina ist nicht meine beste Freundin. Sie war doch bloß der Mittelsmann zu dieser Hilli-Tuss. Von Schnepfe zu Schnepfe. Ich wusste nur, dass sie da Leute kennt.«

Zbigniew war erstaunt. Edina hatte ihm einen völlig anderen Eindruck vermittelt.

»Aua.«

Diesmal hatte Lena für seinen Geschmack zu hart zugegriffen.

»Das muss so sein«, verteidigte sich Lena und machte weiter. Vergeltungsmaßnahmen.

»Hast du nicht gesagt, das ist eine Freundin von dir?«

»Nee.«

»Aber du hast gesagt, das Mädchen von der Hildegardschule, das Timo kennt, sei die Freundin einer Freundin.«

»Ach komm, das war doch nur der Kürze wegen. Das sagt man so.«

Aua.

»Sie hat mich *Ziggi* genannt.«

Aua, aua.

»Hä?«

»Edina. Als sie reingekommen ist, hat sie mich gefragt, ob ich *Ziggi* bin. Das klang so vertraut, dass ich den Eindruck hatte, dass …«

»Ach komm, jetzt hör auf, dich rauszureden. Du warst zu tapsig, Tapsi-tapsi-Bär, und jetzt weiß sie es. Jetzt hat die Schnepfe mich voll in der Hand.«

»Apropos: Kannst du vielleicht etwas weniger hart …?«

»Nein. Geh mal zu 'nem Profimasseur, der nimmt dich noch mehr auseinander. Edina kann mich jetzt voll erpressen. Und die macht das. Weil sie …« – in diesem Moment hielt Lena kurz inne mit der Massage, beugte sich herunter zu Zbigniew und grinste ihm kurz und frech ins Gesicht – »weil sie am liebsten selber was mit dir hätte.«

»Ich fühle mich – ge – ehrt«, stieß Zbigniew heraus, als Lena unbarmherzig in seinem Lendenbereich herumknetete. Es war der Bereich im Rücken, der die Schmerzen verursachte. »Aber ich bin ihr, glaub ich, zu klein.«

»Okay, bis jetzt hat sie es noch niemandem erzählt, soweit ich das mitkrieg. Aber sie hat gedroht, es rumzuerzählen an der Schule. Und auch meinen Eltern mal Bescheid zu sagen, was hier so läuft.«

Zwischen seinen schmerzenden Muskeln spürte Zbigniew, wie ihn eine Gänsehaut erfasste. Würde sein kleiner Aussetzer gegenüber Edina wirklich derartige Folgen haben?

»Wieso droht sie dir?«, fragte er nun ernst. »Ich meine, sie kann's doch entweder tun oder lassen, oder? Mag sie dich nicht? Will sie Geld von dir? Oder 'ne Flasche Tequila?«

Böser Fehler.

»Boah, habt ihr Tequila zusammen getrunken?«, fragte Lena furios. Sie trommelte auf seinem Rücken herum, ziemlich hart. Wie eifersüchtig konnte Lena werden?

»Nein. Sie hat sich alleine einen bestellt. Es war kein gemütliches Besäufnis, wenn du das meinst.«

»Na dann.«

Das Trommeln hörte auf. Weiteres Kneten folgte, wesentlich sanfter.

»Okay, ich könnte natürlich Edina damit drohen, dass ich ihrer Mutter sage, dass sie in Männergesellschaft gern Tequila trinkt. Die flippt total aus, weil: Edina ist zuckerkrank. Das könnte gehen.«

»Sag mal, was ist denn das für ein Zickengetrete? Ich dachte immer, du seist erwachsener.«

Lena ließ nun von seinem Rücken ab.

»Du hast recht. Das ist alles pubertär und scheiße.«

Zbigniew nickte. Lena plumpste mit einem Stöhnen der Erschöpfung in den roten Plüschsessel, der neben seinem Bett stand.

»Wir müssen damit Schluss machen.«

Eine Sekunde lang hatte Zbigniew die Befürchtung, dass Lena die Beziehung beenden wollte. Beiden war klar geworden, dass zwischen ihr und diesem rückenkranken alten Mann Welten lagen. Dann fiel ihm wieder ein, dass Lena noch eine Minute zuvor eifersüchtig auf Edina gewesen war. Es musste etwas anderes sein.

»Es gibt eine Möglichkeit, potenziellen Erpressern dieser Art, miesen kleinen Gaunern wie Edina, das Handwerk zu legen«, sagte Lena und klang dabei ein bisschen wie Edwin.

»Und die wäre?«, fragte Zbigniew und wusste es bereits.

»Wir sagen einfach die Wahrheit. Wir sagen allen, dass wir zusammen sind. Meinen Eltern und so. Zack. Dann kann uns niemand mehr was anhaben.«

Außer der innerpolizeilichen Ermittlungsstelle.

Lenas Augen begannen zu leuchten.

»Dann kannst du bei mir übernachten und ich bei dir, und wir können zusammen in Urlaub und alles.«

Das alte Thema. Lena sah nun irgendwie seltsam gefasst aus.

»Ich hab gestern Abend mit meinen Eltern gesprochen.«

»Was?«

»Ja meinst du, ich lass mich von der Schnepfe erpressen? Du bist selbst schuld.«

Lena beugte sich herunter, um sich in einer seltsamen Verrenkung am eigenen Knöchel zu kratzen.

»Äh … und was hast du deinen Eltern gesagt?«

»Ich hab ihnen gesagt, dass ich ihnen meinen Freund vorstelle. Am Mittwochabend bist du bei uns zum Essen eingeladen. Da kannst du, oder? Um acht. Meine Mutter kocht sehr gut, by the way.«

Beruhigend.

»Die finden's gut, dass ich einen festen Freund hab. Und sind total neugierig und gespannt drauf, dich kennenzulernen.«

»Und, äh, hast du ihnen auch so ungefähr gesagt, wer ich bin?«

Lena grinste.

»Nö, das kannst du ihnen selbst erzählen. Bist ja erwachsen, oder?«

Lena stand auf.

»Ich muss jetzt. Zur Schule.«

Zbigniew blickte sie fassungslos an.

»Und wenn du nicht kommst am Mittwoch, dann kannst du's echt vergessen mit uns. Dann ist Ruhe im Karton. Ich hab das Versteckspiel absolut megasatt.«

Lena winkte, grinste ihn an und verließ den Raum. Zbigniew, immer noch auf dem Bauch im Bett liegend, blickte ihr fassungslos hinterher. Mittwochabend um acht. Zbigniew hörte, wie die Wohnungstür hinter Lena zuschlug.

Er war sich nun nicht mehr so sicher, ob Edina nicht vielleicht doch Lenas beste Freundin war.

Die Massage hatte gutgetan, doch als Zbigniew sich aus dem Bett herauswälzte und in eine senkrechte Position brachte, spürte er den

Schmerz in gleicher Intensität wie am Vortag. Heute, gelobte er, würde er gezielt mit Gymnastik beginnen.

Aber zuerst würde er eine von Üzgüns Tabletten nehmen. Zbigniew hatte eine Zehnerpackung der Tabletten bekommen; er fragte sich, was er tun würde, wenn sie leer war. Vielleicht ging es ihm bis dahin ja wieder gut. Vielleicht waren die Tabletten ohnehin bloß Placebos und Zbigniews Schmerz eingebildet.

Zbigniew hatte durch Lenas Besuch eine Viertelstunde später als üblich die Wohnung verlassen. Als er unten im Hausflur ankam, stand dort der Briefträger und verteilte Post in die Kästen. Normalerweise bekam Zbigniew seine Post immer erst zu Gesicht, wenn er abends nach Hause kam. Vielleicht, dachte er später, war auch dies eine dieser seltsamen Koinzidenzen.

»Juten Morgen«, brummelte ihm der freundlich aussehende Briefträger, ein stämmiger Mann mit Kölner Akzent, Mitte fünfzig, entgegen. Zbigniew hatte ihn noch nie gesehen.

»Guten Morgen.«

»Zpik-äh-nif Meier?«

Zbigniew blieb irritiert stehen.

»Ja … Zbigniew …«

Es war erstaunlich. Sah man ihm seine polnischen Wurzeln an?

Der Postbote schaute mit professioneller Schnelligkeit die Briefe durch, die er in seiner Hand hielt.

»Woher wissen Sie, wer ich bin?«, wagte Zbigniew zu fragen.

Der Briefträger blickte hoch.

»Se sind de Einzige hier, den isch hier im Haus nischt persöönlisch kenne«, sagte er süffisant in breitestem Nordstadtkölsch. Zbigniew nickte, der dicke Mann reichte ihm ein paar Briefe.

»Danke sehr.«

»Se sind de Polizist, oder?«

Bestimmt hatte Frau Junkersdorf von unten das erzählt. Zbigniew befürchtete, dass der Briefträger ihn nun um etwas bitten würde. Die Straßen von den Obdachlosen zu befreien, die Diebstahlrate hinterm Hauptbahnhof zu senken oder die Drogenabhängigen in Randbezirke umzusiedeln. Oder den Puff gegenüber auszuräuchern.

»Hat dat Doris mir verzällt«, sagte der Briefträger, während er seine anderen Sendungen in die Postkastenschlitze steckte.

Also doch nicht den Puff ausräuchern. Doris, die es dem Postboten erzählt hatte, war die Puffmutter, die ein paar Häuser weiter den gesamten Tag aus ihrem Fenster im Erdgeschoss blickte. Die Informationszentrale des Viertels. Eigentlich waren Bordelle in der Innenstadt seit dreißig Jahren verboten, aber der Puff im Gereonswall schien zum Gleichgewicht hier beizutragen.

Woher wusste Doris von seiner Tätigkeit? Zbigniew hatte keinen Kontakt zu ihr. Vermutlich hatte es einer der Streifenpolizisten, die öfter mit Doris ein Schwätzchen hielten, ihr erzählt.

»Dann noch 'nen schönen Tag«, sagte der Briefträger und schlurfte aus dem Hausflur. Kein Anliegen an die Polizei. Es war Zbigniew recht.

Er überlegte, was er mit seiner Post machen sollte. Eine Tasche hatte er nicht dabei, und in seine Jacke würden die Briefe nicht hineinpassen. Vielleicht sollte er sie einfach in den Briefkasten werfen. Der Postbote war ja verschwunden und würde nicht sehen, wie sehr seine persönliche Dienstleistung von Zbigniew geschmäht wurde.

Zbigniew ging zu seinem Postkasten, hielt einen Moment inne. Die Neugier siegte; er schaute kurz nach, was er in seinen Händen hielt. Eine Rechnung von der Versicherung lag obenauf. Darunter ein Werbeschreiben der Klassenlotterie, Zbigniew könnte es gleich in den Müll werfen. Zuunterst ein Brief mit handschriftlich geschriebener Adresse. Eine schwungvolle Handschrift. Zbigniew drehte den Brief um. Die Absenderin des Briefs war eine Barbara Plath. Aus Neuss.

Ein heißes Schaudern erfasste Zbigniew. Barbara, die Frau aus dem Flugzeug. Woher hatte sie seine Adresse? Irgendwie konnte man im Internet über Telefonnummern Adressen herausfinden, bestimmt.

So schnell ging das. Kaum gab man einer Unbekannten im Zug seine Nummer, schon hatte man ein paar Tage später einen Brief von ihr im Postkasten. Was würde Barbara von ihm wollen? Würde sie schreiben, dass sie ihn gern wiedersehen wollte? Würde sie ihm beichten, dass sie auf der Reise nur die halbe Wahrheit erzählt hatte und in Wirklichkeit verheiratet war, fünf Kinder hatte und sich von ihrem Mann nicht mehr richtig geliebt fühlte?

In Zbigniew liefen die Gehirnzellen heiß. Er beschloss, dass er so früh am Morgen noch nicht die geistige Stärke hatte, sich dem Brief zu widmen. Er würde ihn erst mal ungelesen in den Postkasten werfen. Heute Abend, nach einem Glas Rotwein, würde ein besserer Zeitpunkt zur Lektüre sein.

Auf zur Arbeit.

Zbigniew verließ den Hausflur, trat auf die Straße. Blickte Doris gerade aus ihrem Fenster? Nein, die Luft war rein.

Zbigniew war ein paar Schritte gegangen, als er abrupt innehielt. Er hatte etwas übersehen. Er hatte etwas äußerst Einfaches übersehen, das sehr wichtig sein könnte.

Nein, man konnte es viel einfacher fassen.

Er war ein Idiot.

8

Eine Minute später ging Zbigniew ein paar Häuser weiter wieder Treppen nach oben. Treppensteigen tat seinem Rücken gut, so viel war klar. Olaf Lindner öffnete ihm. Falls er irgendwie überrascht war, dass Zbigniew die Lindners am frühen Morgen aufsuchte, ließ er sich nichts anmerken.

Lindner stand im schwarzen Bademantel im Türrahmen. Architekt müsste man sein, dachte Zbigniew und sprach ein freundliches »Guten Morgen« aus. Olaf Lindner nickte bloß, wies ihm mit der Hand den Weg in die Wohnung.

»Kaffee?«

Der Geruch von frisch bereitetem Espresso vernebelte alle Sinne. Eigentlich hatte Zbigniew Wichtigeres im Kopf, aber seine Nase vermeldete große Lust auf das Heißgetränk.

»Gerne«, sagte er.

»Espresso oder Latte macchiato?«

Die Standardfrage in Hallen wie diesen. Zbigniew entschied sich für Letzteres, Olaf Lindner leitete ihn in die Küche. Zbigniew setzte sich in einen der Designerstühle, der erstaunlich bequem war. Olaf Lindner blies einen frischen Espresso durch eine den Raum dominierende Maschine, die denen in italienischen Cafés nicht nachstand.

»Was führt Sie her?«

»Ich würde gerne die Postkarte noch mal sehen«, sagte Zbigniew.

»Die Postkarte?«

»Ja. Die Postkarte, die Timo an Birte Kröger geschrieben hat.«

»Keine Ahnung, wovon Sie reden.«

Wie es sich gehörte, schüttete Lindner zunächst die heiße Milch in das Glas.

»Im Flur hing eine Postkarte. Aus der Normandie.«

Es hätte sofort bei Zbigniew klingeln müssen, als das rothaarige Mädchen ihm erzählte, dass Timo Lindner auf Französisch telefonierte.

»Die Normandie …«, murmelte Olaf, als ob er darüber nachdenken würde. War irgendetwas an seiner Reaktion merkwürdig? Schließlich befand er: »Keine Ahnung. Sie können ja selbst nachsehen.«

Zbigniew nickte, erhob sich und ging in den Flur. Er hörte, wie Olaf Lindner hinter ihm Kaffeebohnen durch die Maschine brausen ließ. Das Schwarze Brett im Flur war bereits in Sicht, doch als Zbigniew auf der Höhe der Treppe zum Dachgeschoss war, stand plötzlich Tonia Lindner vor ihm.

Zbigniew erschrak. Tonia sah aus wie ein Gespenst, in einem langen, morgenmantelähnlichen Umhang aus schwarzem Satin. Sie stand auf der untersten Stufe der Treppe in die oberen Gemächer. Immerhin zuckte sie genauso sehr zusammen wie Zbigniew.

Zbigniew fing sich als Erster und warf ihr ein freundliches Lächeln zu.

»Verzeihung.«

Tonia Lindner blickte ihn an, und in den Augen von Timos Mutter lag eine endlose Hilflosigkeit.

»Ich hatte ein Geräusch gehört … Gibt es etwas Neues?«

»Nein.«

Tonia sah ihn an, eine Sekunde zu lang. Zbigniew fragte sich, warum Olaf Lindner ihn nicht gefragt hatte, ob es etwas Neues gäbe.

»Entschuldigung …«, flüsterte Tonia Lindner. Sie griff nach dem Treppengeländer, als ob sie sich daran festhalten wollte. Dann drehte sie sich um und ging wie in Zeitlupe die Treppe wieder hoch. Ihre Beine waren bis zu den Kniekehlen nackt, und zu Zbigniews Überraschung trug sie recht hochhackige Pantoletten. Er musste sich zwingen, den Blick wieder abzuwenden. Es gelang ihm nicht, bis Tonias wallender Satinumhang oben verschwunden war.

Zbigniew fragte sich, was mit Tonia Lindner los war. Stand sie unter Drogen? Oder war sie bloß noch im Halbschlaf gewesen?

Und, vor allem, war sie nachts immer derartig gekleidet?

Er riss sich zusammen und ging weiter zu dem Pinnbord. Was Tonia Lindner wohl unter dem Satinumhang trug? Zu seinem Entsetzen bemerkte Zbigniew, dass sich sein Penis versteift hatte. Das war ja wohl nicht möglich. Er war zu alt für so etwas, viel zu abgehärtet. Da konnte ihn der Anblick einer aufreizenden Frau doch nicht aus der Ruhe bringen. Sein Schwanz war da anderer Meinung.

Zbigniew versuchte, an seinen alten fiesen Biologielehrer vom Gymnasium zu denken. Das hatte er immer als Pennäler getan, wenn er in ungünstigen Situationen eine Erektion hatte. Damals hatte es gewirkt.

Die Postkarte aus der Normandie hing unverändert am Pinnbord. Zbigniew erinnerte sich an den Text, der ihm banal vorgekommen war, für ein Kind von Timos Intellekt. Er nahm die Postkarte ab.

Es war nichts Besonderes an der Postkarte. Der Urlaubsgruß hätte nicht unorigineller sein können. Nichts wies darauf hin, dass diese Postkarte irgendeine Bedeutung haben könnte.

»Ihre Latte ist fertig«, rief es laut aus der Küche.

Ein alter Wortwitz. Der Biologielehrer hatte noch nicht seine Wirkung getan.

Zbigniew sah sich einen Moment lang den Rest des Schwarzen Brettes an. Es war nichts dabei, das seine Aufmerksamkeit erregte. Der Stundenplan von Timo hing dort neben vielen anderen Dingen. Schule, Schach, ein paar andere feste Termine.

Vielleicht hätte er doch mit Lena schlafen sollen an diesem Morgen. Die Massage war zwar die gesundheitlich vernünftigere Wahl gewesen, aber sein Penis war wohl nicht so ganz glücklich über diese Entscheidung gewesen. Zbigniew hoffte, dass Tonia Lindner nun oben bleiben würde. Oder sich zumindest etwas Ordentliches überstreifen würde, bevor sie herunterkam.

Wenn er seine Jacke ganz tief zog, würde niemand etwas mitbekommen.

Zbigniew ging wieder zurück in die Küche. Sein Heißgetränk sah perfekt aus, der Espresso schwebte förmlich über der Milch.

»Danke.«

»Wollen Sie nicht die Jacke ausziehen?«

Eine Farce.

»Nein, danke. Ich bin bloß auf dem Sprung zur Arbeit. Ich wohn um die Ecke, wissen Sie.«

Zbigniew nahm einen Schluck. Köstlich. Er würde sich besser nicht hinsetzen.

»Beziehungsweise *Sie* wohnen quasi zwischen meiner Wohnung und meiner Dienststelle«, fügte er unnötigerweise hinzu.

»Haben Sie die Karte gefunden?«, fragte Olaf Lindner nüchtern.

»Ja, danke. Sie waren in der Normandie im Urlaub?«

»Ja.«

»Wo genau?«

»In einem kleinen Hotel in Houlgate.«

»Houlgate?«

Olaf Lindner nickte. Zbigniew ließ es sich buchstabieren, er hatte diesen Ortsnamen noch nie gehört.

»Wann und wie lange?«

»Im August. Eigentlich drei Wochen. Meine Frau und Timo sind drei Wochen geblieben, ich musste leider nach zwei Wochen abbrechen. Zurzeit ist es beruflich bei mir ein bisschen hektisch. Der Barbarossa-Komplex, wissen Sie.«

Zbigniew nickte. Er konnte sich gut vorstellen, dass es in der Planungsphase zu einem derartigen Bauprojekt Gründe gab, warum man als Architekt seinen Urlaub verkürzen musste. Dennoch war er sich nicht sicher, ob Olaf Lindner ihm die volle Wahrheit erzählte.

»Waren Sie schon öfter mit Timo in Frankreich?«

Olaf Lindner schüttelte den Kopf.

»Nein. Das erste Mal überhaupt, in Frankreich, meine ich.«

»Waren Sie schon mal in Turin?«

Was war denn das für eine Frage? War Zbigniew von allen guten Geistern verlassen?

»Nein. Nur in Mailand.«

»Kennt Timo irgendwelche Franzosen? Hat er einen Schüleraustausch gemacht, irgendetwas?«

»Nein.«

Okay.

»Dieser Urlaub in der Normandie ..., hat sich in dem Urlaub irgendetwas Besonderes ereignet?«

Olaf Lindner runzelte irritiert die Stirn.

»Wie meinen Sie ... ereignet?«

Zbigniew überlegte. Wie meinte er es?

»Ich weiß es nicht. Irgendetwas, was Ihnen aufgefallen ist, das mit Timos Verschwinden zu tun haben könnte.«

»Mit Timos Verschwinden?« Man merkte, wie Lindners Gehirn fieberhaft arbeitete. »Es war ein ganz normaler Urlaub. Strand, ein bisschen die Gegend besichtigen, gut essen gehen ... Überhaupt nichts Außergewöhnliches.«

»Hat Timo dort Leute kennengelernt? Hatte er einen Kumpel? Jemand, mit dem man am Strand, äh ... Burgen zusammen baut. Oder in der Appartementanlage Tennis spielt.« Tennis? »Oder Schach.« Schon eher. »Oder irgendetwas.«

Olaf Lindner überlegte.

»Nein«, sagte er schließlich. »Wissen Sie, Timo ist nicht gerade jemand, der auf andere Leute zugeht. Am liebsten ist er mit sich allein, mit uns und mit seinen Büchern.«

Zbigniew nickte. Das hatte er bereits gehört. Das war zumindest das äußere Bild über Timo Lindner. Er wusste es inzwischen ein kleines bisschen besser.

Wenn nur die Erektion endlich verschwinden würde.

»Es kommt also überhaupt niemand in Frage? Timo spricht doch fließend Französisch, oder? Vielleicht ein Mädchen?«

Irgendeine rothaarige Französin, fügte Zbigniew gedanklich hinzu.

Olaf Lindner brach in ein leichtes, leises Lachen aus. Fast empfand Zbigniew es als herablassend gegenüber Lindners Sohn, der es glücklicherweise nicht mitbekam.

»Ein Mädchen? Da kennen Sie Timo falsch.«

Lindner wurde wohl selbst bewusst, dass er den falschen Ton angeschlagen hatte.

»Ich meine, das interessiert ihn noch nicht. Timo hat zurzeit andere Dinge im Kopf. Die Schule, seine Ausbildung, seine … Bildung im Allgemeinen.«

Was genug war, war genug. Zbigniew holte Luft.

»Herr Lindner, es tut mir leid, aber Sie sind da über das Innenleben Ihres Sohnes nicht ganz auf dem Laufenden. Ich weiß inzwischen, dass Ihr Sohn beispielsweise an der Schule, der Hildegardschule, in ein Mädchen verliebt war.«

Olaf Lindner zuckte nicht zusammen, er blinzelte noch nicht einmal. Wieso blinzelte er nicht? Zbigniew musste ihn doch irgendwie aus der Ruhe bringen können. Er nahm einen Schluck von seiner Latte macchiato. Lindner reagierte immer noch nicht. War er etwas blass geworden? Zbigniew war sich nicht sicher.

Immerhin zeigten die latenten Gedanken an Zbigniews Biologielehrer langsam ihre Wirkung. Mit etwas Glück würde er bald die Jacke ausziehen können. Es war ihm bereits viel zu warm geworden.

»Wenn Sie hier in Köln nicht mitbekommen, was Ihr Sohn denkt und tut, wie wollen Sie es im Urlaub mitbekommen?«, hakte Zbigniew nach.

»Er hat dort kein Mädchen kennengelernt.«

Das kam von hinten. Die Frau im Satinumhang, die Zbigniew zu seiner postpubertären Erektion gebracht hatte.

Zbigniew drehte sich um zu Tonia Lindner, die lautlos die Küche betreten hatte. Nun hatte auch sie sich einen Bademantel angezogen, Gott sei Dank. Zbigniew warf unterbewusst einen kurzen Blick zu ihren Füßen. Die hochhackigen Pantoletten waren verschwunden.

»Wissen Sie von dem Mädchen hier, für das er geschwärmt hat?«, fragte Zbigniew sie.

Tonia Lindner überlegte. Dann zog sie zu Zbigniews Überraschung aus ihrem Bademantel eine Zigarette heraus und zündete sie sich an. Zbigniew fielen türkisgrün lackierte, sehr kurze Fingernägel auf – offenbar mochte Tonia täglich neue Farben. Er fragte sich, ob er Tonia Lindner schon einmal hatte rauchen sehen. Es kam ihm nicht so vor. Bestätigte sie das übliche Klischee, dass Menschen, die bereits früher im Leben geraucht hatten, unter starkem psychologischen Druck wieder damit anfingen? Rauchte sie wegen der Sorge um Timo? Oder hatte sie schon immer in ihrem Bademantel Zigaretten deponiert, war sie eine Morgenraucherin?

Sie war es nicht, entschied Zbigniew nach einem kurzen Blick in Olaf Lindners Gesicht. Tonias Gatte sah nicht allzu erfreut aus, sagte aber nichts.

»Nein«, antwortete Tonia Lindner endlich. »Aber das ist etwas anderes. Das ist doch ganz natürlich, wenn er tagtäglich mit den Schülern zusammen ist. Dass er da mal für ein Mädchen schwärmt. Und wie sollen wir das dann mitkriegen? Wir sind ja nicht an der Schule.«

»Und im Urlaub?«, fragte Zbigniew nach.

»Im Urlaub … das ist etwas anderes. Da waren wir doch immer zusammen. Meinen Sie, ich lasse meinen Sohn alleine in fremden Ländern herumlaufen? Wir waren eigentlich immer zu dritt …, oder?«

Die letzte Frage richtete sich an ihren Mann, der etwas entnervt auf den Boden schaute. Zbigniew hatte das Gefühl, dass hier noch irgendetwas im Raum stand. War es wegen des Rauchens? Außerdem fragte er sich, wie sehr Frankreich heutzutage noch ein fremdes Land war. So, wie Tonia Lindner ihre Worte betont hatte, klang es eher nach den fremden Gefahren von Kambodscha.

Olaf Lindner bestätigte seine Frau leidenschaftslos. Zbigniew konnte sich im Prinzip sogar vorstellen, dass sie im Urlaub permanent zu dritt aufeinandergehockt hatten. In frühen Kindheitsurlauben von Zbigniew war es ähnlich gewesen, meistens an irgendwelchen langweiligen Seen. Aber höchstens bis zu Zbigniews zwölftem Lebensjahr.

»Wir haben eine Aussage, dass Timo mit seinem Handy auf Französisch telefoniert hat. Haben Sie dafür irgendeine Erklärung?«

Tonia und Olaf Lindner blickten sich an. Olaf sah in etwa doppelt so verwirrt aus wie Tonia.

»Ein Handy?«, sagte er. Diesmal schien er wirklich beunruhigt zu sein.

»Ja.«

Es war offenkundig, dass Tonia Lindner ihn nicht informiert hatte. Vom Besuch der Ermittler am Vorabend, vom Fund des Geheimfachs.

»Ich erklär dir das nachher«, hauchte Tonia Lindner zu ihrem Mann.

»Mit wem also könnte Ihr Sohn auf Französisch telefoniert haben?«

Tonia Lindner sah ihn ratlos an, ihr Mann begutachtete den Boden.

Sie konnten ihm nicht helfen. Zbigniews Erinnerung an die Postkarte aus der Normandie hatte ihn nicht weitergebracht.

»Okay. Danke«, sagte er schroffer, als er wollte. Tonia und Olaf Lindner wirkten erstarrt. »Und danke für den Kaffee. Der war ganz hervorragend«, fügte Zbigniew etwas freundlicher hinzu.

Tonia Lindner setzte sich matt auf einen der Stühle, Olaf Lindner geleitete ihn zur Tür. Zbigniew gab ihm zum Abschied die Hand. Als er fast schon draußen war, fiel ihm noch etwas ein.

»Sagen Sie, gibt es eigentlich Urlaubsfotos? Von der Normandie?«

Olaf überlegte nicht lange.

»Fotos, nein. Wir haben ein paar Videoaufnahmen gemacht.«

Auf dem Flur der KK 51 traf Zbigniew Edwin. Der junge Kollege sprudelte heraus, dass seine Recherche über den Mailänder Marmorlieferanten nichts erbracht hatte. Es gab keine Verbindung zu Turin. Und es gab auch keine Verbindung von der Baufirma in Turin zu Olafs Architekturbüro. Zbigniew hatte nichts anderes erwartet.

Edwin bot an, ein Abspielgerät für die DV-Kassetten zu holen, die Olaf Lindner Zbigniew in die Hand gedrückt hatte. Während der junge Kollege unterwegs war, besorgte sich Zbigniew über Staatsanwalt Lachmann eine richterliche Verfügung, um bei Telefonanbietern nach Timos Handy zu forschen. Er wollte auch eine Genehmigung, um Lindners Internetaccount durchzuchecken – doch Lachmann blökte ihn an, dass dies nur mit der Zustimmung von Lindner selbst ginge. Schließlich läge nichts vor.

Olaf Lindner, den Zbigniew ein paar Minuten später anrief, wirkte etwas ungehalten.

»Ich habe nicht viel Zeit«, stellte er sofort klar.

Zbigniew bat ihn um die schriftliche Genehmigung für seinen Internetprovider. Olaf Lindner lehnte ab.

»Irgendwo hört es doch auch mal auf«, schnaufte er.

»Timo war bestimmt so klug, dass er es irgendwie geschafft haben könnte, über Ihren Rechner ins Internet zu gehen. Und vielleicht hat Ihr Sohn dort Spuren hinterlassen, so dass wir ihn auffinden können«, erläuterte Zbigniew ihm.

Der grandiose Apple, der Olaf Lindners Büro zierte. Mitten im Heiligtum.

Zbigniew spürte, wie der Architekt überlegte.

Dann sagte er: »Nein.« Es war ein kategorisches, finales »Nein«.

»Mein Rechner ist gesichert. Da kann er nicht reingekommen sein. Und wenn, dann hätte ich das hier bemerkt«, lautete seine Begründung. Damit verabschiedete er sich und legte auf.

Er hat Wichtigeres zu tun, als nach seinem Sohn zu suchen, musste Zbigniew denken. Er hatte das Gefühl, alles in seiner Kraft Stehende dafür zu tun, Timo zu finden. Und der Vater des vermissten Jungen kooperierte nur widerwillig. Weshalb?

Edwin brachte eine DV-Kamera in sein Büro. Zbigniew setzte sich mit Zeynel in den engen gemeinsamen Sichtungsraum von KK 51 und KK 57 im vierten Stock, in dem unter anderem Fernseher, DVD-Player und VHS-Recorder zur Verfügung standen. Zeynel schloss die DV-Kamera mit routinierten Kabelsteckaktionen an den Fernseher an.

Das Band lief. Ein paar Sekunden leuchtendes Blau, dann sah man einen Strand in der Sonne. Wind und Brandung dröhnten wie in einem Maschinenraum. Zbigniew stellte den Fernseher ein bisschen leiser. Die Kamera schwenkte den Strand entlang. Ein schöner Strand, fand Zbigniew, breit und hell. Hinter dem Strand lagen recht hohe Hügel. Er sollte auch mal wieder in Urlaub fahren.

Plötzlich waren Tonia Lindner und Timo im Bild. Sie standen vor den Hügeln, lachten und winkten in die Kamera. Tonia Lindner war leicht gebräunt und wirkte unbeschwert – so hatte Zbigniew die Frau noch niemals erlebt. Sie trug ein buntes Tuch um den Körper, durch den Wind waren deutlich ihre Formen zu sehen. Neben ihr Timo, der nicht so unbeschwert wirkte. Er sah blass aus, vermutlich, weil er den ganzen Tag mit dem Kopf in seinen Büchern steckte. Ob er Lust auf den Urlaub gehabt hatte? Ob Sand und Wind seine Welt waren?

Ein paar unbedeutende Strandszenen folgten. In einer dieser Szenen baute Timo an der Wassergrenze eines Priels eine Sandburg.

»Der Kleine wird wohl auch Architekt, was?«, sagte Zeynel.

Zbigniew nickte. Die Burg von Timo sah anders aus als normale Burgen, die Jugendliche am Strand bauten. Timos Burg war ein makelloses, monumentales Meisterwerk.

Außer den Lindners waren einige andere Menschen am Strand. Hinter ihnen lag noch eine Frau, schräg rechts ein älteres Paar. Hin und wieder sah man Kinder durchs Bild rennen, Menschen gingen zum Schwimmen Richtung Meer.

»Stopp mal«, sagte Zbigniew. Zeynel drückte auf Standbild.

»Noch ein bisschen zurück.«

Menschen auf dem Video bewegten sich rückwärts.

»Okay …«

Zbigniew hatte einen kleinen Tagtraum gehabt. Er hatte einen Moment lang geglaubt, im Hintergrund des Bilds Barbara zu sehen. Ihr Brief lag noch in seinem Postkasten.

Die Frau im Video war natürlich nicht Barbara.

»Okay, weiter«, sagte er. Er bekam immer mehr das Gefühl, dass sie nach etwas suchten, das es gar nicht zu finden gab. Zusammenhänge, die nur in seiner Einbildung existierten.

Nach den gefilmten Strandbildern folgten Szenen aus dem Innenbereich des Hotels. Es war zu Zbigniews Überraschung kein Nobelhotel, sondern eher ein privat geführtes Mittelklassehaus. Alles sah ein wenig altmodisch aus. Charmant.

Dann die Hauptstraße des Urlaubsortes. Timo posierte in einer Nahaufnahme vor der Kamera. Es sah so aus, als ob er gleich etwas sagen würde.

»Okay«, hörte man Olaf Lindners Stimme aus dem Off. »Los.«

Timo holte Luft. Er war dies nicht gewohnt, das konnte man an seiner übertriebenen, unsicheren Gestik erkennen.

Fasziniert betrachtete Zbigniew den Jungen, den er seit einigen Tagen suchte. Er sah jünger aus, als Zbigniew es sich bislang anhand der Fotos und Erzählungen vorgestellt hatte. Kindlicher. Sein Gesicht, seine Muskulatur, seine Gestik und Mimik – das alles hatte noch nichts Männliches. Eher etwas Androgynes.

»Liebe Zuschauer, dies ist Houlgate«, eröffnete Timo. Immerhin war er im Stimmbruch.

»Houlgate ist ein kleines Städtchen an der Côte Fleurie. Anfang des 19. Jahrhunderts noch ein unbedeutendes Dorf, wuchs Houlgate im Laufe des Jahrhunderts zu einem der beliebtesten Badeorte der Pariser heran. – Noch weiter?«

Olaf aus dem Off: »Ich mach mal das Haus da vorne.«

Die Kamera schwenkte zu einem imposanten Fachwerkhaus.

»Soll ich noch?«, fragte Timo.

»Nee, ist okay, das reicht.«

Zugegeben, die Performance von Timo war nicht besonders spektakulär gewesen, aber Zbigniew empfand den Umgangston zwischen Olaf und Timo als nicht besonders herzlich.

»Der Kleine kann einem ja echt leidtun«, murmelte auch Zeynel. »Einem Stararchitekten kann man's als Sohn bestimmt nie so richtig recht machen.«

Zbigniew nickte stumm.

Auf dem Video waren inzwischen Bilder vom Ausflug in eine Stadt zu sehen. Zbigniew war noch nie in der Normandie gewesen, schätzte aber, dass es Caen oder Rouen sein würde. Tonia und Timo waren hier nicht oft im Bild; Olaf Lindner bevorzugte Motive ohne Menschen.

Eindrücke aus einem Museum folgten. Dann ein Teppich, ein endlos langer Teppich, der in dem Museum ausgestellt wurde. Stickereien von Schlachtszenen aus dem Mittelalter.

»Bayeux«, sagte Zbigniew nonchalant.

»Ten sixty-six«, parierte Zeynel.

Es ging doch nichts über gebildete Polizisten. Der Teppich von Bayeux, eines der Wunderwerke der abendländischen Kunst. Der erste große Comic, sozusagen: ein Teppich, der die Schlacht von Hastings in gestickten Bildern darstellte. 1066, als die Normannen England eroberten. Ten sixty-six, auch Zeynel hatte es damals im Englischunterricht wohl auswendig lernen müssen.

Diese Szene blieb Zbigniew auch lange nach dem Betrachten des Films noch im Gedächtnis. Timo, der fast in allen Einstellungen des Videos eher unscheinbar in der Gegend herumstand, schien den Teppich mit seinen Augen aufzusaugen. Er studierte ihn. Irgendwann wurden Timos Eltern ungeduldig. Es gab eine Detailaufnahme vom Teppich, die etwa zwanzig Sekunden lang stand.

»Sollen wir nicht langsam mal weitergehen?«, fragte Olaf Lindner aus dem Off.

»Nur noch ein paar Minuten«, bat Timo fasziniert.

Dann wurde die Kamera schnell ausgeschaltet.

»Vielleicht ist er in die Normandie zurückgefahren, damit er sich den Teppich noch genauer angucken kann«, meinte Zeynel mit einem breiten Grinsen.

»Wer weiß«, erwiderte Zbigniew nachdenklich. Auf dem Fernseher waren inzwischen die Überreste der Landungshäfen von den Alliierten im Zweiten Weltkrieg zu sehen.

»Wir kriegen hier ja das volle Kulturprogramm«, murmelte er.

»Hast du was anderes erwartet? Der Typ ist Architekt.«

Das erste Video endete abrupt. Fast gleichzeitig klopfte es, Dieter Weber steckte den Kopf zur Tür hinein.

»Habt ihr kurz Zeit?«

Zbigniew nickte, während Zeynel das Video wechselte.

»Ich bin die Handyprovider durch. Bingo.«

Zbigniew sah irritiert hoch.

»Wie, bingo?«

»Na, bingo halt. Wir haben einen Handybesitzer, der Timo Lindner heißt, in Köln wohnt, und sogar das Geburtsdatum stimmt.«

Zbigniew traute seinen Ohren kaum.

»So einfach?«

»So einfach.«

»Und die Adresse? Ich meine, die schicken doch Rechnungen, wieso merken die Eltern dann nichts.«

»Keine Ahnung. Wir kriegen auf jeden Fall in den nächsten Stunden Timos Telefonlisten der letzten drei Monate herein.«

»Das ist ja geil«, murmelte Zeynel mit einem Glänzen in den Augen.

»Timos Nummer haben wir natürlich jetzt schon«, lächelte Dieter Weber mild.

Eine Minute später verschanzten sich Zbigniew, Zeynel, Edwin und Dieter Weber in einem fensterlosen Nebenzimmer im sechsten Stock, das die euphemistische Bezeichnung »Technikraum« trug. Hier gab es ein Telefongerät, mit dem man ein Gespräch aufzeichnen konnte. Zeynel schaltete die Rufnummernunterdrückung ein, der Angerufene bekam die Telefonnummer des Anrufers nicht auf seinem Display angezeigt.

Eine große innere Erregung ergriff Zbigniew.

Er rief noch ein »Bitte keine Störung« in den Gang hinein, dann schloss er die Tür. Zeynel und Dieter Weber drückten sich je einen Ohrstöpsel ins Ohr, Zeynel betätigte die Aufnahmetaste am Telefongerät. Die Kollegen schauten gespannt auf Zbigniew. Dieser atmete durch, hob seine Hand und legte sie auf die Wähltastatur.

Er wählte die Nummer, die Dieter Weber ihm genannt hatte. Er wählte die Nummer von Timo Lindner. Im Hörer hörte man die seltsam harmonisierten Klänge der Tonwahl. Zbigniew spürte, dass seine Hände feucht waren.

Er drückte die letzte Ziffer der Handynummer.

Nichts. Dann ein Knacksen in der Leitung. Ein winziger Zeitraum der Stille. Zbigniew, Zeynel und Dieter Weber hielten den Atem an.

Eine freundliche Damenstimme.

»Der Teilnehmer, dessen Rufnummer Sie gewählt haben, ist zurzeit nicht erreichbar.«

Das war es, die Ansage wiederholte sich auf Englisch. Der Teilnehmer war nicht erreichbar.

Zbigniew legte auf.

»Okay«, sagte Zeynel. »Das heißt, entweder hat er das Telefon ausgeschaltet und keine Mailbox eingerichtet. Oder es heißt irgendetwas anderes.«

»Dieter, klär mal beim Netzbetreiber, was da alles hinterstecken kann«, sagte Zbigniew. Dieter Weber nickte.

»Auf jeden Fall sollten wir es immer wieder mal versuchen. Falls er es bloß vorübergehend ausgeschaltet hat«, sagte Zeynel.

»Orten können wir nicht, wenn das Handy ausgeschaltet ist, oder?«, fragte Zbigniew.

»Nein.« Dieter Weber hatte schon ein paarmal eine Ortung von Handys durchführen lassen. Manchmal hatte es dabei eine böse Überraschung für die Besitzer dieser Geräte gegeben.

»Okay. Haben wir noch andere Möglichkeiten, als auf die Einzelaufstellung der Telefonate zu warten?«

Alle überlegten.

»Wir könnten eine Kurzmitteilung schicken«, sagte Zeynel. »Die bekommt er dann sofort, wenn er das Handy einschaltet. Dass er seine Eltern dringendst anrufen soll.«

Zbigniew überlegte. Machte das Sinn?

»Okay, machen wir uns nichts vor. Wenn er freiwillig abgehauen ist, dann weiß er sowieso, dass seine Eltern auf einen Anruf von ihm warten. Wenn er entführt wurde, ist das Handy höchstwahrscheinlich außer Betrieb. Und falls eventuelle Entführer es in Betrieb nehmen, zeigen wir ihnen damit nur, dass wir ihnen auf der Spur sind.«

»Vielleicht ist auch bloß der Akku alle«, warf Edwin ein.

»Und wenn er sich unsicher ist?«, argumentierte Zeynel. »Wenn er zwar abgehauen ist, es inzwischen aber bereut? Vielleicht würde er sich gern melden, traut sich aber nicht. Aus Angst, dass seine Eltern ihn verstoßen. Oder so.«

Zbigniew nickte. Vielleicht bestand diese Möglichkeit.

»Ich habe eine Idee«, sagte er schließlich. »Es gibt ja dieses rothaarige Mädchen. Anna. Wie wäre es, wenn die ihm eine schickt?«

Edwin nickte zustimmend.

»Oder dieser Schachkumpel von ihm«, schlug Zeynel vor. »Falls er wegen 'nem Mädchen abgehauen ist, kann es ja sein, dass er gar kein Interesse mehr an Anna hat.«

»Noch besser«, gab Zbigniew zu.

»Aber ihm ist dann schon klar, dass jemand seine Nummer kennt, der sie gar nicht wissen kann, oder?« Dieter Weber schaute skeptisch. »Ich mein, wenn der Junge so intelligent ist, wie ihr immer behauptet, dann kann er sich doch seinen Teil denken. Dass das ein Trick ist.«

Es sei denn, Tom oder Anna hatten doch Timos Nummer, dachte Zbigniew. Er atmete durch. Erstaunlich, wie kompliziert mal wieder eine einfache Sache sein konnte, wenn man alles durchdachte. Keine Fehler begehen wollte. Fehler, die dann trotzdem noch passierten.

»Du hast recht«, konstatierte er schließlich. »Wir warten erst noch ab.«

Die Liste konnte ohnehin nicht mehr allzu lange dauern. Sie würden die Telefonate von Timo Lindner verfolgen können, sie würden weitere Kontakte herausfinden, über die niemand in Timos Leben Bescheid wusste. Sie würden seine Geheimnisse aufdecken.

»Auf die Existenz eines Handys hätten wir eher kommen müssen«, murmelte Zbigniew, als er und Zeynel erneut im Sichtungsraum Platz nahmen.

Zeynel schaute zweifelnd.

»Konnte man ja am Anfang nicht ahnen, dass das mit dem Jungen alles anders ist, als die Eltern sagen, und so.«

Das zweite Band der Urlaubsvideos wartete. Die Aufnahmen von den Häfen der Alliierten schlossen sich nahtlos an. Gelegentlich waren Tonia oder Timo im Bild zu sehen. Wortlos.

»Hast du mal ›Soldat James Ryan‹ gesehen?«, fragte Zeynel, während das Band vor sich hin lief. Zbigniew nickte, er hatte den Film gut in Erinnerung. Vor allem die Anfangssequenz. Ob sie hier in der Normandie gedreht worden war oder ganz woanders?

Das zweite Video brachte keinerlei Neuigkeiten. Die meisten Bilder waren Ansichtskarten ohne einen besonderen Bezug zu den Lindners. Wenn man die Familie sah, befand sie sich am Strand, in Restaurants, auf einer Strandpromenade, an einem malerischen Fischereihafen mit vielen bunten Booten, in einem Dorf mit hübschen Fachwerkhäusern. Seltsame Felsformationen, die aus dem Strand zu wachsen schienen – wohl eine weitere Sehenswürdigkeit. Weitere Bilder aus dem Hotelfoyer, wo eine nette junge Angestellte in das Bild winkte.

Tonia Lindner hatte nicht gelogen, wenn sie betont hatte, dass die Familie im Urlaub immer beisammen war. Soweit es sich durch die Urlaubsvideos beurteilen ließ, war dies eindeutig der Fall.

»Weißt du, was ich merkwürdig finde?«, sagte Zeynel plötzlich.

Zbigniew sah ihn an. War ihm selbst etwas entgangen?

»Die sprechen nie so richtig miteinander«, fuhr Zeynel fort.

Zbigniew nickte. Es gab kaum Unterhaltungen auf den Videos. Lag es am Filmen selbst? Vater filmte die ganze Zeit, der Rest der Familie hielt die Klappe, wollte höchstens nicht allzu oft ins Bild kommen.

So war es. Zbigniew war sich sicher.

»Ich glaube, Zeynel, das ist normal. Also, ich mein, das liegt nicht unbedingt an der Familie. So ist das auf solchen Videos. Da redet man nicht viel mehr als ›noch ein Stück nach links, Schatz‹ oder so.«

Zeynel nickte, wirkte enttäuscht.

»Trotzdem«, sagte Zeynel ohne Trotz in der Stimme.

Nach dem Sichten der Urlaubsvideos fragte Zbigniew sich, ob er nun einen neuen Einblick in Timos Leben bekommen hatte. Ob er nun mehr verstand. Er konnte sich die Frage nicht richtig beantworten – zu gemischt waren seine Eindrücke. Einerseits gab es hier an der Oberfläche zwei normale Urlaubsvideos, wie sie von zigtausend Familien jedes Jahr aufgenommen wurden. Stinknormal. Die Videos der Lindners ließen den Betrachter nicht schlau werden über die inneren Verhältnisse in der Familie, in diesem Punkt hatte Zeynel recht. Zbigniew fiel das Wort »zweckmäßig« ein: Die Urlaubsaufnahmen von Olaf Lindner waren zweckmäßig. Erinnerungen an die Orte, mit momentartig eingeflochtenen stummen Bildern der Familie – nicht mehr. Die Orte standen im Mittelpunkt, nicht die Familie.

Das war keine besonders spektakuläre Erkenntnis. Es gab nun mal Menschen, die beim Aufnehmen eines Fotos ihren Partner baten, aus dem Bild zu gehen. Dabei hatte Zbigniew so sehr gehofft, in den Videos Anhaltspunkte dafür zu finden, dass Timo doch jemanden kennengelernt hatte. Timo, wie er ein rothaariges Mädchen anlächelt.

Fehlanzeige.

»Die Telefonliste«, hörte Zbigniew Dieter Weber rufen. Er sprang hastig auf, wobei er wieder leichte Schmerzen verspürte. Er sollte sich abgewöhnen, hastig aufzuspringen.

Im Faxgerät tuckerte es, das Display zeigte eine Telefonnummer. Dieter Weber, Edwin, Zeynel und sogar Silvia Pütz hatten sich bereits um das Gerät versammelt. Der oberste Rand vom Papier zeigte sich. Alle starrten gebannt auf das Blatt. Der Kopf wurde sichtbar – Zbigniew wurde klar, dass dies bloß ein Deckblatt für das Fax war. Es schien ewig zu dauern, bis es vollständig aus dem Faxgerät herauskam. »Es folgt: eine Seite!«

Blatt zwei quetschte sich aus dem Schlitz des Faxgeräts. Zeynel beugte sich herunter, fasste das Papier bereits mit den Händen.

»Nicht ziehen«, raunzte Zbigniew.

Zeynel nickte abwesend. Es war schon einmal vorgekommen, dass er ein Fax aus Übereifer schon halb aus dem Gerät gezogen hatte, bevor es ganz durch war. Was die Lesbarkeit nicht gerade erhöht hatte.

Irgendwie stand erstaunlich wenig auf dem Blatt, das aus dem Fax herausquoll. Der Einzelverbindungsnachweis deklarierte Timos Telefonnummer, nannte seinen Namen, das Datum des letzten Monats … Und darunter befand sich nichts. Rein gar nichts.

»Das kann doch nicht sein«, knurrte Dieter Weber.

Zbigniew starrte auf das Blatt. Ihn beschlich das ungute Gefühl, dass es durchaus sein konnte.

Dieter Weber ging ans Telefon, griff erbost den Hörer. »Ich ruf da noch mal an. Die wollen uns wohl veräppeln.«

Zbigniew blickte Zeynel an, dieser warf einen resignierten Blick zurück.

»Wenn das stimmt, dann hat er niemanden angerufen«, sinnierte Zeynel. »Vielleicht *ließ* er sich immer nur anrufen.«

»Es muss ein Fehler sein«, murmelte Dieter Weber.

»Vielleicht hat sich bloß irgendein Franzose verwählt«, sagte Edwin, aber jegliche Lacher blieben aus. Doch das brachte Zbigniew auf einen anderen Gedanken.

»Wenn nicht Timo anruft, woher weiß dann die andere Person, dass sie anrufen kann? Woher weiß sie, dass zum Beispiel Schulpause ist? Schließlich hat Timo das Handy ja wohl meistens ausgeschaltet, im Versteck, oder in der Schule«, fragte sich Zbigniew.

»Vielleicht weiß sie es ja gar nicht«, meinte Edwin.

Dieter Weber war am Telefon, befand sich offenbar gerade in einer Warteschleife der Telefongesellschaft und wirkte mehr als entnervt.

»Doch, der Anrufer weiß es«, sagte Zbigniew.

Zbigniew wusste genau, wie das funktionierte. Der Grund war, dass er mit Lena manchmal auf die gleiche Art kommunizierte. Lena hatte wenig Geld, und er wollte ihr die Telefonkosten ersparen. Und wenn er sie zu Hause anrief, sollten die Eltern nicht ans Telefon gehen. Es war ganz einfach: »Lena schreibt eine SMS, dass sie gerade sprechen kann, und dann rufe ich sie an.«

»Lena?«, fragte Zeynel.

Großer Gott. Er hatte es laut gesagt. Alle starrten ihn an.

Nun wussten sie es, Zeynel, Edwin, Dieter. Sie wussten, dass es eine Lena in Zbigniews Leben gab. Zbigniew, der sein Privatleben immer als Singledasein darstellte, hatte eine Lena. Der einsame Wolf verschwieg sein Liebesleben. Mit einer Minderjährigen, die ihm in der Schulpause eine SMS schrieb, damit er sie anrufen konnte. Ekelhaft.

Manchmal fragte sich Zbigniew, ob er mal zu einem Neurologen gehen sollte. Es schien etwas in seinem Kopf zu geben, das gewisse Denkzentren gelegentlich außer Kraft setzte. Einen Tumor?

Nein, einen solchen Gedanken sollte Zbigniew nicht denken. Er könnte sich in die Idee eines Tumors hineinsteigern. Seine Rückenschmerzen waren wahrscheinlich auch so ein Fall. Ein bisschen Zwicken, und schon verglich er sich mit Harry Rethmann.

Bestimmt würden ihm schon regelmäßige Konzentrationsübungen auf die Sprünge helfen. Yoga oder so etwas. Das war bestimmt auch für seinen Rücken gut.

»Ich meine, so könnten Timo und seine Gesprächspartnerin es gemacht haben«, korrigierte sich Zbigniew. Dieter Weber sah ihn an, nickte. Keiner der Kollegen traute sich, nach Lena zu fragen. Aber alle dachten darüber nach.

»Die SMS stehen aber normal nie auf der Einzelabrechnung. Die Nummern, meine ich«, sagte Zeynel.

»Müssen wir kucken, ob wir an die herankommen, irgendwie.«

Dieter Weber versprach, sich darum zu kümmern.

Zbigniew setzte sich für den Nachmittag in sein Büro, stellte sein Telefon um auf Silvia Pütz und bat sie, ihn nur in äußerst wichtigen Fällen zu stören. Er wollte ein wenig für sich sein, nachdenken über Timo Lindner, der die Beamten nun seit Tagen in einem Maß beschäftigte, das – Zbigniew fand nicht sofort die richtige Beschreibung dafür – das nicht angemessen war. Immer noch spürte Zbigniew eine große Diskrepanz zwischen seinem beruflichen und persönlichen Einsatz und dem, was die Spurenlage eigentlich an Einsatz zuließ. Andererseits hatte er einen Vermisstenfall wie diesen noch nicht erlebt – ein Fall, wo sie auch nach einer Woche Ermittlung noch nicht in der Lage waren, entweder ein Kapitalverbrechen oder freiwilliges Verschwinden auszuschließen. Die Kombination aus Timos seltsamen Eltern, seiner unglaublichen Klugheit und mangelnder Spurenlage wirkte zusammen. Normalerweise fand man Briefe von Freunden, Internetbekanntschaften, irgendwelche Ansatzpunkte. Oder irgendjemand wusste davon, dass der Verschollene einen Plan hatte, unterzutauchen. Nicht so bei Timo. Die Eltern hatten eine völlig falsche Vorstellung von ihm, die Lehrer schienen sich nicht für ihn zu interessieren, und für die Mitschüler war Timo ein Unbekannter, ein abgeschotteter Einzelgänger. Allein Birte Kröger schien ein bisschen mehr zu wissen, aber Birte Kröger war leider keine Hilfe. Ihre unverständlichen Worte klangen ihm noch im Ohr – »Ä ha auhwva he-aht«. Sie hatte geträumt, dass Timo

Lindner sie besucht hatte. Dass er sie in Wirklichkeit besucht hatte, daran schien sie sich nicht zu erinnern. Ging es ihr heute besser?

Zbigniew griff nach dem Hörer und rief Üzgün an.

»Was macht der Rücken?«, erkundigte sich dieser besorgt.

»Danke, großartig. Die Tabletten wirken Wunder.«

»Ja … Aber Sie müssen etwas gegen die *Ursache* tun. Körperhaltung, Gymnastik, Muskeltraining. Die Tabletten helfen zwar, aber langfristig werden Sie das Problem damit nicht wegbekommen.«

Zbigniew seufzte. Das war ihm klar, Üzgün legte bloß die Finger in die Wunde. Hätte der Arzt ihm die Tabletten nicht gegeben, wäre er vermutlich inzwischen bettlägerig, würde sich nicht mehr bewegen können.

»Ist es denn ungesund, die länger zu nehmen?«

»Na ja. Offiziell schreiben die vierzehn Tage drauf, damit später niemand den Hersteller verklagen kann. Gesund ist es sicher nicht, aber wenn Sie ansonsten vor Schmerz nicht mehr gehen können, ist es besser, Sie nehmen das. Weil sonst kommen Sie unter Umständen aufgrund der Schmerzen in einen Teufelskreis: Sie gehen krumm, bewegen sich verzerrt, dadurch wird das entzündete Gelenk noch mehr belastet, und vielleicht schlägt es dann sogar auf die Wirbelsäule. Solange die Bandscheibe noch nicht im Spiel ist, ist Ihre Angelegenheit vergleichsweise harmlos. Also, *sofern* die Bandscheibe nicht im Spiel ist. Sie sollten es, wie gesagt, untersuchen lassen.«

»Ich arbeite daran.«

»Öfter heiß duschen am Tag ist auch gut. Und überhaupt, die Stelle warm halten.«

Zbigniew fragte sich, warum warm halten gut sein sollte – er hatte immer gedacht, man müsse eine Stelle kühlen, damit die Entzündung herausging. Er beschloss, nicht nachzufragen, weil er das Gefühl hatte, dass Üzgün auf die Uhr schaute.

»Herr Meier«, sagte er auch schon, »ich muss jetzt leider zu einem Patienten …«

»Äh, eine kurze Frage nur. Deshalb hatte ich eigentlich angerufen … Wie geht es Birte Kröger?«

Üzgün räusperte sich. Das hatte nichts Gutes zu bedeuten.

»Frau Kröger hat leider heute Nacht ihren dritten Schlaganfall erlitten. Wir haben sie jetzt wieder einigermaßen stabil, aber …«

Üzgüns »aber« verklang im Nichts. Zbigniew wusste, was es zu bedeuten hatte. Er verabschiedete sich höflich, damit Üzgün zu seinem Patienten gehen konnte.

Mit Birte Krögers drittem Schlaganfall war für Zbigniew die Hoffnung verloren, dass sie ihm jemals noch etwas mitteilen könnte. In Birte Krögers Alter bedeutete der dritte Schlag in der Regel den Tod, so viel wusste selbst Zbigniew. Ihn schauderte bei der Erinnerung, wie er bei seinem ersten Besuch ihre Hand gehalten hatte. Irgendwie war ihm die alte Dame, die er doch nicht kannte, ans Herz gewachsen.

Zbigniew schaute auf den Kalender. Es war Freitag; er hatte nun fast die gesamte Woche mit Timo Lindners Verschwinden zugebracht. In Zbigniew hatte sich schleichend eine innere Frustration breitgemacht, weil er Timo trotz aller Energie nicht auf die Spur gekommen war. Zbigniew kam es vor, als ob Timo schlauer war als er.

Freitag, da wäre Timo normalerweise zur Schach-AG gegangen. Mit seinem Kumpel Tom Uhrmann. Eine Art von Freundschaft, die auf Mathematik und Schach zu basieren schien.

Hatte Tom von dem Handy gewusst? Wenn sie den Nachmittag, die Sonderstunde Mathematik, die Schach-AG und die Zeit dazwischen gemeinsam verbrachten, müsste er es doch irgendwie mitbekommen haben. Timo hatte offenbar vor den Mitschülern keinen großen Hehl aus seiner technischen Errungenschaft gemacht. Zeynel und Zbigniew hatten Tom bei ihrem Gespräch in der Schule nicht danach gefragt, damals hatten sie die Existenz eines Handys ausgeschlossen. Erneut ärgerte sich Zbigniew über diesen Ermittlungsfehler.

Und dann war da noch eine andere Sache.

Zbigniew rief Zeynel an, dass er mal kurz herüberkommen solle.

»Was machen die SMS?«

»Das dauert wohl. Vor morgen läuft da nichts.«

Zbigniew nickte, versuchte, sich seine Ungeduld und Unzufriedenheit nicht anmerken zu lassen.

»Sag mal, als wir gestern Abend bei Tonia Lindner waren und sie von ihrer Familie erzählt hat, ist dir da was aufgefallen?«, fragte er.

Zeynel überlegte.

»Mit dem Waisenhaus und den toten Eltern und so?«

Zbigniew nickte. Zeynel kratzte sich am Kinn.

»Nö. Ich meine, ist schon ziemlich traurig, aber … Wieso?«

»Ich hatte das Gefühl, dass da irgendetwas nicht stimmt.«

»Nicht stimmt?« Zeynels Gesichtsausdruck war zu entnehmen, dass er dieses Gefühl zu keinem Zeitpunkt gehabt hatte. »Wie kommst du drauf?«

Schwierige Frage.

»Ich weiß nicht. Ein Gefühl. Tonia Lindner hat vielleicht minimal ihren Tonfall beim Sprechen geändert, ein kleines bisschen woanders hingeschaut als beim Rest des Gesprächs. Ich kann's dir echt nicht genau sagen.«

Zeynel nickte. Er fing an zu grinsen.

»Voll die Intuition, was? Die kriegt man dann erst nach vierzig Jahren Kripo, gell.«

»Ja, da bist du noch zu jung dafür«, grinste Zbigniew zurück.

»Okay. Ich recherchier mal ein bisschen. Diskret, versteht sich.«

Zeynel erhob sich von seinem Stuhl.

»Bremen war das, oder? – Ich hoffe, du weißt dieses blinde Vertrauen deiner Kollegen auf deine Intuition zu schätzen.«

»Ich würde niemals mit anderen Leuten arbeiten wollen«, lächelte Zbigniew.

»Und was machst du hier die ganze Zeit? Rumsitzen und nachdenken?«

»Nein. Ich fahre jetzt raus zur Schach-AG. Tom Uhrmann, den schau ich mir noch mal an. Der muss was übers Handy wissen.«

»Gute Idee. Bring mir 'ne Dame mit.«

Zbigniew fand den Witz flach, aber Zeynel wollte ihn offenbar nur als Überleitung für eine kleine beiläufige Frage am Schluss benutzen.

»Apropos, wer ist eigentlich Lena?«

Zbigniew bekam einen innerlichen Schweißausbruch. Verdammt, wurde er rot? Zeynel fing an zu grinsen.

»Wir haben ja alle so eine Theorie … Klang so ein bisschen so, geheime SMS schreiben … also, als ob du 'ne Affäre mit 'ner verheirateten Frau hast.«

»Raus!«, sagte Zbigniew und verkniff sich jegliches Schmunzeln.

Zeynel trollte sich.

Zbigniew atmete auf. Die Kollegen dachten also, dass es um eine verheiratete Frau ging. Das war das Beste, was ihm angesichts seines dummen Versprechers passieren konnte.

Zbigniew zog sich seinen Mantel an und trottete in gemächlichem Tempo durch den Flur des KK 51. Seine Lende schmerzte wieder. Zbigniew befühlte die Tablettenpackung in seiner Manteltasche. Sieben der Plastikmulden waren noch nicht herausgedrückt. Wenn alles gutging, würde er noch zwei bis drei Tage mit Hilfe von Üzgüns Wundermittel überleben können. Montag, dann war Schluss.

Silvia Pütz strahlte ihm aus dem Sekretariat in ihrem knallroten Kostüm entgegen. Montag begann er mit Gymnastik, so viel war sicher. Die Tabletten waren ja eigentlich mitschuldig an seiner Passivität, weil sie das Problem ohne Aufwand aus der Welt schafften.

»Au revoir dann«, schallte es kölsch getönt aus dem Sekretariat. Zbigniew war so sehr in Gedanken, dass er es zunächst nicht registrierte.

Dann blieb er abrupt stehen.

»Was?«, fuhr er die verdutzte Silvia Pütz an. »Was haben Sie gesagt?«

Silvia Pütz wirkte, als ob sie ihm gleich einen Vogel zeigen würde. Der zerstreute Hauptkommissar mit der U-Bahn-Karte in der falschen Hose brüllte mal wieder durch die Flure der Stolkgasse.

Dann lächelte sie ihn seltsamerweise an. Fast mütterlich.

»Sie sollten nicht zu viel von dem Voltaren nehmen. Das dämpft total die Wahrnehmung, wenn man es zu lange nimmt. Ich mein, klar, humpeln ist auch nicht toll, aber meine Tante hat auch mal so eine Voltaren-Kur gekriegt, da stand sie wochenlang neben sich.«

Zbigniew war kurz davor, sie richtig anzuschreien. Woher zum Teufel kannte Silvia Pütz sein Medikament? Und woher wusste sie, dass er in diesem Moment darüber nachgedacht hatte?

Ruhe.

»Entschuldigung. Ich wollte bloß wissen, was Sie gesagt haben. Vor den Tabletten.«

»Gesagt? Ach so. Ich hab bloß ›Au revoir‹ gesagt. Adios. Tschö.«

Zbigniew sah sie an. Das war alles? Er wollte einen Schritt in Richtung Ausgang machen, aber etwas in seinem Kopf hinderte ihn.

»Sagen Sie einfach *nur so* ›Au revoir‹, oder sagt man das in Köln, sprechen Sie Französisch, oder warum sagen Sie es?«, stammelte er.

Silvia Pütz starrte ihn an, als ob er Unsinn redete.

»Natürlich sprech ich Französisch. Bei meinem Namen.«

»Was?«

Silvia Pütz lachte herzlich. »Na, Pütz! Sprechense denn immer noch kein Kölsch, Herr Hauptkommissar?«

Nein. Und er hatte auch durchaus vor, es dabei zu belassen.

»Pütz kommt aus dem Französischen, aus der Zeit, wo Köln zur Grande Nation gehört hat. Das ist *puits*, der Brunnen, eingekölscht.«

Es ist immer schön, etwas hinzuzulernen, dachte Zbigniew.

»Ach so. Verstehe. Ich muss dann jetzt leider …«

»Ich hab's doch nur gut gemeint«, sagte sie etwas pikiert.

Irgendetwas hakte in Zbigniews Hirn. Er wusste nicht, was es war.

9

Es nagte weiter an Zbigniew, als er in einem zivilen Wagen der Polizei erneut zur Hildegardschule nach Lindenthal fuhr. Wieso musste Silvia Pütz ausgerechnet französisch sprechen?

Die Synapsen in Zbigniews Hirn hatten Verbindungen hergestellt, die ihn innerlich erregten. Leider teilte sein Hirn ihm nicht den Inhalt der Verbindungen mit. Aber etwas war da, Zbigniew war sich sicher.

Hatte Silvia Pütz recht, dass das Medikament von Üzgün eine dämpfende Wirkung hatte? Sollte Zbigniew besser die Schmerzen ertragen, wenn er dafür einen klaren Kopf behalten würde?

Durfte er überhaupt Auto fahren damit?

Von Fahren konnte derweil keine Rede sein. Zbigniew stand im Stau auf der Dürener Straße, der Haupteinkaufsstraße von Lindenthal. Hier wohnte die obere bürgerliche Mittelschicht: Alles war vom Feinsten, die Damen des Hauses gingen aber noch selbst einkaufen.

Der Dauerstau in der Dürener kam vor allem dadurch zustande, dass die Kunden bevorzugt in der zweiten Reihe anhielten, um ohne weiten Fußweg zu ihrem favorisierten Feinkostladen zu gelangen. Zbigniew hatte beobachtet, dass es vor allem ganz reiche und ganz arme Leute waren, die sich die egoistische Ordnungswidrigkeit des Parkens in zweiter Reihe herausnahmen. Und UPS, nicht zu vergessen.

Gelegentlich machten die Ordnungshüter ein bisschen Zoff, erlaubten sich ein kleines Machtspiel mit den Fahrzeughaltern, aber im Grunde änderte sich nichts. Man war in Köln.

Zbigniew war froh, als er in die ruhige Seitenstraße zum Stadtwald einbiegen konnte, an deren Ende die Hildegardschule in ihren alten Gemäuern lag. Es war kurz nach halb vier. Er wagte nicht, auf den Vorhof des alten Klosterbaus zu fahren, wo die Autos der Lehrer parkten, und stellte den Wagen vor das Schulgelände an die Straße.

Hausmeister Tiefenbacher, in einen perfekten graublauen Kittel gehüllt, fegte gerade eine Ecke des Hofes. Die Ruhe des Orts ließ nicht vermuten, dass sich hier eine Schule befand. Vermutlich war der Regelunterricht am Freitag um halb vier längst beendet, jetzt war die Zeit von ein paar AGs und Zusatzstunden.

Zbigniew streifte die Autos der Lehrer mit seinem Blick und hatte den Eindruck, dass Studienräte nicht so viel Wert auf ihre fahrbaren Untersätze legten wie Polizisten. Ein paar Wagen wirkten gar ungewaschen. Ein blitzblanker Porsche älterer Baureihe fiel aus der Reihe. Zbigniews Blick blieb kurz bewundernd an ihm hängen.

Er betrat den Hof und ging zum Hausmeister.

»Grüß Gott!«, schleuderte dieser ihm in seinem schwäbischen Singsang entgegen.

»Hallo, Herr Tiefenbacher.«

»Jetzt ist die schlimmste Zeit«, deutete der Hausmeister auf die gelben Blätter der Bäume, die in kleinen Mikrowirbeln auf dem Boden hin und her tanzten.

»Da bleibt man in Form«, sagte Zbigniew, »das hält jung.«

Eigentlich wollte Zbigniew sich nicht anbiedern.

»Da haben Sie recht … Wollten Sie zu mir?«

»Nein. Ich möchte zu Tom Uhrmann, kennen Sie den?«

»Der Tom. Sicher kenn ich den. Einer der Primaner. Der ist aber, glaub ich, ned mehr da.«

»Ich dachte, er wäre jetzt in der Schach-AG.«

Der Hausmeister runzelte die Stirn.

»Heute? Noooi … Die Schach-AG ist bloß alle vierzehn Tage. Nächste Woche dann wieder.«

Zbigniew war enttäuscht. Der weite Weg durch den Lindenthaler Stau: völlig umsonst. Warum hatte er nicht vorher angerufen?

Etwas stimmte nicht.

Zbigniew war sich sicher, dass Tom vom vierzehntäglichen Turnus der Schach-AG nichts erzählt hatte. Zbigniew war nur stillschweigend davon ausgegangen, dass die AG jede Woche stattfand.

Zbigniew war sich aber auch sicher, dass Tonia Lindner ihren Sohn wöchentlich beim Schachspielen wähnte. Auf dem Stundenplan am Pinnbrett, neben der Normandie-Postkarte, war es so verzeichnet.

Was irgendwie nicht zusammenpasste.

War es Timo gelungen, sich einen freien Zeitraum zu schaffen? Eine Zeit, in der er nicht der Kontrolle der Eltern ausgesetzt war?

Oder begann Zbigniew, Zeichen überzuinterpretieren? Andererseits: Es würde zu Timo passen. War Tom in diese freie Zeit eingebunden? Gab es noch mehr derartige geheime Freizeiten?

Der Hausmeister schien seine plötzliche Entgeisterung zu bemerken, sah ihn fragend an.

Tom.

Zbigniew musste schleunigst mit Tom reden.

In diesem Augenblick kam die Rektorin, deren Name Zbigniew schon wieder entfallen war, aus dem Schulgebäude. Zbigniew begriff schnell, dass sie schnurstracks auf den Porsche zuging, den er bewundert hatte. Auf ihrem kurzen Weg warf sie dem Hausmeister und Zbigniew ein hoheitliches Nicken zu.

»Hallo, Herr Meier.« Untadelig. Andererseits, sein Nachname war ja auch einfach zu merken. »Gibt es etwas Neues über Timo Lindner?«

»Leider nein«, sagte Zbigniew. Es war die halbe Wahrheit, aber er wollte die affige Schulleiterin schnell loswerden. Die Rektorin schien glücklicherweise auch nicht viel Zeit zu haben.

»Bitte halten Sie mich auf dem Laufenden«, sagte sie etwas barsch, und mit diesen Worten stieg sie in ihren Porsche ein. Die Worte klangen wie von einer Staatsanwältin, der er Bericht erstatten musste.

Der Porsche brauste nach einer eleganten Ausparkszene davon. Der Hausmeister grinste Zbigniew nickend an. Erstmals ein Grinsen von diesem knochentrockenen Schwaben. Verschwörung der Unterklasse.

»Schicker Schlitten, was? – Autohaus Jahnke, in Sülz.«

Zbigniew begriff nur die erste Hälfte.

»Wie?«

»Na, Porsche-Jahnke, da hat sie das Auto her. Geht in die Quarta.«

Zbigniew begann eine Ahnung zu bekommen. Hausmeister kannten immer diese wunderbaren Geschichten.

»Ein Porsche gegen einen Platz an der Schule hier?«, fragte er mit etwas entsetztem Gesichtsausdruck. »Für den Sprössling?«

Zbigniew war nicht so entsetzt, wie er tat. Die Andeutung des Hausmeisters bestätigte höchstens seine Vermutungen vom ersten Besuch bei der Direktorin. Und das, was Anna vor dem Underground angedeutet hatte. Und Gerüchte über den kölschen Klüngel. Und den Glauben an die Verdorbenheit des Menschen im Allgemeinen.

Der Hausmeister schüttelte weise lächelnd den Kopf.

»Ha noi … Da haben Sie jetzt aber ein bisschen viel reininterpretiert, was?«

Der Hausmeister hatte ein Funkeln in den Augen. Zbigniew beschloss, die günstige Gelegenheit auszunutzen, und warf ihm ein fragend-aufforderndes Kopfnicken zu.

»Lassen Sie es mich mal so sagen«, nuschelte Karl Tiefenbacher, »es gibt ziemlich viele Eltern, die ihre Kinder hierher schicken wollen. Und die Reichsten haben nicht immer die hellsten Kinder.«

Und ein kleiner Porsche half bei der Entscheidungsfindung, welche Schüler an der Schule angenommen wurden.

Zbigniew hatte eine Idee.

»Sagen Sie … mal so ganz allgemein gesprochen … Gab es bei Timo Lindner auch so etwas wie einen Porsche?«

Er sah den Hausmeister an. Dieser überlegte kurz, wie weit er gehen konnte. Dann zuckte er die Achseln.

»Das kann ich Ihnen *so* genau auch nicht sagen.«

Zbigniew spürte, dass noch etwas kommen würde, und wartete.

»Waren Sie schon mal bei ihr zu Hause?«, fragte Tiefenbacher. Wieder dieses Funkeln in seinen Augen. »Bei der Frau Dr. Franck?«

Das war ihr Name, genau. Eigentlich gar nicht so kompliziert.

»Ein schönes Haus. Im Bergischen Land. Wir waren mal eingeladen dort mit der gesamten Belegschaft. Ziemlich ausgefallene Architektur. Nicht von der Stange, wenn Sie wissen, was ich meine.«

»Dann muss sie ja einen sehr guten Architekten gehabt haben«, spielte Zbigniew das Spiel mit.

Der Hausmeister zuckte lächelnd die Achseln.

Zbigniew lächelte nicht mehr. Vermutlich war diese Verquickung – Platz an der Schule gegen Dienstleistung – völlig unwichtig für die Ermittlung. Aber sie stieß ihm ziemlich sauer auf.

Immerhin war es erhellend, dass Olaf Lindner bei einem derartigen Fall von Korruption mitspielte. Oder ging der Impuls von Tonia Lindner aus, die ja nur das Beste für ihren Sohn wollte?

»Das ist … sehr interessant«, konstatierte Zbigniew schließlich vorsichtig. Der Hausmeister nickte zufrieden. Er würde sich nun wieder dem Fegen seiner Schulhofecke widmen wollen, so viel war klar.

»Tom Uhrmann: Haben Sie zufällig seine Adresse?«, fügte Zbigniew deshalb schnell an.

Hätte Zbigniew gewusst, dass der Fall Timo Lindner nun im Begriff war, eine entscheidende Wendung zu nehmen, dann hätte er sich vor dem Weg zu Tom noch eine kleine Zwischenmahlzeit gegönnt. Er hatte noch nichts zu Mittag gegessen, und inzwischen fühlte sich sein Magen extrem flau an. Zbigniew glaubte, dass es bei Tom nicht so lange dauern würde und er direkt anschließend etwas essen könnte.

Tom Uhrmann wohnte in Dellbrück, einem gediegenen Stadtteil im Nordosten von Köln. Hinter Dellbrück begann das Bergische Land, wo dann offenbar Frau Dr. Franck wohnte. Dort war Köln quasi zu Ende.

Zbigniew saß in der S-Bahn; er hatte beschlossen, am Freitagnachmittag nicht mit dem Auto bis ans andere Ende der Stadt zu fahren. Der unangenehme Teil dieser Entscheidung war, dass Zbigniews Auto nun an der S-Bahn-Haltestelle Technologiepark stand, dem nächsten Halt zur Schule. Nach dem Besuch bei Tom Uhrmann würde Zbigniew wieder dorthin zurückkehren müssen. Der Technologiepark, der gerade einen großen städtebaulichen Wandel vom brachliegenden Industrierevier zu einem modernen Gewerbegebiet durchmachte, war ein ungünstiger Ort als Nachtparkplatz für Autos. Zumindest, wenn sie unbeschädigt bleiben sollten.

Hoffentlich war Tom zu Hause. Zbigniew hatte verworfen, vorher anzurufen, weil er das Überraschungsmoment nicht verlieren wollte. Die Bahn fuhr nach dem Hansaring fast an Zbigniews eigener Wohnung vorbei; aus dem zerkratzten Fenster konnte er kurz in seine Straße, den Gereonswall, hineinblicken. Am Hauptbahnhof setzte sich ein Mann mit einem gigantischen Döner in der Hand ihm gegenüber.

Am Mittwoch sollte er bei Lenas Eltern zum Essen kommen. Zbigniew bekam einen Kloß in den Hals.

Die S-Bahn überquerte den Rhein. Zbigniew sah vor seinem geistigen Auge die Schlagzeile einer Boulevardzeitung: Kriminalhauptkommissar schläft mit Siebzehnjähriger.

Was würde Lena wohl sagen, wenn er zum anberaumten Essen nicht auftauchen würde? Nein, das konnte er nicht tun. Es war für sie wichtig. Das Ende des …

Das Ende des Versteckspiels. Des geheimen Teils des Lebens.

Lenas Eltern dachten, ihre Tochter sei bei der Tanzstunde, während sie in Wirklichkeit bei Zbigniew war. Vielleicht merkten sie ebenso wenig von Lenas wahrem Leben, ihren Problemen und Gefühlen, wie Tonia und Olaf Lindner das Innenleben ihres Sohnes begriffen hatten.

Gab es in Timos Leben eine Zbigniewa?

Köln-Mülheim. Der Dönermann stieg aus.

Der Vergleich zwischen Timo und Lena hinkte allerdings, wenn man länger darüber nachdachte. Timo war in einer künstlichen Welt erzogen worden, einer Welt ohne Rückzugsräume. Lena dagegen völlig normal. Das Geheimnis war nur Folge der Umstände.

Er war der Umstand.

Einige Minuten später klingelte Zbigniew an einem unscheinbaren Einfamilienhaus in einem Neubaugebiet in Dellbrück. Das Reich der Uhrmanns war gepflegt, ordentlich und aufgeräumt. Der Vorgarten wirkte fast klinisch sauber, der Rasen perfekt.

Die Tür öffnete sich; ein etwa zwölfjähriges Mädchen mit blonden Zöpfen sah Zbigniew mit großen Kulleraugen entgegen.

»Ist deine Mama da?«

Das Mädchen schaute sich nicht um, rief aber dennoch ein lautes »Mama?«. Ihre Augen fixierten ihn weiter; hatte er einen Popel in der Nase? Hing eine Haarsträhne lustig umher?

»Da ist ein Mann«, fügte das Mädchen noch hinzu, wiederum ohne den Hauch einer Kopfbewegung.

Ein paar Sekunden später kam aus der Tiefe des Flures eine gedrungene, blonde Frau, Mitte vierzig. Sie trug einen ausgewaschenen Trainingsanzug und sah so aus, als ob Zbigniew sie gerade von einer wichtigen Hausarbeit abgehalten hatte. Sie hatte die großen Augen ihrer Tochter, oder – besser gesagt – umgekehrt.

»Ja?«

Zbigniew stellte sich vor. Der Blick von Toms Mutter verriet ihm bereits, dass sie von dem vermissten Jungen an der Schule wusste.

»Ist Timo denn noch nicht wieder aufgetaucht?«, fragte sie besorgt.

»Nein, leider nicht. Kennen Sie Timo?«

»Nicht persönlich, nur von den Erzählungen meines Sohnes.«

Toms Mutter führte Zbigniew durch den Flur, dann eine Treppe hoch. Marmor, nicht der teuerste, aber alles picobello.

»Haben Sie den Eindruck, dass Timo ein *Freund* Ihres Sohnes ist?«

»Freund glaub ich nicht. Er war ja nie hier. Tom hat nachmittags ein paar Jungs hier aus der Siedlung, die gehen raus. Aber da gehört der Timo nicht zu, seine Eltern sind wohl sehr streng.«

Zbigniew empfand es fast als beruhigend, dass Tom noch andere Freunde hatte. Dass der blasse Mathematikfan mal mit ein paar Freunden in den Wald radeln und Frösche fangen würde. Heimlich einer Dellbrücker Vorstadtschönheit hinterherpfeifen würde.

»Die sind *auch* doof«, schallte es von hinten. Das kleine, blonde Zopfmädchen war den beiden die Treppe hoch gefolgt.

»Kennst *du* denn den Timo?«, fragte er sie.

»Nö. Kenn ich nicht.«

Tom Uhrmanns Mutter klopfte an einer Tür, hinter der man stampfende Musik hörte. Techno, soweit Zbigniew sich auskannte.

»Tom?«, schrie sie. Die Musik wurde leiser, und die Tür öffnete sich.

So gehörte sich das. Tür, Klopfen, dann darf Mutter herein.

Tom Uhrmann nickte beiläufig, als er Zbigniew erkannte.

»Könnte ich Ihren Sohn allein sprechen?«, fragte Zbigniew die Mutter.

»Das möchte ich eigentlich nicht so gern.«

Zbigniew seufzte.

»Ist schon okay, Mama«, sagte Tom zu seiner Erleichterung. Offenbar wollte er seine Mutter gar nicht dabeihaben. »Es ist ja bestimmt nix Schlimmes. Nur, damit Timo endlich zurückkommt.«

Hatte Zbigniew richtig gehört? Hatte Tom das Wort »zurückkommt« benutzt?

»Bist du über 18?«, sicherte Zbigniew sich ab.

Tom nickte.

»Also gut«, sagte Tom Uhrmanns Mutter.

»Darf *ich* dabei sein?«, hörte man eine helle Stimme von hinten. Das kleine Mädchen mit den Kulleraugen.

»Nix da«, entschied die Mutter, bevor Zbigniew sich auf eine Diskussion mit einer Zwölfjährigen einlassen musste. »Ich bin unten in der Küche, wenn Sie mich brauchen.« Die Mutter nahm das Mädchen an die Hand und verschwand nach unten.

»Kommen Sie rein«, wies Tom Zbigniew mit langgestrecktem Arm in sein Zimmer. Zbigniew sah, dass es vollgestopft war mit Büchern, CDs und DVDs. Eine Medienhöhle. Bereits aus der Ferne erkannte Zbigniew im DVD-Regal die drei Spezialeditionen des »Herrn der Ringe«. Zbigniew begriff Toms Welt sofort.

»Und, wie war's heute bei der Schach-AG?«, verlor Zbigniew keine Zeit. Blickte Tom ihn auf eine besondere Weise an? Bemerkte er, dass dies eine Fangfrage war?

»Guut.«

Tom zog das Wort am Ende auf eine seltsame Weise nach oben. Als ob er ein »Wieso fragen Sie?« mit hineinlegen wollte. Oder war es eine Provokation?

»Gewonnen oder verloren?«

Nein, er schöpfte keinen Verdacht. Zbigniew sah es in seinen Augen. Die Beiläufigkeit, in der Zbigniew es ansprach, funktionierte perfekt.

»Na ja. Einmal gewonnen, einmal bloß remis«, sagte Tom mit scheinbarer Enttäuschung.

»Aha«, antwortete Zbigniew mit deutlich ironischem Unterton. Er blickte Tom an und bemerkte, dass dieser irritiert war. Zbigniew beschloss, Toms Irritation zu verstärken.

»Wie ist Timo eigentlich nach Hause gekommen, wenn die Schach-AG vorbei war?«

»Hä? Was weiß denn ich. Keine Ahnung.«

Zbigniew gab ihm einen Das-glaubst-du-doch-selber-nicht-Blick.

»Na ja. Der ist abgeholt worden. Von seiner Mama.«

»Hat die Mutter ihn morgens auch zur Schule gebracht?«

»Kann schon sein.«

»Und heute hast du einmal nur remis gespielt?«

Tom stand inzwischen eindeutig ein bisschen neben sich. Er wusste nicht, worauf die Befragung hinauslaufen sollte. Er sah ihn bloß an.

»Tom«, begann Zbigniew langsam. Er holte geistig aus, wie ein Tennisspieler vor dem Matchball. Tom Uhrmann hielt ein bisschen die Luft an, zumindest schien es Zbigniew so. Aufschlag.

»Heute war keine Schach-AG.«

Der Ball flog übers Feld.

»Was?«

Wut. Wut war in Toms Augen zu sehen.

»Warum hast du mich angelogen, Tom?«

Toms Gehirn arbeitete fieberhaft.

»Warum hast du mich angelogen, dass du heute beim Schach warst?«

Tom schnaubte, kratzte sich mit seiner linken Hand an der Nase.

»Ich hab … Ach, das verstehen Sie ja sowieso nicht.«

»Ich verstehe fast alles.«

»Ja? Okay. Dann verstehen Sie wohl auch, dass ich Ihnen das nicht sagen will.«

»Das verstehe ich auch.«

Zbigniew versuchte, Tom mit seinem Blick zu durchbohren. Es schien zu wirken.

»Okay. Okay, heute war kein Schach. Ich hab gelogen.«

»So weit waren wir schon. Wieso lügst du?«

»Weil … weil meine Schwester nächste Woche Geburtstag hat. Ich war ein Geschenk kaufen, und da wollte ich natürlich nicht, dass …«

Absurd. Zbigniew unterbrach ihn.

»Darf man das Geschenk mal sehen?«

Es war banal, aber damit hatte Tom nicht gerechnet. Es dauerte zweieinhalb Sekunden.

»Ich hab noch nix gefunden. Muss morgen noch mal los.«

»Aha.«

Warten.

»Tom, ich weiß inzwischen, dass die Schach-AG nur alle 14 Tage ist. Also waren du und Timo alle 14 Tage nicht bei der Schach-AG, ist das logisch?«

»Ja.«

Logik war weiterhin Toms Stärke.

»Also wart ihr woanders. Darf man wissen, wo?«

»Ich bin meistens durch die Stadt, einkaufen und so. Oder in ein Café. Oder in den Plattenladen.«

Was man halt so tut.

»Und Timo?«

»Keine Ahnung. Wir warn ja nur beim Schach zusammen. So eng waren wir jetzt auch nicht grade.«

Es schien Zbigniew, als ob Tom geistige Anstrengungen unternahm, sich an seine erste Aussage zu erinnern, damit es möglich gut passte.

»Wir waren Kumpels. Aber jetzt nicht sooo eng.«

Tom wand sich. Zbigniew glaubte ihm nicht. Tom wusste mehr.

Zbigniew öffnete die Tür zum Flur.

»Frau Uhrmann?«, rief er hinunter.

»Ja?«

Toms Mutter kam die Treppe wieder hoch. Zbigniew bemerkte, wie Tom nervös von einem Bein aufs andere trat.

»Eine kleine Frage nur. Die Schach-AG Ihres Sohnes, findet die jede Woche statt?«

Zbigniew warf Tom einen freundlichen Seitenblick zu. Dieser starrte auf den Boden. Toms Mutter wusste nicht, was sie von der banalen Frage halten solle; sie schaute Zbigniew verwirrt an.

»Ja, wieso?«

»Danke. Das war es erst mal.«

»Was ist denn das für eine Frage?«, fragte sie nun aber hinterher.

»Ich kann Ihnen zum gegenwärtigen Zeitpunkt leider keine weiteren Auskünfte dazu geben«, entschuldigte sich Zbigniew.

»Wie?«

In Tom Uhrmanns Mutter schien ein wenig Ärger aufzusteigen.

»Mama, ist schon in Ordnung. Das ist nur so eine Formsache«, meldete sich Tom von hinten.

Zbigniew war sich nicht sicher, ob die Mutter ihm das glaubte. Auf jeden Fall äußerte sie ein »Na gut, dann« und ging wieder nach unten.

»Sind Sie jetzt zufrieden?«, fragte Tom pampig, als sie fort war.

»Nein. Das war ja nur der erste Teil. Du lügst deine Mutter an. Alle vierzehn Tage gehst du durch die Stadt spazieren? In Plattenläden? Mensch, Tom, dafür brauchst du doch nicht deine Mutter anzulügen. Oder? Oder verbietet dir deine Mutter, in Plattenläden zu gehen? Du bist achtzehn.«

Zbigniew war ein bisschen laut geworden. Er war nicht wirklich ärgerlich, sein Ärger sollte eher eine Wirkung auf Tom haben.

»Kann ich nicht machen, was ich will?«

Wut. Nun wurde Zbigniew wieder sanft.

»Klar kannst du das. Aber ich will wissen, was Timo in der Zeit gemacht hat. Ich will es von dir wissen. Weil Timo wie vom Erdboden verschluckt ist.«

Toms Blicke gingen wieder auf den Boden.

»Ich hab doch schon gesagt. Ich bin allein in die Stadt gegangen. Timo war da nicht mit dabei. Ich hab keine Ahnung.«

Mehr Wut.

Zbigniew wusste, dass Tom log. Er beschloss, zu pokern.

»Tom, wir wissen es bereits. Wir wissen, was ihr beide gemacht habt. Alle vierzehn Tage. Wir wissen es. Wenn du nicht mit uns kooperierst, werden wir Timo nicht finden. Ist es das, was du willst?«

Hoffentlich ging dieser Schuss nicht nach hinten los.

»Nein. Das will ich nicht.«

»Na also.«

Tom überlegte einen Moment. Er schien ernsthaft mit sich zu kämpfen. Zbigniew fragte sich, worüber Tom nachdachte.

»Ich hab alles gesagt.«

Er hatte Tom doch noch nicht geknackt.

»Hast du nicht.«

Zbigniew hob seine Hand zum Abschied, verließ den Raum. Hinter der Tür stand Toms Mutter. Es sah so aus, als ob sie gelauscht hatte; sie blickte sorgenvoll ihren Sohn an.

»Vielen Dank, Frau Uhrmann«, sagte Zbigniew höflich. »Ich finde allein hinunter.«

Toms Mutter nickte abwesend, sie war auf Tom fokussiert.

Zbigniew ging die Treppe hinab und verließ das Haus. Ein paar Schritte durch den ordentlichen Vorgarten, dann war er wieder an der Straße. Um ein Haar hätte er nach seinem Auto gesucht.

Nein. Zbigniew wollte noch nicht nach Hause fahren. Tom war sicherlich, auch wenn er nach außen hin den coolen Unwissenden spielte, innerlich völlig aufgeregt. Er würde einen Schritt unternehmen.

Kontakt mit Timo aufnehmen?

Zbigniew versteckte sich hinter einem der noch recht spärlich wirkenden Büsche an der Straße. Hoffentlich sah ihn keiner der Nachbarn. Von hier aus hatte er einen guten Blick auf den Hauseingang der Uhrmanns. Was würde die Mutter nun zu ihrem Sohn sagen?

Dies war die Situation, in der Detektive von früher eine Zigarette rauchen würden, dachte Zbigniew. Zeit totschlagen, ohne dass man sich ablenken ließ vom Beobachtungsobjekt. Einen Donut essen.

Zbigniew sah auf die Uhr. Es war inzwischen sechs. Irgendwann würde er die ganzen Überstunden abfeiern müssen. Sollte er Zeynel anrufen und kurz nach dem Stand der Dinge fragen?

Genau in diesem Moment klingelte sein Telefon – laut, schrill und zickig. Zbigniew fluchte leise, griff nach dem Handy und drückte den Annahmeknopf. Hoffentlich hatte niemand in der Nachbarschaft etwas gehört. Sonst würde noch irgendwer die Polizei holen, wegen des seltsamen Manns hinterm Busch.

»Ja?«, sagte Zbigniew leise.

»Hey.«

Lena.

»Du, sorry, aber ist grad echt schlecht. Bin bei einer Überwachung.«

»Echt? Cool. So Verfolgungsjagd-mäßig?«

»So ungefähr … Lena, ich kann jetzt echt nicht.«

»Ich wollte auch nur kurz.« Lena unterbrach sich selbst: »Musst du deswegen so leise reden? Weil du jemanden verfolgst?«

Zbigniew simulierte ein Grummeln.

»Ja.«

»Cool. Kann ich mithören? Also, bevor sie dich erschießen, darfst du auflegen, okay? Ich hab da Verständnis dafür.«

Manchmal war es nicht so leicht mit einer Siebzehnjährigen.

»Gut.«

Zbigniew drückte das Gespräch weg. Für derlei Späße hatte er zurzeit keinen Sinn. Schnell stellte er das Handy auf stumm. Keine Sekunde zu früh; das Handy meldete sich sofort wieder.

»Okay, was willst du, Lena?«, flüsterte er wütend.

Während Zbigniew es aussprach, befiel ihn die Vision, dass sich dieses Mal überraschenderweise Zeynel melden würde. Um die Peinlichkeit noch zu verstärken.

Nein, es war wieder Lena.

»Ich soll dich fragen, von meiner Mutter, ob du Wild magst.«

Das konnte nicht wahr sein, oder?

»Was?«

»Wegen Mittwoch. Meine Mutter will, glaub ich, Rehbraten machen. Oder Hirsch, frag mich nicht. Ob du so tote Tiere magst.«

Die Mutter warf sich ja voll ins Zeug. Hatte Zbigniew die Bedeutung des Essenstermins unterschätzt? Die Mutter würde ein Festtagsmenü kochen, aus gegebenem Anlass. Hoffentlich kamen nicht auch noch die Großeltern, um den Freund der Tochter zu begutachten.

Die Tür des Hauses Uhrmann öffnete sich. Tom, mit einer längeren Jacke bekleidet, kam heraus. Seine Mutter blickte ihm im Türrahmen stehend hinterher, nicht einverstanden. Tom drehte sich nicht um.

»Okay, es geht los, Lena. Ich muss Schluss machen.«

Tom kam auf den Bürgersteig, ging in die Richtung, aus der Zbigniew gekommen war.

»Wild?«

»Nichts lieber als das.«

»Okay. Kuss.«

»Kuss.«

Aus.

Tom war bereits an der Kreuzung zur ersten Querstraße, wo er nach rechts abbog und aus Zbigniews Blickfeld verschwand.

Zbigniew verließ die Deckung des Busches, huschte den Bürgersteig entlang. Er erreichte die erste Querstraße, eine kleine Rechts-vor-links-Kreuzung. Tom befand sich etwa achtzig Meter vor ihm. Der Weg, auf dem Zbigniew gekommen war. Wollte Tom zur S-Bahn? Zbigniew wartete, bis Tom etwa hundertfünfzig Meter entfernt war. Dann eilte er die Querstraße hinterher. Nach einer halben Minute verschwand Tom wieder um eine Ecke.

Er wollte zur S-Bahn. Zbigniew war sich nun sicher.

Die Bahn war noch relativ leer. Zbigniew war in den letzten Waggon gesprungen, Tom befand sich ein paar Wagen vor ihm. Wo würde der Junge aussteigen? Am Hauptbahnhof? Soweit sich Zbigniew erinnerte, lagen die Bahnsteige bis zum Hansaring immer an der linken Seite in Fahrtrichtung.

Zbigniew betrat den nächsten Wagen, ging ganz nach vorne und setzte sich links an einen Fensterplatz. Von hier würde er sehen können, ob Tom ausstieg. Sofern er in seinem Waggon blieb, bis er ausstieg, und nicht weiter Richtung Triebwagen ging. Manchmal taten Fahrgäste dies, um an der Ausstiegshaltestelle gleich an der richtigen Position anzukommen – dort, wo beispielsweise die Rolltreppe nach oben oder unten führte.

In Holweide, Mülheim und Buchforst stiegen keine Fahrgäste aus der Bahn, es kamen allerdings umso mehr hinzu. Langsam wurde es unübersichtlich. Noch zwei Stationen bis zum Hauptbahnhof. Auf der linken Seite wurde der monumentale Kuppelbau der Kölnarena sichtbar.

Messe/Deutz. Zu seinem Entsetzen sah Zbigniew am Bahnsteig Hunderte Menschen, die in Geschäftskleidung und mit Rollkoffern nun die S-Bahn okkupieren wollten. Einige Fahrgäste stiegen aus, um dem Businesstross Platz zu machen. Was für eine Messe war gerade in der Stadt? Zbigniew wusste es nicht. Auf jeden Fall war es nach sechs, und die Messebesucher drängten nun in die Innenstadt in ihre Hotels. Plötzlich war der Waggon gefüllt mit Menschen, die alle Plätze besetzten und sich stehend im Gang drängelten.

Es war zu riskant. Zbigniew spürte, dass er Tom verlieren könnte in diesem Menschenauflauf. Er würde nicht schnell genug aus der S-Bahn herauskommen, um die Verfolgung aufzunehmen.

»Entschuldigung«, sagte Zbigniew zur Dame neben ihm. Er drängte sich in den Gang. Ein älterer Herr huschte gleich auf seinen Sitzplatz.

»Dürfte ich wohl etwas vor?«, quengelte Zbigniew sich an den Geschäftsreisenden vorbei in Richtung Trenntür zum nächsten Waggon. Ein paar Japaner machten bereitwillig Platz, doch eine etwa vierzigjährige, stark geschminkte Dame rührte sich nicht.

»Ich denke mal, an der nächsten Station werden außer Ihnen auch noch ein paar andere Leute aussteigen«, sagte sie angesäuert.

Zbigniew überlegte. Unter normalen Umständen wäre er innerlich voll auf ihrer Seite gewesen. Auch er hasste die Menschen, die glaubten, sie seien immer die Wichtigsten.

Kurzzeitig war Zbigniew im Begriff, seine Polizeidienstmarke herauszuholen. Dann verkniff er es sich aber, da er Angst hatte, es könnte für Aufruhr sorgen.

Diskutieren? Die Dame sah aus wie die Geschäftsführerin eines mittelständischen Unternehmens. Mit Diskutieren war hier kein Staat zu machen.

Die Hohenzollernbrücke vor dem Hauptbahnhof war bereits überquert. Links sah man die Bahnsteige des Hauptbahnhofs vorbeiziehen. Zbigniew wusste, dass er keine Zeit für Höflichkeit hatte.

Er schob die Dame rüde zur Seite.

»He.«

»Sorry.«

Eingeschüchtert machten andere Fahrgäste vor ihm Platz. Vielleicht dachten sie, dass er ein Drogenabhängiger war. Als Zbigniew die Glastür erreicht hatte, hielt die S-Bahn an.

Zbigniew konnte Tom nicht sehen, aber das war kein Wunder – Richtung Ausgangstür zum Bahnsteig standen lauter Menschen. Es war aussichtslos, einen Blick auf die Sitzplätze zu erhaschen. Er musste sich etwas anderes überlegen.

Die Türen öffneten sich, die Massen drängten auf den Bahnsteig. Zbigniew klinkte sich aus dem Menschenstrom aus und platzierte sich neben dem Wagenstandsanzeiger auf dem Bahnsteig. Hastig scannte er die Ausgangstüren der Waggons vor ihm, hin und her. Kein Tom. Oder? Langsam wurde der Menschenstrom dünner. Tom war noch immer nicht zu sehen. War er doch in der S-Bahn geblieben?

»Fühlen Sie sich jetzt besser?«, fauchte es von links. Die Dame aus dem Zug, die er zur Seite gedrängt hatte. Zbigniew versuchte, sich nicht ablenken zu lassen. Inzwischen stiegen die ersten neuen Passagiere bereits in den Zug ein, längst nicht so viele, wie ausgestiegen waren. Tom war verschwunden. Oder saß er noch drinnen? Es wurde Zbigniew heiß und kalt. Er durfte diese Verfolgung nicht vermasseln. Wenn Tom erst mal begriffen hatte, dass er geblufft hatte, dann würde er sich wieder sicher fühlen.

Im tiefsten Nebenbewusstsein hörte Zbigniew die Ansage, dass die S-Bahn nach Düren nun abfahren würde. Seine eigene S-Bahn. Zbigniew machte einen Stoßspurt nach vorne. Die Tür der S-Bahn schloss sich eine Sekunde später, so dass Zbigniew noch so eben mit seinem Körper hindurchschoss. Er blickte durch die Glasscheibe.

Und dann sah er ihn. Tom saß an der rechten Waggonseite, auf einem Fensterplatz, und tippte auf seinem Handy herum. Ein Schreck durchfuhr Zbigniew: Simste er etwa mit Timo? Waren in seinem Handy gar Nachrichten von Timo? Was verschwieg der Junge?

»Die Fahrkarten bitte.«

Zbigniew schrak zusammen. Direkt neben ihm stand ein Mann in Bahnuniform, der aus dem Nichts heraus gekommen war. Hastig griff Zbigniew nach seiner Brieftasche. Gott sei Dank, sie war da, diesmal war sie da. Zbigniew fummelte seine Dauerkarte heraus, hielt sie hoch und zeigte sie dem Bahnbeamten. Dieser nickte und wandte sich direkt dem nächsten Fahrgast zu.

Manchmal konnte es ganz einfach sein, das Leben.

Zbigniew beobachtete weiter Tom, von dem er im Wesentlichen die Hände und den Kopf sah; die Sicht auf den Körper war von der Sitzlehne versperrt. Irgendwie sah es seltsam aus, wie Tom in das Handy hineintippte. Hineintippen war das falsche Wort. Herumtippen.

Zbigniew begriff. Tom machte ein Computerspiel, er tippte überhaupt keine Nachrichten. Er blickte noch nicht einmal hoch, als die Bahn am Hansaring hielt.

Zbigniew fuhr ein Gedanke durch den Kopf. Wollte Tom etwa zur Schule? Wenn ja, warum? Was gab es dort, das Zbigniew nicht gesehen hatte?

Die S-Bahn umfuhr den Mediapark. Zbigniew warf einen Blick auf den grün blinkenden Kölnturm. Tom spielte weiter, in sich versunken. Zbigniew fiel auf, dass eine ältere Dame, die Tom gegenübersaß, diesen mit ihren Augen fixierte – offenbar missbilligte sie Toms Handyspiel. Vielleicht hörte man irgendwelche nervigen Töne.

Ehrenfeld. Wenn es die Schule sein würde, müsste er an der nächsten Haltestelle heraus. Technologiepark. Zbigniew fragte sich, ob von dort ein Bus zum Hildegardgymnasium gehen würde.

Die S-Bahn verlangsamte ihre Fahrt. Bremste. Tom spielte ungerührt weiter. Dann, als Zbigniew schon den Bahnsteig nahen sah, sprang der Junge plötzlich auf. Zbigniew trat einen Schritt zurück, von der Glasscheibe weg.

Die S-Bahn stoppte. Tom stieg aus, ging in Richtung Ausgang der Station. Zbigniew folgte sofort, hoffte, dass Tom sich nicht umdrehen würde. In der Tat verschwand der Junge schnell die Treppe hinunter.

Zbigniew fing an zu rennen. Falls unten ein Bus kommen sollte, durfte er Tom nicht verpassen. Er würde mit dem Auto folgen müssen; im Bus würde Tom ihn sehen. Noch ein paar Meter bis zur Treppe. Jetzt konnte er nach unten schauen. Tom war nicht mehr in Sicht. Die Stufen. Um ein Haar stolperte Zbigniew, weil er zu hastig herunterrannte, fing sich aber im letzten Moment.

Unten. Wo war Tom? Zbigniew sah zur Bushaltestelle, dort war keine Menschenseele zu sehen. Er drehte sich um. Zur Seite. Niemand.

Zbigniew verließ den Schutz des mit weißen Fliesen gekachelten S-Bahn-Aufgangs, bewegte sich auf die Straße. Hier war er von allen Seiten zu sehen, aber er musste es riskieren.

Da sah er Tom. Er fummelte an einer Straßenlaterne herum. Genauer gesagt schloss er ein Fahrrad etwas umständlich los. Ein altes Fahrrad, nicht attraktiv genug für einen Diebstahl, noch nicht einmal in dieser Gegend. Natürlich! Tom fuhr jeden Morgen mit der S-Bahn zur Schule, wo er ein Fahrrad stehen hatte, um von der Station bis zur Schule zu radeln. Die Optimierung des Schulwegs. Aber was zum Teufel wollte Tom jetzt an der Schule?

Tom hatte sein Fahrrad inzwischen losgeschlossen, drückte am Dynamo herum. Artig, das Licht einschalten. Es würde nicht mehr lange dauern, bis Tom sich auf den Sattel schwingen und losradeln würde. Wo stand Zbigniews Auto? Nicht weit, einhundert Meter weiter an der Straße. Zbigniew rechnete die Möglichkeiten durch. Wenn Tom zur Schule fuhr, könnte er auch direkt mit dem Auto zur Schule fahren und die Verfolgung an der Schule weiterführen.

Aber eventuell würde er nicht zur Schule fahren. Nein, das war zu unsicher.

Mit dem Auto einem Fahrrad folgen?

Tom fuhr los. Sein Fahrrad entfernte sich, mit ordnungsmäßig eingeschaltetem Licht, in Richtung Süden. Vitalisstraße. Wenn Tom zu seiner Schule fuhr, würde er sofort von der Vitalisstraße nach links abbiegen. Das war der Weg, auf dem Zbigniew umgekehrt zur S-Bahn gefahren war.

Handeln, Zbigniew.

Handeln!

Er stand noch etwa zehn Sekunden ratlos herum. Tom war inzwischen an der Kreuzung der Vitalisstraße zur Widdersdorfer Straße, die man von der S-Bahn-Unterführung aus einsehen konnte. Er bog, ohne das rote Licht der Ampel zu beachten, nach links ab. Wie Zbigniew vermutet hatte, der Weg zur Schule. Tom verschwand aus dem Blickfeld, hinter einer Häuserreihe an der Widdersdorfer Straße. Die Zeit rannte Zbigniew weg.

Handeln!

An einer anderen Laterne war ein weiteres Fahrrad angeschlossen. Die Kette sah recht stabil aus. Wenn Zbigniew eine Motorsäge dabei gehabt hätte, wäre es eine Option. Andererseits … man sah es doch ständig in Filmen …

Zbigniew drehte sich um; es war weit und breit keine Menschenseele in Sicht. Er ging zu dem geparkten Fahrrad, zog seine Dienstwaffe und richtete sie auf die Kette. Sollte er es wirklich tun? Es würde Ärger geben, bestimmt.

Zbigniew fiel keine andere Möglichkeit ein. Er schoss.

Sein Schuss durchpeitschte die Nacht. Bereits auf dem Schießstand, wo die Beamten mit Kapselgehörschutz trainierten, kamen Zbigniew die Waffen laut vor. Hier zerriss es Zbigniew fast das Trommelfell. Die Patronenhülse klapperte den Bürgersteig entlang; Zbigniew hatte im schrägen Winkel nach unten geschossen.

Einmal kurz umdrehen. Immer noch kein Mensch in Sicht.

Die Kette.

Zbigniew fluchte innerlich. Die Kette hatte es überlebt. Eines der

Kettenglieder sah ein bisschen angeschrammt aus, das war alles. Wie sollte man auch mit einem Schuss eine derartig dünne Kette treffen, deren Glieder auch noch alle abgerundet waren?

Hastig hob Zbigniew die Patronenhülse auf. Besser keine Spuren dieser Art hinterlassen.

Worin bestand der Trick, die Kette zu durchschießen? Vielleicht sollten die Kettenglieder irgendwo aufliegen, damit sie kein Spiel hatten. Aber wie?

Oder ging so etwas doch nur im Film?

In diesem Moment kam eine junge Frau in wallenden Gewändern unter dem Bahnübergang hindurchgeradelt. Ohne Licht, wie die meisten Menschen in ihrem Alter; möglicherweise eine Studentin.

Er zögerte nicht. Er stellte sich ihr in den Weg und hielt die Polizeimarke sichtbar hoch. Tom war außer Reichweite.

»Kriminalpolizei Köln. Ich müsste leider Ihr Fahrrad beschlagnahmen.«

Die Frau bremste.

»Was?«, fragte sie fast lachend. »Ist das jetzt der neueste Baggertrick?«

Bestimmt nicht. Zbigniew war nicht auf dem Öko-Trip, zumindest nicht, was seinen Frauengeschmack anging.

»Bitte. Ich muss eine Person observieren.«

»Mit meinem Fahrrad?«

Zbigniew blickte sie so ernst wie möglich an. Endlich gefror der Studentin das Lächeln im Gesicht.

»Okay.«

Zbigniew nahm das Fahrrad, schwang sich drauf.

»Und wie kriege ich das wieder?«, rief die Frau ihm hinterher.

»Nehmen Sie sich ein Taxi. Wir erstatten Ihnen alles. Rufen Sie morgen früh bei der Kriminalpolizei Köln an, KK 51, dann bekommen Sie Ihr Fahrrad zurück.«

»Ist ja irre.«

Zbigniew radelte davon. Die Kreuzung. Widdersdorfer Straße. Dies musste das Tempo der Tour de France sein. Tom war nicht in

Sicht, aber das war vorauszusehen – die ganze Aktion hatte viel zu lange gedauert.

Zbigniew musste vom Wahrscheinlichsten ausgehen. Der direkte Weg zum Hildegardgymnasium führte durch die Eupener Straße, die nach kurzer Zeit rechts abbog. Der Technologiepark, die unzusammenhängende Ansammlung von teils nagelneuen Glasgebäuden, teils heruntergekommenen Bauruinen und Brachgelände, zog in Windeseile vorbei.

Er bog ab in die Eupener Straße. Große Werbeschilder für den neuesten Bauabschnitt des Technologieparks. Bis an den Horizont Gewerbegebiet. Kein Tom in Sicht. Das Bundesverwaltungsamt, ein stattlicher Neubau an der Straße, mit gewagt geschwungener Fassade. Dahinter wieder Bauruinen. Ein riesiges Niemandsland, wo früher einer der industriellen Motoren von Köln gewesen war. Irgendwo in einer alten Maschinenhalle gab es hier auch eine Kultdisco, glaubte Zbigniew sich zu erinnern.

Stopp.

Es war ein Wunder, dass Zbigniew es gesehen hatte. Das Fahrrad von Tom stand, angekettet an einen Zaun, auf der linken Seite der Straße. Hier, mitten im unwirtlichen Gewerbegebiet. Zbigniew war sich sicher, der Lenker hatte eine sehr individuelle Form. Als Tom sein Fahrrad losgeschlossen hatte, war es Zbigniew noch nicht sonderlich aufgefallen. Nun, da er den Lenker wiedersah, war er sich sicher.

Zbigniew hatte aus voller Fahrt abgebremst, stand nun etwa auf der Höhe von Toms Fahrrad. Was zum Teufel wollte der Junge hier? Hinter dem Zaun lag eine alte, baufällige Fabrik. Ein weiß gestrichener Backsteinbau der Jahrhundertwende, um den sich zurzeit wohl kein Investor kümmerte. Zur Straße hin war das Gebäude durch eine hohe Mauer geschützt, die im Torbereich etwa fünf Meter lang von einem hohen Eisengitterzaun unterbrochen wurde. Dem Ort, wo Tom Uhrmann sein Fahrrad abgestellt hatte.

Zbigniew erfasste ein ganz mieses Gefühl. Hatte er Tom völlig falsch eingeschätzt? War Timo Lindner in dieser Fabrik, wurde er hier festgehalten? Oder was konnte Toms Impuls sein, als Erstes nach dem unangenehmen Verhör durch den bluffenden Polizeibeamten zu dieser alten Fabrik zu fahren?

Er sollte besser auf Nummer sicher gehen. Keine Risiken eingehen.

Einen Moment noch hielt er inne, um darüber nachzudenken, wen er nun anrufen sollte. Dann zückte er sein Handy, um Verstärkung anzufordern.

10

Die beiden Streifenwagen mit den Kollegen des Bezirks Lindenthal trafen bereits zehn Minuten später ein. Zbigniew hatte als Treffpunkt nicht den Ort direkt vor der alten Fabrik vereinbart, sondern einen Punkt hinter der nächsten Straßenecke.

Zbigniew hatte einen Moment überlegt, ob er bloß Zeynel anrufen sollte. Aber dieser verbrachte vermutlich gerade einen schönen Abend mit seiner hübschen Frau Laila. Wenn Tom Uhrmann Timo entführt hatte – alleine, als Mitwisser oder in einer Gruppe –, dann wäre sogar ein SEK Mittel der Wahl gewesen. Doch der Gedanke an eine Erstürmung des Gebäudes missfiel Zbigniew, insoweit war die Verstärkung durch Streifenbeamte eine Kompromisslösung. Die Kollegen waren gut für normale Gefahreneinsätze ausgebildet und – durch Einsätze bei familiärer Gewalt und bei der Abschiebung von illegalen Einwanderern – zynischerweise hervorragend in der Routine.

Die Polizisten, die aus den beiden Einsatzwagen stiegen, wirkten motiviert und professionell. Zbigniew erklärte ihnen kurz die Lage, ohne die Hintergründe der Ermittlung aufzudröseln. Einer der Beamten blieb beim Streifenwagen am Funkgerät, Zbigniew und die anderen drei gingen um die Straßenecke in Richtung alte Fabrik.

Toms Fahrrad war immer noch friedlich am Metallzaun angekettet, im Schein einer der funzeligen Laternen an der Straße. Zbigniew und die Beamten bewegten sich zum Tor, das etwa mittig in dem Metallzaun eingelassen war. Das Tor war dreigliedrig; zwei der Türen schienen einen großen Durchlass für Lkws zu bilden, der dritte Teil war kleiner, offenbar für Personen. Zbigniew drückte vorsichtig auf die Klinke, doch es war zugesperrt. Einer der Streifenbeamten blickte ihn achselzuckend an und bedeutete ihm, dass man über den Zaun klettern sollte. Zbigniew nickte, die Kollegen kletterten voran. Es war nicht besonders schwierig, da es ein paar Querstreben im Zaun gab. Als Zbigniew folgte und schon auf halber Höhe war, durchzuckte ihn der bekannte stechende Schmerz im unteren Rücken. Die Polizisten bemerkten nichts, Zbigniew biss die Zähne zusammen und kletterte weiter. Der Schmerz verschwand, als er wieder festen Boden unter den Füßen hatte.

Die Gebäude hinter dem Zaun lagen fast im Dunkeln. Die Fabrik befand sich etwa zwanzig Meter von der Straße entfernt, eine zusätzliche Beleuchtung zur Straßenlaterne gab es nicht. An einem kleinen Wärterhäuschen, das direkt hinter dem Eingangstor lag, entdeckte Zbigniew ein verwittertes Schild mit einem Warnhinweis auf Französisch und Holländisch: »Pas de bruit après 17 hr et durant les W. E. / Geen Lawaai na 17 HR en Tijdens de *W. E.*« Kein Deutsch. War dieses Gebäude im Besitz der belgischen Armee gewesen? Oder ein ehemaliger Zulieferer; die Belgier hatten vor einigen Jahren Köln weitgehend verlassen.

Das Hauptgebäude der Fabrik lag linker Hand, ein nach hinten langgezogener Backsteinbau aus zwei Hochstockwerken mit großen Fabrikfenstern. Die Fenster waren teilweise zerschlagen, zum Teil waren sie aber auch mit Farbe von innen übermalt. Am Fuß der ersten Hochetage war eine langgezogene Rampe, die früher wohl Lkws zum Verladen gedient hatte. Von der Rampe aus gingen viele Türen in das Gebäude hinein. Auf der anderen Längsseite des Hofes, der Rampe gegenüber, lagen Garagen. Offenkundig waren diese seit längerem nicht genutzt worden. An einem einsam dahinvegetierenden Baum neben der ersten Garage stand das Skelett eines Mopeds – ein Mopedrahmen, von dem fast alle losen Teile abmontiert waren.

Zbigniew überkamen Zweifel. War Tom überhaupt hier? Oder bedeutete das Fahrrad etwas völlig anderes, als Zbigniew geglaubt hatte? Hatte Tom sein Fahrrad nur zur Täuschung hier abgestellt?

Gegenüber der Fabrik hatte Zbigniew eine große Brachfläche gesehen. Nebenan war ein Großhandel mit einem Stacheldrahtzaun. Die nächsten Grundstücke an der Straße waren ein Stück weit entfernt. Tom hatte eigentlich keinen Grund, sein Fahrrad weiter entfernt abzustellen.

Zumindest gab es keine bessere Spur.

Zbigniew einigte sich mit den Kollegen darauf, dass man zunächst um das Gebäude ganz herumging. Es bestand die Möglichkeit, dass von irgendeiner Seite der Fabrik Licht hinter einem der Fenster sichtbar war; nebenbei konnte man so auch nach etwaigen Hinterausgängen suchen. Zbigniew postierte einen der Beamten im Schatten des trostlosen Baumes. Von hier hatte man einen guten Blick auf den gesamten Hof und den Ausgangsbereich mit dem Zaun.

Leise huschten die Beamten durch die Dunkelheit. Zbigniew hatte das Ausmaß des Fabrikgeländes unterschätzt; der nach vorne einfach aussehende Gebäudekomplex erwies sich nach hinten als recht verwinkelt. Der Hof endete in einer etwa drei Meter hohen Mauer, die für Tom ohne Hilfsmittel nicht zu übersteigen war.

Wenn der Junge herauswollte, musste er vorne heraus. Das Gebäude könnte er nach hinten verlassen, nicht aber den Hof.

Beim Rückweg zum Eingangstor fiel Zbigniew auf, dass es an der Längsseite des Gebäudes eine kleine Tür gab, unterhalb der Lkw-Laderampe, halb im Souterrain. Wenn Zbigniew Tom wäre, postpubertär und mit dem Ziel, etwas zu verbergen, dann würde er sein Glück hinter dieser Tür suchen.

Zbigniew bat zwei der Beamten, durch den Haupteingang ins Fabrikgebäude zu gehen; er selbst wollte mit dem anderen Beamten, der am trostlosen Baum postiert gewesen war, durch die Souterraintür eindringen. Der Beamte am Streifenwagen sollte zum Metalltor kommen, um den Eingang zu überwachen.

Zbigniew stieg die Außentreppe zu der kleinen Metalltür hinunter, einer der Kollegen folgte ihm. Ein großes Vorhängeschloss hing in der metallenen Öse der Tür. Zbigniew flüsterte einen Fluch, dann bemerkte er, dass das Vorhängeschloss gar nicht eingerastet war. Vorsichtig hob er es an. Der Bügel öffnete sich. Offenbar war der Einrastmechanismus des Schlosses defekt; Gewalteinwirkung war nicht festzustellen.

Vorsichtig öffnete Zbigniew die Metalltür. Ein dunkler Schlund lag vor ihm und dem Streifenbeamten. Der Kollege leuchtete mit einer Taschenlampe in den Schlund hinein. Ein paar Meter estrichähnlicher Boden, dahinter ein enges Treppenhaus. Vermutlich ein alter Notausgang des Gebäudes. Die linke Seite der Treppe führte nach oben zu den Fabriketagen, die rechte Seite nach unten.

Oben hatten sie kein Licht gesehen. Die Entscheidung fiel Zbigniew leicht.

Er nickte dem Beamten zu. Dieser leuchtete voraus, als sie die Treppe hinabstiegen. Ein Geruch von Moder kam auf, als Zbigniew um die erste Kehre ging. Tiefer und tiefer stiegen sie hinab; nach Zbigniews Schätzung würde das Kellergewölbe die Raumhöhe der oberen Stockwerke erreichen. Vier Meter, mindestens.

Der Geruch verstärkte sich mit jedem Schritt. Fast erwartete Zbigniew, dass sich Wasser auf dem Fußboden des Kellers angesammelt hatte, Ratten über die Gänge huschten. Doch der Boden war trocken. Roher Estrich am Fuß der weiß gestrichenen, verschmierten Wände. Nach links und rechts verzweigte sich ein langer Gang mit vielen weiteren Türen.

Der mathematisch begabte Fünfzehnjährige, der Schachspieler aus bestem Hause, würde er sich in einer derartigen Umgebung aufhalten? Freiwillig?

Zbigniew erschauderte.

Er sah den Kollegen an, der im flackernden Schein der Taschenlampe ähnlich erschrocken aussah wie er selbst.

Beide hatten ein leichtes Stöhnen gehört. Ein männliches Stöhnen, ein qualvoller Laut, dumpf, irgendwo aus der Tiefe des rechten Ganges kommend.

Der Streifenbeamte sah ihn an, unsicher, was zu tun war. Zbigniew war wie betäubt, seine Schläfen pulsierten. Die anderen Kollegen per Funk hinzurufen? Nein. Er pirschte sich vorsichtig in den Gang hinein. Der Beamte folgte ihm, mit seiner Taschenlampe einen dünnen Lichtstrahl auf den Boden werfend.

Da war es wieder, das Stöhnen. Ein Stück näher als zuvor. Schritt um Schritt kam Zbigniew der Quelle des Stöhnens näher. Und dann sah er es. Fünf Meter vor ihm, eine weitere der vielen Türen am Gang. Der Türspalt zwischen Tür und Boden. Es schimmerte Licht hindurch.

In diesem Raum befand sich eine Person. Das qualvolle Stöhnen war wieder zu hören, direkt hinter der Tür. Eine Metalltür, grau lackiert, mit einer eisernen Klinke.

Zbigniew und der Kollege postierten sich vor der Tür, wie sie es bei der polizeilichen Ausbildung gelernt hatten. Zbigniew rechts, an der Seite der Klinke. Er nahm Blickkontakt zum Kollegen auf. Beide hielten nun ihre Waffen im Anschlag, entsichert, die Hähne gespannt. Ein kurzer Moment der Stille, die Luft zum Zerreißen. Ein Adrenalinstoß in Zbigniews Hirn, nun war er wieder völlig klar. Erneut ein Laut des Stöhnens. Zbigniew nickte dem Kollegen zu, zählte ein stummes »drei … zwei … eins …«. Er drückte möglichst lautlos die Klinke herunter, stieß dann mit voller Wucht mit seinem rechten Bein gegen die Metalltür.

Die Entladung.

Mit einem Knall schwang die Tür auf, Zbigniew sprang durch den Türrahmen nach links, der Kollege nach rechts, ihre jeweiligen Raumseiten mit der Waffe in Schach haltend.

»Polizei, alle auf den Boden, Waffen weg!«, schrie der Kollege, bewegte sich dabei abrupt nach links und rechts, um eventuellem Schusswaffengebrauch der Gegenseite auszuweichen.

Zbigniew war bereits erstarrt. Er blickte in den Raum, seine Waffe unter voller Körperspannung nach vorne gerichtet. Der Laut des Stöhnens ging weiter, als ob nichts geschehen sei.

Er sah Tom.

Tom, der ihn mit aufgerissenen Augen anstarrte. Tom, mit der Hand an der heruntergelassenen Hose.

»Hände hoch!«, rief der Kollege.

Wie in Trance hob Tom seine Hände.

Es war keine Waffe, nach der Tom greifen wollte. Zbigniew vermutete, dass Tom schlicht und einfach seine Hose schließen wollte. Seinen voll erigierten Penis in der Hose verstauen wollte, die ihm halb herunterhing. So hatte Tom stattdessen nur schnell das

Tuch, das er in der linken Hand gehalten hatte, auf sein Geschlecht geworfen.

Es war ein mitleiderregender Anblick. Das Stöhnen ging weiter, und die Quelle des Stöhnens war mehr als offensichtlich: Ein Fernseher, der in der Ecke stand, spielte einen Pornofilm ab. Zbigniew hatte zu seinem Entsetzen das Gefühl, die Szene zu kennen; ein Schundfilm aus der Videothek, »Sexathlon 6« oder irgendetwas. Der Wichsstandard für achtzehnjährige Jungs.

Nein, diese Szenen sahen ja immer ähnlich aus.

Tom saß immer noch mit großen Augen da. Erstarrt. Es war klar, dass niemand außer ihm im Raum war. Der Raum war spartanisch ausgestattet; es gab eine auf dem Boden liegende Matratze, ein altes Metalleinbauregal mit ein paar Büchern und Gegenständen, eine Spanplatte auf zwei Böcken, die wohl als Tisch diente, mit zwei Stühlen. In einer Ecke lagen ein paar leere Colaflaschen. In der anderen stand der Fernseher mit einem DVD-Player.

Zbigniew überlegte, ob er später verklagt werden könnte, falls er Tom in dieser Position Fragen stellte. Ob er ihm erst gestatten sollte, sich die Hose hochzuziehen. Dann beschloss er, die Gunst der Stunde zu nutzen. Tom war schockiert. Eine peinlichere Situation in seinem Leben konnte Tom sich wohl nicht vorstellen.

»Was ist das hier?«, fragte Zbigniew barsch. Der Kollege hatte immer noch seine Waffe auf Tom gerichtet.

Woher kommt der Strom, durchzuckte ein Gedankenblitz ihn. Warum gab es Strom in dieser verlassenen Fabrik?

»Unsere Bude.«

Zbigniew schluckte. Vor allem, weil Tom das Wort »unsere« benutzt hatte.

»Deine und Timos?«

»Ja.«

So sah es aus. Genau so sah es aus.

»Und wo ist Timo?«

»Ich hab echt keine Ahnung.«

»Warum bist du jetzt hierhin gefahren?«

Zögern.

»Ich dachte, vielleicht ist er hier. Weil Sie gesagt hatten, dass …«

Toms Worte erstarben.

»Wann hast du ihn zuletzt gesehen?«

»Anfang der Woche. In der Schule.«

»Wie oft wart ihr hier in dem Raum?«

»Ich öfter. Timo immer nur, wenn es ging.«

»Zum Beispiel an Freitagen, wo keine Schach-AG war?«

»Ja.«

»Und was habt ihr dann hier gemacht? Pornos gekuckt?«

Tom blickte ihn nun mit etwas Hass an. Es war zu erniedrigend. Zbigniew überlegte, ob er seine Frage umformulieren sollte. Er entschied sich dagegen.

»Auch«, murmelte Tom schließlich zögerlich aus seinem Bartflaum heraus.

»War sonst noch jemand hier? Mädchen? Andere Jungs?«

»Nee. Nur wir zwei.«

»Und habt ihr untereinander sexuelle Handlungen begangen?«

Gefährliche Frage. Aber Zbigniew wollte eine Antwort, er wollte es wissen, und die Frage war schon heraus. Tom sagte bloß verächtlich:

»Nee«, und fügte hinzu: »Wir sind doch nicht schwul.«

Schwulsein ist doch noch etwas Schlimmes, dachte Zbigniew. Selbst unter den ach so toleranten Jugendlichen. Oder lag es an der Hildegardschule?

»Okay, also ihr habt euch hier Pornos reingepfiffen, dazu onaniert, und sonst?«

Tom wies mit seinem Kopf auf das Regal hinter ihm.

»Gelesen. Gelabert. Er hat manchmal mit meinem Gameboy gespielt. Und oft geschrieben.«

Hatte Timo hier etwas Geschriebenes hinterlassen?

»Wie seid ihr denn auf diese, äh, Bude gekommen?«

Tom wurde rot. Bislang hatte er keine Muße gehabt, rot zu werden. Jetzt wurde er es.

»Ich hab vor der Schule immer heimlich eine geraucht. Bin ja immer hier vorbeigekommen, hinterm Eingang sieht das keiner.«

»Du bist achtzehn, du kannst doch so viel rauchen und Pornos gucken, wie du willst.«

»Haben Sie 'ne Ahnung. Meine Mutter. Und zu Hause nervt immer meine kleine Schwester, da hat man auch keine Ruhe. – Außerdem war das vor vier Jahren, dass ich das hier entdeckt habe.«

»Und dann dachtest du, wow, das ist so verdammt gemütlich hier, hier mach ich mir mal 'ne geheime Bude.«

»Nee.«

»Sondern?«

»Ich fand das einfach spannend hier. Warn Sie schon in den anderen Räumen?«

Nein.

»Alles voll gruselig. Die Belgier haben 'nen Haufen Zeugs hier hinterlassen. Voll der Hammer.«

Eifer legte sich in Toms Augen, und Zbigniew hatte das Gefühl, dass der Junge inzwischen die grundsätzliche Peinlichkeit der Situation vergessen hatte. Zbigniew nickte dem Streifenbeamten zu, dass er die Waffe senken konnte.

»Okay. Dann zieh dich mal wieder an«, sagte er zu Tom. »Aber langsam.«

Tom zog dankbar seine Hose hoch. Zbigniew wandte den Blick ab, ging zum Fernseher und schaltete ihn aus.

»Woher habt ihr das Ding? Wie habt ihr das hier reingekriegt, über den Zaun? Und wieso gibt es hier eigentlich Strom?«

»Keine Ahnung. Der alte Fernseher stand da noch. Der DVD-Player ist von mir.«

In diesem Moment kamen, mit gezückten Waffen, die beiden anderen Beamten in den Raum.

»Alles in Ordnung? Wir haben Geräusche gehört.«

Zbigniew nickte.

»Alles in Ordnung. Offenbar hat unser junger Freund hier ein kleines Geheimversteck.«

Die Streifenbeamten musterten den Raum. Zbigniew war froh, dass Tom nicht mehr halbnackt war und dass der Pornofilm nicht mehr lief.

»War oben noch was? Weitere Personen?«

»Nein. Fehlanzeige.«

»Sie könnten mir noch einen Gefallen tun und die Räume hier unten durchchecken, es gibt da ja noch einige. Ob es irgendwo etwas Auffälliges gibt.«

»Alles klar.«

Zbigniew wandte sich an Tom, bevor die Beamten gingen.

»Habt ihr hier sonst noch irgendwo etwas?«

»Nee. Ist ja alles zu kalt.«

Erst jetzt fiel Zbigniew auf, dass es in diesem Raum in der Tat warm war. Dann sah er auch die Quelle der Wärme: eine uralte Elektroheizung, die neben dem Regal an der Wand stand.

»Die ist auch noch von hier?«

»Jupp.«

Die Beamten machten sich auf den Weg. Zbigniew stand da und fragte sich, was dies alles für die Ermittlung bedeutete.

»Warum hast du uns nicht von eurer Bude hier erzählt?«, fragte er schließlich.

»Ich dachte, es ist nicht wichtig.«

»Nicht wichtig?«

»Na ja. Und ist ja auch peinlich. Außerdem sollen unsere Eltern nix davon wissen.«

»Schon klar.«

»Und mit Timos Verschwinden hat das ja nix zu tun.«

Diesen Satz hatte Zbigniew inzwischen schon ein paarmal gehört. Wer hatte diese Worte fast genauso benutzt?

»Kann ich gehen?«, fragte Tom.

»Nein.«

Zbigniew sah sich ein wenig im Raum um. Das Einzige, was Zbigniews Interesse weckte, war das Regal in der Ecke. Auf fünf Regalböden verteilten sich Bücher, CDs, DVDs und andere Gegenstände. Mit einem innerlichen Schmunzeln scannte Zbigniew die kleine Sammlung an Pornofilmen durch. Fast verspürte er eine Erleichterung, dass Timo offenbar doch sexuelle Bedürfnisse hatte. Timo war in seiner Vorstellung zu einem fast normalen Jungen geworden;

ein Junge, der heimlich Pornos mit seinem Kumpel schaute und in das rothaarige Mädchen aus seiner Klasse verliebt war. Und hier, in diesem Regal, lag auch ein Stapel Hefte herum, die die Lindners sicherlich allesamt ihrem Sohn verboten hatten: Comics, Manga-Heftchen, die unvermeidliche »Bravo« und ein paar »Playboys«.

Dem heimlichen Zweck dieser Bude zum Trotz standen jedoch auch einige andere Bücher in den Regalen: Fachliteratur über Schach, Physikbücher, Musikpartituren, dicke Romanschinken. Und ein Schachbrett mit Figuren.

»Diese Hefte da, ›Gespenster-Geschichten‹, sind das deine oder Timos?«, fragte Zbigniew. Er hatte sie selbst als Jugendlicher gelesen, vielleicht war dies der Grund seiner Nachfrage.

»Meine.«

»Fand Timo die auch gut?«

»Nee. Der hat mehr *Bravo* gelesen. Das sind meine alten *Bravos*, von zu Hause. Ich mein, ich darf die natürlich kaufen und so. Aber Timo … Er meinte, er hätte sich das nie getraut, weil seine Mutter das voll peinlich gefunden hätte, wenn er die *Bravo* liest.«

»Komm doch mal rüber und zeig mir, welche Sachen Timo gehören und was dir. Beziehungsweise, was Timo besonders toll fand.«

Der Streifenbeamte räusperte sich von hinten.

»Äh, Entschuldigung, brauchen Sie mich dann noch? Weil sonst könnte ich auch mit den anderen Kollegen …«

»Ach so. Nein, selbstverständlich, vielen Dank.«

Der Beamte nickte und verschwand. Tom und Zbigniew gingen die Gegenstände im Regal durch. Zbigniews Erwartungen bestätigten sich: Die beiden Jungs hatten Dinge aus ihrem Leben hierhin ausgelagert, die sie unter der Aufsicht ihrer Eltern nicht ausleben durften. Und das war für Timo natürlich noch essentieller als für Tom.

»Ach so«, sagte Tom dann plötzlich und zeigte auf ein Exemplar von Melvilles »Moby Dick«, »das ist nicht ›Moby Dick‹. Das hat Timo geschrieben, einen Roman, hat er gesagt.«

Zbigniew fiel die Kinnlade herunter. Roman?

»Roman?«

»Ja, oder so. Aber keine Ahnung, er hat's mich nicht lesen lassen. Beziehungsweise … Schauen Sie's sich selbst an.«

Das hatte Zbigniew vor. Er nahm *Moby Dick* aus dem Regal.

»Wann hat er dran geschrieben?«

»Immer mal wieder. Manchmal hat er auch Seiten mitgebracht und reingesteckt.«

Mit feuchten Händen öffnete Zbigniew das Buch. Die Seiten waren innen ausgestanzt, so dass ein Hohlraum entstanden war. Mit einem Messer, offenbar, die Schnittkanten waren nicht besonders glatt.

In dem Hohlraum befanden sich einzelne Seiten Papier. Zbigniew nahm sie heraus. Ein dicker Stapel von losen DIN-A6-Seiten.

»Das ist Timos Roman?«, fragte Zbigniew mit einer gewissen Fassungslosigkeit.

»Jupp.«

Natürlich hatte ein Junge, der so viel las, auch etwas geschrieben. Zbigniew hatte es immer gewusst. Nun hielt er es in den Händen. Vielleicht hielt er etwas in den Händen, das der Schlüssel zu Timos Gedankenwelt war. Etwas, das Hinweise darauf enthielt, was sich in Timos Kopf abgespielt hatte.

»Du hättest uns das früher geben müssen«, sagte er. »Eventuell steht etwas darin, das uns endlich auf seine Spur bringt.«

Tom grinste plötzlich.

»Viel Erfolg«, sagte er, und Zbigniew begriff nicht, was er meinte.

Es machte klick in Zbigniews Hirn, als ob ein Schalter umgelegt wurde. Es hatte nichts mit dem zu tun, was Tom gesagt hatte; plötzlich ergriff Zbigniew eine klare Erkenntnis. Es war alles offensichtlich hier, und es war nicht mehr sein Job. Es gab kein Kapitalverbrechen. Timo war bloß der Enge des Elternhauses entflohen, die gelegentlichen Stunden in der Bude hatten ihm nicht mehr ausgereicht. Tonia Lindner hätte seine Bedürfnisse nie begriffen, und deshalb war er abgehauen.

Das war nicht mehr Zbigniews Baustelle.

»Was meinst du mit ›viel Erfolg‹?«, fragte er Tom.

Tom wies auf die Seiten, die Zbigniew in der Hand hielt. Zbigniew blätterte die Seiten durch. Er stieß einen Fluch aus.

Die Streifenbeamten hatten in den anderen Räumen der alten Fabrik nichts Interessantes mehr gefunden. Zbigniew hatte einige Kellerräume versiegeln lassen, um am nächsten Tag die Kollegen von der Spurensicherung vorbeizuschicken. Er wusste zwar nicht, ob er diese Kosten gegenüber dem Steuerzahler rechtfertigen konnte, wollte aber lieber auf Nummer sicher gehen.

Er hatte Tom noch nach Timos Handy befragt. Tom sagte, er habe mal eines gesehen, aber Timo wollte ihm die Nummer nicht geben. Ohnehin habe er es niemals in seinem Beisein benutzt.

Zbigniew hatte Tom nach Hause geschickt.

Unten in der Einsatzzentrale der Stolkgasse begrüßten ihn ein paar uniformierte Kollegen. Es ging mittlerweile auf 22 Uhr zu; offenbar war es bislang eine ruhige Nacht gewesen.

Im Flur des sechsten Stocks standen zwei Kollegen der Schnurrbartfraktion und rauchten. Offenbar hatten sie Nachtdienst im KK 51. Geraucht wurde da immer noch, was das Zeug hielt, auch wenn es verboten war. Zbigniew grüßte höflich.

Er setzte sich in sein Büro und schlug die Aufzeichnungen von Timo auf. Tom hatte behauptet, nichts über den Inhalt zu wissen. Diese losen Seiten hier waren Timos ureigenstes Geheimnis, das er mit niemandem teilte. Warum sollte Timo sich Mühe geben, einen Roman in codierter Form niederzuschreiben? Nein. Zbigniew ging davon aus, dass die vor ihm liegenden Seiten eine Art Tagebuch sein würden. Gedanken. Er stellte es sich vor: Timo saß auf der Toilette in der elterlichen Luxuswohnung, durch den Hebel aus Chrom vor den Eltern geschützt. Er würde eine Seite Gedanken niederschreiben, würde sie mit zur Schule nehmen. Vielleicht würde er andere Seiten, die er im Lauf der Woche geschrieben hatte, aus dem mit schwarzem Samt ausgekleideten Versteck hinter der Toilette hervorholen. Zusammen mit dem Handy. Timo würde zur Schule gehen, gelegentlich mit oder ohne Tom das Versteck in der alten Fabrik aufsuchen. Dort würde Timo die geschriebenen Seiten zu den anderen tun, fern von seinen Eltern. Sein Geheimstes lag an einem sicheren Platz, und noch nicht einmal Tom würde es lesen können.

Zbigniew kannte sich grundsätzlich sehr gut aus mit Codes; er hatte vor einigen Jahren eine Fortbildung über Codierungstechniken an der Polizei-Führungsakademie in Münster mitgemacht. Außerdem hatte er schon in früher Kindheit immer Kriminalromane gelesen, in denen Codes vorkamen – mit Sherlock Holmes angefangen.

Es würde etwas Kompliziertes sein. Etwas, worauf man nicht auf Anhieb kam. Timo würde nicht den erstbesten Code nehmen, der in jedem Lehrbuch stand.

Trotz dieser Erkenntnis versuchte Zbigniew es zunächst mit einem einfachen Buchstabenvertauschcode.

Er machte sich an die ersten Zeilen von Timos Geschriebenem.

»QHC.QDTAT.THCE.LHDFN.KNHH.
SMZ.TKS.SBEEUGL.BILDL.NNROQ....»

A = B, B = C ... das war der Code der Anfänger. Der Code, auf den jeder Mensch sofort kam.

»RID.REUBU...«

Fehlanzeige. B = A?

»PGB.PCSZS...«

Nein. Natürlich nicht. Die Umwandlung der Buchstaben führte zu Buchstabensalat. Es gab zwar viele weitere Möglichkeiten, die Buchstaben zu vertauschen, und noch ein paar andere Varianten – aber Timo war nicht so dumm.

Zbigniew beschloss, das Decodierungsprogramm POLIMORF des LKA NRW zu benutzen. Hier hatten Fachleute all ihr Wissen über Codes zusammengetragen; man musste den codierten Text in einen Rechner eingeben, dann wurde er vom Programm auf bekannte Codierungstechniken untersucht. Das Programm erkannte von alleine, wenn die Buchstaben plötzlich einen Sinn ergaben. Sherlock Holmes und sein Scharfsinn waren insoweit für den normalen Kripobeamten heutzutage nicht mehr erforderlich.

Dann wollen wir mal sehen, ob Timo schlauer ist als unser POLIMORF, dachte Zbigniew.

Er startete den Rechner. Während der Computer hochfuhr, sinnierte er über seinen seltsamen Abend nach. Das erste Gespräch mit Tom, die kleine Verfolgungsjagd und dann die Geschichte in der Fabrik. Lena hatte ihn zwischendrin angerufen. Reh oder Hirsch.

Der Gedanke an den Elternbesuchstermin erfüllte Zbigniew erneut mit einem Schaudern. Das Vernünftigste wäre es, die Angelegenheit so schnell wie möglich abzublasen. Aber dann würde er Lena wahrscheinlich verlieren.

Oder?

Der Computer war hochgefahren. Zbigniew ging in die Liste der Programme. Das Programm lag wie die meisten anderen nicht auf den einzelnen Rechnern, sondern irgendwo zentral im Polizeinetzwerk. Auf dem Server der Kriminaldirektion in Bielefeld, wenn Zbigniew sich recht erinnerte. Warum auch immer.

In die Eingabemaske von POLIMORF, die etwas vorsintflutlich aussah, gab Zbigniew die erste Seite von Timos Werk ein. Es war schwerer, Buchstabensalat einzugeben, als wenn man normale Worte tippte. Schließlich hatte er es geschafft. Die Eingabemaske verschwand vom Bildschirm, ein Fenster mit dem lakonischen Text »Processing« öffnete sich. Bielefeld arbeitete.

Die Analyse konnte länger dauern, soweit Zbigniew sich erinnerte. Bislang hatte er das Programm lediglich zu Testzwecken benutzt.

Immerhin stand eine Menge Text von Timo zur Verfügung. Je mehr Buchstaben vorhanden waren, desto leichter fiel in der Regel die Decodierung – weil man mehr Regelmäßigkeiten und statistische Häufigkeitsverteilungen in der Sprache berücksichtigen konnte. Banalstes Beispiel hierfür war, dass das E in der deutschen Sprache der häufigste Buchstabe war.

Das galt nicht für Buchcodes. Man nahm ein Buch – irgendeines –, auf das sich der Code bezog. »23–32–5« konnte beispielsweise bedeuten, dass der fünfte Buchstabe in Reihe 32 auf Seite 23 des Buches gemeint war. Wenn man nicht wusste, welches das Buch war, auf das sich der Code bezog, war man quasi aufgeschmissen. POLIMORF kannte ein paar Druckwerke, aber das half natürlich nicht viel, da es unendlich viele andere Bücher gab. Ohnehin war das Programm in den letzten Jahren vernachlässigt worden, da analoge Codierungstechniken nicht mehr die Bedeutung hatten wie früher – im Zeitalter von digitaler Datencodierung auf den Rechnern.

Da Timo Buchstaben statt Zahlen genommen hatte, sah die Codierung auf den ersten Blick nicht nach einem Buchcode aus. Das konnte aber täuschen; vielleicht repräsentierte jeder der Buchstaben eine Zahl.

Welches Buch hätte Timo genommen? Die »Italienische Reise«? In der Regel nahmen Menschen bei Buchcodes ein Werk, das ihnen persönlich besonders stark am Herzen lag. Nicht irgendein Buch.

»Moby Dick«?

Es gab kein Buch von »Moby Dick« in der Bude. Wäre Timo in der Lage, ohne vorhandenes Buch einen Text zu codieren?

Gab es das Buch in Timos Zimmer?

Nein, es wäre Zbigniew aufgefallen. Er hatte es als Kind selbst verschlungen. Timo dagegen hatte das Buch nur benutzt, um es auszuhöhlen und seine Seiten darin zu verstecken.

Zbigniew starrte auf seinen Bildschirm, wo immer noch das »Processing« träge vor sich hin leuchtete. Es gab keinen Balken, der einem den Fortschritt des Rechenprozesses andeutete. Hier musste man einfach Geduld haben.

Sollte Zbigniew nach Hause gehen und sich morgen früh anschauen, ob es Ergebnisse gab? Nein, er würde nicht schlafen können.

Er könnte unten mit den Streifenpolizisten einen Kaffee trinken.

»Processing …«

Eine bleierne Müdigkeit breitete sich in Zbigniews Körper aus. Er gähnte ein paarmal nacheinander. Als Zbigniew sich erhob, war der fast schon vertraut gewordene Schmerz wieder da.

Der Kaffee mit den Streifenbeamten unten war eine gute Idee gewesen. Zwar hatte er abscheulich geschmeckt – es war den Beamten trotz mehrerer Anforderungsanträge noch nicht vergönnt, eine vernünftige Kaffeemaschine in Reichweite des Funkraums zur Verfügung zu haben –, aber die beiden Kollegen hatten ihn abgelenkt. Zwanzig Minuten lang war es nicht um Timo gegangen, sondern um die Eishockeysaison der Kölner Haie. Zbigniew machte sich nicht viel aus Sport und noch weniger aus Eishockey, war aber in diesem Fall froh, dass es die Kölner Haie gab.

Ein paar Jahre noch, und er würde auch einen Schnurrbart tragen.

Als Zbigniew sein Büro wieder betrat, leuchtete ihn weiter der kleine Kasten mit dem Wort »Processing« von seinem Computerbildschirm an. Was war eigentlich, wenn das Programm abgestürzt war – würde man es überhaupt bemerken?

Genau in diesem Moment änderte sich der Bildschirm. Das Kästchen blieb, aber sein Inhalt war ein neuer.

»Keine Resultate gefunden. Press ›Enter‹ to continue.«

Continue? Womit würde der Rechner fortfahren, nachdem er keine Resultate gefunden hatte?

Zbigniew drückte die Enter-Taste. Er kam direkt zurück auf den Hauptbildschirm. POLIMORF hatte sich beendet.

Timo war schlauer als POLIMORF. Irgendwo, im tiefsten Innern, hatte Zbigniew das bereits vermutet.

Er war zu Fuß durch die Nacht zu seiner Wohnung zurückgegangen. Zwischen dem Bahnhof und seiner Wohnung, auf dem ersten Abschnitt der Straße mit dem Namen Eigelstein, standen ein paar Huren herum. Auch in den Anbahnungskneipen, in denen Freier und Prostituierte sich kennenlernen konnten, herrschte reger Betrieb. Eine blonde Zwanzigjährige mit eckigem Gesicht lächelte Zbigniew zu. Vermutlich eine Russin, die neu hier war, frisch eingeschleust auf illegalem Weg über die Ukraine, Visum oder nicht. Immerhin volljährig, so wie es aussah. Manchmal war Zbigniew froh, dass er nicht bei der Sitte gelandet war – es gab eine Phase in seiner Polizeilaufbahn, wo er ernsthaft über diese Option nachgedacht hatte.

Die Straßenlaterne bei seiner Haustür war ausgefallen, der Eingang lag im Dunkeln. Zbigniew schloss die Tür auf. Vor dem Briefkasten machte er routinemäßig halt. Der Morgen, an dem ihm der Briefträger die Post in die Hand gedrückt hatte, schien unendlich lange her zu sein. Es war ein extrem langer Arbeitstag gewesen.

Der Brief von Barbara, der Frau aus Neuss, seiner flüchtigen Flugzeugbekanntschaft.

Zbigniew öffnete den Briefkasten, fischte die Briefe heraus. Schließlich befand er, dass er keine Nerven haben würde, den Brief von Barbara zu lesen, und steckte ihn wieder in den Briefkasten zurück. Mit den anderen Briefen stieg er die drei Stockwerke hoch.

Diesmal saß niemand im Treppenhaus. Es gab keinen Zettel an der Tür. Keine Spur von Lena. Irgendwie war das auch nicht schön. Zbigniew schloss die Tür auf. Einen Moment lang stellte er sich vor, dass ein Attentäter in seiner noch dunklen Wohnung auf ihn lauerte. Der Entführer von Timo, der nun mit Zbigniew kurzen Prozess machen wollte – weil er ihm zu dicht auf den Fersen war.

Nichts dergleichen geschah, natürlich. Zbigniews Wohnung war leer; leerer konnte sie nicht sein. Sogar der Kühlschrank war ziemlich leer, noch nicht mal irgendwelche Kalorien hatten es auf ihn abgesehen. Zbigniew überlegte, ob er Lena anrufen sollte. Es war kurz nach zwölf Uhr. Viel zu spät.

Trotzdem wählte er ihre Nummer.

Es tutete ein paarmal.

»Ja?«

»Lena?«

Irgendwie klang ihre Stimme merkwürdig. Doch wohl nicht ihre Mutter? Nein, dafür war die Musik im Hintergrund zu laut.

»Nee. Edina hier. Lena ist auf Klo. Wer ist denn da?«

Edina, das schlaksige Mädchen aus dem Underground. Die, der er idiotischerweise von Lena und sich erzählt hatte.

Warum nahm Lena ihr Handy nicht mit aufs Klo, so wie Timo?

»Zbigniew.«

»Ach. Hey. Mister Polizist.«

»Ja. Wo seid denn ihr?«

»Auf 'ner Party.«

Eine Party?

»Ner Party?«

Großartige Frage.

»Jau.«

Genauere Details über die Party kamen zumindest nicht von allein aus Edinas Mund. Zbigniew beschloss, nicht weiter zu fragen.

Wenn er genau darüber nachdachte, wollte er keine Details wissen. Hatte es einen Grund, dass Lena ihr Handy nicht auf die Toilette mitgenommen hatte? Zbigniew durchzuckte die Vorstellung, dass Lena nicht alleine auf dem Klo war. Sie hatte einen süßen Jungen mitgenommen. Da war das Handy im Weg, man ließ es bei der Freundin.

Nein, so war Lena nicht. Das passte nicht zu ihr.

»Soll ich was ausrichten?«

»Nee.«

»Rüberkommen ist keine so gute Idee, glaub ich«, flötete Edina.

Zack. Das saß. Lena doch mit dem Jungen auf dem Klo.

»Wieso?«

»Die Eltern von Jonas sitzen hier auch.«

Aha. Jonas.

»Und Jonas' Eltern sind, glaub ich, jünger als du«, fügte Edina mit deutlicher Freude hinzu.

Eines musste man dem Mädchen lassen, sie hatte ein sensibles Gespür dafür, wie man eine Person demontieren konnte.

»Okay. Dann viel Spaß noch.«

»Ich sag ihr, dass du angerufen hast.«

Zbigniew legte auf. Irgendwie war ihm jetzt die Lust auf Lena vergangen. Er schaltete das Handy aus. Dann ging er zum Telefon des Festnetzanschlusses und legte dessen Hörer daneben. Er hatte jetzt wirklich keine Lust auf Lena.

Was für eine Party war das, wo die Eltern mit dabei waren? Hatten sie eine Kontrollfunktion? Oder waren sie so jung und dynamisch, dass sie gelassen mitfeierten?

Früher hätte es so was nicht gegeben …

Immerhin *waren* die Eltern da. Irgendwie beruhigend. Da konnte Jonas nicht allzu unsittliche Dinge mit Lena anstellen.

Eifersucht packte ihn. Wieso hatte Lena ihm nicht Bescheid gesagt? Wieso ging sie auf Partys, während er mit ihren Eltern Wild essen musste? Eltern, die immerhin älter waren als er selbst?

Was sollte er tun? Lena war in einem Alter, wo Partys eine wichtige Rolle spielten. Bestimmt hätte sich Zbigniew auf diesen Partys nur unwohl gefühlt. Nicht seine Musik, nicht seine Welt.

Er würde es nicht erfahren, er war nicht eingeladen.

Zbigniew schaltete den Fernseher ein, zappte ein bisschen herum. Trotz der vierzig Kanäle kam nichts, was sein Interesse erregte.

Er schaltete den Fernseher wieder aus.

Er spazierte ein wenig in der Wohnung hin und her.

Er war rastlos. Hatte er nicht schon einen genügend langen Arbeitstag gehabt? War er nicht eigentlich hundemüde?

Ja, er war ... Und doch.

Moby Dick.

Zbigniew zog sein Exemplar aus den hinteren Reihen eines Regals, legte Timos Aufzeichnungen daneben.

Die Buchstaben bei Timo standen vielleicht für Zahlen. Eins bis sechsundzwanzig, vielleicht. Seite 1 bis 26. Machte das Sinn?

Zbigniew versuchte eine halbe Stunde lang, anhand des Textes von »Moby Dick« Timos Code zu entschlüsseln. Nicht nur, dass es ihm nicht gelang, es machte auch überhaupt keinen Sinn von der Entschlüsselungstechnik her. Er schloss daraus, dass Timo keinen Buchcode verwendet hatte.

Die virtuelle Feierabendglocke schrillte durch Zbigniews Hirn. Es konnte nicht angehen, dass er hier, zu Hause, in seinem kleinen Reich am Eigelstein weiter über den Fall nachdachte. Das konnte er in seiner Arbeitszeit tun, jetzt sollte er sich entspannen.

Doch womit? Womit sollte er sich entspannen? Wenn er schon einen Yogakurs gemacht hätte, könnte er jetzt Yoga machen. Auch für seinen Rücken, natürlich.

Im Internet surfen. Nein, das war Zeitverschwendung.

Ein gutes Buch, einen guten Wein und eine gute Frau. Die gute Frau war auf einer Party, der gute Wein vier Altbaustockwerke tiefer im Keller, und Buch hatte Zbigniew soeben noch zur Genüge gehabt.

Der Wein schien, rational betrachtet, die sinnvollste Lösung zu sein.

Manchmal war es im Leben schon merkwürdig. Als Zbigniew seine Wohnungstür bei der Heimkehr zugeschlossen hatte – er schloss nach den Empfehlungen der Schutzpolizei seine Wohnung abends immer von innen ab, wenn er nach Hause kam –, hatte er bereits über den Keller nachgedacht. Er erinnerte sich an eine Kiste roten Bio-Pfälzer, den ihm ein Arbeitskollege direkt vom Weingut mitgebracht hatte. Nicht sein Lieblingswein, aber ein ehrlicher Wein.

Aber als er das Treppenhaus wieder betrat, wurde ihm klar, dass der Wein bloß ein Vorwand war. Irgendwo in seinem Unterbewusstsein gab es etwas anderes, das ihn zum Verlassen der Wohnung gedrängt hatte. Es war nicht der Wein allein.

Als Zbigniew wie zufällig an den Briefkästen innehielt, begriff er es.

Der Brief von Barbara.

Zbigniew nahm ihn heraus, holte noch eine Flasche Rotwein aus dem Keller und stieg die 92 Stufen zu seiner Wohnung wieder hinauf. Eine Wohltat für den Rücken. Er machte es sich auf seiner Couch gemütlich, öffnete den Rotwein, trank einen ersten Schluck. Mit einem Lächeln auf den Lippen betrachtete er den Umschlag des Briefs, riss ihn an der Kante auf und entfaltete das Papier darin.

Lieber Zbigniew Meier,

Sie wundern sich jetzt bestimmt, dass Sie ein paar Tage nach unserer Bekanntschaft im Flugzeug bereits einen Brief von mir im Postkasten haben … aber um ehrlich zu sein, Sie sind mir nicht aus dem Kopf gegangen. Vielleicht, weil Sie ein Stück weit mein Leben gerettet haben – nach Turin war ich so enttäuscht, so am Boden, dass die Bekanntschaft mit Ihnen mir wieder ein Fünkchen Hoffnung gegeben hat, dass das Leben vielleicht doch nicht so niederträchtig ist, wie es manchmal erscheint. Sie brauchen keine Angst zu haben, ich werde nichts in unsere Bekanntschaft hineininterpretieren, es ist nur einfach so, dass ich Sie gerne wiedersehen würde. Falls das aus Ihrer Sicht überhaupt nicht in Frage kommt, dann schreiben Sie mir kurz zurück – ich werde es verstehen. Aber vielleicht war die Bekanntschaft im Flugzeug ja mehr als eine Koinzidenz. Ich habe gemerkt, dass Sie unter großer Flugangst leiden, und hatte das Gefühl, dass Sie während des Fluges keinerlei Anzeichen von Angst mehr hatten. Oder sehe ich da zu viel? Wenn Sie mich lassen, würde ich Ihnen gerne noch mehr nehmen als die Flugangst. Entschuldigung, jetzt werde ich ein bisschen liederlich, das wollte ich nicht. Streichen Sie den vorletzten Satz einfach.

Also, wenn Sie Lust hätten, mich wiederzusehen, dann rufen Sie mich einfach an, meine Nummer haben Sie ja. Ich würde mich freuen.

Herzliche Grüße

Ihre Barbara Plath

PS: *Ich würde auch nach Köln kommen zu einem Kaffee. Ich weiß, dass Kölner ihre Stadt nur ungern verlassen.*

Auf der Rückseite des Briefs entdeckte Zbigniew – mit dem Kommentar »zur Sicherheit!« – dann noch mal ihre Handynummer. Fast musste er darüber lachen, doch er konnte es nicht und nahm stattdessen einen Schluck Wein.

Zbigniew war mulmig zumute. Es war ein Brief, der nicht viele Optionen offenließ. Ein Brief, der eine direkte Entscheidung verlangte. Entweder man musste ihn zerreißen und sofort vergessen – um den Preis, dass man eine lebenslange Neugierde darauf hatte, was passiert wäre, wenn man ihn nicht zerrissen hätte.

Oder man musste darauf eingehen.

Humor hatte sie ja schon. Konnte er sich ein Kaffeetrinken mit Barbara vorstellen? Ja, natürlich konnte er. Er hatte ihre Anwesenheit als sehr angenehm empfunden, abgesehen von der unangenehmen Vorahnung, dass sich Barbara in irgendetwas verstricken könnte, was Frauen in einer derartigen Situation, in einem derartigen Alter manchmal taten. Sich verlieben, oder so.

Er könnte es ihr sagen. Barbara, wir können gern einen Kaffee trinken gehen, aber es wird niemals etwas zwischen uns sein. Ich bin liiert, habe eine Freundin, mit der ich glücklich bin.

Eigentlich zumindest. Gut, sie ist erst siebzehn, aber es macht keinen Unterschied.

Und sie geht auf Partys zu irgendwelchen Jungs.

Barbara würde so etwas bestimmt nicht tun. Sie war eine reife

Frau, eine intelligente Frau in seinem Alter, die er ausgesprochen attraktiv fand und die einen ziemlich eindeutigen Annäherungsversuch machte. Gut, vermutlich würde sie ein Kind von ihm wollen.

Zbigniew nahm einen Schluck Wein, um die Gedanken in seinem Kopf fortzuspülen. Zu viele Gedanken. Ein paar Tage Urlaub würden ihm bestimmt guttun. Wenn er nur endlich fähig wäre, die Akte Timo Lindner endgültig zu schließen.

Konnte der verdammte Bengel nicht wieder auftauchen? Was sollte die Scheiße: Geheimnistuerei, codiertes Tagebuch, einfach abhauen. Sollten die Eltern einen Detektiv auf ihre Kosten engagieren, schließlich hatten sie die Sache verbockt, Geld genug hatten sie ja. Und Tom, dem würde er auch noch mal die Leviten lesen. Wie konnte der Junge der Polizei – auch noch in Form von Zbigniew höchstpersönlich! – eine Woche lang wichtige Informationen vorenthalten?

Die Weinflasche wurde deutlich leerer. Deutlich war auch, dass ihm Tom und Timo und Tonia inzwischen alle verdammt auf den Sack gingen. Und Jonas, mein Gott, warum hießen alle Kinder heutzutage Jonas oder Leon oder Luka?

Zbigniew ging ein bisschen im Wohnzimmer auf und ab, um sich zu beruhigen. Auch die Schmerzen im Rücken wurden wieder stärker.

Verdammte Schmerzen. Womit hatte Zbigniew das verdient, mit Mitte dreißig, na ja, sagen wir Ende dreißig so eine verdammte Scheiße zu kriegen? Andere brachen sich beim Skifahren permanent die Beine und waren kerngesund, und Zbigniew, der Vorsichtige, bekam Rückenschmerzen, die an eine Höllenqual grenzten.

Das Leben ist niemals gerecht, hörte Zbigniew seine Mutter sagen. Polnische Weisheiten.

Die Flasche Rotwein war inzwischen leer. Zbigniew fühlte, dass er ins Bett gehen sollte. Ein Absacker, das könnte ihm guttun. Hatte Zbigniew nicht noch irgendwo einen Wodka stehen? Ein kleines Gläschen Wodka, das wäre etwas.

Zu den Rückenschmerzen gesellte sich langsam ein leichtes Stechen in den Nieren. Okay, es war sicherlich nicht gut, zu den Tabletten so viel Alkohol zu trinken. Andererseits, wenn die Wirkung im Rücken nachließ, hieß das nicht auch, dass die Tablette inzwischen wieder aus dem Körper heraus war? So war es doch bestimmt.

Schlimmer wog, dass Zbigniew wohl vor dem Schlafengehen noch eine Tablette zu sich würde nehmen müssen. Das war bestimmt nicht gesund, auf den vielen Alkohol.

Aber egal. Alles egal, dachte Zbigniew. Ich trinke jetzt auf jeden Fall noch einen Wodka. Einen Tag lang völlig ungesund leben, das kann einen nicht umhauen. Das kann nicht so schlimm werden.

Zbigniew bückte sich herunter zu dem Schrank, in dem er den Wodka vermutete. Keine besonders günstige Angelegenheit für seinen Rücken, aber immerhin fand er die Wodkaflasche. Warum stand sie hier unten? Hatte Zbigniew sie vor einigen Monaten absichtlich in den Tiefen dieses Schranks verschwinden lassen? So war es, erinnerte Zbigniew sich. Wenn die Wodkaflasche oben stand, war die Gefahr viel zu groß, dass man ein kleines Schlückchen am Abend trank.

Zbigniew schüttete Wodka in ein kleines Glas. Nur dieses eine Glas, beschloss er rigoros und stellte die Flasche wieder nach unten in den Schrank. Manchmal war er stolz auf sich, wie konsequent und diszipliniert er sein konnte.

Und weg damit. Zbigniew ließ den Schnaps in einem Zug in seine Kehle laufen. Das tat gut!

Und jetzt ab.

Zbigniew ging vorschriftsmäßig ins Badezimmer, um sich die Zähne zu putzen, das Gesicht zu waschen und einen Pyjama anzuziehen. Dann schlenderte er in sein Schlafzimmer. Es war kalt, Zbigniew hatte das Fenster offen stehen.

Wie sehr freute er sich nun auf das Bett. Wenn nur der verdammte Schmerz nicht wäre.

Einen kleinen Schluck Wodka noch, als Betthupferl. Zbigniew hatte einen Hauch von Bedenken, weil er sich schon die Zähne geputzt hatte. Andererseits, in Wodka war ja kein Zucker oder so etwas. Der desinfizierte die Zähne nur umso mehr.

Er nahm noch einen Schluck.

Und nun ab ins Bett. Licht aus, schlafen.

Was Barbara wohl erwartete von ihm? Zbigniew spürte, wie er unter der Bettdecke eine Erektion bekam. Vielleicht sollte er es sich einfach gutgehen lassen. Dann war die Sache erst mal aus dem Kopf heraus.

Zbigniew berührte seinen Schwanz. Ja, das Gefühl hatte ihn nicht getäuscht, er war ziemlich hart. Er stellte sich vor, wie er sich mit Barbara traf, man gemeinsam nach Hause ging. Und so weiter.

Wie ein Pennäler rieb Zbigniew seinen Schwanz. Barbara war eine gute Liebhaberin, samtig und philosophisch. Sie war nun auf ihm, er war in ihr, sie bewegte ihr Becken in präzisen Bewegungen auf und ab und stöhnte dabei lasziv. Hatte sie ein schwarzes Seidenneglige an? Nein, Zbigniew beschloss, dass sie völlig nackt war.

Er war kurz davor zu ejakulieren, da schossen mehrere störende Bildblitze in seine Barbara-Fantasie hinein. Zuerst war es Tonia Lindner, wie sie die Treppe von der oberen Etage herunterkam. Dann Lena, wie sie sich an seinem Schwanz zu schaffen machte. Wieder Barbara. Eine Mixtur von Bildern … nun sogar ein paar aus dem Pornofilm, der bei Tom gelaufen war … und dann hatte Zbigniew seinen Orgasmus. Ein unglaublicher Schmerz durchfuhr seinen Lendenbereich, während das Sperma in den Pyjama spritzte. Zbigniew fuhr hoch, er hatte das Gefühl, dass die Ejakulation durch den Schmerz nicht vollständig zu Ende gebracht wurde.

Was für ein Trauerspiel.

Wer hatte in seinem Hirn eigentlich den Orgasmus interruptus erzeugt – Barbara, Lena oder Tonia Lindner? Der Porno bestimmt nicht, nein. Irgendwie kam es Zbigniew alles ekelhaft vor. Das feuchtwarme Sperma klebte in seinem Pyjama.

Zbigniew humpelte ins Badezimmer, um den Pyjama zu wechseln. Er wusch sich unter starken Schmerzen.

Noch nicht einmal eine Ejakulation lief mehr ohne Schmerzen ab. Er musste eine Tablette nehmen. Wodka hin, Wodka her.

Er humpelte in die Küche, um eine seiner Schmerztabletten zu nehmen. Er ließ sie in einem Gläschen Wodka zerfallen und spülte sie herunter.

II

Zbigniew wachte mit höllischen Schmerzen im Lendenbereich auf. Draußen war es noch dunkel. Vorsichtig wendete Zbigniew seinen Kopf zur Digitaluhr am Bett. Es war zehn Minuten nach vier. Wieso wirkte die Schmerztablette nicht mehr?

An Aufstehen war nicht zu denken. Zbigniew bewegte vorsichtig sein linkes Bein. Die kleinste Bewegung war eine Qual. Eine Welle der Verzweiflung packte Zbigniew.

Er war bewegungsunfähig.

Neben dem Bett lag das Handy. Ausgeschaltet. Sollte er den Notruf anrufen? Oder einfach darauf hoffen, dass der Schmerz von alleine nachließ? Zbigniew streckte seinen Fuß ein wenig. Nein, es ging nicht.

Das Handy. Seine einzige Chance. Zbigniew versuchte, seinen Arm auszustrecken. Eine Angstattacke überkam ihn, als er begriff, dass er noch nicht einmal seine Finger mehr bewegen konnte. Der Schmerz stach unerträglich aus der Lende in seine gesamte linke Seite herein, in den linken Arm, das linke Bein.

Schweiß auf seinem ganzen Körper. Es klingelte an der Tür. Zbigniew wusste nicht, wie viel Zeit vergangen war, aber es konnte keine Einbildung sein. Dennoch kam ihm das Klingeln verzerrt vor. War das Klingeln verzerrt oder seine Wahrnehmung durch den Schmerz gelähmt?

Es klingelte noch einmal, wie aus einer anderen Welt. Hatte er den Notarzt bereits angerufen, es vielleicht schon wieder vergessen? Eine erneute Schmerzattacke packte Zbigniew, als ob jemand mit einer Motorsäge seine gesamte linke Hälfte bearbeiten würde.

Schweißgebadet wachte Zbigniew auf.

Er bewegte seine linke Hand, zu seiner Freude funktionierte

sie. Zwar spürte er den bekannten gedämpften Schmerz im Rücken, aber nach einem Moment der Orientierungslosigkeit wurde ihm klar: Es war nur die Heimsuchung eines Alptraums gewesen. Wenn sein Unterbewusstsein ihm damit andeuten wollte, was seine schlimmste Angst war – dann war es dem Unterbewusstsein perfekt gelungen.

Erneut klingelte es an der Tür. Das war kein Traum, es war real. Zbigniew schaute zur Uhr – es war acht Minuten nach vier. Seine Alptraumvision war perfekt im Timing gewesen. Seltsam.

Das Klingeln an der Tür wiederholte sich. Ein ungeduldiges Klingeln, das Zbigniew in seiner rhythmischen Stilistik zu kennen glaubte. Vermutlich hatte das Klingeln ihm das Leben gerettet, sonst hätte er weitergeschlafen und vor Angst einen Herzinfarkt erlitten.

Zbigniew erhob sich mühsam. Auf dem Bett sitzend trat Zbigniew ein paarmal auf den Boden, um die Muskulatur zu lockern.

Klingeln. Zbigniew schleppte sich unter Schmerzen zur Tür, betätigte die Gegensprechanlage.

»Ja?«

»Mach schon auf, es regnet.«

Zbigniew drückte den Knopf.

Lena, wer sonst. Wer sonst würde ihn um acht Minuten nach vier besuchen? Zbigniew überlegte, ob er sauer sein sollte.

Klappernde Schritte näherten sich im Treppenhaus. Lena sah atemberaubend aus. Aufgebrezelt. Für ihn? Nein, sie kam sicher direkt von der Party. Für andere Menschen machte sie sich hübscher als für ihn selbst, so viel stand fest.

Lena knallte einen tropfenden Regenschirm ins Treppenhaus vor seine Wohnungstür.

»Hi«, sagte sie und gab ihm einen flüchtigen Kuss auf die Lippen. Ihr Gesicht war leicht feucht vom Regen.

»Alles in Ordnung?«, fragte Zbigniew schläfrig.

»Jupp. Krieg ich noch 'nen Drink?«

»In der Küche steht Wodka.«

Sie gingen in die Küche, Lena schenkte sich großzügig ein.

»Kommst du direkt von der Party?«

»Ja klar, hab ich dir doch geschrieben.«

Geschrieben? Zbigniew brauchte es nicht auszusprechen, offenbar war sein Gesichtsausdruck belämmert genug.

»Kannst du nicht mal dein Handy anlassen? Ich hab dir doch 'ne SMS geschickt, dass ich nach der Party bei dir vorbeikomme. Nachdem du mich angerufen hast.«

Vielleicht sollte er in Zukunft sein Handy doch häufiger anlassen.

»Und deine Eltern?«

»Ich hab gesagt, dass ich heute bei 'ner Freundin schlafe.«

»Ah. Bei Edina?«

Lena blickte ihn vorwurfsvoll an.

»Findste die jetzt gut oder was?«

»Nein. Ich dacht nur.«

»Okay. – Wie findst du meinen Look?«

»Atemberaubend. Hab ich nicht schon gesagt, dass du atemberaubend aussiehst?«

Lena grinste.

»Danke. Nur für dich angezogen.«

»Ja sicher.«

Sie setzten sich auf die Couch. Lena erkundigte sich nach seinem Rücken. Zbigniew log, dass er auf dem Weg der Besserung sei. Lenas direkte Reaktion war, mit Schwung auf Zbigniews Schoß zu hüpfen. Zbigniew kniff die Pobacken zusammen und ließ sich nicht anmerken, dass es seinen Rücken zerriss.

Eine Viertelstunde später lagen sie aneinandergekuschelt im Bett. Zbigniew streichelte Lenas Bauch, sie schnurrte gelegentlich wie eine Katze. Und dann schliefen sie einfach ein.

Als Zbigniew wieder aufwachte, war es hell, und erstaunlicherweise lagen Lena und er noch in genau der gleichen Position wie beim Einschlafen. Zbigniew hatte mal gelesen, dass man sich in der Nacht von Natur aus zwanzigmal herumwälzte.

Zbigniew stand auf, um Frühstück zu machen. Der Rücken schmerzte höllisch; er war gezwungen, zu humpeln. Vielleicht sollte er erst ein wenig in Schwung kommen, bis Lena aufwachte, damit sie es nicht bemerkte.

Die gute alte Übung von Harry Rethmann auf dem Boden, Knie nach links, Knie nach rechts, während der Kaffee lief. Eigentlich, theoretisch, hätte Zbigniew große Lust auf Sex mit Lena gehabt. Aber mit seinem Rücken war daran nicht zu denken.

Sollte er ihr erzählen, wie schlimm es um ihn bestellt war? Dass er kurz vor der Invalidität stand?

Zbigniew erhob sich mühsam vom Fußboden, deckte den Tisch. Lena kam hereingehuscht, gab ihm einen Kuss. Dann verschwand sie ins Bad. Zbigniew beschloss, zur Feier des Tages ein Ei zu kochen. Schnell nahm er eine der Tabletten; eigentlich sollte man sie nach dem Essen nehmen, aber so würde Lena nichts bemerken.

»Iiih«, hörte er Lena aus dem Bad kreischen.

»Was ist?«, rief Zbigniew.

»Was haste denn da in deinem Pyjama? Ist ja eklig.«

Zbigniew wurde rot, obwohl niemand in der Küche war.

»Lass den liegen«, rief er, weil ihm nichts Besseres einfiel. Ein Grunzen aus dem Bad. Nach ein paar Minuten, die Eier kochten bereits, kam Lena in Zbigniews Bademantel zurück.

»Sag mal, wichst du in deinen Schlafanzug oder was?«, fragte sie mit ernsthaft verstörtem Gesichtsausdruck.

Konnte man hierauf eine unverfängliche Antwort geben?

»Nee, da ist mir nur gestern was drübergelaufen.«

»Riecht aber verdammt nach Sperma. Und klebt auch so.«

»Was machst du denn überhaupt mit meinem Pyjama?«

Lena machte große Kulleraugen.

»Ich wollte den anziehen.«

Zbigniew konnte sich nicht helfen. Er musste grinsen.

»Kann ja nicht ahnen, dass ich da auf deine angeklebte Wichse stoße«, fügte Lena mit künstlich naivem Tonfall hinzu. »Und an wen hast du gedacht, beim Wichsen?«

Zbigniew lächelte, gab keine Antwort. Erstaunlicherweise beließ Lena es tatsächlich dabei. Es wurde ein harmonisches Frühstück. Mit Ei.

Später, als Lena sich zu ihren Eltern aufgemacht hatte, fiel Zbigniew auf, dass auf dem Wohnzimmertisch noch der Brief von Barbara lag. Er schickte ein kleines Dankgebet an einen unbekannten Adressaten, dass Lena ihn nicht gesehen hatte.

Sie hatte ihn doch nicht gesehen, oder?

Nein, sonst hätte sie ihm eine Szene gemacht.

Er schob den Brief in eine entlegene Schublade.

An diesem Wochenende blieb Zbigniew telefonisch mit der Außenwelt im Kontakt. Die Spurensicherung meldete sich, sie hatte in der alten Fabrik nichts weiter Verwertbares entdeckt. Zbigniew rief einen alten Journalistenfreund an, der nach kurzer Recherche für ihn herausbekam, dass das Gebäude in der Eupener Straße in Wirklichkeit ein Teilelager der belgischen Armee gewesen war. Die belgische Armee hatte es nach ihrem Abzug an die Stadt Köln zurückgegeben, die nun Eigentümer des Grundstückes war. Warum der Strom nicht abgestellt worden war, dafür hatte der Freund keine Erklärung. Irgendjemand hatte irgendwo geschlafen. Köln.

Am Samstag rief ein diensthabender Kollege an, dass eine Studentin im Kommissariat vorbeigekommen sei und nach einem Fahrrad gefragt habe. Zbigniew fiel es wieder ein, das Fahrrad, das er sich sozusagen ausgeliehen hatte. Es stand noch an der Fabrik.

Der Kollege, einer der Schnauzbärte, sagte erstaunlicherweise zu, sich darum zu kümmern. Offenbar war gerade nicht viel los im Revier. Oder die Öko-Studentin gefiel ihm. Zbigniew war es mehr als recht.

Er versuchte, etwas zu entspannen am Wochenende, aber es gelang ihm nicht. Lena hatte wie üblich keine Zeit. Timo Lindner bohrte in seinem Hirn. Zwei- oder dreimal wählte Zbigniew Timos Handynummer, doch es kam nur die Ansage.

So brütete er über den handschriftlichen Aufzeichnungen von Timo, in der Hoffnung, sie decodieren zu können. Erfolglos. Vielleicht würde der Text für immer und ewig ein Rätsel bleiben. Vielleicht würde Timo niemals wieder auftauchen.

Am Sonntagabend, als er in der Badewanne lag, musste er an

etwas denken, das Edwin recht früh in der Ermittlung geäußert hatte.

Er würde anrufen. Timo würde anrufen.

Würde Timo wirklich anrufen? Würde er Tonia anrufen, sie nicht im Ungewissen lassen? Oder war seine Beziehung zur Mutter dafür zu belastet?

Nein, sie war nicht zu belastet, entschied Zbigniew. Timo akzeptiert nicht den Modus, in dem Tonia lebt, aber er ist klug und ausgeglichen genug, um damit umzugehen. Er hasst Tonia nicht.

Er würde wissen, dass seine Eltern in Sorge waren. Er würde anrufen, eine Nachricht hinterlassen, eine Postkarte schreiben. Zumindest nach … wie vielen Tagen – neun?

War es wirklich erst anderthalb Wochen her, dass Zbigniew das erste Mal oben in der Lübecker Straße gewesen war? Es kam ihm inzwischen so vor, als ob er schon seit Monaten an dem Fall arbeitete.

Zbigniew hatte in seiner bisherigen Polizeikarriere noch kein vermisstes Kind gehabt, dessen Verschwinden nicht aufgeklärt worden war. Zweimal war der schlimmste Fall eingetreten – das Kind war getötet aufgefunden worden. All die anderen Male war das Kind wieder aufgetaucht. Vielleicht würde sich Zbigniew damit abfinden müssen, dass Timo Lindner sein erster Fall war, bei dem ein Kind vermisst blieb.

Es gab diese Fälle, jede Kriminalkommission hatte sie, und nun würde Zbigniew persönlich damit konfrontiert. Ein Fall, der Ermittlungsbeamten und Eltern in der Ungewissheit beließ. Dessen Akten im Lauf der Jahre immer mal wieder herausgeholt würden. Ein Fall, der in zwanzig Jahren durch irgendeinen Zufall – oder durch irgendeine neue Technologie, von der man jetzt noch nichts wusste – gelöst wurde. So wie heute manche Fälle aus der Vergangenheit über DNS-Vergleiche gelöst werden konnten.

Oder auch nicht.

Unter Umständen würde es helfen, den Fall Timo im Fernsehen in einer der Fahndungssendungen wie »Aktenzeichen XY« zu präsentieren. Bei vermissten Kindern waren Sendeplätze meistens leicht zu bekommen, die Fernsehverantwortlichen lechzten förmlich danach. Auf diese Weise erreichte man unter Umständen Menschen, die noch neue Informationen zum Fall beitragen konnten.

Und dann gab es noch etwas, das ihm das ganze Wochenende über im Magen lag.

Zbigniew kam am Montagmorgen ziemlich früh zum Dienst. Vor der Dienstbesprechung wollte er noch etwas erledigen. Er ging zu zwei Schnauzbärten, die gemeinsam in einem Büro Kaffee tranken.

»Entschuldigt … Kennt einer von euch zufällig jemand Guten vom Betrugsdezernat?«

Die Kollegen sahen ihn leicht überrascht an. Dann erinnerten sie sich wohl, dass Zbigniew noch recht neu in Köln war.

»Der Jens Möllerheinz, der ist in Ordnung«, grummelte der Beamte mit dem repräsentativeren Schnurrbart.

»Möllerheinz?«

»Ja.«

Zbigniew bedankte sich und ging zurück in sein Büro. Er wählte die Nummer der Zentrale und bat um eine Verbindung zu Hauptkommissar Möllerheinz. Der Betrugsspezialist war bereits im Büro und klang sehr wach, ein Frühaufsteher. Nachdem Zbigniew sich vorgestellt hatte, kam er gleich zur Sache.

»Wir haben in einem Vermisstenfall einen Zufallsfund gemacht, der Sie interessieren könnte«, hörte Zbigniew sich in nüchternem Tonfall sagen. Er berichtete dem Beamten von der Art, wie die Rektorin der Hildegardschule – nun war Zbigniew ihr Name vollständig präsent – ihr Leben verbesserte. Hoffentlich war Möllerheinz nicht im gleichen Karnevalsverein wie Frau Dr. Franck. Oder hatte sein Kind selbst an die Hildegardschule verkauft.

Zbigniew atmete daher auf, als Möllerheinz nach seinen Erklärungen relativ ruhig sagte: »Das ist ja ein Skandal, wenn da was dran ist. Wir werden unverzüglich Ermittlungen einleiten.«

Er bedankte sich bei Zbigniew für den Tipp und versprach, ihn über seine Ermittlungen auf dem Laufenden zu halten. »Wenn das wirklich stimmt und nur die Spitze des Eisbergs ist, dann gibt's den Rest auch in der Zeitung zu lesen«, fügte er trocken hinzu.

Als Zbigniew aufgelegt hatte, überlegte er, ob er den Namen der Lindners aus der Geschichte heraushalten sollte. Beziehungsweise Möllerheinz bitten sollte, die Lindners herauszuhalten. Er entschied sich dagegen. Die Zeitungen stellten im Fall der Fälle ohnehin eigene Recherchen an, und dann war es in der Regel günstiger, wenn es nicht so wirkte, als ob die Polizei etwas verschleiern wollte.

Es klopfte an seiner Tür. Zeynel kam herein.

»Wann ist denn *unsere* Sitzung?«, fragte er in beiläufigem Ton. Der Ton wirkte derartig beiläufig, als hätte Zeynel etwas herausgefunden, das er dringend loswerden wollte.

Zbigniew sah auf die Uhr.

»Um neun im Blauen Salon?«

»Alles klar, ich sag's den andern.«

Es folgte zunächst die offizielle Einsatzbesprechung im Blauen Salon um acht. Zbigniew war geistig kaum anwesend, als der Dienststellenleiter unter den Schnauzbärten neue Fälle verteilte. Die Aufteilung der Beamten und die Übersicht über die Fälle waren die Hauptaufgaben seines Vorgesetzten.

Nach der Besprechung ging Zbigniew zurück ins Büro. Er rief Timos Nummer an. Es meldete sich wieder nur die automatische Ansagerin.

Der große Zeiger der Wanduhr rückte auf neun Uhr vor. Zbigniew würde nun hinübergehen müssen, zu den Kollegen. Was sollte er ihnen erzählen? Wie sollten sie nun weiter vorgehen?

Zbigniew nahm die Aufzeichnungen von Timo Lindner und ging in den Flur. Dort begegnete er Katrin. Sie war aus ihrem Urlaub zurück, wirkte gut gelaunt. Eine Woche Türkei, ohne Bombenanschlag, ohne Durchfall. Auch sie wollte bei der Besprechung dabei sein.

Zbigniew ging noch kurz auf die Toilette. Ihm fiel ein, dass Katrin zusammen mit Zeynel den ersten Besuch bei den Lindners gemacht hatte. Vielleicht erschien für sie ja etwas nun in neuem Licht.

Dann war es so weit.

Im Blauen Salon wartete eine Überraschung auf Zbigniew – Staatsanwalt Dr. Lachmann. Warum er da war, wusste Zbigniew nicht.

Lachmann war aus Zbigniews Sicht ein seltsamer Typ. Er hatte studiert und promoviert, war aber ein unglaublicher Prolet geblieben. Ein lauter, roher Zeitgenosse, dem kein Witz zu primitiv war, der mit hochrotem Kopf und großen Gesten über die Flure blökte. Trotz seiner Grobschlächtigkeit war Lachmann aber jemand, der die richtigen Entscheidungen traf. Er ließ die Polizeibeamten nach ihrem Bauch handeln und wurde bloß unangenehm, wenn es große Probleme gab. Die Meinung seiner Vorgesetzten schien ihm egal zu sein, daher würde er es wohl nie zum Oberstaatsanwalt bringen.

Einmal, bei einem gemeinsamen Mittagessen in der Kantine, war das Gespräch zwischen Zbigniew und Lachmann auf die florierenden verbotenen Puffs in der Altstadt gekommen.

»Das ist zum Schreien«, hatte Lachmann gesagt, »da regen sich immer noch Anwohner drüber auf, dass sie neben 'nem Puff wohnen.« Lachmann hatte seine Arme weit geöffnet, seine Handflächen nach oben gestreckt. »Ja soll ich die dichtmachen oder was? Die ham doch den Arsch offen, alle. Wenn's die Dinger alle nicht mehr gibt, wer weiß, wo die Männer dann sonst drüber herfallen, über Nachbars Tochter oder die Fensterguck-Omi oder was weiß ich alles.«

Zbigniew sagte nicht, dass er selbst neben einem Puff wohnte. Und dass er seine Meinung teilte. Er hatte sich hastig verabschiedet, weil ihm dieses Geblöke in der Kantine peinlich war. Seitdem verhielt sich Lachmann etwas reserviert ihm gegenüber; er hatte Zbigniews Reserviertheit offenbar doch gespürt.

Jetzt saß er hier am Tisch im Einsatzraum. Er hatte sich neben Katrin gesetzt und redete ohne Unterlass und mit verstärkter Armarbeit auf die Kollegin ein, die bereits völlig entnervt wirkte. Gerade aus dem Urlaub zurück und direkt von Dr. Lachmann bombardiert werden!

»Guten Morgen!«, warf Zbigniew in die Runde.

»Morgen«, grummelte es ihm aus den unterschiedlichen Richtungen entgegen. Lachmann blickte hoch, wandte sich von Katrin ab.

»Sie wundern sich sicher, dass ich hier sitze«, ergriff Lachmann gleich ungefragt das Wort. »Ihr Vorgesetzter hat mir gesteckt, dass

Sie hier beginnen, eine eigene Substruktur innerhalb des KK 51 aufzubauen.«

Einen Moment lang sah Lachmann böse aus, doch dann lachte er bloß.

»Mir egal. Ich bin ja nicht der Dienststellenleiter hier. Aber so langsam wird mir die Lindner-Ermittlung etwas unheimlich, Herr Meier. Verstehen Sie? Unheimlich! Hatten Sie den Fall nicht abgeschlossen?«

Zbigniew nickte.

»Sehen Sie, und wenn Sie hier Überstunden leisten und mal eben nach Turin fliegen, macht man sich so seine Gedanken. Und dann haben Sie ja in der Nacht zum Samstag auch noch alle Kollegen aus Lindenthal hinzugezogen!«

Zbigniew wollte etwas erwidern, aber Lachmann war am Steuerknüppel.

»Na, wenn's was bringt«, lachte Lachmann laut. »Sie haben da ja immerhin eine hübsche Pornobude ausgeräuchert, was? Meinen Glückwunsch!«

Zeynel, Katrin und Edwin sahen irritiert aus, Dieter Weber starrte auf seinen Bleistift. Zbigniew fragte sich, wieso Lachmann so gut informiert war.

»Ja.«

»Aber nichts Illegales, oder? Hat es denn einen kriminologischen Fortschritt gebracht, Herr Meier?«

Die Ironie störte Zbigniew. Und es störte ihn, dass seine Kollegen noch gar nicht wussten, worüber Lachmann sprach. Deshalb fasste er kurz und ruhig in drei Sätzen zusammen, was sich an dem Abend ereignet hatte. Lachmann wirkte ungeduldig, sah aber wohl die Notwendigkeit von Zbigniews Zusammenfassung ein und beschränkte sich auf ein leichtes Fingerklopfen auf der Tischplatte, um seinem Unmut Ausdruck zu geben. Zeynel wirkte unglücklich; vermutlich ärgerte ihn, dass Zbigniew ihn nicht mitgenommen hatte.

»In diesem Sinne, um Ihre Frage zu beantworten«, wandte sich Zbigniew schließlich an Lachmann, »ja und nein. Ja, weil wir nun ein Stück mehr über Timos Leben wissen. Nein, weil wir ihn immer noch nicht gefunden haben. Der Fall hat sich irgendwie von alleine wieder weiter aufgemacht, als wir gedacht haben.«

»Glauben Sie denn ernsthaft noch, dass Sie diesen sechzehnjährigen Racker polizeilich finden werden?«, fragte Lachmann mit einem herzlichen Stirnrunzeln.

Zbigniew kratzte sich am Rücken. Die Tablette wirkte perfekt.

»Noch fünfzehn. Ich weiß es nicht, um ehrlich zu sein.«

»Also, Leute, wenn ihr mich fragt, dann habt ihr in den Fall Timo Lindner genug Zeit gesteckt. Und, er mag das ja nicht so sagen, aber euer Dienststellenleiter ist da genau der gleichen Ansicht.«

Nun duzte er die Beamten. Dabei war Lachmann für so eine patriarchalische Art noch viel zu jung. Anfang vierzig? Schwer zu schätzen, er wirkte alterslos.

»Oder gibt es noch irgendwelche – *loose ends,* Herr Meier?«

Lachmann betonte die »loose ends«, die noch offenen Fährten, ironisch.

»Ich habe in der Bude eine Niederschrift von Timo Lindner gefunden. Handschriftliche Aufzeichnungen. Vielleicht ein Tagebuch.«

Zbigniew legte die Seiten auf den Tisch und berichtete, was Tom ihm darüber erzählt hatte. Und davon, dass POLIMORF nicht in der Lage gewesen war, es zu knacken.

»Ich würde es gerne an die kryptografische Abteilung des BKA senden«, beschloss Zbigniew seine Rede. Lachmann sah ihn mit großen Augen an.

»Wissen Sie, was da auf Ihre Kostenstelle draufkommt?«

Das war nicht das Problem des Staatsanwalts, das war das Problem der Polizei. Was wollte Lachmann eigentlich?

»Ja. Aber wir müssen es versuchen.«

»Und sonst, sonst haben wir nichts in der Hand?«

Allgemeines Schweigen. Zbigniew hoffte, dass Zeynel sich räuspern und mit einer ungeahnten Neuigkeit aufwarten würde. Doch Zeynel sah nur auf die Tischplatte.

Manchmal bedauerte Zbigniew die Tischplatte, weil sie so viele verlegene Blicke ertragen musste.

»Also, dann machen wir mal langsam Schluss mit der Sache, oder?«

Lachmann sah Zbigniew nun recht ernst an. »Wenn's nichts mehr zu ermitteln gibt, dann gibt's nichts mehr zu ermitteln. Äh, ihr habt ja alle gute und professionelle Arbeit gemacht, gell. Und bevor wir noch zum beschissenen Tagesgespräch in den anderen Kölner Polizeibezirken werden, belassen wir es lieber dabei, ja? Der Knabe taucht schon wieder auf.«

Lachmann ordnete unsichtbare Papiere auf dem Tisch zusammen, erhob sich und nickte den Polizisten zu. Dann lächelte er Zbigniew freundschaftlich an.

»Ich meine, Sie sind ja noch nicht so lange hier, das ist schon in Ordnung. Sie bekommen da auch noch ein Gespür dafür. Und Sie müssen sich immer klarmachen, dass hier in Köln mehr los ist, da haben wir nicht so viel Zeit für einzelne Fälle wie die Kollegen in Bonn.«

Zbigniew war überrumpelt, er wusste nicht, was er Lachmann auf diese Unverschämtheit hin entgegnen sollte. Der Staatsanwalt nutzte den Vorteil, verließ mit minimalistischem Gruß den Raum.

»Puha«, sagte Dieter Weber, als die Tür zum Blauen Salon wieder geschlossen war. Ein Zündfunke lag in der Luft.

Lachmanns letzte Bemerkung war beleidigend gewesen, obwohl Zbigniew ihm gar nichts getan hatte. Außer, dass er ihm nach seiner damaligen Kantinenansprache keine Liebeserklärung gemacht hatte.

»Nimm's nicht so schwer«, sagte Dieter Weber. Offenbar hatte er Zbigniews Gedanken gelesen. »Der ist immer so, war immer so, da hat auch schon dein Vorgänger 'ne Menge zu knabbern gehabt.«

»Hat mein Vorgänger auch mal eine Dienstaufsichtsbeschwerde gegen Lachmann eingereicht?«, grummelte Zbigniew. Die Kollegen fingen an zu grinsen, aber niemand sagte etwas.

Edwin setzte als Erster wieder eine nüchterne Miene auf.

»Okay. Ich mein, ich will jetzt nicht rumzicken, aber … Mal im Ernst, was haben wir seinen Vorwürfen entgegenzusetzen?«

Zbigniew war klar, dass Edwin es als Herausforderung meinte.

»Diese Bude, von der du erzählt hast«, meinte Dieter Weber in seiner üblichen nüchternen Art, »spricht natürlich wirklich nicht allzu sehr für einen Fall, oder? Klingt eher so, als ob Timo sich ein eigenes Leben gegenüber seinen Eltern aufbauen würde, oder?«

Kein neuer Gedanke für Zbigniew.

Dann schoss Zbigniew plötzlich etwas durch den Kopf. Er hatte keine Ahnung, woher das Gedankenfragment kam, auf welche Art und Weise die chemische Verbindung in seinem Hirn ausgelöst worden war.

Er hatte plötzlich Silvia Pütz vor Augen. Silvia Pütz, die etwas gesagt hatte, was wichtig war. Als er gestern zur Schule gefahren war.

Jetzt war es klar. Es passte zusammen. Zbigniews Herz rutschte ein wenig tiefer. Er begriff die Fiktion, der er sich hingegeben hatte. Das Ende der polizeilichen Ermittlung.

»Ich habe etwas sehr Interessantes herausgefunden«, fiel Zeynel ihm in die Gedanken. »Du hattest verdammt den richtigen Riecher, Zbigniew. Tonia Lindner hat uns mit ihrer Geschichte angelogen.«

Zbigniew hörte zunächst kaum hin. Er war gedanklich im St.-Vinzenz-Krankenhaus, bei der alten Dame, die vermutlich bald sterben würde.

»Die Geschichte mit dem Waisenhaus und so. Völliger Unsinn. Tonia Lindner ist nach dem Tod ihrer Eltern von ihrem Onkel und ihrer Tante adoptiert worden. Die Tante, Sandra Angerland, war die Schwester von Tonias Mutter.«

»Hat sie gesagt, sie sei ins Waisenhaus gekommen?«, unterbrach Edwin ihn, »wieso denn das dann?«

Zbigniew fragte sich, worauf Zeynels Recherche hinauslief. Neugier hatte ihn ergriffen. Birte Kröger war vorübergehend wieder aus seinem Kopf verschwunden.

»Ja, Moment, warte doch ab. Ich bin mal die Datenbank durchgegangen. Gegen Tonia Lindners Onkel, besagten Siegfried Angerland, ist vor elf Jahren ein Prozess eingeleitet worden.«

Zbigniews Aufmerksamkeit stieg weiter. Zeynel genoss, dass alle voll bei ihm waren.

»Klägerin war Tonia Lindner.«

Eine Gänsehaut fuhr über Zbigniews ganzen Körper. Er hatte eine Ahnung. Er wusste, worauf es hinauslaufen würde. Es passte so sehr zu Tonia Lindner.

Zeynel sprach es aus.

»Und Siegfried Angerland hat nach dem Prozess fünf Jahre lang den Bremer Knast von innen sehen dürfen.«

»Missbrauch?«, fragte Edwin.

»Scheiße, ich hatte gleich so ein Gefühl.«

Das kam von Katrin.

»Ein Gefühl?«, fragte Dieter Weber.

Nun ging es durcheinander.

»Ich hab die Prozessakte noch nicht, ist aber angefordert. Die Vorstrafe von Angerland lautet jedenfalls auf sexuellen Missbrauch von Minderjährigen.«

»Und Tonia hat ihn angezeigt. Jahre später, vermutlich.«

»Fünf Jahre, das ist die Höchststrafe nach 174. Dann war da einiges im Gange.«

»Der Blick und die Art von ihr, das hätte mir gleich auffallen müssen. Da gab es einige typische Muster von Missbrauchsopfern.«

In Zbigniews Kopf klingelte es. Außerdem spürte er das Gefühl der Erektion, die Tonia Lindner bei ihm verursacht hatte. Fast fühlte er sich deshalb nun ein wenig schuldig.

»Stoppt mal, Leute«, rief er schließlich.

Alle sahen ihn an.

»Also, erstens: Der Reihe nach. Zweitens: Ich bitte darum, dass mir jemand erklärt, wie das in irgendeiner Form mit Timos Verschwinden zusammenhängen kann.«

Zeynel meldete sich am schnellsten.

»Vielleicht hat er ihn entführt. Der Onkel, meine ich. Aus Rache gegenüber Tonia, dass er fünf Jahre im Knast sitzen musste.«

»Nach so langer Zeit? Warum erst jetzt?«, rief Edwin.

»Es könnte sogar die Mutter sein«, sagte Katrin. »Die Tante, meine ich, Sandra Angerland. Weil sie Tonia Lindner vorwirft, die Familie zerstört zu haben. Oder so.«

Katrin hatte recht. Zbigniew hatte selbst einmal erlebt, wie bei einem Missbrauchsprozess auf dem Gerichtsflur eine Mutter ihre Tochter angeschrien hatte, dass sie ja selbst schuld sei. Die Tochter war vierzehn Jahre alt gewesen, und egal, wie sie sich gegenüber ihrem Vater verhalten hatte – der Vater war der einzig Schuldige. Zbigniew vermutete, dass die Mutter sich eine Rechtfertigung ihrer Lebenslüge bauen wollte – nach dem Motto »Eigentlich ist er ja ein *guter* Mann«.

»Ich stelle mir dann übrigens noch die Frage«, sagte Zeynel, »warum Tonia Lindner uns gegenüber nichts davon erzählt hat, dass es Onkel und Tante gibt. Also, ich meine, sie muss doch zumindest über die Möglichkeit nachdenken, dass es irgendetwas mit Timos Verschwinden zu tun haben könnte, oder?«

»Vielleicht hat sie es ja bereits abgeklärt«, sagte Dieter Weber.

»Wie hätte sie das können?«

»Angerufen?«

Niemand wirkte zufrieden damit.

»Wartet mal«, sagte Katrin plötzlich. Ihr Gesichtsausdruck verriet äußerste Anspannung, der Ton ihrer Worte führte zu einer völligen Stille im Raum. Alle sahen Katrin an, alle wussten, dass es bedeutsam war.

»Mal nachgerechnet … Kann Timo das Kind von diesem Onkel sein?«

Zbigniew merkte, wie sein Körper rebellierte. Er sah niemanden an, spürte aber in der Körperhaltung seiner Kollegen, dass sich etwas geändert hatte. Ein Schock war durch den Besprechungsraum gezogen. Zbigniew hatte Phantomen nachgejagt – einer geheimen Bude, einem Tagebuch, einer Schach-AG. Vielleicht ging es bei der gesamten Angelegenheit um etwas ganz anderes.

Etwas ganz anderes.

Es würde passen, rechnete er. Timo war fünfzehn Jahre alt, der Onkel war vor elf Jahren ins Gefängnis gekommen. Es passte fast schon zu gut, um nicht zu stimmen.

Warum kamen sie erst jetzt darauf? Es war wohl Zufall gewesen. Immerhin hatte Zbigniew das Gespür gehabt, dass Tonia

Lindner nicht die Wahrheit über ihre Herkunft gesagt hatte. Hätten sie es eher bemerken müssen, durch irgendeine Standardnachforschung, die sie sträflich unterlassen hatten? Zbigniew war sich nicht sicher.

»Okay«, sagte Zbigniew, nachdem sie sich wieder geordnet hatten. »Legen wir diesen Gedanken mal zugrunde. Was würde das bedeuten für den Fall?«

»Na ja«, sagte Edwin. »Am einfachsten: Onkel darf vermutlich sein Kind nicht sehen, Tonia hat es ihm verboten. Er will das Kind haben und entführt es aus den Armen der Mutter.«

»Und warum erst jetzt?«

»Keine Ahnung.«

Dieter Weber kam zu Hilfe.

»Häufig hat so etwas einen familiären Auslöser. Zum Beispiel, dass seine Ehefrau gestorben ist oder so.«

»Gut. Wir müssen die Informationslage verbessern«, beschloss Zbigniew. »Ich möchte wissen, ob seine Frau noch lebt, was für familiäre Umstände er zurzeit hat, wo er wohnt, ob es andere Kinder gibt, was er beruflich macht et cetera pp. Kriegen wir das schnell hin?«

»Ich wollte damit eigentlich schon ankommen«, sagte Zeynel. »Aber der Lachmann hat mich heute Morgen auf dem Gang in ein halbstündiges Gespräch reingezogen.«

Zbigniew nickte.

»Okay. Wir machen hier weiter, wenn wir Informationen über Siegfried Angerland haben. An die Arbeit.«

Alle erhoben sich, und es war ein neuer Geist zu spüren. Zbigniew selbst merkte die Energie, die ihn packte.

»Ich kümmere mich dann auch noch mal um die SMS-Nummern. Vor neun hab ich beim Provider niemanden erreicht«, sagte Dieter Weber. Zbigniew nickte; gut, dass der erfahrene Kollege auch in allgemeiner Hektik nicht die anderen Spuren aus den Augen verlor.

Zbigniew bat Edwin, zu klären, wieso die Stromanschlüsse in der Eupener Straße noch funktionierten. Dann zog er sich in sein Büro zurück.

Die Rückenschmerzen waren wieder da. Zbigniew schloss sich ein und legte sich auf den Boden. Ein feiner Kripobeamter war er.

Während Zbigniew seinen unteren Rücken gegen den Fußboden drückte, um die Schmerzen zu lindern, fragte er sich, wie sehr Tonia Lindner eine Lügnerin sein könnte. Hatte sie auch in anderen Punkten nicht die volle Wahrheit gesagt? Nun erschien es möglich. Andererseits, eine Vergangenheit wie diese würden die meisten Menschen nicht von alleine erzählen. Zumindest, wenn es keine Bedeutung hatte. Glaubte Tonia Lindner, dass es keine Bedeutung hatte?

Ein Schauder erfasste Zbigniew. Das Konzept der offenen Wohnung. Kein Raum, in dem man sich einschließen konnte. War all dies die Folge von schäbigen Nachmittagen hinter Kinderzimmertüren, in denen Tonias Onkel seine Schutzbefohlene missbraucht hatte? Eine schreckliche Vorstellung. Und doch, es war, als ob Zbigniew ein Licht aufging. Es war der Augenblick, in dem er Tonia Lindner und ihre Welt zu verstehen begann.

Ob Olaf Lindner davon wusste? Ob ihm diese Zusammenhänge, die die Persönlichkeit seiner Frau ausmachten, vollständig klar waren? Wenn das Kind nicht von ihm war, würde dies auch ein neues Licht auf seine Person werfen.

Es klopfte an der Tür.

»Zbigniew?«

Zeynel. Zbigniew erhob sich umständlich.

»Moment.«

Er humpelte zur Tür und schloss auf. Zeynel schien überrascht zu sein, dass Zbigniew sich eingeschlossen hatte.

»Alles klar?«

»Ja. Bestens.«

»Wir wären so weit.«

Eine Minute später saßen wieder alle im Besprechungsraum. Zbigniew nickte Zeynel zu, damit dieser loslegte.

»Also. Siegfried Angerland ist wohnhaft und gemeldet an einer anderen Adresse in Bremen, seitdem er aus dem Gefängnis entlassen wurde. Seine Frau von damals, Sandra, hat ihn verlassen, seit vier Jahren ist er jedoch wieder neu verheiratet mit einer Frau namens

Mai Li. Okay, haltet euch fest … Die ist Besitzerin einer Partnerschaftsagentur, hinter der im Endeffekt Angerland steckt. Asiatische Frauen für deutsche Männer.«

Zbigniew nickte. Nichts wirklich Erschreckendes. Er fragte sich, warum Zeynel einen schockierten Gesichtsausdruck aufgelegt hatte und zudem eine Kunstpause machte.

»Und?«

»Es sind erstaunlich viele Frauen dabei, die bereits ein Kind haben.«

Eine Schmerzattacke durchzog Zbigniews Rücken. Er fasste sich unwillkürlich in die Lenden, drückte ein wenig dagegen.

Es war eine der perfidesten Ausdünstungen von Pädophilie. Deutsche Männer bestellten sich eine Frau mit Kind, bevorzugt aus irgendwelchen Entwicklungsländern. Bei der »Partnervermittlung« ging es dabei nicht um die Frau.

»Okay. Wir machen eine Quermitteilung an die Bremer Polizei.«

»Das alles *hab* ich von der Bremer Polizei. Ich kenn da noch einen von 'ner Fortbildung. Die sind bereits seit drei Jahren an Angerland wieder dran. Das Problem ist wohl diese Mai Li, der die Agentur offiziell gehört. Lässt sich nicht knacken, scheint ihm hörig zu sein.«

Zbigniew blickte in die Runde. Ein zorniges Flackern war in seinen Augen zu erkennen.

»Was noch?«

»Vor drei Jahren haben Siegfried Angerland und seine Mai Li ein Kind bekommen. Ein Mädchen namens Eva. Und offenbar ist Mai Li zurzeit wieder schwanger.«

Es war Zeynels Blick zu entnehmen, dass er befürchtete, wie sich in dieser Familie in einigen Jahren wieder eine Katastrophe anbahnen könnte.

»Dann können wir nur hoffen, dass die Sache in guten Händen liegt bei den Kollegen in Bremen«, sagte Zbigniew. Er wusste nicht, was er sonst sagen sollte. Tun konnten sie nicht mehr.

Der Punkt war ja, dass Siegfried Angerland für sein Vergehen rechtlich gebüßt hatte. Vermutlich war er in Therapie gewesen – so dass man nun eigentlich erst mal im Zweifel für den Angeklagten sein musste. Es ging nicht an, dass man Siegfried Angerland geistig direkt wieder in die Pädophilenschublade hineinsteckte. Damit zweifelte man am Menschen und am deutschen Rechtssystem. Andererseits gab es bei den von Zeynel geschilderten Umständen so viele Verdachtsmomente, dass man kaum umhin konnte, diese Zeichen auf eine gewisse Art und Weise zu deuten.

»Ich denk schon, Fehdefeind ist ziemlich auf Zack«, sagte Zeynel.

»Dein Bekannter?«

»Ja.«

Zbigniew nickte.

»Gut.«

Eigentlich war nichts an der Sache gut, aber ihm fiel nichts Besseres ein.

In jedem Fall würde das KK 51 in Köln sich nicht mit den familiären Bedingungen und Bremer Geschäften von Siegfried Angerland auseinandersetzen können. Auch wenn einem dies nicht gefiel, musste man sich damit abfinden.

»Timo Lindner«, sagte Zbigniew. »Was ist mit ihm – kann es noch irgendeinen Zusammenhang geben mit Siegfried Angerland?«

»Die Bremer Kollegen haben Tonia Lindner vor etwa einem halben Jahr angerufen.«

»Was?«, entfuhr es Zbigniew überrascht.

»Ja. Sie war ja das Opfer und Zeugin im damaligen Prozess. Die Bremer wollten wissen, ob es nach dem Prozess noch irgendeine Form von Kontakt zwischen Siegfried Angerland und Tonia Lindner gegeben hatte.«

»Und?«

»Fehlanzeige. Offenbar hatte sich Siegfried Angerland völlig aus Tonias Leben herausgehalten.«

»Hatte?«

»Oder hat. Ich hab da keine neueren Infos, es sieht so aus, als ob der da oben mit seiner Mai Li und der Agentur sein Leben führt.«

»Und Timo? Kann der sein Sohn sein?«

Zeynel wiegte den Kopf.

»Das weiß ich nicht. Die Prozessakten von damals erwähnen Timo überhaupt nicht. Die Vaterschaft liegt offiziell bei Olaf Lindner. Vermutlich müsstest du da einen DNS-Test machen oder Tonia noch mal drüber befragen.«

Zbigniew nickte. Ein Gefühl in ihm wurde immer stärker. Der Onkel hatte mit Timo Lindners Verschwinden nichts zu tun. Es war eine andere Geschichte, eine sehr unschöne, aber eine andere. Höchstens insoweit relevant, als dass … Zbigniew war sich nicht sicher.

»Was bedeutet das für uns?«, fragte er laut in die Runde.

Edwin meldete sich.

»Wir sollten uns fragen, ob Timo von seinem Onkel erfahren hat. Und davon, dass Siegfried Angerland seine Mutter misshandelt hat. Ganz zu schweigen davon, dass er sein Vater sein könnte … Schon ein Grund, mal nach Bremen zu fahren, oder? Timo steigt in den Zug, Siegfried wird mit seiner ungeliebten Vergangenheit konfrontiert … und tötet den Jungen.«

»Am ersten Tag im Leben, wo er nicht unter Aufsicht steht, fährt er zu seinem vermeintlichen Vater, um ihn kennenzulernen … um ihn zur Rede zu stellen … Der aber führt ein neues Leben und hat keinen Platz für Timo Lindner«, fügte Zeynel nickend hinzu.

»Tut er das am ersten Tag?«, fragte Dieter Weber skeptisch.

»Ja klar. Weil seine Mutter, Tonia Lindner, das niemals erlaubt hätte, dass Timo seinen Vater trifft. Und das ist es natürlich, was den Fünfzehnjährigen am meisten im Leben interessiert, seinen Vater kennenzulernen«, sagte Zeynel.

»Wenn er der Vater ist«, warfen Katrin und Dieter erstaunlich zeit- und wortgleich ein.

Zbigniew wiegte nachdenklich den Kopf hin und her.

Sein Gefühl sprach gegen eine Reise von Timo nach Bremen. Vielleicht auch, weil er zu sehr das Gefühl hatte, dass Timos Leben um ganz andere Dinge gekreist war. Wenn Timo auch nur den leisesten Verdacht in der Vaterfrage gehabt hätte, hätten sich seine Interessen bestimmt schlagartig verlagert. Die Vaterfrage wäre in den unabdingbaren Mittelpunkt seines Lebens gerückt. Und damit hätte es für die Ermittler auch Spuren gegeben, die darauf hingedeutet hätten.

Stattdessen gab es eine Wichsbude mit Tom. Handytelefonate auf Französisch. Und …

Nein, Timo stellte Olaf Lindners Vaterschaft nicht in Frage.

»Wie könnten wir der Theorie nachgehen?«, fragte Zbigniew dennoch.

Tonia Lindner befragen. Oder Siegfried Angerland ein Bild von Timo Lindner unter die Nase halten und schauen, wie er reagierte. Das war dann auch der Vorschlag, den Zeynel machte.

»Lachmann regt sich ja schon auf, wenn du Kollegen aus 'nem anderen Stadtbezirk in die Sache einbeziehst«, sagte Katrin.

»Ja, aber nur weil Dr. Lachmann sich aufregt, heißt das nicht, dass wir die Ermittlung nicht so führen können, wie wir es für richtig halten.« Zeynel ärgerte sich über Katrins Bemerkung, das war klar.

»Und selber hinfahren nach Bremen?«, fragte Edwin forsch.

»Wenn die Kollegen in Bremen ihn bereits im Visier haben, kannst du das nicht machen. Das warnt ihn vielleicht vor bei irgendwas, das die Bremer mit ihm vorhaben«, sagte Dieter Weber.

»Aber wenn die seit drei Jahren nichts auf die Reihe bringen?«
Edwin.

Zbigniew stöhnte. Die Geschichte mit Siegfried Angerland war eine Zwickmühle. Ein Feld von Fettnäpfchen. Und da Zbigniew selbst nicht an einen Zusammenhang glaubte, würde er den Hürdenlauf über die Fettnäpfchen nicht wagen.

»Ich habe eine Idee«, sagte er. »Wir unterrichten Lachmann vom neuesten Stand der Dinge. Soll der uns sagen, wie wir vorgehen, ohne irgendwelche Fehler zu begehen.«

»Das ist super«, sagte Edwin.

»Zeynel, du hast die Fährte aufgemacht, du gehst ihr am besten auch nach. Halt mich auf dem Laufenden.«

Zeynel nickte eifrig. Ein klarer Vorteil von Zbigniews Auftrag war, dass Zeynel überhaupt keine Hemmungen hatte, mit Leuten wie Lachmann zu reden. Er ging ganz pragmatisch heran, im Gegensatz zu Zbigniew, der immer schon Bauchschmerzen bekam, wenn Lachmann bloß in der Nähe war.

»Dieter, wie sieht's aus mit den SMS?«, fragte Zbigniew dann.

»Ja. Wir kriegen die per Fax, heute früh. Aber frag mich nicht, wann genau.«

»Sehr gut. Sonst noch?«

»Die Fabrik«, rief Edwin in Erinnerung. »Ich hab beim Energiekonzern angerufen. Die wollen eine richterliche Verfügung sehen, bevor sie darüber Auskunft geben können.«

Zbigniew seufzte. Er würde es gerne wissen, andererseits …

»Lass es sein. Es ist nicht wirklich wichtig.«

Die Tür zum Besprechungsraum öffnete sich. Abgehetzt kam Silvia Pütz hinein.

»Entschuldigung«, flötete sie, »ich wollte eher kommen, aber mein Auto sprang nicht an. Und dann ist mir grad auf dem Parkplatz der Lachmann entgegengekommen, wir haben noch ein kleines Pläuschchen gehalten.«

Zbigniew unterdrückte ein Grinsen. Da hatten sich zwei gefunden.

Dann fiel es ihm wieder ein. Silvia Pütz hatte es zurückgebracht. Birte Kröger.

»Hab ich irgendwas verpasst?«, fragte sie.

Zbigniew bedeutete den anderen, die Sekretärin auf den neuesten Stand zu bringen. Er wollte allein sein, nachdenken.

Ein halbe Minute später saß er in seinem Bürostuhl.

Der Gedanke an das, was Birte Kröger ihm ins Ohr geflüstert hatte, das letzte Mal, als sie bei Bewusstsein war, durchbohrte ihn.

Timo Lindner war von alleine verschwunden, aus eigenem Antrieb. Er hatte an dem Mittwoch seine Sachen zusammengepackt, sich im Krankenhaus von seiner geliebten Birte Kröger verabschiedet und einen Zug genommen. Nach Frankreich.

Oder war er getrampt?

Die geflüsterten Worte von Birte Kröger. »Au revoir, adios, tschö …« – eines Tages würde er Silvia Pütz danken und sie umarmen, dass sie ein Rätsel mit etwas Verspätung für ihn gelöst hatte.

»Ä ha auhwva he-aht« – das war kein sinnloses Gebrabbel der alten Dame gewesen.

»Er hat au revoir gesagt«, das wollte Birte Kröger ihm mitteilen.

Zbigniew war sich sicher. Das »au revoir« war nicht die höfliche Ausdrucksweise einer alten Dame gewesen. Nein, Timo hatte genau diese Worte benutzt. Es musste etwas mit dem Urlaub in der Normandie zu tun haben. Timo hatte dort etwas Schönes erlebt, und nun kehrte er dorthin zurück.

Es musste etwas geben. Bruchstücke aus dem Urlaubsfilm der Lindners liefen vor Zbigniews geistigem Auge ab.

Dann durchzuckte Zbigniew ein anderes Bild.

Die Frankreichkarte.

Mit einem Schlag hatte Zbigniew wieder den Jungentorso von Turin vor den Augen.

12

Die Kollegen waren überrascht, als Zbigniew sich eine Stunde später wegen seiner Rückenschmerzen verabschiedete. Zbigniew bemerkte in ihren Blicken ernsthafte Besorgnis. Sie wussten, dass er sich die laufende Ermittlung nicht entgehen lassen würde, wenn er anders könnte.

Aber seine Tabletten waren aus.

Zbigniew fuhr schnurstracks ins Krankenhaus zu Dr. Üzgün. Unterwegs rief er die Station an; die Krankenschwester am Telefon war sehr freundlich und meinte, er könne vorbeikommen. Zehn Minuten später saß er auf dem Krankenhausflur; dieses Mal hatte er die Station von Üzgün auf Anhieb gefunden. Kein Wunder, er war inzwischen ein Stammkunde.

Heute schienen die Schwestern Dienst zu haben, die er auch bei seinem ersten Besuch gesehen hatte. Die Schwester mit dem Lächeln übertraf sich lächelnderweise; Iris Zander, die Timo an besagtem Mittwoch noch gesehen hatte, schwirrte wie eine Libelle über das Linoleum. Zbigniew begriff, dass hier bereits die Mittagessen serviert wurden – es war Viertel nach elf.

Vielleicht war es die Hektik der Schwestern, vielleicht war es das unablässige Stechen in seinem Rücken, dass Zbigniew nicht mehr sitzen bleiben konnte. Er stellte sich hin, drückte seinen unteren Rücken gegen die Mauer, um etwas Linderung zu erhalten. Dann ging er ein paar Schritte auf und ab.

»Es dauert leider noch ein *Minütchen*«, hauchte Iris Zander, während sie wieder einmal vorbeihuschte.

Beim nächsten Vorbeihuschen, satte Minuten später, blieb sie vor Zbigniew stehen. »Wenn Sie wollen, können Sie im Schwesternzimmer warten. Da gibt es auch eine Liege, wenn's *zu* sehr weh tut.«

Wie man ihm schon wieder ansah. Zbigniew hatte das Gefühl, dass er das Privileg eines Polizeibeamten nicht ausnutzen und weiter im Flur warten sollte, wie es sich für einen normalen Patienten gehörte.

»Oder möchten Sie einen Kaffee?«

»Nein danke. Sagen Sie, hat Birte Kröger eigentlich jemals mit Ihnen über private Dinge gesprochen? Vielleicht über Frankreich?«

Es war aus ihm einfach so herausgequollen.

»Frankreich? Nein. Nicht dass ich wüsste.«

Iris Zander zuckte die Achseln, blickte Zbigniew noch einen Moment lang an. Da diesem nichts weiter einfiel, nickte er dankend. Die Krankenschwester setzte ihren Weg fort und verschwand hinter einer Tür.

Ein paar Minuten war es nun ruhig auf dem Flur, die rege Aktivität der Vorminuten schien wie weggeblasen.

Da hörte Zbigniew es. Wie ein Phantom drang es an Zbigniews Ohren. Was war das? Eine seltsame Musik, stark gedämpft, war auf dem Flur zu hören. Zbigniew lauschte eine Weile. Es klang wie eine Oper oder Symphonie.

Zbigniew drehte seinen Kopf ein paarmal, um zu hören, aus welcher Richtung die Musik kam. Von der rechten Seite des Ganges. Zbigniew machte ein paar Schritte. Die Musik wurde lauter. Bald war er, wie von Geisterhand geführt, bei den lustigen Bildern angekommen. Und wenn seine Ohren ihn nicht täuschten, wenn sie ihn nicht zu arg hinter das Licht führten, oder hinter den Schall, dann kam die Musik aus dem Raum von Birte Kröger.

Wie gebannt blieb Zbigniew mindestens eine Minute lang stehen und lauschte der gedämpften Musik. Es gab keinen Zweifel, hier, hinter der Tür zu Birte Kröger, lag die Quelle der Musik. Vermutlich hatte dies eine ganz einfache Erklärung. Eine banale Erklärung.

Und dennoch.

Zbigniew spürte einen Adrenalinstoß, der durch seinen Körper ging. Als ob es Birte Kröger sein könnte, die diese Musik hörte.

Oder als ob Timo Lindner heimgekehrt war und Birte Kröger an ihrem Bett, wo sie im Koma lag, diese Musik vorspielte. Damit sie aufwachte, sich von den Schlaganfällen erholen würde. Zbigniew hatte einiges darüber gelesen, wie Musik in der Lage war, Kranken oder gar Komatösen zu helfen. Musik, zu der der Patient in Augenblicken des Glücks eine besonders starke emotionale Bindung erlebt hatte.

Die Musik hatte etwas Nervenanspannendes, etwas, das Zbigniews Innerstes ergriff. Plötzlich änderte sich aber die Grundatmosphäre: Nun spielten tiefe Posaunen eine martialische Melodie, die Zbigniew bekannt vorkam. Es war wie aus einem Film, einem grausamen Film, ein negatives Erlebnis. Zbigniew machte einen Schritt zurück.

Was ging hinter dieser Tür vor? Wenn jemand Birte Kröger mit Musik wieder zurück ins Leben holen wollte, warum wählte er dann eine derartig diabolische Musik aus?

Zbigniew riss sich zusammen. Er ging zur Tür und klopfte. Natürlich würde niemand im Zimmer sein Klopfen hören, es war ein Klopfen für ihn selbst. Zbigniew drückte die Klinke vorsichtig herunter. Er spürte, dass hinter ihm eine Schwester den Gang entlanghuschte – fragte sie sich, was er tat? Nein, sie wunderte sich eher über die Musik.

Da fiel es Zbigniew wie Schuppen von den Augen. Es war die Musik aus dem Horrorfilm »The Shining«, mit der das Krankenzimmer erfüllt war. Er war sich sicher, das tiefe Posaunenthema war unverkennbar.

Zbigniew ging drei Schritte durch den kurzen Zimmerflur. Dem Eingang gegenüber, direkt an Birte Krögers Krankenbett, saßen zwei Frauen, die Zbigniew nicht kannte. Beide hatten noch nicht bemerkt, dass jemand ins Krankenzimmer gekommen war. Auf Birte Krögers Nachtschränkchen spielte ein kleines, tragbares Gerät die Musik ab.

Nun blickte eine der Frauen hoch. Sie sah ihn überrascht an. Zbigniew versuchte, freundlich zum Gruß zu nicken, um die Musik nicht zu stören. Die Frau nickte zurück und stupste die andere Frau an, die daraufhin sofort die Musik leiser stellte.

»Entschuldigung«, sagte die erste Frau. »Wir versuchen, unsere Mutter aus dem Koma herauszuholen.«

Zbigniew nickte.

»Wir können die Musik auch ganz ausstellen, wenn es Sie stört.«

Die Frauen dachten offenbar, dass er die andere Patientin im Raum besuchen wollte, die ebenso wie Birte Kröger friedlich zu schlafen schien.

»Ich bin Kriminalbeamter«, sagte Zbigniew, ohne darüber nachzudenken. »Ich ermittle in dem Fall des vermissten Timo Lindner, Sie haben vermutlich davon gehört.«

Die Frau neben dem CD-Player ergriff das Wort. Zbigniew schätzte sie auf etwa fünfzig Jahre; sie war ein wenig übergewichtig und hatte kurzgeschnittenes, mittelblondes Haar, das seit ein paar Tagen nicht gewaschen worden war.

»Timo Lindner, ja, natürlich«, sagte sie. »Unsere Mutter liebt den Jungen sehr. Wissen Sie, eigentlich hat sie es nicht mehr nötig zu arbeiten. Aber weil sie Timo so sehr mag, hat sie bei den Lindners weiter geholfen, hin und wieder. Vielleicht hat es ihr auch gutgetan, rauszukommen, mit anderen Menschen zusammen zu sein.«

Zbigniew verstand. Die blonde Frau war ihm sympathisch; sie hatte eine warme Stimme und schien einen gesunden Menschenverstand zu haben.

»Kennen Sie Timo Lindner selbst auch?«, fragte Zbigniew.

»Nein. Nur aus Erzählungen.«

»Und was hat Ihre Mutter erzählt?«

»Wie klug er ist. Wie talentiert. Eigentlich nur Positives.«

Ein merkwürdiger Seitenblick der anderen Frau. Auf den ersten Blick sah sie nicht wie ihre Schwester aus, mit ihren dunklen, fast schwarzen, langen Haaren. Wenn man sich jedoch die Haare wegdachte, war die Verwandtschaft offenkundig.

»Eigentlich?«

Die beiden Frauen schwiegen. Offenbar war es ihnen unangenehm. Zbigniew fragte sich, ob er noch etwas Neues über Timo und seine Welt erfahren könnte. Irgendwie glaubte er nicht mehr so richtig daran.

»Die Eltern schränken ihn ziemlich ein, nicht wahr«, sagte Zbigniew schließlich in einem Ton des Verständnisses.

Die dunkelhaarige Schwester nickte sofort, während die blonde wohl überlegte, ob dies die Finte eines Kriminalbeamten war.

»Er kann einem leidtun«, sagte die Dunkelhaarige. »Birte hat erzählt, dass Timos Mutter ihn immer von allem ferngehalten hat. Dass er in einer Art Elfenbeinturm lebt.«

»Und Ihre Mutter hat dem Jungen geholfen, manchmal? Dass er vielleicht auch ein bisschen etwas vom realen Leben mitbekommt?«

Perfekt formuliert, dachte Zbigniew. Natürlich würden die Schwestern ungern sagen, dass Birte Kröger etwas getan hätte, was die Lindners ihr verboten hatten. Aber wenn sogar der Herr Kommissar es als Hilfe bezeichnete, dann konnte nichts Schlimmes dabei sein.

Die blonde Schwester ergriff das Wort.

»Meine Mutter ist in den Dreißiger- und Vierzigerjahren groß geworden. Ich glaube, ihr war diese Art der Erziehung nicht unbekannt. Wenn Sie mich fragen, wird ja heutzutage aus den Kindern auch deshalb nichts, weil sie immer alles dürfen und kriegen.«

Zbigniew beschloss, keine Grundsatzdiskussion anzufangen.

»Das heißt, Ihre Mutter hat im Endeffekt den erzieherischen Kurs der Lindners unterstützt?«

Die Schwestern sahen sich an.

»Hätte sie erlaubt, dass er sich mit einem Mädchen trifft?«, präzisierte Zbigniew.

»Wenn sie aus gutem Hause kommt, gut möglich. Eine gemeinsame Tasse Tee zu dritt«, sagte die Dunkelhaarige schmunzelnd.

»Hätte sie ihn allein ins Kino gehen lassen?«

»Nein. Sie hätte niemals ihre Aufsichtspflicht verletzt.«

»Könnte sie etwas über Timo wissen, was die Eltern nicht wissen?«

Wieder ein kurzer Bedenkblick.

»Das wäre schon möglich.«

»Fällt Ihnen da etwas ein?«

Zbigniew glaubte nicht mehr dran. Die beiden Schwestern konnten ihm keine weiteren Facetten von Timos Persönlichkeit bieten.

»Nein«, sagte die Blonde schließlich. Die Brünette schüttelte zur Bestätigung ihren Kopf.

Er wusste alles über Timo. Nur noch Timos eigene Aufzeichnungen könnten ihm mehr erzählen.

Es war Zeit zu handeln. In seinem Kopf bildete sich eine Idee. Ein Weg, den er beschreiten müsste, um Timo zu finden.

Die Musik war inzwischen verstummt, das Stück und offenbar auch die CD waren zu Ende. Nachher hätte Zbigniew nicht sagen können, warum seine Aufmerksamkeit plötzlich wieder bei der nicht mehr vorhandenen Musik war. Er hätte auch nicht sagen können, warum er nun die Schwestern auf die Musik ansprach. Vielleicht war es bloß der Versuch, noch ein wenig Small Talk zu führen, um aus der nun etwas seltsam gespannten Atmosphäre im tristen Krankenzimmer herauszukommen.

»Hat Ihre Mutter dieses Stück von vorhin sehr geliebt?«

»Ja. Berlioz war seit einigen Jahren ihr Ein und Alles.«

Zbigniew begriff nicht.

»Berlioz? Das war doch die Filmmusik zu ›The Shining‹, oder?«

Die Schwestern sahen so aus, als ob sie ihn nicht verstanden. Die Blonde ergriff das Wort.

»Keine Ahnung … *Unsere* Musik ist von Berlioz.« Die Frau schaute aufs Cover der CD, las ab. »1803–1869.«

Zbigniew war überrascht, die Musik klang viel moderner. Und er meinte, die diabolische Melodie in dem Horrorfilm mit Jack Nicholson gehört zu haben. Was schon etwas hieß – normalerweise erinnerte sich Zbigniew nicht an Filmmusiken.

Er hatte sich ohnehin immer gewünscht, dass er sich mehr für klassische Musik interessieren würde. Von sich aus, aus dem Bauch heraus. Leider war es nicht so – es gab Phasen in seinem Leben, wo er bewusst klassische Musik hörte, aber es war immer vom Kopf aus gesteuert. Weil er glaubte, dass er es müsste. Dass man Beethovens fünfte Symphonie mal am Stück gehört haben müsste, um zur Gesellschaft dazuzugehören. Aus emotionalem Antrieb hätte Zbigniew klassische Musik niemals gehört. Sie sagte ihm einfach nichts.

»Die Hülle«, sagte die blonde Schwester und reichte sie ihm, als ob sie mögliche Restzweifel bei Zbigniew ausräumen wollte.

Zbigniew las den Titel der CD-Verpackung. Eine Alarmglocke ertönte in seinem Kopf.

»›Symphonie fantastique‹? So heißt das Werk?«, fragte er aufgeregt.

»Ja.«

Die Hülle in der Hand haltend lief Zbigniew ein kalter Schauder über den Rücken. Er erinnerte sich an die Partitur der Symphonie auf Timos Schreibtisch – an prominenter Stelle, und sie hatte ziemlich zerlesen ausgesehen.

Und er erinnerte sich an noch mehr. Warum war es ihm nicht eher aufgefallen – auch in der Wichsbude hatte eine Partitur im Regal gestanden. Irgendwo zwischen den anderen Büchern.

Wer zum Teufel besaß zwei Partituren von derselben Symphonie?

»Timo Lindner hat die ›Symphonie fantastique‹ auch gemocht«, sagte er ins Blaue.

Eine der beiden Schwestern nickte. Es konnte die blonde Tochter von Birte Kröger sein, die antwortete, oder auch die dunkelhaarige; Zbigniew fiel es nicht auf. Er war wie weggetreten.

»Er hat sie, glaub ich, erst darauf gebracht.«

»Was?«

»Unsere Mutter hat früher immer eher so Bach, Beethoven, Mozart, Schubert gehört. Timo hat Berlioz wohl häufiger bei sich laufen gehabt, über ihn ist sie erst zur ›Symphonie fantastique‹ gekommen.«

Es war wie ein Schalter. Zbigniew war wieder voll da.

»Und wissen Sie, warum er das Stück so mochte?«

»Wie? Nein. Ich meine, Sie haben es ja gerade gehört – wie eindrücklich es ist.«

Zbigniew nickte.

»Besonders heiter ist es aber nicht gerade.«

»Nein. Aber es war schließlich das Lebenselixier unserer Mutter. Sie hat es fast jeden Morgen gehört.«

In diesem Moment klopfte es an der Tür. Dr. Üzgün kam durch den Vorhang und sah Zbigniew etwas irritiert an.

»Entschuldigung. Ich wollte nicht stören. Wir suchen Sie nur überall, seit einer Viertelstunde.«

Die Wirklichkeit hatte Zbigniew wieder. Da waren sie wieder, die Rückenschmerzen. Er hatte sie in den letzten Minuten überhaupt nicht gespürt.

»Entschuldigung. Ich komme«, sagte Zbigniew. Dann wandte er sich an die Töchter von Birte Kröger.

»Ich wünsche Ihrer Mutter von Herzen gute Besserung«, sagte er. Er hatte das Gefühl, dass sein Wunsch wirklich von dort kam. »Und vielen Dank Ihnen.«

Die Schwestern nickten. Die Blonde sah ihn an, die Brünette schaute auf den Boden. Zbigniew hatte das Gefühl, dass sie den Tränen nahe war.

Er folgte Üzgün in sein Sprechzimmer.

»Ich gehe mal davon aus, dass es nicht besser geworden ist mit Ihren Rückenschmerzen, wenn Sie mich noch mal sprechen wollen? Oder war es nur ein Vorwand, um zu Birte Kröger zu gehen?«, fragte Üzgün ihn, als sie sich setzten.

»Nein. Die Rückenschmerzen sind wieder voll da. Das Medikament wirkt wunderbar, aber wenn die Wirkung nachlässt, kommt der Schmerz auch wieder.«

Üzgün sah ihn mit besorgniserregender Miene an.

»Legen Sie sich mal hin«, deutete er auf eine Liege. »Auf den Rücken.«

Zbigniew tat, wie ihm geheißen war. Auf der harten, unbequemen Liege tat ihm seine linke Lende noch viel mehr weh als vorher. Üzgün nahm Zbigniews linkes Bein in die Hand und bewegte es nacheinander in mehrere Richtungen.

»Tut das weh?«

»Nein.«

»Das?«

»Auch nicht.«

»Und so?«

»Ja. Das zieht bis hier oben hin.«

»M-Hm.«

Üzgüns Miene hellte sich durch diese Informationen nicht auf.

Dann widmete er sich dem anderen Bein – hier war alles okay für Zbigniew. Keine Schmerzen bei irgendwelchen Bewegungen.

»Okay. Herr Meier … bei welcher Krankenversicherung sind Sie?«

Zbigniew nannte die Versicherung. Erst jetzt wurde ihm klar, dass Üzgün ihn die ganze Zeit ohne seine Krankenversicherungskarte behandelt hatte. Fast kam es ihm vor wie mit dem U-Bahn-Kontrolleur, der ihn laufen lassen hatte. Kleine Gefälligkeiten unter Beamten.

»Ich möchte gern eine MRT machen. Wissen Sie, was das ist?«

Zbigniew wusste es nicht. Er hatte das Gefühl, dass es nichts Gutes war.

»Magnetresonanztomographie. So wie Röntgen, nur ohne Röntgenstrahlen. Mit Magnetfeldern. Unschädlicher. Sie werden in eine Röhre geschoben, da müssen Sie dann so eine Viertelstunde still liegen bleiben. Dabei wird Ihre Wirbelsäule genau abgebildet.«

Es kam Zbigniew so vor, als ob er nun wirklich ernsthaft krank war. Natürlich hatte er schon mal davon gehört – das berühmt-berüchtigte »In-die-Röhre-Schieben«. Der Klassiker bei Krebspatienten.

»Hat das was mit Tumor zu tun? Wegen des Namens?«

Zbigniew hörte, dass seine Stimme einen ängstlichen Ton hatte. Nichts konnte ihn umhauen, aber dieser junge, freundliche Stationsarzt hatte ihn nun völlig aus dem Gleichgewicht gebracht. Durch seine bloße Kompetenz als Arzt. Durch das Wort »Magnetresonanztomographie«.

»Nein. Gar nichts. Wobei wir mit der Tomografie dann auch ausschließen können, ob nicht völlig andere Ursachen für die Rückenschmerzen vorliegen. Zum Beispiel auch ein Tumor im Rücken.«

Nun hatte Zbigniew wirklich Angst.

»Und … die normalen Ursachen? Was wären die?«

Üzgüns Miene erhellte sich nicht.

»In Anbetracht dessen, dass sich Ihre Schmerzen überhaupt nicht gebessert haben, würde ich auf einen Bandscheibenvorfall tippen. Aber das muss nicht sein. Auf jeden Fall kriegen wir durch die Tomografie Klarheit. – Haben Sie Rückengymnastik gemacht in den letzten Tagen?«

»Ja«, log Zbigniew.

»Setzen Sie die erst mal ab. Wir müssen zuallererst eine klare Diagnose haben. Wenn Sie wollen, rufe ich unten in der Strahlenklinik an – vielleicht können die Sie irgendwo dazwischenschieben.«

Dazwischenschieben war in dem Zusammenhang ein hübscher Ausdruck, fand Zbigniew.

»Ich würde mir das erst noch mal gern überlegen, ob ich das mache«, sagte er mit leicht wankender Stimme.

Üzgün schüttelte unnachgiebig den Kopf.

»Sie haben keine Wahl. Von alleine gehen die Schmerzen nicht weg. Da müssen *wir* etwas tun, da müssen *Sie selbst* etwas tun. Aber dafür brauchen wir eine klare Diagnose, damit wir nichts Falsches tun. Damit *Sie* nichts Falsches tun.«

Zbigniew wusste, dass er recht hatte. Üzgün war aber noch nicht fertig.

»Wenn Sie draußen als Kassenpatient zum Arzt gehen, müssen Sie einen Monat auf einen Termin zur MRT warten. Mindestens. Bis dahin gibt's bloß Schmerzmittel, ohne dass sich etwas an Ihrer Krankheit bessern wird. So sieht das heutzutage aus.«

»Gut«, sagte Zbigniew schließlich. Dann fügte er lahm an: »Danke.«

Er war in ihren Händen.

Im Griff der Ärzte.

Üzgün nickte nur, nahm den Hörer ab. Er führte ein kurzes Gespräch mit einem Kollegen. Zbigniew wusste, dass er Privilegien in Anspruch nahm, was er selbst eigentlich verurteilte. Andere Menschen hatten auch Schmerzen, die warteten verdammt noch mal einen Monat lang auf ihren Termin. Dennoch ließ er es geschehen.

Üzgün legte auf, mit Erfolgslächeln im Gesicht.

»Was sagt man dazu. Sie können sofort runter. Erstes Tiefgeschoss, Raum T032. Eine Schwester wird Sie in Empfang nehmen. – Haben Sie in den letzten Stunden etwas gegessen?«

Zbigniew schüttelte den Kopf. Das Frühstück mit Lena, es war schon eine Ewigkeit her.

Es wurde einer der wirklich schlimmen Momente in Zbigniews Leben. Es war objektiv gesehen nicht so unangenehm, wie er glaubte – im Endeffekt musste er sich bloß hinlegen, wurde automatisch in eine halbdunkle Röhre geschoben, mit einem Kopfhörer als Schallschutz. Die MRT dauerte genau eine Viertelstunde, wie er nachher an der Uhr im Raum sah. Er musste einfach nur daliegen. Die gefühlte Zeit in der Röhre aber sollte mindestens zwei Stunden betragen.

Das Gerät ratterte, knackte und schallte um ihn herum. Die Schwester hatte ihm einen Knopf zum Drücken in die Hand gesteckt – für den Notfall, wenn Zbigniew die MRT abbrechen wollte. Zbigniew hielt die Augen geschlossen; der Anblick der Röhre von innen beängstigte ihn. Ein paarmal kam es Zbigniew so vor, als ob er von innen heraus platzen würde. Er war kurz davor, den Knopf zu drücken, wollte nur raus aus der Röhre, alles andere war gleichgültig.

Nicht ganz gleichgültig offenbar, denn er drückte den Knopf nicht. In seinem Kopf rumorte die Vorstellung von Zigtausenden anderer Menschen, die diese Tortur bereits hinter sich gebracht und sich nicht wie ein Weichei angestellt hatten. Das war wohl der einzige Grund, warum auch der tapfere Kriminalkommissar durchhielt. Und alle anderen vor ihm durchgehalten hatten.

Als Zbigniew endlich aus der Röhre herauskam, zitterte er am ganzen Körper. Das Ärzteteam im Raum nahm es nicht wahr – bestimmt waren sie diese Reaktion von ihren Patienten gewohnt. Die Krankenschwester reichte ihm nonchalant seine Kleidung, während zwei junge Männer auf einen Haufen Computerbildschirme schauten – fast sah es aus wie das Cockpit eines Flugzeuges.

»Ist es etwas Schlimmes?«, fragte Zbigniew, als er sich die Hose angezogen hatte. Auf den Computerbildschirmen waren Röntgenbilder zu sehen. Knochen über Knochen, seine eigenen, seine Wirbelsäule in allen denkbaren Perspektiven.

Einer der jungen Männer sah ihn an.

»Ja und nein, Herr Kommissar.«

Herr Kommissar.

»Prolaps am fünften Lendenwirbel. Könnte schlimmer sein.«

Der Mann neben ihm grinste kurz, ohne seinen Blick von den Monitoren abzuwenden.

»Ein Prolaps?«

»Bandscheibenvorfall.«

Einundzwanzig.

Zweiundzwanzig.

Zbigniews Herz sank in die Hose. Ein Bandscheibenvorfall, das war das Schlimmste, womit er jemals gerechnet hatte. An einen Tumor hatte er nie geglaubt. Ein Bandscheibenvorfall, Zbigniew wusste genug darüber. Eine Bandscheibe war herausgedrückt worden aus seiner Wirbelsäule. Irreparabel, irreversibel. Man konnte nur die Symptome so weit in den Griff bekommen, dass man ohne Schmerzen und Lähmungen lebte. Die Bandscheibe aber war draußen, blieb lebenslang draußen.

Der linke Monitormann schien innerlich Zbigniews Schock auszukosten, setzte äußerlich aber eine mitleidende Miene auf. Er wollte etwas sagen, doch Zbigniew war schneller.

»Wie komm ich zu einem Bandscheibenvorfall?«, fragte er ratlos. »Ich mach keinen Leistungssport, schleppe keine Bierkisten durch die Stadt …«

Eine blöde Frage. Vermutlich würden die Ärzte gleich in ein Lachen ausbrechen. Aber die beiden Männer blieben ruhig. Nur die Krankenschwester sah ihn ein wenig mitleidig an.

»Das können wir Ihnen nicht sagen. Aber in der Regel hat es etwas mit falschen Bewegungen zu tun … falscher Haltung … oder zu wenig Bewegung im Allgemeinen. Es kann auch genetisch bedingt, also erblich sein.«

Erblich? Zbigniew wusste nichts darüber, dass seine Eltern einen Bandscheibenvorfall hatten. Andererseits, wenn, dann hätten sie bestimmt die Zähne zusammengebissen und wären nicht jammernd durch die Gegend gelaufen so wie er. Zumindest seine Mutter.

»Bin ich nicht noch viel zu jung dafür?«

Nun lachte der ernste Arzt still.

»Was meinen Sie, Herr Kommissar, wir haben hier viele Leute, die viel jünger sind als Sie. Die Menschen sitzen nur noch den ganzen

Tag herum, am Schreibtisch, vorm Computer, und dann wundern sie sich, wenn ihr Bewegungsapparat irgendwann streikt. Da braucht es keine dreißig Jahre für.«

Zbigniew nickte. Die Worte des Arztes kamen ihm dennoch hart vor.

Der andere Arzt räusperte sich.

»Äh, Herr Meier, wir müssen hier weitermachen. Diese Geräte kosten ein Vermögen und müssen ausgelastet sein. Wir haben Sie ohnehin nur aus Goodwill vorgelassen. Alles Weitere bespricht der behandelnde Arzt, der diese Bilder bekommt, mit Ihnen.«

Wie in Trance den Vorwurf über sich ergehen lassend verließ Zbigniew den Raum. Eine sehr junge, attraktive Frau aus dem Wartezimmer wurde aufgerufen und ging an ihm vorbei in den Computerraum, aus dem er gekommen war. Ob dieser Frau hier wohl auch ein Bandscheibenvorfall verkauft werden würde?

Er fuhr wieder hoch zu Dr. Üzgün. Als Zbigniew dessen Raum betrat, war er überrascht, dass der Arzt die Bilder von unten bereits auf seinem Computermonitor ansah.

»Tja«, sagte Üzgün.

»Tja?«

»Die Kollegen unten haben schon mit Ihnen gesprochen?«

»Grob.«

»Was Sie haben, ist der Normalfall. Prolaps am untersten Lendenwirbel – das haben die meisten der Bandscheibenpatienten.«

»Und was tue ich jetzt?«

»Wissen Sie, ich bin kein Orthopäde. Wir werden Ihnen eine Überweisung zum Orthopäden schreiben, und da sollten Sie dann möglichst schnell hingehen. Wenn Sie wollen, sorge ich dafür, dass Sie bei einem Kollegen schnell einen Termin bekommen.«

»Danke.«

Üzgün musterte Zbigniew.

»Machen Sie sich nicht zu viele Sorgen. Heutzutage gehen viele Fälle ohne Operation ab. Sie werden ein paar Spritzen bekommen, Kortison oder ein ähnliches Mittel. Dazu Krankengymnastik. Aber am meisten können Sie selbst etwas tun – mit den richtigen Übungen, die ihnen der Physiotherapeut zeigen wird. Schauen Sie mal im Internet nach, da werden Sie eine Menge Tipps für Bandis finden – wie man richtig liegt, sitzt, hebt, wie man sich richtig bewegt.«

Bandis. Es klang wie der Kosename für Rollstuhlfahrer, Rollis.

»Okay. Danke.«

»Die Schwester vorne gibt Ihnen die Überweisung. Und dann schreibe ich Ihnen noch mehr Tabletten auf, die sollten Sie weiternehmen, bis Sie beim Orthopäden sind. Es ist wichtig, dass Sie sich natürlich bewegen, und das geht nur, wenn Sie schmerzfrei sind.«

»Okay.«

»Ich rufe Sie dann an, ob ich beim Orthopäden etwas erreichen konnte. Mit einem früheren Termin, meine ich.«

»Ja. Danke.«

Als Zbigniew das Krankenhaus verließ, war die Welt verändert. Die Luft schien anders zu schmecken als zuvor. Seltsam frisch. Er blieb eine Weile wie benommen in der Auffahrt zum Krankenhaus stehen.

Auf dem ansteigenden Asphalt stritten ein paar Tauben um eine Brotrinde. Eine der Tauben sah im Gegensatz zu den anderen ziemlich abgemagert aus. Nach kurzem Gehakel gewann eine der fetten Tauben den Kampf ums Fressen und flog ein Stück weit mit der Rinde fort. Die anderen Tauben tippelten weiter an der Stelle herum, wo die Rinde gelegen hatte. Empörtes Gurren war zu hören. Zbigniew hatte ein bisschen Mitleid mit der abgemagerten Taube, die etwas verlassen abseits von den anderen stand und ein trauriges Gesicht zu machen schien.

Gegenüber vom Eingang des Krankenhauses fiel Zbigniew ein schön renovierter Altbau auf. Stuck an der Fassade. Die Fenster in jeder Etage sahen etwas anders aus: Die in der ersten Etage hatten runde Fensterverdachungen, die in der zweiten dreieckige, die in der dritten rechteckige. Zbigniew war etwas Derartiges noch niemals aufgefallen. Er beschloss noch nicht einmal, in Zukunft auf solche architektonischen Besonderheiten zu achten – es war bloß dieses eine Haus, das ihn zum Staunen brachte.

Ein recht junger Pfleger schob eine alte Dame im Rollstuhl an Zbigniew vorbei, die Auffahrt herunter. Die beiden näherten sich der Stelle mit den Tauben, die erst im allerletzten Moment zur Seite flogen. Unten wartete ein Taxi. Der Taxifahrer grüßte den Pfleger, offenbar kannten sie sich. Die alte Dame wurde mit schmerzverzerrtem Gesicht vom Rollstuhl ins Taxi umgesetzt, der Rollstuhl in den Kofferraum zusammengeklappt.

Zbigniew gab sich einen geistigen Schubs. Er würde zu einer Apotheke gehen müssen, um seinen eigenen Schmerz zu lindern, statt hier herumzustehen und bei banalen Beobachtungen Maulaffen feilzuhalten. Vielleicht sollte er dann einen Ausflug zu einem Plattenladen machen. Das Polizeirevier würde heute Polizeirevier bleiben.

Als Zbigniew zu Hause die Treppen hochstieg, ließ der Schmerz endlich ein wenig nach. Er hatte direkt beim Apotheker um ein Glas Wasser gebeten und die Tablette eingenommen. Das war nun etwa eine Stunde her, die chemischen Moleküle hatten sich mittlerweile erfolgreich in seiner Blutlaufbahn verteilt.

Zbigniew ging in seiner Wohnung auf und ab. Bestimmt tat es seinem Rücken gut, in Bewegung zu bleiben.

Nicht dem Rücken. Rücken war von nun an eine Beschönigung. Seiner Bandscheibe.

Er war Bandi.

Zbigniew fragte sich, ob ihm das endgültig verbot, eine siebzehnjährige Freundin zu haben.

Wenn er keine anderen Sorgen hatte!

Vielleicht musste er operiert werden. Vielleicht wurde sein linkes Bein im Lauf der Zeit gelähmt, musste amputiert werden. Vielleicht würde er keine Erektionen mehr bekommen.

Vielleicht würde er bis an sein Lebensende eine Operation nach der anderen erhalten, ohne dass es ihm helfen würde. Schmerzpatient, unter ständigem Einfluss von dämpfenden Medikamenten. Frührentner mit neununddreißig.

Harry Rethmann.

Zbigniew mäanderte durch die Wohnung, bis ihm eine Idee kam. Ein Verlangen, der neuen Situation in seinem Leben auf den Grund zu gehen. Er ging ins Bad, stellte sich vor den Spiegel. Es war ein bisschen kühl, er drehte die Heizung leicht auf. Dann zog er sich aus, betrachtete sich im Spiegel. So, wie Gott ihn geschaffen hatte, nur siebenunddreißig Jahre später. So, wie die Gene seiner Eltern ihn geschaffen hatten. Wie auch immer.

Eigentlich sah er noch genauso aus wie vorher.

Die vielen grauen Haare würden schon noch mit der Zeit kommen, wenn die erste Therapie gegen die Bandscheibenschmerzen wirkungslos blieb.

Es konnte nicht sein. Er hatte keinen Bandscheibenvorfall. Die Ärzte mussten sich getäuscht haben.

Gut, dass Lena heute Abend keine Zeit hatte. Es war Montagabend, da hatte sie ihr Volleyballtraining. Zbigniew hätte es nicht ertragen, ihr die Wahrheit über seine Rückenschmerzen zu sagen. Er musste den Schock zuerst einmal selbst verarbeiten.

Zbigniew fasste seinen Schwanz an, der schlapp herunterhing. Er dachte an Lena. Lena, die auf ihm saß und ihren Körper sanft auf und ab bewegte.

Es ging. Es funktionierte. Sein Schwanz wurde in Windeseile hart. Zbigniew rieb ihn mit roher Energie. Heute gab es keine Schönheitspreise zu gewinnen.

Kurz vor der Ejakulation schwenkte die Vorstellung in seinem Kopf wieder um. Zbigniew konnte es nicht bewusst steuern, es passierte einfach. Blitzartig war das Bild von Tonia Lindner im Nachthemd entstanden; Tonia Lindner, wie sie die Treppe wieder hochging. Er sah Barbaras Gesicht vor sich, Barbara ihm gegenüber im Zug, Barbara plötzlich auf der Treppe der Lindners … sie blies ihm den Schwanz, aber war es nicht eigentlich Lena? Tonia … Barbara, wie sie nackt ihren Brief schrieb und ihn anlächelte. Ihn, Zbigniew. Auf und ab.

Zbigniew war kurz vor dem Höhepunkt und versuchte, aus moralischen Gründen seine Vorstellungsbilder wieder umzuschalten auf Lena. Heute war er nicht betrunken, er war hellwach und nüchtern, und doch gelang es ihm nicht. Konnte er nicht mehr in einer normalen Vorstellungswelt onanieren?

Zbigniew ergoss sich ins Waschbecken.

Einen Augenblick lang glühte Zbigniews Kopf.

Er funktionierte noch. Sein Penis funktionierte noch, wie er sollte. Trotz Bandscheibe.

Ein Zeichen, dass er in der Lage sein würde, zu überleben.

Ein paar Sekunden später, als die Euphorie nachließ, als die Endorphine sich wieder verkrümelten, befiel Zbigniew ein Ekelgefühl. Was tat er hier, ins Waschbecken onanieren, nackt vor dem Spiegel? Schämen sollte er sich. Es war weit mit ihm gekommen.

Zumindest hätte seine Mutter dies gesagt, wenn sie ihn erwischt hätte.

Handfester als die Scham war allerdings das Sperma, das nun gelblich weiß auf der Keramik klebte. Zbigniew hatte sein Sperma lieb; ein solches Ende hatte es nicht verdient. Dennoch: Es war nicht mehr zu retten. Zbigniew spülte den Schleim mit heißem Wasser weg und beschloss, erst später eine gründlichere Reinigung vorzunehmen. Er musste an einen alten Woody-Allen-Film denken, in dem das Sperma Angst davor hatte, aus dem Penis herauszuspritzen, weil sich dort vermutlich nur eine fiese Gummihülle befand. Statt einer schönen, warmen Vagina.

Er wusch seinen Schwanz, zog sich wieder an und ging zurück ins Wohnzimmer. Ein paar weitere Spaziergänge durch die Wohnung.

Immerhin funktionierte sein Schwanz noch.

Das war die Hauptsache.

Sein Rücken war zerstört, sein Hirn verrückt, aber der Schwanz tat.

Zbigniews Puls hatte sich gerade wieder etwas beruhigt, als das Handy klingelte. Es war Dr. Üzgün, der ihm mitteilte, dass Zbigniew am Mittwoch einen Termin bei einem Orthopäden in der Innenstadt haben würde. Zbigniew bedankte sich und notierte den Termin in seinem Kalender.

»Und, wie geht es Ihnen? Psychisch?«, fragte Üzgün am Ende des kurzen Gesprächs mit einer gewissen Besorgnis.

»Hervorragend.«

»Halten Sie den Kopf oben. Das ist mindestens so wichtig wie die Gymnastik und der Rest.«

Üzgün würde es nicht sehen, aber Zbigniew nickte.

Nach dem Gespräch fühlte er sich wieder fit. Frisch genug, um die Ermittlung voranzutreiben. Er legte die Silberscheibe mit der »Symphonie fantastique«, die er in einem der rar gewordenen kleinen Schallplattenläden in der Stadt erstanden hatte, in seinen CD-Player und stellte den Verstärker der Anlage recht laut ein. Bald ertönten äußerst zarte Holzbläser und Violinen. Der Herr Berlioz ließ es ruhig angehen.

Die Musik, Timos Musik, brachte Zbigniew ziemlich schnell in eine melancholische Stimmung. Er legte sich mit dem Rücken auf den Fußboden, während er dem Anfang der Symphonie lauschte. Ob Üzgün ihm wohl dieses Musikstück zur Therapie empfohlen hätte?

Dann wurde die Musik plötzlich schnell, fast erfrischend. Zbigniew wunderte sich, wie sehr sie auf ihn wirkte – direkt und ohne irgendeinen geistigen Filter. Nach ein paar Minuten setzte der geistige Filter dann doch kurzzeitig wieder ein: Zbigniew begriff, dass diese Musik eine unglaubliche emotionale Wirkung auf ihn hatte. Mehr als das meiste, was er zuvor in seinem Leben gehört hatte. Die Musik wechselte schnell die Stimmungen; kaum war man in einer bestimmten Befindlichkeit, schon änderte sich die Atmosphäre wieder. Sprunghaft, aber dennoch so, dass man emotional voll involviert wurde.

Zbigniew hörte die ganze Symphonie bis zum Ende, fast eine Stunde lang. Er badete in Schweiß. Er lag immer noch auf dem Fußboden, in einer rückenfreundlichen Stellung – die Knie angewinkelt auf einem Stuhl aufgelegt. Vor allem der letzte Satz der Fantastischen Symphonie hatte es in sich. Die Stelle, an der die diabolischen Glocken erklangen, an der diese tiefen Posaunen ihr Thema anstimmten. Die Stelle, die sich für Horrorfilme bestens eignete.

Dieser Berlioz hatte wirklich einen Punkt. Kein Wunder, dass französische Jugendliche nicht so kopfgesteuert und nachdenklich waren wie deutsche Kinder, die mit Bach, Händel und Haydn im Musikunterricht aufwuchsen. Zumindest waren das die Favoriten von Zbigniews halbverrücktem Musiklehrer gewesen.

Und Timo? Timo hatte möglicherweise ähnlich dagelegen wie Zbigniew und dabei die Symphonie gehört. Mit funktionstüchtiger Bandscheibe natürlich. Timo war abgetaucht aus der realen Welt. Er hatte die emotionale Wirkung des Stückes ausgekostet, war in ihr versunken. Hatte obendrein seiner Umwelt nahegelegt, es ihm gleichzutun; Birte Kröger durfte dadurch die Symphonie für sich entdecken.

Zbigniew erhob sich und setzte sich auf einen Stuhl. Er schaute sich das Begleitheft zur »Symphonie fantastique« an. Die fünf Sätze des Werkes hatten seltsame Namen:

1. *Träume – Leidenschaften*
2. *Ein Ball*
3. *Szenen auf dem Lande*
4. *Gang zum Richtplatz*
5. *Traum einer Sabbatnacht*

Zbigniew fragte sich, was für eine Geschichte die Musik erzählen wollte – vom Ball über Landszenen zum Richtplatz. Das war irgendwie ziemlich abgefahren.

Er las den Text im Begleitheft, in dem irgendein Musikkenner die Entstehung der Symphonie beschrieben hatte. Zbigniew stockte der Atem – es kam ihm wie ein Krimi vor. Berlioz hatte demnach im Jahre 1827 »Romeo und Julia« im Theater gesehen und sich sowohl in das Stück als auch in dessen Hauptdarstellerin Harriet Smithson verliebt. Zwei Jahre lang steigerte Berlioz sich in die Liebe zu der Schauspielerin hinein, ohne dass auch nur ansatzweise etwas passierte – außer, dass Berlioz am Ende dieser Lebensphase innerhalb von zwei Monaten dic »Symphonie fantastique« schrieb. Im Prinzip ein Werk über die eigene unerfüllte Liebe: Ein junger

Künstler sieht eine Frau, die sein Ideal verkörpert; das Bild der Geliebten verfolgt ihn von nun an: auf einem Ball, auf dem Lande, in den Träumen – in denen er glaubt, sie zu töten, so dass er selbst am Ende zum Richtplatz geführt wird. Im letzten Satz sieht er sein eigenes Grab, an dem eine Zusammenkunft von Hexen, Monstern und Geistern stattfindet … Und dort erscheint die Geliebte, verzerrt, grotesk. Dies ist der Moment, in dem die Glocken und die Posaunen ihr martialisches Thema spielten – das sogenannte »Dies Irae«. Und die Posaunen, so erklärte der Autor des Beihefts, waren gar keine Posaunen, sondern Ophikleiden, selten benutzte Instrumente der Hornfamilie.

So autobiografisch und programmatisch wie bei Berlioz war Musik zuvor niemals gewesen, behauptete der Verfasser des Heftes. Im Sterbejahr von Beethoven, offenbar inspiriert durch dessen Dritte Symphonie, hatte Berlioz die Musik bewusst auf eine neue emotionale, leidenschaftliche und persönliche Ebene gebracht. Liebe und Künstlerdasein, Wahn und Wirklichkeit.

Harriet Smithson.

Mit seiner programmatischen Musik hatte Berlioz unter den jungen Künstlern einen Boom ausgelöst. Die Romantik, die musikalisch mit Beethovens Neunter Symphonie begonnen hatte, war auf Berlioz und seine Kollegen übergesprungen. Außerdem hatte Berlioz ein Leitthema in der Musik in den Mittelpunkt gestellt – die »Idée fixe« erfunden. Ein musikalisches Thema, eine Melodie, die sich durch das gesamte Werk zog. Das Thema, das dem immer wiederkehrenden Gedanken an Harriet Smithson entsprach.

Zbigniew schob das dünne Heftchen wieder in den CD-Schuber.

Die Töchter von Birte Kröger hatten ihm zwar nichts Neues über Timos Persönlichkeit erzählen können, aber dieser Einblick war einfach überwältigend. Es war direkt abzulesen: Timo hatte sich in diese Symphonie geflüchtet. Hiermit hatte er es geschafft, sein emotionsloses Leben zu kompensieren. Vermutlich hatte er sich mit Berlioz identifiziert. Vielleicht gab es auch für Timo eine fixe Idee – eine Liebe, ein Idealbild, eine Frau wie Harriet Smithson. Das rothaarige Mädchen. Die Frau, die man bloß aus der Ferne verehrt, die andauernd in den Gedanken herumspukt. So lange, bis man eine Symphonie darüber schrieb.

Timo hatte keine Symphonie geschrieben. Aber das konnte ja noch kommen. Irgendwann hatte Zbigniew einmal gelesen, dass musikalisches und mathematisches Talent in der Regel dicht beieinander lagen – was zu Timos Leidenschaften passte.

Andererseits war es wohl nicht diese Art von Musik, die die enge Verbindung zwischen Mathematik und Musik verkörperte. Es war wohl eher Bach, das Barock und die Klassik. Die Epochen, in denen Musik noch rational und geordnet klang – und nicht so ungestüm wie bei Berlioz, der offenbar in zwei Monaten im Liebeswahn die Noten aufs Papier geschmiert hatte. Zbigniew ärgerte sich ein wenig, sich nicht besser in der Musikgeschichte auszukennen. Vielleicht hätte er sonst noch mehr begriffen.

Der Schmerz war nun sehr gedämpft; es kam ihm aber so vor, als ob sein Hirn gemeinsam mit dem Schmerz von der Tablette betäubt worden war. Silvia Pütz hatte ihn vorgewarnt.

Er musste es in Kauf nehmen, als »Schwerkranker«.

Als Bandi.

Er hatte zehn weitere Tabletten erhalten. Das reichte bei guter Führung für drei Tage, um schmerzfrei zu bleiben. Am Mittwoch würde ihm der Orthopäde weitere Tabletten verschreiben. Und dann waren vielleicht die Krankengymnastik und das, was der Orthopäde machte, schon erfolgreich. Vielleicht würde alles gut werden.

Und sein Schwanz, der tat noch!

Ein neuer Schwung packte Zbigniew. Er würde es schaffen. Er würde es schaffen, da rauszukommen. Den Bandscheibenvorfall überwinden – so, als sei nichts gewesen.

Zbigniew ging inzwischen wieder in der Wohnung hin und her. In seinem Kopf dröhnten die Posaunen, wie hießen sie doch gleich? Zbigniew schaute noch einmal ins Beiheft der CD. Ophikleiden.

Die fixe Idee von Berlioz. Harriet Smithson spukte nun auch in seinem eigenen Kopf herum. Eine faszinierende Vorstellung. Berlioz hatte die Frau unsterblich gemacht; auch zweihundert Jahre später geisterte sie noch in musikalischer Form durch die Köpfe in aller Welt.

Ein seltsamer Gedanke erfasste Zbigniew. Was wäre, wenn Timos Tagebuch seine private »Symphonie fantastique« war, ein Musikstück, in Buchstaben niedergeschrieben?

Nein. Wozu sollte Timo seine Musik als Code niederschreiben? Die Idee war unsinnig.

Es war inzwischen kurz nach sechs. Die Kollegen hatten sich nicht mehr gemeldet. Fast war ihm danach, ins Bett zu gehen. Mit einer Flasche Wodka. Alkohol, um die Neuigkeit zu vergessen, dass er kurz vor der Invalidität stand. Alte Leute gingen in der Regel früh ins Bett. Zbigniews gefühltes Alter hatte am heutigen Tag um zwanzig Jahre zugenommen.

Oder sollte er einen Film schauen, der ihn ablenkte?

Oder ein Buch lesen. Hatte Zbigniew noch ein gutes ungelesenes Buch zu Hause? Er war sich nicht sicher.

Schade, dass Lena nicht vorbeikam. Verhofft oder unverhofft.

Schweißperlen setzten sich auf Zbigniews Stirn. Lenas Mutter kochte Hirsch. Reh.

»Sie bewegen sich etwas steif, oder?«

»Ja, ich hatte einen Bandscheibenvorfall.«

Meine siebzehnjährige Tochter geht mit einem mehr als doppelt so alten Mann mit Bandscheibenvorfall.

Irgendwie würde Zbigniew fliehen müssen. All dem entkommen. Sich am besten auch auf eine Traumreise begeben. Es passte zu dem Plan, den er gefasst hatte. Statt einen Film zu schauen, entschied sich Zbigniew dafür, die »Symphonie fantastique« noch ein weiteres Mal zu hören. Er legte sich mit dem Rücken auf den Fußboden und setzte sich Kopfhörer auf.

Die wilden Fantasien eines Künstlers, die Fieberträume über eine Frau. Die Musik flog in Zbigniew hinein. Er fieberte dem Moment entgegen, wo im fünften Satz die Posaunen das »Dies Irae« losblasen würden. Die Ophikleiden. Fast war es wie bei Beethovens Neunter Symphonie, wo man sehnsüchtig auf das Losbrechen von »Freude schöner Götterfunken« wartete.

Ein paarmal dachte Zbigniew, dass es endlich so weit sein würde – doch er hatte sich getäuscht. Schließlich, an einer Stelle, wo Zbigniew gar nicht damit rechnete, geschah es. Die Musik hielt inne. Der erste Glockenton erklang. Die dämonisch aus der Tiefe kommenden Ophikleidenklänge. Wie ein Räderwerk, dachte Zbigniew, als er die Passage hörte. Mit mathematischer Präzision und Exaktheit, Ton für Ton ein Treffer. Kein Wunder, dass es Timo gefiel.

»Dies Irae« – was hieß das eigentlich? Zbigniew kramte in seinen Lateinischkenntnissen. »Dies« war der Tag. »Irae – Ira«. Zorn. Der Tag des Zorns. Hatte es etwas mit der Apokalypse zu tun? Die arme Birte Kröger.

Er musste mehr erfahren. Mehr über Berlioz, mehr über die Symphonie, mehr über das »Dies Irae«. Über die »Idée fixe«.

Es hatte mit Timo gar nichts mehr zu tun.

Als ob er es herbeigerufen hätte, klingelte sein Mobiltelefon. Zbigniew erschrak ein wenig. Wer rief ihn hier an? Zeynel, hatte sich etwas ereignet? Dr. Üzgün, der vergessen hatte, ihm zu sagen, dass alles noch viel schlimmer war? Lena?

Zbigniew verbrachte ein paar Sekunden mit dem Gedanken, das Klingeln verklingen zu lassen. Dann nahm er doch ab.

»Ja?«

»Hallo?«, kam es unsicher aus der Leitung. Eine Frauenstimme.

Zbigniew brach der Schweiß aus. Barbara. Hätte er doch nicht abgenommen!

»Ja, Zbigniew Meier«, gab er sich zu erkennen.

»Ah. Entschuldigung, ich war mir grad nicht sicher.«

Er sollte nicht mit ihr telefonieren. Er sollte direkt sagen, dass er keine Zeit hatte. Jetzt. Wenn er das unterließ, würde er Hoffnungen bei ihr wecken. Er musste ihr klarmachen, dass es keine Perspektive gab. Er hatte eine Freundin. Barbara hatte keine Bedeutung. Gut, von seinem letzten Orgasmus mal abgesehen.

Außerdem: Zbigniew mochte Frauen, die erobert werden wollten. Nicht Frauen, die ihre Sehnsucht nach einer Beziehung schon meilenweit vor sich hertrugen.

»Haben Sie meinen Brief bekommen?«, fragte Barbara, nachdem sie sich eine halbe Ewigkeit angeschwiegen hatten.

Zbigniew mochte den Klang ihrer Stimme wirklich sehr. Diese Mischung aus Femme fatale und Unsicherheit.

»Ja.«

Weitere Sekunden Pause folgten. Warum sagte er nichts?

»Wie geht es Ihnen? Haben Sie den Jungen gefunden?«

»Nein, leider noch nicht«, gab Zbigniew zu. »Aber wir sind schon ein paar Schritte weiter.«

Warum sollte er ihr nicht eine ordentliche Antwort geben?

»Das freut mich.«

Schweigen.

»Wenn ich Ihnen helfen kann, sagen Sie Bescheid«, kam es dann vom anderen Ende der Leitung. Zbigniew fragte sich, wie es gemeint war – privat, beruflich und überhaupt. Wie um alles in der Welt sollte sie ihm helfen können?

»Sie könnten vorbeikommen und mir meinen Rücken massieren, ich hatte einen Bandscheibenvorfall. Und wenn wir dann beim Massieren sind, hätte ich bestimmt auch noch die eine oder andere Idee ...«

Nein, das sagte er nicht.

»Kennen Sie sich zufällig aus mit Musik?«, fragte er.

»Was?«, fragte Barbara irritiert, und Zbigniew war genauso irritiert über seine Frage wie sie. Dann fügte sie aber an: »Ja, wieso?«

»Berlioz, die Fantastische Symphonie«, hörte Zbigniew sich sagen.

Harriet Smithson, schoss ihm durch den Kopf.

»Das ist ... ein wirklich außergewöhnliches Werk. Hat es etwas mit Ihrem verschwundenen Jungen zu tun?«

»Ja, das könnte man sagen. Es ist alles sehr rätsel...«

Zbigniew hielt inne. Jetzt, mit Barbara in der Leitung, war ihm plötzlich eine außergewöhnliche Idee gekommen. Eine Idee, die total verrückt war.

Hier war die Symphonie. Dort war Timos codiertes Geschreibsel.

War es möglich? War es möglich, dass Timo Lindner seinen Text mit Hilfe von Musik codiert hatte?

Ein Fieber ergriff Zbigniew.

»Der Code.«

Er hatte es laut gesagt.

»Was?«, fragte Barbara irritiert.

Er brauchte die Noten der Symphonie. Und er brauchte jemanden, der sich mit Noten auskannte.

Die Partitur.

»Entschuldigung. Sie haben mich gerade auf eine Idee gebracht«, sagte er hastig.

»Das freut mich«, sagte Barbara, »äh, was ist es denn?«

»Später. Entschuldigung, ich rufe Sie gleich noch mal zurück …«

»Ich hatte mich eigentlich gefragt, ob wir uns heute Abend noch sehen könnten«, presste Barbara hastig hervor, bevor er sie abwürgen konnte. »Ich muss sowieso nach Köln, und da dachte ich …«

Zbigniew fiel ihr bei der ersten Pause ins Wort.

»Äh, ich rufe Sie zurück, ja? Ich muss erst etwas nachprüfen.«

»Ja, natürlich«, sagte Barbara, und es klang überhaupt nicht nach einem »ja, natürlich«.

Zbigniew legte auf.

Er wusste, wie er sehr schnell an die Noten der »Symphonie fantastique« kommen würde.

Es gab sie um die Ecke, die Partitur.

13

Zbigniew klingelte bei den Lindners. Nach einem Moment hörte er Tonia Lindners Stimme durch die Sprechanlage.

»Es gibt keine Neuigkeiten, ich habe bloß eine Frage«, sagte Zbigniew schnell.

Tonia Lindner drückte die Tür auf. Zbigniew schleppte sich in den obersten Stock. Dort stand sie im Türrahmen, mit rat- und rastlosem Gesichtsausdruck von einem Fuß auf den anderen wippend. Sie trug ein recht enges, langes, schwarzes Kleid, das keinen Blick auf irgendwelche Körperteile zuließ. Die Schönheit lag heute Abend im Verborgenen.

»Sind Sie sicher, dass alles in Ordnung ist?«, fragte sie irritiert.

»Können wir gleich in Timos Zimmer?«

Tonia Lindner nickte und ließ ihn herein.

»Was gibt es denn so Wichtiges? Es ist halb acht.«

»Ich wohne um die Ecke und hatte gerade eine Idee.«

Und die Kölner Polizei denkt ohnehin nur noch an Ihren Sohn.

Die beiden betraten Timos Zimmer. Zbigniew ging zielstrebig auf den Schreibtisch zu, setzte sich in Timos Sessel.

Plötzlich schlug Tonia Lindner ihre Hände vors Gesicht, ihr Körper krümmte sich.

»Wo ist mein Sohn? Sagen Sie mir, wo er ist!«, schrie sie hysterisch. Ihre Hände zitterten, nach ein paar Sekunden war ihr ganzer Körper wie von einem Schüttelfrost befallen. Tränen rannen aus ihren Augen, die sie hastig wegwischte.

»Sagen Sie es mir doch! Warum sagen Sie es mir nicht!«

Zbigniew, völlig überrumpelt, wusste nichts zu sagen. Er blickte sie bloß an, sein Gehirn war wie gelähmt, er konnte nicht reagieren.

»Frau Lindner …«, kam es schließlich beschwichtigend aus seinem Mund. Doch es war zu spät. Plötzlich klappte Tonia Lindner auf den Boden zusammen. Als ob sie erschossen worden wäre. Zbigniew sprang auf. Er beugte sich zu ihr herunter, ergriff ihre zuckenden Arme. Tonia Lindner atmete wie verrückt.

Eine Tüte. Zbigniew brauchte dringend eine Tüte. Sonst würde sie hyperventilieren.

»Bringen Sie ihn mir zurück!«, keuchte sie. »Bringen Sie mir mein Kind zurück!«

Warum kam Olaf Lindner nicht zu Hilfe? Er musste es doch hören.

Zbigniew hielt seine Hand vor Tonias Mund, um ihr die Luftzufuhr zu erschweren. Er blickte den Fußboden entlang – irgendwo musste es doch eine Tüte geben.

Da sah er sie. Unter einem Regal, zusammengeknüllt. Die Tüte eines Buchladens in der Innenstadt. Zbigniew sprang zum Bücherregal, riss die Tüte hervor. Hastig wieder zurück zu Tonia. In der Tüte war etwas, Zbigniew entleerte den Inhalt rüde auf den Fußboden.

Tonia Lindner keuchte immer schneller, ihr Zustand nahm bedrohliche Ausmaße an. Zbigniew drückte die Tüte zusammen, so dass sie nur noch ein wenig Luft enthielt. Er hockte sich auf den Boden neben Tonia Lindner und presste die Tüte an ihren Mund. Sie atmete in die Tüte. Ein, aus, ein, aus.

Ruhig. Der mangelnde Sauerstoff würde sie langsam zurückfahren.

»Ruhig …«, sprach er in zuversichtlichem Tonfall.

Tonia Lindners Atem beruhigte sich langsam. Sie schien wieder die Kontrolle über ihren Körper zu bekommen.

»Ruhig«, sagte Zbigniew noch einmal. Tonia blickte ihm in die Augen. Es war, als ob ihre Blicke ihn durchbohrten. Mit einer Mischung aus Scham, Hass und Dankbarkeit. Falls es so eine Mischung gab.

Zbigniews Blick fiel auf den Inhalt der Tüte, den er auf dem Fußboden ausgeleert hatte. Einen Moment lang wähnte er sich in dem Glauben, die Tüte könnte etwas fundamental Wichtiges enthalten haben. Dann fiel ihm aber ein, dass Zeynel und er die Tüte bei der

Zimmerdurchsuchung in der Hand gehabt hatten. Nur ein paar alte Kinderbücher.

Tonia Lindner atmete inzwischen wieder normal. Zbigniew nahm ihr die Tüte vom Mund weg. Seltsamerweise lenkte sich seine Aufmerksamkeit darauf, dass Tonias Lippenstift auf den Tütenrand abgefärbt war. Es war völlig unwichtig.

Lena trug selten Lippenstift. Sie trug auch niemals ein enges schwarzes Kleid. Oder ein Negligé aus Chiffon. Oder mörderisch hohe Pantoletten.

Nein. Lena würde niemals so sein wie Tonia Lindner. Sie musste es auch nicht. Andererseits, als sie aufgebrezelt von der Party gekommen war, hatte er sie da nicht erotischer gefunden als sonst?

»Alles in Ordnung?«, fragte Zbigniew Tonia Lindner. Tonia nickte. Sie sah ihn weiter an; es war, als ob sie seit Minuten nicht mehr gezwinkert hatte.

»Soll ich Ihnen etwas zu trinken holen?«

Tonia Lindner schüttelte unmerklich den Kopf. Eine Träne rann aus ihrem linken Auge, kullerte langsam in ihren Haaransatz hinein.

Sie griff nach seiner Hand. Zuerst wollte Zbigniew die Hand zurückziehen, doch dann ließ er sie in ihre fallen. Vielleicht war es gut, vielleicht beruhigte es sie.

Hoffentlich kam Olaf Lindner nun nicht durch die Tür.

Zbigniew versuchte, über Tonia Lindners Hand so medizinisch wie möglich zu streichen. Patientenpflege, dies hier war Patientenpflege und nichts sonst. Doch dann drückte Tonia Lindner sich hoch, setzte sich auf den Fußboden neben ihn. Es ging alles sehr schnell. Tonia Lindner warf beide Arme um ihn, presste ihn an sich. Den Bruchteil einer Sekunde später lag ihr Gesicht an seinem Gesicht, sie drückte ihre Wange fest an seine.

Er hörte ihre Stimme an seinem Ohr, so nah, wie eine Stimme nur sein konnte.

»Meinen Jungen«, verstand Zbigniew.

»Finden Sie meinen Jungen.«

Zbigniew spürte, wie die Wärme von Tonia Lindners Körper auf seinen eigenen überging. Es war ein angenehmes Gefühl, so angenehm, wie eine Berührung nur sein konnte.

Zbigniew wusste nicht, was den Schalter in ihm umlegte. Den Schalter von einer ablehnenden Bestürzung darüber, dass Tonia Lindner ihn mit einer derartigen Umarmung überfiel, zu einem Mitmachenwollen. Entweder war es die Kraft der Berührung, oder es waren die Gedanken, die Zbigniew seit Tagen immer wieder durch den Kopf streiften.

Er sollte nicht aus den Augen verlieren, warum er gekommen war.

Und doch tat er es.

Zbigniew berührte mit den Händen ihr Gesicht, legte ihren Kopf leicht nach hinten, so dass er und Tonia sich in die Augen sehen konnten. Dann küsste er sie. Ihre Lippen hatten sich sofort geöffnet, ihre Zunge hatte sofort seine Zunge gesucht. Wie gierig küssten sie sich.

Ein ganzes Bündel an Emotionen schoss durch Zbigniew hindurch. Da war die Geilheit des Moments, die Lüsternheit, am liebsten hätte er mit Tonia Lindner direkt hier geschlafen, auf dem Fußboden von Timos Zimmer. Doch dann war da auch der Gedanke, dass er nun das erste Mal Lena hinterging. Es war nur ein Kuss, zurzeit zumindest, doch ein Kuss war ein Kuss.

Schließlich war da aber auch das große Gefühl, Tonia Lindner etwas geben zu wollen – ihr neuen Lebensmut zu geben. Zbigniew meinte fast zu spüren, wie ein Strom von Energie und Willen aus seinem Körper in ihren Körper floss, während sie sich küssten.

Oder floss es andersherum? Er war noch nicht alt und scheintot, sondern mitten in Leben und Leidenschaft.

Der Kuss wurde immer intensiver. Eine Zeitlang erkundeten sie die Tiefen beider Mundhöhlen, dann tänzelten die Zungen wieder umeinander – immer kräftiger, als ob es da irgendeine Gravitation gab.

Dann schien Zbigniew zu spüren, dass Tonia Lindner sich eine Winzigkeit zurückzog. Er nahm seine Zunge zurück, und ihre Münder trennten sich voneinander. Tonia Lindner sah ihn an, genauso wie vorher, diesmal aus zehn Zentimetern Entfernung. Dann warf sie ihren Kopf wieder an seine Schulter, so dass sie Wange an Wange waren.

»Versprechen Sie es mir«, flüsterte sie.

Zbigniew erschauderte. War der Kuss nur die Besiegelung eines Versprechens gewesen?

»Versprechen Sie es mir.«

Zbigniew bekam am ganzen Körper eine Gänsehaut. Was sollte er ihr versprechen? Kaum erinnerte er sich daran.

Dass er ihren Jungen finden würde, natürlich.

»Ich verspreche es«, hörte er sich gedämpft sagen. Es schien aus einem anderen Raum zu kommen.

Wirre Gedanken. Warum versprach er etwas, von dem er überhaupt nicht wusste, ob es sich halten ließ. Hatte er in den letzten Minuten schamlos die Verwirrung einer Mutter ausgenutzt, die sich in banger Sorge um ihr Kind nun dem ermittelnden Polizeibeamten hingab? Eine Mutter, die all ihre Hoffnung in den Polizisten setzte?

Dabei hatte Zbigniew das Gefühl gehabt, dass der Kuss innig und echt gewesen war. Nicht bloß, um ihm ein Versprechen abzuringen. Nicht bloß, weil Tonia sich in ihrem Leid einsam und allein fühlte. Aber wahrscheinlich redete er sich dies ein, um seine Handlung vor sich selbst zu rechtfertigen.

Sie hockten weiterhin auf dem Fußboden, Wange an Wange. Zbigniew berührte ihren Kopf, strich über ihr Haar. Er fragte sich, was nun passieren würde. Würde Olaf Lindner hereinkommen, ihn erschießen? Dann hätten sie einen richtigen Fall.

Ihre Wange löste sich nun sacht von seiner. Tonia sah ihn wieder an. In ihren Augen lag Zuversicht. Sie gab ihm einen kurzen Kuss auf den Mund und erhob sich.

»Ich mach mich mal kurz frisch«, sagte sie und verschwand etwas verhuscht aus dem Zimmer. Es war, als ob sie Sex miteinander gehabt hätten.

Zbigniews Blick fiel auf die Plastiktüte auf dem Boden. Ob sein Gesicht wohl auch lippenstiftverschmiert war?

Berlioz. Die Symphonie.

Halb taumelnd ging Zbigniew auf Timos Schreibtisch zu. Er

setzte sich in den Stuhl, scannte mit seinen Augen die Bücher auf dem Tisch ab. Da stand sie, an prominenter Stelle, in leuchtendem Gelb.

Zbigniew nahm die Partitur in die Hand. »Edition Eulenburg, Taschenpartitur«, stand unter dem Werktitel in dezenten Lettern. Am Anfang gab es ein paar Texte, dann folgte die eigentliche Partitur. Noten, Noten, Noten – es erschien Zbigniew unvorstellbar, dass Berlioz all diese Noten innerhalb von zwei Monaten geschrieben hatte. Er blätterte in einem Stoß zum Ende durch – 197 Seiten.

Nun kam Tonia Lindner wieder in den Raum hinein. Ihr Lippenstift war wie neu; Zbigniew hatte das Gefühl, dass sie insgesamt stärker geschminkt war als zuvor. Etwas linkisch lächelte sie Zbigniew an.

Zbigniew lächelte linkisch zurück.

Was dachte sie? War ihr die Situation von soeben peinlich? Zbigniew war sie zumindest unangenehm. Je länger Tonia Lindner ihn mit ihrem etwas entrückten Blick anlächelte, desto unbehaglicher wurde es Zbigniew.

»Möchten Sie ein Bier?«, fragte sie plötzlich in einem sanften Ton.

»Nein, äh … danke.«

Es wurde ein bisschen unheimlich.

»Wo ist Ihr Mann eigentlich?«

Was für eine Frage. Eine Frage, die direkt Gedanken an Verbotenes implizierte. Die zeigte, dass Zbigniew verbotene Gedanken hatte.

»Er ist in New York.«

Architekt müsste man sein.

Tonia Lindner lächelte weiter, als hätte sie diesen Satz nicht gesagt. Ihr Ton, ihre Mimik, ihre Gestik – wollte sie ihm andeuten, dass sie ungestört waren und daher einen Schritt weiter gehen könnten?

Die Partitur. Es ging um die Partitur, um nichts anderes.

Die Noten. Eine Wissenslücke in Zbigniews humanistischem Dasein.

»Können Sie Noten lesen, kennen Sie sich damit aus?«, fragte Zbigniew und hielt die Partitur hoch. Tonia Lindners Lächeln erstarb.

»Nein, leider nicht«, sagte sie. »Mein Mann kann das«, fügte sie fast flüsternd hinzu. Als ob es etwas Unanständiges war. Der Mann, der in New York war, hätte ihm helfen können.

Zeynel, kannte der sich aus? Vielleicht rudimentär. Jemand aus der Wache?

Lena, aber die würde heute Abend keine Zeit haben.

»Kennen Sie hier im Haus jemanden, der sich mit so was richtig auskennt?«

Tonia schüttelte den Kopf. »Wir haben zu niemandem Kontakt.«

Sie setzte sich hin, fing leise wieder an zu weinen. Zbigniew fragte sich, ob der Grund dafür war, dass sie niemanden im Haus kannte.

Er hätte sie nun gern nach Siegfried Angerland gefragt. Und nach ihrer Bremer Vergangenheit. Aber es war der denkbar schlechteste Augenblick dafür. Er konnte es nicht übers Herz bringen.

»Entschuldigung«, murmelte Zbigniew und zückte sein Handy. Er ging sein gesamtes Adressverzeichnis durch. Fragte sich, wer von den dort eingespeicherten Karteileichen ihm am ehesten weiterhelfen könnte. Es war Makulatur.

Die Liste der eingegangenen Anrufe zeigte Barbaras Nummer an erster Stelle an. Sie hatte gesagt, dass sie sich damit auskannte. Vielleicht würde ihn das auch vom verbotenen Kuss ablenken.

Sie war ohnehin in Köln.

»Ja?«

Lautes Stimmgewirr.

»Barbara, sind Sie es?«

Natürlich war sie es. Ihre samtene Stimme war unverkennbar.

»Ah, hallo Herr Kommissar.« Barbara hatte deutlich nicht damit gerechnet, dass Zbigniew so schnell und aus eigenem Antrieb zurückrufen würde. »Alles in Ordnung?«

»Sie kennen sich mit Musik aus? Auch Notenlesen?«, fragte er und kam sich wie ein Depp vor.

Barbara lachte.

»Ja. Wieso?«

»Auch so, dass Sie mir das erklären können?«

»Ich denke mal schon. Für Ihren Code?«

Sie begriff schnell. Und sie passte auf, was Zbigniew sagte.

»Ja. In meinem Fall spielt ein codierter Text eine Rolle.«

»Und was sollen da die Noten?«

»Es könnte sein, dass der Text über die Noten einer Partitur codiert ist.«

»Aha.«

Es war ein Aha in einem Tonfall, als ob Zbigniew etwas Anzügliches gesagt hatte. Zbigniew bemerkte, wie Tonia ihn mit zunehmender Irritation ansah.

»Sollen wir dann die Noten zusammen ... decodieren?«, fragte sie.

Es klang so, als ob sie sich dabei gemeinsam ausziehen würden.

»Es sind keine Noten. Es sind Buchstaben.«

»So dass ein Wort bei 'nem fis etwas Bestimmtes bedeutet?«

»Ja. Keine Ahnung. Irgendwie so etwas.«

Ein paar Sekunden bloß Stimmengewirr aus der Leitung. Dann hörte er Barbara laut durchatmen.

»Und das mit der ›Symphonie fantastique‹.«

»Ja.«

»Ausgefallen. Haben Sie da keine Spezialisten für so was?«

»Keine Ahnung. Auf jeden Fall jetzt nicht verfügbar.«

»Und ich bin verfügbar?«

Sie grinste, das war klar.

»Oder wollen Sie mich etwa nur sehen?«

Zbigniew hielt den Atem an. Es war ein Fehler gewesen, Barbara anzurufen. Zumal Tonia ihn inzwischen anstarrte und jedes seiner Worte verschlang. Ein bizarres Liebesdreieck.

»Nein.«

»Passen Sie auf«, sagte Barbara, »ich kenne da jemanden, den frag ich mal was, und dann rufe ich Sie gleich zurück. In Ordnung?«

»In Ordnung.«

Zbigniew bedankte sich, legte auf.

»Und?«, fragte Tonia hastig.

»Das war ein Spezialist«, log Zbigniew. »Vielleicht bekomme ich noch mehr im Laufe des Abends heraus.«

Etwas hastig verabschiedete er sich von Tonia Lindner.

Es dauerte etwas über eine Stunde, bis Barbara wieder zurückrief. Zbigniew hatte es sich mit der Partitur und Timos Zetteln in einer Kneipe um die Ecke gemütlich gemacht. Der Wirt hielt ihn vermutlich für einen ewigen Studenten der Musikhochschule.

»Ich glaube, ich habe mehr, als Sie erwarten«, sagte Barbara. »Ein Bekannter von einem Freund von mir ist wissenschaftlicher Mitarbeiter an der Uni. Der schließt uns auf. Wissen Sie, wo das Musikwissenschaftliche Institut ist?«

Fünfunddreißig Minuten später stand Zbigniew vor der ausladenden Fassade der Universität Köln; Barbara hatte ihm den Weg beschrieben. Unter dem kleinen Platz, der das Zentrum einer der größten deutschen Hochschulen darstellte, führte eine tosende, sechsspurige Ringstraße entlang. Es hatte das Ambiente einer Autobahnraststätte.

Barbara war nicht zu sehen. Zbigniew fragte sich, ob er an einen falschen Treffpunkt gekommen war. Oder wollte sie einen Spaß mit ihm treiben? Insgesamt hatte die Idee, montagabends im Musikwissenschaftlichen Institut Forschungen zu betreiben, etwas Irreales für ihn.

Dann ging Licht im Treppenhaus des Universitätshauptgebäudes an. Zbigniew bildete sich ein, verhallte Schritte zu hören. Es war keine Einbildung: Nach kurzer Zeit kam Barbara durch eine Tür neben dem Hauptportal, gefolgt von einem kleinen, pummeligen Mann, der etwa fünfzig Jahre alt war.

»Ah, da sind Sie ja«, sagte sie. Zbigniew schüttelte ihr und dem Mann die Hand. Der Mann murmelte etwas, sah ihm aber nicht in die Augen. Natürlich, ein Musikwissenschaftler. Irgendwie war Zbigniew ein bisschen enttäuscht, dass da ein anderer Mann mit aufgetaucht war. Hatte er gehofft, allein mit Barbara zu sein?

»Das ist Doktor Zielinsky, ein Mitarbeiter des Instituts … Er hat uns aufgeschlossen.«

Zielinsky nickte. Er schien nicht allzu erbaut von der Aktion zu sein. Vermutlich kam er bei Frauen nicht gut an. Und wenn Frauen ihn um einen Gefallen baten, dann sagte er nie nein, wurde aber immer als Kumpel ausgenutzt. Zbigniew kannte das aus seiner Schulzeit.

»Vielen Dank«, sagte Zbigniew so freundlich wie möglich.

»Jaja«, murmelte Zielinsky. »Ich geh dann jetzt, ja?«

Barbara reichte ihm die Hand. »Selbstverständlich. Und nochmals vielen Dank!«

Zbigniew hatte den Eindruck, dass zwischen Barbara und Dr. Zielinsky noch unausgesprochene Dinge standen. Kannten sie sich persönlich? Oder gab es nur den gemeinsamen Freund?

Er würde lieber nicht nachfragen.

Zielinsky nickte etwas schroff, verschwand dann ohne weitere Worte in der Dunkelheit.

Immerhin, er war fort. Zbigniew betrachtete Barbara. Sie hatte sich zurechtgemacht. Ihre Haare waren hochtoupiert, das Make-up ließ im Dämmerlicht der Straßenlaternen Perfektion vermuten. Strumpfhose und Sandaletten, die unter dem stark taillierten Mantel hervorsahen. Barbara sah eher nach einem Theaterbesuch aus.

»Ich hoffe, das ist jetzt keine Zumutung?«, fragte Zbigniew.

»Nein. Vielleicht war es eine für den Herrn Doktor. Für mich ist es in Ordnung.«

Barbara hielt ihm die Tür zum Gebäude auf. Zbigniew trat ein.

»Wir müssen ganz nach oben«, sagte sie und ging in einem schmierig wirkenden, neonbeleuchteten Treppenhaus voran.

»Ermitteln Sie immer so spät am Abend?«

»Wenn es sich so ergibt. Ich hatte eine Idee, die mir keine Ruhe ließ.«

»Da bekommt man ja richtig Vertrauen in das deutsche Beamtenwesen.«

»Was arbeiten Sie denn eigentlich?«

Sie zögerte.

»Ich bin im öffentlichen Dienst.«

Gemeinsam wären wir äußerst kreditwürdig, schoss es Zbigniew durch den Kopf. Ein Paar, nach dem sich Bankangestellte die Finger leckten.

»Als was?«

»Das sage ich Ihnen nicht, sonst werde ich Sie nicht wieder los«, lachte sie. Barbara schien es komisch zu finden, Zbigniew fühlte sich etwas zurückgesetzt.

Die Treppe wand sich immer weiter nach oben.

»Ist es noch weit?«, entfuhr es Zbigniew.

»Ich bin immerhin schon einmal rauf- und runtergegangen. Man hat die Musikwissenschaftler unter das Dach verfrachtet. Interessiert ja niemanden. Außer die Kölner Kripo.«

Zbigniew nickte stumm vor sich hin. Hatte Barbara schon ein wenig getrunken? Sie wirkte aufgedreht, anders als zuvor. Zbigniews Blick hing an ihren Beinen, das ließ sich auf der Treppe nicht vermeiden.

Endlich kamen sie oben an. Zbigniew war ein wenig aus der Puste. Seinem Rücken ging es gut.

»Hier geht's hinein.«

Barbara stieß eine Tür auf, die bloß angelehnt war. Ein modriger Geruch aus Büchern und Staub kam Zbigniew entgegen. Verschwommene Kindheitserinnerungen an die alte Stadtbibliothek in Siegburg wurden in ihm wach. Er war kein häufiger Gast gewesen.

Sie durchquerten einen längeren Flur, voll von universitärer Atmosphäre aus Linoleum und Neonlicht. Am Ende des Flurs lag linker Hand die Bibliothek. Barbara zog ihren Mantel aus, legte ihn über einen der Stühle und deutete auf einige Bücher, die bereits auf dem Bibliothekstisch lagen.

»Das ist die Partitur. Hat Zielinsky schon rausgekramt. Und ein paar Schriften über Berlioz und so.«

»Gut.«

Die Noten begannen wie in dem kleinen gelben Heft von Timo, aber in der Partitur des Instituts war alles größer. Angenehmer zu lesen. Das Papier des Buchs war leicht vergilbt, roch ein wenig.

»Grundkursus Noten noch mal?«, fragte Barbara augenzwinkernd.

»Joah«, gab Zbigniew zu.

»Das hier sind die fünf Notenlinien. Und diese Dinger hier nennt man Systeme; für jedes Instrument gibt es ein System, sehen Sie hier? Flöte, Oboe, Klarinette … und so weiter. Ganz einfach.«

Zbigniew nickte.

»Jetzt ist es so, sehen Sie hier, da steht 1 2 davor, bei der Oboe. Das sind zwei Oboen, die mitspielen. Beide im gleichen System drin.«

»Und die Geigen?«

»Die sind da unten. ›Violino, al meno 15‹, also mindestens 15. Der Unterschied ist nur, dass alle Violinen in der Regel im Symphonieorchester das Gleiche spielen, wohingegen die Bläser oben, Flöte, Oboe und so weiter, da spielen die beiden Musiker häufig verschiedene Sachen. Steht aber trotzdem im gleichen System.«

»Okay.«

»Das mit den Noten ist etwas komplizierter. Ein b macht die Note tiefer, aus g wird ges. Vorn im System steht die Tonart. Sehen Sie hier – drei b – das bedeutet, wir haben ein Stück in c-Moll oder Es-Dur.«

»Wieso?«

Barbara runzelte die Stirn.

»Das würde zu lange dauern, es Ihnen jetzt zu erklären.«

»Was heißt ›con sord.‹?«

Barbara zuckte die Achseln. »Weiß ich auch nicht. Soll ich Zielinsky noch mal anrufen?«

Lieber nicht, dachte sich Zbigniew.

»Auf jeden Fall spielen die Violinen hier die Melodie. Das ist oft so. Wissen Sie, welcher Ton das ist?«

Barbara deutete auf die erste Note in einem der unteren Systeme, Violino I.

»Keine Ahnung.«

»Das ist ein g. Ein eingestrichenes g.«

»Ah.«

»Die übernächste hier, eins höher, ist ein a. Da aber ein b davorsteht, ist es ein as. Ein eingestrichenes as.«

»Wo steht denn da ein b vor dem a?«

»Ganz vorne, am Anfang des Systems. Da steht ein a tiefer, aber das gilt dann für jedes a.«

»Und wieso …«

Zbigniews Stimme erstarb. Er würde es nicht lernen, nicht innerhalb von zehn Minuten. Er hatte sich das alles einfacher vorgestellt.

»Und das große C da vorne?«

»Das bedeutet, dass wir einen Viervierteltakt haben.«

»Sehr einleuchtend«, sagte Zbigniew ironisch. »Und die verschiedenen Notenhälse, das waren die Längen der Noten, oder?«

»Ja. Das da ist 'ne Achtel mit Punkt. Dann eine Sechzehntel.«

»Ich stelle mir vor«, überlegte Zbigniew, »dass man einen Text damit codieren will. Mit Tonhöhen, mit der Länge der Noten, keine Ahnung. Gibt es da Beispiele in der Musikgeschichte?«

»Ich hab Zielinsky gefragt. Der kannte keine Fälle von Codierung. Eher andersherum.«

Barbara öffnete ein anderes Buch, das auf dem Tisch lag, deutete darauf: »Die Noten lassen sich ja in Buchstaben ausdrücken.«

»C-d-e-f-g-a-h-c«, sagte Zbigniew. So viel wusste er noch.

»Genau. Dann gibt es noch das b, das ist ein h mit einem b davor.«

»Müsste das dann nicht hes heißen?«

Zbigniew hatte aufgepasst.

»Ist eine Ausnahme. – Bach hat gern seinen Namen in Buchstaben in seine Werke einkomponiert. B-a-c-h. Außerdem gibt es italienische Namen für die Noten, da bekommt man weitere Buchstaben.«

Sie wartete kurz, um Zbigniew die Chance zu geben, abermals sein musikalisches Grundwissen zu demonstrieren. Er musste passen.

»Egal«, sagte Barbara schließlich mit einem sanften Lächeln.

»Was ist, wenn ich einen vorgegebenen Text codieren will? Mit Hilfe dieser vorgegebenen Partitur?«

Zbigniew holte Timos Zettel hervor und legte sie auf den Tisch.

»Das hier wäre das Ergebnis der Codierung«, erläuterte er.

Barbara sah fasziniert den Buchstabensalat an.

»Und wie kommen Sie darauf, dass das mit Noten codiert ist?«

»Der, äh, Autor hatte zwei Partituren von der Symphonie.«

»Dann liegt das natürlich nahe«, grinste sie. Dann wurde sie ernst. »Ist das der Junge, den Sie suchen?«

»Ja.«

Barbara dachte nach.

»Ich hätte gedacht, vielleicht würde er dafür irgendwie die ›Idée fixe‹ benutzen«, sprach Zbigniew seine Gedanken aus.

Barbara blätterte in der Partitur herum, suchte offenbar nach den Noten der Idee. Da sie sie nicht auf Anhieb fand, schaute sie in einer recht dicken Berlioz-Biografie nach einem Hinweis.

Auch Zbigniew begann, in einem Berlioz-Wälzer zu blättern. Da war sogar ein Bild von Harriet Smithson in einer zeitgenössischen Zeichnung. Zbigniews Typ war sie nicht.

»Da haben wir es ja«, sagte Barbara und schlug eine Seite der Partitur auf. Zbigniew verfolgte die Noten. Das waren nicht die Ophikleiden, die da spielten. Sogar als Laie konnte Zbigniew erkennen, dass da etwas nicht stimmte.

»Ist das nicht die falsche Stelle? Geht das Thema nicht so?«

Zbigniew summte die martialische Melodie.

»Das ist nicht die ›Idée fixe‹.«

»Nicht?«, fragte Zbigniew überrascht.

»Nein. Das ist das ›Dies Irae‹.«

»Ich weiß.«

»Hier«, deutete Barbara auf die Partitur. »Takt 72.« Barbara fing an, die Noten vorzusummen. Zbigniew kam die Melodie bekannt vor; er wusste, dass sie in der »Symphonie fantastique« vorkam. Aber sie war längst nicht so präsent wie das »Dies Irae«.

Barbara überflog einzelne Passagen aus der Berlioz-Biografie.

»Das ›Dies Irae‹, die Melodie, die die …«

»Ophikleiden«, half Zbigniew mit sanftem Lächeln.

»Genau …«, grinste Barbara, »die Ophikleiden spielen, die kommt gar nicht von Berlioz.«

Zbigniew runzelte die Stirn.

»Wie meinen Sie das? Hat er die geklaut?«

Barbara überflog weiter den Text.

»Es ist eher ein Zitat. Gehen Sie nie in die Kirche?«

Zbigniew war seit Jahrzehnten nicht mehr in einer Kirche gewesen. Zumindest nicht dann, wenn Messe war.

»Na ja.«

Barbara musterte ihn mit einem fast scheuen Lächeln.

»Das ist etwas Uraltes aus der Totenmesse.«

Ein Schauer erfasste Zbigniew. Genau die richtige Musik, um sie an Birte Krögers Krankenbett zu spielen.

»Kennen Sie sich mit Kirche aus?«, fragte er etwas überrascht.

»Ja, das könnte man so sagen. Aber bitte keine weiteren Fragen.«

Wieder dieses schalkhafte Grinsen.

»Versuchen wir es doch einfach mal mit der ›Idée fixe‹«, sagte sie. »Sehen Sie, den Takt 72. Ich nehm erst mal nur die Tonhöhen. g-c-g-e-e-f-f-e-d-c-c…«

»Sind da nicht zwei f und zwei d?«

»Nein, das sieht nur so aus, die sind überbunden. Das bleibt der gleiche Ton.«

Zbigniew fand es nicht logisch, aber dann musste man das wohl so hinnehmen.

»Es könnte ein Buchstaben-Austauschcode sein«, sagte er. »Wenn beispielsweise c für 1 steht, d für 2, e für 3, dann tauscht man die Buchstaben so, wie die Noten es vorgeben.«

»Ich nehm mal einfach ein Wort … Liebe.«

»Lieber Sex. Das ist kürzer.«

Himmel. Er redete sich um Kopf und Kragen.

Barbara zuckte mit keiner Wimper.

»Also gut. S plus fünf … denn mit g fängt es an, und das ist Ton Nummer fünf. S – T, U, V, W … ein X. Dann das c … E plus eins, ein F. X wieder plus fünf, äh, was machen wir am Ende des Alphabets?«

»Bei Austauschcodes fängt man in der Regel von vorn an.«

»Also X … Ein C, dann. Sex wäre dann XFC.«

»Sehr sexy.«

»Das wäre ein ganz einfaches System.«

Zbigniew überlegte.

»Ja. Einfach schon. Aber nicht so leicht zu knacken. Wenn Sie jeden Buchstaben drei weitergehen im Alphabet oder so, kann man das mit einem Computer leicht herauskriegen. Oder mit etwas Probieren. Wenn aber der Unterschied bei jedem Buchstaben anders ist, so wie hier, wird es schwierig. Da muss man die Melodiereihe kennen.«

»Ja, aber nicht nur das. Man kann es ja auch ganz anders machen als wir gerade. Sie können die Buchstaben abziehen statt addieren. Sie können die Notenlängen mit berücksichtigen – sagen wir, Sie bauen sich ein System, in dem Sie bei einer Viertelnote vier weitere Buchstaben hinzuaddieren müssen … bei einer Achtelnote acht … Keine Ahnung. Sie können sich da eigentlich alles Mögliche ausdenken, es kommt nur auf die Regeln an. Sie können sagen, wenn die Oboe die Melodie spielt, ziehe ich immer noch zwei ab, bei der Klarinette drei. Ein Akzent bringt weitere fünf Punkte. Lautstärkeangaben. Man kann das ziemlich kompliziert machen, wenn man will.«

Barbara hatte natürlich völlig recht.

Dennoch …

»Ich glaube, dass die Methode nicht übermäßig kompliziert sein kann. Unser Junge hat zweiundachtzig Zettel vollgeschrieben, da kann er nicht pro Buchstabe drei Minuten lang gerechnet haben.«

Jetzt, wo er es ausgesprochen hatte, kam es Zbigniew zwingend vor. Das System von Timo musste – Wunderkind hin, Wunderkind her – eine gewisse Einfachheit aufweisen.

»Versuchen wir's«, sagte er und nahm den ersten Zettel von Timo in die Hand.

»QHC.QDTAT.THCE.LHDFN.KNHH.
SMZ.TKS.SBEEUGL.BILDL.NNROQ….«

»Okay«, sagte Barbara mit einem Stirnrunzeln. »Sollen wir das von grade mal probieren?«

Zbigniew nickte. Eine Art Lampenfieber ergriff ihn; seine Hände waren leicht feucht und merklich kühl.

»Ich schreibe die Reihe ab, dann können wir direkt darunter die Umrechnung schreiben. Sonst kommen wir durcheinander.«

Zbigniew nickte. Barbara schrieb die erste Buchstabenreihe von Timos Tagebuch auf ein neues Blatt Papier. Darunter die Notenreihe der »Idée fixe«. Darunter ließ sie eine Zeile frei.

»Also … Q plus fünf. H plus eins …«

Barbara schrieb eine neue Buchstabenreihe in den Zwischenraum. Sie sah genauso krumm aus wie Timos Original.

»Wäre auch zu einfach gewesen«, sagte sie mit einer Spur Enttäuschung im Ton.

»Ja, vielleicht.«

Zbigniew überlegte. »Aber wenn er die Buchstaben so codiert hätte wie vorhin, müsste man rückwärts rechnen. Also minus fünf, minus eins und so weiter.«

»Stimmt.«

Ein neues Blatt. Sie schrieben sich auch das Alphabet auf, so war es einfacher.

Wieder entstand bloß ein Buchstabensalat.

»Das war es auch nicht«, meinte Barbara. Zbigniew hatte den Eindruck, dass sie nun wirklich vom Rätselfieber gepackt war. »Oder er hat doch nicht die ›Idée fixe‹ genommen.«

Vielleicht war die einzige fixe Idee hier die von Zbigniew. Aber noch wollte er nicht aufgeben.

»Vielleicht ist c auch nicht die 1, sondern die 0«, sagte Barbara und fing schon wieder an, Buchstaben zu schreiben. Bereits nach einigen Buchstaben war zu sehen, dass auch dies zu nichts führte.

»Können wir es mal mit dem Dies-Irae-Thema versuchen?«, schlug Zbigniew vor.

Barbara suchte in dem Wälzer nach dem richtigen Takt, blätterte dann im hinteren Teil der Partitur.

»Gut. Hier. Das ist … c-b-c-a-b-g-a-a … Ist natürlich die Frage, was mit dem b ist. Halbtöne gibt es bei Buchstaben nicht.«

»Also 1-7-1-6-7-5-6-6?«, rechnete Zbigniew aus.

»Da es nach unten geht, wäre eine Subtraktion logischer. Oder? Wie wäre es mit … 0, -1, 0, -2, -1, -3, -2, -2 …?«

Sie versuchten es, doch das Ergebnis war Buchstabensalat.

Sie könnten hier die ganze Nacht herumsitzen und Buchstaben

vor und zurück rechnen. Solange sie nicht wussten, wie Timo sie benutzt hatte, hatten sie keine Chance.

Wenn er überhaupt die Partitur benutzt hatte.

Während Zbigniew nachdachte, versuchte Barbara bereits eine neue Methode.

Sie saßen noch eine weitere Stunde da. Barbara übertrug Zeilen aus Timos Buch, setzte Buchstaben unter andere Buchstaben. Erfolglos. Schließlich gestanden sie sich ein, dass es wie die Suche nach einer Nadel im Heuhaufen war. Zbigniew wurde klar, dass seine Idee fehlgeschlagen war. Timo war schlauer als sie.

Barbara klappte die Partitur zu.

»Muss auch mal langsam ins Bett.«

Zbigniew sah auf die Uhr. Es war fast elf Uhr.

»Es tut mir leid, dass ich Ihre Zeit geraubt habe.«

»Kein Problem. War ja spannend.«

Zbigniew nickte. Für sie war es spannend.

»Wenn Sie wollen, kopiere ich die ersten Seiten von dem Geschreibsel, dann versuche ich es morgen zu Hause weiter.«

Zbigniew nickte. Barbara nahm Timos Blätter und verschwand in einem Nebenraum. Zbigniew ging auf die Toilette.

»Wollen Sie noch einen Absacker mit mir trinken gehen?«, fragte Barbara, als sie zurückkehrte. Sie fragte es spaßig, aber Zbigniew erkannte hinter dem Schalk wieder die originale Barbara. Die melancholische Frau, die einen Hauch von Einsamkeit ausstrahlte.

»Ich bin eigentlich auch ziemlich müde«, sagte er schließlich. »Ein anderes Mal gerne.«

Die Ratio, sie siegte. Glücklicherweise.

»Kriege ich das schriftlich mit dem anderen Mal?«, fragte Barbara lachend, aber in ihren Augen war kein Lachen.

Sie verließen die Bibliothek. Barbara zog die Haupttür zum Musikwissenschaftlichen Institut zu.

»Müssen wir nicht wieder abschließen hier?«

»Zielinsky meinte nicht, der Hausmeister geht morgen früh rum. Und die Tür unten fällt wohl so zu, dass man von außen nicht reinkann.«

Sie gingen nach unten.

»Wissen Sie, was ich vorhin noch gelesen habe, als Sie so lange auf dem Klo waren?«, fragte Barbara. Ihre Schritte hallten im Treppenhaus.

»Nein.«

»Das mit der ›Symphonie fantastique‹ hat geklappt.«

»Wie meinen Sie das?«

Sie drehte sich kurz um, sah Zbigniew an. Sah er zu viel, oder lag der Hauch von Begehren in ihren Gesichtszügen?

»Nach ein paar Aufführungen der Symphonie war die Angebetete von Berlioz, Harriet Smithson, so beeindruckt, dass sie ihn erhört hat. Sie hat ihn geheiratet. Er hat seine Traumvorstellung, seine Liebe zur unerreichbaren Frau, in die Realität umsetzen können. Durch die Komposition eines Kunstwerks. Damit hat er die Wunschvorstellungen von hunderttausend hässlichen Möchtegernkünstlern geprägt.«

Vielleicht hätte Zbigniew auch eine Symphonie für seine große Liebe schreiben sollen. Aber ein Mädchen, das er anbetete, hatte es nur einmal in seinem Leben gegeben. Damals auf der Schule. Das konnte man ja jetzt nicht ernst nehmen.

»Der Glückliche«, seufzte er dennoch.

Wenn er mit fünfzehn mit Susanne Brock aus der 8b zusammengekommen wäre, wäre er vielleicht kein Polizist geworden. Und hätte jetzt sicherlich keinen Bandscheibenvorfall.

»Wie man's nimmt«, grinste Barbara. »Ein paar Jahre später sind die beiden wieder auseinandergegangen. Und zwar nicht, weil so viel glühende Eifersucht im Spiel war, dass der eine den anderen erschossen hat. Nein, es heißt, dass sie sich auseinandergelebt hatten.«

Ein seltsamer Abend war dies. Der Kuss von Tonia Lindner. Und jetzt ging er mit Barbara die Treppen hinunter. Sie hatte ihm sehr geholfen heute Abend, auch wenn es zu keinem Ergebnis geführt hatte.

Sie war eine Frau, die ihn zu begehren schien. Zumindest kokettierte sie damit. Früher war immer Zbigniew es gewesen, der die Frauen vergeblich begehrt hatte. Hatte sich das Blatt gewendet?

Vielleicht lag es an seinem Bandscheibenvorfall, haha. Oder an der Verjüngungskur durch seine siebzehnjährige Freundin.

Oder es war einfach dieser Tag heute. Ein Tag, an dem seine Sterne auf erotische Verwirrung standen.

Sie waren unten angekommen. Der Augenblick des Abschieds nahte. Es war seltsam. Er hatte Angst gehabt, dass Barbara etwas von ihm wollen würde.

Jetzt war es anders. Hier, unten, vor dem realen Hauptgebäude der Universität, auf der Abdeckplatte über der sechsspurigen Ringstraße, war es anders. Zbigniew war von einem plötzlichen Verlangen ergriffen. Er wollte sie in den Arm nehmen, küssen und mit zu sich nach Hause nehmen. »Liebe« hatte sie gesagt, und er hatte »Sex« gesagt, und sie hatte wie selbstverständlich weitergemacht.

Er wollte die Nacht mit Barbara verbringen. Lena war wie aus dem Kopf gefegt, Gedankensplitter an Tonia waren fortgeflogen. Er würde das Schicksal auf die Probe stellen. Hatte er jemals an einem einzigen Tag drei verschiedene Frauen geküsst?

Nein, natürlich nicht. Was für eine Vorstellung. Eine einmalige Gelegenheit, schon in statistischer Hinsicht.

Er würde es nicht tun. Es war unmoralisch, zumal er von Barbara nichts Ernsthaftes wollte. Und es Lena und Tonia verletzen würde.

Tonia verletzen?

Er wurde langsam verrückt.

»Alles in Ordnung?«, fragte Barbara mit etwas besorgtem Gesichtsausdruck. Sie hatte bemerkt, dass eine Veränderung in Zbigniew vorgegangen war.

»Äh, ja, alles in Ordnung«, sagte Zbigniew so neutral wie möglich.

»Das sieht mir aber nicht so aus«, meinte sie.

Nicht nachhaken, Barbara. Bitte nicht nachhaken.

Doch es war schon zu spät. Sie lächelte ihn melancholisch mit ihren großen Augen an.

Zbigniew legte seine Arme um Barbara, drückte sie fest an sich.

Ein Seufzer entfuhr ihm. Langsam drücken sich seine Hände an ihrem Rücken hoch, zu ihrem Hals, zu ihrem Kopf.

»Sie sind mir ja ganz schön stürmisch«, sagte Barbara mit einem merkwürdigen Unterton, als Zbigniew bereits seine Lippen in die Nähe ihres Munds gebracht hatte. Zbigniew zog ihren Körper näher an sich heran, rieb seinen Unterkörper leicht an ihrem, so dass sie seine Erektion spüren musste.

Er hörte ein unterdrücktes Stöhnen von Barbara.

Es hatte ihn überfallen. Er wollte in Barbara eindringen, nicht nur mit der Zunge in den Mund. Er könnte sie an die Hauswand des Universitätsgebäudes drücken, leicht anheben, ihren Rock hochschieben. Vielleicht hatte sie keinen Slip oder nur einen Stringtanga an.

Barbara würde es auch wollen. Sie war heiß darauf.

Ihr Stöhnen wurde lauter. Zbigniew drückte mit seiner linken Hand nun fest auf ihren Po, um sie noch näher an seine Lenden zu bringen.

Sex, nachts, auf dem Universitätscampus, in aller Öffentlichkeit. Was würden Barbara und er für eine geile Zeit haben. Sie stöhnte jetzt bereits wie …

Abrupt stieß sie ihn zurück, ein aggressives »Sag mal, geht's noch« herauspressend.

Zbigniew war wie betäubt. Es brauchte einen Moment, bis er verstand. Ihr Stöhnen war kein Stöhnen der Leidenschaft gewesen, sondern ein Stöhnen der Ablehnung, des Nicht-Wollens, des Sich-bedrängt-Fühlens.

Was hatte er getan?

Seine Erektion war binnen Sekunden verschwunden. Immerhin, dachte er, das unterscheidet mich noch von einem Vergewaltiger.

Zbigniew hörte sich ein gedämpftes »Was?« rufen. Ein ungläubiges »Was«, ein »Was« der Enttäuschung.

»Das geht mir hier deutlich zu schnell, Herr Kommissar«, sagte Barbara. Sie keuchte leicht, sah ihn mit hektischen, irritierten Augen an.

Es war der Kuss von Tonia Lindner gewesen. Der Auslöser für sein Verlangen in dieser Nacht. Als ob Zbigniew mit Barbara fortführen könnte, was er mit Tonia angefangen hatte. Er sollte diese Geschichte Barbara besser nicht zur Entschuldigung erzählen.

»Es tut mir leid«, stammelte er bloß.

»Ich fahre jetzt nach Hause, ja? Ich hab ja nicht grundsätzlich was gegen so was, aber … aber …« – Barbara schien in ein Weinen auszubrechen. Dann drehte sie sich um und ging fort.

Zbigniew blieb wie angewurzelt stehen, während Barbara sich von ihm entfernte. In ihrer luftigen Kleidung schritt sie fort in die Nacht. Eigentlich hatte Zbigniew Barbara zum Auto begleiten wollen, zum Schutz in dieser dunklen Gegend. Jetzt kam die einzige Gefahr, die ihr drohte, vom Kommissar selbst.

Er fühlte sich elend. Er hatte Barbaras Vertrauen gebrochen, und das, obwohl sie ihm so spontan und nett geholfen hatte. Er war über sie hergefallen, wo sie wahrscheinlich nur seine Freundschaft wollte. Vielleicht auch mehr, aber langfristig, sich langsam anbahnend. Zbigniews Überfall auf dem Campus hatte dagegen eher den Beigeschmack eines One-Night-Stands. Noch weniger, noch viel primitiver. Zbigniew, der Barbara einmal kräftig durchvögeln wollte. Das war natürlich nicht nach ihrem Geschmack.

Zbigniew versuchte, in sich hineinzuhorchen. Vielleicht hatte er schon viel zu viele Tage über Barbara nachgedacht. Er hatte sich zu lange davor gefürchtet, dass etwas von Barbaras Seite kommen würde. Er hatte es erwartet, sich hineingesteigert.

Ja, red es dir nur schön, Zbigniew, dachte er.

Barbara war in der Nacht verschwunden.

Er sollte sein Handy einschalten, damit sie ihn erreichen konnte. Falls ihr etwas zustieß. Oder sie es sich anders überlegen sollte.

Das Handy klingelte prompt. Seine Mailbox meldete sich direkt.

»Zum Abhören Ihrer neuen Nachrichten …«

Zbigniew drückte hastig die geforderte Taste. Es war Zeynel, Zbigniew sollte ihn äußerst dringend zurückrufen. Sollte er es um diese Zeit noch versuchen? Zbigniew entschied sich dafür.

Zeynel nahm nach einem Klingeln ab.

»'n Abend.«

Im Hintergrund lief ein Fernseher. Zeynel brauchte einen Moment, wohl um Laila zu sagen, dass sie das Gerät leiser stellen sollte.

»Chef, wir haben die SMS-Nummern«, sagte er.

Zbigniew merkte, wie ihn ein Fieber ergriff.

»Also, genauer gesagt, *die* Nummer«, fuhr Zeynel fort. »Es ist nur eine einzige, aber an die hat er fast jeden Tag geschrieben.«

Zeynel machte eine Kunstpause.

»Welche Nummer ist es?«, fragte Zbigniew gedanklich.

»And the winner is …«, sagte Zeynel im Ton einer Oscarverleihung: »0033 944 872 983.«

Zbigniew brauchte nicht lange, bis er begriff.

0033 war die Vorwahl von Frankreich.

»Frankreich?«, stieß Zbigniew atemlos hervor.

»Oui. Vive la France.«

Der Urlaub. Er hatte es gewusst.

»Seit wann habt ihr die Nummer?«

»Seit heute Mittag.«

Sollte er Zeynel sagen, dass er am Mittag in einer engen Röhre gelegen hatte?

»Und habt ihr schon raus, wem die Nummer gehört?«

»Nein. Wir sind bislang auf Granit gestoßen bei den Franzosen. – Was meinst du, können wir die Nummer anrufen? ›Hey, dein kleiner Freund wird in Deutschland vermisst, schick ihn bitte zurück.‹«

Sollte man die Nummer direkt anrufen? Zbigniew war sich unsicher.

»Was ist denn mit Lille?«

Zeynel hatte drei Monate in Lille an einem europäischen Austauschprogramm der Polizei teilgenommen. Es war vor Zbigniews Zeit in Köln gewesen, aber Zeynel hatte oft davon erzählt.

»Stéphanie Goux? Die Dienststellenleiterin?«

»Jepp. Vielleicht weiß die ja 'ne Möglichkeit.«

»Ich weiß nicht so recht«, sagte Zeynel.

Manchmal hatte Zbigniew das Gefühl, dass da irgendetwas gewesen war. Auch wenn er und Laila immer so glücklich wirkten.

»Mach das mal«, sagte Zbigniew. Dann legte er auf.

Auf dem Heimweg baute Zbigniew fast einen Unfall. Ein Lkw stand hinter einer kleinen Kurve auf der rechten Fahrspur der Inneren Kanalstraße – ohne Licht. Erst im letzten Moment wurde der Lkw sichtbar, Zbigniew riss seinen Wagen auf die mittlere Spur. Die Reifen quietschten, haarscharf zog Zbigniew an der linken hinteren Ecke des Lkw vorbei. Ein Schweißausbruch überkam Zbigniew. Er hielt seinen Wagen in der nächsten Haltebucht an. Es war eine einsame Stelle im Grüngürtel hinter dem Herkulesberg, wo einer der Schwulenstriche von Köln angesiedelt war.

Derartige Dinge passierten immer, wenn man nicht damit rechnete. Eine Sekunde lang nicht aufgepasst, schon hing man tot unter einem Lkw.

Verbrecher. Zbigniew packte die Wut. Er nahm sein Handy und rief die Leitstelle an. Sollten die einen Wagen vorbeischicken und den Lkw-Fahrer verhaften.

Nachdem Zbigniew die Meldung gemacht hatte, startete er den Wagen wieder. Zehn Minuten später war er endlich zu Hause.

Im Postkasten war nichts von Bedeutung. Auch für den Anrufbeantworter hatte sich heute niemand interessiert.

Zbigniew schaltete den Fernseher ein. Er sah nicht hin, brauchte aber Gesellschaft.

Mit einem Atlas setzte er sich auf die Couch. Er schaute eine Karte von Frankreich an. Zbigniew sah den Rücken des toten Jungen in Turin vor sich. Er hatte das Bild niemals richtig verdrängen können. Nun war es wieder da. Dünkirchen, der Punkt ganz oben links. Professor Parioli und sein kleines, unterirdisches Kabuff.

Die Normandie. Hier hatten die Lindners Urlaub gemacht. Der Teppich von Bayeux. Ein kleiner Ort nahe der Nordküste von Frankreich, die sich von Dunkerque bis zur Spitze der Bretagne in vielen Halbinseln und Buchten hinzog.

Dunkerque.

Wie hieß der Ort, in dem die Lindners Urlaub gemacht hatten? Zbigniew hatte es vergessen. Nein, hatte er nicht. Plötzlich, schlagartig, sah er den Namen wieder vor Augen, wie von unsichtbarer Hand in sein Gehirn hineingeschrieben.

Houlgate. Es wirkte eigentlich wie ein englischer Name. Wenn er sich recht erinnerte, lag es bei Deauville. Die Gegend war auf dieser Karte als »Côte fleurie« bezeichnet – Blumenküste. Houlgate war allerdings nicht als Ort verzeichnet, vermutlich war es zu klein.

An Zbigniew zogen die Bilder der Urlaubsvideos vorbei. Das hübsch aussehende, kleine Hotel. Die Bilder am Strand. Der Teppich.

Er würde dorthin fahren müssen, um es herauszufinden. Wenn er jemals das Geheimnis von Timo Lindner lüften wollte, würde er dorthin fahren müssen. Das war sein Plan, und heute hatte er mehrere Winke mit dem Zaunpfahl bekommen, dass sein Plan richtig war.

»Versprechen Sie es mir«, hörte er Tonia Lindner sagen. Tonia, die Frau, die er geküsst hatte. Die ihn geküsst hatte. Nicht wie Barbara.

Sollte er Barbara anrufen und sich entschuldigen? Nein, damit wartete er besser ein paar Tage. Aber dann würde er es tun müssen.

Zbigniew legte seine CD mit der »Symphonie fantastique« ein. Bald würde er sie auswendig kennen.

Was hatte er falsch gemacht? War die Idee, dass die Partitur irgendein Schlüssel zu dem Code sein könnte, zu versponnen? Oder hatten sie bloß nicht den richtigen Zugang dazu gefunden?

Barbara. Barbara ging ihm nicht aus dem Kopf. Wie konnte er sich nur derartig benehmen?

Andererseits, eine andere Frau hätte das vielleicht toll gefunden.

Und dann der Lastwagen, der ihn fast getötet hatte.

Tonia.

Es war ein seltsamer Abend gewesen.

In der Mitte des dritten Satzes klingelte sein Handy. Zbigniew schrak zusammen. Sein Rücken tat wieder leicht weh. Wo hatte er das Telefon hingelegt? Er folgte dem Ton des Klingelns und nahm ab.

»Ja?«

»Chef, ich hab soeben mit Frankreich telefoniert«, sagte Zeynel mit einem Hauch von Stolz in der Stimme. »Ich dachte, dann haben wir das geklärt.«

Vielleicht war doch etwas am Gedanken, dass Zeynel etwas mit Stéphanie Goux gehabt haben könnte? Würde er sie sonst mitten in der Nacht anrufen?

»Sehr gut. Und?«

»Die Nummer steht nirgendwo. Auch nicht auf der Liste rouge.«

»Liste rouge?«

»Das sind die Geheimnummern. Prominente und so.«

»Aha. Was bedeutet das?«

»Also, entweder jemand ganz Wichtiges. Oder ein Fehler bei den Telefongesellschaften, was aber eigentlich nie vorkommt. Oder irgendeine dubiose Prepaid-Kartennummer.«

»Ich dachte, dafür muss man sich trotzdem als Teilnehmer anmelden.«

»Ja, keine Ahnung«, sagte Zeynel. »Es gibt da wohl noch immer Schlupflöcher. Oder hat sie gegeben. Auf jeden Fall existiert die Nummer in keinem Verzeichnis.«

Zbigniew fragte sich, wie Stéphanie Goux dies so schnell herausgefunden hatte. Es gab im zentralisierten Frankreich sicherlich bessere Möglichkeiten als in Deutschland.

»Ich hab mal nach 'ner Handyortung gefragt. Sie meinte, da hätten wir aufgrund der Spurenlage keine Chance.«

Er ließ sich von Zeynel noch einmal die Telefonnummer geben und speicherte sie in sein Handy ein.

»Was hörst du denn da für eine Musik?«, fragte Zeynel dann.

»Berlioz. Ein Meisterwerk der Romantik.«

»Oh.«

Schweigen in der Leitung.

Dann hörte Zbigniew Zeynel sagen: »Tut mir leid, dass wir da nicht weiter sind.«

»Ist okay. Aber danke, große Klasse, gute Arbeit, Zeynel!«

Endlich war ihm mal ein Lob herausgerutscht. Zeynel hatte es sich wirklich verdient. Sie wünschten sich eine gute Nacht.

Zbigniew schaltete sein Handy ab. Dann überlegte er es sich anders und schaltete es wieder ein – vielleicht passierte noch etwas in dieser seltsamen Nacht.

Anscheinend waren sie ja nun wirklich ein Stück weiter. Normale Menschen kauften sich ein Handy und waren über die Telefonnummer von der Polizei identifizierbar. Wer machte es anders?

Prepaid-Karten waren häufig bei Jugendlichen. Vielleicht doch ganz banal ein Mädchen. Eine süße kleine Französin, mit der Timo sich schöne Tage an der französischen Nordseeküste machte. Und Mutter sorgte sich derweil daheim in Köln und küsste fremde Kriminalbeamte, um ihnen zusätzliche Motivation für ihre Arbeit zu geben.

0033 944 872 983.

Der Reiz war einfach zu groß.

Zbigniew wählte die Nummer von Timos Kontaktperson.

Tuut.

Tuut.

Er hielt den Atem an. Tuten um Tuten folgte. Was, wenn jemand rangehen würde?

14

Der Entschluss stand.

Am nächsten Morgen rief Zbigniew Dr. Üzgün in der Klinik an. Dieser war sehr erfreut, wie vernünftig Zbigniew war.

Dann fuhr er kurz ins Revier. Die Krankschreibung war bereits von Üzgün gefaxt worden; Silvia Pütz wedelte damit umher. Zbigniew weihte nur Zeynel in seinen Plan ein. Außerdem wollte er die Urlaubsvideos der Lindners mitnehmen. Zeynel hatte die Bänder bereits auf DVD überspielt und die Originale an die Familie zurückgegeben.

»Steigerst du dich da nicht in etwas rein?«, fragte sein Kollege. Zbigniew zuckte nur die Achseln.

Er kopierte Timos Aufzeichnungen, steckte sie in seine Tasche und legte die Kopie in seinen Schreibtisch. Als er ging, wünschte Silvia Pütz ihm mit besorgtem Blick gute Besserung.

Kurze Zeit später saß er im Auto. Eine merkwürdige Stimmung ergriff ihn, als er auf der Aachener Straße aus der Stadt herausfuhr.

Hoffentlich würde er keinen Unfall bauen. Wenn die Versicherung erfuhr, dass er trotz Krankschreibung Privatermittlungen in der Ferne durchführte, hätte er ein ernsthaftes Problem.

Zbigniew musste sich darauf konzentrieren, die Auffahrt zur Autobahn nicht zu verpassen. Er war schon mal an ihr vorbeigefahren, da sie auf recht kölsche Art zwischen anderen Kreuzungen ausgeschildert war.

Heute würde er keine Frauen mehr um sich herum haben, die ihn verwirrten. Er würde allein sein, in einem anderen Land. Er wollte ein Versprechen gegenüber Tonia Lindner erfüllen. Und seine eigene Unzufriedenheit mit der Angelegenheit beenden.

Leider würde er bis Mittwochmorgen wohl nicht zurück sein.

Der Wildbraten von Lenas Mutter, mit viel Liebe zubereitet. Lena, die dasitzen und es nicht fassen würde, dass ihr geliebter Zbigniew nicht erschienen war. Sie würde sich auf ihr Zimmer zurückziehen, heimlich weinen.

Hatte er nicht am Mittwoch auch seinen Arzttermin?

Er hätte es Lena sofort sagen müssen, dass die Einladung ihm wie ein Stein im Magen lag. Sollte er sie nicht zumindest *jetzt* anrufen?

Die Autobahn stieg hinter dem Autobahnkreuz Köln-West deutlich an. Der Braunkohlebergbau hatte diese Gegend nicht verschont; Bäume und Dörfer spielten keine Rolle. Der Konzern durfte, von der Regierung gedeckt, seit Ewigkeiten die Landschaft hin und her schaufeln.

Ein pfeilschneller BMW drängte Zbigniew mit dauerhaft nach links gesetztem Blinker von der Überholspur. Kerpen näherte sich, hier war das so üblich. Zbigniew beschloss, sich nicht aufzuregen. Er hatte noch eine weite Reise vor sich.

Seinen ersten Halt machte Zbigniew an einer Raststätte in Belgien, irgendwo hinter Charleroi. Die Luft roch nach Kohle, die Raststätte sah wie ein Legobausatz aus. Zbigniew räkelte sich vor dem Auto ein paarmal, streckte sich, schüttelte seine Beine aus.

Er beschloss, in die Raststätte zu gehen. Einen Kaffee zu nehmen, damit er nicht einschlief. Die dicke Frau an der Kasse wünschte ihm auf Französisch einen guten Morgen. Zbigniew freute sich, die französische Sprache zu hören.

Er setzte sich an eine Glasscheibe mit Blick auf den Parkplatz. Der orangefarbene Plastikstuhl war unbequem, sein Cappuccino schmeckte auch irgendwie nicht so richtig.

0033 944 872 983.

Zbigniew wählte die Nummer. Aus Belgien war es bestimmt teurer.

Auch dieses Mal ging niemand ans Telefon.

Die Kassiererin blätterte apathisch in einer Zeitschrift, es gab nichts zu tun. Zbigniew hatte die falsche Raststätte gewählt, die wohl einzige, die noch keine Großapparaturen der italienischen Kaffeeindustrie benutzte. Ein letztes echtes Stück Belgien.

Zbigniew wählte Timos Nummer.

Fehlanzeige.

Zbigniew beschloss, die Plörre in seinem Becher auszutrinken und diesen Ort zu verlassen.

Zwanzig Minuten später passierte Zbigniew die Grenze nach Frankreich. Ein Glücksgefühl spülte durch seinen Körper; er hatte viele schöne Dinge in diesem Land erlebt. Vom ersten Kuss, mit dem Mädchen an der Austauschschule in Paris, Carole, bis hin zu den Urlauben mit den Freunden an der Atlantikküste.

In den letzten Jahren war er leider selten in Frankreich gewesen.

Was wohl aus Carole geworden war?

Es gab eine neue Autobahn. Früher musste man hinter Cambrai auf der Nationalstraße weiterfahren, wenn man in die Bretagne oder die Normandie wollte. Die N 29 war nun die A 29 – eine an Amiens vorbeiführende, nagelneue Betonstrecke. Wie ein gespanntes Seil zog sie sich über das Land; Zbigniew hatte schon nach zehn Minuten Angst, aus lauter Langeweile bald einzuschlafen.

Ausfahrt Amiens, 1000 m. Eigentlich könnte er in die Stadt hineinfahren und am Platz der Kathedrale einen Kaffee trinken, mit einem Croissant. Wie es sich gehörte, wenn man nach Frankreich kam.

Nein. Er hatte eine Mission. Houlgate war das Ziel. Der kleine Ort, in dem die Lindners Urlaub gemacht hatten. Das kleine Hotel, in dem sie übernachtet hatten.

In ein paar Stunden würde er dort sein.

Als Zbigniew aufwachte, war es kurz nach drei Uhr nachmittags. Er stand einsam auf einem kleinen Parkplatz an der Autobahn. Gelegentlich raste ein Wagen vorbei.

Er erinnerte sich. Seine Augen waren während der Fahrt zugefallen. Panik hatte ihn ergriffen, dass er in einen Sekundenschlaf fallen könnte. Er hatte am nächsten Parkplatz den Wagen angehalten, den Motor ausgeschaltet. Er wollte sich nur ein paar Minuten ausruhen.

Zbigniew ärgerte sich. Statt in Houlgate zu sein, befand er sich noch vor Rouen. Er beschloss, sich vor der Weiterfahrt die Füße zu vertreten. Er öffnete die Fahrertür, wollte aussteigen.

Eine Schmerzattacke, heftig und unvermittelt.

Panik. Er befand sich mitten in der französischen Pampa.

Sein linkes Bein war taub.

Es ging bloß noch ums Überleben.

Eine Tablette. Er griff in die Tasche auf dem Beifahrersitz. Nahm Wasser in den Mund und löste die Tablette direkt im Mund auf.

Es hätte ihm klar sein müssen, dass er sich in seinem Zustand nicht stundenlang hinters Steuer pferchen sollte.

Er versuchte, seinen linken Fuß leicht zu schütteln, um das Bein zum Zittern zu bringen. Es dauerte geschlagene zehn Minuten, bis er sein Bein wieder bewegen konnte. Es blieb ein seltsames Kribbeln in seinen drei kleinen Zehen – sie fühlten sich an wie betäubt. Zbigniew hätte gern mit seiner Hand hingefasst, doch er wagte nicht, sich hinunterzubücken.

Zbigniew versuchte erneut, die Autotür zu öffnen und sein Bein herauszustellen. Mit Mühe und unter extremen Schmerzen gelang es ihm. Er musste es wagen. Aufstehen, ein paar Schritte gehen. Zbigniew zog sich an der Autodachkante ein Stück weit hoch.

Undenkbar. Es funktionierte nicht.

Was wollte er hier in Frankreich? Er gehörte ins Krankenhaus.

Zbigniew schob die Beine wieder ins Auto. Immerhin wollte er sie behalten, falls ein Lkw auf den Parkplatz raste.

Erstmals nahm Zbigniew die Landschaft um ihn herum wahr. Stoppelfelder, so weit das Auge reichte – eine gelborangefarbene Unendlichkeit. Keine Zäune, keine kleinen Buschreihen oder Hecken trennten die Felder voneinander ab. Es gab einfach nur Feld.

Hatten die Franzosen nicht das Bedürfnis, ihren Besitz vom Besitz des Nachbarn abzugrenzen? Oder gehörte alles hier einem Bauern – in einer Dimension, die in Deutschland gar nicht vorstellbar war?

Ein Handyklingeln riss ihn aus den Gedanken. Zeynel.

»Na, wie ist es am Meer?«

»Großartig. Die salzhaltige Luft. Die Möwen. Der Strand.«

»Gibt's in deinem Hotel ein Fax?«

Ein Fax im Hotel.

»Äh, ich hab noch gar nirgendwo eingecheckt, um ehrlich zu sein. Kuck mir grad erst mal so … die Landschaft an.«

»Ach so. Ich wollte dir eigentlich was schicken.«

Zeynel schien enttäuscht zu sein.

»Was denn?«, fragte Zbigniew etwas neugierig.

»Die Titelseite des ›Kölner Stadt-Anzeigers‹ von heute. Muss noch die Boulevardzeitungen holen.«

Für den Bruchteil einer Sekunde packte Zbigniew ein mulmiges Gefühl. Musste Zeynel ihn immer auf die Folter spannen?

»Bist du noch dran?«, fragte Zeynel.

»Ja. Was ist passiert?«

»Soll ich vorlesen?«

»Du kannst dir auch noch vorher einen Kaffee holen.«

Zeynel kicherte.

»Okay, halt dich fest. Sitzt du?«

Zbigniew saß äußerst definitiv.

»Bestechungsskandal – Schulleiterin bestreitet Vorwürfe.«

Zbigniew schluckte.

»Seit gestern ermittelt die Staatsanwaltschaft gegen die leitende Direktorin der Hildegardschule in Lindenthal, Frau Dr. Gunda Franck.«

Gunda. Zbigniew hätte es ahnen können.

»Frau Franck wird vorgeworfen, sich bei der Auswahl der Schüler bereichert zu haben. Die Hildegardschule ist eine von einer Landesstiftung getragene Hochbegabtenschule, die … blah blah …«

»Steht drin, was ihr konkret vorgeworfen wird?«

»Ja, offenbar besteht in mindestens drei Fällen der Verdacht, dass es Gegenleistungen gab bei der Auswahl der Schüler.«

»Bei wem?«

»Steht da nicht. Franck bestreitet jegliche … blah blah …«

»Der Möllerheinz ist auf Draht«, sagte Zbigniew zufrieden.

»Hast *du* das eingefädelt?«, fragte Zeynel überrascht.

Zbigniew beschloss, die Wahrheit zu sagen.

»Mir kam da eine Sache spanisch vor. Und da hab ich dem Betrugsdezernat gesagt, die sollen sich das mal angucken.«

Zeynel atmete laut.

»Nicht schlecht. Du magst sie nicht, oder?«

Eine Zeitlang Stille. Zbigniew ärgerte sich ein wenig.

»Das hat doch damit nix zu tun. Ich muss jetzt Schluss machen, ja? Es sei denn, es gibt sonst noch was.«

»Nee. Sonst gibt es nichts.«

»Okay. Bis dann dann.«

Sie legten auf. Ein Lkw donnerte auf den Parkplatz, glücklicherweise erst jetzt. Sonst hätte Zeynel sich gedacht, dass Zbigniew nicht am Meer stand. Sondern auf einem Autobahnparkplatz.

Nun fiel es Zbigniew auf. Der Schmerz war nicht mehr so stark. Entweder hatte das Telefonat ihn abgelenkt – war der Schmerz doch auch psychosomatisch? –, oder die Tablette tat ihre Wirkung.

Zbigniew bewegte sein linkes Bein ein wenig. Er öffnete abermals die Fahrertür, streckte seine Beine zur Seite und versuchte, sich am Wagendach hochzuziehen. Diesmal gelang es. Zbigniew richtete sich auf. Der Schmerz war vorhanden, aber erträglich.

Zbigniew hinkte langsam zum Grünstreifen am Straßenrand. Er machte ein paar Schritte auf und ab.

So würde es bald gehen. So würde er weiterfahren können.

In der Nähe von Rouen war er über eine imposante Brücke über die Seine gekommen, die ihm schlimmer vorkam als jeder Flug über die Alpen. Dann kündigten braune Touristenschilder an der Autobahn den mondänen Badeort Deauville an. Die Postkarte von Timo an Birte, sie war von hier gewesen, erinnerte sich Zbigniew. Hinter der Abfahrt Deauville/Trouville war Zbigniew von der Autobahn heruntergefahren.

Die Landstraße wand sich durch eine liebliche Hügellandschaft. Es gab viele bunte Fachwerkhäuser, die aber anders aussahen als in Deutschland. Verspielter. Dazwischen große Höfe, die sehr gepflegt wirkten. Einsam dastehende Herrenhäuser. Düstere Waldstücke, aus denen die Türmchen von Schlössern herausragten.

Und Apfelbaumwiesen, auf denen Kühe herumstanden.

Ein großes Schild wies darauf hin, dass man sich in der Region Calvados befand. Dagegen hatte Zbigniew nichts einzuwenden.

Mission hin, Mission her, irgendwie freute sich Zbigniew inzwischen auf Houlgate. Am Strand spazieren gehen, das salzige Wasser über die Füße laufen lassen, die endlose Weite des Meeres vor sich. Wenn er nur Timo finden würde. Am besten sofort, dann könnte er zur Belohnung ein paar Urlaubstage dranhängen. Oder Krankentage.

Um Punkt fünf Uhr durchfuhr Zbigniew die Ortseinfahrt von Houlgate. Adrette, alte Fachwerkvillen, meistens frei stehend und mit zwei bis drei Etagen, säumten die Straße. Jede Villa sah anders aus. Hübsch, dabei gleichzeitig unspektakulär. Zbigniew fühlte sich ein bisschen an alte Städte in den USA erinnert. Oder gewisse Städte in England.

Wie war das mit dem Teppich von Bayeux? Vielleicht kam alles von hier. Der Geschmack der Engländer und Amerikaner, der genetische Urgeschmack, kam zu einem Teil aus dieser Gegend. Die Normannen waren es 1066 gewesen, die England unterworfen hatten.

Die Straße wurde belebter, es gab ein paar Geschäfte. Links ein überdachter Markt. Es waren nicht viele Menschen zu sehen.

Schließlich endete die Straße an einer T-Kreuzung. Ein kleines Schild wies nach rechts zur Ortsmitte und zum Casino, die Hauptstraße ging links weiter nach Cabourg, zum nächsten Badeort. Zbigniew fuhr nach rechts und bekam eine leichte Gänsehaut. Dies war die Straße, in der Timo auf dem Video Houlgate präsentierte. Ein seltsames Gefühl, wenn man alles in einem Ort wiedererkennt, den man zuvor auf Video sah.

Er stellte seinen Wagen in einer Parkbucht vor einer Bäckerei ab und stieg aus. Ein kräftiger Wind wehte ihm um die Nase.

Es war deutlich kühler als in Köln. Zbigniew holte eine Jacke aus dem Kofferraum. Die Sonne schien nicht, ein paar dicke Wolken jagten in irrem Tempo landeinwärts. Das Meer war zu hören, die Luft roch salzhaltig. Houlgate war das Gegenteil von Braunkohlemief-Köln.

In das Salz wehte eine Duftfahne von frischen Croissants hinein. In der Bäckerei herrschte reger Andrang; zwei Damen mittleren Alters bedienten die Menschen in einer kleinen Schlange.

Zbigniew würde ein Croissant kaufen. Hier und jetzt. Es musste sein.

Er stellte sich in die Schlange, kaufte das Gebäckstück bei den Damen. »Bonne journée«, riefen sie ihm nach. Der erste Auftritt in Frankreich war ohne Probleme vonstattengegangen.

Zbigniew beschloss, das Croissant am Meer zu essen. Er ging die Straße ein Stückchen weiter, kam an einigen niedlichen Geschäften und Restaurants vorbei. Wie ein Blitz traf es Zbigniew, als er das Hotel erkannte, in dem Timo Lindner und seine Eltern übernachtet hatten.

Zum Meer. Es waren nur ein paar Schritte. Eine Querstraße am Casino führte hinunter zur Strandpromenade, die parallel zur Hauptstraße von Houlgate lag. Die letzten Fachwerkvillen lagen direkt am Strand.

Das Meer. Wo war das Meer? Zbigniew war überwältigt von dem Anblick. Es war fast nur Sand zu sehen. Ganz am Ende, kurz vorm Horizont, lag ein dünner Streifen Blau, der sich vom Himmelsblau abhob. Das Meer war so unendlich weit entfernt.

Es musste gerade Ebbe sein. Ein spektakuläres Wolkenschauspiel spielte sich über der riesigen Sandfläche ab. Die Wolken, kontrastreich abgegrenzt vom Himmel, fegten in irrem Tempo Richtung Osten.

Und dann, plötzlich und unvermittelt, kam die Sonne. Zwischen den Wolken war ein blaues Fenster entstanden, und nun brannte die Abendsonne mit voller Wucht auf die normannische Küste. Es war, als ob man einen Schalter umgelegt hatte. Alles war mit einem Mal in ein gleißendes Orangegelb gehüllt. Der Strand leuchtete golden, das Meer war nun klar zu sehen. Selten hatte Zbigniew so ein intensives Licht gesehen.

Wie Ufos aus einem Science-Fiction-Film fegten nun die Schatten der Wolken über den Sand. Und dann war die Sonne wieder ausgeschaltet, so schnell, wie sie gekommen war. Es blieb zwar hell, aber die Sonne war fort.

Zwischen den Villen und dem Strand lag eine extrem gepflegte Strandpromenade. Jedes Haus hatte einen eigenen Aufgang von der Promenade, eine kleine Treppe aus rotem Backstein. Alles war harmonisch, hier hatten die Architekten ganze Arbeit geleistet. Und Bänke gab es auch. Der perfekte Ort, um frische Backwaren zu essen.

Die Sonne kam wieder hervor, als Zbigniew sich auf eine Bank setzte. Er holte sein Croissant aus der Tüte und tat einen Bissen hinein.

Hier gefiel es ihm. Hier wollte er bleiben. Ein Häuschen kaufen, sich zur Ruhe setzen. Jeden Morgen auf die Strandpromenade gehen, am Strand entlangspazieren, sich auf eine der Bänke setzen und ein Croissant essen. Es brauchte nicht mehr, um glücklich zu sein.

Wie weggeblasen waren alle Gedanken an Lena, Barbara und Tonia. Oder gar Timo. Es spielte alles keine Rolle. Er war hier, auf dieser Strandpromenade, eins mit sich selbst. Er brauchte keine Frau, um sich zu definieren oder gar um glücklich zu sein. Oder einen Beruf. Er brauchte nur das Meer, die Perfektion dieses Ortes.

Während Zbigniew sein Croissant aß, änderte sich ständig die Lichtstimmung am Strand von Houlgate. Erst jetzt fiel Zbigniew auf, wie menschenleer es hier war. Nur in der Ferne spielte ein Mann mit seinem Hund; er warf einen Stock, dem der Hund hinterherjagte.

Eine der Möwen, die auf der Strandpromenade hin und her trappelten, kam auf Zbigniew zu. Sie stellte sich in etwa zwei Metern Entfernung hin und starrte Zbigniew an. War etwas Forderndes in ihrem Gesichtsausdruck? Das Croissant. Bestimmt wollte sie ein Stück.

Enten in Kölner Parks sollte man nicht füttern. Der Möwe hier am Meer würde es nicht schaden, beschloss Zbigniew. Er riss ein winziges Stück vom Ende seines Croissants ab und warf es in die

Richtung des Vogels. Der Wind blies das Croissantstück sofort ein kleines Stück weit fort.

Die Möwe zögerte, dann tippelte sie hinter der Nahrung her. Sie hatte einen seltsamen Gang, fand Zbigniew. Dann sah er, warum: An ihrem rechten Füßchen war kein Zeh mehr vorhanden, sie ging mit rechts wie auf einem Stock.

Eine hinkende Möwe.

Schlagartig erinnerte sich Zbigniew an die Tauben an der Krankenhausauffahrt, die um die Brotrinde gekämpft hatten. Waren Vögel nicht ein Omen, dass sich etwas Schreckliches ereignen würde?

Trotz ihrer Behinderung hatte die Möwe das Croissantstück bald erwischt. Sie schlang es herunter, dann stellte sie sich wieder stoisch hin. An einer anderen Stelle, aber im gleichen Winkel wie zuvor – im Wind, sozusagen. Ihren Kopf hatte sie gedreht, um Zbigniew anzulugen. Es war deutlich, dass sie mehr Croissant haben wollte.

Er würde ihr nicht mehr geben. Zbigniew aß den Rest, ohne ein schlechtes Gewissen zu haben.

»Fang dir einen Fisch!«, rief er der Möwe zu. Dann fiel ihm ein, dass sie kein Deutsch verstehen würde. Er rief es noch einmal, auf Französisch.

Keine Reaktion. Die Möwe blieb an ihrer Stelle stehen, auch wenn Zbigniew nun kein Futter mehr hatte. Durch ihr Bein war sie vielleicht nicht mehr in der Lage, sich Fische zu fangen. Die arme Möwe.

Da fiel es Zbigniew ein. Das Tier spürte seinen Bandscheibenvorfall, gesellte sich deshalb zu ihm. Die Invalidenecke am Strand.

Zbigniew musste grinsen, allem Übel zum Trotz.

Was tat er hier eigentlich? Er war nicht zum Vergnügen hier, auch wenn er sich das seit einer halben Stunde einredete. Er hatte eine Aufgabe.

Zbigniew versuchte, sich die Bilder der Lindners vor Augen zu führen. Hatten sie hier unten am Strand gesessen, als Olaf Lindner das Video aufgenommen hatte? Nein, im Hintergrund waren keine Häuser zu sehen gewesen, sondern hohe Dünen. Oder Hügel.

Er würde sich ein Zimmer in dem Hotel nehmen, in dem die Lindners genächtigt hatten. Vorzugsweise dasselbe Zimmer.

Zbigniew stand auf. Die Möwe blieb an ihrem Platz stehen, auch als Zbigniew die Strandpromenade verließ. Das Hotel war um die Ecke; sein Auto würde Zbigniew nicht umparken müssen.

Erst einmal fragen, ob etwas frei ist.

Das Hotel war ein fast quadratisches Gebäude mit viktorianischen Zügen, zweieinhalb Stockwerke hoch, mit ein paar Fachwerkelementen, weißem Putz und Stuck. Eine kleine Märchenvilla, die aber nicht sonderlich an der Straße auffiel – jedes der Häuser in Houlgate sah aus wie eine Märchenvilla.

Zbigniew ging die kleine Freitreppe zum Eingang hoch. »Hôtel des Amériques« stand auf einem dezenten Schild. Man konnte sich gut vorstellen, dass es den Amerikanern hier gefallen würde.

Die Tür zum Hotel stand halb offen, und da auf Anhieb keine Klingel zu entdecken war, trat Zbigniew in das etwas düstere Foyer ein. Es roch nach altem Holz und alten Teppichen.

»Bonjour?«, rief Zbigniew in den Raum hinein.

Es dauerte einen Moment, dann kam aus einem Nachbarraum eine junge Frau. Die junge Angestellte aus dem Video der Lindners.

Er war in seinem eigenen Film. Der Kronleuchter an der Decke erhellte sich.

»Bonjour«, rief das Mädchen mit Verve. Sie war bestimmt nicht viel älter als Lena, aber von ungleich eleganterer Erscheinung. Die Haare waren nach hinten gebunden, so dass ihre hohen Wangenknochen noch besser zur Geltung kamen. Ihren grazilen Körper zierte ein luftiges Sommerkleid. In ein paar Jahren würde sie Charlotte Gainsbourg Konkurrenz machen.

»Hätten Sie ein Zimmer für ein paar Tage frei?«, fragte Zbigniew in seinem gepflegtesten Französisch.

»Oui«, blätterte das Mädchen in einem Buch.

»Einzel- oder Doppelzimmer?«

Die Frage war unschuldig gehaucht. Vermutlich war sie rein professioneller Natur.

»Einzel«, gab Zbigniew zu.

»Möchten Sie lieber zur See oder lieber zum Ort?«

Zbigniew überlegte.

Er hatte etwas vergessen.

»Warten Sie … ich müsste kurz etwas nachfragen«, sagte er und ging ein paar Schritte zurück zu einer kleinen Plüschsitzgruppe, die bestimmt schon achtzig Jahre hier ausgehalten hatte. Er holte sein Handy aus der Tasche, drückte einen Namen.

»Ja?«, kam es Sekunden später aus dem Telefon. Es klang so, als ob sie neben ihm stehen würde. Wunderwerk der Technik.

»Frau Lindner, hier ist Zbigniew Meier.« Zbigniew merkte, wie Tonia etwas hektisch ausatmete. Es lag vermutlich nicht an der romantischen Erinnerung an den Abend zuvor.

»Ich habe nur eine kurze Frage«, sagte er schnell. »Welche Zimmernummer hatten Sie in Ihrem Hotel in Houlgate?«

»Was? Warum wollen Sie das wissen?«

Reine Routinefrage. Nein, das würde sie ihm nicht glauben. Vermutlich würde sie ihm gar nichts glauben, außer der Wahrheit.

»Ich bin in Houlgate.«

Zbigniew hörte ein Husten in der Leitung.

»Wie?«

»Ich bin da. Ich hatte Ihnen versprochen, dass ich Ihren Sohn finde. Jetzt bin ich in Houlgate.«

Luft.

»Sie hätten mich mitnehmen müssen.«

Ein Schaudern lief Zbigniew über den Rücken. Im gleichen Moment fiel ihm auf, dass Tonia nun Bescheid wusste, wo er war. Lena nicht.

»Glauben Sie, dass Timo wieder in Houlgate ist?«

Zbigniew wusste nicht, was er sagen sollte. Er musste an Lena denken, ihre Eltern, das Essen. Und wie es wäre, wenn Tonia Lindner mitgekommen wäre.

In der anderen Ecke des Raums blätterte das Mädchen scheinheilig in ihrem Gästebuch.

»So konkret ist die Ermittlung hier nicht«, sagte Zbigniew schließlich etwas diffus. »Können Sie mir die Zimmernummer sagen?«

»Acht, glaube ich. Ja, Zimmer acht.«

»Okay. Vielen Dank. Ich rufe Sie an, falls sich etwas ergibt.«

»Danke.«

Zbigniew legte auf.

Er ging zur Rezeption und fragte, ob Zimmer acht frei sei. Das Mädchen wies lächelnd darauf hin, dass dies ein Familienzimmer war. Zbigniew zuckte mit den Achseln, das Mädchen schaute ins Buch.

»Ab Samstag ist das Zimmer besetzt, wenn Sie länger bleiben, müssten Sie dann umziehen.«

Dieses Risiko konnte er eingehen.

Das Mädchen drehte sich zu einem großen Schlüsselbrett, an dem die Zimmerschlüssel hingen – altmodisch mit einer großen Kugel dran. Sie warf ihm ein Lächeln zu und ging voran. Das war Service.

Zbigniew folgte ihr in einen Fahrstuhl. Hier hatte kaum eine Person Platz; Zbigniew genoss die anregende Enge mit dem Mädchen. Im ersten Stock hielten sie dann auch gleich wieder. Frankreich.

Es ging durch einen etwas modrig und morsch wirkenden Flur, dann schloss das Mädchen ein Zimmer auf. Der Geruch von Staub und Stoff hing in der Dunkelheit. Einen Augenblick lang sah Zbigniew das Mädchen nicht, dann wurden die Vorhänge aufgerissen. Ihre makellose Silhouette stand in einem unwirklichen roten Licht. Sie ging zum nächsten Fenster und riss ein weiteres Paar Vorhänge auf.

Zbigniew begutachtete das Zimmer. Ein schönes altes Doppelbett, ein paar antik wirkende Schränke, eine Couch, rote Wandvorhänge, ein grauer Teppichboden. Wo hatte Timo geschlafen?

Dann sah er eine Tür. Vermutlich gab es einen Nebenraum. Immerhin – es musste ein Paradies für Timo gewesen sein. Sofern die Eltern ihn nicht gezwungen hatten, die Tür offen stehen zu lassen.

»Ist alles in Ordnung?«, fragte das Mädchen.

Zbigniew trat einen Schritt vor und schaute aus dem Fenster. Ein Blick auf die Hauptstraße, vor dem Fenster gab es einen winzigen Balkon. Zwischen den Häusern auf der anderen Seite der Straße gab es einige Lücken, die den Blick auf das Meer freigaben. Die Sonne war kurz vorm Untergehen und warf ein tiefrotes Licht auf den Ort.

»Es ist wunderbar«, sagte Zbigniew.

Zbigniew hatte sein Gepäck geholt und sich in sein Zimmer zurückgezogen. Das Zimmer der Lindners, Zimmer Nummer acht. Das rote Licht von außen wurde immer unwirklicher. Zbigniew musste eine Lampe im Zimmer einschalten, damit er noch etwas sah.

Das Nebenzimmer war in etwa so, wie Zbigniew es sich vorgestellt hatte. Es gab ein Hochbett mit zwei Schlafplätzen und einen weiteren Schrank. Ein kleines Fenster mit Blick zur Straße. Das Zimmer war schmal und nur zum Schlafen gedacht. Für die Kinder.

Hatte Timo unten oder oben geschlafen?

Zbigniew ließ beide Räume auf sich wirken. Was hoffte er zu finden? Geistige Restaktivität von Timo in diesen Räumen, paranormale Ereignisse? Oder etwas Handfestes – den Liebesbrief eines Mädchens unter dem Bett im Nebenraum?

Es war wahnwitzig. Timo hätte nichts hinterlassen, und wenn, wäre es längst fort. Und an Übersinnliches glaubte Zbigniew nicht.

Zbigniew nahm einen der etwas klapprig wirkenden Stühle und setzte sich mit ihm auf den Balkon. Unten auf der Straße ging ein dicker, bärtiger Mann im Smoking mit einer relativ leicht bekleideten, schlanken jungen Frau entlang. Sie verschwanden in dem Café, das auf der anderen Seite an der Ecke zur Strandstraße lag.

Lena. Fast hätte er es wieder vergessen. Zbigniew fand sein Handy nicht auf Anhieb. Er hatte es mit einigen anderen Utensilien auf die Couch geworfen.

Das Display zeigte den Erhalt einer SMS an. Zbigniew drückte ein paar Tasten.

»Hey Dicker, ich freu mich total auf morgen Abend. Mach dir keine Sorgen, meine Eltern fressen dich nicht. Riesenkuss und mehr!«

Zbigniew erschrak beim Lesen heftig. Überdeutlich wurde ihm vor Augen geführt, wie wichtig Lena dieser Abend war. Und er hatte sie verraten. Er war in ein anderes Land geflüchtet.

Es würde einen großen Knall geben.

Für ein paar Minuten war Zbigniew hin- und hergerissen, was er nun tun sollte. Er musste sie anrufen, keine Frage. Jetzt sofort. Wenn er sie nicht anrufen würde, würde sie definitiv mit ihm Schluss machen. Wenn er sie anrufen würde, vermutlich auch – aber er hätte sich immerhin anständig benommen. Zumindest ein bisschen anständig.

Augen zu und durch.

Zbigniew ließ das Handy Lenas Nummer wählen.

Hoffentlich war jetzt nicht besetzt.

Hoffentlich ging jetzt nicht der Anrufbeantworter ran.

»Ja?«

Lenas Stimme.

»Lena?«

Es war albern, dass er fragte. Natürlich war es Lena. Nur Lena hatte Lenas Stimme.

»Hey! Was gibt's?«

Nein, es war keine Befürchtung in ihrer Stimme. Es war Freude. Möglicherweise glaubte sie, dass er sie nun fragen würde, was für Blumen ihre Mutter mögen würde.

»Lena …«

Zbigniew wusste nicht, wie er anfangen sollte. Spätestens am Ton dieses neuerlichen »Lena« hätte aber in Lena der Verdacht aufkeimen müssen, dass irgendetwas nicht so richtig stimmte. In der Tat wurde es geisterhaft still in der Hörmuschel.

»Es gibt ein Problem«, presste Zbigniew schließlich heraus.

Schweigen am anderen Ende der Leitung.

»Ja?«

Pampig. Genervt. Vermutlich, um ihre Enttäuschung zu überdecken.

»Ich musste dienstlich nach Frankreich reisen.«

War das die Wahrheit?

»Was? Nach Frankreich?«

Entgeisterung.

»Es ging nicht anders.«

Wir haben da einen Fall.

»Boah, du bist *so* ein Arschloch.«

Klick.

Lena hatte aufgelegt. Zbigniew atmete durch, als ob ihm das helfen würde. Er wählte erneut Lenas Nummer. Es tutete einmal.

Zweimal. Dann ging die Mailbox ran. Lena hatte ihr Telefon ausgeschaltet, weil sie auf eine Diskussion keine Lust hatte.

Was Zbigniew am nachhaltigsten erschütterte, war Lenas Ton, in dem sie ihren letzten Satz gesagt hatte. Es war ein leises Weinen hinter dem »Arschloch«.

Wenn sie nun in die Arme der Mutter fallen würde, ihr das ganze Leid erzählen würde, dann war es gleichzeitig ein Familieneklat. Die Familie würde sie darin bestärken, dass Zbigniew Lena nicht verdient hatte. Wer einen Tag vor dem großen Vorstellungsessen absagte, der kniff.

Unten auf der Straße kurbelte ein Geschäftsmann die Läden vor seinen Schaufenstern herunter.

Es half nichts. Es war zu spät, es war so geschehen, wie es geschehen war. Er würde es Lena nicht verdenken können, wenn sie nach diesem Vorfall mit ihm Schluss machte.

Ein paar Leute gingen in ein Restaurant weiter unten in der Straße. Zbigniew war der Hunger vergangen.

Er packte seine Sachen aus. Dabei ließ er die Kleidung in der Tasche, lediglich das eine mitgebrachte Hemd hängte er auf einen dürren Bügel im Schrank.

Zbigniew stieg kurz unter die Dusche und hüllte sich danach in seinen Bademantel. Er legte Timos Aufzeichnungen neben das Hochbett ins kleine Zimmer, ebenso wie Timos Partitur und die CD mit der »Symphonie fantastique«.

Er legte sich in das untere der beiden Betten und setzte sich den Kopfhörer seines kleinen CD-Players auf. Warum hatte er eigentlich noch keinen MP3-Player?

Bald ertönten die ersten Takte von Berlioz. Hatte Timo hier gelegen, genauso wie er jetzt, und diese Musik gehört?

Er wollte in der Partitur die Musik mitlesen, doch bald verlor er den Faden und begann, vor sich hinzudösen. Zbigniew fühlte sich wie ein kleines Kind, dessen Eltern nebenan die wichtigen Dinge der Welt im Griff hatten. Hier konnte er sich sicher und geborgen fühlen.

Die Minuten vergingen. Als das »Dies Irae« aus dem Nichts begann, schrak Zbigniew zusammen. Er setzte sich auf. Jetzt hatte er den Namen der seltsamen Posaunen wieder vergessen.

Zbigniew nahm die Partitur, die aufgeblättert auf seinem Bauch lag. Von der nächtlichen Decodierungsaktion hatte er noch im Kopf, dass das »Dies Irae« in der großen Partitur auf Seite 157 anfing.

In Timos kleiner Taschenpartitur war es genauso.

Ophikleiden, natürlich.

Zbigniew blätterte in der Partitur herum.

Er erstarrte.

Er blätterte vor, zurück.

Es gab keinen Zweifel.

Das Blatt mit den Seiten 187/188 war aus der Partitur herausgerissen.

15

Helles Licht fiel bereits in Zbigniews Zimmer, als er aufwachte. Ihm war sofort klar, wo er sich befand. Es gab keinen ersten Moment der Irritation, wie man ihn oft in fremden Betten erlebte, wenn man aufwachte. Zbigniew war in Houlgate. Am Meer.

Man konnte es sogar hören.

Zbigniew erhob sich, sah aus dem Fenster. Der gleißend blaue Himmel und die hellen Häuserfassaden gegenüber strahlten mehr Lux durch die Glasscheiben hinein, als Zbigniew innerhalb einer Woche draußen in der Kölner Innenstadt abbekam.

Er sollte sich eine Sonnenbrille kaufen.

Zbigniew ging ins Bad, wusch sich. Beim Vorbeugen über das Waschbecken meldete sich der Schmerz. Hatte er nicht heute einen Termin beim Orthopäden in Köln?

Zehn Minuten später begab sich Zbigniew nach unten. Er setzte sich in den Frühstücksraum, der neben dem Foyer lag und einen hinreißenden Blick in einen Garten hinter dem Haus zuließ. Der Frühstücksraum war etwas tüdelig eingerichtet, rosa Spitzenstoffdecken waren mit Nippes und kitschigen weißen Lampen zugestellt. Außer Zbigniew war kein einziger Gast im Frühstücksraum. Nachsaison.

Aus der Küche hörte man Geklapper. Würde die Serviererin ihn von alleine bemerken, oder musste er auf sich aufmerksam machen?

Nein, da kam sie heraus. Es war das gleiche Mädchen, das am Vorabend auch die Rezeption gemacht hatte. Vermutlich ein Familienbetrieb, wo jeder rund um die Uhr arbeiten musste.

Das grazile Wesen trug ein anderes Sommerkleid als am Vortag. »Bonjour«, lachte sie. Zbigniew erwiderte sein freundlichstes »Bonjour« und bejahte die obligatorische Frage nach Kaffee.

»Ist da ein Fax für mich gekommen?«, fragte er dann. Die Frage, die ihm unter den Nägeln brannte.

»Nein, leider nicht.«

Das Fax. Zbigniew war ungeduldig. Er war sich sicher, dass die fehlende Seite der Schlüssel zur Decodierung von Timos Text war. Gestern, nach der Entdeckung der fehlenden Seite, hatte er sofort Zeynel angerufen, dass dieser ihm die Seite zufaxen solle.

»Und wie soll ich da drankommen?«

»Haben wir die Sachen aus der Fabrik in der Asservatenkammer?«

»Nee, ich glaub nicht. Die haben bloß den Raum versiegelt.«

»Dann ruf bei der Uni an, Fachbereich Musikwissenschaften, einen Dr. Zielinsky, der kann sie dir bestimmt rüberfaxen. Zielinsky. Und wenn das nicht klappt, Musikladen oder Buchhandel. Ist mir egal. Ich brauch die Seite. Schnell.«

»Okay. Und iss nicht zu viele Austern bei den Franzosen, sonst kriegst du einen Eiweißschock«, war Zeynels Antwort gewesen.

Nun war das Fax noch nicht da, und Zbigniew saß auf heißen Kohlen im Frühstücksraum. Natürlich konnte Zeynel am Vorabend nichts mehr erreichen, er würde es heute versuchen. Zeynel würde es nicht vergessen. Da konnte man sich drauf verlassen. Oder?

Das Mädchen brachte einen Korb mit Baguette, diagonal geschnitten, und einem Croissant. Die obligatorische Erdbeer- und Aprikosenkonfitüre durfte in Frankreich nicht fehlen.

Zbigniew stippte sein Croissant in den Kaffee. Guter altmodischer Filterkaffee im Sechzigerjahre-Stil, eine ausladende Espressomaschine wie bei Olaf Lindner war hier noch nicht angekommen. Ob Olaf Lindner der Kaffee hier wohl geschmeckt hatte?

Zbigniew nahm eine seiner Tabletten zum Frühstück. Er würde es sich gutgehen lassen.

Das Wohlgefühl verstärkte sich, als er nach dem Frühstück auf die Straße trat. Frische Seeluft blies ihm um die Nase, eine salzige Feuchtigkeit trotz der gleißenden Sonne. Alles war so hell, dass es fast in den Augen schmerzte.

Eine Sonnenbrille.

Zbigniew schlenderte die Hauptstraße entlang. An der Ecke zu einer kleineren Seitenstraße, die zur Dorfkirche zu führen schien, befand sich ein Supermarkt, vor dem ein paar Ständer mit Sonnenbrillen standen. Zbigniew drehte einen der Sonnenbrillenständer, begutachtete die Modelle. Es waren sicher nicht die aktuellsten Brillen, und optisch waren sie bestimmt auch nicht ganz astrein. Dafür kosteten sie bloß fünf bis zehn Euro. Man konnte nicht alles haben.

Nach einigem Ausprobieren fand er eine akzeptable Brille. Porsche meets Ray Ban, von vor zehn Jahren. Er begutachtete sich im kleinen Spiegel am Drehständer. War okay.

Hinter Zbigniew ging eine Frau in den Supermarkt; Zbigniew sah sie im Spiegel etwas verzerrt. Zuerst dachte er, Barbara stünde hinter ihm. Die Phantome von Köln.

Nein, es war nicht Barbara. Es war eine dunkelhaarige Frau Anfang vierzig, die eine gewisse Ähnlichkeit mit Barbara hatte. Die Welt war voller Barbaras. Zbigniew nahm die Brille ab, folgte der Frau in den Supermarkt. Natürlich nicht, um der Frau zu folgen, sondern um die Sonnenbrille zu bezahlen.

Die Frau schob einen Einkaufswagen durch die Gänge. Eine unglaubliche Taille, dagegen recht üppige Hüften. Ein herrlicher Anblick von hinten. Zumindest für einen allein reisenden Mann.

Zbigniew beschloss, mal beim Käseregal vorbeizuschauen. Er war in der Normandie, dem Mittelerde des Weichkäses. Als ob es ein Zufall war, blieb auch die unbekannte Frau vor dem Käseregal stehen.

Eine unglaubliche Menge von hellen Holzschachteln lächelte ihn an. Die Auswahl war fast so gut wie in der Frankreichabteilung der Käsehandlung Wingenfeld, dem größten Käseparadies von Köln. Und das in einem stinknormalen Supermarkt.

Die unwichtige Frau griff nach einer eckigen Schachtel. Pont-l'Évêque, erkannte Zbigniew sofort mit Kennerblick. Ein Profikäse mit fast abstoßendem Geruch und glücklich machendem Geschmack.

Nun, im Profil gesehen, sah die Frau eher so aus wie Tonia Lindner.

Himmel! Eine Frau, die eine Mischung aus Tonia Lindner und Barbara aus Neuss war. Die vereinigte Eleganz von Deutschland, summiert in dieser einen Französin.

Zbigniew würde sich beherrschen. Es gab definitiv keinen Anlass, mit dieser Frau in Kontakt zu kommen. Hatte er nicht in Köln ohnehin schon genug Unsinn angestellt?

Zbigniew nahm einen Pont-l'Évêque aus dem Regal. Vielleicht könnte er ihn im Hotelkühlschrank deponieren.

Er nahm nach längerem Etikettenstudium noch eine Flasche Wein mit, zur Sicherheit.

Der Zufall wollte es, dass Zbigniew hinter der Frau an die Kasse kam. Sie hatte die Zeit effektiver genutzt als Zbigniew, ihr Einkaufswagen war äußerst voll. Falls Zbigniew sie am nächsten Tag zur gleichen Zeit hier wiedersehen wollte – das konnte er sich aus dem Kopf schlagen. Diese Vorräte reichten mindestens für eine Woche.

Allzu gesund war es allerdings nicht, was die Frau da einkaufte. Zbigniew wunderte sich an Supermarktkassen immer wieder, was gut gekleidete Menschen für ernährungsphysiologischen Müll mit nach Hause nahmen. Wenn man sich bloß von Tiefkühlpizzen, Tütensuppen und Dosengerichten ernährte, musste man sich später nicht wundern, wenn man krank würde.

Und diese Frau schien nicht wenig Geld zu haben, dafür war sie zu gediegen gekleidet. Nein, das Essen war ihr offenbar nicht viel wert. Die Kassiererin war inzwischen fertig mit dem Eintippen der Preise, die Frau zückte ein paar Geldscheine. Wenigstens keine Kartenzahlerin, die immer alles an der Kasse aufhielt.

Zbigniew legte Sonnenbrille, Käse und Wein auf das Band.

Die Frau sah den Pont-l'Évêque, warf ihm einen lächelnden Blick zu. Irgendwie passte ihr Käsegeschmack nicht zum Trash-Food-Lager.

Die Kassiererin, eine toupierte Dame Mitte fünfzig, blickte der Frau nach, die nun mit unzähligen Tüten bewaffnet war.

»Au revoir, Madame!«, flötete sie.

»Au revoir.«

Eine erstaunlich tiefe Stimme.

Nun schenkte die Kassiererin Zbigniew ihre Aufmerksamkeit und rechnete seine Waren ab.

»Au revoir, Monsieur!«

»Au revoir.«

Er hat »au revoir« gesagt.

Das Bild von Birte Kröger war vor seinen Augen.

Kein Fax, kein Nichts. Nachdem Zbigniew den Weichkäse im Hotelkühlschrank deponiert hatte – es war kein Problem, Zbigniew schien beim Mädchen vom Hotel durch den Pont-l'Évêque eher in der Wertschätzung zu steigen –, blieb er einen Augenblick im Hotelfoyer.

Gab es hier im Ort einen Musikladen oder eine Bibliothek, wo er die Partitur von Berlioz besorgen konnte? Wohl kaum. In Caen, der nächstgrößeren Stadt. Oder in Deauville. Aber sollte er dort nun hinfahren? Oder lieber hier auf das Fax warten?

Er hatte mit großer Energie diese Reise angetreten, war davon ausgegangen, dass sich hier in Houlgate von allein ein Fortschritt ergeben würde. Gar nichts entwickelte sich von allein, natürlich, wie immer im Leben. Er war schlecht vorbereitet. Planlos.

Ein älterer Herr kam in das Foyer des Hotels, nickte ihm freundlich zu. War dies der Besitzer des Hotels? Sein Aussehen und sein Gang erweckten den Eindruck. Er sprach kurz mit dem Mädchen, das an der Rezeption irgendetwas schrieb.

Immerhin hatte Zbigniew ein Foto von Timo mitgebracht. Hätte er nicht doch die französische Polizei hinzuziehen sollen? Er konnte schlecht als deutscher Polizist auf eigene Faust aktiv werden.

Der alte Mann verschwand in den Hinterräumen des Hotels, das Mädchen kam lächelnd auf ihn zu.

»Entschuldigung, Monsieur, würden Sie noch die Gästemeldung ausfüllen?«, fragte sie ihn mit einem unschuldigen Lächeln. Zbigniew begriff, dass der alte Mann sie vermutlich deshalb angesprochen hatte.

Vielleicht sollte er behaupten, dass er ein Verwandter von Timo sei, auf der Suche nach dem ausgebüxten Jungen. Vielleicht Olafs Bruder. Timos Onkel. Der Patenonkel.

War Olaf nun eigentlich der leibliche Vater von Timo? Wollten sie das nicht noch klären?

Zbigniew folgte dem Mädchen zur Rezeption. Die Gästemeldung lag schon bereit. Ein leichtes Unbehagen stieg in Zbigniew auf. Er trug seinen Namen und seine Adresse ein.

»Ah, Cologne«, sagte das Mädchen, als sie die Gästemeldung überflog. Sie fragte nach seinem Ausweis, übertrug die Ausweisnummer.

»Mein Bruder war hier mit seiner Familie, im Sommer«, sagte er.

»Oui?«

Sie sah ihn mit großen Augen an.

»La famille Lindner«, sagte Zbigniew und radebrechte etwas von »demi-frère«. Das Mädchen sah nun etwas irritiert aus. Dachte sie nach?

»Deshalb bin ich auch eigentlich hier. Erinnern Sie sich zufällig an Timo, mein Patenkind? Er ist 15. Timo Lindner.«

Lindner klang seltsam, wenn man es französisch aussprach.

Sie sah ihn mit ihren großen Augen an. Er holte das Foto aus seiner Brieftasche, zeigte es ihr und fragte sie, ob sie den Jungen erkennen würde. Es war nur der Hauch eines Moments – der Hauch eines Moments, in dem Zbigniew das Gefühl hatte, dass das Mädchen leicht rot wurde. Oder bildete er es sich bloß ein?

Sie nickte. Sie erinnerte sich an seinen Bruder Olaf. Und an Timo.

»Timo ist seit ein paar Tagen verschwunden«, sagte Zbigniew leise zu ihr. »Wir haben die Polizei eingeschaltet, in Köln wurde nach ihm gesucht. Nichts. Mein Bruder wäre gern selbst gekommen, aber es ist gerade schlecht … deshalb bin ich hier. Es ist eher ein letzter Strohhalm: Ist Timo möglicherweise noch mal hier gewesen?«

Zbigniew spürte, dass das Mädchen verwirrt war. Sie hatte aufmerksam zugehört, dann schüttelte sie den Kopf.

»Ich habe ihn nicht wieder gesehen«, sagte sie schließlich.

Natürlich nicht. Und doch, irgendetwas mit dem Mädchen stimmte nicht. War es das Erröten gewesen, als er ihr das Foto gezeigt hatte? War es die Tatsache, dass sie nach dieser anfänglichen Unsicherheit zu sehr in einen gefassten Modus gewechselt hatte? Es war schwer zu erklären – der Modus, in dem ein Mensch reagiert, wenn er so reagieren will, wie der andere von ihm erwartet, dass er reagiert.

»Mademoiselle, sagen Sie … Erinnern Sie sich, ob Timo hier bestimmte Freunde hatte? Mit wem er seine Zeit so verbracht hat? Vielleicht jemand, mit dem er …« – er brauchte nicht lange – »Schach spielte? Oder ein nettes Mädchen?«

Eine Gänsehaut überlief Zbigniew, während er es aussprach. Ein Mädchen, in das Timo sich verguckt hatte? Warum hatte er noch nicht eher daran gedacht – das Mädchen, das Timo als Erstes aufgefallen wäre, stand direkt vor ihm. Mademoiselle im Sommerkleid, die Kleine, die jeden Morgen das Frühstück brachte. Der gute Engel des Hotels.

Zbigniew schätzte, dass sie achtzehn war, eventuell auch neunzehn. Zwar ein paar Jahre zu alt für Timo, aber nicht zu alt für Fantasien. Nein, dieses Mädchen hatte Timo sicherlich angesprochen.

Den Bruchteil einer Sekunde durchfuhr Zbigniew der Gedanke, dass seine eigene Freundin etwas jünger war als dieses Mädchen hier, in das sich Timo verliebt haben könnte. Timo, der Fünfzehnjährige.

»Hat er irgendein Mädchen kennengelernt?«, hakte Zbigniew nach. Dieses Mal jedoch wurde sie weder rot noch unsicher. Sie schüttelte einfach den Kopf, wirkte sicher in ihrer Antwort.

»Ich weiß es nicht. Aber ich bin ja auch immer nur hier im Hotel.«

Nun klingelte das Telefon. Täuschte Zbigniew sich, oder war da ein Ausdruck von Erleichterung auf dem Gesicht des Mädchens?

»Excusez-moi«, sagte sie und nahm ab. »Hôtel des Amériques, Natalie Pinon, bonjour?«, piepste sie in zwei Sekunden herunter.

Natalie, was sonst. Eine französische Männerfantasie. Auch die Jungensfantasie von Timo? Das Mädchen trug etwas ins Gästebuch ein, dankte dem Anrufer und legte auf.

»Sagen Sie … Sie sind im Sommer bestimmt nicht allein hier, oder?«, fragte er sie.

»Nein. Mein Großvater und meine Großmutter sind auch da. Sie macht die Küche und die Zimmer mit, mein Opa die Buchführung.«

Familienbetrieb. Und der alte Mann von vorhin, das war der Opa.

»Und sonstige Angestellte?«

»Nein. Nur ein Zimmermädchen noch.«

»Wie alt ist sie?«

»So fünfzig.«

Nein, das war es nicht.

»Gibt es einen Nachtportier?«

»Nein. Unsere Gäste bekommen den Schlüssel.«

»Könnte ich Ihre Großeltern mal sprechen?«

Natalie rief nach ihrem Großvater. Der ältere Herr kam aus den hinteren Räumen herausgeschlurft.

»Oui?«

Zbigniew trug abermals sein Verlangen vor und zeigte dem alten Mann das Foto. Dieser schüttelte den Kopf, konnte sich an Timo nicht mehr erinnern. Zbigniew bedankte sich, als Opa wieder ging.

Machte es Sinn, noch die Großmutter zu befragen?

»Wohnen Ihre Großeltern im Ort?«

»Oberhalb der ›Vaches Noires‹.«

Schwarze Kühe. Zbigniew begriff nicht. Das Mädchen half ihm.

»Die ›Vaches Noires‹ … das ist *die* Sehenswürdigkeit hier. Sie müssen am Strand rausgehen… nach Osten. Dann sehen Sie, wie die Hügel zum Strand hin immer seltsamer werden. Und dann stehen da im Sand so schwarze Felsbrocken. Daher kommt der Name, die sehen vom Meer aus wie schwarze Kühe.«

Sie benutzte das Wort *bizarre* von all den französischen Wörtern, die »seltsam« bedeuten.

»Sammeln Sie Ammoniten? Versteinerte Tiere oder so?«, fragte das Mädchen nach.

»Nein, meistens nicht«, antwortete Zbigniew.

»Weil man die da finden kann. Bei den ›Vaches Noires‹. Manche kommen extra deswegen hierher. Sogar aus Amerika.«

Sie sagte dies, als ob es etwas Besonderes wäre, dabei hieß das Hotel doch »Hotel der Amerikaner«.

Zbigniew beschloss, dass er sich die Großmutter sparen konnte.

»Falls Ihnen noch etwas einfällt … Ich gebe Ihnen mal meine Handynummer«, sagte er schließlich.

Dann kam ihm eine Idee.

»Könnte ich auch wohl Ihre Nummer haben? Nur für alle Fälle.«

Das Mädchen zögerte. »Na gut«, sagte sie schließlich und schrieb ihm eine Nummer auf einen Zettel.

Zbigniew nahm den Zettel, betrachtete ihn kurz. Es war nicht die Nummer, mit der Timo Kurznachrichten ausgetauscht hatte.

»Wie haben Sie sich eigentlich persönlich mit Timo Lindner verstanden?«, fragte er sie schnell, als er sich schon abwandte.

»Verstanden?«

Nein, sie hatte die Absicht hinter dieser Frage nicht begriffen. Den Subtext, ob irgendetwas zwischen ihr und Timo Lindner gewesen sein könnte. So etwas wäre für sie gar nicht in Frage gekommen, deshalb verstand sie es nicht. Ein Mädchen in diesem Alter, voll entwickelt, verliebte sich nicht in einen Fünfzehnjährigen.

»Er war immer höflich«, sagte sie.

Dann lächelte sie ihn schüchtern an.

»Sie sind Ihrem Neffen irgendwie ein bisschen ähnlich.«

Zbigniew schlenderte durch den Ort. Sein Auto stand noch an der Stelle, an der er es geparkt hatte. Der Duft der Croissants führte Zbigniew wieder vor die Bäckerei. Es gab keine Kunden, die beiden Verkäuferinnen unterhielten sich angeregt.

Zbigniew betrat den Raum.

»Bonjour, Monsieur«, erklang es aus zwei musikalischen Kehlen.

Zbigniew zeigte das Foto seines Patenkinds und sagte sein Sprüchlein auf. Die beiden Damen schüttelten den Kopf, sichtlich angerührt, und waren sehr »désolé«, dass sie den Jungen nicht erkannten.

Frühstück und Brot gab es ja schließlich im Hotel. Es war sinnlos, in einer Bäckerei zu fragen.

Vielleicht eher eine Konditorei? Wo der Junge nachmittags seine Nase an der Scheibe platt gedrückt hatte, um Tonia Lindner die Euros für ein süßes Stückchen aus der Börse zu leiern?

Die Patisserie war nicht weit. Hier gab es mehr Kunden als in der Bäckerei. Die Kuchen und Küchlein waren von wundersamen Formen, mit Ornamenten versehen und überhaupt sehr schön anzuschauen.

Bald war Zbigniew an der Reihe. Die Geschichte von seinem verschollenen Patenkind war ihm inzwischen in Fleisch und Blut übergegangen.

Bedauerndes Kopfschütteln war alles, was er erntete.

Es sollte ihn nicht verwundern. Auch in Köln war der Junge niemandem aufgefallen, noch nicht einmal in seiner eigenen Schulklasse. Warum sollte es hier in Frankreich anders sein?

Zbigniew begann, immer mehr am Sinn seiner Reise zu zweifeln. Er sollte schleunigst nach Köln zurückfahren, zum Orthopäden gehen, mit Lena anständig Wildbraten essen.

Er setzte sich auf seine Bank am Strand. Gedanken schwirrten durch seinen Kopf, als würden sie wie die Wölkchen am Himmel vom normannischen Wind verjagt und neu herbeigeholt. Er fühlte sich leer.

Etwas flatterte heran. Eine Möwe. Zbigniew erschrak fast, als er das verstümmelte Bein wiedererkannte. War das möglich? Suchte sie ihren Gönner vom Vortag wieder auf?

Er war noch nicht einmal vierundzwanzig Stunden im Ort und hatte bereits einen treuen Freund.

»Hallo«, sagte Zbigniew. Die Möwe rührte sich nicht, glotzte ihn weiter an. Ein Schwarm Vögel, der über den Strand schoss, weckte ihr Interesse nur leicht. Eine minimalistische Kopfbewegung von etwa zehn Grad – und wieder zurück. Die Möwe interessierte sich nur für Zbigniew und ein mögliches Croissant.

Timo interessierte sich für Bücher.

Natürlich.

»Danke«, sagte er.

Ein Bücherladen. Dass er nicht gleich daran gedacht hatte! Wenn Timo irgendwo in diesem Ort Stammkunde war, dann vermutlich dort.

Wo war ein Bücherladen? In der Hauptstraße fand Zbigniew bloß einen kleinen Zeitschriftenladen. Ihm fiel auf, dass durchaus nicht alle Läden in der Hauptstraße geöffnet hatten; einige waren bestimmt nur in der Hauptsaison in Betrieb. Zbigniew ging um die Ecke, am überdachten Markt vorbei, wo ein paar Fisch- und Gemüsehändler um die wenigen Kunden buhlten. Eine kleine Post, ein Kreisverkehr. Zbigniew ging bis zum Ortsausgang.

Fehlanzeige.

Es gab keinen Buchladen in Houlgate, außer er lag versteckt in irgendeiner Nebenstraße. Amazon hatte dafür gesorgt, dass es in diesem Ort keinen Bücherladen mehr gab.

Frustriert schlenderte Zbigniew zurück. Die Möwe konnte nichts dafür, die Idee war richtig gewesen. Zbigniew sah auf die Uhr. Es war halb elf – zu früh, um Mittagessen zu gehen. Zu früh für irgendetwas. Sollte er weiter im Dorf das Foto vorzeigen?

Zbigniew betrat den Zeitschriftenladen. Eine altmodische Türklingel erschallte. Hinter einem erhöhten Tresen mit einer Kasse saß eine pummelige junge Frau, die in einem Buch las. Sie war etwas über zwanzig Jahre alt und trug einen dunklen Schlabberpullover. Ein kurzer Blick vom Buch, dann vertiefte sie sich wieder hinein. Zbigniew ging in die Ecke mit den Zeitschriften, blätterte sie durch. Der Laden war recht klein, dafür aber umso dichter zugestellt mit Dekorationen, Postkartenständern und verwinkelten Regalen.

Zbigniew ging um ein paar Regale herum und entdeckte im hintersten Winkel des Ladens eine kleine Buchecke. Aktuelle französische Bestseller waren dekoriert, sogar ein paar englische Krimis für die Sommertouristen. Dicht über dem Fußboden eine Heimatecke mit Landkarten, alten Schriften über Houlgate und die Region, Bildbänden aus Calvados und der Normandie. Zbigniew fiel eine Reihe dünner DIN-A4-Heftchen auf, die die Geschichte des Badeortes aufbereiteten. Herausgegeben vom Chambre Syndicale des Propriétaires de Houlgate. Hier konnte man lesen, wie an dieser Stelle der Küste die ersten Häuser gebaut wurden, 1835 bis 1857. Ein paar Abbildungen von hübschen alten Fachwerkhäusern. 1867 standen dann bereits die ersten feudalen Villen da. Und ein Grandhotel. Erinnerungen an Zeiten, die Zbigniew gern erlebt hätte.

Ein anderes Heft stach ihm in die Augen, ein Heft über Fossilien an der Küste. Natalie hatte nicht übertrieben; hier gab es Ammoniten der schönsten Art zu finden. In dem Heft war auch eine Abbildung der Schwarzen Kühe. Zbigniew konnte sich das Naturdenkmal dennoch nicht so richtig vorstellen.

Die Frau an der Kasse las immer noch regungslos in ihrem Buch. Das war keine ausgeprägte Servicementalität; so würde sie nicht besonders viel verkaufen.

Zbigniew zeigte ihr das Foto von Timo Lindner. Sein Patenkind, nach dem er suchte. Die Frau schüttelte den Kopf, sie hatte den Jungen auf dem Bild noch nie gesehen. Aber sie half auch nur aus, studierte in Caen, war nicht oft hier. Zbigniew bedankte sich und verließ den Laden.

Vielleicht sollte er sich die Schwarzen Kühe mal in der Realität ansehen. Ein kleiner Strandspaziergang … Der Wind würde ihm alle Gedanken aus dem Kopf herauswehen. Ihn auf neue Ideen bringen.

Ein kurzer Blick ins Hotel, doch das Fax war noch nicht da. Zbigniew ging wieder die kleine Straße am Casino zum Meer hinunter. Die Möwe war nicht in Sicht. Er zog seine Schuhe aus, als er den Strand betrat. Ein angenehmes Kribbeln, als er den Sand direkt an seinen Fußsohlen spürte.

Sollte er die Schuhe irgendwo hier hinstellen oder lieber mitnehmen? Die Vorstellung, dass er die Schuhe tragen musste, widerstrebte ihm. Andererseits, wenn jemand seine Schuhe klaute, dann hatte er ein Problem – er hatte noch nicht einmal ein Paar Ersatzschuhe dabei.

Boy, you're gonna carry that weight, sang er innerlich.

Zbigniew trug die Schuhe und ging bis nach vorne, zum Wasser. Einige Sandbänke und Priele lagen längs des Ufers; das Wasser in den Prielen war kalt. Der Sommer war vorbei. Einer der Priele war so tief, dass Zbigniew seine Hose hochkrempeln musste.

Vorne angelten ein paar ältere Männer; neben ihren kleinen Klapphockern standen große Plastikkästen. Die Angelleinen reichten zwanzig oder dreißig Meter weit ins Wasser. Am liebsten wäre Zbigniew einen Moment stehen geblieben. Aber das traute er sich nicht, die alten Franzosen wollten sicher unter sich bleiben.

Zbigniew ging den Strand entlang nach Osten. Eine weite Sand- und Meerlandschaft, begrenzt durch die immer höher werdende Hügelkette auf der rechten Seite, lag vor ihm. Der Wind trieb ihn nach vorn, die Brandung toste in seinen Ohren. Die einzigen Menschen, die hier am Strand waren, hantierten mit Eimerchen an der inzwischen zum Steilhang angewachsenen Landseite. Fossiliensammler.

Die Menschen wurden weniger, der Strand immer schmaler. Am Horizont gab es einige Silhouetten von Menschen; eine kam auf ihn zu. Bald erkannte Zbigniew sie als den älteren Herrn, der wieder seinen Hund spazieren führte. Sie passierten sich etwa in drei Meter Abstand; der ältere Herr lächelte Zbigniew ein freundliches »Bonjour« entgegen. Zbigniew grüßte zurück.

Es war fast wie in den Bergen, wenn man einem anderen Wanderer begegnete. Man war unter guten Freunden.

Zbigniew hatte von seinem Hirn bis zu seinen Fingerspitzen ein Gefühl von Weite, ein Gefühl von Freiheit, das unglaubliche Glücksgefühle in ihm auslöste. Ein anhaltender Zustand, der eigentlich schon angefangen hatte, als er sein erstes Croissant auf der Bank an der Strandpromenade gegessen hatte.

War es möglich, einen derartigen Glückszustand sein ganzes Leben lang zu erleben? Oder würde man, wenn man ein Haus am Meer besäße, sich im Lauf der Zeit daran gewöhnen, so dass es nach einiger Zeit hier so war wie überall sonst auch?

Warum nicht einfach den Polizeialltag in der verdreckten Kölner Innenstadt hinter sich lassen? Ein neues Leben anfangen. Aber was für ein Leben? Brauchte man hier an der Küste Detektive für reiche Damen, deren Gatten fremdgingen?

Der Sand unter ihm hatte die Farbe gewechselt. Er sah nun leicht bräunlich aus, wie Erde. Zudem war der Strand sehr schmal geworden; Zbigniew schätzte, dass bei Flut nicht viel Land übrig blieb. Der Hang zur rechten Seite bildete ein schroffes Kliff. Es war kein Felskliff, eher ein seltsam abgebröckeltes Sandkliff, das sich bis zum Horizont erstreckte, mit unregelmäßigen Landabbrüchen. Oben hatte das Kliff seltsam bizarre Formen, die wie spitze Kapuzen aussahen. Darunter, in der abgebrochenen Erde, zeigten sich merkwürdige

Streifen, teilweise Löcher. Etwas Derartiges hatte Zbigniew noch nie gesehen.

Und in der Ferne vor ihm Felsen, die aus dem Sand aufragten. Schwarze Klumpen, einfach so, mitten auf dem Strandstreifen.

Die Schwarzen Kühe. Die »Vaches Noires«.

Zbigniew blieb stehen und drehte sich um. Houlgate war in der Ferne in Sicht; der Strand verlor sich dahinter. Irgendwie brannte sein Gesicht ein wenig, nun, wo der Wind nicht mehr hineinblies. Er hätte sich vor seinem Spaziergang mit Sonnencreme einschmieren sollen.

Er sollte besser umkehren. Die Schwarzen Kühe hatte er ja nun auch gesehen, aus der Ferne. Der Spaziergang war lang genug gewesen. Zbigniew band sich ein Taschentuch in den Nacken, bevor er den Weg zurück antrat.

Houlgate wurde wieder größer, der Strand breiter. Der alte Mann mit dem Hund kam ihm wieder entgegen; vielleicht wohnte er auf der anderen Seite der Schwarzen Kühe und machte den Spaziergang andersherum.

»Entschuldigen Sie«, fragte Zbigniew vorsichtig.

Der Mann blieb stehen. In seinem faltig-verwitterten, sonnengegerbten Gesicht war vorsichtige Neugierde zu sehen.

»Oui?«

»Hinter den ›Vaches Noires‹, kann man da eigentlich weitergehen bis zum nächsten Ort?«

Der Mann lächelte.

»Ja«, sagte er mit einer sanften, tiefen Stimme. »Hinter den Felsen geht es weiter nach Villers-sur-Mer. Sie können aber nur bei Ebbe gehen, bei Flut kommen Sie nicht am Steilhang vorbei.«

»Danke«, sagte Zbigniew höflich.

»Sind Sie Sammler?«, fragte der Franzose. »Es ist ein Paradies hier, nicht wahr. Es gibt nirgendwo schönere Versteinerungen als hier.«

»Ich habe ein Buch darüber gelesen«, übertrieb Zbigniew.

Der Mann sah ihn an, nun anders als zuvor. Irgendetwas hatte sich grundlegend geändert. Aus Freundlichkeit wurde Abneigung, innerhalb von wenigen Sekunden.

»Sind Sie Deutscher?«, fragte der Alte. Offenbar hatte der Akzent Zbigniew in seinem letzten Satz verraten.

»Ja.«

Der Alte runzelte seine Stirn.

»Ich war im Krieg«, sagte er schließlich.

Zbigniew begriff nicht.

»Ich war siebzehn damals«, fügte er in einem seltsam neutralen Ton hinzu. »Keine schöne Zeit.«

Zbigniew starrte ihn einen Moment lang fassungslos an; damit hatte er nicht gerechnet. Er wusste, dass hier in der Normandie die Kämpfe am heftigsten waren – nicht weit von hier waren die Amerikaner gelandet. Es war auf dem Video von Olaf Lindner zu sehen gewesen.

Deshalb hieß das Hotel »des Amériques«. Nicht wegen der Touristen.

»Das tut mir leid«, sagte Zbigniew. Er wusste nichts Besseres zu sagen.

Der alte Mann nickte, ging weiter ohne ein Abschiedswort.

Was war das jetzt? Musste Zbigniew sich etwa dafür schuldig fühlen, dass der Alte im Krieg gegen die Deutschen kämpfen musste?

Er wollte es ihm hinterherrufen: Hey, alter Mann, meine Mutter war Polin!

Doch er tat es natürlich nicht.

Sein Groll war wieder verflogen, als er Houlgate erreichte. Am Supermarkt stand die Kassiererin mit den hochtoupierten Haaren neben dem Sonnenbrillenständer und diskutierte lautstark mit einer korpulenten Dame gleichen Alters.

»Aber dann hätte Monsieur Leonard nicht zu der alten Sofie sagen dürfen, dass …«

Die Damen sprachen in irrem Tempo, so dass Zbigniew nur die Hälfte verstand. Dorftratsch. Vielleicht hatte die Kassiererin eine ähnliche Funktion wie Doris im Gereonswall. Ohne Puffmutter zu sein, natürlich.

»Und dann hat die alte Sofie …«

Eigentlich, dachte Zbigniew, sind diese beiden Damen genau meine Zielgruppe. Er wartete ab, bis es eine der wenigen Gesprächspausen gab.

»Excusez-moi?«, fragte er zaghaft.

Die Kassiererin schaltete direkt ihren Tonfall um. Nun war sie wieder Supermarktangestellte.

»Oui, Monsieur?«

Zbigniew holte das Foto von Timo hervor. Er erzählte seine Geschichte.

Natürlich kannte sie Timo. Zbigniew hätte gleich darauf kommen sollen, dass diese hochtoupierte Dame im besten Klatschalter alles wusste, was im Dorf passierte. Die andere Frau lugte mit extrem neugierigem Gesichtsausdruck auf das Foto, musterte dann Zbigniew selbst.

Die Kassiererin erzählte ihm, dass Timo Lindner oft im Supermarkt gewesen war, im Sommer. Er hatte gelegentlich in den Zeitungen geblättert, manchmal sogar eine gekauft. Ein höflicher, unauffälliger, freundlicher junger Mann. Vielleicht etwas schüchtern.

»Man sieht sofort, dass Sie mit ihm verwandt sind«, fügte die Kassiererin an. »Ich dachte schon vorhin, als Sie eingekauft haben, dass ich Sie irgendwoher kenne.«

Zbigniew schluckte. Es war völliger Unsinn. Es war nur ein Zeichen dafür, wie sich die Menschen durch falsche Informationen täuschen ließen.

Oder? Gab es da doch etwas, mit ihm und Timo?

»Und mein Bruder und seine Frau waren immer dabei, oder?«

Eine seltsame Frage. Es hätte ihr auffallen müssen, wie seltsam diese Frage war. Aber sie war zu freudig erregt darüber, dass ihre Dorfbeobachtungen mal zu etwas nütze waren.

»Oui, bien sûr. Eine sehr elegante Frau, Ihre Schwägerin.«

Wo sie recht hatte, hatte sie recht.

»Bestellen Sie ihr schöne Grüße! Und ich hoffe sehr, dass Ihr Neffe wieder auftaucht. Wenn Sie wollen, frage ich ein bisschen im Dorf herum.« Sie zwinkerte Zbigniew an.

Zbigniew nickte dankend. Vielleicht erledigte sie seine Arbeit. Hoffentlich erregte sie nicht die Aufmerksamkeit der französischen Polizei.

»Gab es irgendetwas … Seltsames vielleicht?«, hakte er noch nach. Er bemerkte, dass er das Wort *bizarre* benutzt hatte.

Die Kassiererin schüttelte erst den Kopf. Dann sagte sie: »Ihre Schwägerin hat immer falschen Kaviar gekauft. Sie wissen ja, der Junge mag so gern Fischeier zum Frühstück.«

»Im ›Hôtel des Amériques‹ gibt es ja auch nur diese Billigkonfitüre«, krächzte es von der Seite. Endlich hatte die andere Dame auch mal etwas zu sagen. »Noch nicht einmal vernünftigen Aufschnitt gibt es dort. Ich hatte mal meinen Schwager aus Bordeaux zu Besuch, der hat dort übernachtet. Es war eine Katastrophe …«

Während die Dame sprach, fragte sich Zbigniew, woher sie wusste, dass die Lindners im Hôtel des Amériques abgestiegen waren. Er fragte sie, als sie ausgeredet hatte. Der Effekt war verblüffend – die Dame starrte ihn ertappt an, ebenso wie die Kassiererin.

»Das weiß man doch. Wir sind doch ein übersichtlicher Ort hier.«

Zbigniew hielt dies auf Anhieb für eine Lüge. In der Hochsaison gab es hier so viele Touristen, da wussten die Einheimischen bestimmt nicht, wer wo abgestiegen war. Es sei denn …

»Und Sie sind sicher, dass nichts Besonderes passiert ist?«

Nicken. »Ganz sicher.«

Zbigniew glaubte ihnen nicht. Die Damen wussten etwas, das sie nicht direkt sagen wollten. Nein, es war noch anders: Die Damen waren im tiefsten Innern erpicht darauf, darüber zu plaudern. Sie trauten sich nur nicht.

Eine fieberhafte Unruhe ergriff Zbigniew. Er musste die Damen über ihre Hemmschwelle hinwegtragen.

»War mein Neffe in das Mädchen von der Rezeption verliebt?«

War sie deshalb rot geworden?

Die beiden Damen sahen sich an.

»Monsieur«, sagte die Kassiererin. »Über diese Dinge reden wir in Frankreich nicht.«

Zum Teufel.

»Hören Sie«, sagte Zbigniew wütend, »mein Neffe ist spurlos verschwunden! Könnten Sie also so freundlich sein, mir zu sagen, was Sie wissen?«

Er war ein bisschen laut geworden. Ein bisschen zu deutsch. Unhöflich. Die Damen sahen sich entrüstet an.

»Sie reden ja wie ein Polizist«, sagte die andere Dame. »Wenn in Ihrer Familie der Haussegen schief hängt und Sie noch nicht einmal davon wissen, dann sind Sie es ja wohl selbst, der ein Problem hat, oder? – Virginie, ich muss …«

Die Dame gab der Kassiererin schnell zwei Küsschen auf die Wange, rechts und links, dann stapfte sie empört von dannen.

»Entschuldigen Sie«, rief Zbigniew ihr nach. Er war froh, dass er die Dame in ihrem Wutausbruch überhaupt akustisch verstanden hatte. Der Haussegen, das war auf Französisch *torchon* – der Putzlappen. Ein Wunder, dass er diesen Ausdruck überhaupt kannte.

»Entschuldigung«, wiederholte Zbigniew für die Kassiererin.

»Ist schon in Ordnung. Ich muss jetzt auch wieder an die Arbeit«, nickte diese und eilte in den Supermarkt.

Zbigniew fühlte sich wie ein begossener Pudel. Er hatte es vermasselt. Die Damen hätten ihm etwas erzählt, wenn er nicht so grob gewesen wäre. Und die Frau hatte recht – er war hier kein Polizist.

Was hatte die Dame also angedeutet? Eine Familie, in der der Haussegen schief hängt – inwiefern? Zbigniew erinnerte sich an den Kuss von Tonia Lindner. War dieser nur die Spitze eines Eisbergs?

Wie hatte die Dame dies mitbekommen? War etwas passiert, das in Houlgate quasi dorfbekannt geworden war?

Die Kassiererin weiter zu befragen, machte heute keinen Sinn. Aber Zbigniew war sich sicher, dass eine andere Person darüber Bescheid wusste. Vielleicht war sie auch deswegen rot geworden.

Als er im Hotelfoyer ankam, standen dort andere Gäste. Ein älterer Mann mit Hut und eine grauhaarige Frau.

»Bonjour, Monsieur Meier«, flötete es von der Rezeption. Natalie hatte ihn im Hintergrund wahrgenommen. Und begrüßte ihn sogar mit Namen.

»Bonjour, Natalie.«

Es gab kein Fax für ihn, deutete Natalie mit einem Kopfschütteln auf das Gerät. Warum tat sich Zeynel so schwer?

Zbigniew wartete, bis die Herrschaften das Foyer verließen. Natalie hatte ihm bereits seinen Schlüssel hingelegt.

»Sagen Sie«, murmelte er über eine kleine Vase mit ein paar frischen Blumen hinweg, »ich begreife eine Sache nicht so ganz.«

Natalie sah ihn neugierig an. Er wartete einen Moment lang, um ihre Neugier noch ein wenig zu steigern.

»Mein Bruder und meine Schwägerin, als sie zurückkamen aus dem Urlaub hier … Irgendetwas war anders.«

Zbigniew machte eine Kunstpause.

Es brauchte kein besonderes Feingefühl, um zu bemerken, dass Natalie bereits während seines Satzes verlegen wurde. Sie fixierte die Wand hinter Zbigniew. Eine Stelle, wo es nichts anzuschauen gab.

»Irgendetwas muss im Urlaub vorgefallen sein. Ich glaube, dass …«

Zbigniew hielt inne, blickte ihr nachhaltig in die Augen. Sie musste seinen Blick bemerken, auch wenn sie an ihm vorbeisah. Natalie ließ von der Wand ab, richtete nun seine Augen auf ihn. Dann, mit einer hektischen Bewegung, auf die Blumen vor ihr.

Da passierte es. Schlagartig, ohne dass Zbigniew damit gerechnet hätte.

Natalie fing an zu weinen. Es war kein verhohlenes Weinen, nein, es war ein offenes, lautes Weinen. Ein Weinen, das aus ihrem tiefsten Innern hervorbrach; etwas, das sie bereits länger in sich getragen hatte und das jetzt zum Vorschein kam.

Sie holte ein Taschentuch hinter dem Tresen hervor. Zbigniew war zu verdutzt gewesen, als dass er ihr selbst eines angeboten hätte. Im Grunde war es ihm auch egal. Vielleicht war es sogar besser, wenn das Mädchen sich in diesem Moment allein gelassen fühlte.

»Es tut mir so schrecklich leid«, stammelte sie schließlich.

»Es tut mir so schrecklich leid.«

16

Ein Kellner brachte Zbigniew eine Karaffe mit Cidre und schenkte ihm ein wenig in ein Glas ein.

»Merci«, murmelte Zbigniew. Er hatte sich in eines der kleinen Restaurants an der Hauptstraße gesetzt, mit Blick auf sein Hotel. Das Restaurant war sehr gemütlich – ein wenig Fischerromantik aus Fangnetzen, einem Steuerrad, ein paar verwitterten Planken von einem Boot. Ein älteres Paar weiter hinten im Raum kämpfte vergnügt mit einem riesigem »Plateau de fruits de mer«, einer Platte voller toter, aufgebahrter Krebse, Austern und Garnelen. Vorn am Fenster – einen Tisch neben Zbigniew – saß ein älterer Herr, der sich intensiv mit einer Hummerschere beschäftigte. Alle aßen Meeresgetier.

Zbigniew hatte, den anderen Gästen zum Trotz, ein sehr einfaches Gericht bestellt: einen Crêpe. Der Ober hatte ein wenig mit dem Mundwinkel gezuckt, ein »Möchten Sie dann nicht lieber in die Crêperie gegenüber gehen?« nonverbal ausgesprochen. Warum schrieben sie es auf die Karte, wenn man es nicht bestellen durfte?

Eine seltsam melancholische Stimmung erfasste ihn, während er die ersten Schlucke des köstlich sauren Cidre trank. Er war an diesem Morgen sozusagen doppelt enttäuscht worden. Enttäuscht von Natalie, seinem unschuldigen kleinen Engel im Hotel, und enttäuscht von Olaf Lindner, dem sorgenden Mann von Tonia. Zbigniew war es klar geworden, bevor Natalie es ausgesprochen hatte. Ihre Reaktion, ihr Blick, ihre Gestik – alles wies darauf hin. Der Topflappen brannte bei den Lindners. Es war nur eine Nacht gewesen, in der sich Olaf Lindner danebenbenommen hatte – aber spielte die Anzahl der Nächte in der Gesamtbilanz eine Rolle? Die Nacht, in der sie, Natalie, sich auf das Spiel eingelassen hatte, obwohl sie genau wusste, dass Olaf Lindner Frau und Kind hatte.

Es fügte sich langsam in Zbigniews Kopf zusammen. Er erinnerte sich, dass Olaf Lindner den Urlaub eine Woche früher beendet hatte. Natürlich war dies nicht aufgrund einer beruflichen Verpflichtung geschehen. Tonia hatte ihn nach Hause geschickt.

Auch die Tatsache, dass Tonia Lindner ihren Gatten nach Mailand begleitet hatte, obwohl ihr Sohn vermisst wurde, stand nun in einem neuen Licht. Tonia wollte ihren Mann vor weiterer Untreue schützen. Und sich selbst vor dem Gedanken, dass er untreu werden könnte.

Ob es so auf Dauer funktionierte?

Sogar die aufreizende Kleidung an dem Morgen von Zbigniews unkontrollierter Erektion machte plötzlich Sinn. Tonia wollte ihren Mann neu erobern. Oder sich zumindest selbst attraktiv fühlen.

Die Zigarette. Bei ihr, die keine Raucherin war.

Es hatte alles auf der Hand gelegen. Zbigniew hatte es nicht gesehen.

Er nahm einen weiteren Schluck Cidre. Das leicht alkoholhaltige Getränk beruhigte ihn. Ein paar Minuten saß er da, ohne zu denken. Dann kam der Kellner mitsamt Teller herbei.

»Merci«, murmelte Zbigniew, während sich vor ihm eine bretonische Crêpe aufstellte. Eine dekorative Languste starrte ihn an. Natürlich, darunter ging hier nichts.

Er hatte aus der weinenden Natalie alles herausgebracht. Sie hatten sich in den Frühstücksraum gesetzt, wo sie ihm unter Tränen die ganze Geschichte erzählt hatte.

Es war die Nacht des alljährlichen Dorffestes gewesen. Die Hauptstraße von Houlgate war für den Autoverkehr gesperrt worden. Die Bewohner hatten eine lange Tafel aufgebaut, mehrere hundert Meter lang, die ganze Straße entlang. An allen Ecken wurden Muscheln und Fische gegrillt, es gab ein großes Festmenü für die Einheimischen und die Touristen. Dazu Musik und viel Wein.

Irgendwann nach Mitternacht hatte Natalie, die an diesem Abend gekellnert hatte, ihre Schürze abgestreift – sie hatte Feierabend. Olaf Lindner, der deutlich zu viel getrunken hatte, war ihr hinter das Bewirtungszelt, das auf dem Platz bei der Dorfkirche aufgebaut war, gefolgt. Er hatte sie geküsst – und sie hatte sich küssen lassen. Offenbar hatte zwischen ihr und dem Familienvater bereits seit Tagen ein latenter Flirt an der Rezeption stattgefunden. Nun, unter dem Einfluss von Alkohol, war es herausgekommen.

»Es tut mir so leid«, hatte Natalie im Frühstücksraum beteuert, immer wieder, unter Tränen. Als ob Zbigniew, Olaf Lindners vermeintlicher Bruder, ihr die Absolution erteilen konnte.

Olaf Lindner und Natalie hatten sich vom Bewirtungszelt entfernt. Zbigniew fragte nicht genau nach, aber allem Anschein nach verbrachten sie die Nacht am Strand Richtung Felsen – es war Ebbe. Tonia Lindner hatte ihren Mann verzweifelt auf dem Fest gesucht. Sie bekam wohl Andeutungen von Natalies Kellnerkolleginnen, so dass sie sich ihren Teil denken konnte. Genaueres wusste Natalie nicht.

Am nächsten Morgen war Olaf zurück ins Hotel gekommen. Er und Tonia Lindner hatten gestritten. Ein paar Stunden später bereits war Olaf Lindner abgereist. Tonia hatte das Hotel gewechselt – wohl, damit sie nicht täglich Natalie ins Auge sehen musste. Die Besitzer des Hotels, Natalies Großeltern, hatten später sogar das andere Hotel bezahlt und es Natalie von ihrem Lohn abgezogen.

Zbigniew bemerkte eine Spur von Verbitterung bei Natalie, einen winzigen Schmerz darüber, dass Olaf sich einfach so aus dem Staub gemacht hatte nach der gemeinsamen Nacht. Ob sie sich mehr mit Olaf ausgerechnet hatte, darüber mochte Zbigniew nicht spekulieren.

In jedem Fall war sie naiv gewesen. Aber das war nicht seine Angelegenheit. Was war in der Nacht und den folgenden Tagen mit Timo gewesen? Timo hatte offenbar die ganze Festnacht seine Freiheit gehabt, während seine Mutter nach ihrem Mann gesucht hatte. Auch in den Tagen nach dem Vorfall war der Junge sicher freier, weil Tonia anderes im Kopf hatte.

Natürlich hatte Timo die Sache auch mitbekommen. Sah er nun seine Eltern mit anderen Augen? Erschien es ihm nun leichter, seine Familie zu verlassen? Wenn Kinder ihre Familien im Stich ließen, waren diese meistens gestört. Die Konflikte innerhalb der Familie

Lindner hatten durch Natalie einen neuen Höhepunkt erreicht. Timo hatte die Familie verlassen.

Nein.

Es hätte seine emotionale Bindung zu Tonia gestärkt. Timo hätte sich gesorgt um seine Mutter. Er wäre niemals von allein gegangen, ohne ihr einen Zettel hinzulegen. Oder sie anzurufen.

»Alles in Ordnung?«, riss der Kellner ihn aus seinen Gedanken. Immerhin nahmen sie die Crêpe-Esser dann doch genauso ernst hier wie die »Plateau de fruits de mer«-Esser, trotz anfänglicher Reserviertheit. Zbigniew dankte und bestellte ein Viertel Cidre nach, das postwendend auf seinen Tisch gestellt wurde. So gehörte es sich, wenn man noch mitten im Essen war.

Vermutlich hatten sich die Lindners über den vermissten Sohn wieder stärker zusammengerauft, als sie nach dem Natalie-Gastspiel erwartet hatten. Aber so ein Effekt hielt in der Regel nicht lange an. Wenn ein Kind vermisst blieb, zerbrach eine Beziehung oft ganz.

Zbigniew wusste, was jetzt zu tun war. Er hatte es bereits gewusst, direkt nachdem er mit Natalie gesprochen hatte. Natürlich musste er Tonia Lindner anrufen und befragen. Er hätte es eigentlich sofort tun müssen. Dann hatte er aber beschlossen, erst etwas zu essen. Sich die Sache noch einmal in Ruhe durch den Kopf gehen zu lassen.

Hoffentlich hatte er inzwischen nicht so viel getrunken, dass Tonia Lindner es merken würde.

Der Kellner räumte seinen leeren Teller ab. Die traurige Langustenhülle warf ihm einen Abschiedsblick zu. Sie schmeckte einfach zu gut, als dass man allzu viel Mitleid haben konnte. Außerdem, ansonsten wurden sie alle ja nur von einem anderen Fisch gefressen. Einem anderen Fisch als dem Menschen.

»Le poisson n'est pas un homme«, hörte er sich brabbeln – »Der Fisch ist kein Mensch«. Wollte er unter die Dichter gehen?

»C'est vrai«, hörte er eine Stimme von gegenüber. Eine angenehme, tiefe weibliche Stimme, die Zbigniew hochblicken ließ.

Er hatte überhaupt nicht bemerkt, wie sich in Hörweite am Nebentisch eine Frau hingesetzt hatte. Es war nicht irgendeine Frau. Es war die Frau aus dem Supermarkt, die er am Morgen beobachtet hatte. Die französische Barbara-Tonia-Mischung lächelte ihn an, nahm einen Schluck von ihrem Weißwein.

»Entschuldigen Sie, ich wollte Sie nicht sprachlos machen«, sagte die Frau mit einem Schmunzeln. »Ist das aus einem Gedicht gewesen?«

Zbigniew war nicht sprachlos. Keineswegs.

»Was?«, fragte er irritiert.

»Le poisson n'est pas un homme«, wiederholte die Frau.

Er sollte es nicht überinterpretieren. So war es eben auf dem Dorf. Da begegnete man sich wieder. Vermutlich würde er morgen, am Strand, wieder den verbitterten Kriegshelden mit seinem Hund treffen. Vielleicht würden sie eines Tages noch Freunde werden.

Um Himmels willen, sag doch etwas. Dass es kein Gedicht ist.

»Nein, es ist … Ich dachte nur gerade etwas krumm. Wenn wir die Langusten nicht essen, essen die Fische sie … Wir sind, für die gegessenen Langusten … quasi andere Fische. Verstehen Sie? Es macht keinen Unterschied für sie. Dabei sind wir ja gar keine Fische.«

Es war Zeit, dass ihm jemand auf die Finger haute. Hier und jetzt.

Die Frau sah ihn mit ratlosem Schmunzeln an. Zbigniew hatte bereits während seiner Worte bemerkt, wie die Frau immer belustigter dreinblickte. Er hätte sich selbst unterbrechen sollen. Das Thema wechseln.

Genau das war es, was die Frau nun tat.

»Sind Sie in Urlaub hier?«, fragte sie.

Gute Frage.

»Ja«, hörte er sich nach einer gewissen Bedenkzeit sagen.

Glücklicherweise erschien nun der Kellner und stellte der Frau einen Teller hin, was diese ein wenig ablenkte. Zbigniew tippte auf eine pochierte Seezunge; ein leiser Duft zog herüber, der Zbigniew direkt mehr Hunger auf normannische Spezialitäten machte.

»Bon appétit«, sagte er und bewunderte die Einfachheit seiner Worte.

»Merci.«

Die Französin fing an zu essen. Zbigniew leerte sein Cidreglas. Eigentlich konnte er nun bezahlen und gehen. Tonia anrufen. Aber irgendwie schweiften seine Augen immer wieder zu der Frau, die langsam die Seezunge aß. Sie hatte ein wenig das Interesse an ihm verloren, jetzt, wo der Fisch vor ihr stand. Der Fisch war interessanter, der Mensch nun mal kein Fisch.

»Sie sind Deutscher, nicht wahr?«, sagte die Frau dann, nach einem weiteren Schluck Weißwein.

Zbigniew nickte.

»Woher wissen Sie das?«

Dumme Frage.

»Sie haben einen Akzent.«

»Ich könnte auch Holländer oder Engländer sein.«

Die Frau hielt inne mit ihrem Fisch und schaute ihn an. Ihre Gesichtszüge entspannten sich, kleine Grübchen wurden sichtbar.

»Nein. Das, was Sie vorhin gesagt haben, war *sehr* deutsch.«

»Sinnlose Gedanken kompliziert zu formulieren?«

Die Frau lächelte sanft.

»Nein. Etwas zu tun, bei dem man sich schuldig fühlt. Und, damit man sich nicht so schuldig fühlt, theoretische Überlegungen anzustellen, die das Handeln rechtfertigen.«

Gott. Sie hatte seine Worte sogar richtig interpretiert.

Zbigniew bemerkte, dass ihm der Mund offen stand.

»Die Schuld, eine Languste zu essen«, sagte er, damit er ihn wieder schließen konnte.

Die Frau nickte. Zbigniew beschloss innerlich, sie Barbaratonia zu nennen und weder nach Namen noch nach Telefonnummer zu fragen.

»Als die Amerikaner die Indianer ausgerottet haben, haben sie das einfach so getan. Mehr Land, mehr Geld, mehr Macht. Die Deutschen, als sie die Juden ausrotten wollten, mussten sich das erst mal philosophisch begründen. Weltanschauungstheorien basteln.«

Zbigniew fühlte sich an die Wand gedrängt. Immer wurde mit den Juden argumentiert, in Deutschland wie im europäischen Ausland, und man konnte nie etwas dagegen sagen.

»Und die Amerikaner«, fügte Barbaratonia hinzu, »die fühlen sich nicht schuldig für ihre Taten. Die Deutschen dafür umso mehr.«

»Aber das ist doch nicht vergleichbar«, sagte Zbigniew. »Außerdem haben die Franzosen die Kreuzzüge angeleiert, das war auch ziemlich theoretisch begründet.«

Barbaratonia aß eine Gabel Seezunge. Dann lächelte sie.

»Sie sprechen gut Französisch», sagte sie dann.

»Danke.«

Er konnte es sich nicht verkneifen.

»Sie aber auch.«

Barbaratonia musste lachen. Verdammt. Das hatte er nun davon.

Die Seezunge gab ihr letztes Stück, dann war sie verschwunden.

»Ich muss jetzt«, sagte sie und winkte dem Kellner.

Nahmen Franzosen nicht immer einen Digestif nach dem Essen? Allem Anschein nach hatte Barbaratonia einen dichten Terminkalender.

»Termine, was?«, sagte er beiläufig. Der Kellner kam herbei. Zbigniew fragte sich noch, ob die Frau Stammkundin war und anschreiben ließ, doch da hatte sie schon einen Geldschein gezückt.

»So in etwa. Die Pflicht ruft«, sagte sie, während der Kellner mit dem Geldschein in der Küche verschwand.

Er würde es sich verkneifen. Er würde es sich verkneifen.

»Darf man fragen, was Sie arbeiten?«

Sie lächelte mild und erhob sich.

»Sie könnten enttäuscht sein.«

»Ich bin gerne enttäuscht.«

Zbigniew stellte sich sein Gesicht vor, diesen aufgelegten Hundeblick. Er hatte es geschafft. Barbaratonia musste wieder lachen. Aber irgendwie war hinter ihrem Lachen eine Bitterkeit, fast wie bei Tonia Lindner oder bei Barbara. Nein, schlimmer. Ein wenig verhärmt.

Eine Frau mit einfachem Lachen hätte Zbigniew vermutlich nicht so interessant gefunden.

»Ich bin Haushälterin«, sagte sie schließlich. »Und Sie?«

Zbigniew brauchte nicht lange.

»Privatschnüffler.«

Das war, hier und in Anbetracht der Umstände, sozusagen richtig.

»Tonia Lindner.«

Sie hatte bereits nach dem ersten Klingeln abgenommen und sprach wie außer Atem. Zbigniew saß auf seiner Stammbank auf der Strandpromenade. Das Meer rauschte in der Ferne, hoffentlich klang es nicht zu sehr nach Urlaub.

Er erzählte ihr, was er erfahren hatte.

»Sie glauben doch nicht im Ernst …, dass Timos Verschwinden etwas damit zu tun hat«, sagte Tonia nach einem Moment der Stille.

»Wir wissen, dass Timo von seinem Handy aus regelmäßig eine andere Person kontaktiert hat. Jemanden aus Frankreich.«

»Diese Natalie?«

»Nein. Jemand anders. Wir wissen es nicht.«

Ein weiterer Moment der Stille, doch diese Stille nun hörte sich anders an als die Stille zuvor. Zbigniew spürte, wie Tonia nachdachte.

»Tonia … sagen Sie mir, was in der Nacht war! Und den Rest des Urlaubs! Was war mit Timo, als Ihr Mann verschwunden war?«

Zbigniew spürte, dass sein Ton etwas unbeherrscht wurde. Bevor er sich entschuldigen konnte, reagierte Tonia. Offenbar war die härtere Gangart bei ihr effektiver als freundliches Fragen.

»Ich habe Timo ins Bett geschickt, bevor ich losgegangen bin.«

»Losgegangen?«

»Losgegangen, um nach Olaf zu suchen. Ich dachte, dass es besser ist, wenn Timo es nicht mitbekommt.«

»Und *ist* Timo ins Bett gegangen?«

»Ich denke schon.«

Zbigniew stöhnte. Sie würde es nicht hören, wegen des Meeresrauschens im Hintergrund.

»Sie denken?«

»Ja, ich denke. Mein Gott, was sollte ich tun? Ich kann nicht überall sein. Ich kann nicht nach meinem Mann suchen *und* auf Timo aufpassen. Ich hab ihn ins Bett geschickt, und er ist ins Hotel gegangen. Und als ich selbst ins Hotel zurückgekommen bin, *lag* er im Bett.«

»Und wann sind Sie zurückgekommen?«

»So um fünf.«

»Hat er auf dem Dorffest jemanden kennengelernt? Ein Mädchen?«

Wenn sie Urlauberin war, konnte sie von überall aus Frankreich kommen.

»Wenn es so wäre, hätte ich es Ihnen schon längst gesagt.«

»Das mit Ihrem Mann und Natalie haben Sie mir auch nicht gesagt.«

»Das ist ja auch was anderes.«

»Was war in der Woche danach, als Sie mit Timo alleine waren? Konnten Sie *da* denn die ganze Zeit auf ihn aufpassen?«

Nun fragte Zbigniew bewusst in hartem Ton.

»Natürlich nicht so ganz.«

»Heißt?«

»Er hat alleine Strandspaziergänge gemacht, sonst war Olaf mitgegangen. Ich hab manchmal nachmittags einen Mittagsschlaf gehalten, da hat er im Foyer gelesen. Und so Sachen.«

»Aber beobachtet haben Sie nichts, oder? Eine Änderung im Verhalten? Irgendeine Tageszeit, zu der er sich bewusst abgesetzt hat? Eine andere Person?«

Tonia überlegte.

»Nein.«

Zbigniew wartete noch einen Moment. Doch es kam nichts mehr.

»Gut«, sagte er schließlich. »Oder nicht gut. Dann werde ich mal weiter recherchieren.«

»Es tut mir leid«, bekräftigte Tonia noch einmal zum Abschied. Da fiel Zbigniew noch etwas ein.

»Sagen Sie … mit Ihrem Mann. Hat sich das nach Frankreich wieder eingerenkt? Oder gab es irgendwelche Beziehungsprobleme, die sich fortgesetzt haben?«

So dass Sie Polizeibeamte küssen?

»Warum wollen Sie das wissen?«

»Etwas, das Timo mitbekommen haben könnte. Das für ihn seine Beziehung zu Ihnen als Eltern geändert haben könnte.«

Tonia brauchte eine Weile, bevor sie antwortete.

»Nein. Ich glaube nicht. Klar hat es unser Verhältnis … belastet. Aber wir haben versucht, für Timo, dass sich da nichts ändert. Dass er weiterhin in einem harmonischen Elternhaus leben kann. Das war uns beiden wichtig. Auch Olaf.«

Zbigniew stellte es sich vor. Es klang nicht nach großer Harmonie, sondern eher danach, dass Tonia und Olaf von nun an Harmonie gespielt hatten. Zbigniew und Zeynel hatten sie bei den ersten Besuchen täuschen können – aber konnten sie auch Timo, den eigenen Sohn, täuschen?

Er verabschiedete sich und legte auf. Sein Ohr brannte ein kleines bisschen, wie immer, wenn er zu lange mit dem Handy telefonierte.

Die andere Person. Den Menschen, den Timo in Houlgate kennengelernt hatte. Er musste diese Person finden. Wer war diese Person? Hatte sie gute Absichten? Hatte sie verbrecherische Absichten?

Er blieb noch einen Moment lang auf der Bank sitzen und sah den Möwen zu.

Zbigniew ging zurück ins Hotel. Es gab kein Fax für ihn an der Rezeption. Ungeduld ergriff ihn. Als er auf seinem Zimmer war, rief er Zeynel an, doch erfolglos – sein Diensttelefon war besetzt. Zeynels Handy war ausgeschaltet, Silvia Pütz ging nicht ans Telefon.

Moderne Kommunikation.

Er versuchte eine weitere Nummer. Timo. Obwohl er sich sicher war, dass niemand ans Telefon gehen würde, hatte Zbigniew diese innere Anspannung gespürt.

Die Dame wieder einmal. The person you've called is temporarily not available.

Zbigniew rief die französische Nummer an.

Tuut. Tuut.

Zbigniew ließ es zwölfmal klingeln. Wer nach zwölfmaligem Klingeln nicht dranging, war nicht da oder wollte nicht. Oder konnte nicht.

Heute war nur Tonia Lindner erreichbar für ihn.

Ein paar Minuten lang saß Zbigniew regungslos mit seinem Handy auf dem unteren Etagenbett. Dann ging er hinüber in den großen Raum, legte sich auf das Doppelbett. Sein Gesicht brannte leicht, er hatte zu viel Sonne abbekommen. Der Rücken dagegen schwieg; zugepumpt mit dem Medikament hatte er nichts mehr zu melden.

Wie sollte er nun weiter vorgehen?

Es war absurd. Er sollte mit den örtlichen Polizisten sprechen und dann wieder nach Hause fahren.

Zbigniew dachte an Natalie. Sie war wie ausgewechselt gewesen, als er das Hotelfoyer betreten hatte. Verschämt hatte sie ihn angesehen, als sie den Schlüssel überreichte, ihm, dem Bruder von Olaf Lindner. Hatte Natalie eigentlich darüber nachgedacht, dass er von dem Seitensprung schon hätte wissen können?

Egal jetzt.

Das große Dorffest.

Zbigniew stellte sich die lange Tafel vor, die sich durch die ganze Straße gezogen hatte. Wer hatte neben Timo Lindner gesessen? Seine Eltern, und dann?

Warum gab es kein Videomaterial vom Fest? Warum hatte Olaf Lindner hier nichts gefilmt, wo er doch ansonsten den Urlaub ausgiebig dokumentiert hatte? Vielleicht waren seine Finger vom Auspulen der Krabben zu schmutzig, um die Kamera in die Hand zu nehmen.

Oder war es Zbigniew nicht aufgefallen, gab es Aufnahmen des Festes? Als er die Videos gesehen hatte, wusste er ja noch nicht, dass er darauf hätte achten müssen.

Gab es ein drittes Band – eines mit Aufnahmen von Natalie, das Olaf Lindner bewusst zurückgehalten hatte?

Zbigniew erhob sich und ging hinunter ins Foyer. Natalie putzte gerade eine Vitrine. Sie erschrak fast, als sie Zbigniew sah. Dann riss sie sich zusammen und nickte höflich.

»Bonjour, Monsieur.«

»Sagen Sie ... Haben Sie einen DVD-Player?«, fragte er freundlich.

»Oui ... bien sûr ...«

Natalie führte Zbigniew in den Frühstücksraum, der bereits wieder für den nächsten Morgen gedeckt war. Etwas erhöht, in einem Holzkasten, war ein Fernseher aufgehängt. Natalie öffnete eine Kommode unterhalb des Fernsehers, und ein DVD-Player kam zum Vorschein. Stolz deutete sie auf einige Filme, die neben dem Gerät standen – eine kleine frankophile Auswahl, die Klassiker der Nouvelle Vague vernachlässigte, dafür aber mit Pierre Richard und Louis de Funès aufwartete.

Zbigniew deutete an, dass er sein eigenes Filmprogramm dabeihatte. Er legte eine der DVDs, die Zeynel von den Bändern überspielt hatte, in den Player. Natalie schaltete den Fernseher ein, der sich automatisch auf DVD-Betrieb stellte. Schließlich war ein Bild da.

Natalie gab einen seltsamen Stöhnlaut von sich. Zbigniew fragte sich, was mit ihr los war, dann begriff er, dass diese Bilder für Natalie eine Qual sein mussten: Olaf und Tonia Lindner revisited. Sollte er sie bitten, die Videos mitzuschauen? Vielleicht stieß dies ja eine Erinnerung bei ihr an, die sie verloren geglaubt hatte.

Die Lindners am Strand. Der Schwenk über Meer, Sand und Dünen. Tonia Lindner.

Zbigniew hatte die Bilder noch exakt im Kopf. Es war undenkbar, dass er etwas übersehen hatte. Er wusste genau, was sich auf dem Video befand.

Aber jetzt stand es in neuen Zusammenhängen.

»Les Vaches Noires«, murmelte Natalie.

Richtig, es war der seltsame Steilhang mit den schwarzen Klumpen im Hintergrund, zu dem Zbigniew am Morgen gewandert war.

Die Hotelszenen. Der Ortskern von Houlgate mit Timos unbeholfenem, von seinem Vater abgewürgten Kommentar.

Zbigniew wurde immer unbehaglicher in seiner Haut.

Jetzt, wo er hier war, fühlte es sich so an, als ob er den Urlaub der Lindners nacherlebte. Die Straßen, die er hier sah, hatte er soeben selbst betreten. Natalie, die Frau, mit der Olaf fremdgegangen war, stand nun direkt neben ihm. Würde er sie auch küssen?

Zbigniew schämte sich für den Gedanken. Nein, die grazile und verhuschte Natalie war nicht so ganz sein Typ. Eher schon die Frau aus dem Restaurant.

Zbigniew versuchte, sich zu konzentrieren.

Das Telefon im Foyer klingelte. Natalie verschwand. Auf dem Fernseher sah man nun die Aufnahmen vom Stadtausflug.

Er hörte ein Räuspern in seinem Nacken. Natalie war bereits zurückgekommen.

»Excusez-moi. Das Fax.«

Zbigniew zuckte zusammen.

Er stoppte die DVD.

Natalie eilte ihm hinterher, als er zur Rezeption rannte.

Das Fax kam aus der Stolkgasse, wie Zbigniew an der Nummernkennung sehen konnte. »Bestechungsskandal« titelte die erste Seite – Zeynel hatte ihm den Artikel aus der Zeitung gefaxt. Das interessierte ihn gerade nicht so sehr, aber es war erfreulich, dass Möllerheinz ganze Arbeit leistete. Ein weiteres Blatt, der zweite Teil des Artikels. Hastig blätterte Zbigniew vor. Da waren sie, die beiden Notenseiten, kommentarlos am Ende des Fax.

Seite 187 und 188.

Zbigniew überflog die Noten. Es war ein Blatt aus der Partitur, das er noch nie beachtet hatte. Die Noten hatten weder etwas mit dem »Dies Irae« noch etwas mit der »Idée fixe« zu tun. Ein paar hin und her springende Noten in der Flöte machten den Anfang.

»Ich schaue die DVD später weiter«, presste er heraus und flüchtete mit den Blättern in sein Zimmer. Natalie sah ihn irritiert an.

Er war sich sicher, dass er die relevanten Codemöglichkeiten mit Barbara ausprobiert hatte. Es lag nicht an den falschen Dekodierungsverfahren, es lag an der falschen Notenfolge.

Jetzt hatte er die richtige Notenfolge in der Hand.

Es musste die richtige Notenfolge sein.

Er holte die Zettel von Timo hervor und machte sich an die Arbeit. Wo war das c? Er sollte es erst mit dem oberen versuchen.

QHC.QDTAT.

Der erste Takt im ersten System, der Flöte. Minus zwei, minus eins, minus zwei, minus zwei, minus eins, null?

Wer dachte sich so etwas aus.

Irgendwie war ihm bei der Methode immer unklar gewesen, was mit den Kreuzen vor den Noten war. Halbe Buchstaben gab es nicht. Augen zu und durch.

Zbigniew versuchte es.

Dann fiel ihm ein, dass er andersherum denken musste. Wenn Timo es verschlüsselt hatte, musste er spiegelbildlich denken.

Also plus zwei, plus eins, plus zwei, plus zwei, plus eins, null.

Q plus zwei. Ein S.

Ein I.

Plus zwei … ein E.

Sie. Ein Wort. Zbigniew merkte, wie ein Fieber ihn erfasste.

Ein S.

Ein E.

Ein T.

SIE.SET?

Zweiter Takt. Minus eins, minus fünf, minus drei, minus neun, minus fünf, minus elf. Jetzt wurde es unangenehm, die Noten wurden sehr hoch.

A minus eins, das müsste dann wieder ein Z sein.

Also Z.

Dann ein O.

SIE.SETZO.

Warum? Warum konnte es nicht einfach »Sie setzt« heißen? Zbigniew überprüfte es noch einmal, aber er hatte es richtig gemacht.

Sie setzo.

Nein. Damit ließ er sich nicht abspeisen.

Er bräuchte ein T. Ein T war bereits im Code. Also eine Null.

Seine Augen rutschten ein paar Notenzeilen tiefer. Zur Klarinette.

Die Klarinette spielte dort ein c. Davor dieselben Töne wie in der Flöte, aber ab hier andere Noten. Und außerdem spielte die Klarinette keine so hohen Töne wie die Flöte. Es würde nicht so unangenehm zum Rechnen werden.

Es war die Klarinette, nicht die Flöte.

Fieberhaft rechnete Zbigniew mit der Klarinette weiter. Seine Hände zitterten leicht, während er die nächsten Buchstaben aufschrieb.

SIE.SETZT.SICH.NEBEN.MICH

Es funktionierte. Die Buchstaben fügten sich, und es war klar, dass das kein Zufall war. Er hatte Timos Geheimsprache aufgelöst.

Mit der Notenfolge gelang es. Timo hatte die einfachste aller Codierungsmöglichkeiten gewählt.

Zbigniew spürte Schweiß auf seiner Stirn. Sein Körper reagierte heftig auf die Tatsache, dass er nun alles in seinen Händen hatte. Endorphine wurden ausgeschüttet. Die Gedanken von Timo Lindner, dem Jungen, dem er seit zwei Wochen hinterherarbeitete. Er war an dem Punkt, in seine innersten Geheimnisse vorzudringen.

Was folgte, war eher Ernüchterung.

SIE.SETZT.SICH.NEBEN.MICH.

UND.WIR.SCHAUEN.EINEN.PORNO.

Banale Worte aus Timos Hirn.

Die Sexualfantasien eines Fünfzehnjährigen.

Es war folgerichtig. Es war genau das, was Timo in seinem offiziellen Leben nicht denken durfte. Geschweige denn aufschreiben konnte.

Zbigniew schwitzte auch an den Fingern, als er die nächsten Worte übersetzte. Eine Viertelstunde später hatte Zbigniew die erste Seite des Tagebuchs entschlüsselt. Einen Moment lang war er sich unsicher gewesen, als die Noten aus der Partitur ausgegangen waren, er am Ende der Klarinettenzeile auf Seite 187 angelangt war – dann hatte er einfach wieder von vorne begonnen. Es hatte funktioniert. Langsam gewöhnte er sich an den Code.

Buchstabe für Buchstabe war vor seinem Auge entstanden. Gedanke um Gedanke aus Timos Gehirn.

Sie setzt sich neben mich, und wir schauen einen Porno. Langsam gleitet ihre Hand in meine Hose. Sie fühlt meinen Schwanz, der langsam hart wird. Sie reibt ihn. Dann hört sie aber auf, führt mich aus dem dunklen Raum heraus.

Durch den dunklen Korridor des Schlosses. In einen anderen Raum hinein, mit Kerzen versehen, ein altes Verlies. Dort steht ein altes Himmelbett. Es ist das Schloss der Liebe. Sie legt mich auf das Himmelbett, entkleidet mich und fesselt mich mit seidenen Tüchern an das Bett. Sie legt ein schwarzes Tuch aus Samt über mich. Dann setzt sie sich auf mich.

Ein erstaunlicher Wunschtraum, dachte Zbigniew. Ein Psychologe würde vielleicht sagen, Timo wünschte sich, dass ihm überhaupt Beachtung zuteilwurde. Er fühlte sich als soziales Nichts; durch die fremde Frau spürte er, dass er lebendig war. Dass er zu etwas diente.

Draußen donnerte es. Zbigniew hatte gar nicht bemerkt, wie Wolken aufgezogen waren und den Himmel verdunkelt hatten. Ein Gewitter hatte sich über dem Meer zusammengebraut.

Immerhin passten die Gedanken zu der Bude, in der Zbigniew sie gefunden hatte. Die Bude war das Schloss der Liebe. Nur ohne Frau.

Zbigniew überflog die Zeilen immer wieder. Oder war die Bude nur der dunkle Raum, aus dem er herausgeführt wurde? In ein Schloss der Liebe hinein?

Ein Junge mit devoten Fantasien. Diese Zeilen waren die Antwort auf die fehlende Tür. Eine geheime Sexualfantasie, ein Porno im Kopf, in codierten Buchstaben. Tonia selbst hatte es mitverursacht.

Er ging zum Fenster, öffnete es und ließ den rauen Seewind hereinblasen. Er atmete ein paarmal tief durch.

Zbigniew nahm sich eine weitere Seite des Tagebuchs vor. Weitere explizit sexuelle Fantastereien mit der Frau, die Timo im Schloss der Liebe dominierte und verführte. Die Gedanken von Timo wurden immer harscher. Peu à peu driftete die von ihm erdachte Geschichte in eine Erniedrigungsfantasie ab.

Schloss der Liebe, irgendwie fand Zbigniew den Namen albern. Wie ließ sich diese Namensgebung durch Timo interpretieren? Dass dies der Ort ist, wo ihm wahre Liebe widerfährt? Empfand Timo Liebe, wenn er Erniedrigung erfuhr?

Wenn Tonia wüsste. Wenn sie wüsste, was in ihrem Sohn vorgegangen war.

Zbigniews Handy klingelte. Zeynel.

»Und, schön im Urlaub?«, fragte sein Kollege zur Begrüßung.

»Bestens. Danke fürs Fax.«

»Was macht das Notenstudium?«

»Ich arbeite dran.«

Zbigniew verschwieg, dass es ihm bereits gelungen war, den Code zu entschlüsseln. Vielleicht war es ihm zu peinlich, über Timos Fantasien am Telefon zu reden. Auch von Olaf Lindners Seitensprung erzählte er Zeynel nichts. Aus Loyalität zu Tonia?

Nun fing er selbst auch schon an mit der Geheimniskrämerei.

»Die Schuldirektorin hat sich bei Lachmann über dich beschwert.«

»Und?«

»Ja, nix. Ich glaub, Lachmann ist ein bisschen sauer auf dich, dass du das nicht vorher mit ihm abgesprochen hast. Hat aber bislang zu dir gehalten.«

Zbigniew nickte. Lachmann war ein unangenehmer Mensch, aber nicht korrupt.

»Die Artikel sind hübsch, oder?«, fragte Zeynel. Zbigniew mochte nicht zugeben, dass er sie noch nicht gelesen hatte.

»Ja, sehr spannend.«

»Möllerheinz hat sich bedankt. Ist beim Dienststellenleiter gelandet, der fragt sich jetzt, ob du *deshalb* so ein spontanes Attest schickst.«

»Er weiß ja, dass ich solchen Dingen immer aus dem Weg gehe«, sagte Zbigniew ironisch.

»Bist du morgen dann eigentlich wieder da?«

Gute Frage.

»Im Moment sieht es nicht danach aus. Kommt ihr ohne mich klar?«

»Nein, wir sind auf dich angewiesen und im Moment total hilflos.«

Sehr witzig.

»Also gut, morgen bin ich auf jeden Fall noch hier.«

Ein klarer Entschluss. Zbigniew wartete darauf, dass Zeynel sich verabschiedete. Doch das geschah noch nicht.

»Ist noch etwas?«

Ein Hüsteln in der Leitung. Fast zeitgleich ein großer Blitz über dem Meer, der Zbigniew zusammenzucken ließ.

»Nein. Äh …«

Ein Donner.

»Habt ihr Gewitter?«

»Ja. Ist aber nicht so schlimm. Die Wolken ziehen hier in irrem Tempo, das ist bestimmt nachher wieder vorbei.«

Konnten Gewitter an der See nicht ziemlich schlimm werden? Vor allem, wenn es nicht regnete?

»Ich weiß ja nicht«, murmelte Zeynel. Zbigniew konnte förmlich sehen, wie er sich dabei das Kinn kraulte. »Also, ich will dich ja jetzt nicht beunruhigen … aber …«

»Sag es doch einfach.«

Was konnte Zbigniew schon beunruhigen?

»Okay. Also … das Problem ist … Einen Dr. Zielinsky gibt es da nicht.«

Zbigniew runzelte die Stirn.

Er begriff nicht sofort, was dies bedeutete.

»Ich mein, ich hab bei den Musikwissenschaften angerufen. Einen Dr. Zielinsky gibt es da definitiv nicht. Den kennt auch niemand.«

Hatte Barbara Zbigniew einen falschen Namen genannt? Warum hätte sie sollen?

»Vielleicht hab ich den Namen auch einfach falsch verstanden«, sagte Zbigniew.

Natürlich hatte er ihn nicht falsch verstanden.

»Vielleicht auch nicht«, las Zeynel seine Gedanken. »Äh, Zbigniew …«

»Ja?«

»Also, der Typ von den Musikwissenschaften meinte, es sei ihm am Montagmorgen komisch vorgekommen beim Hereinkommen. Als ob sich jemand nachts am Schloss vom Institut zu schaffen gemacht hätte.«

Zbigniew brauchte eine Weile, bis er den Sinn dessen, was Zeynel ihm hier erzählte, begriff.

Dann lief es ihm eiskalt den Rücken herunter.

17

Konnte es ein Zufall sein? Eine Koinzidenz?

Nein. Es war möglich, aber zu unwahrscheinlich.

Es war kein Zufall.

Es gab nur eine andere Erklärung. Dr. Zielinsky war kein Musikwissenschaftler, er war kein Angestellter an der Universität. Er war irgendjemand anders. Es gab keinen Dr. Zielinsky.

Zielinsky hatte Zbigniew nicht groß grüßen wollen, nicht mit ihm reden wollen. Er war so schnell wie möglich verschwunden. Denn er hatte Barbara geholfen, in das Musikwissenschaftliche Institut einzubrechen. Sie war eingebrochen, um Zbigniew zu helfen.

Warum?

Sie liebte ihn so sehr, dass sie bloß mit ihm zusammen sein wollte. Sie dachte sich verrückte Dinge aus, damit sie ihn treffen konnte.

Nein. Sie war eingebrochen, um ihm die Partitur zu zeigen. Weil sie ein Interesse hatte. Ein Interesse an Timos Aufzeichnungen.

Sie wollte ebenso sehr wie Zbigniew wissen, was darin stand.

Sie hatte sich Seiten kopiert. Sie war dafür extra in den Nebenraum gegangen. Zbigniew hatte gar nicht darüber nachgedacht. Sie hatte die Kopien nicht gemacht, um ihm zu helfen, sondern um Timos Worte auf eigene Faust weiter analysieren zu können. Oder sie sollte die Seiten für jemanden besorgen. Jemanden, der dafür sorgte, dass sie nah an Zbigniew und der Ermittlung Timo Lindner dran war.

Turin.

Zbigniew blickte aus dem Fenster, schaute auf die friedliche Straße mit ihren kleinen, hübschen Häuschen. Die dunklen Gewitterwolken, die nach Osten in die Ferne zogen. Kam von links nicht schon wieder ein wenig blauer Himmel?

Es war nicht möglich. Er hatte Barbara im Flugzeug kennengelernt. Zufällig. Und mit ihr über Koinzidenzen philosophiert, wie absurd.

Barbaras Bekanntschaft wäre demnach von Anfang an ein eingefädeltes Spiel gewesen.

Und noch mehr. Es gäbe einen Zusammenhang zwischen Timo und dem toten Jungen aus Turin.

Es war alles viel größer, als Zbigniew es in seinen kühnsten Träumen befürchtet hatte.

Zbigniew versuchte, seine Bekanntschaft mit Barbara wie einen Film vor seinem geistigen Auge ablaufen zu lassen. Dabei ging er durch den Raum. Nach links, nach rechts, vor und zurück.

Es musste eine andere Erklärung für dies alles geben.

Wie hatte Barbara Zbigniew im Flugzeug kennenlernen können? Zbigniew fiel mit Schaudern ein, dass er das eigentlich vorgesehene Flugzeug im letzten Moment, schon auf der Rollbahn, verlassen hatte. Er war einfach ausgestiegen.

Selbst wenn jemand seine Begegnung mit Barbara geplant hatte – hiermit hätte er nicht rechnen können. Barbara hatte in dem zweiten Flieger gesessen, in dem Zbigniew eigentlich nicht mitgeflogen wäre. Zumindest hatte er nichts davon gehört, dass aus dem ersten Flieger eine Frau ausgestiegen war. Nach ihm.

Es war alles zu kompliziert. Machte er einen grundlegenden Denkfehler? Übersah er etwas? Irgendetwas Einfaches, das alles erklärte – auf eine völlig harmlose Art und Weise?

Das Gepäck. Barbara war nach der Landung zusammen mit Zbigniew aus dem Kölner Flughafen herausgegangen, direkt zur S-Bahn-Station. Auch Barbara hatte kein großes Gepäck dabeigehabt, so wie er selbst.

Hatte sie nicht erzählt, dass sie mehrere Tage in Turin zugebracht hatte? Um einen Mann aus dem Internet zu treffen, ein Blind Date?

Es hätte ihm sofort auffallen müssen. Barbara hatte nur Handgepäck auf ihrer Reise dabeigehabt. Es war unrealistisch; eine Frau nahm auf eine derartige Reise niemals bloß Handgepäck mit.

Er zückte sein Handy und wählte eine Nummer. Seine Handyrechnung würde in diesem Monat ins Unermessliche steigen.

»Sì?«

Baricco. Es tat gut, seine kernige Stimme zu hören.

Zbigniew erklärte nicht viel. Der Commissario sagte sofort zu, bei der Fluggesellschaft Erkundigungen einzuziehen. Ob es auch beim ersten Flug eine Barbara gegeben hatte. Ob diese das Flugzeug nach ihm verlassen hatte.

Baricco und Zbigniew verabschiedeten sich wie zwei alte Freunde, die gar nicht viel bereden mussten, um sich zu verstehen.

Es war möglich, dachte Zbigniew. Vielleicht hatte die Zeit für Barbara sogar gereicht, um nach Köln und wieder zurück nach Turin zu fliegen.

Alles würde anders sein. Wenn Barbara bereits im ersten Flieger war, hatte Zbigniew vollständige Gewissheit. Er würde wissen, dass die gesamte Geschichte mit Barbara von Anfang an geplant war.

Deshalb hatte sie ihn angebaggert. Die persönliche Enttäuschung, die musste Zbigniew schnell fortwischen. Barbara war nicht an Zbigniew als Mensch interessiert. Sie wollte an seine Seite kommen, um immer über den Verlauf der Ermittlungen Bescheid zu wissen. Um zu wissen, wie nah Zbigniew an Timos Spur dran war.

Hatte sie ihn nicht ständig indirekt danach gefragt?

Aber warum?

Zbigniew dachte an die schrecklichen Verletzungen des Jungenkörpers aus Turin. An die brutalen Misshandlungen.

Wenn auch nur ein Bruchteil von dem, was er soeben dachte, wahr sein würde – dann war es schon viel zu spät. Dann dürfte er von nun an keine Minute verlieren.

Doch was war der nächste Schritt? Wo war die Spur, die er übersehen hatte?

Barbara. Sie gehörte zu einer Macht, die größer war als das, was er sich bislang vorgestellt hatte. Wenn dem so war, dann würde die Adresse von Barbara falsch sein. Dann war alles extrem professionell eingefädelt. Natürlich hieß sie dann auch nicht Barbara Plath. Dann wäre die Überprüfung der Passagierliste völlig sinnlos.

Nein. Sie hatte auf dem zweiten Flug direkt neben ihm gesessen. Ihr Name musste sich herausfinden lassen.

Wie in Trance wählte Zbigniew eine weitere Nummer auf dem Handy.

»Ja?«

»Zeynel«, sagte Zbigniew, »hör mir jetzt mal genau zu.«

Er gab ihm genaue Instruktionen. Zunächst sollte Zeynel die Passagierlisten von Turin nach Köln kontrollieren. Wer hatte auf dem zweiten Flug neben ihm gesessen? Gab es eine Übereinstimmung, saß in beiden Flügen eine gleiche Person? Flog die Person auch auf einem Rückflug in der Zeit dazwischen? Wie hieß die Person?

Zeynel begriff, dass es wichtig war. Er stellte keine Fragen. Zbigniew bat ihn, Lachmann und den Dienststellenleiter zu informieren. Diesmal würde er sich keine Blöße geben.

Draußen klarte der Himmel auf. Zbigniew ging ein paarmal unruhig im Zimmer umher. Blau, der Wind hatte alle Wolken vertrieben. Bald rief Zeynel zurück; der Informationsaustausch mit den Fluggesellschaften verlief in der Regel problemlos.

Sie hatten einen Treffer, beide Flüge inklusive Rückflug. Der Treffer hieß Barbara Klausner, wohnhaft in Köln-Weidenpesch.

Zbigniew telefonierte persönlich mit Lachmann, erklärte ihm die Situation. Bald würde die Fahndung im Gange sein. Zwei Wagen der Kripo würden das Revier verlassen, um nach Barbara Klausner zu suchen. Sie würden als Erstes zu der angegebenen Wohnungsadresse fahren.

Die Täter hatten einen Fehler gemacht. Passagierlisten logen nicht. Ein Flug ohne Angabe der realen Identität, das war heutzutage nicht möglich.

Zbigniew legte auf. Es war alles in die Wege geleitet.

Er stellte sich ans Fenster, atmete die frische Seeluft ein. Das Geschrei von Möwen war zu hören. Nein, diesmal fand er keine Ruhe. Es musste irgendwie weitergehen.

Er wusste, dass er zu ungeduldig war. Weder Baricco noch Zeynel würden ihm in der nächsten Stunde etwas zu berichten haben.

Barbara? Sollte er Barbara direkt anrufen?

Zbigniew bekam feuchte Finger. Die Vorstellung, Barbara direkt anzurufen, war mehr als verlockend. War die direkte Fahndung nach ihr ein Fehler? Hätte er nicht erst versuchen sollen, ihr mit seinem neuen Wissen eine Falle zu stellen?

Er hatte ihre Handynummer. Es wäre kein Problem.

Zbigniew setzte sich unentschlossen auf Timos altes Bett.

Zweifel überkamen ihn.

War es ein Fehler, sie anzurufen? Würde er sie vorwarnen?

Er wählte. Es dauerte nicht lange, bis Barbara ranging.

»Ja?«

Nichts Falsches sagen. Sein Sprachtimbre musste so klingen wie immer. So, wie Barbara es von Zbigniew gewohnt war.

»Hi, Barbara. Ich bin's. Zbigniew.«

»Zbigniew!«

»Ich wollte mich entschuldigen. Es tut mir leid, dass ich dich so …«

Barbara seufzte.

»Nein. Ich war vielleicht etwas zu … harsch. Ich mein … ich weiß auch nicht …«

Sie klang so natürlich. War es wirklich möglich, dass sie eine andere war? Oder lief hier irgendetwas völlig neben dem her, was Zbigniew zu verstehen glaubte?

Wie konnte er sie aus der Reserve locken?

Er hatte eine Idee.

»Ich hab's übrigens geschafft«, sagte er und atmete ein Schmunzeln.

»Was?«

»Ich hab den Code von Timo entschlüsselt.«

Ein Moment des Schweigens. Wenn alles gut ging, hatte er die Kurve im Gespräch genommen.

»Und, was steht drin?«, kam es in gleichgültigem Ton aus der Leitung.

Es war, als ob Zbigniew ein Ameisenschwarm über die Arme lief. Barbaras Interesse sollte dem Code gelten, nicht dem Inhalt von Timos Aufzeichnungen. Hinzu kam die Art und Weise der Frage, dieses beiläufige »was steht drin«. Barbara hatte die falsche Nuance getroffen.

Es verging höchstens eine Sekunde, da sprach Barbara wieder.

»Ich mein, wie ging der Code denn?«

Eine Richtigstellung. Bei Barbara waren wohl genau die gleichen Gedanken abgelaufen wie bei Zbigniew. Mit der Erkenntnis, dass die erste Frage falsch gestellt war.

»Der Code war richtig. Er bezog sich nur auf eine ganz andere Seite in der Partitur«, sagte Zbigniew. Er war sofort stolz auf diese Formulierung. Wenn Barbara nicht die war, die sie vorgab, würde sie nach der Seite fragen.

»Ach so«, kam es mit enttäuschtem Ton aus der Leitung.

Richtig reagiert, lobte Zbigniew Barbara innerlich. Er fragte sich, was passieren würde, wenn nun die Polizei an ihrer Tür klingeln würde. Die Fahndung war ausgeschrieben, es gab keinen Verdacht auf Schusswaffengebrauch – in derartigen Fällen konnten die Kollegen manchmal sehr schnell sein.

»Ja«, sagte er, um etwas zu sagen.

»Nicht das ›Dies Irae‹?«

»Nein. Auch nicht die ›Idée fixe‹. Ganz was anderes. Banales.«

Nun musste Barbara doch auf heißen Kohlen sitzen!

Frag nach der Seite, flehte er.

Frag nach der Seite!

»Und, bist du denn jetzt weitergekommen mit deinem Fall?«

Zbigniew biss sich auf die Lippen.

»Wie man's nimmt«, sagte er vage. »Ich weiß jetzt ein bisschen mehr über den Jungen.«

»Und, findest du ihn jetzt?«

Es klang aufrichtig besorgt. Zbigniew überlegte; wenn er bejahte, könnte dies eine Gefahr für Timo bedeuten. Sofern er noch lebte.

»Ich weiß es nicht.«

Zbigniew machte eine künstliche Pause. Wurde Barbara ungeduldig? Würde sie jemanden über diese Neuigkeiten informieren müssen?

»Ich wollte dir aber noch mal für deine Hilfe danken. Ohne dich wäre ich aufgeschmissen gewesen, um ehrlich zu sein.«

Danke dafür, dass du ins Musikwissenschaftliche Institut eingebrochen bist. Dass Zielinsky, den es nicht gibt, uns aufgemacht hat.

»Nichts zu danken. War ja eine spannende Nacht.«

»Ja.«

Sollte er eins draufsetzen?

Ja. Er atmete durch.

»Sag mal … ich bin gerade unterwegs. Aber wenn ich zurück bin, so Ende der Woche, hättest du Lust, mal mit mir essen zu gehen?«

Zbigniew hatte ein leichtes Stocken in sein Timbre gebracht. So, als ob es ihm schwerfiele, diese Einladung zum Essen auszusprechen.

»Äh … ja, warum nicht. Klar. Ruf mich dann einfach noch mal an.«

Er hatte das Gefühl, Barbara mit dieser Einladung ein bisschen aus dem Gleichgewicht gebracht zu haben. Falls sie irgendeinen Verdacht hatte, dass Zbigniew sie verdächtigte, konnte er diesen mit der Esseneinladung eventuell wieder abmildern.

»Okay. Dann bis dann.«

Barbara atmete noch einmal hastig.

»Ach so. Nur so interessehalber … Welche Seite war das denn dann?«

Ja!

»Wie meinst du, Seite?«

»Die Seite in der Partitur.«

»Ach so.«

Lügen? Dann würde sie die Wahrheit schnell herausbekommen, wenn sie ihre Seite verglich. Besser die richtige Seite sagen. Die Fantasien von Timo schienen nicht so relevant, dass die Täter beunruhigt sein mussten. Außerdem würde Barbara in wenigen Minuten festgenommen.

»187.«

»Faszinierend.«

»Absolut.« Hoffentlich klang das nicht ironisch.

»Bis die Tage!«

Zbigniew wiederholte Barbaras Abschiedsgruß, dann legte er auf.

Er war sich nun sicher.

Ein anderer Gedanke kam ihm.

Wer hätte dafür sorgen können, dass Barbara im richtigen, kurzfristig umgebuchten Flugzeug gesessen hatte?

Die Frage kreiste ein paar Minuten lang durch Zbigniews Hirn.

Einen Moment lang überlegte Zbigniew, ob Baricco verstrickt sein könnte. Er war minutiös über Zbigniews Abflugzeiten informiert. Dann fiel ihm aber ein, dass dieser ihn auf dem Handy über den Jungen aus Turin überhaupt unterrichtet hatte – das hätte er bestimmt nicht getan, wenn er in irgendeiner Form zur Täterseite gehörte.

Außerdem mochte er Baricco. Nein, der Commissario war nicht verstrickt.

Der Pathologe?

Entsorge die Leiche in Turin. Dort wird sie von »unserem« Pathologen untersucht. Er wird keine großen Ergebnisse zutage bringen.

Ein schauderhafter Gedanke. Das Krankenhaus, das so neu und modern aussah. Dr. Parioli, der in seinem altmodischen Keller hockte. Der in Münster studiert hatte.

Ein seltsames Detail fiel Zbigniew ein. Parioli hatte, als er von Münster geschwärmt hatte, das Wort »Mädchen« benutzt. Er hatte nicht von Münsters Frauen, sondern von seinen Mädchen gesprochen.

Mafia? War die Mafia irgendwie involviert in Timos Verschwinden?

Tat die Mafia irgendetwas in Houlgate?

Zbigniew hörte einen heftigen Knall. Ihm wurde klar, dass er auf den Tisch vor ihm geschlagen hatte, mit einer Wucht, die er selbst von sich überhaupt nicht kannte. Als ob er etwas zerschlagen wollte.

War dies alles ein Fall für die OK, die im Präsidium in Deutz angesiedelt war? Timo Lindner, ein Opfer von Organisierter Kriminalität?

Zbigniew ging wieder zum Fenster. Langsam kam es ihm vor, als müssten im Teppich des Zimmers tiefe Gänge sein, so wie in den Dagobert-Duck-Comics.

Es klopfte an der Tür. Zbigniew zuckte richtiggehend zusammen.

Sei auf der Hut, dachte er. Er holte seine Dienstpistole hervor, hielt sie hinter dem Körper. Dann öffnete er vorsichtig die Tür.

»Ist alles in Ordnung, Monsieur?«

Natalie, mit dem Unschuldsblick des Tages.

»Ja, warum?«

»Ich habe einen Knall gehört.«

Zbigniew atmete auf.

»Ach so. Nein, es ist alles in Ordnung, meine Hand ist mir … auf den Tisch gefallen.«

»Monsieur, die DVDs, soll ich die unten lassen? Oder wollen Sie die wieder hier nach oben haben?«

Zbigniew überlegte. Waren die Aufnahmen noch von Bedeutung?

»Ich sehe sie mir gleich noch an.«

»Bien sûr. Wir werden um acht allerdings die Nachrichten schauen, es gibt einige Stammgäste, die …«

Zbigniew nickte so stark und so zustimmend, dass Natalies Stimme von allein erstarb.

»Kein Problem. Natürlich.«

Natalie lächelte artig, machte die Andeutung eines Knickses und ging wieder die Treppe herunter. Zbigniew sah ein paar Sekunden lang den Wallungen ihres Sommerkleides nach. Irgendwie konnte er Olaf Lindner fast verstehen.

Er schloss die Tür. Ging zum Fenster.

Wurde er beobachtet?

Nein, er wurde höchstens paranoid. Ein ruhiger Sonntagabend in einem kleinen normannischen Küstenort.

Ein Gedanke rammte sich immer tiefer in Zbigniews Hirn hinein.

Professor Parioli in seinem neolithischen Keller. Zbigniew versuchte, sich denselben Vorfall am Gerichtsmedizinischen Institut in Köln vorzustellen. Ein unscheinbarer Backsteinbau am Melatenfriedhof. Professor Gurris, dem dortigen Leiter, wäre die Landkarte auf dem Rücken aufgefallen. Irgendwie hätte er es bemerkt. Parioli dagegen schien überrascht von Zbigniews Entdeckung zu sein. Entweder er hatte die Leiche gar nicht so genau untersucht. Oder …

Zbigniew bekam einen gehörigen Schreck. Ihm war noch etwas anderes, etwas Schlimmeres eingefallen. Was wäre, wenn Parioli die

DNS-Ergebnisse verfälscht hätte? Wenn der Junge aus Turin doch Timo Lindner war?

Das konnte er nicht, nagte die Gegenstimme in ihm. Es gab Assistenten, andere Menschen in der Gerichtsmedizin. Parioli hatte eine Bandbreite zur Verfälschung, aber er konnte es nicht übertreiben.

Aber sicher war Zbigniew sich nicht mehr.

War seine gesamte Ermittlung etwa sinnlos, weil Timo bereits lange tot war?

Er wählte Baricco an.

»Sì?«

Der Commissario war überrascht; er hatte Zbigniew auch gerade anrufen wollen. Er hatte Barbara Klausner entdeckt. Sie war im ersten Flugzeug mitgeflogen, dann direkt nach der Landung zurück nach Turin, schließlich im zweiten Flugzeug neben Zbigniew gewesen.

Zbigniew tat so, als ob dies eine Neuigkeit für ihn wäre. Er wollte Baricco nicht enttäuschen.

Dann teilte er ihm mit, was ihm auf dem Herzen lag. Er wählte seine Worte sehr sorgfältig. Zbigniew sagte, dass man dem Pathologen nicht vollständig vertrauen sollte – vielleicht war der Verdacht unbegründet, vielleicht aber auch nicht.

Baricco blieb recht ruhig. Er fragte kurz mit seiner knorrigen Stimme nach. Zbigniew schilderte ihm seine Überlegungen.

»Möglicherweise stellt sich alles als grundlos heraus«, schloss er. »Aber ich würde Sie bitten, bis dahin im Informationsaustausch mit Professor Parioli etwas vorsichtig zu sein.«

Baricco grunzte. Es gefiel ihm nicht, und offenbar wägte er gerade ab, ob ihm die langjährige Kollegialität mit Parioli mehr bedeutete als Zbigniews Verdacht.

In diesem Moment hörte Zbigniew ein Tuten in der Leitung. Es kam nicht häufig vor, aber er wusste, was es bedeutete. Zeynel klopfte an.

»Ich muss jetzt Schluss machen«, sagte Zbigniew hastig. »Es tut mir leid, aber hier überschlagen sich gerade die Ereignisse.«

Ein weiteres Grummeln in der Leitung.

»Buona fortuna«, hörte Zbigniew dann. Es klang aufrichtig.

»Grazie.«

Klick.

»Zeynel?«

»Wir waren bei der Adresse von Barbara Klausner. Da ist niemand. Spurensicherung macht die Wohnung. Was tun wir jetzt?«

Bundesweite Fahndung, tickte es in Zbigniew. Die siebenunddreißigjährige Barbara Klausner, auch unter dem Namen Barbara Plath bekannt, steht im Verdacht, mit dem Verschwinden des fünfzehnjährigen Timo Lindner …

Schreckte dies die bösen Mächte unter Umständen zu sehr auf? Bestand die Gefahr, dass Timo Lindner aufgrund einer derartigen Fahndung stärker bedroht war, als er es ohnehin war? Sofern er noch lebte.

Reichten die Indizien aus für eine derartige Maßnahme? Andererseits, die Passagierlisten waren ein objektiver Beweis.

Verdammt! Er hatte eine Sache vollständig vergessen.

»Ihr könnt ein Tracing per Handy machen. Ich habe ihre Nummer.«

Zbigniew gab ihm Barbaras Telefonnummer durch. Er hätte vor dem polizeilichen Betreten ihrer Wohnung darauf kommen sollen.

»Alles klar«, sagte Zeynel ohne große Begeisterung. Zbigniew war klar, dass Zeynel gerade eine unglaubliche Arbeit verrichtete – bloß auf Zbigniews Verdachtsmomente hin, nur mit telefonischem Kontakt. Er hatte das Gefühl, dass er es Zeynel sagen musste.

»Ich dank dir, du machst 'ne super Arbeit. Hau rein.«

Sie legten auf.

Hoffentlich fanden sie Barbara bald.

Sollte er nicht schleunigst zurückfahren, um Barbara zu verhören, wenn sie sie festgenommen hatten?

Nein. Das würde auch Zeynel machen können.

Er sollte die DVDs schauen. Und am Abend Timos Fantasien weiter decodieren, vielleicht gab es ja doch noch irgendwo Anhaltspunkte.

Er ging aus seinem Zimmer. Fast war er schon auf dem Treppenabsatz, da beschlich ihn das Gefühl, dass er keine Risiken eingehen sollte. Wenn die Gegenseite wirklich so mächtig war, sollte er auf dem Plan haben, dass jemand sein Zimmer durchsuchen könnte.

Zbigniew ging zurück, steckte Timos Aufzeichnungen und die Partiturseite in eine Mappe, die er nun mit sich führte. Er ließ sich von Natalie im Foyer Tesafilm geben, stieg die Treppen wieder hoch. Im unteren Bereich seiner Zimmertür klebte er ein Haar an Türrahmen und Tür. Wenn jemand in seiner Abwesenheit sein Zimmer betrat, würde er es wissen.

Lose Haare ließen sich auf seinem Kopf bereits recht leicht finden.

Er ging zurück in den Frühstücksraum. Es war mittlerweile nach sieben. Wenn die anderen Gäste die Nachrichten schauen wollten, dann sollte er sich beeilen.

Die DVDs waren noch unverändert dort. Leichtsinnig.

Zbigniew drückte, bevor er großartig darüber nachgedacht hatte, den Eject-Knopf und schob statt der ersten die zweite DVD in den Recorder. Er schaltete den Fernseher wieder ein.

Die Aufnahmen an den Häfen der Alliierten. Lange Sandstrände, im Wasser kaum zu erkennende Betonruinen.

Timo und Tonia winkten Zbigniew fröhlich zu. Sie standen in einer Straße, in einem kleinen Dorf mit vielen Fachwerkhäusern. »Ah, Beuvron-en-Auge«, sagte Natalie mit Heimatstolz in der Stimme, als sie kurz vorbeihuschte. Sicherlich nicht unabsichtlich.

Eine Abtei. Die üblichen langweiligen Besichtigungsbilder einer Abtei. Nicht besonders kreativ gefilmt, Fotos hätten auch gereicht. Gelegentlich waren Timo oder Tonia im Bild. Olaf nur ein einziges Mal, offenbar absichtlich, damit auch er einmal auf dem Erinnerungsvideo zu finden war.

»L'Abbaye des Dames«, murmelte von hinten jemand mit einer knarzigen Stimme. Zbigniew erschrak. An einen der Frühstückstische hinter ihm hatte sich unhörbar ein älterer Herr hingesetzt.

Während die uninspirierten Bilder weiterliefen, erklärte der alte Mann kurz, wie bedeutsam diese Abtei war. Zbigniew hatte es keinen Moment lang bezweifelt. Neben dem alten Herrn nahm nun eine Dame Platz, die ungleich gepflegter gekleidet war als ihr Gatte. Sie hatte sich für den Abend fein gemacht.

»Bonsoir«, grüßte sie freundlich.

Zbigniew stellte sich vor, wie es wäre, wenn nun der alte Herr aufschreien würde: »Diesen Jungen da, den kenne ich! Den habe ich noch vor einer Woche in Caen gesehen. In einem Buchladen.«

Stattdessen folgten wieder Strandszenen. Man brauchte gar nicht hinzuschauen, es war bereits am Wind, der in das Mikrofon der Kamera geblasen und einen blubbernden, unangenehmen Ton auf dem Video hinterlassen hatte, zu hören. Tonias Haut. Beim ersten Sehen hatte sie noch keine Bedeutung gehabt, nun dagegen konnte er sich einem Kribbeln im Bauch nicht entziehen.

Er wollte ihre Brüste gar nicht sehen. Zumindest nicht hier, auf dem Video. Vor all den Leuten.

Ein weiteres älteres Paar kam in den Raum. Die Herrschaften mit der Fischplatte im Restaurant. Zbigniew sah auf die Uhr, es war kurz vor acht.

Schluss. Vielleicht würde er später weiterschauen können. Die Feriengäste dürften ihre Nachrichten nicht verpassen.

Da geschah es.

Zbigniew nahm es zunächst nur im Augenwinkel wahr, da er durch das hinzugekommene Paar abgelenkt war.

»Excusez-nous«, grummelte es auch bereits höflich von hinten.

»Une minute, s'il vous plaît«, sagte Zbigniew und stellte hastig auf Rücklauf.

Timo und seine Mutter lagen auf reichlich bunten Badetüchern. Timo ein Stück weiter hinten, las in einem dicken Buch, das einen Schatten auf sein Gesicht warf. Tonia im Vordergrund, sie schien zu schlafen und die Sonne zu genießen.

Sie kam wieder ins Bild.

Es gab keinen Zweifel.

Die Frau aus dem Restaurant. Die Frau, die er am Morgen im Supermarkt gesehen hatte.

Er hatte keinen Verfolgungswahn. Er wurde verfolgt.

Die Frau lag ein Stück weit hinter den Lindners, in einer schrägen Linie hinter Timo. Auch sie las ein Buch.

»Monsieur«, mahnte es von hinten. Eine Minute vor acht.

Barbaratonia. Sie war, im Gegensatz zu Tonia Lindner, oben ohne. Bei einem Schwenk konnte man sehen, dass außer ihr und den Lindners noch viele andere Menschen am Strand lagen. Es könnte ein Zufall sein, dass Barbaratonia hier direkt hinter Timo lag.

Könnte.

»S'il vous plaît«, raunte eine krächzende Stimme.

Zbigniew betrachtete noch einmal Barbaratonia, wie sie mit gleichgültiger Miene hinter den Lindners lag.

Es gab in dieser Geschichte keine Zufälle. Es folgte alles einem exakten Plan. Wessen Plan, das wusste Zbigniew nicht. Zu welchem Zweck, das wusste er auch noch nicht genau.

Zbigniew hatte genug gesehen. Er schaltete die DVD aus, stellte den Fernseher auf den ersten Kanal, wo er die Nachrichten vermutete. Es lief noch ein Werbespot.

»Excusez-moi, merci«, nickte er den Herrschaften zu. Inzwischen kam noch ein weiterer alter Mann in den Saal. Er war keinen Moment zu spät; die Nachrichten begannen wenige Sekunden später.

Zbigniew setzte sich für einen Augenblick wieder auf den Stuhl. Während sich im Fernsehgerät die deutsche Bundeskanzlerin und der französische Staatspräsident die Hand schüttelten – es sah nach einer EU-Sitzung aus –, begriff sein Verstand das Unfassbare.

Seine Schritte wurden überwacht. Überall, zu jeder Zeit.

Noch organisierter ging es nicht. Während auf dem Fernseher die Geschicke des europäischen Kontinents kommentiert wurden, war Zbigniew auf etwas gestoßen, das sein Vorstellungsvermögen überstieg. Er hatte geglaubt, es ginge um die Psyche eines Jungen, der er auf die Spur kommen müsste. Stattdessen ging es um Organisierte Kriminalität. In der Timo, von der Welt ferngehalten, das perfekte Opfer war.

Eine Nachricht im Fernseher lenkte Zbigniew ab. Der Mörder der achtjährigen Cécile aus Bordeaux war gefasst worden. Eines dieser kleinen blonden Mädchen, das von einem Triebtäter aus der Nachbarschaft entführt, vergewaltigt und erdrosselt worden war. Zbigniew hatte nichts über den konkreten Fall gehört, kannte das Muster aber nur zu gut. Der Täter beobachtete das Kind in der Regel lange Zeit, spielte unter Umständen sogar gelegentlich mit ihm. Irgendwann glaubte er, dass das Kind ihn lieben würde. Zumindest knallte irgendwann die Sicherung durch, und der Täter wollte Sex mit dem Kind haben. Da das Kind und auch die Gesellschaft das natürlich nicht wollten, entführte und vergewaltigte er das Kind. Und da der Täter nach der Erfüllung seines Triebes keinen anderen Ausweg mehr sah, seine eigene Haut zu retten, musste das Kind sterben. Bei Cécile war es offenbar ähnlich gewesen, soweit Zbigniew sich den Tathintergrund aus den Informationen der Nachrichten zusammenreimen konnte.

Man sah den Täter, die arme Sau, wie er verhaftet wurde. Eine lebenslange Haftstrafe wurde vom Sprecher vermutet. Es stand zu hoffen. Zbigniew glaubte nicht daran, dass das Muster des Verlangens aus den Tätern jemals herauszuprügeln oder herauszupsychologisieren war. Und selbst wenn es ausnahmsweise gelang – er war dafür, dass man lieber auf Nummer sicher ging. Lieber einen Menschen, der vielleicht doch nicht rückfällig wurde, lebenslang der Freiheit berauben, als noch ein weiteres Kind durch die Hand dieses Menschen sterben zu lassen. Alpha- und Beta-Risiko.

Im Fernseher lief bereits ein ganz anderer Bericht. Zbigniew fragte sich, warum die Nachricht von dem Kindermörder ausgerechnet jetzt im Fernsehen gelaufen war. Gehörte es auch zum Plan, in dem er sich befand?

Wohl kaum. Es hatte mit seinem Fall nichts zu tun.

Die arme Sau, das war ein Einzeltäter, der weggesperrt werden musste. Arme Säue sorgten nicht für eine wechselnde Beschattung des gegen sie ermittelnden Polizeibeamten.

Was Zbigniew zudem wie vor den Kopf schlug, war, dass Barbara und Barbaratonia beides Frauen waren, die seinem Typ entsprachen. Hatten die Täter vorher von Zbigniew ein Profil angelegt? So, wie die Kriminalpolizei ein Täterprofil erstellt, hatten sie ein Ermittlerprofil von ihm gemacht?

Wussten sie, wie sie ihn kriegen konnten?

Zbigniew versuchte, das Undenkbare zu denken. Kindesmissbrauch in der organisierten Variante. Jemand entführte Kinder, darunter Timo und den Jungen aus Turin. Bemerkt, dass Zbigniew als Ermittler eine Verbindung zwischen den Fällen herstellt – und sogar direkt nach Turin reist.

Das erforderte zügiges Handeln von der Täterseite. Man muss Zbigniew im Auge behalten. Zbigniew entdeckt die Karte auf dem Rücken des Jungentorsos, findet die Aufzeichnungen von Timo. Der Täter ist sich nicht sicher, ob Zbigniew nicht schon zu viel weiß. Vor allem die Aufzeichnungen machen den Täter nervös. Weil Timo etwas geschrieben haben könnte, das einen Hinweis auf den Täter gibt. Zumindest ist der Täter sich nicht sicher, dass es nicht so ist.

Das bedeutete, dass Timo jemanden auf Täterseite kannte. Bereits bevor er verschwand.

Wenn Timo Barbaratonia im Urlaub kennengelernt hatte, wäre dies eine denkbare Erklärung. Zbigniew stellte sich vor, wie Barbaratonia Timo sagt, dass er niemandem etwas von ihr erzählen darf. Ein großes, gemeinsames Geheimnis. Timo gelobt Verschwiegenheit – und hält sie. Er wird nicht entführt, er läuft den Tätern freiwillig in die Arme.

Aber er könnte in seinen Aufzeichnungen von Barbaratonia geschrieben haben.

Es machte alles Sinn. Barbaratonia hatte sich an Timo herangepirscht, ihn als perfektes Opfer ausgemacht. Ein androgyn wirkender Junge mit Sexfantasien, der am Strand Burgen baute. Unschuldig wie ein Lamm. Sie hatte Kontakt zu ihm aufgenommen. Sie war die Frau, mit der Timo in seinem Text die Fantasien erlebte.

Die Nachrichten plärrten weiter; nun ging es um einen Streik des Ärztepersonals in Toulouse.

Oder war Barbaratonia zu alt? Sie brauchte nicht selbst der Köder zu sein. Vielleicht hatten sie noch eine andere, dritte Person ausgewählt, um Timo den Kopf zu verdrehen.

Warum spielten Frauen da überhaupt mit? Zbigniew erinnerte sich an einen Fall, wo eine Mutter ihren Pflegesohn im Hinterraum ihrer Kneipe zahlungswilligen Kunden zur Verfügung gestellt hatte.

Kein Abgrund zu tief.

Seltsamerweise fiel ihm in diesem Moment ein, dass das Abendessen bei Lena jetzt gerade anfangen würde. Wild mit Eltern.

Wie absurd waren die Welten, in denen er lebte.

Nein, er würde Lena jetzt nicht anrufen. Sie würde ihn ohnehin nicht anhören.

Im Fernsehen lief inzwischen ein Krimi. Zbigniew blickte sich um – die älteren Herrschaften hatten den Raum wieder verlassen, ohne dass er es gemerkt hatte. Er war allein.

Zbigniew überlegte, ob er die DVDs noch weiterschauen sollte. Eigentlich hatte er nun genug gesehen. Er scannte die restlichen Szenen im Schnelldurchlauf. Es gab nichts, was seine Erkenntnisse weiter erhellte.

Er würde nach oben gehen und Timos Aufzeichnungen weiter decodieren. Es war langwierig, aber es führte kein Weg daran vorbei.

Und dann musste er Barbaratonia wiederfinden. Oder sich von ihr finden lassen. So, dass sie keinen Verdacht schöpfte – und auch sonst niemand, für den Fall, dass noch mehr Personen verstrickt waren.

Er konnte niemandem mehr trauen.

»Excusez-moi.«

Zbigniew erschrak, als er die helle Stimme von Natalie hinter sich hörte. Sie stand halb im Türrahmen, wirkte etwas unsicher.

»Oui?«

»Sie haben Besuch …«

18

Sofort krampften sich alle Muskeln in Zbigniews Körper zusammen. Höchste Anspannung. Er hatte Besuch, obwohl ihn hier niemand kannte. Das konnte nichts Gutes bedeuten. Das konnte nur bedeuten, dass nun irgendetwas passieren würde. Irgendetwas war geschehen, so dass die andere Seite ihre Deckung aufmachte.

Natalie wies mit einem Blick Richtung Hotelhalle. Zbigniew fragte sich, warum sie ihn nicht darüber aufklärte, wer der Besuch war.

Da sie keine Anstalten machte, sich zu bewegen oder weitere Worte zu sprechen, ging Zbigniew vorsichtig zur Tür. Natalie beäugte ihn; nun war klar, dass etwas nicht stimmte. Zbigniew deutete ihr an, dass sie schweigen solle. Er blickte vorsichtig durch den Türrahmen.

Dort stand sie. Sie trat nervös von einem Fuß auf den anderen, schien sich sichtlich unbehaglich zu fühlen. Zbigniew bemerkte, dass sie äußerst elegant gekleidet war. Sie wischte sich mit der Hand über die Stirn, um ein paar Haare zurück an ihren Platz zu bringen.

Nun begriff er Natalies Verwirrung.

Tonia Lindner stand im Foyer, sie dominierte mit ihrer Ausstrahlung den Raum so wie an dem Tag, als sie im Nachthemd die Treppe heruntergekommen war. Die sorgende Mutter, die ihre im Scheitern begriffene Ehe durch eine Inszenierung ihres Körpers zu verdecken versuchte.

Eine Vielzahl von Gedanken wirbelte in Zbigniews Kopf durcheinander. Natürlich war sie gekommen. Nach dem, was Zbigniew ihr am Telefon erzählt hatte, war sie vermutlich direkt ins Auto gestiegen. Sie würde ihn bei der Suche nach Timo nicht alleine lassen. Er hatte sie förmlich angelockt durch das Telefonat.

Tonia hatte ihn wahrgenommen. Sie zögerte keinen Moment, ging schnurstracks auf ihn zu.

»Herr Meier«, rief sie mit einem seltsam beglückten Gesichtsausdruck, als sie noch zehn Meter entfernt war.

Natalie mochte nicht viel Deutsch können, aber dass eine Schwägerin ihren Schwager mit Herr Meier begrüßte, musste für sie seltsam sein. Seine Verwandtschaftslüge war im Begriff, aufzufliegen.

»Ich bin so froh, dass ich Sie gefunden habe«, sagte Tonia.

»Ja«, hörte Zbigniew sich murmeln. Warum sollte sie ihn nicht finden, es war nicht besonders schwer.

Ein schlechtes Gefühl machte sich in ihm breit. Er konnte keine Assistentin gebrauchen, vor allem nicht die emotional angeschlagene Mutter des verschwundenen Kindes. Die er auch noch geküsst hatte.

Die Dimension des Falles. Möglicherweise wäre Tonia in Gefahr.

Nein, er würde ihr sagen, dass sie direkt wieder zurückfahren solle.

»Eine Sekunde«, sagte Zbigniew in möglichst professionellem Ton zu Tonia. Dann wandte er sich an Natalie.

»Natalie … das alles, was Sie jetzt hier sehen und hören …« – das Mädchen sah ihn mit großen Augen an – »und auch das, was Sie sich zusammenreimen aus alledem … Vergessen Sie es. Sie wissen von nichts. Diese Frau hier ist nicht hier. Ist das klar?«

Natalie grinste ihn an.

Es machte ihn wütend. Er griff Natalie übermäßig fest am Arm. Sie stöhnte leicht auf, dieser Griff gefiel ihr nicht. Es musste ihr weh tun.

»Hören Sie, Natalie«, sagte er in einem scharfen Ton, »dies ist ernst. Es geht um eine polizeiliche Ermittlung. Ich bin Kommissar der deutschen Polizei. Einige Kollegen aus Paris ermitteln undercover. Die Deckung hier darf auf keinen Fall auffliegen. Sie machen sich sonst einer Straftat schuldig.«

Das Grinsen aus ihrem Gesicht war gänzlich verschwunden. Auf ihrem Arm hatte sich eine Gänsehaut gebildet.

»Ist das klar?«, fragte Zbigniew in noch einem schärferen Ton nach. Tonias Blick streifte ihn. Zbigniew konnte nicht erkennen, was sie dachte.

Natalies Augen schienen noch größer zu werden, als sie von Natur aus waren.

»Oui«, presste sie heraus.

»Gut«, sagte Zbigniew und ließ sie los. »Ich danke Ihnen.«

Natalie huschte deutlich eingeschüchtert ins Foyer.

»Ich mag, wie Sie mit dem Mädchen gesprochen haben«, sagte Tonia, als sie am Strand entlanggingen. Die Sonne stand bereits recht tief, war hinter einigen Wolken verborgen. Das Meer war ungefähr auf halber Höhe; Zbigniew war sich nicht sicher, ob Ebbe oder Flut war. Die hinkende Möwe hatte er bislang noch nicht gesehen.

Zbigniew hatte Tonia zunächst aufs Zimmer gebeten, dabei natürlich nicht an den Tesafilm gedacht. Er hatte versucht, sie zu überzeugen, wieder heimzufahren. Vergeblich; Tonia hatte es sich in den Kopf gesetzt.

Er wollte nicht allzu lange mit Tonia allein auf dem Zimmer bleiben. Es war besser, wenn sie in der Öffentlichkeit waren. Dann kam niemand auf dumme Gedanken. Natalie nicht, Tonia nicht und er selbst auch nicht.

Dann hatte er Tonia auf der DVD die Szene mit der Frau am Strand gezeigt – aber Tonia kannte sie nicht. Zbigniew spürte, dass Tonias Neugierde geweckt war. Er war aber nicht in der Lage, ihr seine Vermutungen darüber zu erzählen, was dahintersteckte. Es hätte Tonia nicht gutgetan.

Tonia hatte vorgeschlagen, zum Meer zu gehen. Zbigniew war es recht gewesen. Er sperrte Timos Aufzeichnungen, die Partiturseite und die DVDs im Hotelsafe ein.

»Sie hatte sogar ein wenig Angst vor Ihnen, haben Sie das gemerkt?«, fuhr Tonia fort.

Ja, er hatte es in Natalies Augen sehen können. Im Gegensatz zu Tonia hatte er dieses Gefühl aber nicht gemocht. Warum erzählte Tonia nun, dass es ihr gefiel?

Hatte ihr Bremer Onkel sie so behandelt?

Während die Sonne immer weiter nach unten rückte und die Bebauung von Houlgate langsam aufhörte, erzählte Tonia von Timo. Ihrem Sohn, ihrem abgöttisch geliebten, perfekten Sohn. Zbigniew weihte sie nicht in die Sexualfantasien ihres Sohnes ein. Fast war es ihm peinlich, mit ihr über Timo zu sprechen.

Zbigniew stellte ihr lieber konkrete Fragen. Über die Nacht, in der Olaf Lindner sich ein Schäferstündchen gegönnt hatte. Über die Tage, die folgten. Zbigniew bemerkte, dass es eine äußerst unangenehme Erinnerung für Tonia war, aber sie ging bereitwillig auf seine Fragen ein. Fast minutiös rekonstruierten sie die letzte Urlaubswoche von Tonia und Timo Lindner. Trotz der freien Zeiteinheiten, die Timo zur Verfügung gehabt hatte, bekräftigte Tonia immer wieder, dass Timo unverändert gewesen sei. Sie schloss aus, dass er ein Mädchen kennengelernt hatte.

Oder eine Frau wie Barbaratonia, fügte Zbigniew innerlich hinzu. Einen Moment lang war er versucht, ihr über die Gedanken ihres Sohnes reinen Wein einzuschenken. Aber er brachte es nicht übers Herz.

Inzwischen ragten wieder die Hügel hinter dem Strand auf. In der Ferne sah man die Vaches Noires. Die Sonne war nur noch ein paar Zentimeter über dem Horizont, der Himmel hatte sich leicht rosa gefärbt. Eine kleine Sandzunge stieß ins Meer hinaus. Zbigniew begriff mit Erleichterung, dass Ebbe war.

Die schwarzen Felsformationen auf dem Strand wurden immer größer. Einzelne Felsen, die vom Kliff abgebröckelt waren. Klumpen mit teilweise äußerst exzentrischen Formen. Zbigniew war überrascht, dass die meisten mannshoch waren.

»Die Vaches Noires«, erklärte Zbigniew fachmännisch.

»Ja«, sagte sie nur. Richtig, sie war ja hier in Urlaub gewesen.

Sie gingen ein Stück weiter, zu einem der Felsen. Zbigniew fasste ihn an. Er war von Muscheln und Tang überzogen. Im Licht der untergehenden Sonne glänzte er fast ein wenig magisch.

»Haben Sie eigentlich Kinder?«, fragte Tonia von hinten.

»Nein«, sagte er.

»Und sind Sie verheiratet?«

Warum fragte sie das?

Fand sie ihn interessant?

Auch Barbara hatte ihn nicht interessant gefunden. Frauen fanden ihn nicht interessant, sie benutzten ihn für ihre Zwecke. Außer Lena.

»Nein, das bin ich nicht.«

Tonia blieb stehen.

»Wieso nicht?«

»Ich habe eine feste Freundin«, sagte Zbigniew und bemerkte, dass sein Ton so klang, als ob er sich rechtfertigen müsste.

»Aha«, sagte Tonia nur. Sie gingen ein Stück weiter. Zwischen den Klumpen lag ein deutscher Bunker im Sand, der sich kaum von den Schwarzen Kühen unterschied. Eine falsche Schwarze Kuh, perfekt getarnt.

»Und sind Sie schon lange zusammen?«

Fast kam es ihm vor, als ob er mit seiner Mutter am Strand spazieren ging. Mutter, die ihn über seine neueste Flamme ausfragte. In ihrer polnischen Neugierde.

»Ja.«

Tonia warf ihm ein winziges Lächeln zurück.

»Ihnen muss man auch alles aus der Nase ziehen.«

Zbigniew beschloss, mit Humor zu reagieren, und erwiderte ein winziges Lächeln.

»Ich bin Polizist, ich kenne so eine Fragerei nur andersherum.«

»Ist sie hübsch?«

Keine Frage.

»Ja.«

»Und warum heirateten Sie sie nicht?«

Weil sie siebzehn ist, unter anderem.

Weil ich bindungsunfähig bin?

Nein.

»Ich weiß nicht. Ich bin in einer Zeit groß geworden, wo ich das Gefühl hatte …, dass man so etwas eher für die Eltern macht, nicht für sich selbst. Außerdem kenne ich zu viele, die sich dann doch haben scheiden lassen.«

Vorgeschoben, es war alles vorgeschoben.

»Sie haben recht. Meine Heirat bedeutet wohl auch Scheidung.«

Tonia blieb stehen, ihre Stimme klang nun ein wenig weinerlich. Zbigniew hatte definitiv die falsche Bemerkung gemacht.

»Ich habe mir das alles völlig anders vorgestellt«, fügte sie an. »Ich dachte, wir hätten alles im Griff, Olaf und ich.«

Zbigniew beschloss, sich eine weise Bemerkung zu der Vorstellung von Menschen, alles im Griff zu haben, zu sparen.

In diesem Moment drückte Tonia Lindner ihren Kopf bereits an seine Schulter. Ein paar Tränen liefen über ihre Wangen.

Es war unvermeidlich. Was konnte er dagegen tun?

»Es tut mir leid«, sagte Zbigniew so behutsam wie möglich. »Ich wollte Sie nicht verletzen.«

»Nein. Sie haben ja recht. Und wissen Sie, die Schuld liegt im Endeffekt bei mir. Ich habe ihn nicht geliebt. Ich habe ihn nur geheiratet, weil … Weil …«

Weil? Doch Tonia schluchzte nur.

»Vielleicht, wenn Timo wieder auftaucht, wird ja alles wieder gut mit Ihnen und Ihrem Mann.«

»Glauben Sie daran?«

Das Glück eines wiedergefundenen Kindes konnte eine Familie wieder neu zusammenbringen. Zbigniew glaubte nicht nur daran, er hatte es schon einmal in seiner Bonner Zeit erlebt.

Doch Tonia meinte etwas anderes. Sie weinte nun aus vollem Leib.

»Glauben Sie wirklich daran, dass Sie Timo noch finden werden? Ich … mir … Ich weiß nicht mehr, was ich denken soll … Manchmal wünsche ich mir fast, dass er tot ist … Dass wir eine Nachricht kriegen … einfach, dass wir Gewissheit haben, was mit ihm ist …«

Zbigniew strich sachte über ihre Schulter.

»Nein, das meinen Sie nicht so«, sagte er. »Sie wünschen sich nicht, dass er tot ist. Geben Sie mir noch etwas Zeit.«

»Ihnen? Ihnen oder der Polizei?«

Tonia schaute auf. Sensibel wie sie war, hatte sie die genaue Wortwahl von Zbigniew bemerkt.

Mädchen statt Frauen.

»Der Polizei«, beschönigte Zbigniew. »Uns.«

Ob Tonia ihm glaubte oder nicht, konnte Zbigniew nicht mehr herausfinden. Sie hatte aufgehört zu weinen, klammerte sich nun umso fester an seinen Körper. Zbigniew bemerkte, wie er eine leichte Erektion bekam. Es war jenseits von Gut und Böse, aber er bekam eine Erektion. Etwa zehn Sekunden kämpfte er dagegen an, dann gab er es auf.

Sie spürte es. Zbigniew bemerkte es daran, dass sie ihren Unterbauch noch stärker an ihn heranpresste.

Frauen benutzten ihn nur für ihre Zwecke, schoss ihm durch den Kopf. Tonia klammerte sich gerade bloß an das, was zur Verfügung stand. Nach alldem, was sie durchmachte.

Andererseits, sie hatte ihn gefragt, ob er eine Freundin hatte. Ob er verheiratet war. Ob er Kinder hatte.

Die Begegnung auf der Treppe.

Jetzt spürte er ihre Hand. Sie hatte die Schuhe, die sie die ganze Zeit getragen hatte, fallen lassen. Langsam schob sich ihre Hand zwischen ihren Unterbauch und seinen Penis. Sie knetete ihn leicht. Das war nun wirklich zu viel. Zbigniew stöhnte. Seine Gedanken flossen dahin. Tonia stellte sich auf ihre Zehenspitzen, um mit ihren Lippen seine Lippen zu erreichen, dabei drückte sie weiter ihren Körper an seinen. Die Knetbewegungen ihrer Hand wurden intensiver. Eine Machtlosigkeit ergriff Zbigniew, er war nicht in der Lage, Tonia zurückzustoßen.

Sie küsste ihn. Bald war ihre Zunge tief in seinem Mund, tastete sich vorsichtig durch seine Mundhöhle. Zbigniew ergriff Tonias Kopf, presste ihn fest an seinen. Er küsste sie zurück, so leidenschaftlich, wie man einen Menschen küssen konnte. Lena. Ein kurzes Zerrbild von Lena stieß durch seinen Kopf. Es war nicht richtig, und doch …

Die Felsen. Es war die Schuld der Felsen. Dieser phallischen Natursymbole.

Zbigniew war kurz davor, einen Orgasmus zu bekommen. Wie ein Pennäler, mitten in die Hose hinein. Der Kuss, die Masturbation – im wahrsten Sinne –, eine Fremdmasturbation … Das alles war zu viel für ihn. Zbigniew atmete schwer, spürte, dass es nur noch eine Frage von Sekunden war. Und er spürte, dass Tonia es wollte. Sie wollte, dass er hier und jetzt, masturbiert durch ihre Hand, sich in die Hose spritzte.

Ein Gedanke.

Erinnerungen an einen Mann, den er nicht kannte; Siegfried Angerland aus Bremen, ihren Onkel, hatte sie ihn auf diese Art und Weise befriedigen müssen?

Wie schrecklich.

Er fühlte sich innerlich taumeln, verlor dann auch äußerlich kurzzeitig das Gleichgewicht, schwankte ein Stück weit zur Seite.

Genau in diesem Moment erschütterte ein greller Knall den Strand. Zbigniew brauchte ein paar Zehntelsekunden, bevor ihm klar wurde, was es für ein Knall war. Tonia zuckte fast im gleichen Augenblick zusammen; der Kuss löste sich abrupt, sie ließ von seinem Penis ab und blickte Zbigniew verstört an.

Hastig riss er Tonia zu Boden.

Ein zweiter Knall folgte direkt auf den ersten.

Zbigniew kannte diese Art Knall nur zu gut.

Es waren Schüsse.

Sie lagen auf der Meerseite von einem der großen Klumpen. Wenn Zbigniew sich nicht getäuscht hatte, kamen die Schüsse aus der Richtung des Steilhangs. Zbigniew und Tonia lagen regungslos nebeneinander im Sand.

»Was …?«, fragte Tonia ängstlich. Zbigniew bedeutete ihr, dass sie keinen Mucks von sich geben solle.

Ein Scharfschütze. Jemand, der irgendwo oben am Kliff ein Präzisionsgewehr mit Zielfernrohr am Anschlag hatte. Jemand, der auf sie angesetzt war. Der keine Fehler machte. Und nur ein winziger Umstand hatte Zbigniew das Leben gerettet – der Umstand, dass er leicht zur Seite getaumelt war. Der Gedanke an Siegfried Angerland. Just in dem Moment, als der Scharfschütze seinen als sicheren Treffer geglaubten Schuss abgefeuert hatte.

Zbigniew hatte den Windstrom der Kugel gespürt. Hier sollte kein Schrecken verbreitet werden. Das war kein Warnschuss gewesen.

Nein, Zbigniew sollte getötet werden.

Und er hatte keine Waffe dabei. Er hatte nichts dabei, womit er sich zur Wehr setzen könnte.

Der zweite Schuss, er hatte sicherlich Tonia gegolten. Zwei Menschen, zwei Schüsse; alles andere wäre unsauber gewesen.

Glaubte der Sniper jetzt, dass sie tot waren? Es war schwer einzuschätzen, wie der Scharfschütze das Taumeln und den Fall von Zbigniew und Tonia von dort oben wahrgenommen hatte.

Der Sniper würde sich nicht darauf verlassen. Er würde herunterkommen und sich vergewissern, ob sie tot waren.

Was hatte so ein Anschlag für einen Sinn? Wenn Zbigniews Leiche hier gefunden würde, hätten die Täter einen großen Aufruhr zu erwarten. Deutscher Polizist am Strand in Frankreich erschossen. Der Zusammenhang zum Fall Timo Lindner war evident.

Nein. Sie mussten Zbigniews Leiche irgendwie loswerden.

Wenn sie Tonia Lindner auch töteten, wären beide verschwunden – und die Öffentlichkeit könnte vermuten, dass sie miteinander durchgebrannt wären.

Aber wusste Zeynel nicht schon zu viel durch die Telefonate?

Handy.

Warum hatte er nicht eher daran gedacht? Hilfe rufen.

Nein. Der Sniper suchte bereits nach ihnen. Niemand würde so schnell hier sein, dass er ihnen helfen könnte. Im Niemandsland am Strand, mit einem Kliff, über das es keine Wege gab.

Würde die hereinbrechende Dunkelheit für Zbigniew und Tonia ein Vorteil sein? Vielleicht. Langsam wurde Zbigniew ein wenig kalt. Das regungslose Liegen im feuchten Sand, hier hinter dem Felsen, sorgte nicht gerade für eine starke Durchblutung. Auch wenn Tonia sich an ihn klammerte.

Wie würden sie bemerken, dass der Sniper sich näherte? Die Brandung war zu laut, als dass man Schritte hören würde. Zbigniew hatte in den wenigen Sekunden, die seit dem Schuss vergangen waren, den von seinem Punkt aus sichtbaren Strand permanent abgescannt. Es war keine Person zu entdecken. Aber durch die Klumpen, die zum Teil direkt vor der Nase standen, konnte man nicht allzu weit sehen.

Er musste damit rechnen, dass der Scharfschütze jederzeit hinter einem Stein auftauchte.

Eigentlich gab es nur die Möglichkeit zu fliehen.

Aber wohin? Da, wo die Felsen aufhörten, würden sie keinen Schutz mehr bieten. Und der Steilhang war hier kaum zu erklimmen.

Der Täter hatte von dort geschossen. Wenn Zbigniew und Tonia Richtung Steilhang rennen würden, dann würde der Sniper sie wieder sehen. Sie würden ihm direkt in die Falle gehen.

Handy. Das Wort klingelte ihm in seinem Hirn.

Und dann kam ihm eine Eingebung.

»Haben Sie Ihr Handy mit?«, flüsterte er leise zu Tonia.

Tonia nickte apathisch. Zbigniew deutete ihr an, dass sie es ihm geben solle. Sie öffnete ihre kleine Handtasche und holte das Handy hervor. Es war eingeschaltet.

Zbigniew überlegte kurz, dann tat er es einfach. Er stellte den Klingelton seines eigenen Handys auf volle Lautstärke und warf es in einem flachen Bogen fort, vier Kuhklumpen weiter, in den Sand.

Nun hieß es warten.

War der Sniper bereits in ihrer Nähe? Gab es irgendeine Möglichkeit, dies zu bemerken?

Es war fast dunkel.

Zbigniew lugte vorsichtig ein Stück weit um den großen, runden Felsen herum. Niemand war in Sicht. Und doch, er hatte das Gefühl, dass der Täter sich bereits in der Nähe befand. Ein inneres Gefühl, eine Intuition. Vielleicht auch einfach Ungeduld.

Er brauchte eine Waffe. Einen Stein, das dürfte hier nicht das Problem sein. Zbigniew sah sich um. Tonia deutete mit ihrem Zeigefinger – hatte sie verstanden, was er vorhatte? Denn dort, wohin sie zeigte, lag ein großer Stein, zwanzig Zentimeter im Durchmesser. Die perfekte Wurfwaffe. Zbigniew würde nur einen Versuch haben.

Er beugte sich vor, um den Stein zu fassen. Aus der liegenden Position würde er den großen Stein nicht zielgenau werfen können.

Es waren einige Minuten seit dem Schuss vergangen. Wo blieb der Sniper? Er musste in der Nähe sein. Es war Zbigniew, als ob er bereits den Atem des Scharfschützen spüren konnte. Es war an der Zeit.

Er wählte seine eigene Nummer auf Tonias Handy.

Nichts. Was war los? Zbigniew überlegte fieberhaft.

Die Vorwahl. Er musste die Vorwahl von Deutschland wählen, um sein eigenes Handy zu erreichen.

Zbigniew erhob sich, in der einen Hand den Stein balancierend, in der anderen Hand mit dem Daumen seine eigene Nummer auf dem engen Tastenfeld drückend. Er machte Tonia ein Zeichen, dass sie unten bleiben sollte.

Bitte, klingele jetzt!, flehte er, während er die Ruffreigabetaste auf Tonias Handy drückte.

Die schottische Nationalhymne ertönte. Vier Felsen weiter, vielleicht zwölf Meter entfernt, plärrte der digitale Dudelsack vor sich hin. Hoffentlich würde der Sniper es hören.

Zbigniew steckte schnell Tonias Handy in die Tasche, um beide Hände für seinen Stein frei zu haben. Er lehnte sich halb an den großen Felsen an. Blickte sich um zu Tonia, die ängstlich im Sand kauerte. Sein Handy klingelte unerbittlich weiter. Noch ein Klingeln, dann würde die Mailbox automatisch rangehen.

Das Klingeln erstarb.

Hatte der Scharfschütze es gehört? War er bereits in der Nähe, so dass er vom Klingeln hinter den falschen Felsen gelockt würde?

Es war nichts zu hören. Lediglich das Meer toste weiter. Zbigniew drehte sich um, betrachtete die Strandlinie. Hoffentlich würden sie nicht von hinten kommen, hier war die Deckung offen. Sie hätten keine Chance.

War dies das Ende? Was dies der Moment, in dem man starb?

Die Dunkelheit würde keine Hilfe sein. Der Strand war zu hell, sie würden auf dem Strand als Menschen deutlich sichtbar bleiben.

Die Minuten vergingen. Dann klingelte das Handy wieder, schmetterte das Lied der Schotten. Zbigniew erschrak, dann begriff er: Die Mailbox meldete sich automatisch alle paar Minuten nach einem Anruf, selbst wenn nichts draufgesprochen wurde.

Wo blieb der verdammte Scharfschütze?

Einen Moment lang fragte Zbigniew sich, ob er die Schüsse nur geträumt hatte. Schüsse am Strand von Houlgate, das war doch absurd.

Er wurde langsam verrückt im Kopf.

Es war egal, er würde nun sowieso sterben.

Handeln oder abwarten.

Ein Plan. Er brauchte einen Plan.

Was war, wenn der Sniper gar nicht auf eine Bewegung von Zbigniew wartete, sondern Verstärkung herbeiholte?

Oder war er von Anfang an nicht allein gewesen?

In Zbigniews Kopf pochte es. Wie auch immer die Dinge lagen, sie mussten hier weg. Und zwar schnell. Zurück in die Zivilisation, unter Menschen, wo ein Anschlag nicht so leicht ausführbar war. Zumindest nicht in der Hoffnung, dass man ihn einfach so verschwinden lassen konnte, ohne irgendwelche Spuren zu hinterlassen.

Es gab nur eine Alternative.

Das Wasser.

Sie mussten irgendwie zum Wasser kommen. Und dann würden sie erst mal ein Stück weit schwimmen müssen, hinter die erste Brandungslinie, damit ihre Köpfe für den Sniper nicht sichtbar waren.

Tonia lag immer noch apathisch da.

»Können Sie schwimmen?«, fragte er leise.

Tonia nickte. Natürlich konnte sie schwimmen.

Er nahm ihre Hand, sie sah ihn widerstrebend an. Die Aussicht, vom kalten Wasser ausgekühlt zu werden, falls man auf dem Weg zum Meer nicht bereits direkt vom Sniper erschossen wurde, war nicht besonders verlockend.

»Ihr Handy«, deutete sie etwas abwesend auf die Nachbarfelsen.

Daran hatte Zbigniew nicht gedacht. Sein Handy lag dort. Wenn er es nicht mitnahm, würde es vom Salzwasser zerstört werden oder in die Hände der Täter geraten.

In diesem Moment hörte Zbigniew etwas. Etwas, das anders klang als die Geräuschkulisse um sie herum. Stimmen. Sie waren fast unhörbar durch die laute Brandung, aber sicherlich keine Einbildung. Zwei Männerstimmen, die sich auf Französisch etwas zuriefen.

Keine Sekunde länger.

Genau in diesem Moment klingelte erneut sein Handy.

Zbigniew rannte los – so schnell, wie er noch niemals in seinem Leben gelaufen war. Tonia riss er an seiner Hand mit. Ein paar Meter geradeaus auf das Meer zu, dann ein blitzschneller Haken, ein paar Meter nach links, dann wieder nach rechts. Dem Scharfschützen keine Fluchtlinie geben, so dass er seinen Schuss nicht planen konnte.

Das Meer war erreicht, eiskaltes Wasser umspülte seine Füße. Tonia stolperte an seiner Hand hinterher. Das Meer wurde immer tiefer, das kalte Wasser spritzte immer höher am Körper. Die Knie waren schon verschwunden, da fiel ein Schuss.

Zbigniew riss Tonia einen Meter nach links, hastig, es hatte nur den Bruchteil einer Sekunde gedauert. Im gleichen Moment schrie Tonia auf. Entsetzen packte Zbigniew, die Kugel musste sie getroffen haben. Trotzdem riss er sie weiter fort, weiter ins Meer, in einer unregelmäßigen Bewegung. Ein weiterer Schuss fiel. Nun hörte man die Stimmen, lauter. Taschenlampen zwischen den Felsen, die sich hin und her bewegten. Aufregung.

Untertauchen.

Zbigniew packte Tonia unterhalb ihrer Brust, presste ihren Körper dicht an seinen, drückte sie vollständig hinunter ins Wasser. Es war an dieser Stelle vielleicht einen Meter tief, längst nicht tief genug, um vernünftig schwimmen zu können. Man würde sie in der Dämmerung vom Strand aus sehen können.

Weiter hinaus.

Tonia drückte gegen seinen Arm, sie kämpfte dagegen an, dass er sie unter Wasser derartig festhielt. Sie wollte mit dem Kopf nach oben, nach Luft schnappen. Immerhin war sie noch am Leben.

Die Kleidung kam Zbigniew vor wie Blei. Blei, das um den Körper herumgelegt war, im salzigen, eiskalten Wasser. Seine Hose, eine Jeans, wog am schwersten.

Dennoch war es gar nicht so leicht, unten zu bleiben. Zbigniew hatte zwar beide Beine, aber nur einen Arm für eine Schwimmbewegung frei. Den Arm benutzte er fast nur, um die nach oben treibenden Körper von sich und Tonia immer wieder nach unten zu bringen. Weg von der Wasseroberfläche.

Er schaffte im eisigen Wasser höchstens fünf Meter auf diese Art und Weise, dann fühlte er, wie die letzten Sauerstoffatome in seiner Lunge zu Ende waren. Es gab keine Wahl, er würde auftauchen müssen. Tonias kämpfende Bewegungen hatten nachgelassen, hoffentlich war sie nicht ohnmächtig geworden.

Hoffentlich hatte der Schuss sie nicht an einem lebenswichtigen Organ getroffen.

Zbigniew hörte auf, mit der Hand immer wieder nach unten zu paddeln, und schlagartig waren ihre Gesichter an der Wasseroberfläche. Er hörte, wie Tonia verzweifelt nach Luft schnappte, während sich seine eigene Lunge stoßartig mit Sauerstoff füllte.

»Und runter«, presste er Tonia ins Ohr.

Zbigniew versuchte, mit Tonia ein Stück weiter nach vorne zu paddeln, doch dieses Mal ging es wesentlich schwieriger. Die Lungen waren zu voll. Zbigniew prustete die Luft heraus, ließ seine Beine mit voller Kraft arbeiten. Ein paar Meter, dann tauchten sie wieder auf. Kurzes Luftschnappen, und weiter.

Wenn Zbigniew sich nicht getäuscht hatte in den kurzen Sekunden des Auftauchens, dann waren die Taschenlampenlichter am Strand näher gekommen.

Weiter. Das Wasser war tiefer geworden. Zbigniew versuchte nun, unter Wasser brustzuschwimmen, wobei er Tonia schräg mit seinem rechten Arm umklammert hielt. Es funktionierte nur leidlich, aber immerhin besser als vorher. Die Schwierigkeit bestand darin, dass man unfreiwillig auftauchte – der Arm, der Tonia hielt, fehlte ihm dringend.

Er drehte sich nun beim Auftauchen nicht mehr um zum Strand. In der Brustschwimmhaltung ging es schneller voran beim Tauchen, und er hatte keine Zeit, den Kopf zu wenden. Er würde ohnehin niemanden erkennen können von hier aus.

Meter für Meter. Zbigniew hatte bald keine Orientierung mehr. In den kurzen Momenten des Auftauchens brannten seine Augen vom Salzwasser so sehr, dass er sie kaum vernünftig öffnen konnte. Seine Freude über das tiefere Wasser währte nur kurz – nach dem nächsten Auftauchen wurde es wieder flacher. Eine Sandbank.

Tonia schnappte immer mit ihm nach Luft, das hieß, sie lebte noch. Zbigniew drehte seinen Kopf kurz zum Strand. Er sah ein Licht, aber es konnte auch eine Täuschung sein.

Folgten die Täter ihm ins Wasser?

Bald wurde es so flach, dass man überhaupt nicht mehr schwimmen konnte. Zbigniew streckte den Kopf aus dem Wasser, Tonia folgte ihm. Die Entfernung zum Strand betrug nun mindestens fünfzig Meter. Der Wellengang zwischen Sandbank und Strand war so hoch, dass ihre Köpfe vom Strand aus nicht permanent sichtbar waren. Zbigniew beschloss, dass die Stelle sicher genug war, um eine winzige Pause einzulegen.

»Wo hat der Schuss Sie getroffen?«, fragte Zbigniew Tonia.

»Unterschenkel«, krächzte sie.

»Meinen Sie, Sie können allein über die Sandbank krabbeln?«

Tonia sah ihn apathisch an.

»In diese Richtung«, zeigte Zbigniew mit seinem Daumen. Tonia sah ihn wirr an, dann nickte sie halbwegs.

»Ich erfriere«, meinte Zbigniew zu hören.

Sie bewegten sich, Tonia dicht vor ihm, schräg auf das offene Meer zu. Quer über die Sandbank hinweg. Von Houlgate weg.

Das Wasser wurde wieder tiefer. Es wurde auch deutlich kälter, noch viel kälter, als es auf der Strandseite der Sandbank gewesen war. Damit hatte Zbigniew nicht gerechnet.

Kämpfen.

Immerhin waren sie nun hinter der großen Brandungslinie. Vom Strand aus würde man sie hier überhaupt nicht mehr sehen können. Höchstens der Sniper, wenn er noch oberhalb des Kliffs war. Zbigniew zweifelte jedoch daran.

»Können Sie schwimmen?«, fragte er erneut, nun an ihren Unterschenkel denkend. Dieses Mal schüttelte Tonia vehement den Kopf.

Zbigniew umklammerte sie, diesmal an der Taille, mit seinem linken Arm. Die rechte Hand war besser zum Schwimmen.

»Und los«, sagte er.

Sie tauchten unter. Zbigniew schwamm ins Freie, in das kältere Wasser. Sofort wurde es wesentlich tiefer. Beim nächsten Auftauchen hatte er erstmals keinen Boden mehr unter den Füßen.

Der Strand war nun überhaupt nicht mehr in der Ferne zu sehen, lediglich das Kliff hinter dem Strand.

Tauchen.

Es ging wieder runter. Zbigniew hatte ein wenig das Gefühl, dass die Strömung auf ihrer Seite war – sie zog ihn und Tonia nach Osten, und immer ein Stückchen weiter hinaus.

Nach ein paar Minuten waren sie ein gutes Stück weitergekommen, tauchend, auftauchend, wieder tauchend. Zbigniew bemerkte, dass sein Körper weiter auskühlte. Er kam sich vor, als wenn er zu lange im Schwimmbad gewesen war. Eine Zeitlang ging alles gut, weil man den Körper bewegte, aber irgendwann wurde es zu viel.

War es bei Tonia schon zu viel? Sie bewegte sich nicht, war verletzt und hatte zudem ein geringeres Körpergewicht. Zbigniew wusste, dass das Körpergewicht eine entscheidende Größe beim Erfrieren war.

Es würde nicht gehen. Nicht so, wie Zbigniew es sich vorgestellt hatte.

Wie lange hatten die Passagiere der Titanic in dem eiskalten Wasser überleben können? Wie lange war man bei Bewusstsein?

Dies hier war nicht das Eismeer. Aber zum Sterben reichte es.

Schwimmen. Tauchen. Auftauchen.

Flatterten bereits die Muskeln seiner Arme? Der rechte Arm, zitterte er nicht? Oder hatte Zbigniew bereits kein Gefühl mehr darin?

Musste er überhaupt noch tauchen, waren sie ihnen überhaupt gefolgt?

Immerhin würde man langsam hinwegdämmern, wenn man an Unterkühlung starb. Es gab schlimmere Todesarten.

Die Kleidung wurde zu einem immer größeren Gewicht. Auch Tonia wurde immer schwerer.

Zuerst zitterten die Arm- und Beinmuskeln. Dann zitterte plötzlich der ganze Körper.

Ein paar Sekunden noch. Schwimmen.

Zbigniews Verstand konnte es nicht mehr ignorieren, dass sein Körper kurz vorm Zusammenbruch war.

Schwimmen!

Tonia hechelte. Sie lebte.

»Mir ist kalt«, schrie sie plötzlich. Zbigniew sagte nichts. Er hatte keine Kraft mehr.

Er änderte den Kurs. Er schwamm, Tonia weiterhin im Arm, wieder schräg zur Sandbank zurück. Es gab keine andere Chance, zu überleben. Die Idee mit dem offenen Meer war unrealistisch gewesen. Er hatte seine Kraft und die Temperaturen der herbstlichen Nordsee völlig falsch eingeschätzt. Und dass Tonia verletzt war, machte die Sache umso aussichtsloser.

Zbigniews Körper flatterte nur noch. Es war die letzte Warnung seines Körpers, ihm zu demonstrieren, dass sein Kräftevorrat vollständig aufgebraucht war. Der Befehl, sich auszuruhen. Der Sieg des Körpers über den Verstand.

Wie weit war es bis zur Sandbank? Zbigniew konnte die Küste bei seinem kurzen Auftauchen nicht entdecken, die Wellen waren zu hoch. Er müsste in einen Wellenberg geraten, um etwas zu sehen. Er traute sich jedoch nicht, so lange oben zu bleiben, falls der Sniper ihre Köpfe doch noch entdecken könnte.

Schwamm er überhaupt in Richtung Sandbank? Hatte er vollständig die Orientierung verloren? Lag nur offenes Meer vor ihm?

Ein Schiff, vielleicht würde ein Schiff sie auflesen. Der Ärmelkanal.

Er krepierte, hier, elendig, im kalten Meerwasser vor der Normandie. Seine Muskeln gehorchten nicht mehr, er hatte die Orientierung verloren, sein Körper war vollständig unterkühlt. Die Last von Tonia … Auch Tonia würde krepieren.

Wenn er sie loslassen würde … wenn er alleine auf die Küste zuschwimmen würde, ohne das Gewicht der verletzten Tonia …

Hatte er dann eine Chance?

Es war kein scharfsinniges Denken, es war eher ein wie durch eine Milchglasscheibe getrübtes, langsames Vorstellungsbild. Während Tonia neben ihm kraftlos nach Luft schnappte, fragte sich Zbigniew, ob wenigstens einer überleben könnte.

Überleben sollte.

Er selbst.

Vielleicht würde sich Tonia auch aus eigener Kraft irgendwie ans Ufer retten können. Vielleicht würde sie es auch ohne ihn schaffen.

Eine Welle brach über ihm zusammen, er schluckte Salzwasser. Er hatte kaum noch die Kraft, Tonia und sich über Wasser zu halten.

Die Frau, die Zbigniew begehrt hatte. Sie hatte ihn geküsst, und eigentlich hatte es ihm gefallen.

Er würde sie opfern müssen.

Was hätte sie davon, wenn beide sterben würden?

Eine weitere Welle brach über ihnen zusammen. Zbigniew schwamm nicht mehr, er trudelte.

Es war vorbei. Wenn er noch lange zögerte, bräuchte er nicht mehr darüber nachzudenken, ob er sie loslassen sollte oder nicht. Sein Arm würde sie ohnehin nicht mehr halten können.

War Zbigniew mit seinen Füßen an Boden gestoßen? Nein, es musste eine Einbildung sein. Es war alles eine Einbildung. Das ganze Leben. Seine Mutter, die ihm diesen fürchterlichen Vornamen gegeben hatte, mit dem man auf dem Schulhof nichts als Hänseleien einfahren konnte. Der Polizeijob. Timo. Tonia. Lena. Der Schuss.

Es war vorbei.

19

Er war überhaupt nicht hier. Er war nicht im kalten Wasser.

Es war alles ganz anders.

Er lag an einem Strand und hatte einen Traum. Einen Alptraum, der den sonnigen Tag auf den Kopf stellte. Tonia war seine Ehefrau, er würde sie niemals loslassen. Sie lag neben ihm, auf der Matte, eng an ihn geschmiegt. Vorne spielte sein Sohn im Sand. Timo, sein Wunderkind. Wer war diese Frau, die sich in letzter Zeit immer um seinen Sohn herum befand? Barbaratonia, sie war nicht gut für ihn. Zbigniew würde sich darum kümmern müssen, dass sie nicht zu viel Einfluss auf ihn bekam. Er würde sich mehr um Timo kümmern müssen.

Warum ging Timo überhaupt auf Barbaratonia ein? Zu Hause hatte er eine so nette Freundin, das süße rothaarige Mädchen, Anna, die alles für ihren Timo tat. Manchmal brachte Anna auch ihre Freundinnen Edina und Lena mit. Sie hatten oft eine schöne Zeit zusammen.

Zbigniew würde eingreifen müssen. Er würde Timo den Umgang mit Barbaratonia verbieten müssen.

»Timo, komm sofort hierher!«, rief er energisch. Timo blickte kurz auf, sah zu ihm herüber, doch dann wandte er sich wieder seiner Burg und der Frau, die neben ihm stand, zu.

»Wir haben die Leiche gefunden«, hörte er von hinten eine Stimme.

Zbigniew drehte sich fröhlich um. Wer würde ihm diese Nachricht endlich überbringen?

Professor Parioli stand hinter ihm, lächelte ihn freundlich an. Er hielt eine Frankreichkarte hoch. An der Stelle, wo Houlgate lag, war ein großes Kreuz. Ein schwarzes, aufrechtes Kreuz.

Die Landung der Alliierten, ja, hier hatte es ohnehin so viele Leichen gegeben. Viele waren im Meer ertrunken, bevor sie jemals den Fuß auf die französischen Strände gesetzt hatten. Eine Leiche mehr oder weniger, was machte das schon für einen Unterschied.

Zbigniew war das alles egal, er umarmte einfach Tonia fest. Kuschelte seine Nase in die flauschig kitzelnden Haare ihres Hinterkopfes hinein. Solange sie an seiner Seite war, das spürte er, war alles gut. Es konnte ihm nichts passieren. Er würde sie niemals verlieren.

Tonia gab einen wohligen Laut von sich, als Zbigniew mit der Hand über ihre feuchten Haare strich. Sie schnurrte ein wenig, dann wandte sie ihren Kopf leicht zurück.

Er erschrak. Es war gar nicht Tonia, die neben ihm auf dem übergroßen Strandtuch lag, sondern Lena. Sie sah ihn mit einem entrückt vorwurfsvollen Blick an, als wolle sie ihm sagen, dass sie mit Zbigniews Leben als solchem nicht einverstanden war.

»Ich habe dir etwas mitgebracht«, sagte sie auf Französisch zu ihm und deutete in Richtung Meer, dorthin, wo der Nachbarort von Houlgate lag.

Neben den Klumpen, den seltsamen dunklen Felsen am Strand, die die Namen von schwarzen Kühen trugen, stand ein Hirsch. Ein Hirsch stand am Strand, und Zbigniew begriff nicht, wie er hierhin gekommen sein konnte. Andererseits, die Normannen waren Genießer, vielleicht hielten sie sich einige Tiere hier. Zum Jagdvergnügen.

Einen Wildpark.

Schießen und genießen, dachte Zbigniew mit einem Lächeln auf seinem Bauchnabel. Er wollte auch gern schießen und genießen.

Er nahm Barbara umso fester in den Arm, weil er das Gefühl hatte, dass sie das Beste war, was ihm in seinem Leben jemals passiert war.

Schießen und genießen! Zbigniew musste lachen.

Hallo Hirsch, komm doch näher!

In diesem Moment durchbohrte Zbigniew ein Schmerz, den er in dieser Art und Weise noch niemals erlebt hatte. Sein Gesicht und seine Arme wurden getroffen von etwas, das ihm Hunderttausende tiefe Nadelstiche versetzte. Ein Todesschmerz. Mit einem Mal war der Strand wie weggeblasen, Barbara neben ihm war verschwunden. Sein Gesicht brannte so sehr, als ob es in die Hölle geschaut hätte.

Neben ihm schrie Tonia, genauso wie er. Bildete er es sich nur ein, oder hielt sie ihn umklammert? Er war nicht am Strand, er war in eiskaltem Wasser. Sein Gesicht brannte, die Legionen des Teufels hatten ein Feuer auf ihm entfacht.

Der Schmerz. Tonia umklammerte ihn. Tonia schrie.

Sie schrie anders. Sie schrie nicht vor Schmerz, sie schrie seinen Namen.

»Zbigniew!«

Zbigniew war in Agonie, er konnte nicht antworten.

»Bist du wieder da?«, schrie sie, als ob sie erleichtert war.

Natürlich war er da. Da war er. Wo sollte er sonst sein?

Aber war er auch am Leben?

Brennen. Was für ein Schmerz.

Hatte er sich den Hirsch nur eingebildet?

Tonia schien ihn zu umarmen. Sie kam mit ihrem Kopf auf seinen Kopf zu; Zbigniew wollte sie warnen, doch da hatte sie ihm bereits einen Kuss auf die Stirn gedrückt.

»Du bist wieder da …«, keuchte sie.

Der Kuss verstärkte das Brennen in seinem Gesicht punktuell, doch dann hatte Zbigniew das Gefühl, dass der Schmerz langsam ein wenig nachließ.

Er war wieder da. Mit den Beinen auf der Stelle paddelnd, so dass sie an der Wasseroberfläche blieben. Nein, er und Tonia paddelten. Hatte sie ihn etwa gerettet, hatte sie die Initiative übernommen, als sie gemerkt hatte, dass er weggetreten war?

Wieder da. Wieder in eiskaltem Wasser, mit brennendem Körper, ein Schmerz auf der Haut, der die Kälte nur kurzzeitig weggeblasen hatte. Nun kam die Kälte wieder.

»Wir müssen an Land«, wollte Zbigniew sagen, doch es kam nur ein flüsterndes Krächzen heraus. Tonia verstand dennoch. Nach ein paar Sekunden trieb eine besonders große Welle sie hoch, so dass Zbigniew die Küste sehen konnte. Höchstens zweihundert Meter entfernt, nicht mehr.

Es brannte so sehr im Gesicht.

Zbigniew zeigte in die Richtung. Tonia nickte erneut, keuchend.

Er nahm ihre Hand, schwamm los. Sie half, so gut es ging. Zbigniew merkte, dass er nicht mehr viel Kraft hatte. Aber ein bisschen waren seine Batterien wieder gefüllt, wie ein leerer Akku, der kurze Zeit nicht benutzt wird und dann wieder ein wenig funktioniert. Sie mussten es bis zum Land schaffen. Ein großer Schub Adrenalin ging durch seinen Körper.

Es war machbar. Was auch immer an der Küste passieren würde, war zweitrangig. Sie mussten an Land, andernfalls würden sie nicht überleben.

War er nicht schon tot gewesen?

Boden.

Boden unter den Füßen. Es war gar nicht so weit gewesen bis zur Sandbank.

Boden!

Zbigniew wollte laut aufschreien, vor Freude. Doch er brachte nichts heraus.

Das Brennen, es ließ nach. Und sie hatten Boden unter den Füßen.

Gehen. Aus dem Wasser heraus.

Ihre Hand fest in seiner Hand.

Mit einer Mischung aus Schwimmen, Rennen und Krabbeln überquerten sie die Sandbank. Das Wasser wurde wärmer, es kam Zbigniew fast warm vor. Eine Täuschung, natürlich.

Brennen.

Noch fünfzig Meter. Vierzig. Tonia humpelte, verlor das Gleichgewicht, Zbigniew zog sie hinter sich durch das Wasser her, wie einen willenlosen Körper. Nicht anhalten.

Der Strand. Zwanzig Meter.

Keine Kühe. Hier gab es keine Steine. Hatten sie es hinter die Vaches Noires geschafft? Lag der Sniper noch auf der Lauer? Die Männer mit den Taschenlampen, würden sie sie sehen?

Oder hatte er alles nur geträumt?

Das Wasser wurde zu flach, um Tonia zu ziehen. Zbigniew half ihr auf, sie stützte sich auf seine Hüfte, gemeinsam humpelten sie weiter.

Das Brennen in Zbigniews Gesicht hatte nachgelassen, an den Armen spürte er es kaum noch. Was war das gewesen?

Schneller. Den Strand nach Osten. Am Wasser entlang.

Kalt.

War es besser, die Kleidung auszuziehen oder sie anzulassen? Unterkühlt waren sie beide bereits, vielleicht sollten sie die nassen Klamotten besser anbehalten.

Hinter dem Strand ragte der Steilhang auf, aber er war längst nicht mehr so hoch. Hinten, im Westen, konnte Zbigniew mit etwas Fantasie die schwarzen Steine am Strand ausmachen. Vor ihm, im Osten, lag dort nicht schon der nächste Ort? Die Lichtpunkte, waren das nicht die ersten Häuser von Villers-sur-Mer?

Dann sah er noch etwas.

Er hatte das Gefühl, dass eine Silhouette am Strand zu sehen war. Eine Silhouette von einem Menschen. Wobei, da war …

Es war ein Mann mit Hund, sah Zbigniew, als sie näher kamen. Der alte Franzose, der Zbigniew klargemacht hatte, dass er Deutsche im Allgemeinen verabscheute.

Misstrauen erfasste Zbigniew. Was, wenn der Mann irgendwie mit drinsteckte? Wenn er auf der Täterseite war?

Zbigniew drehte sich um. Auf der anderen Seite des Strandes, hinter ihnen, war weit und breit kein Mensch zu sehen.

Wenn der alte Mann eine Waffe hatte, waren sie verloren. Zbigniew und Tonia, ungeschützt, geschwächt und verletzt, unbewaffnet. Er war bereits in Schussweite.

Zu spät zum Rückzug.

»Helfen Sie uns bitte!«, rief Zbigniew dem alten Mann auf Französisch zu. Er hatte es gerufen, bevor er darüber nachgedacht hatte.

Der alte Mann beschleunigte seinen Schritt, auf Zbigniew und Tonia zu.

»Was ist passiert?«, fragte er mit leichter Aufregung in der Stimme. Zbigniew sah, dass er mit seinen wachen Augen die seltsamen Erscheinungen vor ihm äußerst misstrauisch musterte. Der Hund schien das gleiche Misstrauen wie sein Herrchen zu haben, er bellte einmal laut und resolut.

»Wir sind verletzt. Man hat auf uns geschossen. Wir sind durchs Meer geflüchtet.«

»Geschossen?«, fragte der alte Mann und runzelte seine Stirn, als hätte ihm jemand erzählt, dass die Alliierten den Krieg in der Normandie doch nicht gewonnen hätten.

Er glaubt uns nicht, dachte Zbigniew. Er wird uns hier stehen lassen, erfrieren lassen. Er wird uns nicht helfen.

Der Hund bellte feindlich.

Hätten die Deutschen die Franzosen doch im Krieg hier besser behandelt.

»S'il vous plaît«, hörte Zbigniew plötzlich von schräg hinter sich. Tonia, die sich halb an seine Hüfte gelehnt hinter ihm hergeschleppt hatte, sprach mit schwacher Stimme. Mit letzter Kraft. Flehend.

Irgendeine Änderung schien in dem Alten vorzugehen. Er wiegte einmal den Kopf hin und her, dann nickte er. Es war kein freundliches Nicken, er behielt seinen neutralen Gesichtsausdruck bei.

»Mein Haus ist nicht weit, da oben«, sagte er, ohne den Blick von Tonia und Zbigniew abzulassen. »Sie können mit mir hochkommen und sich aufwärmen.«

Als Zbigniew eine halbe Stunde später neben Tonia in einige Decken gehüllt am Kamin im Haus des alten Franzosen saß, konnte er es noch immer nicht glauben. Der Mann hatte ihnen seine Gastfreundschaft angeboten. Er hatte ihnen trockene Kleidung gegeben, eine warme Tütensuppe zubereitet – noch nie im Leben hatte Zbigniew eine Tütensuppe so gut geschmeckt –, und er hatte sogar Tonias Wunde am Unterschenkel desinfiziert und verbunden. Für Zbigniew sah es nach einem Streifschuss aus, aber er war sich nicht sicher.

Bernard Grenet hieß der alte Mann, und sein Hund trug den Namen Thierry. Ein Dingo, wie Zbigniew inzwischen erfahren hatte. Tonia hatte das Tier sofort in ihr Herz geschlossen. Zbigniew, der sich nicht viel aus Hunden machte, musste es neidvoll anerkennen:

Tonias Zuneigung zu Thierry hatte erheblich dazu beigetragen, dass der alte Mann ein bisschen aufgetaut war. Ein winziges bisschen.

Erstaunlicherweise war Grenet nicht allzu neugierig, was die Geschichte von Zbigniew und Tonia anging. Zbigniew erzählte ihm in groben Zügen das, was sich zugetragen hatte – und dass er als Kriminalkommissar aus Deutschland unterwegs war, einen seltsamen Fall zu bearbeiten, der ihn nach Houlgate gebracht hatte.

»Und wo ist unsere eigene Polizei?«, fragte Bernard Grenet mit undurchdringlicher Miene. Ein heikler Punkt, in der Tat.

Doch der alte Mann gab sich selber eine Antwort.

»Na ja, die sind ja nie besonders nützlich«, brummte er.

Grenet erwies sich als erstaunlich auskunftsbereit, fast auskunftsdurstig, als Tonia ihn nach seinem eigenen Leben fragte. Seine Frau war vor mehr als zehn Jahren gestorben, seitdem wohnte er allein hier im Haus. Er hatte sein Leben lang in Lille gearbeitet, als Malermeister, und dieses Haus an der Küste sollte eigentlich der verdiente Altersruhesitz für ihn und seine Gattin sein. Leider hatte seine Frau, Mathilde, den Ruhestand bloß ein Jahr lang genießen dürfen – dann fiel sie einer unheilbaren Krankheit zum Opfer. Weder Zbigniew noch Tonia maßten sich an, weiter nachzufragen.

Das Haus zeigte deutliche Spuren von langjährigem Junggesellenleben, es war von einer schleichenden Verwahrlosung heimgesucht. Dennoch war es hier nicht ungemütlich. Ein kleines, altes Fachwerkhaus, das wohl schon seit Hunderten von Jahren hier stand, wo jede Diele knarzte, wo die Wände mit Nippes aus drei Generationen behängt waren. Ein Räuchergeruch von Schinken, Kamin und verkohltem Holz drang aus jeder Pore des Hauses, und die Pfeife, die Grenet nun rauchte, rundete die Duftnote anständig ab.

Bei der Ankunft im Haus hatte Zbigniew noch einen Rest an Misstrauen gegenüber dem Alten gehabt. Spätestens aber, als er neben Tonia in die Decke gewickelt war, entspannte er sich und beschloss, sein Misstrauen für diese Nacht einzupacken. Bernard Grenet hatte ihnen das Leben gerettet, das stand fest.

Mit dem Beschluss, sich nun in Sicherheit zu fühlen, erreichte Zbigniew den Punkt, an dem alles in ihm zusammenbrach. Es war, als ob sich von einer Minute auf die andere das Adrenalin aus seinem Körper zurückzog, sein Kreislauf zusammenbrach, sein Hirn sich ausschaltete und seine Körperteile ihren Dienst versagten. Das Letzte, was Zbigniew noch bewusst mitbekam, war ein Bild von Tonia, die den Hund an sich gedrückt hatte. Sie schlief bereits.

Am nächsten Morgen kam ihm das Erlebte unwirklich vor.

Als Zbigniew die Augen öffnete, wusste er einen Augenblick lang nicht, wo er war, und er wusste nicht, in welcher Zeit er sich befand. Die Erinnerung an den Vorabend kam jedoch schnell wieder. Seltsamerweise drängte sich der Hirsch in seine Gedanken. Es konnte keine Bedeutung haben.

Die Todesangst. Der versagende Körper. Die Bewusstlosigkeit. Und Tonia, die ihn im Moment seines Versagens gerettet hatte. Dieser brennende Schmerz. War der Schmerz Einbildung gewesen? Ein vom Körper induzierter Schmerz, der nur den Zweck hatte, Zbigniew aus seiner Bewusstlosigkeit ins Leben zurückzurufen?

In der Küche hörte Zbigniew es klappern. Eine Kuckucksuhr neben dem Kamin zeigte an, dass es sieben Uhr war. Man hörte ein paar Vögel zwitschern. Unter einer dicken Decke am Kamin lag Tonia. Sie schlief in einer embryonalen Haltung. Der Hund war verschwunden.

Ein Anflug von Unbehagen strich durch Zbigniews Körper. Konnte man Grenet wirklich trauen? War er nicht zu oft am Strand gewesen – hatte er Zbigniew beobachet? Andererseits, wenn Grenet auf der anderen Seite stand, würde Zbigniew vermutlich nun, an diesem Morgen, nicht mehr leben. Sie hätten ihn in der Nacht, hier, getötet.

»Bonjour«, hörte er es von hinten grummeln. Grenet war in den Wohnraum geschlurft.

»Du café?«, fragte er.

Da sagte Zbigniew nicht nein. Ein heißer Kaffee, der würde ihn wieder auf die Beine bringen.

»Wenn Sie das Bad benutzen wollen, es befindet sich dort vorne«, deutete Grenet auf eine Tür, die zwischen zwei Regalen voll mit Büchern und Nippes nicht gerade ins Auge fiel.

»Danke«, sagte Zbigniew. Als er das Gewicht seines Körpers emporhob, meldete sich der stechende Schmerz hinten links wieder zurück. Seltsam, dass der Schmerz gestern auf der Flucht nicht vorhanden gewesen war – lag es am Adrenalin?

Zbigniew humpelte zum Kamin, wo seine Hose lag. Es war eine Qual wie zu seiner schlimmsten Zeit. Er war ein Krüppel.

Ein Wunder. In Zbigniews nasser Hose befanden sich immer noch die Tabletten, tief in der Hosentasche, unversehrt. Er nahm eine Tablette in den Mund, ohne Wasser, er hatte inzwischen Erfahrung damit. Bislang hatte er es überlebt, dieses eine Mal würde er auch nicht davon sterben. Davon nicht. Besorgniserregender war hingegen, dass es nicht mehr so viele Tabletten waren. Üzgün hätte ihm eine Zwanzigerpackung geben sollen.

Zbigniew schob seinen Körper langsam in den Flur, den Grenet ihm gezeigt hatte. Die Tür zum Badezimmer lag am Ende eines Ganges, der mit vielen Fotografien und Bildern – aus Kalendern ausgeschnittenen Kunstdrucken – behängt war. Auf den Fotos glaubte Zbigniew die Ehefrau von Grenet zu erkennen. Eine freundliche alte Dame.

Zbigniew ließ seinen Blick im Vorübergehen über die anderen Fotos schweifen, fast in der Hoffnung, etwas zu sehen, was dort nicht hängen dürfte. Ein Gespenst. Vielleicht ein Foto von Barbaratonia. Die sich als Tochter von Bernard Grenet und seiner verstorbenen Gattin herausstellen könnte.

Nein, natürlich nicht.

Zbigniew erreichte das Badezimmer, das nicht minder vollgestellt war mit nutzlosem Kram. Erinnerungsstücke aus einer langjährigen Ehe. Vermutlich hatte Grenet das ganze Zeugs gehasst, als seine Frau es gesammelt hatte. Und nun konnte der Alte es nicht wegwerfen. Wenn er starb, würden seine Kinder den ganzen Krempel auf die Müllkippe bringen müssen, weil es niemanden außer Grenet gab, für den diese Dinge eine Bedeutung hatten. Geschweige denn einen Wert.

Zbigniew setzte sich auf die Kloschüssel und urinierte. Sein Penis brannte leicht. Er sollte heute mehr Wasser trinken.

Was für einen Plan hatte er jetzt? Während der Urin sich aus ihm herausquälte, versuchte er, seine nächsten Schritte zu überdenken. Zunächst einmal musste Tonia in Sicherheit gebracht werden. Am besten würde sie ärztlich versorgt. Da sie eine Schusswunde hatte, war der Gang zum Arzt allerdings gefährlich. Meldepflichtig, wohl auch in Frankreich. Aufsehenerregend.

Zumindest sollte er Tonia in eine größere Klinik bringen. Wo viele Leute gegenseitig schauten, was sie taten.

Die Toilettenspülung gurgelte altertümlich, Zbigniew beugte sich hinunter zum Wasserhahn. Er trank hastig einige Schlucke vom normannischen Leitungswasser. Erst jetzt bemerkte er, wie übel der Geschmack des Diclofenacs in seinem Mund brannte.

Als er sich aufrichtete, um erstmals einen Blick in den Spiegel zu wagen, erschrak er fast zu Tode.

Was um alles in der Welt war das?

Sein Gesicht sah aus, als ob es unter einen Mähdrescher gekommen war. Rote Striemen zogen sich quer über seine Wangen. Vorsichtig betupfte Zbigniew eine der Striemen. Es tat nicht besonders weh, aber in Zbigniew kam die vollständige Erinnerung an den Vorabend zurück. Der Schmerz, der so stark gewesen war, als ob sein ganzes Gesicht verbrannt wäre.

Es war keine Einbildung gewesen. Es war auch keine Intrige der Psyche, die ihm einen Schmerz suggeriert hatte, damit er wieder zu Bewusstsein kam und die kalten Fluten überlebte.

Nein, diese Verletzungen sahen verdammt real aus.

Mit diesem Gesicht würde er sich kaum auf die Straße trauen können. Er sah aus wie ein Aussätziger. Zbigniew begriff, dass Grenet gestern Nacht von seinem Anblick geschockt gewesen sein musste. Umso erstaunlicher, dass er ihnen geholfen hatte.

Als er das Wohnzimmer wieder betrat, schlief Tonia noch immer. Bernard Grenet kam mit einem Tablett aus der Küche; der Duft von Kaffee und frisch aufgebackenen Croissants erfüllte den Raum.

Zbigniew deutete in sein Gesicht.

»Wissen Sie, was das ist?«

Der alte Mann stellte das Tablett auf den Tisch. Er begutachtete ausführlich die Wunden in Zbigniews Gesicht, was diesen ein wenig wunderte – schließlich waren die Striemen doch weithin sichtbar.

»Das sieht ja schon wieder ganz gut aus«, grummelte Grenet schließlich. »Ich habe Ihr Gesicht gestern noch eingecremt, als Sie schliefen. Ich wollte Sie eigentlich wecken, aber Sie waren nicht wachzubekommen.«

Zbigniew begriff nur die Hälfte. Grenet fing an, mit einem minimalistischen Lächeln zu erklären: »Eine Feuerqualle. Muss wohl ein größeres Exemplar gewesen sein. Tut am Anfang ziemlich weh, aber Sie sind ja noch mal … davongekommen.«

»Das ist von einer Qualle?«, fragte Zbigniew ungläubig.

Grenet nickte. Nun wurde er richtig gesprächig.

»Im Sommer, wenn die Leute draußen schwimmen, passiert das immer wieder. Meistens am Arm oder an den Beinen. Das Nesselgift ist nicht so gefährlich. Eher der Schock, den man beim Schwimmen bekommen kann.«

Zbigniew musste denken, dass er wohl eher ziemliches Glück gehabt hatte. Der Schock war ein Antischock, der ihn wieder unter die Lebenden gebracht hatte. Eine Feuerqualle als Lebensretter.

Er beschloss, Quallen von nun an zu mögen.

Zbigniew setzte sich auf die für Menschen mit Bandscheibenvorfall viel zu ausgesessene Couch und nahm einen Schluck Kaffee. Es war kein besonders guter Kaffee, aber das spielte keine Rolle.

»Dürfte ich wohl Ihr Telefon benutzen?«, fragte er Grenet.

»Nein«, schüttelte dieser den Kopf. »Ich weiß, dass das nicht besonders zeitgemäß ist, aber … ich habe keines.«

Vermutlich war Grenet der Einzige von all den Freunden aus seiner Generation, der noch lebte. Der einzige Überlebende, mit dem er noch sprechen konnte, war sein Hund. Dafür brauchte er kein Telefon.

Zbigniew biss vom Croissant ab.

Die erste Mahlzeit nach dem Tod war die schönste im Leben. Zbigniew spürte, wie sich seine geistigen und körperlichen Kräfte wieder erneuerten.

Er holte Luft.

»Haben Sie eine Erklärung für das, was uns gestern widerfahren ist? Die Schüsse? Wurde hier schon mal auf jemanden geschossen, am Strand, oder in Houlgate?«

Grenet überlegte kurz, dann schüttelte er den Kopf.

»Hier wurde nach 1944 nicht mehr geschossen«, sagte er. »In Deauville gab es mal ein paar Schießereien, aber nicht hier.«

Zbigniew erinnerte sich an einen alten französischen Gangsterfilm, der in Deauville spielte.

»Wegen dem Spielcasino da?«

»Ja. Zocker und Gangster. In Deauville haben sie schon ein paarmal probiert, den Safe zu knacken. Da laufen die Banditen frei umher und kaufen ihren Damen Pelzmäntel und Diamantringe.«

Grenet schien den berühmten Nachbarort nicht sehr zu mögen. Oder war es Neid, der in seiner Stimme mitschwang?

»Aber hier in Houlgate passieren keine Verbrechen.«

»Nein. Das hier ist übrigens nicht Houlgate, sondern Villers-sur-Mer.«

Bei seinen letzten Worten war Grenet abgelenkt, drehte sich abrupt zur Seite. Zbigniew erschrak für den Bruchteil einer Sekunde, vernahm dann aber Tonias Stimme. Tonia, in ihre Decke gehüllt, ein paar Meter hinter ihm stehend.

»Guten Morgen. Könnte ich auch einen Kaffee haben?«, fragte sie schwach.

Grenet schenkte ihr ein. Gemeinsam mit Zbigniew öffnete er den Verband an ihrem Bein, sah sich die Wunde an.

»Sie sollten zu einem Arzt gehen«, konstatierte Grenet schließlich.

Zbigniew nickte. Er war der gleichen Ansicht. Er würde nach dem Frühstück Tonia in ein Krankenhaus zu bringen.

»Ist hier denn schon mal ein Kind vermisst worden?«, fragte Zbigniew Grenet, nachdem sie zu Ende gefrühstückt hatten. Tonia horchte auf.

»Nein.«

»Denken Sie nach. Noch niemals?«

Zbigniew merkte, dass er vom Tonfall her in ein Verhör überwechselte. Er maßregelte sich innerlich, wieder freundlicher zu werden.

»Nein. Kann schon sein, irgendwann, aber ich erinnere mich da nicht an etwas Konkretes.«

»Verzeihung. Es ist nur, weil …«

Tonia kam ihm zuvor.

»Mein Sohn ist verschwunden.«

Tonia bedeutete Zbigniew, er solle dem alten Mann ein Foto von Timo zeigen. Zbigniew holte es aus seiner noch feuchten Jacke, die in der Nähe des Kamins über einem Stuhl hing. Das Foto war vollkommen durchweicht, aber man konnte Timo gerade noch erkennen.

Bernard Grenet begutachtete das Bild, dann zuckte er die Achseln.

»Nein, kenne ich nicht. Das ist Ihr Junge?«

Tonia nickte. Zbigniew spürte, dass sie den Tränen nah war.

»Tut mir leid«, murmelte der Alte. »Ich hoffe, dass Sie ihn wiederfinden werden.«

»Danke.«

Zbigniew fand, dass es Zeit war, aufzubrechen. Er fühlte sich inzwischen stark genug; das Frühstück hatte ein Wunder getan.

Heute würde es sein. Heute würde es passieren.

Zuerst brauchte er dringend ein Telefon.

Der alte Mann lieh ihm und Tonia Kleidung, mit der sie sich auf die Straße wagen konnten. Grenet hatte einen alten Pick-up in seiner Garage stehen und bot den beiden an, sie irgendwohin zu fahren.

»Wo gibt es denn hier ein größeres Krankenhaus?«, fragte Zbigniew ihn.

»In Trouville«, grunzte Grenet. »Und Caen.«

Trouville lag direkt neben Deauville, erinnerte sich Zbigniew. Wenn man davon ausging, dass die Reichen eine bessere Versorgung hatten als der französische Normalbürger …

Eine halbe Stunde später tuckerten sie in Bernard Grenets klapperigem Pick-up die schmale Küstenstraße entlang, die die Orte der Blumenküste miteinander verband. Die liebliche Landschaft zog an ihnen vorbei. Fast die gesamte Strecke bis Deauville war von Häusern gesäumt – zumeist größeren alten Villen der Jahrhundertwende.

Es war vollkommen unwirklich, dachte Zbigniew. Ich sollte jetzt hier in Urlaub sein. Mit Tonia. Oder, anständigerweise, mit Lena.

Eine große Touristentafel mit gemalten Äpfeln und Kühen zog vorbei. Das Département Calvados. Was war eigentlich eher da: das Département oder der Schnaps?

Es spielte keine Rolle.

Warum hatten sie sich entschlossen, einen Mordanschlag auf ihn zu verüben? Warum wollten sie ihn, nach der langen Zeit der Beobachtung, ausgerechnet jetzt töten?

Weil Tonia gekommen war?

Nein.

Er sah es auf einmal ganz klar: Seite 187. Er hatte Barbara die Lösung zum Code genannt, nun konnten auch die Täter die Aufzeichnungen von Timo entschlüsseln. Stand doch etwas darin, was einen Hinweis auf die Täter brachte? Hatte er etwas übersehen, etwas zu schludrig gelesen?

Er hatte ja noch nicht einmal den ganzen Text übersetzt, nur die ersten paar Seiten. Die Täter waren bestimmt viel weiter, sie hatten sicherlich mehrere Leute an den Text gesetzt. Wäre er in Köln, hätte er auch die Möglichkeit dazu.

»Alles in Ordnung?«, fragte Tonia.

»Ja«, murmelte Zbigniew.

Er warf einen Seitenblick zu Tonia. Die Ähnlichkeit zu Barbaratonia war gegeben, weniger von den Gesichtszügen her, aber von der gesamten Ausstrahlung. Etwas Fragiles und zugleich Unnahbares.

Das Ortseingangsschild von Deauville, Département Calvados, zog vorbei. Gepflegte Villen säumten die Straße, weiß oder im Fachwerkstil. Wegweiser wiesen die Richtungen Plage, Casino und Pferderennbahn.

Grenet durchfuhr einige Kreisverkehre, zur rechten Hand lag der Bahnhof, dann ging es über ein Hafenbecken. Ein Ortsschild kündigte Trouville an, Deauville war nun durchgestrichen. Fließender

Übergang. Ein weiterer Kreisverkehr, dann lag es vor ihnen. Das »Centre Hospitalier de Trouville«.

Zbigniew hätte Tonia gern in das Krankenhaus begleitet, aber es war klar, dass er dies nicht konnte. Wenn sie Tonia untersuchten, würden sie Zbigniew festhalten wollen. Er hatte ein schlechtes Gefühl dabei, Tonia nun allein in die großen weißen Flure laufen zu lassen, aber Tonia bestärkte ihn.

»Ich werde dich hier wieder abholen«, versprach er. Tonia nickte, verharrte noch einen Augenblick bei ihm, gab sich dann einen Ruck und öffnete die Tür des Pick-ups.

»Finde Timo, alles andere ist mir gleichgültig. Um mich brauchst du dich nicht zu kümmern«, sagte sie. Sie gab Zbigniew einen Kuss auf den Mund. Es war kein wirklicher Tabubruch, dennoch drehte sich danach in Zbigniews Kopf ein paar Sekunden lang etwas.

Bernard Grenet grunzte Tonia etwas Freundliches zum Abschied zu; fast schien es, als ob er Tonia ein bisschen ins Herz geschlossen hatte. Tonia entschwand in Richtung Klinikeingang, im alten Mantel von Grenets Frau. Vor der automatischen Glastür drehte sie sich noch einmal um, hob leicht die Hand.

»Sie ist dort in besten Händen«, sagte Grenet. Zbigniew fragte sich beunruhigt, woher er das so genau wissen konnte.

Der alte Mann setzte Zbigniew seinem Wunsch gemäß am Bahnhof Deauville/Trouville ab. Zbigniew bedankte sich für seine Hilfe. Grenet nickte bloß. Zbigniew hoffte, dass er zumindest eine innere Befriedigung für seine Samaritertaten empfand.

»Ich gebe Ihnen mal die Creme«, sagte Grenet dann plötzlich, als Zbigniew bereits ausgestiegen war.

»Die Creme?«

Grenet reichte ihm eine weiße Tube.

»Gegen die Nesselschmerzen von der Qualle.«

Zbigniew nickte dankbar. Grenet nickte zurück, ein Nicken unter Männern. Ohne Tränen, ohne Emotionen, aber verbindlich. Dann fuhr Grenet fort. Zbigniew schaute dem Auto nach, wie es den Bahnhofsvorplatz verließ, die Hauptstraße nach Villers-sur-Mer zurück.

Nun war er allein.

Hatte er überhaupt Geld, um zu telefonieren? Ein kurzer Schweißausbruch ereilte ihn; er griff nach seinem Portemonnaie, das er in Grenets alte Hose umgesteckt hatte. Das Leder fühlte sich speckignass an, ein wenig eklig. Zbigniew durchforstete den Inhalt. Die Plastikkarten und Münzen hatten die nächtliche Schwimmtour unbeschadet überstanden, die Geldscheine waren ans Innenfutter angepappt.

Neben dem Haupteingang des Bahnhofs gab es einen Geldautomaten. Zbigniew überlegte, ob er es wagen konnte, Geld abzuheben. Schließlich war sein Standort damit zu tracken – falls die Gegenseite irgendwelche Komplizen bei den Banken hatten. Er beschloss, dass er das Risiko eingehen musste, und hob zweihundert frische Euro ab.

Zbigniew ging kurz in die Bahnhofshalle und kaufte im Tabakladen zwei Telefonkarten. Auf dem Bahnhofsvorplatz gab es einige freie Telefonzellen. Seitdem jeder Mensch mehrere Handys hatte, musste man an Telefonzellen nicht mehr anstehen.

Die Nummer des Reviers. Zbigniew war sich nicht sicher, wie die Nummer lautete, und beim ersten Versuch landete er bei der Kölner Abfallwirtschaft. Wer kannte heutzutage noch Nummern auswendig?

Eine Minute später hatte er Silvia Pütz am Apparat. Es trieb Zbigniew fast die Tränen in die Augen, ihre kölsche Frohnatur wieder erleben zu dürfen. Dabei war er ja noch gar nicht so lange weg.

Es reichte, dass er am Leben war.

Silvia stellte ihn nicht durch, sondern holte Zeynel direkt an den Apparat.

»Zbigniew! Wo steckst du? Ich hab hundertmal probiert, dich auf dem Handy zu erreichen.«

»Was ist mit Barbara? Barbara Klausner?«

»Bislang Fehlanzeige.«

»Scheiße.«

Zbigniew trat mit dem Fuß auf den Boden. Das konnte nicht sein. Es durfte nicht sein. Wieso fanden sie Barbara Klausner nicht?

»Was ist da los, Zbigniew?«

»Zeynel, die haben auf mich geschossen. Ich wär fast abgekratzt.«

Stille.

»Was? Wer sind die?«, fragte Zeynel schließlich.

»Ich weiß es nicht. – Pass auf, es geht mir gut. Aber hier geht irgendetwas Großes ab. Ich weiß noch nicht, wer und wie, aber das Verschwinden von Timo ist nur die Spitze des Eisbergs.«

Zbigniew spürte, wie Zeynel am anderen Ende der Leitung grübelte.

»Der Lachmann ist sauer auf dich. Er hat kapiert, dass du den Fall weitermachst, ohne das mit ihm abzusprechen.«

Kalte Wut ergriff Zbigniew.

»Sag mal, hörst du mir zu?«

»Ja. Ich wollte es dir nur sagen, damit du Bescheid weißt.«

»Es geht hier nicht um irgendwelche Machtspiele, es geht um Menschenleben.«

»Ich hab das schon verstanden.«

Nein, hatte er nicht.

»Was sollen wir dann also tun?«, fragte Zeynel mit leicht gereiztem Unterton. »Sollen wir dir ein Sonderkommando nach Frankreich schicken oder was? Hast du denn schon Kontakt mit der dortigen Polizei aufgenommen?«

Nein.

»Komm zurück, dann können wir dir helfen«, schob Zeynel nach. »Zbigniew, verdammt, ich hab 'ne Frau und 'nen guten Job, und ich setz das nicht wegen so einer Scheiße aufs Spiel. Wenn da bei den Franzmännern irgendwas ist, dann müssen wir halt die französischen Behörden informieren und so weiter. Ich hab heute Morgen mit Lachmann geredet, der sieht das auch so. Ich mein, ich hab dir immer geholfen, aber du kannst da doch nicht einfach den Rambo machen. Mir sind hier die Hände gebunden, wenn du nicht zurückkommst.«

Zbigniew betrachtete den Bahnhof. Bestimmt würde demnächst ein Zug nach Paris fahren oder nach Amiens. Mit sicherem Anschluss nach Deutschland.

»Bist du noch da?«, fragte Zeynel.

»Ja.«

»Und, was sagst du?«

»Ich mache hier keinen Rambo. *Die* haben auf *mich* geschossen. Das heißt, ich bin haarscharf dran.«

Zbigniew spürte, dass Zeynel ihm nicht so richtig glaubte.

»Was willst du also?«

»Barbara Klausner ist ein Schlüssel zu dem Ganzen. Ihr müsst sie finden. Ihr müsst herausfinden, wen sie gestern, nachdem ich dir Bescheid gesagt habe, angerufen hat. Das führt zu der Person, die auf mich geschossen hat. – Und du musst einleiten, dass die Blätter von Timo mit Seite 187 der Partitur entschlüsselt werden, so schnell wie möglich. Es liegt eine Kopie bei mir im Schreibtisch unten.«

»Komm zurück. Dann kannst du das alles selber tun«, sagte Zeynel.

Zbigniew begriff, dass es aussichtslos war. Sein Verbündeter hatte ihn verlassen, aus irgendeinem Grund, den er nicht verstand. Hatte Lachmann ihm gedroht?

»Okay. Ich denk drüber nach«, log er.

»Okay.«

Es raschelte im Hörer. Bald hörte Zbigniew wieder die Stimme von Silvia Pütz.

»Die UNO-Konferenz kommt jetzt übrigens wirklich nach Köln«, sagte sie aus irgendeinem unerfindlichen Grund. Zbigniew hörte Schritte. Und dann flüsterte Silvia durch das Telefon: »Ruf mich noch mal in fünf Minuten auf meinem Handy an.«

Silvia flüsterte hastig eine Nummer, dann legte sie auf.

Was war dies nun?

Zbigniew begriff die Welt nicht mehr. Verzweifelt versuchte er, sich die Handynummer von Silvia Pütz zu merken. Er hatte nichts zum Schreiben zur Verfügung. Versuchte, sich eine Eselsbrücke zu bauen.

Am Eingang des Bahnhofs, in einem seltsamen Nachkriegsfachwerkstil gebaut, hing eine Uhr.

Nur nicht die Nummer von Silvia Pütz vergessen. Was auch immer dahintersteckte. Der Zeiger auf der Bahnhofsuhr rückte vor. Ein paar Menschen gingen in den Bahnhof hinein.

Zbigniew wartete genau fünf Minuten, dann wählte er die Nummer, die Silvia ihm gesagt hatte. Es war absurd, dass ausgerechnet Silvia, die er gar nicht so sehr mochte, nun mit ihm Verschwörung spielte.

»Silvia?«

»Ich bin jetzt auf dem Klo«, flüsterte sie. Zbigniew dachte daran, dass auch Timo heimlich auf dem Klo sein Handy benutzt hatte. Und auch er selbst, bei seinem ersten Besuch bei den Lindners.

Das Klo, der letzte Rückzugsraum.

»Zbigniew, mein Lieber, hier gehen merkwürdige Dinge ab.«

Er fragte sich, warum sie ihn »mein Lieber« nannte. Auf einer Weihnachtsfeier hatte sie das bereits einmal getan, aber mit ironischem Unterton. Der fehlte nun.

»Die haben heute Nacht eine Leiche gefunden. In der Nähe vom Mediapark. Ein Callgirl namens Barbara Klausner.«

Die Welt um Zbigniew, sie drehte sich. Sie drehte sich in einer tiefen Spirale nach unten. Zbigniew war schwindelig.

Silvia flüsterte nun noch leiser.

»Die Arme ist mit einer Flasche ermordet worden. Einer abgebrochenen, weißt du, in die Halsschlagader reingerammt.«

Barbara. Seine Barbara war tot.

Sie stand nicht im Zentrum, sie war ersetzbar. Sie hatte einen Auftrag durchgeführt, und dann konnte man sie opfern.

Aber Silvia war noch nicht fertig.

»Du, ich weiß nicht, wie die draufgekommen sind, aber die Flasche war voll mit deinen Fingerabdrücken«, sagte sie.

20

Warmes Wasser umspülte Zbigniews Hinterkopf. Zart massierte der Strahl einer Brause seine Schädeldecke. Es war, als ob mit dem Wasser eine Menge Gedanken aus seinem Hirn herausgespült wurden. Gestern Nacht noch war das Wasser sein Feind gewesen, jetzt war es auf seiner Seite.

Sanfte Hände begannen, seinen Kopf zu berühren. Es roch nach Lavendelblüten, als eine geleeartige Substanz in seine Haare einmassiert wurde. Die Friseurin, die irgendwo hinter ihm stand, verstand etwas von ihrem Handwerk. Mit zartem Druck seifte sie seine noch vom Salzwasser strohigen Haare ein.

»Ist es angenehm so?«, fragte die Friseurin.

»Ja.«

Es war angenehm.

Zbigniew hatte, erstmals in seinem Leben, eine neue Haarfarbe in Auftrag gegeben. Die Friseurin hatte ihm abgeraten von dem Strohblond, das er sich aus einer Farbentabelle ausgesucht hatte. Aber Strohblond schien Zbigniew am weitesten von seiner eigenen Haarfarbe entfernt zu sein. In Kombination mit seinem striemigen Gesicht kam es Zbigniew wie die perfekte Tarnung vor.

Er würde zurückfahren müssen nach Houlgate. Er hatte nur zwei Anhaltspunkte. Barbaratonia und Timos Aufzeichnungen, die hoffentlich noch im Hotelsafe lagen und wichtiger waren, als er zunächst gedacht hatte.

Die Friseurin spülte das Shampoo wieder aus den Haaren, genauso zart, wie sie es einmassiert hatte. Dann durfte er den Kopf aufrichten. Mit einem Handtuch wurde sein Haar leicht trockengetupft.

»Und, haben Sie einen schönen Urlaub?«, fragte die Friseurin. Zbigniew antwortete freundlich, aber so knapp, dass sich kein Gespräch entwickelte. Er wollte die Friseurin, eine junge, dralle Blondine, keinesfalls verletzen. Er hatte bloß keine Lust auf Friseur-Smalltalk.

Eigentlich hatte er gerade zu überhaupt nichts Lust. Am liebsten würde er bei Tonia sein, sich darum kümmern, dass sie im Krankenhaus von Trouville ordentlich versorgt wurde.

Zbigniew wechselte den Platz, wurde von der Friseurin zu einem Stuhl mit gegenüberliegendem Spiegel begleitet. Die Striemen in seinem Gesicht waren zwar leicht abgeklungen, aber noch deutlich erkennbar. Ein Wunder, dass die Friseurin ihn gleichmütig bediente.

In einigen Minuten würde Zbigniew zum ersten Mal in seinem Leben blond sein. Fast war er gespannt darauf.

Warum hatte Zeynel ihn belogen? Es kam Zbigniew wie ein Verrat vor. Wie konnte Zeynel glauben, dass er etwas mit dem Tod von Barbara zu tun haben könnte? Wenn Zeynel unter Mordverdacht geraten wäre, falls alle Beweise gegen ihn gesprochen hätten – Zbigniew hätte immer an seinen Kollegen geglaubt.

Oder glaubte Zeynel an ihn? Bestimmt hatte der Dienststellenleiter ihn massiv unter Druck gesetzt, dass er für Zbigniews Rückkehr sorgen sollte, als sein bester Bekannter im KK 51.

Gab es eine Fahndung gegen ihn? Internationalen Haftbefehl? Würde er gleich, wenn er den Friseur verließ, verhaftet?

Die kleine Blondine ließ ihn nun allein, die Blondierung brauchte einige Zeit, um einzuwirken. Sein Kopf fühlte sich langsam kalt an. Kaltfeucht, da half auch seine hübsche Plastikhaube nicht. Wie lange würde er hier sitzen müssen?

Im Spiegel sah er, wie die Friseurin sich nun an einer älteren Dame zu schaffen machte. Hoffentlich vergaß sie ihn nicht.

Zbigniew fand es seltsam, dass ihm der Tod von Barbara nicht so richtig zu Herzen ging. Er fühlte sich von ihr auch gefühlsmäßig betrogen. Hatten die Täter sie getötet, weil die Polizei auf der Suche nach ihr war? Weil sie ein Sicherheitsrisiko war?

Die Polizei war auf der Suche nach Barbara, weil Zbigniew Zeynel damit beauftragt hatte.

Während die Blondiercreme auf sein Haar einwirkte, Zbigniew allein auf dem Friseurstuhl saß, im Spiegel den Friseursalon betrachtend, begriff er, dass Barbara ohne seinen Fahndungsauftrag noch am Leben wäre.

Glücklicherweise kam nun die Friseurin wieder.

»Dann wollen wir mal schauen«, sagte sie, stülpte sich Gummihandschuhe über und entfernte die Plastikhaube von Zbigniews Kopf. Es war nicht allzu viel zu sehen, die Haare waren noch zu nass. Zbigniew musste sich auf einen anderen Stuhl setzen, die Chemie wurde aus seinem Haar ausgespült. Dann tat der Fön sein Werk.

Der Effekt war verblüffend. Als Zbigniew sich selbst im Spiegel sah, musste er anerkennen, dass die Blondine beste Arbeit geleistet hatte.

»Sie könnten jetzt ja mein Bruder sein«, lachte sie zufrieden.

Sie gingen zur Kasse, wo Zbigniew bezahlte.

»Ist das eine Allergie?«, fragte die Friseurin, als sie ihm das Wechselgeld zurückgab, und blickte unsicher in sein Gesicht. Sie wusste nicht genau, ob die Frage einen Schritt zu weit ging, aber ihre Neugierde hatte schließlich gesiegt. Nun, da sie ihn fast schon als ihren Bruder betrachtete, hatte sie sich vorgetraut.

»Nein. Feuerqualle«, sagte Zbigniew und versuchte dabei, lakonisch zu sein. Es gelang ihm nicht; eine Sekunde nach seinem Ausspruch musste er grinsen. Die Friseurin dagegen sah ihn besorgt an.

»Oh. Das tut mir leid. Vielleicht sollten Sie zum Arzt gehen damit.«

Zbigniew nickte.

»Ich war schon. Habe eine gute Creme verschrieben bekommen.«

Die Friseurin lächelte zufrieden. Zbigniew verabschiedete sich freundlich und gab reichlich Trinkgeld.

»Au revoir«, sagte sie.

Gäbe es mehr Menschen wie diese Friseurin.

Zbigniew trat hinaus auf den Bahnhofsvorplatz. Viele Autos fuhren hin und her, aber es waren bloß wenige Menschen zu sehen.

In einer Seitenstraße entdeckte er ein Angelsportgeschäft. Er kaufte sich einen olivgrünen Overall, der laut Verkäufer wasserabweisend und atmungsaktiv war. Er ließ das Kleidungsstück gleich an.

In Köln würde ihn so niemand erkennen. Zbigniew kam sich verkleidet vor.

Würden die Täter eigentlich damit rechnen, dass er überlebt hatte?

Zbigniew ging zurück zum Bahnhof. Er betrat die geräumige Eingangshalle, an deren Enden große Wandgemälde mit Landkarten der Region aufgemalt waren. Es gingen nur wenige Züge. Zbigniew vergewisserte sich, dass es keinen Zug nach Houlgate gab. Paris, das war hier die wesentliche Destination.

Er würde nicht nach Hause fahren. Er hatte Tonia ein Versprechen gegeben und würde alles tun, was in seiner Macht stand, um es zu halten. Er verließ die Bahnhofshalle und ging über einen Seitenausgang zu dem Teil des Vorplatzes, von dem die Busse abfuhren. Es gab nicht besonders viele Linien, Zbigniew hatte sich anhand der aushängenden Pläne schnell orientiert. Linie 20 fuhr von Deauville über Houlgate nach Caen. Um fünf Minuten nach elf ging der nächste Bus. 23 Minuten Fahrzeit, das schien akzeptabel. Zbigniew hatte noch eine halbe Stunde Zeit. Wenn alles klappte, war er zur Mittagszeit in Houlgate.

Er setzte sich auf eine Bank an der Bushaltestelle und überlegte, wie er die Zeit am sinnvollsten nutzen könnte. Langsam verstrichen die Minuten. Sollte Zbigniew noch einmal im Kommissariat anrufen? Oder bei Lena? Olaf Lindner, dass alles in Ordnung war mit seiner Frau?

Zbigniew ging zur Telefonzelle, schlug das dort hängende Telefonbuch auf. Die Kinder von Deauville waren nicht so aktiv im Randalieren wie die Kölner Jugend. Zbigniew fand die Nummer und wählte sie. Eine freundliche Frauenstimme half ihm weiter.

»Ich verbinde Sie.«

Zbigniew musste noch zweimal weiterverbunden werden, bis er Tonia am Telefon hatte.

»Zbigniew!«, rief sie glücklich. »Wie geht es?«

»Mir gut. Wie geht es Ihnen?«

»Ich werde hier bestens versorgt. Es ist nur ein Streifschuss. Gleich kommt allerdings die Polizei und wird mich interviewen. Was soll ich denen sagen?«

Zbigniew überlegte kurz.

»So, wie es war. Aber bitte erzählen Sie nichts von mir, ja?«

»Wie soll ich das machen?«

»Lassen Sie mich einfach weg.«

»Warum?«

Eine gute Frage. Warum eigentlich? Warum arbeitete Zbigniew nicht direkt mit den französischen Behörden zusammen?

Die Antwort war inzwischen einfach.

»Ich werde in Deutschland gesucht. Man versucht, mir einen Mord anzuhängen.«

Er spürte, wie Tonia den Hörer dichter an ihr Gesicht presste.

»Was?«

»Man will mich vollständig aus dem Verkehr zu ziehen. Der Schuss. Eine Intrige in Köln … Ich weiß nicht, was da sonst noch alles abgeht. Ich weiß nur, ich muss das hier allein zu Ende führen.«

»Nehmen Sie mich mit«, forderte Tonia. Zbigniew hätte klar sein müssen, dass sie dies sagen würde. »Und erklären Sie mir, was da gespielt wird. Was hinter allem steht.«

Zbigniew haderte mit sich selbst. Was sollte er ihr sagen? Das, was er vage vermutete – ein Ring von Päderasten, der eine unglaublich mächtige Struktur hatte, der sich vermutlich bis in die einflussreichsten Kreise hineinzog? Der in Timo ein leichtes Opfer gefunden hatte, da Tonias Erziehung vollständig gescheitert war? Tonia, mit der er hier telefonierte. Tonia, die er mochte. Und sogar begehrte, manchmal.

Zbigniew musste die Telefonkarte wechseln, die erste war verbraucht. Es gab ein unangenehmes Piepsen im Hörer.

»Tonia, kannst du mir eine Frage beantworten?«, fragte er sanft.

Irritation. Er hatte sie geduzt.

»Ja, wieso? Alles, Zbigniew.«

»Versprichst du, dass du mir die Frage mit der Wahrheit beantwortest?«

Es war die Frage, die er immer wieder erfolgreich verdrängt hatte. Die er sich niemals getraut hatte zu fragen. Erst jetzt, kurz vor seinem Abschied ins Ungewisse, unpersönlich am Telefon.

Siegfried Angerland, er war gestern am Strand präsent gewesen. Zbigniew hatte ihn gespürt.

»Ja, sicher«, sagte Tonia, nun mit einem Hauch von Unsicherheit in ihrer Stimme.

»Siegfried Angerland, dein Onkel in Bremen, bei dem du groß geworden bist …«

Er wartete drei Sekunden, damit Tonia sich auf dieses Thema umstellen konnte. Ihm war klar, dass er Tonia nun an ihre Grenzen bringen würde.

»Er hat dich missbraucht. Das haben wir herausgefunden. Wir wissen auch alles über den Prozess. Es tut mir sehr, sehr leid.«

Tonia, am anderen Ende der Leitung, schwieg. Hoffentlich legte sie nun nicht auf.

Zbigniew hörte nur ihr Atmen und im Hintergrund ein paar Geräusche aus dem Krankenhaus. Nach einem endlosen Moment des Schweigens, Zbigniew sah den Minutenzeiger der Busbahnhofsuhr zweimal fortschreiten, antwortete sie.

»Es ist schon so lange her. Ich habe es fast … Ich habe es inzwischen …«

Sie erzählte ihm nicht, was sie inzwischen hatte. Es verarbeitet, vielleicht. Oder vergessen, erfolgreich verdrängt, ins Unterbewusstsein weggeschoben.

»Tonia«, sagte Zbigniew mit dem sanftesten Tonfall, der ihm möglich war. »Ist Timo das Kind von Siegfried Angerland?«

Atmen auf der anderen Seite. Der Bus würde in fünfzehn Minuten kommen. Wie zwischen Suppe und Kartoffeln, kam es ihm vor, beredete er nun diese wichtigen Dinge mit Tonia. Warum war es ihm nicht früher möglich gewesen, in sinnvolleren Momenten?

Der Minutenzeiger rückte einen Zacken nach vorne.

»Ja.«

Zbigniew vernahm das leise Schluchzen in der Leitung.

»Ganz sicher?«, fragte er.

»Ja.«

Zbigniew schossen tausend Fragen in den Kopf.

»Warum hast du es bekommen?«

Er hörte einen Vorwurf in der eigenen Stimme. War dies wirklich die erste Frage, die er der bereits aufgelösten Tonia stellen musste?

Diesmal brauchte Tonia zwanzig Sekunden.

»Weil ich das erst nicht wahrhaben wollte. Ich habe es erstmal die ganze Zeit lang verheimlicht. Meiner Tante, meinen Freundinnen, allen. Und dann, als es zu sehen war, war es zu spät.«

Natürlich. So war es gewesen. Zbigniew hätte es sich zusammenreimen, Tonia die Frage ersparen können.

»Und wo ist Timo dann zur Welt gekommen?«

»Meine Tante hat ihn entbunden. Zu Hause.«

Zbigniew atmete durch. Die Tante musste ein starkes Nervenkostüm gehabt haben. Es sei denn …

»Wusste sie damals davon, dass ihr Mann dich missbrauchte?«

»Natürlich nicht.«

Sonst hätte sie das Kind nicht entbunden. Oder?

»Aber sie hat etwas geahnt«, sagte Zbigniew. Eher aus Erfahrung mit derlei Fällen als aus einem konkreten Verdacht heraus.

Tonias Atem war eine Zeitlang die einzige Antwort.

»Vielleicht.«

Sie war sich selbst nicht sicher. Zumindest hatten sie niemals darüber gesprochen, auch später nicht.

Gott sei Dank saß Tonia ihm nicht gegenüber, sonst hätte Zbigniew seine Befragung abbrechen müssen. Er hätte ihrem Blick nicht mehr standgehalten.

»Und Olaf? Wie kam der ins Spiel?«

»Ich bin nach der Entbindung abgehauen aus Bremen. Hab mich in den Zug gesetzt, die Stadt verlassen. In Köln hatte ich eine Brieffreundin, da hab ich zuerst gewohnt. Ihre Eltern waren sehr nett. Und sie hatte einen netten Bruder, der hin und wieder am Wochenende kam …«

»Olaf.«

»Ja.«

»Und dein Kind? Hatte Olaf kein Problem damit?«

Butter bei die Fische. Jetzt musste es alles auf den Tisch.

»Doch. Am Anfang schon.«

»Wie alt war er damals?«

»Einunddreißig. Er war gerade mit dem Studium fertig.«

»Und er hat sich in dich verliebt.«

»Ja. Scheint so.«

An der Haltestelle des Busbahnhofs, die Zbigniew aus dem Augenwinkel beobachtete, fuhr ein Bus ein. Es war seine Nummer, die Nummer 20 nach Caen. Zbigniew sah, wie der gedrungen aussehende Fahrer ausstieg. Er zündete sich eine Zigarette an, ging gelangweilt an der Bushaltestelle auf und ab.

»Wusste Olaf von dir und Siegfried Angerland?«

Falsch formuliert.

»Nein. Ich habe es ihm erst später gesagt.«

»Und er hat dich überzeugt, ihn zu verklagen.«

»Nein. Das war ich selbst.«

Tonia Lindner war stärker, als er dachte.

»Weiß Timo, wer sein Vater ist?«, fragte Zbigniew.

Tonia überlegte. Zbigniew spürte, wie sie über die Frage nachdachte. Warum, zum Teufel, interessierte sich Zbigniew immer noch so sehr für die Psychologie in der Familie, wo eigentlich alles längst klar war?

Der Busfahrer rauchte seinen letzten Zug, warf die Zigarette achtlos auf den Boden. Hoffentlich fuhr er nicht zu früh los.

»Nein, ich glaube nicht«, sagte Tonia schließlich. »Dann hätte er sich bestimmt anders verhalten.«

Der Busfahrer stieg ein. Zbigniew hörte Stimmen, die sich Tonia näherten. Fast im gleichen Moment sprang der Motor des Busses an. Es war zwei Minuten vor der geplanten Abfahrt.

»Tonia, ich muss jetzt leider.«

Legte der Busfahrer den Gang ein, oder war es bloß Einbildung?

»Ja, hier kommen auch diverse Leute grad herein«, sagte Tonia.

»Bis später. Ich melde mich wieder«, sagte Zbigniew und legte auf. Er riss die Telefonkarte aus dem Schlitz und hastete zum Bus. Der Busfahrer blickte ihn verwundert an. Wegen seiner Hast oder wegen seines Aussehens?

Zbigniew löste eine Karte bis Cabourg, Verschleierungstaktik, und setzte sich in eine Bank nahe dem mittleren Ausgang des Busses. Er war der einzige Passagier, der Motor lief auf vollen Touren. Eine Minute vor Abfahrt. Der Busfahrer steckte sich eine weitere Zigarette an, hinter dem Steuer, im Bus. Ein Skandal, der ihn in Deutschland vermutlich den Job gekostet hätte.

Die Zeit verging nun schier endlos langsam. Er hätte länger mit Tonia telefonieren können. Natürlich fuhr der Bus nicht vor der vorgesehenen Abfahrtszeit los. Falsche Panik.

Der Uhrzeiger rückte vor. Fünf nach elf. Zbigniew wurde ungeduldig. Es ging nach Houlgate. Zum Ausgangspunkt.

Nichts passierte. Eine Minute nach der Abfahrtszeit.

Der Busfahrer rauchte gemütlich seine Zigarette weiter, während der Dieselmotor seinerseits krebserregende Abgase auf den Bahnhofsvorplatz von Deauville schleuderte. Die Minuten verstrichen.

Zbigniew war kurz davor, nach vorn zu gehen und dem Busfahrer seine Meinung zu sagen, als eine junge Frau auf den Bus zugeschlendert kam. Sie stieg ein, grüßte den Busfahrer, blieb neben dem Fahrerkabuff stehen. Die beiden hielten einen Plausch. Irgendwann zwischendrin warf der Busfahrer seine Zigarette aus der offenen Bustür. Der Bus fuhr immer noch nicht, Busfahrer und Frau diskutierten gerade erhitzt.

Schließlich, ohne dass es einen besonderen Grund dafür zu geben schien, legte der Busfahrer den Gang ein und fuhr los. Die Frau blieb an ihrer Stelle stehen, wankte ein wenig hin und her, während der Bus sich seine Ausfahrt aus dem Bahnhofsvorplatz erkämpfte. Das Palaver zwischen den beiden ging unvermindert weiter, so, als ob nichts geschehen war.

Deauville strich vorbei, während der Bus auf dem Weg an der Hauptstraße entlang weitere Fahrgäste einsammelte. Bald füllten ältere Herrschaften den Bus. Zbigniew kam sich vor wie im Frühstücksraum in Houlgate. Nachsaison-Senioren.

Die Landschaft zog vorbei. Hübsche Villen. Gelegentlich hielt der Bus, Menschen stiegen ein oder aus. Die harmlose, liebliche Landschaft. Die Frau beim Busfahrer blieb stehen.

23 Minuten. 23 Minuten würde die Fahrt dauern.

Sie kreuzten den Weg, der zu Bernard Grenet führte. Von der Straße aus war Grenets Haus nicht zu sehen, der Weg zu ihm verschwand hinter einem sanften Hügel, auf dem eine Schafherde stand. Grenet war bestimmt wieder mit seinem Hund am Strand.

Der Bus schlängelte sich nun in einigen kurvenreichen Windungen einen Hügel hinauf. Eine Zeitlang fuhr er auf einer höher gelegenen Ebene, durch einige hübsche Täler. Hier musste sich am Meer das Kliff befinden. Die Falaises des Vaches Noires.

Dann war Houlgate zu sehen, tief unter ihnen, im Tal. Einige mondäne Fachwerkvillen mit spitzgiebligen Dächern ragten heraus. Bald gab die Straße einen Blick auf das Meer frei, harmlos und friedlich.

Wie sahen die Täter aus? Zbigniew wusste es nicht. Er würde in Houlgate keine Minute unachtsam verbringen können. Trotz seiner albernen Verkleidung.

Vielleicht würden sie aber auch nicht damit rechnen, dass Zbigniew sich zurück nach Houlgate wagte. Für den Fall, dass er überhaupt noch am Leben war, würde er sich nicht wieder zurück in die Höhle des Löwen begeben.

Es wäre ziemlich dumm, das zu tun.

Houlgate. Zbigniew stieg am überdachten Markt aus; mit ihm verließen weitere Fahrgäste den Bus. Er schlich sofort eine Seitengasse hoch zum Dorfplatz mit der kleinen Kirche. Niemand folgte ihm. Am Platz lagen neben der Kirche bloß ein paar verschlafene Villen, von denen drei Viertel der Besitzer in der Nachsaison nicht anwesend waren.

Hier war das Restaurationszelt aufgebaut gewesen, in der Nacht, als Olaf Lindner Natalie nachgestellt hatte. Hier hatte alles seinen Anfang genommen. Vorsichtig huschte Zbigniew über den nun menschenleeren Platz hinweg. Zur linken Seite führten die kleinen Querstraßen zur Hauptstraße mit den Läden und zum Strand. Er musste sich einen Moment lang orientieren, dann erkannte er die Straße, die zur Hinterseite seines Hotels führte.

Zbigniew ging die Straße hinunter. Bereits auf halber Strecke zur Hauptstraße konnte er das Hotel von hinten sehen. Auf dieser Seitenstraße befand sich niemand, dennoch duckte Zbigniew sich am viel zu niedrigen Zaun. Vom Hotel aus würde man ihn so nicht sehen können.

Würde Barbaratonia kommen? War sie Stammgast in dem Restaurant, wo Zbigniew ihr begegnet war? Ging sie öfter im Supermarkt einkaufen?

Gewiss, sie sollte Zbigniew beschatten, mit ihm in Kontakt treten. Aber ihr Verhalten wirkte so, als ob sie hier am Ort mit allem vertraut war. Immerhin war sie auch in den Sommerferien hier gewesen. Zbigniew ging davon aus, dass sie im Ort oder in der Nähe wohnte. Wie sonst wäre ihr Timo als mögliches Opfer aufgefallen?

Kurz vor der Ecke zur Hauptstraße blieb Zbigniew stehen. Er lehnte sich an die Seitenwand des Hotels, das direkt bis zum Bürgersteig gebaut war. Zbigniew konnte von hier aus den Eingang des Restaurants sehen, in dem er mit Barbaratonia gegessen hatte. Er konnte sehen, ob jemand auf der Hauptstraße hin und her ging.

Zbigniew sah auf die Uhr. Es war 11 Uhr 40. Vor zwölf würde niemand das Restaurant betreten. Sollte er es wagen, nun mit Natalie Kontakt aufzunehmen, sie um seine Unterlagen im Safe zu bitten?

Er beschloss, dass das zu riskant war.

Auch hier würden sie ihn vielleicht sehen können. Wenn er die ganze Zeit herumstand, zog er Aufmerksamkeit auf sich.

Er überlegte, ob er über den Zaun des Hotels klettern sollte. Auf der anderen Seite hätte er ebenso Sicht auf die Straßenecke, wäre aber wesentlich geschützter.

Zbigniew nahm eine von seinen Rückentabletten, zur Vorbeugung, und erklomm mit großer Entschlusskraft den hübschen weißen Lattenzaun. Er war nicht besonders hoch und stabil; es war ein Leichtes, in den Garten des Hotels zu springen. Die Stühle und Tische für den Terrassenbetrieb waren unter einem Vordach zusammengestellt und winterfest gemacht. Nur ein rostiger Gartenstuhl stand am Ende des Rasens, dort, wo die Blumenbeete begannen.

Zbigniew schaute durch den Zaun. Es war perfekt. Er hatte keinen großen Ausschnitt, konnte aber die Tür des Restaurants sehen. Passanten würden ihn nicht bemerken, er würde nicht auffallen. Ein idealer Beobachtungsposten.

Ein älteres Paar ging am Restaurant vorbei. Zbigniew sah auf die Uhr, es war erst 11 Uhr 44. Der rostige Stuhl lachte ihn an. Zbigniew blickte in die Hotelfenster, kein Mensch zu sehen. Schnell eilte er zum Stuhl, stellte ihn an den Zaun. Die Federn knarzten, als Zbigniew sich hinsetzte. Immerhin musste er nun nicht mehr stundenlang stehen.

Die Zeit verging langsam. Passanten gingen die Straße auf und ab; nach zehn Minuten hatte Zbigniew seinen ersten »Doppelten« – jemand, der die Straße hochgegangen war, kam sie wieder herunter. Zbigniew wünschte sich bald eine Thermoskanne und einen Observationskollegen herbei.

Die ersten Gäste gingen ins Restaurant. Es war kurz nach zwölf. Der tadellose Kellner warf einen Blick nach draußen.

Zbigniew saß auf seinem rostigen Stuhl und wartete. Barbaratonia tauchte nicht auf. Immerhin war es unter dem Overall nicht kalt. Die Zeit quälte sich von Minute zu Minute. Zbigniew wagte nicht, woanders hinzublicken und den einen kurzen Moment, in dem Barbaratonia ins Restaurant schritt, zu verpassen. Erschwerend kam hinzu, dass er bald an Essen denken musste.

Eine Stunde war vergangen, da hörte Zbigniew plötzlich ein Geräusch hinter sich.

»Monsieur?«

Zbigniew drehte sich hastig um. Natalie stand auf der Terrasse, ein eingefrorenes Staubtuch in der Hand, sah ihn erschrocken an. Sie hatte ihn nicht erkannt.

»C'est moi«, sagte Zbigniew hilflos. Erstaunlicherweise reichte es aus – Natalie erkannte ihn an der Stimme. Sie schlug die Hand vors Gesicht.

»Mon Dieu! Herr Meier?«

Zbigniew fragte sich, ob er das wirklich war, nickte dann.

»Was ist mit Ihrem Gesicht passiert?«

»Eine Feuerqualle.«

»Und Ihre Haare?«

Sie sah einfach zu süß aus, mit ihren weit aufgerissenen Augen und ihren kleinen Fingern, die immer noch vor dem Mund tanzten.

»*Zwei* Feuerquallen.«

Natalie musste lächeln. Das tat gut. Das war wie ein kleines Stück Zuhause.

»Kann ich Ihnen …«, fing sie an, doch Zbigniew unterbrach sie.

»Natalie, würde es Ihnen etwas ausmachen, wenn Sie mir die Sachen aus dem Safe bringen? Jetzt sofort?«

Natalie sah ihn an, nickte. Sie verschwand für eine Minute, kam mit den DVDs, Timos Aufzeichnungen und der Partiturseite wieder.

»Vielen Dank!«

Er hatte seinen Schatz wieder, er war nicht gestohlen worden. Sie hatten Natalie nicht überfallen. Vielleicht sah er doch Gespenster.

»Macht es Ihnen etwas aus, wenn ich hier noch ein paar Minuten lang sitzen bleibe?«

Natalie lächelte verlegen, schüttelte dann den Kopf. Der verunstaltete, blonde Zbigniew mit seinem Overall im rostigen Gartenstuhl gab vermutlich ein eher komisches Bild ab.

Zbigniew hatte während des Gesprächs ein paarmal den Blickkontakt zur Restauranttür verloren. Hoffentlich war Barbaratonia nicht genau in einem dieser Momente in das Restaurant gegangen.

»Ah, Monsieur Meier?«, fragte Natalie von hinten etwas zaghaft.

»Ja?«

»Ihr Zimmer – behalten sie es noch?«

»Ja, vorerst. Ich sage dann Bescheid.«

Zbigniew fragte sich, wann er über was Bescheid sagen wollte. Aber er durfte seine Konzentration nicht verlieren, die Observation ging vor.

»Heute Morgen war eine Frau hier, hat nach Ihnen gefragt, wollte gern Ihr Zimmer sehen.«

Zbigniew lief ein eiskalter Schauer herunter. Eine Frau?

»Eine Frau? Wie sah sie aus?«

Natalie beschrieb die Frau. Kein Zweifel, es war Barbaratonia. Natalie hatte sie nicht auf Zbigniews Zimmer gelassen.

Sie war im Hotel gewesen. Das hieß, sie waren sich unsicher, ob Zbigniew nicht doch noch am Leben war. Oder wollten sie bloß seinen Nachlass in die Hände bekommen?

»Kannten Sie die Frau – ist sie hier im Ort bekannt?«

Natalie überlegte, dann schüttelte sie verneinend den Kopf. »Ich glaube nicht, dass sie aus Houlgate ist, sonst wäre ich ihr begegnet.«

Im Supermarkt. Im Restaurant. Im Sommer am Strand. Warum war sie im Sommer am Strand gewesen, wenn sie nicht hier wohnte?

»Hat sie einen Namen genannt?«

»Nein, leider nicht.«

»Haben Sie zufällig das Auto der Frau gesehen?«

Natalie überlegte.

»Ein großer schwarzer Wagen.«

»Wissen Sie die Marke?«

Natalie zuckte die Achseln.

»Das Kennzeichen? Woher er kam?«

Natalie sah ihn hilflos an.

»Ich wusste nicht, dass es wichtig war«, sagte sie.

Natürlich nicht. Es wäre ja auch bloß ein schöner Zufall gewesen.

Barbaratonia war also bereits hier gewesen. Würde sie sich zufriedengeben damit, dass Natalie sie nicht hineingelassen hatte? Würde sie nicht wiederkommen müssen?

Den Eingang des Restaurants hatte Zbigniew völlig vergessen.

Barbaratonia würde dort nicht essen gehen, das stand für ihn nun fest. Sie würde nur dort sein, wo sie Zbigniew vermutete.

Das war zum einen das Hotel. Das war zum anderen Zbigniews Auto, das seit seiner Ankunft an der Hauptstraße geparkt war.

Konnte es möglich sein, dass sie diese Orte beobachteten, genauso wie er selbst den Restauranteingang beobachtete? Beobachteten sie sich gegenseitig?

Sollte Zbigniew zum Auto spazieren, sehen, was passieren würde? Den Lockvogel abgeben, schauen, ob die Täter aus ihrer Deckung kamen?

Aber wer würde ihm Schutz gewähren?

In diesem Moment erklang die Türglocke vom Hotel. Natalie zögerte, entschuldigte sich und ging hinein.

Dann ging alles extrem schnell.

Zbigniew hörte die Stimmen von zwei Männern.

Ihn packte ein extrem ungutes Gefühl. Zwei Männer, hier?

Er hatte bislang immer nur ältere Ehepaare gesehen.

Nie zwei Männer.

Zbigniew zögerte nicht lange.

Er stieg über den Zaun, heraus aus dem Hotelgarten. Wagte sich vor zur Ecke der Hauptstraße. Ein vorsichtiger Blick nach links zum Hoteleingang. Ein Schreck ergriff ihn.

Dort stand ein Polizeiauto.

Fahndeten sie bereits nach ihm? War es Zeynel nicht genug, auf seine Rückkehr zu warten, wollte er ihn in Frankreich via Interpol festnehmen lassen? Hingen bereits Fotos von ihm in den Polizeistationen?

Sofort zog Zbigniew seinen Kopf wieder hinter die Ecke zurück. Er blickte vorsichtig in den Garten. Niemand war zu sehen, bislang hatte Natalie ihn nicht verraten. Er wagte nicht, den Weg zurück zum Dorfplatz zu gehen, seinen Fluchtweg, weil die Beamten ihn dann aus der Perspektive des Frühstücksraums sehen konnten.

Auf der Hauptstraße hupte ein Auto zweimal. Zbigniew sah vorsichtig nach rechts. Dort, vor einem kleinen Fotoladen, stand ein großer schwarzer Wagen. Ein Mercedes. Zbigniew hatte den Eindruck, dass der Fahrer ihn angestarrt hatte. Nun wandte er eilig den Blick ab.

Er sah Gespenster. Das zweimalige Hupen, war es ein ausgemachtes Zeichen?

Zbigniew war wie gelähmt. Es war vielleicht nur der Bruchteil einer Sekunde, aber für Zbigniew dauerte er eine Ewigkeit.

Saß jemand im Fond des Mercedes? Unklar. Wie sah der Fahrer aus? Kaum zu erkennen. Zbigniew hatte eher gefühlt, dass er ihn angeblickt hatte.

Das Autokennzeichen, irgendetwas mit einer 61.

Mit einem Reflex sprang er kurz an die Ecke, sah zum leeren Polizeiauto zur anderen Seite. Noch ein Autokennzeichen.

61.

Die beiden Kennzeichen vermischten sich in seinem Hirn.

Nun kam einer der Beamten aus dem Hotel heraus. Ein älterer, dickerer Polizist mit Schnauzbart. Zbigniew sprang zurück.

Lauf, Zbigniew, lauf.

Sie gingen nicht davon aus, dass er tot war. Darauf verließen sie sich nicht.

Zbigniew nahm die Beine in die Hand. Rannte, so schnell er konnte, die Nebenstraße hoch zur Kirche. Ein Hupen von der Straße. Zwei Männer riefen etwas hin und her.

Zbigniew begriff, dass er verfolgt wurde. Der Fahrer des Mercedes hatte ihn erkannt, nun folgte ihm der schnauzbärtige Polizist mit einigem Abstand. Er rief ihm etwas zu, Zbigniew verstand nicht genau, was es war. Zu laut war sein eigener Atem.

Nur nicht innehalten.

Zbigniew war bereits an der Ecke zum Kirchplatz, schlug einen Haken nach rechts. Nun etwas tun, womit der andere nicht rechnet. Bevor der Polizist auf dem Platz war, rannte Zbigniew eine der anderen Seitengassen wieder herunter zur Hauptstraße. Er rannte, wie er noch nie in seinem Leben gerannt war. Landete schließlich auf der Hauptstraße. Der Polizeiwagen stand nicht mehr rechts, er sah den schwarzen Mercedes soeben mit dem Heck um die Ecke biegen, um die er zuvor gerannt war.

Wenn sie als Polizisten nach ihm suchten, hatten sie alle Trümpfe in der Hand.

Wäre er nur zurück nach Deutschland gefahren, direkt mit dem ersten Zug in Deauville. Ein großer Fehler, nach Houlgate zurückzukehren. Er hatte es gewusst, und trotzdem hatte er es getan.

Waren es echte Polizisten? Oder nur solche, die sich dafür ausgaben?

Die 61.

Zbigniew querte die Hauptstraße, nun war alles egal, zumindest würden sie damit nicht rechnen. Er hastete herunter zum Strand. Verlor sich in einem kleinen Gassengewirr zwischen Hauptstraße und Meer. Am Meer war es zu übersichtlich. Unsinnig, dorthin zu rennen. Schließlich, da er keinen anderen Ausweg wusste, sprang er über die hintere Gartenpforte eines privaten Anwesens.

Ausruhen. Innehalten. Nur für einen Moment. Zbigniew wagte kaum zu atmen, obwohl seine Lungen um Hilfe riefen.

Hatten sie gesehen, wohin er gerannt war? Die Gärten in diesem Teil von Houlgate waren alle alt und von undurchdringlichen Hecken oder Bäumen umgeben. Wenn sie ihn aus den Augen verloren hatten und ihn hier finden wollten, hatten sie eine Menge zu tun.

Es sei denn, der Besitzer dieses Anwesens würde ihn entdecken und die Polizei zu Hilfe rufen.

Zbigniew traute sich eine kurze Zeit lang nicht, in Richtung des Gebäudes zu schauen. Von der Straße her war es ruhig, nur das Meer, wenige Dutzend Meter entfernt, war zu hören. Sein Atem beruhigte sich, die Angst blieb. Schließlich wagte Zbigniew einen Blick zurück.

Dort war eine der unzähligen alten Jahrhundertwendevillen, im normannischen Backsteinstil mit Fachwerk und leicht chinesischem Einschlag gebaut. Die Fensterläden des Hauses waren alle geschlossen. Vielleicht das Sommerhaus von reichen Parisern, die nur im Sommer und an den Wochenenden kamen. Wenn er Glück hatte.

Zbigniew war kurz davor, sich ins Gras zu setzen. War nicht inzwischen alles irgendwie egal? War der Gegner nicht übermächtig?

Nein.

Er konnte aufrecht durch den Garten gehen, die Hecke war höher als zwei Meter. Hier, hinter dem Haus, war eine Veranda. Zbigniew ging dicht an der Häuserwand um das Haus herum, war bald auf der anderen Seite der Villa. Der Haupteingang des Anwesens, mit einem Kieselweg, der zu einer Garage neben dem Haus führte. Die Hecke war an der Ausfahrt durch ein großes Gittertor unterbrochen.

Vorsichtig ging Zbigniew zur Garage. Auf seinem kurzen Weg verschob sich die Perspektive von dem Stück Straße, das er durch das Gittertor sah. Niemand war in Sicht.

Das Garagentor war abgeschlossen, doch Zbigniew entdeckte eine kleine Seitentür. Der alte Trick? Fehlanzeige unter der Abtretmatte. Aber unter einem Blumentopf wurde Zbigniew fündig: ein Schlüssel.

Zbigniew ging in die Garage. Sie wirkte leer, was hatte Zbigniew erwartet?

Seine Augen gewöhnten sich langsam an die Dunkelheit. Es roch nach Motoröl. Dann sah Zbigniew etwas, das seine Aufmerksamkeit erregte.

Er wagte sich vor in den hinteren Teil der Garage, in dem es am dunkelsten war.

Dort stand, neben einer Werkbank und einer Leiter, etwas Großes unter einer Plastikplane versteckt. Vorsichtig zog Zbigniew die Plane herunter. Er traute seinen Augen kaum: eine Harley-Davidson, ein wunderschönes altes Modell, in hervorragendem Zustand. Das Urlaubsvehikel des reichen Mannes, der hier seine Ferien verbrachte.

Warum ließ er die Harley hier stehen? Vielleicht war er auch gar nicht so weit fort, wie es schien. Vielleicht war er bloß mit seinem Rolls-Royce kurz zum Einkaufen gefahren.

Mit dem Motorrad könnte er es schaffen. Aber wohin?

Wohin?

Die 61. Sie rumorte in seinem Kopf. Beide Wagen, der Polizeiwagen und der schwarze Mercedes, hatten eine Autonummer mit 61 gehabt. Das war keine Nummer von hier. Zbigniew überlegte, dann schaute er simpel auf die Harley-Davidson: 14. Genau. Calvados, das war das Département 14 auf französischen Kennzeichen.

Paris war 75. Was war 61?

Kamen die Täter aus 61? Und falls ja, was würde diese Information Zbigniew bringen – ein französisches Département war groß.

Und wenn die Polizisten echte Polizisten waren, wenn sie in die ganze Sache involviert waren?

Warum hatten die Polizisten dann nicht eine 14 an ihrem Auto gehabt, wenn sie echt waren? Würden sie dann nicht von hier kommen?

Zbigniew rätselte. Er stand in der Garage neben der traumhaften Harley-Davidson und wusste weder vor noch zurück.

Er konnte nicht wirklich ein Motorrad hier stehlen. Ausborgen. Er war Polizist, das könnte ihn den Job kosten. Außerdem widerstrebte es seinem Rechtsbewusstsein.

61.

Wo ein Biker war, da waren auch Landkarten.

Zbigniew musste nicht lange suchen. In einem Metallregal, ordentlich neben ölverschmiertem Werkzeug und diversem Motorradzubehör – zwei Helme, Handschuhe, alles, was das Herz begehrte –, war ein Stehsammler mit Kartenmaterial. Der große Michelin-Atlas Frankreich, einige detaillierte Straßenkarten der Region. Und eine Seekarte – hatte der Besitzer hier etwa auch noch ein Boot? Manchmal war die Welt ungerecht.

Im Frankreichatlas fand Zbigniew nach einiger Suche eine Liste der Departements. Unglücklicherweise nicht nach Nummern geordnet.

Basse-Normandie. 61 – Département Orne. Hauptstadt: Alençon.

Zbigniew hatte die Namen von Stadt und Département noch nie gehört. Immerhin war es irgendwo in der Normandie. Er schlug die Seite mit der Hauptstadt auf. Die Landschaft sah grün aus, einige Regionalparks, überwiegend Waldgebiete. In der Mitte Alençon. Ein offenbar aufgestauter, langer, breiter Fluss, der auch den Namen Orne trug und sich in kleinen Windungen durch Schluchten quälte. Daneben eine Stadt namens Argentan.

Es war völlig sinnlos. Aussichtslos, hier einen Anhaltspunkt zu finden.

Vielleicht steckten die Täter in irgendeinem Landhaus in den Wäldern. Die Gegend sah perfekt dafür aus, dünn besiedelt und kaum mit Straßen erschlossen.

Château. Der Name fiel ihm ins Auge, Château d'Almenêches, Château d'Ô, Château hier, Château dort. Die ganze Gegend war voll mit Schlössern und Burgen.

Gab es nicht einen Ritter, der aus Argentan kam?

In diesem Moment sah Zbigniew es. Es lag klein da, mitten im Wald, in der Nähe von Argentan. Zbigniew traute zunächst seinen Augen nicht. Er hätte niemals vermutet, dass es wirklich existierte.

Ein Fantasiebild, das Wirklichkeit wurde.

Da war es. Timos Schloss der Träume.

Das Château d'Amour.

Das Schloss der Liebe.

21

Die Dämmerung war hereingebrochen. Zbigniew stellte die Harley in einem Waldstück unweit der Route Nationale 26 ab, versteckte sie zwischen ein paar Büschen. Er hatte Angst, dass jemand das gute Stück stehlen könnte. Es war absurd, er selbst war der Dieb.

Vor ihm, fünfhundert Meter weiter auf der RN, lag ein kleines Dorf mit dem Namen Mortiers. Ein seltsamer Name, das hatte Zbigniew schon beim Lesen der Karte in der Garage gedacht. Ein Name, der nach Tod klang. Mordor, Moriarty, Mortiers.

Sein Rücken hatte höllisch geschmerzt, als er von der schweren Maschine abgestiegen war. Motorradfahren war mit Sicherheit kein vorteilhafter Sport für Menschen mit einem Bandscheibenvorfall. Zbigniew hatte eine Tablette aus der Plastikhülle gedrückt und eingenommen. Wieder einmal ohne Wasser, es war ja ohnehin die letzte.

Zbigniew setzte den Helm ab, zog die Lederkluft aus und legte sie hinter einen Baumstumpf. Er zog die Mütze über seine blonden Haare. In seinem Overall würde er hier im Unterholz nicht auffallen.

Das Château d'Amour befand sich laut der Karte, die Zbigniew aus der Garage mitgenommen hatte, etwa einen Kilometer schräg hinter dem Ort Mortiers. Zbigniew hatte keine Zeit zu verlieren. Er ging los.

Ein dichter Eichenwald lag zu beiden Seiten der Route Nationale. Zbigniew ging nahe der Straße bis kurz vor den Ortsrand von Mortiers. Ein graues, typisch französisches Straßendorf; hier war allenfalls der Hund begraben. Nur die großen Tempo-50-Hinweisschilder, die den Ortseingang an der RN kennzeichneten, verströmten einen Hauch von Moderne. Ob sich jemand an diese Schilder hielt?

Zbigniew entfernte sich von der Straße und kämpfte sich ein

Stück quer durch das Unterholz des Waldes. Er ging in die Richtung, in der er das Schloss vermutete. Niemand aus dem Ort würde ihn sehen.

Der Waldboden wurde etwas matschig, kurze Zeit später hörten die Bäume auf. Die Türme des Schlosses wurden sichtbar. Ein kleiner Bach mäanderte durch Wiesen mit kleinen Weidezäunen. Er schien zum Schloss zu führen, vielleicht speiste er einen Wassergraben.

Im dämmrigen Licht ging von den Dächern des Châteaus d'Amour eine gewisse Magie aus. Hinter einer dichten Wallhecke aus grauem Grün sah man lediglich die obere Hälfte des Schlosses emporragen. Sehr spitze und hohe, dunkle Türmchen ragten in den Himmel, eine klare Ordnung der Dächer war aus der Ferne nicht erkennbar.

Zbigniew hatte keinen Bedarf, über die offenen Felder zum Schloss zu gehen. Ihm blieb nichts anderes übrig, als sich am morastigen Bachrand, der etwas tiefer als die Weiden lag, entlangzubewegen. Der Bach schnitt sich im Lauf der Zeit immer tiefer in die Felder hinein.

Nach einigen hundert Metern wurde das Unterholz am Bach zu dicht, um hier weiterzugehen. Zbigniew kletterte den steil gewordenen Rain vorsichtig ein paar Meter hoch bis zum Rand einer Viehweide. In der Ferne standen ein paar schwarze Kühe; dahinter lag Mortiers, in der Dämmerung bloß ein grauer Strich. In Richtung Schloss war nur noch ein undurchdringliches Grüngrau zu sehen.

Zbigniew verließ den Bachrain und hangelte sich zwischen einem Viehzaun und einer Hecke entlang, langsam, damit niemandem seine Bewegungen auffielen. Bald zweigte die Hecke vom Bach ab, wurde zu einer hohen Wallhecke. Zbigniew schätzte, dass das Schloss ringsum von einer solchen Hecke umgeben war. Es würde eine Haupteinfahrt zum Schloss geben, vermutlich von der Seite des Ortes. Eine Zufahrt für Autos. Doch dieser Weg würde zu gefährlich sein. Zbigniew musste einen anderen Weg durch das Graugrün finden. Er kroch weiter an der Hecke entlang.

Durch die Rundung der Wallhecke drehte sich der Weg, auf dem er ging. Bald hatte er Mortiers im Rücken. Die Allee zum Schloss schien nicht vom Dorf zu kommen, sondern aus einer anderen

Richtung, von Osten. Die Hecke blieb undurchdringlich. Schließlich, Zbigniew war mindestens einen Halbkreis gegangen, kam die Schlosszufahrt in Sicht. Eine asphaltierte Straße, die durch die Wallhecke hindurchführte.

Er wich zurück. Die Einfahrt war der Ort, wo man eine Überwachungskamera installieren würde.

Wie sollte er bei dieser Hecke hineinkommen?

Kaum hatte Zbigniew diesen Gedanken gedacht, sah er es. Einen kleinen Schlitz in der Wallhecke. Direkt vor ihm.

Das konnte kein Zufall sein. Hier hatten sich bereits Generationen einen geheimen Zugang durch die Hecke geschaffen.

Zbigniew quetschte sich, ohne lange zu überlegen, in die Hecke. Ein schmaler Spalt schien vor ihm zu liegen, führte durch das Dickicht. Zbigniew zwang seinen Körper voran, es stach ein wenig. Im Hohlweg war es so finster, dass man kaum seine Hand vor den Augen sehen konnte. Zbigniew musste die Zweige an einer Stelle, wo sie fast vollständig in den Weg hineingewachsen waren, zur Seite schieben. Im Zickzack ging es ein paarmal hin und her. Nach vielleicht sieben Metern sah Zbigniew wieder das restliche Licht des Tages, und plötzlich begriff er, dass er direkt vor einem Zaun stand. Ein mindestens drei Meter hoher Maschendrahtzaun, der an seinem oberen Ende mit Stacheldraht gesichert war und die Wallhecke innen umfasste.

Zbigniew stieß einen leisen Fluch aus.

Was hatte er erwartet?

Immerhin konnte er auf den ersten Blick keine Kameras erkennen.

Hinter dem Zaun lag ein Wassergraben, mindestens zehn Meter breit. Auf der rechten Seite konnte Zbigniew einen Weg sehen, der den Wassergraben wie ein kleiner Damm durchschnitt. Dieser Weg musste die Straße durch die Hecke verlängern, führte offenbar von der Hauptzufahrt zum Schloss.

Das Schloss selbst lag majestätisch auf der anderen Seite des Wassergrabens. Mehrere sechseckige Türmchen drangen wie Erker aus dem Mauerwerk heraus, auf jeweils zwei Etagen der Türme zeigten sich einige kleine Fenster. Eine klare Ordnung der verwinkelten

Erker ließ sich nicht erkennen, dennoch strahlte das Schloss eine große architektonische Harmonie aus.

Das Dach des Schlosses, in tiefem Schiefergrau, war fast ebenso hoch wie die Stockwerke unterhalb des Daches. In der Mitte der Fassade ragte ein Geschoss höher ins Dach hinein, mit einem zinnengekrönten großen Fenster.

Lena hätte das Schloss sehr romantisch gefunden, da war Zbigniew sich sicher.

Es half nichts. An dieser Stelle ging es nicht weiter. Zwischen dem Zaun und dem Dickicht, in dem Zbigniew sich befand, gab es kein weiteres Vorankommen. Eine Sackgasse.

Eine Sackgasse auch noch in anderer Hinsicht. Aus den Fenstern des Schlosses drang kein Licht. War das Schloss bereits geräumt worden? Waren alle Spuren verwischt? Kam Zbigniew zu spät?

Oder es war nur ein Hirngespinst gewesen, das Château d'Amour? Die Vorstellung, dass Barbaratonia Timo von dem Schloss erzählt hatte, in dem all seine sexuellen Wünsche in Erfüllung gehen würden. Timo, der den weiten Weg dafür angetreten hatte, nach Frankreich.

Hirngespinste.

Zbigniew zwängte sich durch die Hecke zurück. Diesmal sah er die in den Weg gewachsenen Zweige zu spät; eine Spitze riss ihm tief in die Hand. Als er auf der anderen Seite der Hecke stand, sah er, dass die Stelle blutete. Er leckte sie ab, fühlte sich ein wenig wie ein Hund.

Richtung Einfahrtsweg konnte er nicht weitergehen. Falls seine Gedanken doch keine Hirngespinste waren, würden sie ihn dort bemerken.

Inzwischen war es fast ganz dunkel. Würden die Kameras ihn vielleicht übersehen, wenn er schnell am Eingang vorbeihuschte?

Bewegungsmelder, schoss ihm durch den Kopf.

Oder sollte er es einfach wagen?

In diesem Moment sah er Lichter. Schnell zog er sich ein Stück in die Hecke zurück. Ein Auto fuhr durch die Nacht, einen Weg entlang, aus Richtung des Dorfes Mortiers. Zunächst sah es so aus, als würde es am Schloss vorbeifahren – offenbar ging der Hauptweg in einigen hundert Metern Entfernung am Schloss vorbei –, doch dann bog das Auto ab und kam direkt auf ihn zu. Zbigniew glaubte, den schwarzen Mercedes zu erkennen, doch in der Dunkelheit, fast geblendet von den Scheinwerfern des Autos, war er sich nicht sicher.

Das Auto stoppte, für Zbigniew nicht sichtbar, irgendwo in der Wallhecke. Er hörte ein automatisches Tor. Der Klang des Tores erinnerte ihn an den des italienischen Konsulats in Bonn, wo er ein paarmal Wache geschoben hatte; bedeutungslos, aber dennoch bekam er eine Gänsehaut.

Das Auto setzte sich wieder in Bewegung, das Tor schloss sich. Zbigniew zögerte nicht lange und schob sich auf dem schmalen Durchgang durch die Hecke zurück. Die Zweige drückte er diesmal im richtigen Augenblick zur Seite, er kannte den Weg inzwischen.

Der Wagen hatte soeben auf dem Platz vor dem Schloss gehalten. Es war der Mercedes, das ließ sich nun deutlich erkennen – auf dem Schlossplatz hatte sich eine Laterne eingeschaltet.

Alle Zweifel Zbigniews verschwanden. Hatten sie ihn den ganzen Tag lang gesucht? Kamen sie nun heim?

Zbigniew hielt den Atem an – wer würde aus dem Wagen aussteigen?

Eine halbe Ewigkeit verging.

Niemand.

Niemand stieg aus dem Wagen aus. Eine Zeitlang passierte überhaupt nichts. Im Halbdunkel konnte Zbigniew nur erkennen, dass jemand im Wagen saß. Ein Mann, vermutete er, aber sicher konnte er sich nicht sein. Der Fahrer, den er bereits in Houlgate gesehen hatte?

Der Mann hupte nicht, stellte den Motor nicht aus. Gar nichts passierte. Der Wagen wartete.

Dann öffnete sich plötzlich eine Tür im Schloss. Nicht das große Hauptportal, das sich oberhalb der Freitreppe in der Mitte der Fassade befand. Nein, es war eine kleine Tür zu ebener Erde. Ein fahles Licht entströmte der Tür, mit dem Licht kam eine Person auf den Platz.

Ein Mann. Hager und groß. Zunächst sah Zbigniew gegen das Licht nur Schemen. Als der Mann zum Wagen ging, erkannte

Zbigniew sein Profil. Es war niemand, den er schon mal gesehen hatte. Der Mann ging zum Fahrer des Mercedes, der seine Scheibe herunterließ. Die beiden wechselten ein paar Worte miteinander; Zbigniew verstand aus der Entfernung nichts.

Dann gab der Mann, der die Tür geöffnet hatte, ein Zeichen in Richtung Schloss. Er hob den Arm. Daraufhin kam ein weiterer Mann aus der kleinen Tür. Er war kleiner und stämmiger als der erste, der beim Wagen stehen blieb. Der zweite Mann trug ein Bündel in seinen Händen. Zbigniew erschrak, als er erkannte, was es war.

Ein Mensch. Ein kleiner Mensch.

Der erste Mann öffnete den Kofferraum des Mercedes, während der Fahrer ruhig sitzen blieb. Der stämmige Mann näherte sich mit seiner Last dem Wagen. Ein Kind. Es war regungslos – war es tot? Oder hatten die Täter es betäubt? Zbigniew war sich sicher, dass es ein Kind war, der Größe nach höchstens zwölf Jahre alt.

Es war also wahr. Es ging nicht nur um Timo.

Ein eisiger Schauder hatte Zbigniew erfasst. Wie eine Lähmung, die tief aus seinem Innern heraus an seine Körperoberfläche brach.

Die Aufzeichnungen von Timo. Sie fühlten sich hier nicht mehr sicher. Sie räumten das Schloss der Liebe.

Was sollte er tun? Konnte er verhindern, was hier geschah? Er war unbewaffnet und hatte kein Handy. Das Motorrad stand zu weit weg, als dass er hätte versuchen können, dem Mercedes zu folgen. Er war nicht in der Lage, Hilfe zu holen. Abgesehen davon – wer würde ihm glauben?

Währenddessen legte der Mann das Kind in den Kofferraum.

Wohin wollten sie es schaffen? War Timo noch im Schloss? Gab es noch mehr Kinder hier, oder waren sie schon abtransportiert?

Die letzte Frage wurde Zbigniew direkt beantwortet. Der stämmige Mann ging wieder zurück zur kleinen Tür, während der andere Mann am Auto blieb und kurz das Kind anstupste, als wolle er nachprüfen, ob das Kind erfolgreich betäubt war. Es war also nicht tot, ratterte es in Zbigniews Unterbewusstsein.

Dann sah er sie.

In der Tür erkannte Zbigniew die Statur von Barbaratonia. Neben ihr ein weiteres Kind, von ihr gestützt. Ein Mädchen, das ebenso wie das andere Kind nicht vollständig bei Bewusstsein zu sein schien. Vielleicht einen Meter dreißig groß, wenn Barbaratonia eins siebzig war.

Der stämmige Mann nahm das Mädchen wie eine Ware auf seine Arme, trug es zum Mercedes. Legte es in den Kofferraum zu dem anderen Kind.

Zbigniew wurde fast schwarz vor Augen.

Ohnmacht erfasste ihn.

Die vollständige Hilflosigkeit, er konnte nichts tun.

Er musste es mit ansehen, was hier geschah.

Er brauchte die Autonummer. Und ein Telefon. Dann könnte er bei der Polizei Meldung erstatten, dass sie nach dem Auto fahndeten.

Zbigniew hatte keine Zeit mehr zu verlieren. Von hier aus würde er das Nummernschild nicht erkennen können.

Er sprang los, hastete zurück durch die Hecke. Er musste das Risiko eingehen, dass es am Haupttor Kameras gab. Die Zweige zerkratzten seinen Körper, aber das war nun egal. Zbigniew kam aus der Hecke heraus, rannte am Feldrand bis zur Einfahrt vor.

Da lag es, geschützt in der Hecke. Ein neues Aluminiumtor, hoch vergittert. Zbigniew warf sich auf den Boden, halb in der Wallhecke.

Er brauchte das Kennzeichen.

Es dauerte nicht lange, da hörte er den Motor. Die Täter transportierten offenbar nicht mehr als zwei Kinder im Kofferraum.

Oder es war die letzte Fahrt.

Das Tor öffnete sich langsam. Der schwarze Mercedes fuhr heraus.

Es dauerte höchstens eine halbe Sekunde lang, dass Zbigniew die Nummer des Wagens sehen konnte.

Aber es reichte aus.

Wie ein Brandmal prägte sich die 61er-Autonummer der schwarzen Limousine in sein Gedächtnis ein.

Als er aufstand, begriff er, dass auf dem Beifahrersitz jemand gesessen hatte. Der große Mann war mitgefahren.

Der Wagen erreichte in der Ferne die Stichstraße, bog nach rechts ab, Richtung Mortiers. Zbigniew wartete noch, bis die roten Rücklichter zwischen den Häusern verschwanden. Nun waren sie auf der Route Nationale. Durch die Häuser konnte Zbigniew nicht sehen, ob das Auto nach rechts oder links abbog.

Er hatte auch keine Zeit mehr dafür. Er musste es wagen.

Zbigniew rannte los, in Richtung Dorf.

An die folgenden Minuten würde sich Zbigniew später nur noch bruchstückhaft erinnern können. Wie er über die holprigen Felder stolperte, ein paarmal über einen Zaun springen musste. Wie die Häuserzeile von Mortiers immer näher kam. Nur das Ziel vor Augen, zu einem Telefon zu gelangen. Der Weg vom Schloss zum Dorf, wie der Wind. Und dann stand er bereits im hinteren Garten eines der grauen, unverputzten Reihenhäuser. Licht drang durch die Fenster nach außen.

Wie ein Verrückter hämmerte er an die Scheibe.

Ein besorgtes »Oui?« aus dem Innern. Der ältere Mann, der eine Gardine zur Seite zog. Die ältere Frau im Sessel, die verschreckt zum Fenster schaute. Zbigniew, der etwas von »Telephone« und »Police« stammelte. Der Mann öffnete ihm die Terrassentür. Wies ihn in einen engen Flur, wo ein uraltes Telefon an der Wand hing.

Die Wählscheibe. Eine Wählscheibe, die bei jeder Zahl endlos lange brauchte.

Zbigniew hatte es sich überlegt. Irgendwo zwischen dem Schloss und diesem Haus hatte er sich überlegt, was er sagen würde.

Seine eigenen Kinder waren entführt worden. Sie haben sie in den Kofferraum gesteckt. Jetzt gerade.

Zbigniew wusste, dass die Polizei nur dann einen Großeinsatz starten würde, wenn er glaubwürdig wirkte. Und wenn die Polizei das eindeutige Gefühl hatte, dass Gefahr im Verzug war.

Er sagte, dass er Dieter Weber aus Köln sei. Dass er mit seiner Familie in der Normandie im Urlaub sei. Und dass seine beiden Kinder soeben entführt worden waren. Er nannte die Autonummer des schwarzen Mercedes. Und das Château d'Amour.

Zbigniew bemerkte, dass die Beamtin am anderen Ende der Leitung ihre Aufregung unterdrücken musste.

»In welchem Hotel wohnen Sie?«

Sie klang besorgt. Das war gut.

Zbigniew stammelte etwas von einem privaten Ferienhaus.

»Wo sind Sie jetzt?«

Zbigniew fragte den alten Mann nach der Adresse.

»Bitte bleiben Sie am Ort. Wir schicken einen Wagen vorbei.«

Zbigniew bedankte sich, wiederholte noch mal mit Nachdruck, dass seine Kinder in höchster Gefahr waren.

»Bitte bewahren Sie Ruhe«, sagte die Polizistin, »wir kümmern uns und schicken jemanden vorbei.«

Der alte Mann, der neben ihm im Flur stand und das Gespräch mitgehört hatte, sah ihn verwirrt an.

Zbigniew überlegte. Sie schickten einen Wagen vorbei. Das klang trotz Besorgnis nicht nach besonderem Tempo. Hätte er stärker drängen müssen? Wie wäre er selbst als Polizist vorgegangen, wenn er einen derartigen Anruf erhalten hätte? Ernst genommen hätte er ihn sicherlich. Er hätte alle Wagen angefunkt, nach dem verdächtigen Auto Ausschau zu halten. Lieber auf einen Scherz hereinfallen als später das Leben zweier Kinder auf dem Gewissen haben. Die ganze Nacht lang, falls erforderlich. Parallel dazu hätte Zbigniew einen Streifenwagen bei der angegebenen Adresse vorbeigeschickt, um die Glaubwürdigkeit des Anrufers zu überprüfen.

Was sollte er nun tun? Auf den Streifenwagen warten?

Sie würden seine Identität überprüfen. Zbigniew müsste seine Papiere verstecken, damit sie nicht erkennen konnten, dass er Zbigniew Meier war; dann hatte er aber gar keine Identität. Würden sie ihn noch ernst nehmen? Wenn Zeynel nach ihm fahndete, würden sie ihn über seine Fingerabdrücke identifizieren können?

Schafften die Täter in der Zwischenzeit weitere Kinder fort?

»Gleich wird die Polizei hier eintreffen«, sagte er zu dem alten Mann. »Bitte sagen sie denen, dass ich zum Château d'Amour zurückgegangen bin. Weil man meine beiden Kinder dort entführt hat.«

Der alte Mann nickte wie in Zeitlupe.

»Bei *unserem* Schloss?«, fragte er nach einer Sekunde zurück.

»Ja. Wissen Sie etwas über das Schloss?«

Der Alte grunzte. Seine Frau kam aus dem Wohnzimmer geschlurft.

»Sag es ihm ruhig«, forderte sie in einem meckernden Ton.

Der Alte sah sie böse an.

»Sag es ihm ruhig«, fuhr die Frau fort, »dass unser Schloss dem Grafen von Mortiers gehört hat. Dass wir es besichtigen konnten, weil der Graf so verarmt war, dass er jeden Cent Eintrittsgeld gebraucht hat. Jedes Jahr gab es ein großes Fest auf dem Schlosshof, wo das ganze Dorf versammelt war. – Und dass dann diese fürchterliche Firma gekommen ist, aus dem Ausland, und ihm das Schloss abgekauft hat. Regelrecht unter Druck gesetzt haben sie ihn. Er hatte ja nicht mehr viel, und wissen Sie, was so ein Schloss an Unterhalt kostet?«

Sie machte eine kurze Pause. Zbigniew sah sich gezwungen, etwas zu sagen.

»Bestimmt sehr viel.«

»Allein die Heizkosten, das hat den Grafen aufgefressen.«

»Und die ausländische Firma?«

»Die Firma hat unser Schloss gekauft, und dann haben sie dieses abscheuliche Tor und den Zaun gemacht – haben Sie das gesehen? Und dann konnte man nicht mehr hinein. Die haben einem das Gefühl gegeben, dass man hier im eigenen Dorf nicht mehr so rumlaufen darf, wie man will.«

»Wieso das?«

»Immer diese großen Wagen. Reiche, die dort ihre Geschäfte gemacht haben. Was sollen wir hier, auf dem Land, in unserer armen Gegend mit all diesen Reichen? Wenn sie wenigstens bei unserem Bäcker mal etwas gekauft hätten. Oder in der Bar. Aber die sind hier ja nur durchgefahren. Wir haben uns auch beschwert, bei der Polizei, aber was will man machen. Das ist der Kapitalismus.«

Zbigniew wusste einen Moment nicht, was er sagen sollte. Stattdessen sagte der alte Mann endlich etwas.

»Oui, c'est le capitalisme«, pflichtete er seiner Frau bei.

»Was für eine Firma ist das?«, fragte Zbigniew.

»Sag es ihm ruhig«, fing die Alte wieder an.

»Eine deutsche Firma«, sagte ihr Mann schließlich. »Das kommt alles nur durch die Europäische Union, das Ganze.«

»Genau, die Union«, wiederholte die Frau.

»Wie heißt die Firma?«, fragte Zbigniew.

Das alte Paar zuckte synchron die Achseln.

»Es stand in der Zeitung«, sagte der Mann.

»Gut. Hören Sie mir jetzt bitte gut zu: Ich muss zurück zum Schloss. Wenn die Polizei kommt – beziehungsweise auch falls sie nicht kommen sollte: Auf dem Schloss passieren verbrecherische Dinge. Verstehen Sie? Sie müssen dafür sorgen, dass dort eine Hausdurchsuchung stattfindet. Die Firma, die das Schloss gekauft hat, muss überprüft werden. Das Schloss muss durchsucht werden. Werden Sie dafür sorgen?«

Ein gewisser Eifer war in den Augen des alten Paares entstanden. Ja, natürlich wollten sie dafür sorgen.

»Gehen Sie nicht selbst dorthin, sagen Sie es der Polizei!«, schärfte Zbigniew ihnen ein. Er nahm einen Stift von einer Kommode, schrieb etwas auf einen Zettel. Die Telefonnummer von Silvia Pütz.

»Bitte rufen Sie auch hier unter dieser Nummer an und erzählen Sie denen alles, was ich gesagt habe.«

Die Alten nickten. Zbigniew legte ihnen einen Zwanzig-Euro-Schein hin.

»Für Ihre Aufwendungen.«

Das Paar war zu verdattert, um das Geld aus Stolz nicht zu nehmen. Vermutlich hatten sie auch nicht viel.

Er hatte keine Zeit zu verlieren. Die Polizei würde ihm folgen, dorthin, wo er nun hinging.

Er rannte zurück über das Feld. Diesmal kam ihm der Weg viermal so lang vor wie auf dem Hinweg. Das Schloss lag in der Dunkelheit. Die Hecke. Zbigniew wusste, dass das Tor weiter rechts war. Hier würde er das Anwesen nicht betreten können. Auch nicht durch den Gang, in dem er sich die Arme zerstochen hatte.

Aber es gab noch eine andere Möglichkeit. Eine, an die er zuvor nicht gedacht hatte.

Zbigniew rannte an der Hecke entlang nach links, dorthin, von wo er gekommen war. Nach ein paar Minuten ging es bergab. Der Rain. Zbigniew hörte es plätschern. Er sprang durch das Dunkel nach unten. Der Boden wurde matschig. Der Bach, der den Wassergraben des Schlosses speisen musste. Der aus dem Wassergraben herausfloss, genauer gesagt. Zbigniew wusste, dass dies der einzige Weg war.

Er betrat vorsichtig das Wasser. Er sah nur Schemen, dennoch ließ sich der Wasserlauf durch die Himmelsreflexionen gut im Dunkeln erkennen. Wie er vermutet hatte, war der Bach nicht besonders tief. Dafür war das Wasser umso kälter und der Untergrund ziemlich schlammig, so dass er nur langsam vorankam.

Er watete Richtung Schloss. Das Wasser floss ihm schwach entgegen. An den Seiten des Bachs wurde das Gelände immer unzugänglicher. Bald lagen links und rechts schroffe Abbruchkanten, darüber das Buschwerk. Von oben gab es hier keinen Zugang mehr. Glücklicherweise wurde der Bach nicht tiefer, das Wasser reichte Zbigniew bloß bis zu den Knien. Jeder Schritt war dennoch mit einer großen Anstrengung verbunden.

Wasser, dachte Zbigniew, während er im Bach ging. Auch die gestrige Nacht hatte er im Wasser zugebracht.

Es ging Zbigniew viel zu langsam vorwärts. Er hätte schon längst beim Schloss sein sollen. Er verlor viel zu viel Zeit.

Plötzlich wurde es tiefer. Abrupt.

Zbigniew begriff, dass der Bach sozusagen zu Ende war; der Wassergraben hatte übergangslos begonnen. Rechts und links ein weites Halbrund von Wasser. Zbigniew näherte sich dem Schloss von der Querseite. Eine schmale Querseite, die noch dunkler aussah als der Rest des Schlosses.

Gab es etwa überhaupt keine Sicherungen von der Bachseite?

Ein derartiger Ort des Verbrechens war von allen Seiten gesichert.

Zbigniew stand regungslos im Wasser und versuchte, etwas im Dunkel zu erkennen. Zehn Meter vor ihm, zum Greifen nahe, die dunkle Silhouette des Schlosses.

Er suchte. Er suchte nach etwas, das anders war.

Für einen Augenblick glaubte Zbigniew, dass alles in Ordnung war. Ein paar Schwimmzüge, und er wäre am Schloss. Fast wollte er schon losschwimmen.

Da sah er es. Ein schmaler Draht, der auf der Wasseroberfläche trieb. Das war kein Zufall, das war kein Ast. Zbigniew war sich sicher, dass dieser Draht mit einer Sicherheitsanlage verbunden war.

Ein Draht, der Eindringlinge abhalten sollte – oder die gefangenen Kinder von der Flucht?

Vielleicht hatten sie das Alarmsystem schon ausgeschaltet? Nachdem sie bereits den Abgang machten?

Nein. Er durfte dieses Risiko nicht eingehen.

Zbigniew bewegte sich vorsichtig auf den Draht zu. Es wurde schnell tiefer. Eiskalt. Bald stand er bis zu seiner Brust im Wasser.

Der Graben war zu tief. Er musste unter dem Draht hindurchtauchen. Dabei blieb die Gefahr, den Draht von unten zu berühren.

Zbigniew ging ein paar Schritte zurück. Befeuchtete seine Schultern ein wenig, damit der Schock des kalten Wassers ihn nicht zu sehr treffen würde. Holte tief Luft.

Und los.

Langsam tauchte er unter.

Er öffnete einmal kurz unter Wasser die Augen, begriff, dass er nichts sehen würde. Es würde ein Blindflug werden. Das morastige Wasser brannte in seinen Augen, als er sie wieder schloss.

Ein paar Züge nach vorne. Ein Déjà-vu. Es war wie am Tag zuvor.

Nur diesmal war er der Angreifer.

Und es würde keine Quallen geben.

Ein paar Sekunden unter Wasser.

Lieber einen Zug zu weit schwimmen, als von unten an den Draht zu stoßen.

Zbigniew tauchte wieder auf. Sachte, um möglichst wenig Geräusche zu machen. Er blickte sich um. Seine Augen brauchten einen Moment, bis sie sich wieder an die Oberfläche gewöhnt hatten. Er hatte es geschafft, war unter dem Draht hinweggetaucht bis zur Mitte des Wassergrabens. Unter seinen Füßen kein Boden, der Graben war tief.

Leise schwamm er weiter. Die paar Meter bis zum Ufer. An dieser Stelle war das Schloss mit seiner Querseite so nah ans Wasser gebaut, dass es höchstens einen Meter Land zwischen Graben und Mauerwerk gab. Rechts, hinter der Mauerecke, war der Vorplatz, auf dem der Mercedes gehalten hatte.

Zbigniew stieg aus dem Wasser an den Landstreifen und drückte sich an die efeubewachsene Mauer. Er hielt inne, atmete durch. Seine Kleidung war nass. Sein Körper würde in kürzester Zeit auskühlen.

Der schwierigste Teil kam erst jetzt.

Die kleine Tür, durch die er Barbaratonia gesehen hatte, war höchstens zehn Meter von ihm entfernt, hinter der Mauerecke.

Zbigniew wagte sich vor. Stand die Tür einen Spaltbreit offen?

Vorsichtig bewegte er sich so dicht an der Wand entlang, wie es der Efeu zuließ. Er sah die Hecke gegenüber, auf der anderen Seite des Wassergrabens – dort irgendwo hatte er gestanden und den Abtransport der Kinder beobachtet.

Die kleine Tür lag mit der Türangel zu ihm hin. Zbigniew betastete vorsichtig das Holz. Die Tür war in der Tat nicht ganz geschlossen.

Er würde an dieser Stelle in das Schloss eindringen können. Schnell bewegte er sich auf die andere Seite der Tür. Nichts passierte. Er steckte seinen Finger zwischen Tür und Hauswand, in den winzigen Spalt. Bewegte die Tür vorsichtig, öffnete sie ein Stück. Zbigniew erwartete ein Knarzen, stattdessen schwang die Tür lautlos auf.

Es gab keinen Grund, zu warten. Zbigniew öffnete die Tür mit einem Ruck, sah hinein. Direkt hinter der Tür gingen Stufen nach unten, in ein halbes Souterrain-Foyer mit Gewölbe. Von dort führte nach rechts eine Tür, die verschlossen aussah. Links eine schmale Treppe, die nach oben führte. Vielleicht eine alte Dienstbotentreppe in den ersten Stock.

Er tropft.

Verdammt, er tropft. Wenn er den Steinfußboden des Schlosses betritt, wird alles nass sein. Ihnen wird klar werden, dass es einen Angreifer gibt, der durch den Wassergraben geschwommen ist.

Genau in diesem Moment hört er Stimmen. Einen Mann und eine Frau. Auf Französisch. Es ist Barbaratonias Stimme, er ist sich sicher.

Die Schritte bewegen sich auf ihn zu. Sie kommen von der geschlossenen Tür zu seiner rechten Hand. Er muss hier weg.

Er schließt schnell die Außentür. Geht zurück hinter die Ecke, zur schmalen Seite des Schlosses.

Hoffentlich hat er nicht schon auf den Boden getropft.

Zbigniew hört einen großen Schlüsselbund. Ein Schloss dreht sich herum, Schlüssel rattern. Barbaratonias gedämpfte Stimme.

Er wagt einen Blick, sieht Barbaratonia aus der Außentür herauskommen. Und den stämmigen Mann, diesmal aus der Nähe. Ein Mann, der nicht zu ihrer grazilen Erscheinung passt; grobschlächtig, sehr untersetzt. Möglicherweise einer der angeblichen Polizisten aus Houlgate.

Die Schemen des Schlüsselbunds. Ein großer Ring mit riesigen Schlüsseln, wie die Schlüssel zu Verliesen.

Sind Barbaratonia und der Mann die einzig übrig gebliebenen Beschützer des Schlosses? Oder gibt es noch andere, von denen Zbigniew nichts weiß?

Sie stehen vor der Tür. Unterhalten sich. Zbigniew versteht sie nicht, sie sprechen zu leise. Aber er weiß, dass sein Ziel hinter der kleinen Tür liegt.

Dorthin muss er gelangen.

Ein Weg, der versperrt ist.

Zbigniew betrachtet den Efeu. Betastet ihn.

Eigentlich ist es keine weite Strecke bis zum Fenster über ihm im ersten Stockwerk, aber seine steif gefrorenen Finger und der Rücken, der wieder zu schmerzen beginnt, werden es ihm nicht leicht machen.

Und er darf kein Geräusch machen.

Zbigniew zieht sich zur Probe etwas am Efeu hoch, drückt etwas am Fenster. Ein hölzernes Fensterkreuz. Ein altes Fenster.

Das ist gut.

Er weiß, wie er hineinkommen kann. Der Riegel innen, es gibt einen Schlitz in diesem alten Fenster. Er kann es schaffen.

Er zieht eine Plastikkarte aus dem Portemonnaie und klemmt sie zwischen seine Finger.

Er klettert hoch. Ein Meter, der ihm wie eine Minute vorkommt.

Die nasse Kälte. Der Schmerz.

Kein Geräusch machen, sonst bin ich tot.

Der Riegel. Es gelingt nicht beim ersten Versuch.

Festhalten. Das Fenster, es muss doch möglich sein.

Das Fenster schwingt nach innen auf.

Er zieht sich am Fensterrahmen hoch. Seine Arme schmerzen. Der Punkt, an dem das Gewicht seines Oberkörpers auf dem Fensterrahmen liegt und er in der Lage ist, sich weiter hochzustemmen. Sein Knie, das ihn abstützt. Bewegungen in Zeitlupe.

Dann ist er drin.

In der Höhle des Löwen.

Vor ihm liegt ein großer Saal, der an Prunk kaum zu überbieten ist. Vielleicht zwanzig mal zwanzig Meter groß, mit mehreren ausladenden Kronleuchtern. Unter den Kronleuchtern eine riesige ovale Tafel, noch dunkler als der Rest des Raums. Um das Oval herum zwölf Stühle, wohlverteilt. Der Tisch ungedeckt, aber ein paar gigantische Kandelaber stehen im Viereck darauf. Kerzenwachs, das aussieht, als ob es seit Jahren die Kerzenständer hinabgeflossen ist. Keine Kerzen.

Die Wände mit Ölgemälden, die noch aus der Zeit des Grafen stammen müssen. Aus Geldgründen musste er sein Schloss verkaufen; hier sieht aber nichts herabgewirtschaftet aus. Alles ist luxuriös.

Gegenüber von Zbigniew, auf der anderen Seite der Tafel, liegt eine große Flügeltür. Einen anderen Ausgang aus dem Saal gibt es nicht.

Wasser tropft von seiner Kleidung auf den Boden.

Es spielt keine Rolle.

Aber er muss etwas gegen die nasse Kälte tun.

Zbigniew nahm die Kandelaber von der Tafel, stellte sie auf dem Boden ab. Dann wickelte er die Tischdecke mehrmals um seinen Körper, verknotete sie vor dem Bauch. Besonders beweglich war er damit nicht, aber er spürte, wie es ihm ein wenig wärmer wurde.

Vorsichtig ging er Richtung Flügeltür. Die große Tür öffnete sich geräuscharm, als sei sie soeben frisch geölt worden. Zbigniew stand vor einem Flur, in dem es noch etwas dunkler war als im Saal. Es gab keine Fenster, nur von hinten fiel etwas Licht ein. Auch auf halber Höhe des Flurs schien es etwas heller zu sein. Rechts und links vom Flur gab es in unregelmäßigen Abständen Türen.

Zbigniew war hin und her gerissen. Natürlich wollte er das Schloss bis auf den letzten Zentimeter untersuchen. Aber es war dunkel, und es würde ihn zu viel Zeit kosten.

Die Kinder würden nicht hier oben sein. Hier gab es Fenster, Licht, das man vielleicht sogar von jenseits der Hecke sehen konnte. Die Täter würden Timo, falls er noch hier war, im Souterrain gefangen halten. Von dort transportierten sie die Kinder ab.

Falls es hier oben etwas zu finden gab, dann war das Sache der Spurensicherung. Vielleicht hatten sie nicht alle Fingerabdrücke an den Klinken abgewischt, vielleicht lag irgendwo ein Haar herum. Es war nicht sinnvoll, hier umherzutapsen und Spuren zu verwischen.

Die Polizei würde ohnehin bald kommen. Jetzt ging es nur darum, so schnell wie möglich Timo zu finden. Und die anderen Kinder.

Falls sie noch da waren.

Bevor der Mercedes wiederkam.

Zbigniew wagte sich auf dem Steinfußboden vor. Er begriff, woher das fahle Licht auf der Hälfte des Flurs kam: Rechts lag eine Freitreppe, das Treppenhaus des Schlosses. Hier kamen die Gäste herein. Die Besucher.

Diese Treppe führte nicht zu der kleinen Tür unten. Aber vielleicht gab es dort dennoch einen Durchgang zum Souterrain.

Zbigniew hatte plötzlich das seltsame Gefühl, dass ein weißer Fleck neben ihm ihn von der Wand her anstarrte. Ruckartig bewegte Zbigniew seinen Kopf nach links. In der Tat war dort die Wand ein wenig heller als woanders. Hier hatte vor nicht allzu langer Zeit wohl noch ein Bild gehangen. Hatten die Täter es abgehängt?

Langsam und vorsichtig stieg Zbigniew die Freitreppe hinab. Die ausgetretenen Stufen waren unter seinen nassen Schuhen glitschig, er musste bei jedem Schritt stark aufpassen. Dann war ihm, als ob er durch die Fenster draußen einen orangefarbenen Punkt sah. Es war nur ein kleiner Moment, dann war der Punkt wieder fort.

Nervös ging Zbigniew zu den kleinen Glasscheiben, die neben dem Eingangsportal eingelassen waren. Er erhaschte einen Blick nach draußen – und erschrak. Vor dem Schloss, direkt vor dem Hauptportal, standen nun Barbaratonia und der grobschlächtige Mann und rauchten eine Zigarette. Sie befanden sich ungefähr an der Stelle, wo vorher der Wagen geparkt hatte. Hastig zog Zbigniew seinen Kopf zurück. Sie würden ihn nicht sehen von dort draußen, aber dennoch.

Zbigniew ging hinter den Fuß der Freitreppe. Er hoffte, dass es hier eine Tür in das Souterraingeschoss des Schlosses geben würde. Fehlanzeige – offenbar waren Herren und Dienstboten im Schloss vollständig voneinander abgeschottet. Lediglich ein einsamer Ritter, in voller Montur und mit einer Furcht einflößenden Lanze, blickte ihn einsam an. Die neuen Schlossherren hatten das Dekostück wohl aus dem sichtbaren Eingangsbereich entfernt.

Eine verrückte Idee überkam ihn.

Was wäre, wenn er das Überraschungsmoment nutzen und selbst zum Angriff übergehen würde? Wenn ihn nicht alles täuschte, waren Barbaratonia und der grobschlächtige Mann im Moment allein hier.

Und sie waren nicht auf der Hut.

Zbigniew reckte sich und befühlte vorsichtig die Spitze der Lanze, die der Ritter in seinem Arm hielt. Ein kaltes Stück Metall, vielleicht eine Nachbildung, vielleicht aber auch im Mittelalter in Verwendung gewesen. Vorsichtig löste Zbigniew die Lanze aus der Umklammerung des Ritters. Dieser schien sie nur ungern herzugeben, mit ein wenig Geduld ließ sich die Waffe aber schließlich entfernen. Nur keinen Laut machen, während Barbaratonia und der Mann etwa zehn Meter Luftlinie von ihm entfernt Zigaretten rauchten.

Zbigniew hatte die Lanze nun in seiner Hand. Sie war wesentlich schwerer, als er erwartet hatte. Eine rohe Waffe. Gefährlich.

Es war hirnrissig. Er brauchte eine Pistole, keine Lanze.

Eine Lanze würde einer Feuerwaffe gegenüber immer unterlegen sein.

Es sei denn …

Es sei denn, sie traf den Gegner, bevor er schießen konnte. Ohne Vorwarnung.

Das Gegenteil von Notwehr.

Konnte er das verantworten? Als Polizist?

Ohne einen Laut zu machen, ging Zbigniew die Freitreppe wieder hoch. Vorsichtig, denn der Boden war überall nass.

Die Tischdecke um ihn herum war auch recht feucht geworden.

Das Momentum nutzen.

Wo würde die Tür zur kleinen Treppe liegen?

Würden sie draußen stehen bleiben, bis der Wagen zurückkehrte? Oder würden sie nur die Zigarette zu Ende rauchen?

Zbigniew fiel in einen Laufschritt. Blieb stehen, dort, wo er in etwa die kleine Treppe nach unten vermutete. Mehrere Türen gingen in Richtung Vorderseite des Schlosses. Zbigniew betrachtete seine Alternativen für ein paar Sekunden. Er hatte das Gefühl, dass eine der Türen kleiner war als die anderen. Mit weniger Schnitzereien besetzt, soweit sich dies im Dunkeln erkennen ließ. Die schlichte Tür für Dienstboten.

Ein Versuch.

Die Klinke ließ sich hinunterdrücken, die Tür öffnete sich. Kalte Zugluft wehte Zbigniew entgegen, steile Stufen führten in die Tiefe.

Dies war die Dienstbotentreppe. Zbigniew ging eine Kehre hinunter, machte auf dem nächsten Absatz halt. Er beugte sich vor, um nach unten zu schauen. Dort war die Tür, hinter der er Barbaratonia gehört hatte. Und die kleine Tür, die zum Vorplatz führte.

Dort würden sie hereinkommen.

Wie lange würde er hier warten müssen, bis sie wieder hereinkamen?

Er zielte mit seiner Lanze auf die Eingangstür. Er würde nur einen Versuch haben.

Skrupel. Konnte er einem unbekannten Menschen ohne Notwehr eine Lanze in den Körper rammen?

Sollte er auf die Beine zielen?

Nein, wie wollte er mit der Lanze die Beine treffen. Selbst wenn er traf, würde der andere noch in der Lage sein, zu schießen.

Und wenn doch alles ganz anders war, als Zbigniew glaubte? Wenn hier gar keine Verbrechen vor sich gingen?

Es ging schneller als erwartet.

Schritte.

Barbaratonias Stimme, die dem Mann etwas in einem sehr ruhigen Ton sagte. Sie kamen näher. Zbigniew schloss kurz die Augen, als würde es seine Konzentration bündeln.

Jetzt würde es sein. Unausweichlich.

Zbigniew zögerte zwei Sekunden zu lange. Barbaratonia und der Mann waren bereits durch die kleine Tür von außen hereingekommen. Zbigniew hatte seine Lanze nicht geworfen.

Barbaratonia schloss die andere Tür im Souterrain auf, der Mann stand nun direkt hinter ihr. Blickte von Zbigniew weg.

Vielleicht war dieser Moment noch günstiger.

Aber ein Angriff war noch unmoralischer.

Skrupel.

Nein. Wer wusste, ob die Polizei rechtzeitig kommen würde? Es ging um das Leben von Kindern.

Schluss.

Keine Vorwarnung. Zbigniew würde sich nicht den Hauch einer Vorwarnung erlauben dürfen. Jede Waffe war schneller als seine.

Ein paar Meter nach rechts, so dass er die Tür und die beiden Menschen besser ins Visier nehmen konnte.

Notwehr. Es war keine Notwehr, falls der Mann dabei starb. Er war Polizist. Konnte er so etwas tun? Musste er die Täter nicht unversehrt der Justiz übergeben?

Barbaratonia drehte den Schlüssel im Schloss um. Die Tür ging auf, dahinter wurde ein Gang sichtbar.

Jetzt.

Zbigniew warf die Lanze mit voller Kraft. Er glaubte, den Flugwind zu hören, aber es war nur Einbildung. Die Lanze flog viel langsamer, als er es sich vorgestellt hatte. Wie in Zeitlupe sah er, wie die Waffe direkt auf den Rücken des grobschlächtigen Manns zuflog.

In diesem Sekundenbruchteil drehte Barbaratonia sich um. Sie schrie auf, doch es war zu spät – die Lanze bohrte sich in den Rücken des Mannes.

Zbigniew war entsetzt über sich selbst, über die Tat, die er hier begangen hatte.

Der Mann, den Zbigniew noch nie gesehen hatte. Der Zbigniew nichts getan hatte.

Ein markerschütternder Schrei des Schmerzes.

Barbaratonias Augen, die in Zbigniews Richtung sehen und begreifen, was passiert ist.

Zbigniew ist derweil schon nach vorne gestürzt, die Treppe herunter. Barbaratonia kniet hastig nieder zu dem Mann. Zbigniew weiß, dass sie nach dessen Waffe sucht. Sie ist kurz davor, in die Jackentasche des Manns zu fassen, da fliegt Zbigniew mit voller Wucht auf sie. Er zielt nicht, er ist einfach gesprungen. Barbaratonia bricht unter ihm nach hinten weg, rutscht mit Zbigniew ein paar Meter weit in den Eingang des Ganges hinein, jenseits der Tür. Obwohl leicht benommen, bemerkt Zbigniew, wie Barbaratonia sich unter ihm windet. Sich wehrt, ihn herunterstoßen will. Zbigniew fasst sich, packt sie mit seiner linken Hand am Hals, drückt ihr leicht die Kehle zu. Mit der rechten Hand zieht er den vor Schmerz stöhnenden, verblutenden Mann zu sich. Er fasst in die Tasche, in die Barbaratonia gelangt hat. Eine Pistole, eine 38er. Zbigniew ist wieder im Besitz einer vernünftigen Waffe. Er stößt Barbaratonia ruckartig zurück.

»Hände hoch!«, schreit er auf Deutsch. Dann wiederholt er es auf Französisch, als wäre das nötig. Barbaratonia röchelt. Es wirkt, als könne keine Gefahr mehr von ihr ausgehen. Aber das kann täuschen. Zögernd nimmt sie die Hände mit den perfekt manikürten roten Fingernägeln nach oben, ohne ihn dabei anzusehen.

»Où est Timo?«, brüllt er.

Barbaratonia will etwas sagen, doch es kommt nur ein Röcheln heraus. Sie zeigt nach hinten in den Gang, wie in Trance, dabei ihren Blick nicht abwendend von dem von der Lanze durchbohrten Körper, der vor ihr liegt. Der Körper, der in Agonie ein Stöhnen von sich gibt.

Zbigniew bedeutet Barbaratonia, in den Gang hineinzugehen. Die Pistole auf sie gerichtet. Barbaratonia rappelt sich halb auf, bricht wieder zusammen.

»Hoch!«, befahl er.

Barbaratonia richtete sich auf.

»Die Schlüssel. Langsam.«

Sie gab ihm einen Metallring mit vielen großen Eisenschlüsseln. Zbigniew erfühlte es bloß, fixierte weiter Barbaratonia. Er hätte ein Seil mitbringen sollen, um sie zu fesseln.

»Bitte!«, sagte sie nun. Ein röchelndes Flehen.

Er hatte keine Zeit. Bestimmt kam gleich der Mercedes wieder.

Zbigniew bedeutete ihr, weiter in den Gang hineinzugehen.

»Werden Sie mich erschießen?«, fragte sie, noch immer außer Atem.

»Wenn Sie nicht genau das tun, was ich Ihnen sage.«

»Sie müssen mich hassen.« Zbigniew traute seinen Ohren kaum. Wo hatte sie das gelernt? In dieser extremen Stresssituation wollte sie eine emotionale Beziehung zu ihm aufbauen.

»Das spielt jetzt keine Rolle«, sagte er in möglichst neutralem Ton.

Links und rechts vom Gang gingen kleinere Türen ab. Vielleicht waren dahinter die Dienstbotenkammern gewesen.

»Was ist hinter dieser Tür?«, fragte er, mit seinem Kopf auf die erste Tür nach links deutend.

Barbartonia sah ihn an. Mit ihren großen, geheimnisvollen und traurigen Augen sah sie ihn an. Ränder waren unter ihren Augenhöhlen, das Make-up war verlaufen.

Sie sagte nichts.

»Was ist hinter dieser Tür?«, wiederholte Zbigniew. Er hatte das Gefühl, dass ihm die Zeit davonlief.

Er warf ihr den Schlüsselbund zu, den sie wie in Trance fing.

»Aufschließen!«, befahl er. Barbaratonia sah ihn nur weiter an.

Es war sinnlos.

Zbigniew schoss. Er schoss gezielt direkt vor ihren Fuß. Barbaratonia schrie auf, obwohl sie nicht getroffen war. Plötzlich ging es schnell, sie fummelte an den Schlüsseln und hatte bald den richtigen gefunden.

Ein Raum. Ein dunkler Raum.

»Licht!«, rief Zbigniew.

Barbaratonia drückte einen Schalter. Der Raum wurde von einer spärlichen Deckenbeleuchtung erhellt.

Es war niemand hier.

Zbigniew war überrascht. Der gesamte Raum war mit rotem Samt ausgekleidet. Ein einladendes Himmelbett stand an einer Wand. Ansonsten ein paar antike Leuchter, ein paar hübsche Gegenstände, die goldfarbig im roten Licht funkelten.

Es gab keine Kommode, keinen Schrank. Keine Fenster, keine Ausgänge.

»Rein dort.«

Barbaratonia ging in den Raum. Zbigniew sah kurz unter das Bett, um sich zu vergewissern, dass es nichts zu übersehen gab.

»Wo ist Timo Lindner?«, wiederholte er.

Barbaratonia sah ihn nur matt an. Es war keine Antwort zu erwarten.

Zbigniew warf sie aufs Bett. Mit einer Hand durchsuchte er sie, mit der anderen hatte er die Waffe auf sie gerichtet. Er erwartete ein Mobiltelefon, mit dem er einen Notarzt rufen könnte. Sie hatte keines. Wieso? Mussten die Täter nicht Kontakt untereinander halten?

Er nahm den Schlüsselbund, verließ den Raum, schloss Barbaratonia ein. An der Eingangstür zum Gang lag der Mann mit der Lanze im Rücken. Es war surreal.

Zbigniew drehte sich zur gegenüberliegenden Tür. Ein paar Sekunden lang fingerte er nach dem richtigen Schlüssel. Im vierten Versuch hatte er ihn.

Er sperrte auf. Suchte den Lichtschalter, fand ihn. Der leere Raum erhellte sich. Er sah ganz anders aus als das Zimmer gegenüber, kahl und steinern. Unverputzte Wände, ein Fußboden aus Steinplatten. Es gab keine Einrichtungsgegenstände. Nur einige in den Boden eingelassene Eisenringe – wurden hier Menschen am Boden festgekettet?

Zbigniew sah nach links und nach rechts, aber es gab nichts anderes in dem Raum.

Weiter.

»Timo?«, rief er. Es hallte durch die Gänge.

Von weiter hinten glaubte er ein Stöhnen zu hören. Zbigniew war sich nicht sicher, ob es Einbildung war.

Oder war dies alles nur ein Traum?

Zbigniew rannte durch den Gang. Welche Tür war die richtige?

Ein Stöhnen.

Hier hörte er es. Genau hinter dieser Tür, die bereits im hinteren Teil des Gangs lag.

Zbigniew suchte fieberhaft nach einem Schlüssel. Einer der vielen Schlüssel musste passen.

Ihm war, als ob das Stöhnen lauter wurde, während er nach dem richtigen Schlüssel suchte.

Wieder war es der vierte Schlüssel. Hastig drehte Zbigniew ihn im Schloss um, stieß die Tür auf. Dunkelheit. Wie in Trance greift er zum Lichtschalter.

Vor ihm liegt ein Kinderzimmer. Ein Mädchenzimmer, mit Puppenstube, mit rosafarbenen Behängen. Mit Möbeln und Büchern. Barbiepuppen. Und auf dem Bett sitzt ein Mädchen.

Nein, es ist nicht Timo. Ein Mädchen, zwölf Jahre alt, mit einem Knebel im Mund. Das Mädchen stöhnt. Sieht Zbigniew ängstlich an. Mehr als ängstlich. Sie hat Todesangst.

Es sind noch Kinder hier, pocht das Herz in Zbigniew. Es sind noch Kinder hier. Sie haben sie noch nicht alle weggebracht.

»Ich tu dir nichts.«

Etwas Besseres weiß Zbigniew nicht zu sagen. Das Mädchen schaut ihn nicht weniger ängstlich an als vorher.

Was soll er mit dem Mädchen anfangen, wenn er es jetzt freilässt?

Vielleicht begeht er einen Fehler. Aber er muss zunächst Gewissheit haben. Lässt das ängstliche Mädchen auf dem Bett sitzen, lässt ihr den Knebel im Mund. Sie wird sonst schreien, und die Hölle wird losbrechen. Auch wenn er ihr klarmachen kann, dass er keiner von den Bösen ist, wird sie schreien.

Sie hat alles Recht, zu schreien.

Die Tür gegenüber. Zbigniew probiert die Schlüssel. Der dritte passt.

Öffnen.

Licht.

Ein voll eingerichteter Raum, der wie ein normales Hotelzimmer aussieht. Nur ohne Fenster.

Leer.

Die nächste Tür, wieder auf der anderen Seite.

Sie ist bereits offen.

Ein vollständig leerer Raum. Zbigniew glaubt, den Geruch von Leder zu riechen. Aber es ist kein Leder zu sehen.

Gegenüber.

Die Sekunden rennen fort.

Aufschließen.

Ist dies der Raum?

In dem Raum brennt bereits Licht.

Ihm gegenüber, mit dem Rücken zur Tür, ein Mensch.

Ein Junge.

Er hat ein Buch in der Hand. Er liest.

22

Er sitzt dort und liest. Ist ganz ruhig.

Zbigniew betritt vorsichtig den Raum. Ein kahler Raum, ausgestattet mit einer Pritsche und einem Bücherregal. Ein Schreibtisch mit einer einfachen Lampe, die den Raum schwach erhellt. Der Junge hat Zbigniew noch nicht bemerkt. Oder hat er ihn bemerkt?

Zbigniew räuspert sich. Der Junge liest weiter, blickt nicht hoch. Zbigniew geht herum, um den Stuhl.

»Hallo?«

Der Junge blickt auf. Er blickt Zbigniew nicht in die Augen, sondern an ihm vorbei, apathisch. Rote Flecken sind in seinem Gesicht. Zbigniew erkennt das Deckblatt des Buchs. Die »Ilias«.

Dann beugt der Junge sich wieder herunter in sein Buch.

Zbigniew sind die geweiteten Pupillen aufgefallen. Der Junge muss unter Drogen gesetzt worden sein.

Der Junge, das ist Timo.

Timo.

Zbigniew hat ihn gefunden. Am Ende seiner langen Reise hat er den Jungen endlich gefunden. Er hat, das fällt ihm in diesem Moment ein, das Versprechen gehalten, das er Tonia gegeben hat. Oder hat er ihr versprochen, dass er Timo gesund zurückbringen wird? Zbigniew ist sich nicht mehr sicher.

Wird er ihn gesund zurückbringen?

Ist Timo überhaupt noch gesund?

»Timo«, sagt er vorsichtig. Zbigniew spürt, wie der Junge innehält beim Lesen, dabei den Blick vom Buch aber nicht abwendet. »Timo, deine Mutter schickt mich. Ich bin gekommen, um dich zu holen. Von Tonia, deiner Mutter.«

Timo.

»Ich bin aus Köln gekommen. Um dich zu holen.«

Timo hat keinen Knebel im Mund wie das kleine Mädchen. Offenbar wissen die Täter, dass Timo nicht schreien wird. Er ist ein ruhiger Junge.

»Kannst du gehen? Kannst du aufstehen und mit mir kommen?«

Nach Mortiers, zu den alten Leuten. Und dann so schnell wie möglich in ein Krankenhaus.

»Timo, verstehst du mich? Kannst du mich ansehen und nicken, wenn du mich verstehst?«

Nichts.

Zbigniew wollte ihm seine Hand reichen. Timo zuckte erschrocken zusammen, ließ sein Buch fallen und schob seinen Stuhl ein Stück weit nach hinten. Zbigniews Hand war ihm vielleicht auf zehn Zentimeter nahe gekommen, hatte ihn noch längst nicht berührt. Timo blickte angsterfüllt zu Zbigniew, ohne ihm in die Augen zu sehen. Er sah knapp an ihm vorbei.

»Deine Mutter und dein Vater vermissen dich.«

Keine Veränderung. Zbigniew schoss ein Blitzbild von dem Mädchen, das geknebelt in dem anderen Raum wartete, durch den Kopf. Wenn es ihm noch nicht einmal gelang, Timo zum Mitkommen zu bewegen, wie sollte es ihm dann bei dem Mädchen gelingen?

Irgendwie musste Zbigniew in Timo die Erinnerung wecken, dass er hier rauswollte, aus diesem Schloss des Schreckens. Timo wollte raus, das war keine Frage. Bloß: Er traute Zbigniew nicht. Und er stand unter Drogen, die ihn lähmten.

Zbigniew überlegte fieberhaft. Er musste einen Weg finden. Schnell.

»Ich soll dich von Birte Kröger grüßen. Sie wünscht sich, dass du wieder zurückkommst. Birte vermisst dich, Timo.«

Hatte Timo sie Tante Birte genannt?

Zbigniew sah, dass in Timos Kopf etwas vorging. In seinem Gesichtsausdruck änderte sich etwas. Zbigniew hatte nicht das Gefühl, dass die Furcht von ihm abfiel. Aber es gab eine Änderung.

»Tante Birte hat das Krankenhaus verlassen«, log Zbigniew. »Sie hat dem Krankenhaus ›Au revoir‹ gesagt. Und Tom, der würd' gern mal wieder mit dir Schach spielen, hat er gesagt. Schach spielen, Timo. Verstehst du?«

Timo verstand, das sah Zbigniew deutlich. Zbigniew reichte wieder seine Hand, doch Timo ging nicht darauf ein. Sah die Hand vielleicht eine Sekunde lang an. Immerhin schreckte er nicht mehr zurück.

»Anna, das Mädchen, aus deiner Klasse. Sie vermisst dich.«

Zbigniew schaut sich um. Nichts, was ihm helfen kann.

Der Schreibtisch. Er sieht ein paar Stifte. Ein dicker Filzstift.

Ein schauriger Gedanke befällt ihn. Zbigniew nimmt den Filzstift. Greift sich ein großes Buch aus Timos Regal, ein Handbuch der Geschichte auf Französisch. Entfernt den Schutzumschlag.

Gelbes Leinen, das er in seiner linken Hand hält.

Er lässt den Schutzumschlag auf dem Tisch liegen, geht mit dem Buch und dem Filzstift zu Timo.

Er malt einen Punkt auf das Leinen, so dass Timo es sieht. Zbigniew hat seine volle Aufmerksamkeit, er spürt es genau. Timo schaut gebannt auf den Punkt.

Einen zweiten daneben. Zbigniew trifft es nicht ganz exakt, aber es müsste ausreichen, damit Timo es erkennt. Damit er erkennt, was er gezeichnet hat, damals, auf dem Rücken des anderen Jungen. Zbigniew mochte sich die Situation, in der dies geschehen war, gar nicht vorstellen. Aber Timo würde sich erinnern. Er hatte die Karte gemalt, damit jemand ihn finden würde. Dieser jemand war Zbigniew, und das musste Timo nun möglichst schnell begreifen.

Das Herz. Château d'Amour.

Der Punkt oben, das war nicht Paris gewesen. Zbigniew war davon ausgegangen, dass der Zeichner der Punkte die Orte nicht genau getroffen hatte. Vermutlich war der herzförmige Punkt recht exakt gewesen. Nicht Paris, sondern das Schloss.

Château d'Amour. Welch ein Zynismus.

Zbigniew malte einen dritten Punkt. Einen vierten.

Die Nordküste von Frankreich in gröbsten Zügen.

In Timo ging etwas vor, das sah Zbigniew genau. Er starrte konzentriert auf das, was Zbigniew tat. Dann reagierte er endlich.

Er schrie.

Timo schrie so laut, wie Zbigniew selten einen Menschen schreien gehört hatte. All die Drogen, die sie ihm eingeflößt hatten, konnten es nicht verhindern, dass er schrie.

Ja, lass es heraus, dachte Zbigniew. Hoffentlich war der Mercedes noch nicht zurück.

So plötzlich wie Timo angefangen hatte zu schreien, so plötzlich hörte er nun wieder auf. Der Hall seines Schreis klang noch ein wenig in den alten Gemäuern nach, dann war es still. Völlig still.

Nein, es war nicht still. Nun hörte Zbigniew ein entferntes, dumpfes, ersticktes Schreien. Eher ein Gurgeln. Das geknebelte Mädchen, Timo hatte es durch seinen Schrei aktiviert.

»Wir müssen schnellstens von hier fort«, sagte Zbigniew.

Nickte Timo? Eventuell bildete Zbigniew sich das auch bloß ein. Zbigniew bot ihm abermals seine Hand an.

»Wir müssen zurück nach Deutschland«, sagte Zbigniew. »Zu Tante Birte und Tom.«

Langsam näherte sich Timos Hand der seinen. Behutsam nahm Zbigniew sie in Empfang.

»Es wird alles gut.«

Sanft zog Zbigniew Timo hoch. Sie gingen aus dem Zimmer. Timo schleppte sich wie ein Kind hinter Zbigniew her.

Er war ein Kind.

Dann ließ Timo plötzlich die Hand los, folgte ihm von allein.

Muss Zbigniew die anderen Türen aufschließen? Befinden sich noch mehr Kinder in diesem Schloss?

Der Raum mit dem Mädchen. Sie betreten ihn, Zbigniew entfernt ihr den Knebel. Das Mädchen schreit nicht.

»Wie heißt du?«, fragt er mit möglichst behutsamem Tonfall. Das Mädchen schaut ihn nur an. Ängstlich. Aber es schreit nicht.

Zbigniew schneidet ihre Fesseln auf. Das Mädchen hat immer noch nicht geantwortet.

»Alizia«, hört er plötzlich eine Stimme.

Diese Stimme hat er schon einmal gehört. Auf dem Urlaubsvideo der Lindners. Timo hat gesprochen.

»Timo, wie viele Kinder gibt es hier noch?«

Zbigniew sah ihn an. »Wie viele Kinder, außer Alizia und dir?«

Keine Reaktion.

»Sind noch andere Kinder hier?«

Es war absurd. Woher sollte Timo, der im Raum eingesperrt war, wissen, wie viele Kinder noch hier waren?

»Wir sind zwölf«, sagte er schließlich mit belegter Stimme.

Zwölf.

»Timo, pass jetzt bitte genau auf. Du kümmerst dich um Alizia. Binde sie los, aber bleibt beide hier, ja? Ich werde in den anderen Räumen nachsehen, ob noch andere hier gefangen sind.«

Timo sah ihn an, nickte. Er wirkte nicht besonders aufnahmefähig, schien ihn aber verstanden zu haben.

Zbigniew hastete in den Gang. Öffnete weitere Türen. Einige waren bereits offen, manche noch verschlossen. Die Zimmer waren zum Teil zum Wohnen, teilweise als Themenzimmer eingerichtet. Ähnlich wie in großen Bordellen, wo es Lack-, Plüsch- oder Heuschoberräume gab. Und was man sich sonst noch ausdenken konnte.

Das hier war aber kein normales Bordell, mit freiwilligen und erwachsenen Huren. Das hier war ein Bordell mit Kindern.

Zbigniew hatte nur noch ein einziges Gefühl. Ekel.

Ekel, der sich in seinem Körper immer stärker breitmachte.

Dieser Ort roch nach einer perfiden Organisation von Kinderprostitution, die Zbigniew in seiner bisherigen Laufbahn als Kripobeamter noch nicht erlebt hatte. Man kannte derartige Kinderbordelle im fernen Osten, aber hier, im Herzen von Europa? Es war unfassbar.

Zwölf Kinder. Kinder, die die Eltern vermutlich als vermisst gemeldet hatten, die einfach verschwunden blieben. Irgendwo in Europa, verstreut, so dass der Zusammenhang nicht auffiel. Fast hatten sich die Täter schon eine Blöße gegeben, Timo in Houlgate, so nah am Ort des Verbrechens, zu rekrutieren.

Hatten sie Timo bewusst oder zufällig ausgewählt? Woher kannten sie Timos Psyche? Denn Timo war ein ideales Opfer. Verschwiegen und voller Fantasien. Ein Junge, der an ein sexuelles Erlebnis glaubte, die Möglichkeit, seine devoten Fantasien mit Barbaratonia zu verwirklichen. Barbaratonia musste dies in den wenigen Tagen, in denen sie Timo hatte begegnen können, begriffen haben. Die Tage, als Tonia sich über den Seitensprung ihres Mannes grämte. Barbaratonia hatte ihm eine Handynummer gegeben. Er durfte sie nie anrufen, sie rief ihn zurück.

Wer waren die Kunden in diesem Bordell? Ein Netzwerk von Pädophilen, das sich über ganz Europa erstreckte? Wie verliefen die Kommunikationswege?

Ein kleiner, enger Club? Ein übersichtlicher Kreis? Oder eine größere Angelegenheit?

Gehörte Parioli dazu?

Zbigniew war sich sicher.

Und er glaubte, dass es ein kleiner Kreis war. Wenige reiche Leute. Leute, die sich zu hundert Prozent auf das Stillschweigen der anderen verlassen konnten – sonst würde ein derartiges Unterfangen nicht funktionieren.

Noch vier Türen. Zbigniew öffnete die Räume in Windeseile, die meisten hier im hinteren Teil des Traktes waren bereits offen.

Als Zbigniew die nächste Tür aufschloss, starrte ihn ein verängstigter Junge, höchstens dreizehn Jahre alt, an. Seine Arme waren verbunden, auch dieser Junge war geknebelt.

Zbigniew verlor keine Zeit, öffnete die verbliebenen drei Räume. Im allerletzten ein verängstigtes Mädchen, vielleicht neun Jahre alt, gefesselt auf dem Bett. Blutunterlaufene Augen, die Zbigniew fixieren. Zbigniew befreit das Mädchen von den Fesseln, trägt es heraus, obwohl es sich wehrt. Es kann nicht wissen, dass Zbigniew ihm hilft.

Zurück in den Raum mit dem Jungen. Zbigniew befreit ihn vom Knebel. Zerrt beide Kinder hinter sich her, den Gang entlang.

Wortlos.

Die Kinder wirken nach kurzer Zeit willenlos, folgen Zbigniew, der sie zu dem Raum mit Timo und dem Mädchen schleift. Die beiden sitzen auf dem Bett, mit einem Abstand von einem Meter voneinander.

»Okay. Kommt«, sagt Zbigniew. Sieht in Timos Augen, dass er ihn verstanden hat.

»Kannst du Alizia führen?«, fragt Zbigniew ihn. Timo nickt apathisch.

In diesem Moment hört Zbigniew ein Motorengeräusch. Timo ist mit Alizia aufgestanden, die vier Kinder stehen nun um Zbigniew herum.

Ist es die Polizei? Oder kommt der Mercedes zurück?

Zbigniew bedeutet den Kindern überflüssigerweise, ruhig zu sein.

Das Motorengeräusch kommt näher. Ein kurzer Moment, in dem es leiser wird. Jetzt fährt der Wagen wieder, langsam. Offenbar hat er am Tor gehalten, das sich inzwischen geöffnet hat.

Es kann nicht die Polizei sein. Sie wäre nicht einfach so auf den Hof gefahren, weil sie dafür gar keinen Code hatte. Oder womit auch immer man das Tor öffnete.

Nein, es war nicht die Polizei.

Sie kamen zurück, um die nächsten Kinder zu holen. Um sie abzutransportieren an den anderen Ort.

Fieberhaft überlegte Zbigniew, was er nun tun konnte.

Er würde keinen Überraschungsvorteil mehr haben. Sobald die Täter in das Souterrain hereinkamen, würden sie ihren toten Mann am Boden sehen. Durchbohrt von einer Lanze.

Plötzlich spürte Zbigniew die Kälte wieder. Die Kälte seiner feuchten Kleidung, die er in den letzten Minuten völlig vergessen hatte. Es war, als ob sich ein Schalter umgelegt hatte. Sie war wieder da.

Er hatte die 38er.

Die anderen waren zu zweit.

Oder? Der große Mann war aus dem Schloss gekommen. Vielleicht blieb er nun auch an dem Ort, zu dem die Kinder gebracht wurden? Zogen sie ihre Leute genauso ab wie die Kinder?

War der Fahrer allein? Wartete er darauf, dass der kleine, stämmige Mann sich in den Eingang stellte, ihm ein Zeichen gab?

Zbigniew war sich nicht sicher, was er tun sollte.

»Bleibt hier«, sagte er zu den Kindern. »Und bleibt zusammen.«

Er ging aus dem Zimmer, hoffte, dass Timo die Kinder im Notfall beruhigen würde. Zbigniew ließ die Decke fallen, nahm die 38er in die Hand, entsicherte sie. Der Gang war frei.

Im Eingang der durchbohrte Mann. Es ging eine seltsame Stille von seinem Körper aus.

Im Foyer des Dienstbotentrakts befand sich niemand.

Es gab nur das ruhige Motorengeräusch draußen.

Zbigniew ging einen Schritt nach draußen. Duckte sich etwas, um kleiner zu wirken. Der Fahrer würde ihn gegen das Licht aus dem Eingang nur schemenhaft erkennen.

Der Motor des Mercedes lief. Vermutlich sollte der stämmige Mann nun Kinder zum Fahrer tragen.

Zbigniew ging zum Wagen. Nicht zu schnell, nicht zu langsam. Sah, dass der Fahrer in seine Richtung schaute. Er war irritiert, weil jemand anders kam. Aber er tat nichts. Zückte nicht sein Telefon, zückte keine Waffe. Zbigniew kam näher. Noch fünf Meter. Vier. Der Fahrer ließ die Scheibe herunter.

»Alles in Ordnung?«, fragte der Fahrer auf Französisch. Eine unsichere Stimme. »Wo ist Acht?«

Acht. Huit. Der stämmige Mann war Acht.

Zwei Meter. Dann hatte Zbigniew bereits die Tür aufgerissen und die 38er an den Kopf des Fahrers gedrückt. Der Fahrer war so überrascht, dass er wild mit seinen Händen fuchtelte.

»Nicht bewegen. Sonst sind Sie tot. Hände nach oben!«, zischte Zbigniew.

Bevor der Fahrer seine Hände heben konnte, riss Zbigniew ihn abrupt aus dem Auto heraus. Warf ihn auf den Boden. Kniete sich über ihn, die Waffe weiterhin auf seinen Kopf gerichtet.

»Keinen Mucks!«

Zbigniew tastete den Mann ab. In seiner Innentasche trug er einen Revolver. Zbigniew warf ihn in den Wassergraben.

»Ich habe alles so gemacht«, stammelte der Mann erstickt.

Zbigniew riss den Fahrer wieder hoch. Zog ihn zum Wagen, immer die Waffe auf seinem Kopf. Öffnete den Kofferraum.

Leer, wie Zbigniew erwartet hatte.

»Rein da!«

Der Fahrer blickte ihn verängstigt an. Es war das Bewusstsein, exekutiert zu werden. Zbigniew schubste ihn in Richtung Kofferraum.

»Rein da!«

Der Fahrer, der schon halb auf der Kante des Kofferraums lag, zwängte seinen Körper in den Kofferraum hinein. Als er drin war, schlug Zbigniew die Klappe zu.

Zbigniew zog schnell den Zündschlüssel vom Auto ab. Dann rannte er zurück zum Schloss. Zu dem Raum, in dem die Kinder warteten.

»Wir verschwinden jetzt von hier«, sagte er. Acht ängstliche Augen sahen ihn an. Hatten die Kinder Angst, vom Regen in die Traufe zu kommen? Wie schlimm konnte die Traufe sein?

»Kommt mit!«

Die Kinder folgten ihm auf den Flur.

»Seht nach rechts! Nach rechts sehen!«

Zur Linken der grobschlächtige Mann, von der Lanze durchbohrt.

Dann schrie das jüngste Mädchen. Es hatte nach links geschaut, wollte nicht mehr weitergehen. »C'est bien«, sagte Zbigniew in einem beruhigenden Tonfall. Doch das Mädchen schrie weiter, wie am Spieß.

Timo kam ihm zu Hilfe. Er nahm das Mädchen an die Hand. Sie ließ sich von Timo durch das Foyer im Souterrain führen.

Zum Mercedes. Zbigniew wies die Kinder an, einzusteigen. Timo setzte sich neben ihn, hinten die drei Kleinen.

Er startete den Wagen, wendete ihn auf dem Vorplatz.

Nicht in den Wassergraben fahren.

Fort von hier. Nur einfach fort, so schnell es ging. Bevor noch andere kamen.

Zbigniew fuhr. Ein kleiner, asphaltierter Weg führte über eine Brücke, über den Wassergraben hinweg. Die Kinder saßen regungslos im Fond, Timo schaute nach rechts aus dem Fenster.

Ein zweiter Vorplatz mit kleinen Gebäuden. Dann das automatische Tor, hinter einer weiteren Brücke.

Es war geschlossen.

»Festhalten!«, zischte Zbigniew zu den Kindern.

Er gab Gas. Der alte Mercedes beschleunigte. Die Hecke flog vorbei, rechts und links dichtes Buschwerk. Der Wagen war erstaunlich schnell auf Touren, er musste eine sehr starke Maschine haben.

Das Tor.

Es war ein blitzartiger Moment, als sie das Tor durchbrachen. Zbigniew hatte es sich wie in Filmen vorgestellt, in Zeitlupe und voll wahrnehmbar. Aber das Durchbrechen des Tors war nicht voll wahrnehmbar, ein gewaltiger Krach, und dann war der Weg frei. Das Tor war einfach weg, es hing nicht am Kotflügel und schepperte, es war fort. Und schon bald viele Meter hinter ihnen. Der Mercedes hatte inzwischen achtzig Stundenkilometer drauf. Zbigniew bemerkte, dass die Kinder vor Angst kreischten. Er drosselte die Geschwindigkeit. Zum Glück – denn die Straße hörte unvermittelt auf, querte in T-Form die andere Straße, deren Existenz Zbigniew bereits vermutet hatte.

Zbigniew bog ein nach Mortiers. Fuhr den Kilometer bis zum Dorf, der in wenigen Sekunden davonflog. Die Kinder waren wieder ruhig, aber das nahm Zbigniew nicht bewusst wahr. Er fuhr einfach. Er fuhr, so weit es ging. Er stoppte nicht bei dem alten Ehepaar.

Die Route Nationale. Die Häuser von Mortiers, die längs der Straße lagen. Tempo fünfzig, erinnerte sich Zbigniew. Er hatte bereits nach kurzer Zeit Tempo hundert auf dem Tacho. Schneller, dachte er. Ich muss irgendwohin. Irgendwohin, wo es sicher ist.

Ein Schild. Caen geradeaus, 63 Kilometer. Die einzige Großstadt in der Nähe. Zbigniew fuhr die schnurgerade Straße in einem Affentempo weiter. Es waren nur wenige Autos unterwegs.

Plötzlich übergab sich Timo. Er erbrach sich ins Auto, auf seine eigene Hose. Es stank höllisch. Zbigniew schwieg, auch die Kinder hinten waren mucksmäuschenstill. Timo fing an zu weinen. Zbigniew drückte unverändert auf die Tube.

Argentan. Durch den kleinen Ort hindurch, der hübsch angeleuchtet war. Zbigniew fuhr einigermaßen angepasst, um nicht sofort die örtliche Polizei hinter sich zu haben.

Sie fahndeten nach diesem Auto, wenn sie seinen Anruf ernst genommen hatten.

Zudem konnte Zbigniew sich nicht sicher sein, ob die Polizei hier irgendwie mit drinsteckte. Auch in Caen konnte er sich nicht sicher sein. Aber ein großes Revier barg nicht das Risiko, dass ein paar Beamte, die in die Sache verwickelt waren, ihn und die Kinder wieder in Gefahr bringen konnten.

Sie verließen Argentan. Zbigniew gab wieder Gas. Der Geruch des Erbrochenen weckte in Zbigniew einen Würgereiz. Sein Rücken stach plötzlich in mehrfacher Verstärkung, als ob er nun losschlug, nachdem er sich stundenlang zurückgehalten hatte.

Auf die Straße konzentrieren.

Ein Polizeiauto kam ihm entgegen. Es ging so schnell, dass Zbigniew nicht reagieren konnte – als er den Wagen erkannte, war er bereits mit vollem Tempo an ihm vorbeigerast. Er blickte auf den Tacho – einhundertsechzig. Selbst wenn sie ihn nicht auf der Fahndungsliste hatten, würden sie umkehren und ihm folgen.

Zbigniew verminderte sein Tempo nicht. Er blickte auch nicht in den Rückspiegel, wartete stattdessen, dass er eine Sirene hören würde. Ein Dorf lag vor ihm, er verminderte die Geschwindigkeit.

Caen, 22 Kilometer.

Kein Polizeiwagen. Niemand interessierte sich für ihn, weder für den Mercedes mit dem Kennzeichen noch für seine überhöhte Geschwindigkeit. Zbigniew raste auf der Landstraße Richtung Norden, niemand hielt ihn auf. Bald passierte er das Ortsschild von Caen.

Der Bebauung nach eine wirkliche Großstadt. Zbigniew zügelte sein Tempo. Er wusste nicht, wo sich das Polizeipräsidium befand. Fuhr auf der Route Nationale immer weiter in die ausgestorben wirkende Stadt hinein. Bald kam er auf eine fahl beleuchtete Ringstraße, die an einem Hafenbecken entlangführte.

Ein Schild. Ein Wegweiser.

Die beiden Mädchen auf dem Rücksitz schliefen trotz des Gestanks im Auto, der Junge in der Mitte starrte mit wachen Augen nach vorne. Zbigniew fragte sich, welche Dämonen ihn gerade plagten.

»Wir haben es gleich geschafft«, sagte er.

Timo regte sich nicht, die Tränen trockneten in seinen Augen.

Da sah er es. Ein Schild, das zur Polizei wies. Zbigniew bremste hart, fädelte sich in eine Linksabbiegerspur ein.

Geschafft. Was hatte er geschafft?

Gleich würde es erst losgehen.

Ein großer Hochhausneubau, klobig zwischen kleinere Gebäude gesetzt, ragte an der rechten Straßenseite auf.

Zbigniew bremste den Wagen direkt vor dem Polizeirevier.

Der Wagen stand.

Dann wurde ihm schwarz vor Augen, und er hatte das Gefühl, dass er sich überhaupt nicht mehr bewegen konnte. Eine vollständige Lähmung hatte seinen Körper und seine Sinne befallen.

Es war ein denkwürdiger Abend im Polizeipräsidium von Caen gewesen. Kurz nach Mitternacht war ein vielleicht fünfzehnjähriger Junge, von den Schuhen bis zum Hals mit eigenem Erbrochenen befleckt, mit drei anderen Kindern in das Polizeipräsidium hereingekommen. Ein deutscher Junge, der fließend Französisch sprach und behauptete, ein Mann habe sie befreit. Woher und woraus, das ließ sich von den Kindern zunächst nicht erfahren. Der wachhabende Kommissar des Kriminaldepartements 14, Jean-Jacques Doinel, begriff sofort, dass hier kein Lausbubenstreich gespielt wurde. Er sah es in den Augen der Kinder. Der Mann, den die Kinder meinten, saß in feuchter Kleidung und mit einem seltsam rotfleckigen Gesicht im Auto auf dem Fahrersitz. Er wirkte apathisch, zitterte und brabbelte. Der Kommissar versuchte, ihm aufzuhelfen, aber der Mann schrie vor Schmerz auf.

Doinel wusste sich nicht zu helfen, rief zunächst eine Polizeipsychologin, die Bereitschaftsdienst hatte, für die Kinder an, danach einen Notarzt. Der Notarzt drehte den Mann auf dem Sitz herum und trug ihn mit festem Griff aus dem Auto heraus. Der Mann wurde auf eine Bahre gelegt und mit Decken zugedeckt. Ein weiterer Notarzt war hinzugekommen. Der Mann schrie plötzlich, er wolle mit dem Kommissar sprechen. Das Château d'Amour sei es, wiederholte er mehrfach und erzählte eine wirre Geschichte. Doinel, zweifacher Familienvater und nicht leicht zu erschüttern, glaubte kein Wort von dem, was der Mann sagte. Im Kofferraum, fügte der Mann hinzu, sei einer der Täter – und es seien noch mehr Kinder in deren Gewalt. Mit diesem schwarzen Mercedes zu einem anderen Ort gebracht, und der Mann im Kofferraum wisse, wohin.

Doinel öffnete gemeinsam mit einem Kollegen, die Waffen im Anschlag, den Kofferraum. Dort lag in der Tat ein Mann, der sofort aggressiv auf die Beamten losging und alle Schuld dem anderen Mann gab. Doinel musste entscheiden, wem er in dieser Situation glauben sollte. Er ließ den deutschen Jungen aus dem Revier kommen, dieser bestätigte ohne viele Worte die Aussage des Mannes auf der Bahre. Der Mann aus dem Kofferraum wurde festgenommen, der Notarzt beförderte den anderen Mann – unter Polizeibewachung – ins Krankenhaus. Eine starke Unterkühlung war die erste Diagnose; hinzu kam, dass der Mann unter starken Rückenschmerzen zu leiden schien. Auf der Fahrt ins Centre Hospitalier Universitaire von Caen wurde der Mann bewusstlos.

Zbigniew wachte auf. Er wusste nicht, wo er sich befand. Aber er spürte, dass jemand seine Hand hielt. Einen Moment lang genoss er die Wärme, die von der anderen Hand in seine eigene hereinfloss. Dann öffnete er die Augen. Weiß und fahl war es über ihm.

Er lag in einem Krankenbett, wurde ihm schlagartig klar, ohne dass er den Raum sah. Es war der Geruch eines Krankenhauses.

»Zbigniew?«, hörte er eine weibliche Stimme.

Er drehte seinen Kopf nach rechts, dorthin, von wo die Stimme kam.

Tonia. Tonia Lindner saß dort und hielt seine Hand.

»Zbigniew. Gott sei Dank.«

»Wo bin ich?«

»Im Krankenhaus.«

»Wo?«

»In Caen.«

Caen. Zbigniew war im Krankenhaus in Caen. Aber wieso …

»Woher weißt du, dass ich hier bin?«

Zbigniew sah sie nun an. Sah in ihre schönen, dunklen Augen.

Sie saß dort mit schützendem Blick, wie eine sorgende Mutter für ihn. Tonia lächelte, in Zbigniew ging ein Stück weit die Sonne auf.

»Es stand in allen Zeitungen, Zbigniew.«

»Wie geht es Timo, den Kindern?«

»Es geht ihnen gut. Wie geht es dir?«

»Haben sie die anderen Kinder auch gefunden?«

Tonia zögerte.

»Nein. Leider nicht.«

Der Nebel auf seinem Verstand löste sich langsam. Wieso war es der französischen Polizei nicht gelungen, den anderen Ort zu finden?

»Du musst dich noch etwas schonen, Zbigniew«, sagte Tonia.

»Haben sie aus dem Fahrer nichts herausgekriegt?«

»Welchem Fahrer?«

»Dem Mann aus dem Kofferraum.«

»Nein. Beziehungsweise …«

Tonia zögerte.

»Bitte. Ich darf dir nichts sagen, haben die Ärzte gesagt. Du sollst dich schonen, erholen.«

»Ich erhole mich nicht, wenn ich mir den Kopf zerbrechen muss über das, was passiert ist.«

Auf einmal war in Tonias Gesicht ein sanftes Lächeln.

»Nein. Du hast mir meinen Sohn wiedergebracht. Du hast ihn aus dieser schrecklichen Burg herausgeholt. Du darfst dich jetzt erst mal erholen, die Polizei kümmert sich um alles.«

Zbigniew sah sie unzufrieden an. Ich bin die Polizei, dachte er. Dann aber war er irgendwie besänftigt durch den milden Blick von Tonia.

Er hatte ihr ihren Sohn zurückgebracht. Alles andere war nun gleichgültig. Mit dieser Gewissheit, durch die warme Hand von Tonia berührt, schlief er wieder ein.

Zbigniew wurde nach vier Tagen aus dem Krankenhaus entlassen. Die Gendarmerie hatte ihn zuvor im CHU Caen mehrmals befragt. Es ging dabei auch um die Frage, wie ein Mann im Château d'Amour durch eine Lanze umgekommen war – das Opfer war durchbohrt worden und anschließend verblutet. Zbigniews Fingerabdrücke waren auf der tödlichen Waffe. Zbigniew stellte seine Situation dar; die Tatsache, dass er keine andere Waffe zur Verfügung hatte und höchste Gefahr im Verzug war, durch die das Leben der Kinder auf dem Spiel stand. Einer der untersuchenden Ermittler schien nicht ganz zufrieden damit zu sein. Zbigniew war insgeheim auf seiner Seite. Im Endeffekt würde Zbigniew noch viele Nächte nicht nur von den Kindern im Schloss träumen, sondern auch von dem stämmigen Mann, den er mit der Lanze niedergestreckt hatte.

Dennoch kam nach drei Tagen die Nachricht, dass gegen Zbigniew diesbezüglich kein Verfahren eingeleitet würde. Offenbar hatte sich irgendjemand aus dem Ministerium für die Sache starkgemacht. Einen Tag später konnte Zbigniew den gesamten Pressespiegel zum Fall einsehen, alle französischen Zeitungsartikel über das »Schloss des Schreckens«, wie es in den Medien genannt wurde. Zbigniew begriff, dass er die Milde der französischen Behörden auch dem Meinungsbild in der Öffentlichkeit zu verdanken hatte. Dort war Zbigniew nämlich ein Held geworden.

Als Held fühlte sich Zbigniew in Wahrheit ganz und gar nicht. In den Nächten lag er wach, machte sich Vorwürfe. Er fragte sich, ob er die Angelegenheit nicht anders hätte lösen müssen, ob eine andere Herangehensweise zu einem größeren Erfolg geführt hätte. Ob er Zusammenhänge und Fingerzeige hätte früher erkennen müssen. Auf dem Schloss anders hätte reagieren sollen.

Hätte, hätte.

Es war aus und vorbei. Es lohnte nicht mehr, darüber nachzudenken. Die Dinge waren passiert, wie sie passiert waren.

Abwechslung verschaffte ein Besuch von Dieter Weber und Silvia Pütz, der ihn sehr freute – sie waren auf Privatkosten angereist. Zeynel kam nicht, was Zbigniew nicht wunderte. Dieter Weber bestellte dennoch schöne Grüße von allen – Lachmann, dem Dienststellenleiter, Edwin und auch Zeynel. Eine große Genesungskarte, unterzeichnet von allen Mitarbeitern des KK 51, stand nun auf seinem Tischchen. Zbigniew grüßte an alle zurück.

Tagsüber besuchte Tonia ihn oft. Sie hatte bei ihrem ersten Gespräch am Krankenbett verschwiegen, dass der Fahrer des Mercedes bereits in der ersten Nacht Selbstmord begangen hatte. Die Beamten hatten den Mann intensiv im Polizeipräsidium verhört. Bei einer Zigarettenpause war der Fahrer aus dem Fenster des elften Stocks gesprungen. Rauchen war im gesamten Gebäude verboten; die Beamten hatten absurderweise gemeinsam mit dem Täter eine Zigarette am offenen Fenster geraucht. Der Fahrer war sofort tot. Da ihm die Höhe des Falls bewusst gewesen sein musste, war der Sprung mit Sicherheit ein Selbstmord.

Ein vorausschauender Selbstmord, um gewissen Dingen zu entgehen? Dingen, die schlimmer waren als der Tod?

Ein noch größeres Mysterium war Barbaratonia. Zbigniew hatte sie in einem der Zimmer im Souterrain des Schlosses eingeschlossen – doch als die Polizei dort auftauchte, mit einer großen Anzahl von Wagen und der Spurensicherung, war Barbaratonia verschwunden. Die Spurensicherung hatte tagelang im Schloss zu tun, fand aber bis zu Zbigniews Abreise aus Frankreich keine verwertbaren Hinweise. Auch nach Leichenteilen wurde gesucht – auf dem Schlossplatz, im Wassergraben. Fehlanzeige.

Timo und die Kinder wurden in den ersten Tagen nur sehr vorsichtig befragt. Ärztliche Untersuchungen ergaben die unterschiedlichsten Spuren sexuellen Missbrauchs, die jedoch nicht so extrem waren wie bei dem Jungen von Turin. Ein europaweiter Abgleich mit passenden Vermisstenanzeigen des letzten Jahres fand statt; der Junge war Italiener, die beiden Mädchen schienen aus Frankreich und Spanien zu stammen.

Zbigniew war nicht zugegen, als die Eltern ihre Kinder abholten. Aber er würde Monate später eine Dankeskarte ans Kölner Kommissariat aus Italien erhalten. Eine Dankeskarte, in denen die Eltern aber auch indirekt miterzählten, was für ein Ausmaß an psychischen Problemen bei ihrem Kind nun zu lösen war.

Schließlich wurde Zbigniew mit einem Hubschrauber von Caen nach Deutschland geflogen. Sein Auto wurde von einem Überführungsdienst von Houlgate nach Köln gebracht; Zbigniew wäre noch nicht in der Lage gewesen, die weite Strecke zu fahren. Nebenbei sorgte Zbigniew dafür, dass auch die Harley wieder zurück in ihre Garage kam. Der Besitzer, ein einundsechzigjähriger Pariser Galerist, war stolz, dass seine Maschine und seine Landkarten zur Rettung der Kinder beigetragen hatten.

Im Hubschrauber bei Zbigniew befanden sich auch Tonia und ein vollständig neben sich stehender Olaf Lindner, der später nach Caen gekommen war, ebenso wie Timo und eine aus Deutschland angereiste Psychologin, die auf Fälle von Kindesmissbrauch spezialisiert war. Durch Olafs Anwesenheit kehrte zwischen Tonia und Zbigniew wieder ein an der Oberfläche nüchterner Umgang zurück.

Timo war schweigsam, äußerlich merkte man ihm die körperlichen und psychischen Misshandlungen nicht an. Während des Flugs beobachtete Zbigniew ihn. Fast die ganze Zeit starrte der Junge aus dem Fenster nach draußen.

»Falls du jemals über die Ereignisse im Schloss reden willst«, sagte Zbigniew leise zu ihm, »kannst du immer zu mir kommen.«

Die Psychologin warf ihm einen bösen Blick zu.

Timo nickte, ohne ihn anzusehen. Er starrte weiter aus dem Fenster.

»Nicht nur wegen dem, was sie mit dir gemacht haben«, fuhr Zbigniew sanft fort und fragte sich schon beim Aussprechen, ob er zu weit ging, ob er Timos noch instabiles psychisches Gleichgewicht wieder zerstören könnte. Die Psychologin fragte sich vermutlich das Gleiche, denn sie schüttelte nun ostentativ den Kopf. »Sondern auch wegen dem, was wir dadurch über die Täter erfahren können. Wir wissen noch viel zu wenig über sie.«

Einen Moment lang saß Timo wie versteinert da, dann nickte er unmerklich.

»Und wer die dunkelhaarige Frau ist, die du in Houlgate kennengelernt hast«, fügte Zbigniew hinzu.

Timo nickte nicht mehr.

Falscher Zeitpunkt, falscher Ort.

Der Hubschrauber landete sicher im militärischen Teil des Flughafens Köln/Bonn, von wo aus zwei Einsatzwagen Zbigniew und die Lindners nach Hause brachten. Für alle endete die Tour in der Nähe der Eigelsteintorburg.

Zbigniew verabschiedete sich von den Lindners, wurde noch bis vor seine Haustür gebracht. Er bedankte sich bei den Beamten.

Niemand erwartete ihn. Es gab keine Freunde. Tonia war nun bei Olaf Lindner und ihrem Sohn. Barbara, die nie seine Freundin gewesen war, war tot. Und mit Lena hatte er es sich verscherzt.

Vor der Tür fiel Zbigniew ein, dass er seine Schlüssel nicht mehr hatte. Sie waren irgendwo in den Fluten des Ärmelkanals verloren gegangen. Er würde einen Schlüsseldienst kommen lassen müssen.

Erstmals im Leben war er froh, dass die Haustür beklebt war mit Telefonnummern dieser Dienstleister. Und dann hatte er noch Glück im Unglück – Frau Junkersdorf aus dem Erdgeschoss bemerkte seine Anwesenheit vor der Tür und machte ihm auf.

»Hamse de Schlüssel verjesse?«, fragte sie.

»Äh, ja.«

Frau Junkersdorf sah ihn misstrauisch an. Menschen, die ihre Schlüssel verloren, hatte man in diesem Haus nicht gern. Immerhin ließ sie Zbigniew von ihrer Wohnung aus den Schlüsseldienst anrufen. Die Wohnung der alten Frau sah so aus, als ob Frau Junkersdorf immer noch in den Sechzigerjahren lebte.

Im Treppenhaus, oben vor seiner Tür, saß niemand. Niemand, der ihn nun, nach all den schlimmen Erlebnissen, auf andere Gedanken bringen würde.

Lena hatte bestimmt versucht, ihn anzurufen. Oder eine SMS geschickt. Aber sein Handy war am Strand von Houlgate vom Wasser fortgespült worden. Oder im Besitz der Täter.

Musste er Angst um Lena haben, wenn die Täter ihre SMS sahen?

Der Mann vom Schlüsseldienst brauchte etwa anderthalb Sekunden, um sein Schloss zu öffnen. Dann schrieb er eine horrende Rechnung, die Zbigniew gleich bar bezahlte. Zbigniew fragte sich, warum er sich nicht selbst am Schloss zu schaffen gemacht hatte.

Es war seltsam, wieder in seiner eigenen Wohnung zu sein. Zbigniew kam es vor, als ob er seit Jahren fort war. Dabei waren es nur ein paar Tage gewesen.

Alles war unverändert. Fast erwartete er, dass nun noch etwas passieren würde. Sein Arbeitszimmer durchwühlt worden wäre. Ein Gangster hinter dem Vorhang stand.

Zbigniew schaute in jede Ecke in der Wohnung, um sicherzugehen. Er hatte das Gefühl, dass die Geschichte noch nicht zu Ende war. Dass sie noch etwas versuchen würden, um sich an ihm zu rächen.

Ein kurzer Gedanke an Lena stach durch sein Hirn. Nein, was hätten die Täter davon, ihr etwas anzutun? Die Täter waren Geschäftsleute, keine Bluträcher.

Wer sie waren, darüber würden die nächsten Wochen hoffentlich mehr Aufschluss geben. Die wichtigste Spur, die von den französischen und deutschen Behörden verfolgt wurde, war die der Firma, die das Château d'Amour vor einigen Jahren gekauft hatte. Erstaunlicherweise war diese Ermittlungsfährte gar nicht so eindeutig, wie man erwarten könnte. Das Schloss wurde von einer GmbH in Hamburg gekauft, die an dem angegebenen Firmensitz aber nicht aufzufinden war. Als Gesellschafter der GmbH war im Handelsregister eine Limited-Gesellschaft aus London eingetragen, die sich jedoch als reine Briefkastenfirma herausstellte. Ein offizieller und genehmigter Briefkasten – in London gab es mehrere Firmen, die derartige Limited-Hülsen verwalteten, was ein Schlupfloch im europäischen Gesellschaftsrecht auf legale Weise ausnutzte. Die Limited führte zu ihrem Gründer, einem deutschen Privatmann in Berlin. Noch bevor Zbigniew das Krankenhaus in Caen verlassen hatte, suchten die Berliner Kollegen die Adresse des Mannes auf. Eine Hinterhofwohnung im Prenzlauer Berg in bester Wohngegend. Die Wohnung war bereits geräumt, von dem Mann keine Spur. Keiner der Anwohner hatte Kontakt zu dem Mann, der noch nie polizeilich auffällig geworden war. Zbigniew hatte das dumpfe Gefühl, dass der Mann nicht gefasst werden würde.

Sein Anrufbeantworter blinkte.

Hätte er um Polizeischutz für sich selbst bitten sollen?

Zbigniew öffnete den Kühlschrank. Eine ungeöffnete Flasche Weißwein war noch darin. Er genehmigte sich einen Schluck, ging dann zum Anrufbeantworter.

Ein alter Kollege aus Bonn, der fragte, wie es ihm ginge.

Zeynel. Seltsam, der wusste doch, dass er in Frankreich war. Vielleicht hatte er auf Nummer sicher gehen wollen. Zbigniew drückte weiter, hatte keine Lust, seine Stimme zu hören.

Olaf Lindner. Ob er eine Ahnung habe, wo seine Frau sei.

Hatte er.

Und dann Lena.

Zbigniew hatte erwartet, dass sie ihn anpesten würde. Oder in einem giftigen Ton Weisheiten über Liebe und Trennung versprühen würde.

Nichts dergleichen. Lena war völlig aufgelöst. Stammelte, dass es ihr leidtun würde, wenn sie zu viel Druck gemacht hätte, und überhaupt. Dann fing sie an zu weinen, brachte kein Wort mehr heraus. Gebannt lauschte Zbigniew ihrem Atem. Schließlich fing sie sich wieder. Sagte, dass sie ihn so gerne wiedersehen würde, und wenn es irgendetwas gäbe, dann würde sie es tun. Und dass er sie anrufen sollte. Klick.

Der nächste Anruf war wieder Lena.

»Zbigniew, bist du da?«

Und noch einmal, noch zaghafter.

»Zbigniew? Bitte meld dich doch. Bitte.«

Klick.

Zbigniew bekam eine Gänsehaut. Ein seltsamer emotionaler Zustand hatte ihn ergriffen.

Er hatte eine Freundin. Eine, die zu ihm stand.

Womit hatte er es verdient, dass Lena ihn so sehr vermisste?

Sie hatte ihm verziehen, nachdem sie eine Zeitlang Härte demonstriert hatte.

Zbigniew nahm einen Schluck Weißwein. Ein weiterer Anruf folgte.

Wieder das Atmen einer Frau. Zuerst dachte Zbigniew, dass es Lena war. Doch es war eine andere Stimme.

»Zbigniew?«

Verzweiflung. Todesangst.

»Zbigniew, ich muss dir was sagen. Ich bin da ...« – kurzzeitig war die Leitung wie abgeschnitten – »ich bin da in etwas reingeraten. Können wir uns ...« – und wieder war Stille.

Barbara. Es war eindeutig Barbara, seine unzufällige Flugbekanntschaft aus Neuss.

Weiter Stille.

Dann machte es Klick.

Unheimlich.

Die Aufnahmen des Anrufbeantworters waren zu Ende. Zbigniew wagte kaum, sich zu rühren. War dies der Augenblick gewesen, in dem die Täter Barbara getötet hatten? Er würde sein Gerät der Spurensicherung zur Verfügung stellen. Vielleicht erkannten sie noch etwas, was der Aufklärung des Mordes dienlich war.

Sie hatte, kurz vor ihrem Tod, bereut. Barbara war kurz vorher zur guten Seite der Macht übergetreten. Dass das so war, machte die Sache für Zbigniew nur umso schlimmer.

Er ging einmal durch die Wohnung, doch das half ihm nicht weiter.

Er rang mit sich.

Er musste alles loswerden.

In seinem tiefsten Innern wollte er jetzt mit Lena sprechen, sie berühren, mit ihr zusammen sein. Er wollte nichts anderes lieber als das.

Er griff nach seinem Handy, dann fiel ihm ein, dass er keines mehr hatte. Mit Lenas Telefonnummer darin, die er natürlich nicht auswendig kannte.

Er wusste nicht, wo er ihre Nummer mal aufgeschrieben hatte. So bemühte er das Telefonbuch. Die Eltern waren verzeichnet. Es war kurz nach halb neun. Zbigniew wählte die Nummer.

Ein Mann hob ab.

»Ja?«

»Ja, entschuldigen Sie die späte Störung. Hier ist Zbigniew Meier, ich bin der Freund von Lena.«

Ich bin der Freund von Lena. Nicht *ein* Freund von Lena, sondern *der* Freund.

Zbigniew spürte, wie die Reaktion bei Lenas Vater von Irritation, vielleicht aus Ärger über die späte Störung, in Zorn umschlug.

»Ah so. *Sie* sind das«, hörte Zbigniew es trocken und unfreundlich aus der Leitung grunzen.

»Ja. Es tut mir leid.«

»Da rufen Sie etwas spät an.«

Zbigniew bekam von einer Sekunde auf die andere Herzrasen. War Lena was zugestoßen? Ihr war doch nichts zugestoßen?

»Wie?«

»Seit zwei Tagen liegt sie apathisch da.«

Er würde Lenas Vater nicht sagen können, wie sehr ihn das erleichterte.

»Es tut mir sehr leid. Könnte ich sie sprechen?«

Ein Grunzen.

»Ich schau mal, ob sie *Sie* sprechen will, Herr Meier.«

Herr Meier.

Der Hörer wurde fortgelegt. Zbigniew wartete eine Zeitlang, die ihm wie eine Ewigkeit vorkam. Er nahm einen Schluck Weißwein.

Dann wurde der Hörer wieder hochgenommen.

»Zbigniew?«

Lena. Zaghaft, unsicher.

»Ich bin wieder da. Es tut mir alles so leid«, sagte Zbigniew.

Es ging um Wildbraten, irgendwie ging es immer noch um den Wildbraten. In seinem tiefsten Innern hatte Zbigniew nicht mit Lena und ihren Eltern Braten essen wollen. Darum war alles gegangen. Vielleicht war dies sogar der letzte Anstoß dafür gewesen, dass er auf eigene Faust nach Frankreich gefahren war.

Das Bild von der hinkenden Möwe in Houlgate flog ihm vor die Augen.

»Mir tut es auch leid«, hauchte Lena.

»Ich verspreche, mich zu bessern«, sagte Zbigniew. »Wenn du mir verzeihst, esse ich demnächst jeden Sonntag bei deinen Eltern.«

Nun lachte Lena ein bisschen beim Weinen.

»Darf ich zu dir kommen?«

Zbigniew war überrascht.

»Ja, sicher«, sagte er.

»Bis gleich. Ich liebe dich.«

Zbigniew überlegte, was er erwidern sollte. Liebte er sie? War hier, jetzt, in dieser Situation eine kleine Lüge gerechtfertigt? Oder war es gar keine Lüge, liebte er sie wirklich? Oder machte er gerade alles einfach viel zu kompliziert?

»Ich hab dich auch lieb«, sagte er. Das stimmte auf jeden Fall.

»Bis gleich«, wiederholte Lena. Dann machte es Klick in der Leitung.

Zbigniew nahm noch einen Schluck Weißwein. Er ging eine Runde ziellos durch die Wohnung. So, als ob er doch noch erwartete, dass ihm etwas Seltsames auffiel. Oder dass ihn jemand aus Caen anrief, dass es eine Wendung gegeben hatte.

Vielleicht täuschte er sich, und es war zu Ende. Vier befreite Kinder, das war, was blieb. Das war mehr, als man erwarten konnte.

Der stämmige Mann, den Zbigniew im Schloss mit der Lanze durchbohrt hatte, war identifiziert worden. Die französische Polizei hatte einen erkennungsdienstlichen Abgleich der Fingerabdrücke durchgeführt, der sofort zu einem Resultat geführt hatte. Der Mann hieß Jules Breillat und war einmal vorbestraft, ein Fall von Zuhälterei vor über fünfzehn Jahren in Marseille. Breillat war in Rennes gemeldet, doch seine Wohnung erwies sich als Enttäuschung – es gab keinerlei Hinweise, die die Ermittlung weitergebracht hätten. Die französische Sonderkommission, die um Jean-Jacques Doinel gebildet worden war, tappte im Dunkeln, was Verbindungs- oder Hintermänner anging. Vielleicht würde es irgendwann Ergebnisse geben, aber das konnte Jahre dauern. Am Abend des vierten Tags nach Zbigniews Aktion war das aus der Urlaubs-DVD herauskopierte Bild Barbaratonias im französischen Fernsehen gesendet worden. Es gab einige tausend Anrufer, und es würde Monate dauern, all den Hinweisen nachzugehen. Doinel erzählte von einer glaubwürdigen Flughafenmitarbeiterin in Paris/Charles de Gaulle, die behauptete, dass sie diese Frau gesehen hatte – am frühen Morgen nach Zbigniews Flucht aus dem Schloss. Zbigniew wurde die Videoüberwachung vom Flughafen vorgespielt, doch die Frau war nicht deutlich zu erkennen. Immerhin gab es einen Namen: Jeanne Duhamel, geboren am 23. Februar 1963 in Paris. Gepäck 13,2 Kilogramm. Jeanne Duhamel hatte einen Interkontinentalflug von Paris nach Asunción, der Hauptstadt von Paraguay, gebucht. Die Polizei würde dem nachgehen, aber die Beziehungen zur paraguayischen Justiz waren eher mittelmäßig.

Alles in allem waren die Ermittlungen der französischen Sonderkommission noch nicht allzu weit fortgeschritten; fast alle Spuren waren im Sande verlaufen. Vielleicht würde sich noch etwas ergeben, aber hierfür musste man einen langen Atem haben. Zbigniew ärgerte sich innerlich ein wenig, dass er als deutscher Beamter nicht in den Fall einbezogen war. Immerhin hatte Zbigniew zu Doinel einen guten Draht; dieser hatte ihn im Krankenhaus mindestens zehnmal besucht und immer wieder nach Details gefragt. Doinel war kein Geheimniskrämer, er redete offen von den Ermittlungsfortschritten, immer gern mit dem Zusatz »entre nous«.

Vieles kursierte aber nicht nur unter den Beamten, sondern auch in der Presse. Es gab die wildesten Vermutungen. Für die Boulevardblätter war das »Schloss des Schreckens« natürlich ein gefundenes Fressen, aber auch die seriösen Zeitungen machten sich mehr als Gedanken. Es war ein Pressewirbel wie bei dem Mädchen, das in Wien acht Jahre in Gefangenschaft ihres Entführers gelebt hatte. Dabei wurden in den Feuilletons Fragen berührt wie die, ob die menschliche Zivilisation vor neuen gewaltigen Rückschritten stehe.

Zbigniew machte sich eher über andere Dinge Gedanken. Wer waren die Drahtzieher und wie konnte man ihnen das Handwerk legen? Mehr interessierte ihn nicht. Doinel und Zbigniew waren sich in einem Punkt einig – hier war eine perfekt organisierte Struktur am Werk. Eine Kernfrage war, ob die Täter selbst Pädophile waren oder ob sie »bloß« pädophile Neigungen anderer Männer geschäftlich ausnutzten. Doinel glaubte an das finanzielle Mafia-Netzwerk, das für Pädophile ein Kinderbordell eingerichtet hatte. Zbigniew war anderer Ansicht, weil ein derartiges Netzwerk nur funktionierte, wenn alle schwiegen. Und bei primär wirtschaftlichen Zielsetzungen der Täter, die die Struktur – das Schloss, die Kinder, die Aufpasser – aufgebaut hatten, hätten nicht alle geschwiegen. Wenn die Täter sich nur bereichern wollten, dann hätte es irgendjemanden aus dem Kreis gegeben, der den Druck der Abscheulichkeit nicht ausgehalten hätte, die Grausamkeit des Verbrechens nicht ertragen hätte. Und ausgepackt hätte.

Deshalb glaubte Zbigniew im Gegensatz zu Doinel daran, dass die Täterseite pädophil war. Dass die organisatorischen Täter und die Männer, die die Kinder im Schloss missbrauchten, identisch waren.

Dies ließ mehrere Schlüsse zu. Zum Ersten, dass die Pädophilen über sehr viel Geld verfügten. Zum Zweiten, dass sie sich indirekte Kommunikationswege aufgebaut hatten. Zum Dritten, dass es niemanden in ihrem Kreis gab, der eine Gefahr darstellen konnte.

Es gab einen anderen Punkt, den Zbigniew interessant fand. Die vier Kinder, die Zbigniew aus dem Schloss gerettet hatte, stammten allesamt aus gehobenen bis reichen europäischen Familienverhältnissen. Keine Kinder aus Entwicklungsländern, aus Asien, aus der Gosse. Zbigniew vermutete dahinter, dass die Täter sich Kinder suchten, die ihnen vom Milieu her entsprachen. Was sicher nicht der einfachste Weg war. Aber offenbar der Weg, der den hier aktiven Pädophilen die größtmögliche Befriedigung verschaffte.

Wie passte Jules Breillat hier herein? War er vielleicht der Ideengeber? Hatte er in seinen Zuhälterjahren Männer mit derartigen Neigungen kennengelernt und das Netzwerk aufgebaut? Alles mit den Geldern der reichen Pädophilen finanziert? Andererseits traute Zbigniew ihm nicht zu, wirklicher Drahtzieher zu sein.

Nein. Er hatte das ungute Gefühl, dass der Kopf der Krake in Deutschland saß. Von hier aus war das Schloss gekauft worden. Die ganze Perfektion der Organisation mutete deutsch an.

Und der Schwanz saß in Italien. Parioli, der in Münster studiert hatte. Der ein Kind, wenn es bei den Missbrauchstechniken der Täter zu Tode gekommen war, sicher in seinem Bezirk der Gerichtsmedizin wusste. Hier würde nichts anbrennen.

Diesen Gedanken hatte Zbigniew jedoch bislang für sich behalten, nur Baricco hatte eine Ahnung.

Zbigniew starrte auf seine Weinflasche. Sie war schon fast leer. Vielleicht sollte er eine weitere in den Kühlschrank stellen. Oder war noch Rotwein oben?

Heute durfte er sich gehen lassen. Heute war es erlaubt. Auch wenn die französischen Ärzte ihm angeraten hatten, sich zu schonen. War Alkohol nicht sogar eine Form von Schonung?

Zbigniew ging in die Abstellkammer, die sich hinter der Küche befand. Ein kleiner Raum von anderthalb mal zwei Meter. Er sollte hier mal wieder aufräumen, die Regale waren außerdem mehr als staubig. Immerhin, auf einem der unteren Regalböden standen noch zwei Flaschen Rotwein. Der billige aus dem Supermarkt, aber das war ihm im Moment egal. Er musste nicht mehr in den Keller oder zum Kiosk, wozu er sich viel zu erschöpft fühlte.

Der Abend war gerettet. Lena würde bestimmt auch gerne einen Schluck Wein trinken.

Irgendwie freute er sich jetzt richtig auf Lena. Nach all den grausamen Ereignissen endlich etwas Positives. Lebensfreude, das war es, was Lena ausstrahlte. Hoffentlich konnte sie ihn ein wenig anstecken.

Eine Viertelstunde seit dem Anruf. Wie lange würde Lena brauchen? Vermutlich zog sie sich noch um. Obwohl Lena nicht der Typ Frau war, der sich stark schminkte, würde sie im Badezimmer einiges an Zeit benötigen. Die Tränen fortzaubern. Die Tränen, an denen Zbigniew schuld war.

Baricco. Er sollte ihn anrufen.

Er hatte sich die Handynummer irgendwo notiert.

Vier Klingeltöne, dann ging Baricco ans Telefon. Er befand sich in einem Restaurant, ging hinaus, um ungestört reden zu können. Zunächst gratulierte er Zbigniew; auch in Italien war vom Château d'Amour berichtet worden. Ansonsten wusste der Commissario nichts Neues; er hatte Parioli durchleuchtet, aber es waren keine Unregelmäßigkeiten aufgefallen. Zbigniew hatte eine Idee.

»Lässt sich herausfinden, wie viele tote Kinder es in Pariolis Bezirk gab – im Vergleich zu anderen gerichtmedizinischen Instituten in Italien? Vielleicht prozentual zur Einwohnerzahl der Bezirke?«

Jetzt zählten sie schon tote Kinder. Baricco wollte sich darum kümmern, sicherte zudem absolutes Stillschweigen zu. Dann legte er auf.

Zbigniew ging ins Bad, setzte sich auf die Klobrille und ließ die Gedanken dahinfließen. Sein Rücken tat zurzeit nicht weh. Im Krankenhaus von Caen hatten sie ihm jeden Tag zweimal eine Spritze gegeben, im Operationssaal unter Röntgenkontrolle, wo Arzt und Zbigniew den Weg der Nadel in seinen Rücken am Bildschirm verfolgen konnten. Der Moment, in dem der Arzt in Zbigniews Rücken hineinspritzte, ließ Zbigniew jedesmal aufs Neue erschaudern. Man sah auf dem Monitor aus verschiedenen Perspektiven, wie eine Wolke von Flüssigkeit sich in seinem Gewebe verteilte.

Kein Kortison, hatte der französische Arzt immer wieder versichert. Es gab wohl neuere synthetische Stoffe, die die Eigenschaften von Kortison hatten, aber nicht die gleichen Nebenwirkungen mit sich brachten. Zbigniew war es egal, sie hätten ihm Morphium spritzen können. Als er im Auto gesessen hatte, vor dem Polizeirevier in Caen, war vor Schmerz weder ein Gedanke noch eine Bewegung möglich gewesen, sein Körper am Endpunkt. Die Spritzen im CHU Caen hatten Wunder gewirkt, aus ihm wieder einen Menschen gemacht. Allerdings hatte der Arzt ihn auch darauf aufmerksam gemacht, dass er die Behandlung in Deutschland fortsetzen musste. Nichts Neues für Zbigniew, aber immerhin ein glaubwürdiges Zweitgutachten. Zbigniew war sich sicher, dass er in den nächsten Tagen zu einem Orthopäden gehen würde.

Immerhin brauchte er durch die Spritzen zurzeit kein Diclofenac nehmen. Es gab einen Vorteil, wenn er kein Diclofenac nahm: Er konnte guten Gewissens Alkohol trinken. Das lokal in den Rücken gespritzte Kortikoid reagierte nicht mit Alkohol; Zbigniew hatte den Arzt gefragt. Französische Ärzte hatten für derartige Fragen Verständnis.

Es klingelte an der Tür. Zbigniew riss sich hoch, ging durch den langen Flur und drückte auf den Türöffner.

23

»Drecksack«, sagte Lena in schroffem Ton, als sie hereinkam. Dann fing sie an zu weinen und fiel in seine Arme. Zbigniew trug sie halb zur Couch, er war kurz davor, selbst mitzuweinen. Lena klammerte sich an ihn. Unter zwei Decken nistete er sich mit ihr auf der Couch ein. Hier war es sicher. Hier ließ die böse Welt sie in Ruhe.

Lena waren die Augen bereits zugefallen, Zbigniew spürte ihren ruhigen Atem. Sie hatten kein einziges Wort mehr gewechselt, sich nur in die Augen gesehen. Mit liebevollen, einander begehrenden Blicken, wie ein Liebespaar, das sich seit langer Zeit nicht gesehen hat. Als Lena schlief, waren noch ein paar glänzende Tränen auf ihrer Haut zu sehen, dicht unter den Augen. Zbigniew küsste sie vorsichtig fort. Dann schlief auch er ein.

Als Zbigniew am Morgen erwachte, lag nur er selbst noch auf der Couch. Lena hatte sich auf dem Fußboden eingerollt. Wie ein Stillleben lag sie dort in den Decken, die sie mit heruntergezogen hatte. Zbigniew betrachtete sie und begriff, was für eine Schönheit sein Mädchen in jeder Hinsicht ausstrahlte.

Er stieg über Lena hinweg und ging in die Küche. Schaute in den Kühlschrank. Der Inhalt einiger Marmeladengläser schien sich noch verwenden zu lassen, Käse und Schinken dagegen waren etwas über ihre Zeit geraten. Zbigniew warf sie in den Mülleimer. Er setzte einen Kaffee auf, zur Feier des Tages mit der original italienischen Mokkakanne, die das Wasser durch den Kaffee nach oben presste. Da Lena weiter regungslos in die Decken gekuschelt dalag, ließ er sie weiterschlafen und trank den ersten Kaffee des Tages allein.

Es war bereits nach zehn Uhr. Frisches Brot war nicht im Haus. Zbigniew beschloss, zum Bäcker zu gehen. Er zog sich provisorisch an, ging die paar Meter zur Straßenecke am Hansaring. Hier hatte eine große Backwarenkette eine ihrer fünfzig Filialen in Köln.

Er war froh, wieder zu Hause zu sein. Die herbstliche Sonne schien in die Gassen, Zbigniew genoss die Luft und die zusammengewürfelte Architektur. Heute schien alles noch ein wenig schöner zu sein als sonst. Die fremden Menschen, die ihm entgegenkamen, waren allesamt seine Freunde. Sogar Doris, die bereits ein wachsames Auge auf ihren Puff hatte, lächelte ihn an. Zbigniew lächelte zurück.

Auf dem Schienenstrang, der weit über der Straße den Gereonswall zwischen den Häusern passierte, tuckerte gemütlich ein Regionalexpress entlang. Er war auf seinem Weg zum Kölner Hauptbahnhof; bald würde er es geschafft haben.

In der Bäckerei ließ sich Zbigniew einige ofenfrische Backwaren in die Tüte abfüllen; zwei Brezel, weil Lena sie besonders gern mochte, und ein paar gemischte Brötchen.

Als Zbigniew die Bäckerei verließ, stürmte ihm ein Pulk Menschen entgegen, der von der S-Bahn Hansaring ausgestoßen worden war.

Parioli.

Zbigniew erfasste plötzlich, hier, vor der Bäckerei an der Bahnstation, eine merkwürdige Gewissheit. Parioli war verstrickt, auch wenn Baricco keine Verdachtsmomente gefunden hatte. Barbara Plath.

Die Organisation war eine deutsche. In vollständiger Perfektion.

Münster.

Zbigniew hatte eine Idee.

Mitsamt seiner Brötchentüte ging er zur Hochbahn, wo alle paar Minuten eine S-Bahn zum Hauptbahnhof fuhr. Zbigniew löste am Automaten eine Karte, setzte sich in den nächsten Zug. Er warf einen Blick in den Gereonswall, als die Bahn sich zwischen den Häusern hindurchschlängelte. Lena würde warten müssen.

Die Angestellte im Studentensekretariat der Universität Münster wollte sich vergewissern, dass Zbigniew wirklich Polizeibeamter war. Er hatte ihr zwar seine Marke gezeigt, doch sie bestand auf einem Anruf im Kölner Polizeirevier. Vielleicht wirkte Zbigniews Kleidung oder die Brötchentüte ein wenig unseriös. Silvia Pütz meldete sich am Apparat und beruhigte die Angestellte.

Parioli, dies ließ sich durch die Universitätsdatenbank innerhalb von Sekunden klären, war von 1976 bis 1977 zwei Semester lang an der Medizinischen Fakultät der Westfälischen Wilhelms-Universität Münster immatrikuliert gewesen. Das Austauschjahr, von dem er erzählt hatte.

»Und wonach suchen Sie nun?«, fragte die Angestellte mit westfälisch breitem Tonfall über ihren Brillenrand hinweg. Zbigniew schätzte sie auf vierzig Jahre; ihre Mundwinkel besaßen eine reizlose Strenge.

»Können Sie mir alle Namen von Studenten, die in jenem Jahr in Münster studiert haben, ausdrucken?«, fragte er.

»Von allen Studiengängen?«

Sie überlegte kurz, dann wusste sie die Antwort.

»Nein. Die Universität Münster ist die drittgrößte in Deutschland ... Ich weiß nicht, wie Sie sich das vorstellen. Wir haben dieses Jahr vierzigtausend Studenten. Unsere Software sieht das nicht vor, sämtliche Studenten aller Studiengänge auszudrucken. Von 1976.«

Zbigniew nickte. Natürlich war es eine unsinnige Idee gewesen.

»Wonach suchen Sie denn?«, fragte die Angestellte, da Zbigniew wohl ein wenig ratlos aussah.

»Ich suche ... nach einem zweiten Namen.«

»Und wie lautet der?«

Zbigniew zuckte die Achseln.

»Wenn ich das wüsste, dann könnten Sie ihn einfach in die Datenbank eingeben, oder?«

Nun lächelte die Angestellte.

»Ja.«

»Ich weiß ihn aber nicht.«

Die Angestellte schob kampflustig ihre Brille hoch.

Es klopfte an der Tür, ein junger Mann streckte direkt nach dem Klopfen seinen Kopf herein.

»Einen Moment bitte noch«, wies sie den Mann zurecht. Der Kopf in der Tür verschwand unterwürfig.

»Vielleicht versuchen Sie mal ›Olaf Lindner‹?«, meinte Zbigniew.

Die Sekretärin tippte den Namen ein.

»Gab es in 76/77 nicht.«

Natürlich nicht.

»Sie könnten die alten Mikrofiches durchgehen«, schlug die Angestellte vor. »Da haben Sie dann alle Namen beieinander.«

Zbigniew nickte. Das klang grauenhaft. Mikrofiches.

»Gerne.«

Die Angestellte suchte nach einem Schlüssel, stand auf. Zbigniew fielen ihre äußerst spitzen Pumps auf.

»Dann kommen Sie mal mit, junger Mann.«

Er hasste es noch immer, wenn man ihn einen jungen Mann nannte, folgte ihr aber brav aus dem Zimmer. Die Angestellte vertröstete den wartenden Studenten vor der Tür noch auf ein paar Minuten.

Sie gingen lange Flure entlang. Zbigniew kannte die Räumlichkeiten im alten Residenzschloss von Münster noch gut aus seiner Birgit-Zeit. Es hatte sich seither kaum verändert; die Flure waren noch genauso muffig und mit Flugzetteln vollgeklebt wie damals. Studenten eilten wie im Wimmelbuch hin und her. Er war froh, dass er nie studiert hatte.

Durch das schmucklose Foyer des Residenzschlosses ging es in einen Keller hinein. Hier, quasi hinter den Toiletten, befanden sich alte Archivräume mit unendlich vielen Akten. In der Mitte des größten Archivraums standen ein paar Schreibtische aus den Sechzigerjahren, darauf Lesegeräte für Mikrofiches: mikroverfilmte Akten, die durch ein optisches Vergrößerungssystem wieder lesbar wurden. Während die Angestellte nach den Verzeichnissen von 1976/77 suchte, setzte Zbigniew sich an einen der Tische und schaltete ein Lesegerät ein.

»Kennen Sie sich damit aus?«

»Ja. Ich bin Beamter.«

Die Angestellte schenkte ihm für seinen Scherz ein Lächeln und knallte Zbigniew ein paar Mappen auf den Tisch.

»Viel Erfolg!«, sagte sie. »Und wenn Sie noch Fragen haben, holen Sie mich.«

Ihre spitzen Pumps verließen den Raum.

Zbigniew klappte die erste Mappe auf. Ein paar Filmstreifen, so groß wie Karteikarten, steckten in schützenden Plastikhüllen. Hier waren alle Studenten des Jahrgangs alphabetisch sortiert auf Mikrofilm gespeichert.

Zbigniew begriff, dass es eine Herkulesaufgabe war, noch bevor er den ersten Film in das Lesegerät schob. Aa–Af.

Auf dem Monitor erschienen unendlich viele Namen, die mit A begannen.

Er musste an Lena denken, die sich bestimmt Sorgen machte. Er hätte sie, wieder einmal, anrufen sollen.

Bei D machte Zbigniew eine Pause und fragte die Angestellte des Studentensekretariats, die er inzwischen als Frau Bröskamp identifiziert hatte, ob er telefonieren dürfe. Sie blickte ihn an, als ob er der letzte Mensch ohne Mobiltelefon sei, und deutete auf ihren Apparat.

Im Gereonswall meldete sich bloß sein Anrufbeantworter. Lena war fort. Oder sie war da und nahm nicht ab, weil sie sauer auf ihn war.

»Lena, wenn du da bist, nimm doch bitte ab«, versuchte Zbigniew. Er spürte, wie Frau Bröskamp ihre Lippen spitzte.

Lena ging nicht ans Telefon. Zbigniew beschloss, einen Kaffee zu trinken. Frau Bröskamp kam mit. Er fragte sich, ob er am nächsten Tag wiederkommen müsste.

Zbigniew ging wieder in den Archivraum und begann mit dem Buchstaben E. Das Neonlicht und die viel zu kleinen Buchstaben auf dem Monitor des Lesegeräts brannten ihm langsam in den Augen. Jagte er nicht irgendwelchen Gespenstern nach?

Auf welchen Namen hoffte er zu stoßen?

Olaf Lindner gab es nicht.

Er dachte an Tonia. Die Nähe, die sie in Houlgate erlebt hatten.

Die Rektorin der Hildegardschule. Die korrupte Frau Dr. Franck.

Wir begehren das, was wir täglich sehen. Aus welchem Film kam das?

Timos Klassenlehrer? Dr. Weidenfels, seltsamerweise erinnerte sich Zbigniew an dessen Namen.

Mikrofilm für Mikrofilm schob er in den Apparat hinein, bewegte den Film von oben nach unten, von links nach rechts, durchflog die Myriaden von Namen. Er wurde ein wenig nervös, als es auf Fr zuging.

Nichts. Niemand namens Franck, der hier 76/77 studiert hatte. Stattdessen Kolonnen von Franks.

Die Müllers, Meiers und Schmidts würden erst noch kommen, da würde es richtig unangenehm.

Schmidt.

Ein Schauder erfasste Zbigniew.

Wir begehren das, was wir täglich sehen. Aus dem eigenen Umfeld, aus der Nähe. Aus dem Atem des eigenen Viertels heraus.

Hastig riss Zbigniew den Mikrofilm mit den Fr-Namen aus dem Lesegerät. Blätterte vor. Der Gedanke, der ihm gerade gekommen war, war zu fantastisch.

Und doch.

Er hatte sich gefragt, warum sie nicht namenlose asiatische Kinder missbrauchten. Sie nahmen Kinder aus ihren Kreisen.

Was für Kreise waren das?

Sch.

Zbigniew war so in Trance, dass er den Mikrofilm mit Schm–Scho zunächst falsch herum in das Gerät einlegte. Schließlich hatte er ihn richtig im Leser. Fieberhaft fuhr er die Namen nach unten. Bald war er bei den Schmidts. Schmidts, Schmidts, Schmidts ohne Ende.

Ihn ergriff ein Schock, als er es sah. Fast wurde ihm schwarz vor Augen, als sich die Gefäße in seinem Kopf verengten. Sein Herz begann zu rasen.

Dort stand er.

Der Name.

Edzard Schmidt.

Es konnte nicht viele Edzard Schmidts auf der Welt geben.

Edzard Schmidt, der Wirtschaftsminister von Nordrhein-Westfalen, der den Lindners gegenüber wohnte. Über dem Café.

Es konnte ein Zufall sein. Parioli und Edzard Schmidt hatten im gleichen Jahr an der gleichen Universität studiert. Schmidt war in Jura immatrikuliert.

Wie hatten sie sich kennengelernt? Zbigniew tippte auf eine Studentenverbindung.

Er stellte es sich vor. Die beiden jungen Männer, voller Ehrgeiz. Wie sie merkten, dass sie ähnliche Neigungen hatten. Vielleicht war es erst ein Spaß gewesen, etwas, was beide nicht ernst nahmen.

Es war egal, wie es sich abgespielt hatte. Irgendwie hatten Parioli und Schmidt sich gefunden. Kontakt gehalten. Vielleicht hatten sie auch erst viel später ihre ähnlichen Perversionen begriffen. Auf jeden Fall hatten sie, als sie in Machtpositionen geraten waren, ihre Fantasien in die Wirklichkeit umgesetzt.

Schmidt und Parioli gehörten zum inneren Kreis.

War Edzard Schmidt der Kopf der Organisation?

Es war egal. Schmidt war alles, was Zbigniew hatte.

Ein Gedanke ergriff ihn. Er wollte lieber auf Nummer sicher gehen.

Er legte den Mikrofilm mit L ein.

Lachmann war nicht unter den Namen.

Zbigniew ging hoch zu Frau Bröskamp.

»Und, haben Sie gefunden, was Sie gesucht haben?«

Zbigniew hatte sich seine Antwort überlegt.

»Nein, leider nicht. Es ist aussichtslos.«

Damit nahm er sich ein Taxi zurück zum Bahnhof.

Um kurz nach acht traf Zbigniew mit dem Intercity wieder in Köln ein. Er verlor keine Zeit, nahm direkt ein Taxi zu Staatsanwalt Dr. Lachmann. Zbigniew wusste die Adresse nicht, war aber vor einiger Zeit dort auf einer Gartenparty gewesen. So dirigierte er den Taxifahrer nach Gefühl. Schließlich standen sie vor Lachmanns Haus, einem postmodernen Architektenentwurf in einem Neubaugebiet von Müngersdorf.

Lachmann schlug ihm freundschaftlich auf die Schulter, als Zbigniew hereinkam, so als ob der Privatbesuch von ermittelnden Beamten ein Normalfall für ihn war. Er schickte eine apart aussehende Schönheit mittleren Alters, die er als seine Ehefrau vorstellte, mit einem recht patriarchalischen Kommentar in die oberen Etagen des Hauses.

»Trinken wir erst mal einen«, sagte Lachmann. »Wie sehen Sie denn aus? Keine große Zeit zum Anziehen gehabt?«

Er brach in schallendes Gelächter aus. Zbigniew blickte an sich herunter. Dafür, dass er eigentlich nur kurz zum Bäcker gehen wollte, um seine Frühstücksbrötchen zu holen, war es eigentlich ganz okay.

»Manchmal muss es eben schnell gehen«, sagte Zbigniew grinsend mit einem Augenzwinkern. Lachmann freute sich über diesen Kommentar, das war genau seine Sprache. Er bot ihm zur Belohnung einen Platz auf der Ledercouch an.

Dann fing Zbigniew an. Er erklärte Lachmann bei einem im Wasserglas dargebotenen Jägermeister die gesamten Zusammenhänge. Lachmann ließ ihn ausreden, ein Zeichen dafür, dass die Geschichte ihn interessierte. Als Zbigniew den Namen des Wirtschaftsministers nannte, fiel Lachmann die Kinnlade herunter. Zbigniew deutete an, wie nach seiner Meinung nun vonseiten der Polizei zu handeln war.

»Sie sind ja total bekloppt«, sagte Lachmann. »Wenn sich Ihre vage Theorie als absurd erweist? Wissen Sie, wie dann die Kacke am Dampfen ist?«

Zbigniew überlegte, was er antworten sollte. Dann sind Sie Ihren Job los? Dann nehme ich den Hut, und Sie sind Ihren Job los? Dann sind wir beide in Deutschland von nun an auf der Roten Liste und werden keinen Fuß mehr vor den anderen bekommen?

»Sie wird sich nicht als absurd erweisen«, sagte er stattdessen mit festem Tonfall.

Zbigniew war klar, dass der Staatsanwalt sich nicht sicher war, ob er ihm glauben sollte. Lachmann hatte aber immerhin begriffen, dass Zbigniew an die Sache glaubte.

»Gut«, grunzte Lachmann. »Sie sind der Held von Frankreich. Da muss man Sie ja ein bisschen ernst nehmen.«

Zbigniew sah ihn vorwurfsvoll an. Lachmann merkte den Vorwurf nicht, er schlug ihm lachend auf die Schulter.

»War ein Spaß. War nur ein Spaß. Ich werde Ihnen sagen, wie ich mich entschieden habe«, blökte er. »Und *ich* rufe *Sie* an, damit das klar ist, nicht umgekehrt, ja?«

Zbigniew machte ihn noch einmal darauf aufmerksam, dass vermutlich acht weitere Kinder in den Händen der Täter waren. Er bat Lachmann um eine möglichst schnelle Entscheidung. Hatte er den Staatsanwalt falsch eingeschätzt? Er hatte gehofft, direkt zuschlagen zu können. Lachmann schüttelte den Kopf.

»Immunität, mein Liebster. Immunität«, sagte er. »Da können wir sowieso nicht einfach so durchsuchen. Da müssen wir erstmal den Herrn Landtagspräsidenten, und und und …« Zbigniew erhob sich matt. Natürlich hatte Lachmann recht. »Sehen Sie«, sagte der Staatsanwalt und geleitete ihn zur Tür, »wenn ich mir mein Leben in alle Zukunft versaue, will ich etwas Bedenkzeit dafür haben.«

Zbigniew nickte.

»Sie erreichen mich zu Hause. Ich bin eine Woche freigestellt, und mein Handy ist kaputt.«

»Ja, ja.«

Zbigniew schrieb ihm die Nummer auf einen großen Zettel neben seinem Telefon und verließ das Haus. Als er durch das Gartentor schritt, glaubte er zu hören, wie Lachmanns Gattin wieder die Treppe herunterstieg.

Er hatte da so ein Gefühl. Es war gar nicht seine Gattin, sondern seine Geliebte.

Zbigniew fuhr enttäuscht mit der Straßenbahn nach Hause; heute war er genug Taxi gefahren. Lena war vermutlich ohnehin nicht mehr bei ihm, ein allerletztes Mal würde er sie um Verzeihung bitten müssen. Ab jetzt würde alles anders werden in ihrer Beziehung. Hoffentlich hatte Lena seinen Anruf gehört, hoffentlich machte sie sich keine Sorgen.

Als ob es ein Omen war – Zbigniew wurde in der Bahn kontrolliert. Er konnte immerhin die vom Salzwasser etwas in Mitleidenschaft gezogene Monatskarte präsentieren.

»In der Waschmaschine gewesen, was?«, knurrte der Kontrolleur, und Zbigniew nickte der Einfachheit halber schuldbewusst.

Wo war eigentlich seine Brötchentüte abgeblieben? Zbigniew fiel auf, dass er sie nicht mehr mit sich herumschleppte. Er hatte sie im Universitätsarchiv vergessen. Vielleicht dachte Frau Bröskamp an ihn, wenn sie heute Abend seine Brötchen aß.

Hansaring. Zbigniew stieg aus.

Er war zurück im Eigelstein.

Zbigniews Postkasten quoll über; er nahm die Post mit nach oben.

Unruhe ergriff ihn. Ging es Lena gut? Wie würde sie reagiert haben darauf, dass Zbigniew einfach so verschwunden war?

Zbigniew schloss die Tür auf.

Stimmengemurmel kam aus dem Wohnzimmer.

»Lena?«

Er ging durch den Flur bis ins Wohnzimmer. Lena lag auf der Couch, der Fernseher lief. Die beiden Decken lagen über Lena. Ein großes Knäuel aus Mensch und Decke.

»Hi.«

»Hi.«

»Wo warst du?«

Zbigniew überlegte eine Sekunde.

»In Münster. Mir ist etwas eingefallen, was mit unserem Fall zu tun hat. Und das musste ich sofort klären.«

»Unser Fall. Und ich hab mir Sorgen gemacht.«

»Ich hab kein Handy, hatte erst aus Münster angerufen, aber …«

»Ich weiß«, sagte Lena und grinste spitzbübisch. »Da hast du mich voll geweckt.«

Zbigniew musste nun auch grinsen.

»Hättest ja mal rangehen können.«

»Nö. Ich find's okay, wenn du dir auch mal Sorgen um mich machst. Nachdem ich mich den ganzen Morgen gefragt hab …«

»Hast du nicht gesagt, ich hätte dich mit dem Anruf erst geweckt?«

Lena warf die Decken fort. Sie hatte lediglich einen Sportslip an.

»Oops.«

Zbigniew fragte sich, woher Lena so ein großes Schlafdefizit hatte. Er hatte das Gefühl, dass es nicht aus purer Sorge um ihn zustande gekommen war.

»Was ist denn eigentlich mit deinem Handy?«, fragte Lena.

Zbigniew erzählte es ihr. Von dem Überfall am Strand in Houlgate. Allerdings verschwieg er ihr, dass Tonia die ganze Zeit an seiner Seite gewesen war. Seltsam, dass er es verschwieg. Wie es Tonia wohl im Moment ging, wieder zurück mit ihrem psychisch verstörten Sohn, mit ihrem leidenschaftslosen Mann, der sie geheiratet hatte, obwohl oder weil sie von jemandem andern vergewaltigt und geschwängert worden war?

Was hatte er da wieder für Gedanken.

»Dann kauf ich dir morgen ein neues Handy. Und dann will ich immer ganz genau wissen, wo du dich befindest. Immer.«

Er legte sich zu Lena auf die Couch, liebkoste sie.

»Und jetzt?«, fragte sie.

Zbigniew lächelte.

Lena blieb ein paar Tage bei Zbigniew. Er wunderte sich, ob gerade Herbstferien waren, fragte aber lieber nicht nach.

An einem Nachmittag, Zbigniew und Lena lagen weiterhin auf der Couch, klingelte das Telefon.

»Geh nicht dran.«

Zbigniew schüttelte den Kopf, ging langsam zum Telefon.

»Ja?«

»Lachmann hier, Dr. Lachmann. Warum gehen Sie nicht sofort ran, wenn ich anrufe?«

»Ich hatte grad noch Sex.«

Lachmann grölte.

»Gut«, sagte er, »das ist gut.«

Von hinten schmiegte sich Lena an Zbigniew heran und schob ihre Hand in seine Hose hinein, parkte sie in seiner Pospalte.

»In zehn Minuten wird im Landtag der Zusatztagesordnungspunkt 4 verabschiedet«, sagte Lachmann.

Zbigniew überlegte, was er meinte.

»Schmidt?«, fragte er. »Wie kommt es, dass Sie …«

Lachmann unterbrach ihn.

»1977. Münster. Mensch, Meier, da hätte es sofort bei Ihnen klingeln müssen. Der Fall Börner.«

Lenas Hand rutschte tiefer. Zbigniew überlegte. Er hatte den Namen schon mal gehört, konnte ihn aber nicht einordnen. Lachmann half ihm aufgeregt.

»Sexualmord an einem Knaben erschüttert Westwestfalen. Dieter Börner. Der zwölfjährige blonde Junge.«

Die initiale Tat. Das erste Mal, wo sie die Grenzen überschritten hatten.

Lena begriff, dass in Zbigniew etwas vorging. Sie ließ von ihm ab.

»Schmidt wohnte im gleichen Viertel von Münster wie der Junge, quasi um die Ecke«, fuhr Lachmann fort. »Er hat den Mord damals sogar für seine beginnende politische Karriere genutzt. Mehr Sicherheit, mehr Polizei, Hausbesetzer aus der Stadt raus, das Übliche.«

Das Übliche.

»Wie haben Sie das rausgekriegt?«

»Der Fall Börner war noch irgendwo in meinem Hinterkopf. Der Rest ist Internetsuchmaschine.«

»Sie sind ein Ass«, wusste Zbigniew nur zu sagen.

»Ich weiß. Wenn alles nach Plan läuft, beginnt gleich direkt die Hausdurchsuchung.«

»Ich werde da sein.«

»An Ihrer Stelle würde ich lieber da weitermachen, wo Sie aufgehört haben. Ich ruf Sie heute abend an, was abging. Und Sie haben frei. Letztes Wort.«

»Wer leitet den Einsatz?«

»Sachbearbeiter Zeynel Aspendos. Irgendwelche bestimmten Wünsche, wonach wir suchen sollen?«

»Kinderpornografie. Bezüge zu Frankreich. Zu Timo Lindner.

Fotos. Adressen, die sich auf Frankreich beziehen. Verbindung Schmidt–Parioli. Jules Breillat. Jeanne Duhamel.«

Zbigniew hatte das Gefühl, dass Lachmann sich Notizen machte.

»Gut. Hasta la vista.«

Klick. Zbigniew hatte noch nicht einmal Zeit, sich zu verabschieden.

Lachmann ging ein großes Risiko ein. Eine Hausdurchsuchung beim Wirtschaftsminister aufgrund von Indizien. Die Zeitungen würden berichten. Wenn bei Edzard Schmidt nichts gefunden wurde, war Lachmanns Karriere beendet.

Andererseits wollte er ja ohnehin nie richtig Karriere machen. Er war jemand, der in den Job geraten war, um anderen Leuten ans Bein zu pinkeln. Eben aus diesem Grund war Zbigniew zu ihm gefahren. Eben aus diesem Grund mochte er Lachmann, trotz allem.

Und Zeynel leitete den Einsatz. Lachmann hatte ihn »Sachbearbeiter« genannt, das war die offizielle Bezeichnung aller Kripobeamten.

Zbigniew hatte es dennoch gefreut, dass Lachmann Zeynel »Sachbearbeiter« genannt hatte.

»Feuerwehreinsatz?«, fragte Lena.

»Ja.«

»Noch Zeit für einen kleinen Feuerwehreinsatz hier?«

Zbigniew sah auf die Uhr.

»Leider nein.«

Es sah schön aus, wenn sie schmollte.

Zbigniew hatte die Wohnung verlassen, war den Gereonswall vorgelaufen bis zur Eigelsteintorburg. Dort sah er sie – zwei zivile Wagen, in denen Beamte der Kriminalpolizei saßen. Vermutlich waren in den anderen Straßen der Kreuzung – Lübecker Straße, Eigelstein, Thürmchenswall – weitere Wagen postiert.

Zbigniew hielt sich zurück, wartete ab.

Plötzlich bekam er einen Schlag auf die Schulter. Lachmann stand hinter ihm. Er redete für seine Verhältnisse äußerst leise.

»Na, doch kucken gekommen, ob die Bombe explodiert?«

»Nein. Ich will dabei sein.«

»Sie bleiben schön hier unten. Sie sind gerade in Urlaub. Was die Spurensicherung nicht kann, das kann der Herr Meier auch nicht.«

Zbigniew wollte protestieren, doch Lachmann machte mit seinem Blick deutlich, dass er keinen Widerspruch dulden würde.

»Kollege Aspendos hat immerhin den Mordverdacht gegen Sie fallen gelassen, das sollten Sie ihm zugutehalten. Der Knabe hat was drauf, glaub ich.«

Zbigniew nickte. Tatsächlich hatte Zeynel etwas drauf, auch wenn er sich nicht besonders loyal gezeigt hatte.

Er hatte eine Idee.

»Okay, dann lass ich Sie und die Kollegen mal die Arbeit tun«, sagte Zbigniew kampflos zum verdutzten Lachmann. »Geben Sie mir noch Ihre Handynummer, für alle Fälle?«

Lachmann gab ihm eine Visitenkarte.

Tonia machte ihm auf.

»Hallo«, sagte sie verwirrt, im Türrahmen stehend. Sie hatte einen Bademantel an, war ungeschminkt und barfuß. Ihre Haare wirkten zerzaust.

»Wie geht es Timo?«

Tonia zuckte die Schultern, begleitete ihn in die Küche. Die ausladende Espressomaschine starrte Zbigniew an.

»Ich war vorhin in der Klinik. Sie werden ihn einige Tage dabehalten und weiter untersuchen. Körperlich ist es wohl noch nicht so schlimm, sagen sie.«

Zbigniew nickte.

»Mein Mann ist nicht da«, fügte sie hinzu, obwohl Zbigniew überhaupt nicht danach gefragt hatte.

»Lass uns in Timos Zimmer gehen«, schlug er vor.

Tonia folgte ihm verwundert. An der seltsamen Toilette vorbei. Und der Pinnwand, auf der er die Normandiekarte gesehen hatte.

Timos Zimmer war unverändert. Zbigniew öffnete leicht die Vorhänge.

Gegenüber lag die Dachgeschosswohnung von Edzard Schmidt. Zbigniew hatte es bislang nicht richtig bewusst wahrgenommen, aber nun lag es auf der Hand. Der Dachgarten. Die Vorhänge waren halb offen.

Zbigniew hatte den Logenplatz. Genau so hatte er sich das vorgestellt. Von hier aus würde er wunderbar beobachten können, wie die Kollegen in der Wohnung ihren Dienst taten.

»Weißt du, wer da wohnt?«, fragte er Tonia.

»Ein hoher Politiker.«

»Kennst du ihn?«

»Ja. Das heißt, mein Mann kennt ihn. Edzard Schmidt, der Minister.«

Zbigniew war ein wenig überrascht.

»Woher kennt dein Mann ihn?«

Tonia blickte etwas nervös auf den Boden. Zbigniew wurde ungeduldig. Er hatte diese Fragen überhaupt nicht auf dem Plan gehabt, als er hier hochgekommen war.

Schließlich sprach Tonia wieder.

»Schmidt war bei dem Architekturwettbewerb zum Barbarossa-Komplex in der Jury.«

Zbigniew sah sie an. Ihre zerzauste Schönheit mutete im Dunkeln umso geheimnisvoller an.

»Bestechungsgelder?«

Tonia zuckte die Achseln.

»Ich weiß es, ehrlich gesagt, nicht. Ich glaube schon, dass Olaf auch wirklich *gut* ist. Aber das ist natürlich ein Riesenprojekt, und da waren alle möglichen internationalen Stararchitekten mit im Rennen. Das ist natürlich nicht so einfach, so was.«

Zbigniew sah wieder aus dem Fenster. Ein ganz neuer Gedanke war ihm gekommen. Zu entsetzlich, als dass ihm auch nur die Spur von Realitätsbezug anhaften konnte.

»Wollte Olaf eigentlich jemals eigene Kinder?«

Zbigniew hörte eine Weile nur Tonias stockenden Atem. Dann merkte er, wie sie begann, ihren Körper an ihn zu drücken.

»Bitte …«, flüsterte sie. »Bitte hör auf, darüber zu reden.«

»Es ist vielleicht sehr wichtig.«

Tonia atmete durch.

»Vielleicht wollte er ein eigenes Kind. Aber ich bin dazu nicht mehr in der Lage. Körperlich.«

»Wo ist dein Mann denn eigentlich?«

»Ist das auch wichtig?«

»Ich weiß nicht.«

»Warum bist du gekommen?«

Zbigniew deutete auf die Wohnung gegenüber.

»Dort wird gleich eine Hausdurchsuchung stattfinden.«

»Was? Wieso das?«

»Weil der Mann dort drüben vermutlich dafür gesorgt hat, dass Timo in das Schloss gebracht wurde.«

Tonia klebte fest an seinem Körper. Ihr Kopf wandte sich nun von seiner Brust ab, schaute aus dem Fenster zur anderen Straßenseite.

»Edzard Schmidt?«

Unglauben in ihrer Stimme.

»Ja. Ist er verheiratet oder wohnt er dort allein?«

»Er wohnt allein, soweit ich weiß.«

Der Gedanke bohrte weiter in Zbigniews Gehirn. Der unbekanntere Kölner Architekt hatte den Wettbewerb gewonnen.

Nein, der Gedanke führte einfach zu weit.

»Wohin ist Olaf geflogen? Wann ist er abgeflogen?«

»Heute Morgen. Er hat eine Recherche in der Mongolei, dort muss er Leute treffen.«

War Olaf Lindner geflohen? War er nicht mehr in der Lage, Tonia in die Augen zu sehen, nun, wo Timo nach Hause kommen würde?

»Hast du da gegenüber, beim Minister, mal irgendetwas beobachtet, was dir seltsam vorkam?«

Kein zufälliges Rekrutieren von Timo Lindner. Sie wussten alles über Timo. Barbaratonia wusste alles. Sie hatte keine Fehler im Umgang mit Timo gemacht. Weil sie bestens gebrieft war.

Tonia schüttelte den Kopf an seiner Brust. Sie klammerte sich an ihn, als ob er ihr letzter Strohhalm war.

Vielleicht war er es.

Nein, sie hatte in jedem Fall noch Timo.

Zu Hause wartete Lena auf ihn.

»Hat Olaf mal etwas beobachtet?«

Tonia zuckte unmerklich mit den Achseln.

»Hat er?«

»Keine Ahnung.«

»Hätte er können?«

»Was?«

»Dass Edzard Schmidt Päderast ist? Dass er Timo beobachtet hat, dass ihn Timos Anblick erregt hat?«

Tonia ließ ihn los.

»Nein, das hat er niemals gesagt.«

Der Ton war nun etwas feindselig. Sie wollte ihren Mann in Schutz nehmen. Außerdem wollte sie so etwas überhaupt gar nicht hören.

»Sind die beiden gemeinsam essen gegangen?«

»Ja, ein paarmal. Was willst du damit sagen? Willst du damit sagen, dass Olaf – in irgendeiner Weise damit etwas zu tun hat? Olaf steht nicht auf kleine Jungs.«

»Nein, das tut er nicht. Darum geht es nicht.«

In diesem Moment bewegte sich in der Wohnung gegenüber etwas. Zbigniew kippte das Fenster, um mehr zu hören. Polizisten betraten einen der Räume, auf den er von Timos Zimmer aus gute Sicht hatte.

Jetzt würde es losgehen. Jetzt würden sie Edzard Schmidt auseinandernehmen. Entweder waren Zbigniew und Lachmann dann geliefert. Oder sie würden einen großen Schritt machen, um den Kinderschänderring auszuheben.

Er ließ sich auf Timos Stuhl fallen. Tonia setzte sich auf den Boden neben ihn, ließ ihren Kopf an seinen Oberschenkel fallen. Zbigniew strich ihr sanft über ihr Haar.

Eine Stunde später rief Lachmann an.

»Unser Arsch ist gerettet, Meier«, waren dessen erste Worte.

»Was?«

»Ja. Kinderpornografie auf dem Computer. Und Fotos von Timo

Lindner, von hier aus der Wohnung nach gegenüber geschossen. Eine Mailkorrespondenz mit Ihrem Herrn Parioli, alles kodiert, aber ich denke, wir knacken das. Und Schmidt kannte offenbar auch Ihre Barbara Klausner. Wir haben ihn festgenommen. Wenn Sie wollen, können Sie jetzt mal herüberkommen.«

Zbigniew verneinte. Er war nicht mehr vonnöten. Außerdem hatte er keine Lust, Zeynel gegenüberzutreten.

»Ich glaube noch etwas«, sagte er zu Lachmann. »Ich glaube, dass Edzard Schmidt irgendeine Schmiererei gemacht hat, was den Architektenwettbewerb zum Barbarossa-Komplex betrifft.«

Zbigniew sprach seine Vermutung aus: dass Olaf Lindner etwas gesehen haben könnte von gegenüber. Vielleicht hatte Schmidt Timo bereits beobachtet. Vielleicht hatte Lindner auch etwas anderes gesehen.

Hier, über den Dächern von Köln, hatte sich durch Blickkontakte der Beginn des Dramas ergeben. War Olaf so weit gegangen, hatte er Edzard Schmidt Timo angeboten? Das Kind des Vergewaltigers, das Tonia abgöttisch liebte?

Quid pro quo.

Vielleicht war Olaf sogar bewusst mit Natalie fremdgegangen, um einen Eklat herbeizuführen und abreisen zu können. Vielleicht hatte er Tonia bewusst eine Woche allein gelassen, damit Barbaratonia – oder besser Jeanne Duhamel – Kontakt zu Timo aufnehmen konnte.

All dies würde sich schwer nachweisen lassen. Vor allem, wenn Lindner in der Mongolei blieb.

Vielleicht war es auch bloß ein Hirngespinst. Der letzte Gedanke von Zbigniew, diesmal wirklich ein Hirngespinst.

»Wir sollten einen Flug überprüfen. Olaf Lindner in die Mongolei, heute früh.«

Lachmann versprach es ihm. Er war in Höchstform.

Zbigniew blieb noch eine Viertelstunde bei Tonia, dann stand er auf.

»Und was wird jetzt?«, fragte Tonia.

Zbigniew zuckte mit den Achseln.

»Kümmere dich um Timo. Das ist das Wichtigste, dass der Junge wieder auf die Beine kommt. Alles andere wird man sehen.«

»Kommt Olaf zurück?« Es war fast ein Flehen.

»Ich weiß es nicht«, sagte Zbigniew.

Tonia gab ihm an der Tür einen innigen Kuss zum Abschied. Zbigniew spürte ihre Zunge in seinem Mund und fragte sich, was er da tat. Lenas Geruch lag noch auf seiner Haut.

Er riss sich los.

Zbigniew ging über die Lübecker Straße; unten standen nun diverse Polizeiautos. Blaulichter. Aus dem vorsichtigen verdeckten Einsatz war ein öffentlicher Großeinsatz geworden.

Da sah er Zeynel, an einem Auto in ein Telefongespräch vertieft.

Zeynel sah auch ihn. Er ging auf ihn zu.

Zbigniew hatte das Gefühl, dass er nicht weggehen konnte.

Zeynel verlor keine Worte für eine Vorrede.

»Es tut mir leid«, sagte er. »Es tut mir wirklich leid, dass ich dir misstraut habe.«

Er reichte Zbigniew seine Hand. Zbigniew nahm sie nach einigem Zögern.

»Ist schon gut, Zeynel.«

Sie ließen sich wieder los, Zeynel sah ihm in die Augen.

»Du hast das hier sehr gut gemacht«, sagte Zbigniew. »Und nächste Woche, wenn ich wieder im Dienst bin, werden wir es diesen Herren hier gemeinsam zeigen.«

Zeynel nickte.

»Ich muss jetzt heim«, sagte Zbigniew, »da wartet meine Freundin. Mach den Typen fertig. Und koordinier das mit den Franzosen, tausch die Infos mit Doinel aus, damit die auch Bescheid wissen. Und vor allem auch sofort mit Baricco, dass der Parioli hochnehmen kann, bevor er hiervon erfährt und abhaut. Das wird die Woche deines Lebens, Zeynel. Und wenn du was wissen willst, ruf mich an.«

Zeynel deutete an, dass er alles verstanden hatte. Im Hintergrund erkannte Zbigniew Lachmann, der ihm linkisch zuwinkte. Er schien die Intimität der Situation erkannt zu haben und hielt sich zurück.

»Alles klar«, sagte Zeynel.

Zbigniew drehte sich um, winkte den Beamten zurück. Dort standen nun auch Katrin, Edwin und Dieter Weber. Offenbar waren alle an dem Einsatz beteiligt gewesen.

Mit einer Träne im Auge verabschiedete sich Zbigniew. Er hatte es nicht weit.

Zbigniew holte seine Post aus dem Kasten und stieg die Treppen hoch.

Lena erwartete ihn auf der Couch. Sie hatte sich eine Pizza bestellt und nur zur Hälfte gegessen.

Zbigniew warf die Post auf den Couchtisch und ging erst mal auf Toilette.

»Darf ich ab jetzt hier wohnen?«, fragte sie, als er wiederkam.

Zbigniew lächelte.

»Nein.«

»Ich mach dir auch den Haushalt.«

Das war die absurdeste Lüge, die er jemals aus ihrem Mund gehört hatte.

»Du machst dein Abi und wohnst so lange bei deinen Eltern.«

»Bööóh«, protestierte Lena.

Zbigniew gab ihr einen Kuss.

»Hast du welche verhaftet?«

»Ja«, log Zbigniew.

Sie kuschelten sich auf die Couch. Im Fernseher lief ein Hentai-Animationsfilm, der recht brutal aussah.

»Was kriegst du eigentlich für Briefe?«, fragte Lena dann in vorwurfsvollem Ton.

»Wie meinen?«

Lena deutete auf den Couchtisch. Zuerst musste Zbigniew an den Brief von Barbara denken, aber der lag dort nicht mehr. Stattdessen hatte Lena seine Post, die er vorhin hochgebracht hatte, auf dem Couchtisch untersucht.

»Liest du immer die Post von anderen Leuten?«, fragte Zbigniew entsetzt.

»Nur den einen. Der sah gefährlich aus.«

Lena gab ihm grinsend den Umschlag.

»Was steht denn drin? Ich kann kein Französisch.«

Zbigniew erstarrte. Eine hübsche, bunte Briefmarke.

Paraguay.

Zbigniew öffnete den Umschlag, den Lena bereits aufgerissen hatte. Ein handschriftlicher Text auf grünem Briefpapier; kleine, verschnörkelte Buchstaben, liebevoll gemalt. Auf Französisch.

Lieber Zbigniew Meier,

leider war unsere Begegnung ja nur recht kurz. Ich bin mir aber sicher, dass Sie sie ebenso genossen haben wie ich, auch wenn Sie nicht sehr zart mit mir umgegangen sind. Ich muss gestehen, dass auch ich manchmal nicht angetan war von dem, was passierte. Aber ein Mann wie Sie, mit einer so jungen Freundin, wird sicher ein großes Verständnis aufbringen für die Bedürfnisse, die wir auf dem Schloss befriedigen konnten.

Alles Gute, Ihre Jeanne Duhamel

Zbigniew ließ den Brief sinken, starrte Lena an. Sie nahm ihn in den Arm, wusste, dass etwas nicht stimmte.

Er klammerte sich mechanisch an sie.

Dann sah er das PS auf der Rückseite des Briefs.

PS: Der Ort, den Sie suchen, ist ein Bauernhof mit dem Namen »Manoir d'Éminence« bei Clécy. Kommen Sie lieber bewaffnet. Ich hoffe, Ihnen damit geholfen zu haben.

Zbigniew löste die Umklammerung mit Lena und stand auf.

Er nahm den Telefonhörer in die Hand.

Kommissar Zbigniew Meiers zweiter Fall

Stephan Brüggenthies

Die tote Schwester

Kriminalroman

384 Seiten • geb./SU

€ 16,95 (D) • sFr 25,90 • € 17,50 (A)

ISBN 978-3-8218-6131-9

Zwei gemeinsame Wochen haben Zbigniew Meier und seine junge Freundin in New York verbracht, als Lena kurz nach der Rückkehr vor den Augen Zbigniews entführt wird. Die Sonderkommission unter der Leitung seines Freundes Zeynel ermittelt in Richtung organisierte Kriminalität. Doch eine merkwürdige Begegnung in New York lässt Zbigniew nicht in Ruhe: ein alter deutscher Emigrant, der seine im Deutschland der Nazizeit verschwundene Schwester suchen will.